毛泽东蒋介石之权力转折元年

|公元一九二七|

朱华祥/著

華文出版社
SINO-CULTURE PRESS

【秋收时节暮云沉，霹雳一声暴动】

毛泽东《西江月·秋收暴动》诗

【廓清中原，痛饮黄龙，完成总理遗交我们的革命责任】

蒋介石《革命军周刊》题词

目录

引子

眼前飞扬着一个个鲜活的面容

有人说：时间可以让人忘掉一切。

也有人说：让人忘掉的其实是细节。

为了不忘掉，人们只得去读那些以文本方式“解释历史”的各种著作，不少人以为这些解释就是历史的唯一答案。事实上，20 世纪的中国历史就是在这种状态下变得模糊了，那一幕幕可歌可泣的故事，如同一幅幅焦距不准的画面，无法看到构成历史的一个个动人细节。

无论用什么角度思考最近半个多世纪的中国，都不能否认天安门广场是中华人民共和国的象征。它能够成为象征的第一个重要细节是：1949 年 9 月 30 日那个收获的傍晚，新中国领袖们在紧张的建国间隙来到离天安门正南 460 米的中轴线上，为尚不知碑型的“人民英雄纪念碑”奠基。

傍晚时分的北京，晚霞惊人的漂亮。西沉的太阳逐渐将万丈光芒缓缓收回，天安门上空出现了蓝天，万里无云的天空，清澈而厚重。刹那间，整个广场变得如大雄宝殿般神圣而庄严。

借着天光，百感交集的毛泽东，用浓浓的湘潭国语，念出了他自己亲自撰写的碑文。他的声音尖细而有力，每当念到“永垂不朽”四个字时，他的鼻腔会发出一种声音，那是上颚紧缩而发出的声音：

“三年以来，在人民解放战争和人民革命中牺牲的人民英雄永垂不朽！三十年以来，在人民解放战争和人民革命中牺牲的人民英雄永垂不朽！由此上溯到一八四零年，从那时起，为了反对内外敌人，争取民族独立和人民自由幸福，在历次斗争中牺牲的人民英雄永垂不朽！”

碑文共 107 个字，分成了三个历史阶段。这绝非是共和国缔造者的急就章。

在 21 世纪之前，中国现代史的发端是 1919 年。我们无法知道当毛泽东念到：“三年以来……三十年以来……”这两段时他在想什么？但作为一个思想者，一个即将成为中国最高领导人、情感极为丰富、思想极为敏感的政治家，他的脑海里不仅仅只会想到那场五四运动吧，虽然那场运动为随后成立的中国共产党培养了大批干部。他一定还会想起老熟人蒋介石，实际上，这是个不能不想起的名字……

美国著名历史学者史莱辛格在对20世纪进行宏观描述时指出："这是一个混乱的世纪，充满了愤怒、血腥、残酷；也充满了勇气、希望与梦想。"

翻开中国近现代史，自1916年6月6日中华民国大总统袁世凯去世后，有多少人在为主宰中国——这个庞然大国而博弈。一大批过渡性的悲剧人物、喜剧人物在历史的大浪淘沙中沉浮。他们为了心中的真理而奋斗，充满了愤怒、血腥、残酷；也充满了勇气、希望与梦想。他们中绝大多数人与历代参与推翻王朝的人一样，不知道怎样才能在这块肥沃的土地上取得最后成功。

显然，闹革命是一回事。具备闹革命的实力和能力是另一回事。浙江宁波人——蒋介石和湖南湘潭人——毛泽东两位政术娴熟的中年男人脱颖而出后来居上，在混乱时势中开拓出新天地。他们几乎同时找到了成功的途径——"背靠一种理想（或称主义），进行武装割据性革命"。

毛泽东曾有过这样的论述："一切革命的历史都证明，并不是先有充分发展的新生产力，然后才改造落后的生产关系。而是要首先造成舆论，进行革命，夺取政权，才有可能消灭旧的生产关系。"

蒋介石则在各种不同场合反复宣讲"完成民国革命"、"生命的意义在创造"。

他们对中国的历史性问题和现实性问题，做出充满感性、且答案惊人相似的回答。

思想来源于历史，由思想产生的思潮也决定着历史的进程。如果对蒋介石与毛泽东的历史进程进行考察，可以发现，在民国十六年（1927年），两个人前后脚完成了他们人生中重要的权力转折。

那一年，是近现代史上著名的北洋时期（1912年—1928年）的最后一年，也是民国黄金十年的开局之年；

那一年，国共两党在占领江南大部，打败了吴佩孚、孙传芳等军阀后，决裂了，天下依旧大乱；

那一年，34 岁的毛泽东把思想变为行动，遁入井冈山开始艰难的武装割据；

那一年，比毛泽东大 6 岁的蒋介石，入主南京完成了建都大业，并从此踏上他从总司令到委员长的征程；

从那一年开始，经过两次短暂地摆脱苏俄领导（与共产国际失去联系），毛泽东把握住了历史给予的机会，进行以他的思想为主导的、连续不断的革命。结果，用了 22 年的时间，让自己从委员变成了主席。

今天，人们依旧可以看到诸如《民国十五年以前之蒋介石先生》之类的文献，把民国十六年（1927 年）作为一个转折时间。而美国人斯图尔特·施拉姆在他的著作《毛泽东的思想》中，更是把毛泽东的思想“从一条支流发展成一条路线”的起源锁定在那一年（1927 年）。

有理由相信，在 1949 年 9 月 30 日的傍晚，毛泽东会想起风云际会的民国十六年（1927 年）。

任何一次成功都不是偶然的。如果把毛泽东在建国前夕划分的“三年”、“三十年”、“上溯到一八四零年”三个历史阶段，都用人物来呈现的话，我们的眼前一定会飞扬着一个个鲜活的且比较模糊的面容。他们由远而近，又由近而远。他们为了实现自己的社会价值，努力着，甚至不惜一切代价：

林则徐——虎门销烟，曾国藩——征剿太平，慈禧——垂帘听政，李鸿章——洋务运动，康有为——戊戌变法……

没有谁会事先想到，当时间进入到公元 1911 年（宣统三年）10 月时，一场没有人指挥却成了灭清导火索的暴动突如其来。所有的人都莫明其妙，不知道为什么会在江南重镇——武昌打起来。摇摇欲坠的清廷，皇帝才 5 岁。没有谁能够阻止武昌暴动的蔓延。最终，它演变成了一场伟大的革命：辛亥革命。

这场革命最终使延续两千多年的中国皇帝制度突然解体，所有的价值、意义都进入了盲区，诸多社会矛盾开始集中，一切政治行为都变成了人们围绕生存的本能反应。

那一刻，谁能统一中国？谁能率先告诉人民他能做到基本满足人民的生存需要？有两个人可以：一个是广东人——孙中山，另一个是河南人——袁世凯。这两人几乎是在同一个时间段里，以伟人的身份走进了中国近现代历史。他们分别组成了国民党和北洋军阀两大阵营，这也使得中华大地经历了长达 34 年（1915 年—1949 年）的战争状态。这种状态，被后来在北京上演的音乐舞蹈史诗《东方红》描绘成："夜漫漫，路漫漫，长夜难明赤县天……"

无论什么时候什么地点，如果要书写中国近现代史，都无法回避袁世凯与孙中山。没有他们，还会有文武北洋那些军阀以及军人集团吗？还会有国民党大陆执政22年（1927年—1949年）吗？没有他们，中国社会前进的步伐将会放缓，甚至停滞；同样，没有他们，中国也可能不会有几十年的战争。

于是，在讲述民国十六年（1927年）之前，有必要先认识这两位先驱式的人物。尽管对他们的研究已有数不清的成果，但还是希望下面的文字以及细节能让读者对他们有新的认识。

袁世凯只活了57岁（1859年9月16日生，1916年6月6日卒）。他22岁弃文从军，经过31年的奋斗后，终于成为中华民国首任正式元首。

人们可以从浩瀚的文献资料中得到对袁世凯劈头盖脸的负面评价，"窃国大盗"、"阴谋家"、"一代枭雄"等贬义词成了"袁世凯"的代名词。

但在《剑桥中华民国史》中对他的评价却是这样："他天生是一位实践家。""晚清时期，没有哪一位官员像袁世凯那样，在如此短的时间内，为改良争取到如此多的东西。"

还有人指出：他的大总统职位并非窃夺而来，而是历史机遇所赐，是资产阶级拱手让与的结果。

从晚清能臣李鸿章对他下的16字评语中，亦可以看出李中堂对他的赏识："血性忠诚，才识英敏，力持大局，独为其难。"

袁世凯都干了什么？这位被后来唆使溥仪投靠日本的清朝遗老郑孝胥鉴定为"不学有术"的河南人有什么值得如此评价？

一、小站练兵

1895年12月21日，36岁的少壮派军官袁世凯满面春风，在离天津南约35公里的一个名叫小站的地方亮相，其身份是光绪皇帝任命的新建陆军督办。这是他驻守朝鲜12年日思夜想的结果。他的出现，预示中国近代军制史上的重大转折开始了，史称：小站练兵。正因为这次练兵，使得"小站"这个名不见经传的地方，在西方出版的地图上都有标注。

袁世凯迅速接管了已有4750人的定武军，这是一个叫胡燏棻的按察使练兵的结果。旋即袁派人在山东、河南、安徽招募了步兵2250人，又招募了骑兵300人。这7300人被他改名为新建陆军，并由德国军事顾问按全套德式建制与装备训练这支清帝国最现代化的部队。

袁世凯在其《新建陆军兵略录存》中指出，练兵乃“上为国家御侮，下为生民除暴”。他还亲自编写了通俗易懂的《劝兵歌》（节录）：

一要用心学操练；

二要打仗真奋勇；

三要好心待百姓；

四莫奸淫人妇女；

五莫见财生歹念；

六要敬重朝廷官；

七戒赌博吃大烟；

……

这支部队后成为“北洋常备军”即“北洋军”的种子。十年后的1905年10月，北洋军在河间府（今河北省河间市）举行了中国军事史上第一次大规模现代化正规野战演习。

在新建陆军之初的编制表上可以看到一串熟悉名字：炮兵营负责人段祺瑞、督操营务处负责人冯国璋、参谋营务处负责人徐世昌、步队右翼第一营负责人曹锟……

从1912年到1928年，北京政府更迭过的国家元首不少就出自这支部队。除袁世凯外，上面提到的四位都相继当上了国家元首。其中段祺瑞、曹锟还分别成了皖系和直系的首领。他们与后期加入北洋的奉系军阀张作霖多次交战，最终，张作霖凭借更强大的武力，登上元首的宝座。巧合的是，袁世凯的执政时间居然与他的兵——段祺瑞、曹锟、张作霖一样，都是四年左右。

袁世凯练兵阶段，正值清帝国遭遇中日甲午战争大败不久。正是小站练兵，他才真正走进了慈禧太后与光绪皇帝的视野。而他之所以能起草一份让皇帝以及其他军务大臣都赞同的“新建陆军方案”，又与他漫长的不辱使命的驻外经历有密切关系。

历史就是如此这般地造就了这位“蛤蟆精”（当时的官员送他的绰号）。直隶总督兼北洋大臣李鸿章是这样向皇上推荐袁世凯为自己继任的：“环顾宇内者，无出袁世凯右者。”

而重用了袁世凯的光绪帝，据说在其人生最后几年中，常常“日书项城名，以志其愤”。光绪帝恨袁世凯，跟“戊戌变法”有密切关系。

光绪二十四年八月初三（1898年9月18日）晚，32岁的谭嗣同潜入法华寺（今北京多福巷44号），告诉了已拥有兵权的袁世凯一个惊天秘密：光绪决定杀荣禄、围颐和园，进行变法。并要他率兵勤王。传统说法是袁世凯权衡再三，不仅没有勤王，而是转身便向荣禄告密，慈禧立刻先下手，致使“戊戌变法”昙花一现。

袁世凯与谭嗣同两人之间在那个激动人心的夜晚究竟做了什么？两人怎么谈的？谈了什么？后人不断有新的研究成果，指出：康有为、梁启超等人对那晚所发生事件的描述有主观之嫌，甚至对当事人袁世凯的记述也有怀疑（这篇记述发表于1926年2月的上海《申报》上）。至今真相不得而知。

人们今天所知道的事实是：两天后，慈禧从颐和园杀进紫禁城，光绪从此被囚瀛台，最终被毒死；十天后，谭嗣同等6人血溅菜市口；康有为与他的得意门生梁启超亡命天涯；袁世凯则升任山东巡抚，还允许他带着新建陆军赴任济南。

二、开办陆军学堂

从1902年起，袁世凯看准清政府要求广设陆军学堂的机会，在保定开办了“行营将弁学堂”、“北洋武备速成学堂”等军校。冯国璋、段祺瑞先后任校长。这离他小站练兵过去了七年。

1903年4月，慈禧太后亲临保定视察。这位在中国历史上仅次于武则天的女政治家阅人无数，却没能看出率领全体学生跪于路旁迎驾的袁世凯心中真正的想法，以为他不过是受浩荡皇恩的一颗冉冉升起的政治新星。老佛爷更没有想到，仅过了九年，这位身穿御赐黄马褂头戴珊瑚顶孔雀翎恭顺地跪在路边的胖子，会兵不血刃地终结了大清统治华夏268年的历史。

据传，美国哈佛大学对新生入学教育时有句名言：“今天你以哈佛为荣，明日哈佛以你为荣。”以此来鼓励学生们为校争光。事实是没有哪所名校不以优秀校友为荣的，出好学生甚至是能否成为名校的一个重要指标。

袁世凯的军校出了谁？试举三例：

其一，山东籍学生孙传芳从北洋武备速成学堂毕业 21 年后（1904 年—1925 年），出任浙、闽、苏、皖、赣五省联军司令，权倾一方，是蒋介石北伐的重要目标。

其二，1906 年夏，浙江上千名考生争夺 14 个北洋武备速成学堂名额，19 岁的奉化溪口人蒋志清脱颖而出榜上有名。两年后（1908 年）他被破格保送赴日留学。在日本振武学堂，他改名为“中正”，字“介石”。20 年后（1908 年—1928 年），他从国民党北伐总司令升为国民政府主席。

其三，以秀才著称的名将吴佩孚也曾是袁世凯的学生，他以第一名的成绩毕业于北洋测绘学堂。

此三人在公元 1927 年前后，彼此进行过殊死战斗。袁世凯不会想到他的学生们在他死后会如此惨烈地拼杀，让中华大地血流成河。作为师弟的蒋介石笑到了最后。

蒋介石后来也步袁老师后尘，办了一所俗名为“黄埔军校”的学堂。但他比老师更惨，直接与自己的学生搏杀。真的是长江后浪推前浪，最终，他败了。

毛泽东曾将 1924 年至 1949 年的战争总称为“三次国内革命战争”，打了 25 年的仗都是熟人之间、甚至是同学之间的战争。可谓知己知彼。

三、当了总统当皇帝

1911 年 10 月 10 日晚，一群出自张之洞“江南自强军”的士兵，由一个相当于班长的人带领下，在湖北武昌城偶然鸣枪举义。顿时，武汉三镇枪声不断，乱成一锅粥。当官的不知如何指挥，当兵的跟着四处乱撞，老百姓关门闭户战战兢兢。

到 12 日清晨，各自为战的士兵们神奇地占领了整个武汉。接着他们就不知道下面该怎么办了（直至今日，武昌暴动的缘起都还在被人们反复猜测、佐证）。大家同时想到一个人：驻汉新军第 21 混成协长官黎元洪。结果，不想造反的他，被士兵们逼着当了湖北军政府都督。

武昌暴动朝野震动，继而引发了一场波及全国的革命，史称“辛亥革命”。

这一年，是末代皇帝溥仪登上龙座的第三年。此时的满洲八旗、绿营兵勇们已丧失了全部战斗力，沦为国家的摆设。号称晚清四大能臣的岑春煊、张之洞、端方、袁世凯相继离开政治舞台。

有资料显示，1905年以后，全国尚有满八旗部队20万人，绿营44万余人。满八旗除驻扎在北京的部分军队使用枪炮外，绝大多数仍旧使用刀矛弓箭。不幸的是，许多八旗弟子已不识弓弩为何物了；绿营则更假，甚至出现全营空额的情况。这时，能打大仗的精锐部队只有北洋军。这支7万余人的部队，配有近代大炮，使用带刺刀的毛瑟步枪。

10月11日是袁世凯52岁生日。此刻，这位人称“蛤蟆精”的老军人，正被摄政王载沣（溥仪的爸爸、光绪的弟弟，对袁氏出卖光绪非常痛恨）排挤，革去所有差事“回籍养病”，居住在河南安阳的洹上村。

武昌暴动的消息传来，在河南老家的袁世凯立刻下令停止祝寿活动（不知消息为何传得如此之快）。他意识到，出山的机会到了。曾拍照表示自己今后只过“闲云野鹤”生活无心于政治的袁世凯，在被贬的两年里韬光养晦。他没有闭目养神，而是始终睁着那炯炯有神的眼睛，警惕地注视着中华大地正在发生的一切。有传闻称，他停止祝寿时给了前来祝寿的人一人一千元大洋，走时还每人一根金条。

接下来便出奇的顺利：14日他被任命为湖广总督。但“蛤蟆精”拿捏好分寸，拖延上任。他要看看朝廷怎么下平息起义的棋。

短短几天，清廷内外就四面楚歌。一直痛恨并制约袁世凯的摄政王载沣不得不在27日连下四道上谕，袁世凯从湖广总督变成了钦差大臣。他的老部下冯国璋、段祺瑞接下了湖北前线的全部军权。

更有趣的是，被士兵强迫而坐上湖北军政府首领座位的黎元洪致信袁世凯，表示，袁如果能推翻清朝，就愿意推举他为第一任中华共和大总统。

11月1日北洋军攻入汉口，当天袁世凯人还在河南便当上了内阁总理大臣。回北京后，他先是悄悄与黎元洪谈判，又秘密接见刚从刑部狱中释放的同盟会员汪精卫，指示儿子袁克定与汪结拜为兄弟。

同时，没有停止对所谓的革命军的军事进攻。他想在混乱中掌握好火候，逐步把自己推向巅峰。但他的火候没掌握好，流亡在国外的孙中山12月回到上海，没几天即在南京被各省选为临时大总统。

有文献称，孙中山在上任的第二天，就给袁世凯发去了愿意让位的电报，条件是清帝退位，袁氏赞成共和。

袁世凯不得不改变策略，由秘密与革命党接触，改为公开赞成共和，把自己变成清帝与南京政府谈判代表。他非常清楚，孙中山没有军队不是他的对手，也清楚南京政府存在的问题。他要以静制动，如鱼得水，进退自如，将自己变成谈判最重要的筹码。

终于，袁世凯凭口才、凭军力、凭人脉，在公元 1912 年 2 月 12 日让清王朝宣告垮台，尚没有把握坐稳江山的中华民国开国领袖孙中山顺势履行诺言，说："今日之中国，唯有交项城治理。"而当时的一批社会精英包括梁启超、蔡元培、章太炎、张謇、严复等都公开支持袁世凯出任中华民国总统。

在 2 月 15 日举行的参议院（南京）临时大总统选举会上，全国 17 省议员每省一票，民主选举临时大总统。结果，所有的票上都只有一个人的名字：袁世凯。而他本人还远在北京。

二十个月后（1913 年 10 月 10 日），袁世凯身穿军礼服，在紫禁城太和殿宣誓就任正式大总统。从现场的照片看，有 29 位外国驻华使节向袁世凯祝贺。毫无疑问，那时的袁世凯乃众望所归。

1915 年 4 月，袁世凯长子袁克定的好朋友杨度写了一篇万言文章《君宪救国论》，主张在中国实行君主立宪制。

面对呼声，得意则忘形的袁世凯懵了，相信了来自全国各地各行业要求他当皇帝的请愿团的话，决定顺民意恢复帝制，出任中华帝国第一任皇帝。

当年 12 月 31 日，袁世凯下令改民国五年为洪宪元年。至此，他亲手把自己变成了历史的罪人。

但预算达五百九十余万元的登基大典始终没有举行，因为，袁世凯突然发现了真相：人民（包括他一手提拔的北洋军官们）并不支持他当皇帝。此前所谓请愿团都是他儿子等人花钱雇人骗他的。就连当时日本人在北京办的《顺天时报》也被袁克定收买，给他单独印刷假报。正是这份他天天阅读的报纸，让他知道恢复帝制是顺民意的。

至今也不得而知，支持袁世凯当皇帝的人是不是他自己暗中指使的？能确定的是为了称帝，国家发行了以他的侧面头像为图案的民国货币（俗称袁大头）。这种银元一直到中华人民共和国成立后依然在流通。

从袁世凯称帝那天起，之前对他的各种支持便迅速瓦解。那些为共和抛头颅洒热血的人，绝不愿意让袁大头把公天下变为家天下。原云南都督蔡锷告别名妓小凤仙，从京师潜回云南，与唐继尧等组织护国军，发动护国战争，率先反袁。

袁世凯被迫表示：皇帝不当了。可回过神来的当权者们也不再同意他回头当总统。追悔莫及的他竟得了尿毒症，1916 年 6 月 6 日上午 10 点，袁世凯永远地走了。

活了 57 年的他，有一妻九妾，共生了 17 个儿子，15 个女儿。17 个儿子又为袁世凯生了 22 个孙子，25 个孙女，儿孙总数达 79 人。其中在他去世时九姨太刘氏还怀着孕，后给他生了一对龙凤胎遗腹子。在他的儿子中，出了中国有史以来第一位具有现代意义的董事长，这个人就是袁世凯的长子、民国四少之一的袁克定。

四、袁世凯还做了什么

纵观袁世凯的一生，可以发现许多对中国历史进程极有影响的事都跟他有关。

除了使中国军队变得正规，并与世界接轨外，他于 1903 年 3 月与张之洞、岑春煊奏请递减科举。不知是他曾两次乡试不中，痛恨科举？还是他在驻朝鲜时真正领悟了“中学为体，西学为用”的真谛？反正在他不懈努力下，清政府于 1905 年 10 月下令自丙午科（1906 年）开始，所有乡会试及各省发科考试一律停止。从隋朝大业元年（605 年）开始，延续了一千三百多年的政府选拔官员的途径就这样被切断。原本“学而优则仕”的康庄大道变成了死胡同。

1905 年，袁世凯发行了中国历史上第一次由省举办的公债。现在人们所见到的国库券，乃公债也。

在 1900 年以前中国没有正式警察。是袁世凯创建了中国历史上第一支巡警，这支有试点性质的巡警队只在今天的河北保定负责治安。到 1906 年冬，二百名受过正规训练的警察，从袁世凯的陆军警察学堂毕业。中国从此有了警察这个职业。

到今天，无论如何看袁世凯，有个重要的事实不能忽略：在 1914 到 1915 年间确立的中央集权化的官僚体制，一直延续到了 1949 年。

虽然，这期间有过共和制、总统制、联邦制、君主立宪制、责任内阁制；

虽然，到民国十七年（1928 年）止，北京政府经历了 13 位总统、46 届内阁和 26 位总理（他们任期最短的只有 2 天，平均留存时间是 3 - 5 个月）。

但是，袁世凯的军阀政治给 20 世纪的中国，留下了一个让理论家们可以反复追究考证的政治体制范式。

再来认识一下孙中山吧。他的面容在当代中国人眼中要比袁世凯熟悉得多。每逢重要节日，中山先生的巨幅画像都会出现在雄伟的天安门广场显著位置。

但是，人们读到的有关他的“历史”往往与真相有区别。

比如：教科书上告诉人们，辛亥革命后孙中山的所有革命几乎都是针对北洋军阀包括袁世凯本人的。但我们不知道，孙中山在 1912 年第一次见到袁世凯时曾振臂高呼“袁大总统万岁！”

1976 年，美国哥伦比亚大学教授韦慕庭用英文写了一部孙中山传记。三十年后被翻译成中文出版时，书名定为《孙中山——壮志未酬的爱国者》。事实上从 1928 年国民党统一中国至今，国共两党只在一件事上意见高度统一，即：对国父孙中山的宣传。双方都绝不允许这个形象有任何瑕疵。

当韦慕庭引用美、英、日、德、法、苏等国的原始资料，给人们描绘出一个这样的孙中山时，原本对那段历史的许多不解都释然了。

但掌握了无数材料的韦教授却没能告诉我们一个重要历史真相？美国在台协会 2011 年首次对外公布一份官方文件，证明孙中山在晚清时是美国公民。为什么他会宣誓加入美国国籍有多种解释。但不管如何解释，至今似乎也找不到他宣布脱离美国国籍的材料。

如果对孙中山的一生做简单梳理的话，大致可分两个阶段：国外革命与国内革命。

1911 年辛亥革命之前，孙中山大多数时间是漂泊无定地在国外度过的。

他是基督徒，也是反清复明的秘密帮派组织“洪门”弟子。1894 年，孙中山在檀香山成立兴中会，他带领众人，用左手按《圣经》，右手举起宣誓。由此，革命党人的宣誓仪式都由基督教的受洗仪式脱胎而来。

孙中山不离不弃地在做一件事：“驱逐鞑虏，恢复中华。”“鞑虏”就是指统治中国的满人。这件事与当年轰动一时的天地会“反清复明”一脉相承。为了达到目的，他以超出常人很多倍的毅力四处筹款。有人形容他的一生就四个字：

革命、筹款。兴中会成立时是股份制的，每股10元。在兴中会宣言的第八条明确规定："十可报百，万可图亿。"并号召说："机不可失也。"此举，开了中国另类政治的先河。

至今也没人知道究竟有多少人买过兴中会的"革命股票"。革命成功后，国民政府也似乎从未兑现过这种股票。

从《孙中山年谱》中可以看到这样的记载：1905年底，孙中山在西贡认识了一个法国人。此人在巴黎为他印制了四箱千元面值的债券。这些债券一面是法文，一面是英文，上面印有"中国革命政府"的名称，发行时间是1906年1月1日，还有"大总统孙文"的签名。许诺：现在买一千，等中国政府成立一年以后，返还一万。

所有了解同盟会历史的人都知道，辛亥革命前，孙中山耗费了几十万美元（当时中国一银元相当于美元五角），发动了十次起义，与他在日本一见如故的湖南人黄兴奔走国内在一线领导起义。遗憾的是无一成功。鲁迅曾对孙中山做过盖棺定论式的评价：他"足不履危地"。

经过十六个春秋的革命流亡者生活之后，孙中山的名字在中国军阀和知识分子中，变得耳熟能详了。他成为"革命"的品牌，是一位有世界性影响的上层人物了。

据称，1911年10月，正在美国芝加哥的孙中山忽然接到国内电报，10日夜在武昌的暴动获得了成功。这场没有真正领导者的革命急切地盼望他能回国主持大局。

孙中山的眼睛湿润了，这是他为之奋斗的目标啊。怎么在不经意间就到达了呢？半年前同盟会在广州发起的"黄花岗起义"只一天就败了，还差点搭上了黄兴父子的性命。无比兴奋的他，立刻想到要说服美、英、法的当权者们，让他们知道10月10日的武装起义是按照他的指示举行的（已有大量证据可以证明，武昌首义源于孙中山的思想，但发动的具体时间孙中山、黄兴均事前不知晓。黄兴得知消息后化装从上海乘船赶赴武昌，28日才到汉口）。

临出发返回中国前，孙中山希望能与美国国务卿举行秘密会谈，但未有反馈。

接着，他渡过大西洋来到伦敦寻求支持。结果，他和他的西方朋友都未能说服英国政府帮助他。得到的反馈是：英国人希望中国在袁世凯领导之下。

1911 年 11 月 22 日《泰晤士报》报道："在十天化装访问伦敦以后，孙博士于 11 月 20 日离此返回中国。"

这则新闻并不十分准确，因为沮丧的孙中山在离开伦敦后没有急切返国，而是在法国巴黎住了三天。继续试图借款，也失败了，但他依旧义无反顾地踏上返乡的路途。

事实是在辛亥革命以前，没有任何一个国家公开支持过孙中山。他所得到的绝大多数捐助，都是外国冒险家们在进行"风险投资"，这些赌注是需要看到回报的，比如：要求中国更开放、租界更扩大、经营更垄断等等。

1911 年圣诞节，一条压倒一切的新闻吸引了全上海的注意。这天，孙中山乘坐的"狄凡哈"号邮轮从法国马赛启程，经停新加坡、香港等地，已到达吴淞口。他在回答记者提问时精神振奋地说："予不名一钱也，所带回革命之精神耳！革命之目的不达，无和议之可言也。"

12 月 27 日，在南京举行的十七省代表会议上，45 岁的孙中山当选临时大总统。四天后，1912 年元旦上午 11 点孙中山离开上海，乘花车专列奔赴南京。到达时，他享受了至尊的礼仪：21 响来自炮台、军舰的礼炮。当晚 22 点，在当年朱元璋的"汉王府"（今江苏省政协大厦），孙中山披挂宣誓就职，中华民国横空出世就此诞生。

这是自秦始皇以来中国第一个共和制政府，有人称：此乃"中华五千年政治史上，一座极重要的里程碑和分水岭"。孙中山"国父"之名也由此诞生。

有研究者认为，原本已经"火光余烬"的孙中山为何能脱颖而出？根本原因有三：

一、他主张的革命始终是以汉族为主体，推翻异族统治为目的，而辛亥革命恰是要推翻爱新觉罗满族人的统治。

二、他能筹到钱。到达上海时，所有人都认为他带回了巨额资金。据说，他去南京就职随身带了 30 万元港币作为军政费用（也有人指出这 30 万元是黄兴通过张謇向上海日本人开的三井洋行借的）。

三、当时在国内的黄兴与黎元洪势均力敌，谁都想当大元帅。要化解矛盾，就必须找到妥协的办法，而孙中山是多方公认的革命领袖。

遗憾的是充满自信的孙中山此刻筹款能力太有限。按实业总长张謇的《对于南京新政府财政意见书》预算，要巩固临时政府的权力，中央财政每年最少会有八千万两的赤字。他期待孙大总统能募集五千万两。但这只是个良好愿望。孙中山在赴南京的头一天晚上，还在向与他一起抵沪的日本浪人宫崎寅藏要求借款500万。

孙中山在临时大总统的位置上工作了44天后（清帝溥仪发布《退位诏书》后的第二天），他辞去了这个多少人向往的职务，结束了45天的治国之路。袁世凯被一致推举接任。

很多专家都认为，孙中山作为一个思想家，可能缺乏深度。他提出的“三民主义”（民族、民权、民生）理论，与成熟科学完整的社会政治理论相差甚远。他反复依靠军阀反军阀来控制局面，导致他始终陷于难有作为的困境之中。

但谁也不可否认，孙中山的个人魅力是所向披靡的。只要他出现，就没有说服不了的人。武昌首义后，革命党一直是处于四分五裂状态。正是他的及时赶到，才使得摇摆不定的革命党、立宪派、军人、都督们终于拧成一股绳。会议开成了，总统诞生了。而新政府的架构正是孙中山推崇的美国总统制。

人们无法知道，在孙中山一生中有多少资金经过了他的手？他在资金管理分配上非常严格。为钱的事，连黄兴都与他翻过脸，还让他差一点丧失了在同盟会的领导地位。《民报》主笔章太炎也为资金的问题与他大动肝火。

但历史告诉人们，在金钱面前，孙中山的清廉、简朴让人无比由衷赞叹。他的最后一位夫人宋庆龄在谈到他革命的实质时，曾对美国记者斯诺说：“是将基督教付诸实践。”

他不抽烟、不喝酒、不饮茶，也不喝被老外崇拜的咖啡。辞去临时大总统的职务后，他住在上海环龙路66号。这所房子是租来的，月租金六十元，每天生活费（包括待客）两元。基督教义让孙中山不断地在忏悔中度过。

后来，由四位归国华侨集资，买下带花园和网球场的莫利哀路29号宅（现香山路7号）送给孙中山做宅邸。

有资料显示，1912年后的相当长一段时间，他都曾向政府要求由政府偿还他周游寰宇费尽口舌弄回的钱。而在向袁世凯移交职位的协定中就有条文规定：北京必须承担五百万元的债务。他当时在北京的代表廖仲恺也多次向袁世凯的继任黎元洪提出由政府偿还孙中山以个人名义欠下的债务。只是无法弄清楚，北京历届政府是否进行过偿还？

能够弄清楚的是当孙中山1925年3月去世时，他的夫人与儿子拿不出钱给他办丧事，是他的连襟——山西大财主孔祥熙出钱买了一副铜棺。

作为基督徒的孙中山以“民族英雄”的称号载入史册，主要缘于他的两大贡献：

建立中华民国是第一大贡献。

这位蓄着八字胡须，将涂着发油的头发精致地向左边分开，然后向后卷起一个轻微波浪的爱国者，帮助中国从封建帝国变成民主共和国，并为这个共和国取名为中华民国，简称“中国”（但鲁迅说“中华民国”取自章太炎的《中华民国解》，这个国号是对章氏的巨大纪念）。

回望中华五千年历史，“中国”一词多次反复出现，但没有哪一个王朝的名称叫“中国”。它仅是指某个地域。是孙中山创造了“中国”，并运用西方的政治学说来表述共和国的政治模式：民主共和化。还画出了从系统计划到管理方法的蓝图。

遗憾的是，缺乏政府工作经验的他仓促地被推上政界巅峰。坚持了44天后，他犯下巨大错误：在第45天让位于袁世凯（袁搞帝制后，很多人都认为孙中山的让位是政治错误）。

这个错误的“禅让”直接后果是让中国的民主化进程推迟了16年（1912年—1928年），而他自己也从政治家变成实业家（他讲要为中国修铁路，可实际在修路问题上，他无丝毫决策权），成了袁世凯的牺牲品。

后来，孙中山自己形容当这个临时大总统只不过是一个木偶傀儡。

孙中山最遗憾的事是没有看到“至专制政府既倒，国内无变乱，民国卓立于世界，为列邦公认”的理想中的中国。当胜利即将到来的时候，他却因病与世长辞。

孙中山得的是肝癌。这种病对当时中国百分之九十九以上的人来说是陌生的，这种人们从未听说过的病，到今天也没人能治好。

改组国民党、联俄容共是孙中山的第二大贡献。

他将宣传主题从“驱逐鞑虏，恢复中华”改为“反对帝国主义，反对军阀主义”。有意思的是在共产党夺取政权的过程中，也是用这“二反”主题。而共产党与国民党都曾被孙中山扶持与笼罩。

当1922年6月陈炯明叛变孙中山撤到永丰舰避难，又失去了宋庆龄肚子里的孩子后他幡然醒悟：中国革命的唯一真正和诚挚的朋友是苏维埃俄国。这也是共产国际的远东代表、谈判专家马林与越飞博士长期与其接触的结果。

让他惊醒的间接原因是蔡元培、吴稚晖等四十九人联名要他下台。这次，他坚决不下野。但同志们的落井下石让他失望。他说："三十年来精诚无间之心，几为冰消瓦解。百折不回之志，几为槁木死灰。"如此这般不如另起炉灶。

马林是在上海参加完中国共产党成立大会后，由张太雷陪同并当翻译游走汉口、长沙和桂林的。他来中国的目的很清晰：打破西方列强在中国的优势，寻找苏俄在中国的代理人。

他认定，幼小的中国共产党尚没有实力成为代理人，这个组织是苏俄出钱扶持的一支后备力量（也有资料指出：1920 年共产国际认为，中国革命的条件已经成熟，急需要一个共产主义的政党去支持孙中山的革命。这才有了苏俄出银子，李大钊、陈独秀建党的历史）。

当年 12 月下旬，马林在桂林见到了孙中山。一年前，苏俄的革命导师列宁给孙中山拍发过一个法文电报，邀请其访问苏俄，孙因种种原因没去。到 1923 年，35 岁的蒋介石替他去了一次苏俄。

马林与孙中山从 23 日开始，举行了为期五天的历史性会谈。达成两点意向：改组国民党、办国民党的军校。马林最打动孙中山的一句话是：革命不要再依靠任何一个军阀。

孙中山在 1923 年 3 月的一次谈话中，表露了他对苏俄的态度。谈话对象是基督教青年会国际委员会的高级秘书长布罗克曼。当老布问到"您认为苏维埃是民主的吗"时，孙中山毫不犹豫地回答："苏维埃是什么，我并不介意。只要他们能够帮助我反北京，也就行了！"

联俄后，孙中山身边出现了众多如鲍罗廷一般的苏俄顾问。但他从来就没想过要用苏俄的政治体制来领导中国，甚至哪怕是领导他小小的权力基地——广州。他需要的是联合发力，依靠共产党的思想和无畏的勇气。事实上他成功了。

1923 年 1 月，孙中山与苏俄特命全权大使越飞发表了《联合宣言》。在这份宣言中，明确指出共产制度和苏维埃制度不能在中国推行；而同时又显现出苏俄愿意支持中国的立场（但《真理报》发表这个宣言时，删去了"苏维埃制度不能在中国推行"一段）。

这份《联合宣言》最不可思议的地方是它乃一个国家与个人的联合宣言，由此可见孙中山在国际上的名声。当然，苏俄选择他的条件是要他“容共”，允许共产党以个人名义加入国民党。

陈独秀在1929年12月发表的《告全党同志书》中回忆了“容共”的真实原因：鲍罗廷的“皮包夹有苏俄对国民党巨量物质的帮助。于是国民党始有1924后（民国十三年）的改组及联俄政策”。他自己从来就不认为加入国民党对中共的发展有好处，可他和李大钊在当时都没有壮大中共的经济实力。

陈先生写下以上文字的时候已下台两年多，他的话不知是否可信？

人们可以看到，在1924年1月召开的国民党第一次全国代表大会上，当时全国只有不到500名党员的中国共产党大获全胜，占了选举出的中央执行委员和候补委员的1/4。而共产党的这个胜利，跟1905年就认识了斯大林的苏俄顾问鲍罗廷有密切关系。国民党“一大宣言”就是这位俄国人亲自起草、瞿秋白翻译、汪精卫润色的。

后来成为中华人民共和国缔造者的毛泽东，就是在这次大会上被孙中山钦定为中央候补执行委员的。曾经被广泛传播的“毛委员”这个词，由此发端。

在广东高等师范学院那座有着高高塔楼的大礼堂内，毛泽东的座位是39号。政治头脑清晰、极有口才、又很是浪漫的毛泽东极看重这次会议。他在离开长沙到广州赴会时，给妻子杨开慧留下了那首著名的《贺新郎》，写道：“要以昆仑崩绝壁，又恰像台风扫寰宇。重比翼，和云翥。”不知为什么，这首词过了54年，才于1978年9月9日在《人民日报》发表。此时，毛泽东去世两年，杨开慧已去世48年。

有理由相信，在国民党一大的十天会期里，31岁、身高1.75米的毛泽东，与37岁、身高1.69米的蒋介石见过面。这很可能是毛蒋的第一次见面。三年后，这两位政治对手开始了近半个世纪的争斗。

国民党一大后，孙中山在苏俄帮助下创办陆军军官学校（黄埔军校）。

他终于明白要想夺取政权，靠收买军阀相互打斗是行不通的，要有自己的子弟兵。他看中了蒋介石。

作为一颗军事新星，蒋介石在孙中山的扶持下冉冉升起。没有谁知道孙中山的本意是要谁成为他的接班人？但可以清晰地看到，蒋介石利用黄埔学生军接管了许崇智的部队后，与汪精卫、胡汉民、西山会议派等党内集团进行了分分合合的斗争，最终登上权力巅峰。1928年7月6日在北平举行的孙中山祭祀典礼上，蒋介石扶棺嚎啕大哭，一度泣不成声，是在感谢孙中山对他的培养吗？

孙中山59岁时（蔡元培先生在1925年发表的《孙逸仙先生》一文说他享年六十有一）死在北上的终点。

1924年10月底，冯玉祥突然发动军事政变，出卖了顶头上司吴佩孚，逼迫曹锟下野。几天后，在南方的孙中山收到冯玉祥的请柬，请其北上谈判，组成新政府。他在信中对孙中山说，“先生党国伟人，革命先进，务希即日北上，指导一切。”

兴奋的孙中山在11月12日寿诞的第二天，带着一个18人组成的北上团，离穗从香港到上海，再取道日本往天津。到达天津不久，他病倒了。

实际上，孙中山刚出发，冯玉祥、张作霖便在天津日租界和段祺瑞进行了一次三方会谈。结果是冯玉祥选择了放弃孙，和张作霖联合拥护段祺瑞上台。

12月31日，已无法起床的孙中山被专列送到北京，在协和医院做了手术，但已无救。3月12日上午9时30分，一代伟人孙中山溘然长逝，没能活过一个甲子。

而在53年前的同一天，晚清重臣、湘军创始人61岁的曾国藩逝世。曾国藩有机会结束清帝国，但他不具备孙中山的革命胆量和革命精神，以及革命运气。

其实在当年5月，孙中山就有大病的迹象。可没有谁能料到踌躇满志、精神焕发的大元帅，会在离开广州仅四个月，便留下一份145个字的遗嘱去世了。当他的心脏停止跳动时，原本是春暖花开的季节，却突然飘起了雪花。日本人办的《顺天时报》当天发行了一张纸的“孙中山先生千古”的号外。

至今对孙中山去北京的理由都缺乏文献资料，他难道不知道在他发表《北上宣言》后第五天，北京形势发生了根本变化？那时，段祺瑞已被各方推举为临时执政，入京收拾大局。孙中山从受邀入京指导新政府，变成了参加善后会议的代表。他为何还执意要北上呢？

事实是在孙中山去世后，冯玉祥、段祺瑞甚至都不曾参加公祭。

孙中山在签署遗嘱的当天，还口述了一封向苏维埃俄国的告别书，书中饱含深情地希望苏俄能继续提携他留下的国民党。他当然一丁点也想不到，两年后，国民党与苏俄会正式断交。不能不说这也是孙中山最后的悲剧。

终结国民党与苏俄关系的人便是号称“总理惟一接班人”的蒋介石。按《蒋公介石年谱初稿》的说法，孙中山临终时口中直呼“介石”。

但据寸步不离孙中山病榻的侍卫李荣回忆：“（1925 年 3 月 11 日）至晚 8 时 30 分钟止，（孙）绝终语不及私。12 日晨一时，即噤口不能言。4 时 30 分，仅呼‘达龄’的一声，6 时 30 分又呼‘精卫’一声，延至上午 9 时 30 分，一代伟人，竟撒手尘寰，魂归天国。”

谁的说法是真？是个谜。

民国大学问家、人称“章疯子”的章太炎在孙中山奉安之日，写下了一副意味深长的挽联：“举国尽苏俄，赤化不如陈独秀；满朝皆义子，碧云应继魏忠贤。”

在孙中山留下的众多遗产中，有几件成为了传奇。过了一个世纪依旧如新。

一、中山装

1911 年底，孙中山从海外匆匆赶到上海，准备出任临时大总统。他将一套陆军制服送到上海亨利服装店，请他们改成便装。

裁缝师傅在保留军服的某些元素基础上，汲取了中式服装与西装的特点，改出一件让孙中山满意的上装。参加临时大总统就职典礼期间，这件上衣让他显得干练大方，具有一股特殊的气质。

很快，此样式便被命名为“中山装”，并流传起来，继而演变成为中国的国服。无论主流社会还是非主流社会，无论正式场合还是非正式场合，无论铁血战场还是朋友聚会，中山装都是主要、甚至是唯一的外装，是中国男人普遍穿着的服装。这种现象，一直延续到到 20 世纪 80 年代。

进入 21 世纪后，中山装仍然没有被日新月异的服装潮流所完全淘汰。它顽强的生命力，令世界上最伟大的时装设计师汗颜。

二、中山路

共产党人从没有忘记革命先驱孙中山。他在 1924 年实施的第一次国共合作，使襁褓中的中国共产党有了实实在在的政治舞台。

无论孙中山如何看待共产党、看待苏维埃，他都在现实中给了中共一个平台。有了这个平台，便有了后来“上九天揽月，下五洋捉鳖”的通道。

新中国诞生后，从东到西从南到北，在大陆的几乎所有大中城市中，一夜之间都有了一条名为“中山路”的主要干道。每天，数以亿计的人在全国的中山路上行走。而据《周末画报》2011 年的统计，全球的“中山路”达到 187 条。当然，绝大多数在大陆与台湾。九泉之下的孙文先生恐怕一定会开怀大笑！

三、同志

从字面解释，“同志”便是志同道合之意。“革命还未成功，同志仍需努力”是孙中山留下的重要告诫。

在同盟会成立之前，中国没有“同志”这样的称呼。这个词，显然带有帮会的影子。在孙中山革命生涯中，似乎也没有脱离过帮派。从中国的“洪门”帮，到反复帮助过他的日本大帮派黑龙会。

而中国共产党成立之初，以及大革命时期，共产党人通常以“兄”或“弟”来彼此称呼。从许多党内的报告与信函甚至文件中，都能看到“兄弟”的称呼。

“同志”这个词后来在国共两党同时流行，成为日常生活工作中使用频率最高的一种称呼。其含义也发生了巨变。这个词之所以能流行至今，甚至变成了政治公文中的固定词汇，其根本原因是对其发明人的赞同与缅怀。

到 20 世纪末，“同志”一词，不知怎么成为一种同性之间特殊交往的代名词。

四、婚姻

孙中山的婚姻极具传奇。

1885 年 19 岁的他与一位名叫卢慕贞的女人结婚，生了两女一男。长子孙科获美国哥伦比亚大学文学硕士学位。这个儿子在父亲死后曾出任过国民政府行政院长；次女 18 岁时死了；小女孙金琬毕业于美国加州大学文学系，嫁给了老乡戴恩赛。她给儿子取名永丰，大概是为了纪念父亲在永丰舰上避难。

1912 年 1 月 1 日晚 10 时，在南京长江路 292 号大院内隆重举行了临时大总统的就职典礼，身穿中山装的孙中山就任临时大总统。在那个辉煌的时刻，卢慕贞就在他身边。

为了一段顺理成章的新恋情，孙中山抛弃了这位老乡元配。卢慕贞一直活到1952年才在澳门去世。

人们通常说的他婚姻传奇，是指他与第四位夫人——宋家二小姐宋庆龄的结合（虽然他还有两次公开的婚姻，一次是与小他22岁的16岁日本女孩大月薰，另一次是与福建女子陈粹芬。这两件婚事在孙家也分两派，有说是，也有说非的。但陈粹芬被孙家后代载入了家谱）。

“蒋宋孔陈”乃孙中山以后中国著名的四大家族。其中的宋家是孙中山最亲密的朋友。

宋家的掌门人宋嘉树（字：耀如）也是“洪门”弟子，牧师出身。因抓住了印刷《圣经》的机会，成为上海著名实业家。他曾为孙中山捐款无数，还帮着发行了大量的债券，被人尊称为“革命牧师”。

孙中山1911年12月25日到达上海时，第一个上船迎接他的人便是宋嘉树。就在当天，宋把自己刚18岁大的女儿宋霭龄推荐给孙中山当秘书。宋家这位大小姐可是中国历史上第一位正式到美国留学的女子。

1914年春天，因在山西获得英国亚细亚壳牌火油公司独家代理权而致富的孔祥熙，出现在宋嘉树流亡日本时在横滨的家。号称孔子第75代孙的他，身份是“中华留日基督教青年会”总干事。

已23岁的宋霭龄似乎对孔“圣人”一见钟情，当天晚上，她与孔祥熙在客厅里愉快长谈。几天后，宋家大小姐向孙中山正式辞职，然后，迅速与孔祥熙举行婚礼。

有文献披露，宋霭龄给孙中山做秘书期间，多次向孙示爱，无奈孙中山并不来电，她还曾为此不愿搭理她的这位老板。临辞职时，宋霭龄把自己21岁的妹妹宋庆龄介绍给孙中山。

也许是步姐姐后尘，宋庆龄没多久就爱上这位大革命家。人们无法揣测个中缘由，反正这对年龄相差27岁的男女相爱了。

最初时双方没有挑明，但精明的宋霭龄发现了端倪。她心中怒火燃烧，为什么自己为这个男人付出那么多，却得不到他的爱？吃醋的大小姐显然不愿意让孙宋恋继续下去，决定通过父亲阻止庆龄。

悬殊的年龄，教义的约束，家庭的丑闻，社会的影响，导致宋嘉树决心反对这场婚事。为了不辞而别带走庆龄，宋家已做了多日准备。1915年春，这天，宋庆龄从东京孙中山处回到横滨，宋嘉树突然宣布全家结束流亡，立刻返回上海。庆龄甚至无法跟孙中山打声招呼，便被家人带上船。

回到上海霞飞路的家，宋嘉树立刻宣布宋庆龄跟别人订婚的消息。同时，将这位二小姐软禁在家里。只是宋嘉树与宋霭龄都没想到，那位看上去老老实实的女仆人竟会背叛他们，偷偷给孙中山与宋庆龄当起了鸿雁使者。孙中山得知宋嘉树因女儿与他相爱的缘故不辞而别后，开始了行动。此前他已充分考虑了如果要娶宋庆龄将面对的种种问题，这些问题归结为“五关”：

宋嘉树关：这是老战友啊。他为自己的革命事业披肝沥胆，作了多大的贡献啊，如何说服他？

元配夫人关：虽然卢夫人是小脚女人，毕竟为自己生育了三个子女，如果抛弃她，也可能导致与儿女们的感情破裂；

党内关：这一关也不容易过，人们总是苛刻地对待领袖的婚姻，只要娶宋庆龄就会被抨击，中国人的传统观念从来就是根深蒂固的；

社会舆论关：孙中山已是闻名世界的人，此事可能涉及他的名声，进而干扰他的革命事业；

基督教会关：肯定会被教会干涉，但不会有多大的作用。

可此时爱情让孙中山义无反顾，采取的第一个措施是立刻派自己早期的侍卫官郑卓去澳门找卢慕贞商量解除婚约之事。他给妻子写了一封要求支持他的信。

卢慕贞开始同意孙中山纳宋庆龄为妾，孙博士知道这是不可能的。一位留美学生、富豪千金、革命党人是不可能成为妾的，他坚持离婚。结果卢慕贞被带到东京。这位不识英文的小脚女人，在与孙中山解除婚约的英文文件上按上了指印。

接着孙中山对同僚表示：“我孙文是人，不是神。”不理睬党内与社会的压力。

关键的一步棋是派贴身秘书朱卓文去上海“解救”宋庆龄。他认为这位秘书乃“善解棘手之事”的人。

朱卓文于1915年10月带着孙卢离婚协议书去了上海，为了掩护，朱卓文还把女儿带上。到上海的第三天，就派女儿打入宋家与庆龄接上了头。22岁的宋家二小姐亲眼看到按着鲜红指印的离婚协议书后，决定自己为自己做主。大约是10月23日夜晚，宋庆龄在朱卓文的策划下开始实施逃跑。

夜深人静，月儿正圆，那位女仆充当了望风人。爱情的力量让二小姐坚强而固执。她给父母留了张纸条，然后从窗户用床单结绳，悄悄溜下二楼，越墙而出，幸运的是没有摔伤。

朱卓文已准备好了车子，直奔码头，他们顺利登上了东渡的轮船。

当她下了船又上火车，到达东京火车站时，一眼就看到了前来迎接她的孙中山。一切沟壑在重新相见的恋人面前，都如同一马平川。

25 日上午，在廖仲恺等人的陪同下，这对新人到日本著名律师和田瑞家办理结婚手续。不久前，就是这位律师给孙中山办理了离婚手续。

孙宋二人正儿八经地签署了一份《誓约书》："此次孙文与宋庆龄之间缔结婚约，并订立以下诸誓约：（一）尽速办理符合中国法律的正式婚姻手续。（二）将来永远保持夫妇关系，共同努力增进相互间之幸福。（三）万一发生违反本誓约之行为，即使受到法律上、社会上的任何制裁，亦不得有任何异议；而且为了保持各自之名声，即使任何一方之亲属采取何等措施，亦不得有任何怨言……"这份誓约后被不少人诟病，认为缺失了理想和浪漫。事实上，当时孙宋二人都不知道"永远"是多远。

下午 4 点半，新郎新娘在他们终身的好朋友梅屋庄吉家举行了公开结婚典礼。有文献称：新娘穿粉红和淡绿花图案的裙子，手拿一束鲜花；新郎则西服革履（不是中山装）。没有证据证明他们在教堂举行过有关仪式。

（半个多世纪来，关于梅屋庄吉对孙中山的帮助总处于秘密状态，以至于韦慕庭的书中都鲜见这位日本人的踪迹。但在广州黄埔军校遗址能见到专门的有关庄吉先生的展览，实为感人）

宋庆龄私奔使宋家炸了锅。宋嘉树显然不愿意做孙中山的老丈人，他立刻赶到东京，但晚了一步。

牧师出身的宋嘉树在庄吉家门口高喊："我要见抢走我女儿的大总统……"

孙中山面不改色地走到门口，站在台阶上。多大的风浪他都经历过，多大的场面他都见过，他对气呼呼的宋嘉树明知故问："请问，找我有什么事？"

宋嘉树没想到孙中山会如此问话，愣在当场。暴怒的他突然"扑通"一声跪在地上，说："我不懂规矩的女儿，就拜托给你了，请千万关照！"然后在地上磕了几个头起身而去。

事后宋嘉树找到日本政府，说女儿是被迫成亲的，要求毁婚约。但得到的回答是：孙宋联姻手续齐全，合乎日本和中国法律，日本政府不能干预。宋嘉树黯然返回上海，从此再没见过孙中山。

宋庆龄的母亲倪桂珍事后置办了丰厚的嫁妆，大张旗鼓地送到日本，以回应社会上的流言蜚语。而孙中山的大儿子孙科直到1916年2月才知道父亲再婚的消息。但他不信，拍发了表示怀疑的加急电报。

宋庆龄嫁给孙中山10年，没有生育。据称，她怀孕过，但在1922年6月16日陈炯明叛变的当天流产了，从此再没有孕育。

孙中山去世时，她得到了他的书籍、手稿、衣物、住宅，还有“国母”的名分。这个名分伴随她度过了余下的66年。她在自己的遗书中说明：“我百年后，绝不挤进中山陵，分享中山先生的光辉……”

临终前14天，宋庆龄加入了中国共产党，次日获国家名誉主席的称号。邓小平在“宋庆龄悼词”中指出：“宋庆龄同志是中华人民共和国缔造者之一……中国共产党优秀党员……”

一个入党仅14天的人，如何会是“优秀党员”、“缔造者”呢？这是历史留下的疑问。人们只知道，每当中国共产党出现难题，都会出现宋庆龄的影子，如西安事变、国共二次合作等，甚至毛泽东在延安的座驾都是她送的。

回到1949年9月30日傍晚，回到毛泽东浓浓的湘潭话音里。在这里，人们应该不止看到袁世凯和孙中山，以及他们的同僚“鲜活的面容”。还能看到中国共产党的先驱们，他们波澜壮阔的无畏举动同样让人神往……

1920年初的一天，寒风四起，枯藤老树昏鸦。灰蒙蒙的北京朝阳门里（也可能是德胜门），一架骡车慢慢向关口走来。快过年了，正是生意人往各地收账的时候。

车上坐着两位生意人模样的中年人，他们虽行色匆匆，却泰然自若。守门的警察并未多看他们一眼。当骡车驶出城门后，便朝着天津方向疾驶而去。

当时没有谁知道，车上坐着的两位中年人便是“北大红楼两巨人，纷传北李与南陈。孤松独秀如椽笔，日月双悬照古今”的陈独秀与李大钊。

就在这趟北李送南陈的旅程中，在古道西风瘦马的意境里，在颠簸的骡车上，两位思想巨人相约建党。

已经无法知道化装脱险后的北大教授陈独秀是怎样的心情（他因搞五四运动先被当局逮捕，后被软禁），也无法知道护送他的北大图书馆馆长李大钊是否欣慰。人们只知道，一年后，在军阀混战的中国出现了一个秘密的政治组织，李大钊给它起名叫“共产党”。

陈独秀无论如何也想不到，自己发起建立的共产党会在七年后抛弃了他。他更想不到，他的两个儿子因与他有相同的信仰而先后牺牲，死的时候，一个28岁，一个26岁。他的女儿因为先后给两个哥哥收尸，情绪受到剧烈波动抑郁而死。

李大钊也想不到，那时他的生命只剩下七年多时间，他将成为中共烈士第一人（他被判处“三绞处决”，绞杀整整进行了40分钟。那年李大钊38岁）。他更想不到，曾在他手下工作过几个月、操着别人听不太懂的湖南口音的师范生毛泽东，会接过他的旗帜，用了近三十年的时间夺取了政权，并给他报了仇。在他被绞死后的第24年（1949年），抓捕并参与杀害他的凶手们相继落网，被处极刑。那台绞死李大钊的大绞刑架，成为中国革命博物馆收藏的一号文物，馆藏编号为：001。它是袁世凯从德国进口的。

在二十世纪的金戈铁马中，“鲜活的面容”越发多了起来。他们与前面提到的人物一样，是朝代变更中的过渡人物。

中国人是善忘的，而且忘记的速度很快。有多少人还记得“文革”？有多少人还记得解放战争？有多少人还记得抗日战争？有多少人还记得国共合作、清朝灭亡？再往前推，有多少人记得八国联军？有多少人记得甲午海战？这其中的规律是离得越近忘得越快。

在战国，中国人就留下“前事之不忘，后事之师”格言。可千百年来，这句话只成为一种借口，一种说明我们懂得饮水思源的借口。

然而，如《管子》所言：“万乘之国，兵不可以无主；土地博大，野不可以无吏；百姓殷众，官不可以无长；操民之命，朝不可以无政。”至于谁是“主”？谁是“吏”？谁是“长”？谁是“政”？便无关紧要。男人留辫子没事，剪辫子当然也没事。

可是，无论世间如何变幻，那些在历史事件中出现的过客们，无疑地成为了历史的架构。在历史本身的长河中，他们的光辉始终温暖着属于他们的时空。这些人就像是一条条渡船，把“一将功成万骨枯”的幸运者送上权力之巅。

在接下来要讲述的民国十六年（1927年），背景没有春秋战国那么复杂，但也不太简单：皇帝已经消失了好多年，文官在治国中亦不起作用。北京政府变成了名义上的政府，中国的秩序处在混乱之中。奉系张作霖坐在首都，想“挟天子以令诸侯”；盘踞中原的玉帅吴佩孚心道：想得美；张作霖于是先联合阎锡山向南打，后又围困晋军，迫使阎老西与西北军冯玉祥联手，抵抗奉系；掌握江南鱼米之乡的孙传芳，先是隔岸观火，看北伐军打吴佩孚。殊不知，那大火其实也是冲他烧来的……

在军人说了算的年代，混乱是必然的。但天下大乱，必达天下大治。谁将是收拾山河之主角？

过客们大多并非主角。可因为他们的存在，两位主角——蒋介石、毛泽东的价值才显得那么有意义、那么生动、那么让人在匪夷所思后，敬佩不已。

让我们先认识一下这些“鲜活的面容”吧：

钻营的汪精卫、忠诚的廖仲恺、书生的胡汉民、倒霉的许崇智、多变的冯玉祥、狡诈的李宗仁、慷慨的张静江、癫狂的吴稚晖……

固执的陈独秀、骨硬的李大钊、偏激的瞿秋白、浮沉的张国焘、幸运的朱德、忙碌的周恩来、义气的贺龙、大义的卢德铭……

落魄的吴佩孚、不甘的孙传芳、苟同的蔡元培、风中的鲁迅、智慧的梁启超、抑郁的王国维、失意的康有为……

这些如雷贯耳的名字，加上那些苏俄顾问们，如同一根根紧绷着的独自发光的纬线，与蒋介石、毛泽东璀璨万丈的经线交织在一起，一幅民国十六年（1927年）的历史画卷慢慢展开……

第一章
跃马谈兵 鏖战南昌

民国十六年（1927年）元旦，四十岁的国民革命军总司令蒋介石踌躇满志，坐在北伐军南昌行营办公室，提笔给《革命军周刊》题词："革命军在去年死伤了三万人，只肃清鄂湘赣闽四省反革命军队，还不能统一长江流域。今年已是民国十六年了，革命军应该如何努力奋斗，继承已死同志牺牲精神，廓清中原，痛饮黄龙，完成总理遗交我们的革命责任？"

写到这儿，蒋介石想想，在落款前写道："革命军周刊出世，有感自问，以问全军同志。"

用如此口吻是有目的的。北伐虽让他在党内和全国民众面前人气骤升，但他不打算停下脚步。需要借此进一步扩大自己的权威，达到定都、建国、实施军政的目的。

经过半年北伐，蒋介石具备了以一己之力对抗广州政府的力量，他再也不是三年前坐在国民党一大会场局促扭动，连委员也不是的小人物了。正是那次著名的会议，决定要开办一所陆军军官学校。此时此刻，他享受着这所军事学校——黄埔军校带来的果实。

近段时间，他在南昌与九江之间往返，目的只有一个：说服广州政府建都南昌，为此，他已经做了许多准备。

蒋介石住在南昌西花园一袁姓富人家里。这是位中年人，和妻子一起对蒋总司令夫妇的照顾无微不至。

十五岁就嫁给蒋介石的陈洁如，一直跟在身边。她当然不知道八个月后自己将被迫离开这位曾疯狂追求她的国民党最高军官；也不会知道，她的名字和这一段婚姻会被后来成了国家元首的丈夫从字面上删得干干净净。

蒋介石在北伐前后对比他小十九岁的陈洁如的依恋达到高峰，几乎一刻也无法离开她。他在民国十四年（1925 年）六月二十八日的日记中写道："今日以洁如未到，暴性大发……"这是他平生第一次如此地依恋一个女人。

与陈洁如一起服侍他的还有从老家带出来的两位蒋姓族人：阿顺和瑞昌。当陈洁如没在身边时，瑞昌就睡在他附近。可瑞昌好打鼾，常常让蒋介石无法入眠，他曾为此禁闭过瑞昌，但作为心腹，蒋总司令放心这位卧榻之侧的族亲。当曾任国民革命军总政治部主任的邓演达成为反蒋骨干后，已是国家元首的蒋介石，就是命令瑞昌——这位心腹去杀邓演达的。

尽管手握数十万军队，具备了话语权，但善于察言观色的蒋介石还想再看看正在武汉风生水起的对手们的表演。他们会如何下手呢？蒋介石喜欢独立思考，任何人的意见，在他的心里都只能作为无关紧要的参考。军人的霸气，黩武主义的世界观已悄然布满他全身。可他明白，羽翼丰满不等于能玩转政治。民国十四年（1925 年）六月，国民党中央执行委员会议决改大元帅府为国民政府，十六人的委员名单里有他的兄弟许崇智、张静江、戴季陶，却不见他的名字。两年多来，他从小老弟快速变成老大哥，绝非靠胆大鲁莽。虽然结拜兄弟不少，但一起运筹的时候不多。所有人似乎都知道他刚愎自用。

在中国西藏地区，流传着一个"九狗一獒"的故事。一条母狗产下九只狗，主人待小狗满月后，便全部放入地窖，不再投食喂养。小狗们相互残杀，直到剩下最后一条——獒。藏獒形同雄狮，体壮如牛，不怒而威，其吼声如虎啸，令人毛骨悚然。

看看孙中山去世后的两年里，如果按实力排列国民党首脑人物，在蒋介石前面有汪精卫、胡汉民、许崇智、廖仲恺、刘震寰等。这些人，每人都可以写一部国民党党史。在他们面前，蒋介石总是显得谦卑，给人们温良恭俭让的感觉。他心里知道，只有搬掉这些"大山"，自己才能成为党魁，继而执政。他如同一只蛰伏着的小藏獒，等待吃掉其他人的时机。

除了党内同志，日益长大的中国共产党也是他心底的隐患。从民国十二年（1923 年）替孙中山访问苏俄后，他对共产党组织就没有好感，也不喜欢苏俄的政治体制。正是这次到访苏俄，使蒋介石感觉到苏俄对中国不怀好意，从而埋下不与苏俄人为伍的种子。但不管该如何遏制共产党以及同僚，前提都是必须把自己变成獒，而成为獒的资本就是手中的十几万北伐军。他坚信，这支以自己的学生为班底的部队，有能力完成他的胸中大业。

民国十三年（1924年）九月，孙中山亲自组建了北伐军，并于九月十八日发表了《中国国民党北伐宣言》。北伐目的是什么？不太清楚。仅仅是打到北京？也不太清楚。

显然，那是一次军事冒险。当时在国民党阵营内部出现了许多反对意见，连孙中山的儿子孙科都为此辞去了广州市长职务。

有文献显示，为了支持老爸打仗，从民国十二年（1923年）四月到十三年（1924年）六月，孙科领导的市政府至少拿出了一千万元。如果不给，孙中山会在大庭广众之下，追着孙科打。逼得这位无奈又“无能”的儿子，在广州商人身上拼命附加捐税，结果间接导致了在粤商团发起了反对孙中山的战斗。

一贯忠诚于孙中山的廖仲恺因意见相悖，也辞职了。

蒋介石亦觉得孙中山是一意孤行，递交了辞去黄埔军校校长职务的报告。

而与国民党合作尚在蜜月期的中共，亦是反对那次北伐的。

可孙中山依旧倔犟地让胡汉民当了代理大元帅，自己于九月十二日出发去韶关，他把那里当作北伐总司令部。

不甘心自己的建国理想付之东流，孙中山把参加这次北伐的部队改名为建国军。他没有起用党内的军事专家蒋介石为军队首领，而是指定湖南籍的政治家谭延闿担任总司令，并决定湘、赣、豫军全部参战，滇、粤军抽调一部分随行。实际上孙中山心里最清楚，建国军中除了蒋介石的黄埔军校学生和许崇智的建国粤军外，其他部队都是有奶便是娘的小军阀。

果然，这次北伐还没开始就知道了结果。

先是后院起火，官逼民反，广州粤商团于十月十五日凌晨发动叛乱。蒋介石指挥他的学生兵成功弹压了叛乱。虽是小试牛刀，却使他和他的学生军尝到了最初的胜利果实。

再是冯玉祥在第二次直奉战争激战正酣时调转枪口，指向了他的顶头上司玉帅吴佩孚。九月八日才刚刚登上美国最具影响力杂志《时代》封面的吴总司令，直坠万丈深渊，逃往天津；最后吴被蒋介石打败，去了四川，在长江之上刘备托孤的白帝城一住五年。

正是冯玉祥的政变，他的部将鹿钟麟带领二十名士兵，将末代皇帝溥仪逐出故宫，无路可走的溥仪迈出了倒向日本的第一步。

冯玉祥的这次政变，也间接导致孙中山去逝。孙总理如果同意蒋介石坚守黄埔（他以为蒋介石会被商团打败，还威胁蒋说他是不会回援广州的），拒绝冯玉祥的北上邀请，他的生命会在几个月之内消亡吗？如果历史允许假设，已善于跃马谈兵的蒋介石会继续忠于孙中山吗？在文献中已有蒋介石公然反抗孙中山的记录，如他拒绝率学生军去韶关。

但所有的历史都告诉人们，孙中山之所以会被尊为“中华民国国父”跟蒋介石不遗余力的宣传有密不可分的关系，他曾命令陈果夫花一百万买回了一张一八九五年左右的照片。这张照片中，中间坐着的是革命党领袖杨衢云。当时孙中山是杨的秘书，直立在杨身后。蒋介石不能忍受国父屈身于随从的地位，这对他高举孙中山的旗帜杀向北方的宣传不利，北伐不仅需要武力，还需要精神。

一面继承中山遗志一面操纵枪指挥党的蒋介石，无论在政治上，还是军事上，似乎都比孙中山更有运气。他只花了七个多月的时间，就把地盘从珠江流域推进到了长江流域。北伐军初时为八个军不足十万人，军饷也只筹足两个月五百万元，如今已是两百个团二十六万多人的大集团军了。在这个集团军中，他的嫡系部队显然最有战斗力。

但蒋介石是清醒的，他闭着眼睛也能把八个军的情况看得清清楚楚：

第一军军长何应钦。黄埔战术部总教官，也是蒋中正在日本振武学校留学时的师弟，是坚强后盾，但也不能肯定他在膨胀的时候没有野心。好在五个师中绝大多数是听自己指挥的。这个以黄埔学生为骨干的军在两年前成立时约有一万人，当时月饷达四十五万元，是国民革命军的精锐部队，也是自己的嫡系。

第二军军长谭延闿。此人是个八面玲珑的水晶球，号称是官员中的“甘草”，跟谁都可以搭配。曾被孙中山看重，但他应该明白自己目前的实力，他的建国湘军不会是自己的敌人（蒋介石此刻还不知道八个月后，谭会成为自己与宋美龄结婚的功臣），况且，他也不在军中，治军非他所长。

第三军军长朱培德。孙总理当过他的主婚人，曾参与平息建国滇军总司令杨希闵的叛乱，所以他成为了由建国滇军改编而来的北伐第三军军长。全军多为云南人，无甚作战能力，但打江西立了功，应该行赏。

第四军军长李济深。他的部队由建国粤军改编，是自己的副校长，他只想做南粤王。但他的党代表廖乾吾要提防，不能让这个共产党把自己好容易才从许崇智那里弄来的粤军给带跑了。这个军里有张发奎、陈济棠等名将，其中最能打仗的独立团要提防，团长叶挺曾留学苏俄，是个共产党。

第五军军长李福林。这个比自己大十三岁的广东人，老早就是同盟会员。是个墙头草，他与去年第四军攻占汀泗桥、武昌城的师长张发奎的关系诡异，要防。但他的部队基本是地方军和绿林汉改编而成，无甚战斗力。

第六军军长程潜。与谭延闿同为湖南人，此人差点顶替了我的黄埔军校校长，要不然，今天安坐南昌的真不知是谁？只是他的部队攻占南昌后又被孙传芳反攻，损失惨重。这个军虽无战斗意志，但听说程潜对政治工作很有兴趣，要继续利用他，也要防他。

第七军军长李宗仁。这个广西人有点捉摸不透，他主动投靠孙中山，足以说明他的智慧。他的部队虽然只有两万多人，但能打大仗。现在桂系已有九个旅二十个团的兵力，不能小觑。说不定他的心思与自己一样：打中山牌，枪指挥党。

第八军军长唐生智。也是个湖南人，是被吴佩孚打败了才投靠革命军的。他的第八军是由赵恒惕的湘军分化而来，虽然成立不久，但半年北伐，他趁乱扩军发展很快，已经号称有五个师，武器也不错，两湖已在他囊中。自以为靠他的湘军就能解决所有问题，骄傲自大。最要防！

当然，更需要防备的人还有这八个军的党代表以及副党代表。他们有的还处于地下秘密状态，但起码有一半是共产党。

虽然，此次北伐得益于苏俄数百万美元的资金和军火，以及庞大的军事顾问团（苏俄参加北伐的全部军事顾问约五十余人。军事总顾问加伦，总参谋长罗加觉夫，副参谋长切列多夫。第一军葛尔培伯特，第二军杰卜罗斯基，第三军马尔赤利克，第四军帕罗，第五军雷林，第六军波列盛科，第七军兹金，第八军奥尼依奇。还有航空、海军、炮兵、工程兵、兵工厂的顾问），但与共产党的合作总是让人担惊受怕。

北伐出征前，蒋介石在“留别全体官长学生书”中写得明明白白：“本校长向以革命为前提，前次提出整理党务案，及要求我同学各保持纯粹之党籍，皆仅考虑本党与共产党合作之方法，并非怀疑本党与共产党合作之原则。无论其退出C.P，而为纯粹之国民党，或退出国民党而为纯粹之C.P分子，本校长皆一视同仁……”

要成大事，就必须搞清楚谁是鱼谁是虾？这很重要！现在已越发感觉到来自国母宋庆龄与苏俄大顾问鲍罗廷的压力，要挣脱这些压力应该采取什么办法呢？

蒋介石让瑞昌拿来他几乎每天都翻看的王阳明《悟真录》，想用读书来净化脑子里纷乱的思绪。

再过两天，他将召集一个重要的会议，严格地说是一次试探会，他要看看党内党外的那些反对他的同志有何动作？当年王阳明用了短短三十天时间便平定南昌宁王朱宸濠的“宸濠之乱”。但正德皇帝并没嘉奖他，反而招至飞来横祸。今天我蒋中正为国民党立下了盖世大功，会遭到什么下场呢？王阳明正是在南昌揭示了“致良知”的学说，完成了他的“心学”体系（若干年后，南昌人用他的名字命名了一条路来纪念他）。现在我蒋中正就在南昌，我能悟到什么？又能得到什么？

阳明子在回答何为“大人”时说：“大人者，以天地万物为一体者也，其视天下犹一家，中国犹一人焉。”他还说：“对先儒之学，学者惟当反之于心，不必苟求其同，亦不必故求其异，要在于是而已。”

蒋介石自幼学习四书五经，从启蒙老师任介眉那里他知道了“礼义仁智信、恭俭温良让”。但自参加革命以来，所经历的磨难，却并非先儒之学所教育的那样。他以为，中国之所以群龙无首无法统一，实为无“大人”也。袁世凯是“大人”，孙总理也是“大人”，可他们都不在了。几个月前被打败的吴佩孚算什么？他不过是一条被曹锟拖下水的落水狗而已。北伐之初定下的“打倒吴佩孚（他控制河南、湖北、湖南和直隶南部，兵力约20万人），妥协孙传芳（他控制江苏、浙江、安徽、福建、江西，兵力约20万人），放弃张作霖（他控制东北和山东、直隶、热河、察哈尔等地和北京政权，兵力约35万人）”的战略，原本是正确的，但却好过了唐生智这个老军阀，让他重新占领了长沙，还把地盘扩大到了武汉。他的部队已达二十多个团，兵力比广东的三个军相加还多。幸好及时改变进军河南与冯玉祥等合流的动议，转而进攻江西，当时那个鲍罗廷和加伦还在犹豫，他们根本无法理解中国人的内心。

蒋介石在民国十五年（1926年）八月七日、二十日、二十九日分别在日记中写道：“入湘以来，为其当道（指唐生智）怀疑抱恐，拒之不得，迎又不愿。”“得粤电，知后方有迎汪之谋，代行者亦有此意，或另有他图，以为倒蒋之伏线。”“余决亲督江西之战，以避名位。”

此刻的蒋介石，虽贵为总司令，其实并没有地盘，离“以天地万物为一体”还差得很远。正因为广州回不去，武汉进不了，湖南又太无定数，才选择攻进江西占领南昌。从这里可以打通前往浙苏的道路，那里不仅有他的家乡，还有他向往的上海，黄浦江畔才是中国持续不变的经济中心。如果能得到宁波财团的支持，苏俄人要想再控制北伐军就难上加难。民国十五年（1926 年）九月十四日他在日记中写道：“余决离鄂向赣，不再为冯妇矣，否则人格扫地殆尽。”

此刻的蒋介石，还强烈地感受到了共产党政治工作的厉害，他不得不承认北伐军能席卷长江流域的一个重要原因是政治工作。但让他烦恼害怕的是，就连自己的嫡系部队中有多少人是共产党他都没法知道。要想实现“视天下犹一家，中国犹一人”就必须将国民党纯洁地统一在我蒋中正名下，就必须摆脱并消灭形影相随的共产党。他有预感，中国革命史上一个决定性的转折点正在迫近。

毫无疑问，把北伐军总司令部的这枚棋子摆在南昌是正确的，接下来就看这盘棋如何下，又如何将军了。往东，有八成把握将死孙传芳，把他的五省联军彻底消灭，谁叫他不接受国民政府的任命；往北，亦可将死以鲍罗廷为首的国民党左派。只有他们死了，我蒋中正才能活。

他后悔几个月前做出的一个决定：要广州政府迁往武汉。当时，武汉尚未打下，但蒋介石感觉随着战线拉长，与广州的联络和管理愈发不便。最主要的问题是军费，每次问财政部长宋子文要钱都像是要饭。拿下武汉后，好过了唐生智。只有国民政府迁入，才能遏制这股湘军。

为了说服广州迁都，他发动了北伐军各军首脑附和他的提议，连激进的总政治部主任邓演达也主张迁武汉。结果，蒋介石落入了自己挖的陷阱，由苏俄顾问把持的广州国民党中央政治会议将计就计，同意迁都。

在上一年十一月十四日晚欢送中央监委委员古湘芹（古应芬）时，蒋还说：“总理主张建都的地方有两个，第一个是在南京，第二个是在武昌。现在南京虽然没有打下，但武昌已为我们占领……党部、政府既已议决，仍请早日迁移，这是我们所最希望的。”

仅仅过了一个月，瞬息万变的混战情况发生了根本变化。鲍罗廷在武汉突然提议：政府未迁武汉之前，由先期到达的国民党中央执行委员组成临时党政联席会议，行使最高职权。宋庆龄、孙科、陈友仁、蒋作宾、吴玉章等参加了会议，司法部长徐谦被选为联席会议主席。成员包括有最需要防范的唐生智、张发奎等军人。而蒋介石的把兄弟、时任代理中央常务委员会主席的张人杰（张静江）却没在名单之内，这等于把大好河山拱手相送。蒋介石不由地恨恨骂到：娘希匹，这帮阴谋家。

后悔啊。算算日子，鲍罗廷等是上一年十二月十二日到达武汉的。此前的四日至八日蒋介石亲自陪他们去庐山，边游览边开会。从黄龙潭到仙人洞，山路崎峻，山上雾气弥漫，山岩全隐，偶露峭崖，可仰可爱。

这一群人之中，只有蒋介石与孙夫人庆龄讲的是同一种语言。气喘吁吁的他，见宋夫人谈笑风生，暗想：如果她能下嫁于我，那在国民党中就真无人能望我项背了。汪兆铭在党内再厉害，也经不住我与庆龄的联手打击。唉，之前有过试探，可这位小我六岁的国母无意再嫁人。也许是天意，我和她命犯六冲啊，今生只能把她当观世音菩萨供着。

在庐山与鲍罗廷相谈甚欢。七日的会议也根本没有什么临时联席会议的动议，怎么才过了几天，这个老毛子就变了，在庐山的四天中怎么就没看出他的阴谋呢？

蒋介石并没有意识到，鲍罗廷的所有举动都与遥远的莫斯科连在一起。斯大林给鲍罗廷的指示是强硬的，坚决遏制蒋介石，并具体说明了如何让蒋介石回心转意的方法。克里姆林宫已感觉到羽翼渐丰的蒋有了异心。

他看不进去书了。他知道，此刻，民国十六年（1927 年）元月一日临时党政联席会议已经在武汉正式办公了，武汉民众正欢呼雀跃。他们把我这个北伐功臣放在哪里？把堂堂常务委员会主席放在什么位置？

必须要有反应，要立刻行动。他已决定，趁广州政府的同志们尚未齐聚武汉还滞留南昌之机成立临时政治会议，并以这个会议的名义主张定都南昌。鲍罗廷等人不要以为给汉口、汉阳、武昌三镇定名为武汉就可以为所欲为了。

昨天晚上，在宴请国民政府代主席谭延闿、中常委代主席张静江时，蒋介石话中有话地指出：“在前方的同志虽然也是很辛苦，天天在枪林弹雨之下，冒险过日子。但是，没有政府和党部把后方设置得很稳固，前方一定得不到现在的结果……”

现在应该马上与静江二兄商量。他是自已与洁如的月老，也是良师，连总理都尊称他为“二兄”、“中华第一奇人”。蒋介石在反思四十岁之前的所作所为时，有无数让他后悔的事。但在民国五年（1916 年）九月，与张静江、许崇智结拜为兄弟，他从未后悔过。这位义兄对他的帮助太大，在他最彷徨的时候，拉他一起做生意，成立“恒泰记”；在他最失意的时候，助他出任黄埔军校校长；民国八年（1919 年）正是在二兄家遇到了现在的夫人陈洁如，也是二兄主持，使他能在民国十年（1921 年）十二月与陈洁如举行婚礼，而这位小夫人给了他无尽的信心（关于蒋陈婚礼，有文献认为是陈洁如杜撰的。她的结婚日期，蒋介石根本不在上海。而且蒋母是十一月二十三日下的葬，以孝著称的他不可能在十二月五日与陈洁如在上海永安大楼大东旅馆结婚）。

与二兄的商谈很顺利。张静江劝蒋介石别着急，对那个俄国毛子鲍罗廷不用害怕。他说：“自你去年七月率大军北伐，我在广州一直为你谋划，让陈英士的侄子做组织工作是步妙棋。现在看来，跨党分子一定要肃清，没有自己的人来做党务工作是不行的。那个鲍罗廷，只会造反不会搞经济，在广州我已经几次训斥过他。”

对用盟兄陈英士的侄子陈果夫管理党务，蒋介石当然十分放心。这个侄子辈的组织部代部长其实只比蒋小五岁，他曾经帮蒋介石管理过“恒泰记”，井井有条，虽无甚建树，但也无贪渎，还帮带过蒋经国。但二兄公然斥责鲍罗廷会不会引起后患？这个俄国人可掌管着打仗资金的大头哦。

张静江推了推眼镜，慢慢地用带有浙江湖州口音说：“浙江实业银行、光业银行、上海银行、盐业银行等，在你认为有必要的时候都会给你钱。上海的虞洽卿不是已经派人到南昌看过你吗？上海工商界的领袖们都支持你，你还怕什么呢？”

二兄坚定的语气，顿时让蒋介石把在嗓子眼的心放了下来。进攻江浙打回上海，正是他心中已反复考量的大事。

心情大好，他马上让陈洁如拿出早上刚给《革命军周刊》的题词给二兄看：“今年已是民国十六年了，革命军应该如何努力奋斗，继承已死同志牺牲精神，廓清中原，痛饮黄龙，完成总理遗交我们的革命责任？”

张静江眯起眼睛，认真揣摩。“嗯，写得好。我们是需要自问，该如何革命。介石，你的小楷自成一体了，有文人气息，也有武将杀气。”他话锋一转：“从你昨晚宴会的祝酒辞里，我看到了你一统江山的决心和可能性。不知你真想过没有，革命究竟是为了什么?”

蒋介石一下被问住了，他还真没认真想过这个问题。此次北伐，是他平生第一次如此大权独揽有名有实地实施自己的抱负，必须充分利用好这个千载难逢的机会，让自己的枪去指挥党。在他的信仰里夺取江山就是革命。

见蒋介石没回答，张静江接着说：“总理多次提过的，革命就要建设，不建设，革命就要失败。”他边说边看看蒋介石。见还无甚反应，又说：“昨日乘船过赣江，见江南三大名楼之一的滕王阁被毁于一旦。听说武汉的黄鹤楼也早毁了。虽然铁路、电气、通讯、水利是建设的第一要务，但文化建设不可不重视啊。”

听到这里，蒋介石长出了一口气，终于明白张静江的意思。回答道：“二兄教训的是，革命的目的还是建设。这次滕王阁被毁，我有责任，但其中缘由很复杂，战争无情啊，二打南昌我也险些丢了性命。”

他给张静江讲述了去年十月中旬亲率第一军第二师与第二军、第三军，两次攻打南昌的情景……

湖南、湖北、江西是民国十五年（1926 年）北伐的三大主战场。拿下两湖后，最大的赢家竟然是唐生智，他坐稳了两湖的江山，这让北伐的组织者——蒋介石愤愤不平。

此时如果北伐军按预定计划，从湖北直插河南，与冯玉祥会师，而与冯玉祥合作原本就太不可靠，那蒋介石就可能真的成为“革命军中马前卒”了。虽暂不与西北军合作，但此人要先稳住。此前已暗中派江西宣抚使方本仁的长子方达智携银圆五十万往河南，缺少军费的冯玉祥成为北伐军的友军应该不成问题。

暂不去河南，又要改变现状，最好的办法是修改既定的北伐策略，将原定“打倒吴佩孚，妥协孙传芳，放弃张作霖”，改为“赶走吴佩孚，打倒孙传芳，争取张作霖”。打孙传芳还有一个极好的理由，这个睥睨一切的山东人竟敢向已拿下两湖的北伐军下最后通牒：限令北伐军二十四小时内退回广东。这让一直打胜仗的北伐军义愤填膺。

江苏、浙江、安徽、江西、福建向为富庶之区。北伐大军已到此，焉有不取之理。无论五省联军司令孙传芳如何打自己的算盘，北伐军都要会会他。蒋介石在内心把打倒这个脑子不清醒的孙传芳看成是巩固自己地位，进而控制党和政府，实行军政的关键性动作。他一面反复与孙传芳谈判，一面挥军入赣。

先打江西而不打安徽的原因主要有二：一、调兵方便，从湖北到九江，从湖南到萍乡，从广东到赣州都比进攻安徽方便许多，兵贵神速。更重要的是，拿下江西，便打通了往浙江杭州的大路。

二、盘踞江西的联军总司令邓如琢非孙传芳嫡系，他始终游浮于吴佩孚与孙传芳之间，不愿意他人插足赣境。对孙传芳的援军也不感冒，只令其在赣北驻扎。

九月五日趁邓如琢丧父，北伐军第二军、第三军开始从赣西发动进攻。六日就占领了江西的西大门萍乡。十一日第六军占领了赣北修水。此时邓如琢主力在离南昌不到两百里的药都樟树与第二军、第三军相持。第六军军长程潜得知南昌城内只有六百多人的部队，决定放弃攻打德安等地，命令十九师星夜兼程奇袭南昌。程潜的举动源于他不愿接受第三军军长朱培德的统一指挥，就在全面进攻江西的当日，他还向蒋介石辞职，没被允许。

九月十九日，十九师二百多便衣队潜入南昌，在城内工人、学生的策应下，成功实施了奇袭。城内的南昌警备司令和省长竟越墙而逃。程潜得以凯歌齐奏跃马入城。

接着第一军第一师部分在蒋介石把兄弟王柏龄的带领下也进入南昌。古都洪城，一边是政治部举行万人群众大会，庆祝南昌胜利；一边却是北伐军军官们趁机解决个人问题，师长王柏龄居然跑去妓院作乐，竟导致军中无主。正巧二十一日是中秋节，南昌市民抬着猪肉月饼劳军。当晚政治部宣传队还挂起煤油灯在街头演出，一派祥和。

而邓如琢这时已挥师回昌。因程潜乃孤军深入，被敌人的优势兵力包围。结果第六军十七师、十九师，第一军第一师损失大部分兵力。程潜剃须化装，靠江西老表带路才得以逃出南昌城。

程潜奇袭南昌蒋介石是知道的，但不具体，二十日还电令程潜、王柏龄布置进攻南昌任务。二十二日接到程潜“侧背受威胁”的电报后，他在日记中写道：“彼私心自用，欲先争南昌之咎也。”“程受此教训，其或不敢再莽。”遗憾的是，蒋介石自己也没放下私心，他在萍乡过了一个乏味的中秋节后，开始东进。他要二打南昌，实现解放赣东的目的。

十月九日，第一军二师与第二军五、六两师到达南昌城下。南昌守军岳思寅、张凤岐等为了使北伐军攻城失去屏障，命令工兵营在城外纵火，将北门——德胜门，西门——章江门，南边两门——广润门、惠民门外变为焦土。江南三大名楼之一滕王阁在这次大火中被毁（过了62年，1986年滕王阁才重新矗立于赣江之滨，此时的滕王阁已是钢筋水泥）。

十二日，北伐军开始攻城。蒋介石当日早晨四时，由南昌西南方向的邓家埠出发，七时赶到南昌城外。有小诸葛之称的桂系名将白崇禧见南昌城坚固，不主张围城硬攻。但蒋介石一意孤行，他忘了上个月程潜失败的原因，亲往德胜门外第二师阵地，决定当晚十二点进行夜袭。

谁知岳思寅的敢死队在十二点之前从城下水闸中溜出，偷袭了正准备攻城的第二师第六团。混乱中，第六团几乎全团覆灭。

身处前线的蒋介石顿时慌了神，当场竟想自杀以谢党国。他清楚，战场瞬息万变，自己很可能被杀或被俘，不如杀身成仁。幸好白崇禧事先在赣江上搭了两座浮桥，蒋介石与残兵们得以撤退。

十三日，蒋介石下令撤围，他自己由原路撤到了生米街，一夜未合眼的他倒枕酣睡。

就在蒋总司令大睡之时，在九江指挥作战的孙传芳得知了南昌胜利的消息。并有传说，蒋介石腹部中弹，已经死亡，加伦也负了伤。孙传芳未加核实立刻开动宣传机器，声称："伫看楼兰将灭，痛饮黄龙。"

蒋介石对此流言痛恨之极，对南昌守军岳思寅、张凤岐更是恨之入骨。但此刻，他冷静下来，下面的仗该如何打？

已有情报表明，通过扩编掌握了四个军兵力的唐生智开始游说苏俄顾问，说蒋介石太累了，不如让他来指挥北伐，打下江西夺取南京都没问题。这让蒋介石焦躁不安，急中生智做了两个决定，一是请求他的顾问加伦去武汉求援；二是开始与孙传芳谈判，不断施放烟幕，并派人当说客，游说孙传芳的部队倒戈。

结果，两招都有很好的效果：加伦说服了共产党继续支持蒋介石，同时把第四军张发奎部四个团与贺耀祖的第二独立师自武昌调入赣战场。加伦还制定了一个完善的作战计划；孙传芳则被蒙在鼓里，这位留着八字胡、曾是日本冈村宁次部下的总司令，一点也不知道已有七千多部下倒戈了。

三攻南昌开始了，这实际也是对江西的全面进攻。战略方针是沿南浔铁路，截断南昌到九江的交通线，让孙传芳首尾难顾。

贺耀祖与张发奎在九江马回岭与孙军交火。十一月三日占领马回岭，十一月五日占领九江。孙军开始失去斗志，整个南浔线在八日之前全部落入北伐军之手。这时，蒋介石下达了攻击南昌城的命令。

但南昌最终并非打下，而是守城的唐福山、岳思寅、张凤歧投降了。他们投降的条件是：只接受曾任东南五省联军江西军总司令的方本仁收编。南昌不费一弹便被解放。

“黄埔三杰”之一的蒋云先于十二月九日在《黄埔日刊》上发表了《北伐战况报告》。他在报告上描述了激战江西的重要性：“这次战争之激烈，是民国十五年来所没有的。因为双方都是主力，孙败不但不能保住江西，江浙都要动摇。假如是我败，也不只湖北、湖南成了问题，就是广东也很危险。所以彼此都拿出全副力量拼个你死我活……”

民国十五年（1926 年）十一月九日，蒋介石在万众瞻仰之下进入了南昌城。往日萧条寂寞的景象，陡然变成热闹的市场，男女老少为迎接总司令拥堵了道路。

得意洋洋的蒋介石知道，孙传芳的大部分精锐部队已被歼灭，他本人逃回南京。东南之大患已除，自己原本变得岌岌可危的军事威信彻底稳固了，三年来的辛酸总算得到了报偿，从这一刻起，无人可以逆转蒋中正的地位。中国的统一并非遥遥无期了。

入城后，生性多疑又很要脸面的蒋介石毁约了，枪毙了南昌投降的三名军官唐福生、岳思寅和张凤歧。此三人险些葬送了他的前程，而且就他们把滕王阁烧得剩块青石匾这一条，就够枪毙。几个月前游岳阳楼时情景还记忆犹新，只是遗憾看不到华丽之滕王阁了，不杀此三人不解心头之恨，也就管不得方本仁将军的愤而离军了。

遭遇与三名军官同样命运的还有南昌的城墙。已有五百多年历史总长达七千二百米的城墙，从民国十六年（1927 年）一月起，到民国十七年（1928 年）十二月，两年时间全部被拆除。

与张静江谈话时，蒋介石没有告之在他进南昌的头天下午，除了给张静江、谭延闿发电报捷外，还给宋子文发了一封请他转宋庆龄的电报："孙夫人玉鉴，江西克复，东南可平，先生在天之灵可以告慰大半矣。夫人如驾来，请由海道为便……并请孔夫人与三妹同来一叙为盼。"

他知道想要与宋庆龄成为一对，很难很难，但国母的那位还未嫁人的三妹呢？

把自己从孙中山的学生变为孙中山的连襟，一直是蒋介石盼望的。与宋家联姻，最实惠的是可以让宋子文部长批钱的笔松一松，只是此事还不能与二兄商量。他的老婆朱逸民与陈洁如可是好朋友，而此刻，还不能失去洁如。

经过紧张筹备，国民党中央政治会议第六次临时会议在南昌松柏巷附近的江西高等学堂召开。在南昌的中央执行委员和中央监察委员以及政府官员比在武汉的更多更正宗，召开会议具有完全的合法性。

会议中心议题是针对武汉的临时联席会，讨论将中央党部和国民党政府暂设北伐军总司令部所在地——南昌。在蒋介石放出"最后决定由二届三中全会进行表决"的话后，有十二位委员投了赞成票。

陈果夫已在南昌东湖百花洲畔，找好了一处房子作为国民党中央党部的所在地。

这次会议的决议传到武汉后，当即被联席会议拒绝。六日，蒋介石以中常委主席的名义致电徐谦，进一步阐明政治中心设在南昌的意义，仍遭拒绝。

武汉的态度，让一度摇摆的谭延闿不高兴了。在南昌的中执委、中监委是多数，国民党二届临时全会选举蒋介石为中央常务委员会主席也没改变，在武汉弄一个临时联席会议并非中央授权。现在拨乱反正，他徐谦凭什么阻挠？

蒋介石乘机于七日召开中央政治会议第七次临时会议。这次会议一不做二不休，决定成立湖北省政府和武汉政治分会，要求在汉联席会议的同志一律前来南昌办公。

南昌派往武汉上任的人还没出发，鲍罗廷却从武汉来了南昌。他并非为妥协而来，而是按照斯大林的电报指示，来说服蒋介石同意定都武汉。他掌握了一个让蒋介石妥协的"炸弹"，那就是汪精卫。此人是蒋介石的软肋，只要收回"迎汪拥汪"的决议，蒋介石就可能转弯。

曾是码头工人的大胡子俄国人鲍罗廷，犹太人血统，长于辞令，判断敏捷，善做人的工作，具有丰富经验的革命背景，加上他随遇而安的性格，很得孙中山及其他国民党人的欢迎。苏俄拨付的270万元创办军校的费用，就是经他之手一笔一笔给黄埔军校的，甚至国民党军官的薪水也由他支付。

蒋介石曾对黄埔军校学生讲：“总理虽然死了，但总理的政治顾问鲍罗廷先生在这里，就如同总理活着一样……服从鲍罗廷顾问，就如同服从总理一样。”还要求学生举手宣誓。

然而这次，鲍罗廷错了，这位掌握“草料”的俄国人根本就不明白中国人“既然宝刀在手，就当笑傲江湖”的传统观念。已经手握重兵，打出了广东的蒋介石正朝着更高的目标前进，他不可能回头，也不会允许别人挡道。

鲍罗廷无功而返，决定对蒋介石进行打压。他要利用在国民党中多数领导人还支持联俄与依附心理，孤立蒋介石，这个机会在一月十二日蒋介石到达武汉时来到了。

蒋介石同意应邓演达等人之邀到访武汉，是他解决了军事上的后顾之忧后决定的。在连续召开两次中央政治会议临时会议的同时，他还召开了国民革命军军务善后会议。会上，虽然唐生智、邓演达反对他提出的“向长江下游进军”计划，但最后为了各自的利益，还是决定对退到河南的吴佩孚暂取守势，集中兵力彻底消灭孙传芳，解放浙江、江苏和安徽。北伐军由此分编为东路军、中路军和西路军。

东路军交由何应钦、白崇禧指挥，分两路入浙作战，目标是上海；中路军总指挥由蒋介石兼任，由赣东北直扑南京；西路军总指挥为唐生智，进军豫南策应。

这个作战序列是蒋介石深思熟虑的结果。他知道，上海不得，则长江形势闭塞，海内外交通亦难自如；河南不得，则中原难定，也不能与冯玉祥的西北军联手，山西的老狐狸阎锡山亦不会表态。而南京是志在必得，蒋介石已在心中把那里看成是他的终极地盘，那里也是孙中山心中的首都。必须三路出击，才能攻守自如，让河南奉军感觉自危，张作霖才不能抽出部队支援孙传芳。

元月七日，在南昌东南丁家山，刚开完临时中央政治会议的蒋介石亲自为东路军前敌总指挥白崇禧送行。这支部队将从这里沿浙赣线向东北方向进军。

军事问题解决了，蒋介石理所当然地以胜利者的姿态莅临武汉。他以为只要他本人出现在武汉，便可马到成功使武汉联席会议灰飞烟灭，关于他的一系列谣言也会不攻自破。

谁知才下船，在当天举行的武汉各届欢迎宴会上，一向尊敬的苏俄顾问鲍罗廷给了他当头一棒。

鲍罗廷端着酒杯对他说：“蒋同志，我们三年共事在患难之中，所做事情，你应该知道。如果有谁压迫工农，反对共产党，我们无论如何要想办法打倒他的！”

蒋介石没想到鲍罗廷有如此不给面子的讲话，善察言观色又有隐忍本领的他沉默了。事后他在一封给友人的信中指出：“他（鲍罗廷）不止是欺负我个人，不止是压迫我个人。完全是欺负我们国民党，欺负我们中国人。我哪里可以放过他。”（蒋介石自认为平生有受过两次“奇耻大辱”，这是一次。另一次是过了三十一年，胡适就任“中央研究院院长”，蒋介石兴致勃勃致辞，胡适却当着全体“院士”的面说，“总统”，你错了……气得他晚上睡不着觉，要起来吃安眠药才行）

鲍罗廷用西方的观念看待朋友同事，他根本不知道，在生性多疑、又极怕丢面子的蒋介石那里仅此一次，他已经从朋友变成了十恶不赦的敌人。

接着在联席会议第十三次会议上，徐谦又发难：“请问蒋同志，既然中执委和国民政府在何处办公要由三中全会决定，你为何急于将政治会议设在南昌？政治会议原本是蒋同志你极力主张设在武汉的，现在又出尔反尔。请问蒋同志目的安在？居心是何？”宋庆龄甚至指出：“南昌的两次临时会议，不合法定人数，无效。”

尽管蒋介石竭力解释，但架不住多张嘴巴，在武汉他如坐针毡。

更没想到的是，他的助手邓演达会突然向他发难。在十五日晚上招待武汉农工商及新闻各界知名人士的宴会上，蒋介石说：“凡有意见，还希望开诚布公。”谁知这句客气话让邓演达抓住，当即说：“我是北伐军总政治部主任。我想把所听到的各团体代表所提出的愿望和要求归纳起来，各界如认为满意，请一句一和。”说完竟操着广东国语高呼口号：“中央党部立即迁驻武汉，蒋总司令前来坐镇武汉……”全场各代表跟着邓演达喊口号，弄得蒋介石尴尬至极，只得以战事紧为由连连推诿。

连续被责难，让心胸狭窄的蒋介石有理由相信，是鲍罗廷亲自煽动了这场反蒋行动。虽然蒋介石表面很风光地出席各种欢迎会，包括十三日武汉市民在阅马场举行的三十万人欢迎大会，还在武汉宁波会馆与江浙的资本家们见面。但他内心被煎熬着，扑面而来的反对声，以及包括邓演达在内的那些鄙视的目光，让他无法再待下去。他知道，在这些人眼里，他无甚权威，不过是个机会主义者。

十八日，蒋介石匆匆离汉回江西九江。

庐山——是座世界级的名山，“春如梦，夏如滴，秋如醉，冬如玉”，四季都如同天然山水画。可谓“匡庐奇秀甲天下”。

对这座充满山水人文的名山，蒋介石一谋面便喜欢得要紧。这里的盘旋小道、飘忽不定的云雾，让他想起家乡的雪窦山。生长在水边的他，总是对山有着解不开的情缘，凡有好友临赣，或有重要会议，他都首选在庐山行事。

一个多月前，他陪同宋庆龄、鲍罗廷等人在云雾中游览这里。没想到他们如今都反对自己，该如何解扣？他想到正在庐山小住的张静江。

一月的庐山气温已是零下，为商量大事，从武汉回赣的蒋介石不顾严寒，也没有急着到南昌见陈洁如，而是在九江下船后，直奔庐山脚下的莲花洞，从这里坐滑竿登上牯岭。

两个多小时后他见到了腿脚不便却能运筹帷幄的二兄张人杰。

“二兄，我十号送给嫂夫人的照片不知收到否？”在照片上题字然后送给别人是蒋介石做人际关系的手段。

消瘦的张静江微笑说：“收到了，内子夸你英姿勃发，要我代为致谢。此番汉口之行，可有收获？”

蒋介石摇着头，端起一杯庐山山泉水喝了一口，说：“庐山泉水，名不虚传，清澈可口。”

张静江温文尔雅，依旧微笑：“老弟还是不改不喝茶的习惯，此地的云雾茶可是名茶呀。”

蒋介石放下水杯，说到：“习惯的形成，非一朝一夕。夫子曰：少成若天性，习惯如自然。其身正，不令而行；其身不正，虽令不从。”

张静江摆摆手：“你不是专门来喝口白开水的吧？”

蒋介石又摇摇头。把此次的武汉遭遇诉说了一遍，也分析了原因，还告之武汉已出现“打倒张静江”的口号。

张静江边听边点头："介石啊，你分析是对的，一定是鲍罗廷在搞名堂，他自以为手中有钱，就可以为所欲为，看来要有措施。我的意思，既然鲍罗廷不给你面子，也就没必要再托着他，公开表明态度，省得自己人以为你软弱。他们打倒我？能打得倒我吗？"

蒋介石问："如何公开表态？"

"直接给徐谦和共产国际发电报，驱逐鲍罗廷。"张静江坚决地说。

蒋介石眼睛一亮，心道：这是个好办法，可以进一步试探他们。"好，我回南昌立刻办。二兄，我想把戴传贤、黄郛、张群他们请上山来住几天。"

张静江一听就知他的意思，端起茶杯小品一口后说："好好，还有不少事体需要商量。另外，一月三日的汉口事件与武汉英租界、九江租界被国民政府接管，武汉政府十四号还发行了九百万国库券，都值得注意。你现在正是羽翼渐丰之时，外交问题马虎不得，经济问题更马虎不得。"

蒋介石佩服这位二兄的正是其高瞻远瞩的思维。他说："英租界的问题，都是因为英国水兵登岸开枪打死工人所致。此次拿英夷开刀，也是试探，一战以后，大不列颠的实力已不足以再派远征军了，我要看看其他国家的态度。二兄，如果与苏俄分手，你看我们能与哪个国家合作呢？是日本？还是美国？英租界问题日本已经表态中立，这是个好兆头。我也想邀请我的日本老师上山小住。"

张静江会心地笑了，这位多疑且暴躁的小老弟开始成熟了。

蒋介石到达南昌后，立刻给武汉徐谦发电报，要求正式解除鲍罗廷的顾问职务；还同时给共产国际发电，内容也是要求他们召回鲍罗廷，另派顾问。

接着，蒋介石二十五日在南昌召开军事会议，确定长江下游的具体作战方案。总体方案还是军务善后会议决定的：取杭州与上海，消灭孙传芳，会师南京城。

自拿下南昌后，北伐军作战简直是势如破竹，所向披靡，现在可以腾出时间来搞搞政治斗争了。

发往武汉徐谦的电报遭到预料之中的拒绝，发往共产国际的电报如石沉大海，但表明态度的目的已经达到，目前最重要的是商量并拿出更加具体的办法对抗武汉。蒋介石首先想到的还是把兄弟们，于是把兄弟们接到庐山，住进庐山唯一的街道——牯岭街的仙岩旅馆。

“在家靠父母，出外靠朋友”是蒋介石为人处世的金科玉律。从光绪三十一年（1905 年）到宁波箭金学堂读书起他便开始结拜兄弟。

真正让他尝到结拜好处的是光绪三十二年（1906 年）四月东渡日本，与比他大九岁的陈英士（陈其美）焚香换帖义结金兰，誓言是：“生死与共安危同仗”。同时结拜还有黄郛，号称“桃园三结义”。那年，蒋介石十九岁。而介绍他认识陈英士的人则是他在奉化读书时的盟兄周淡游。

陈其美成了蒋介石革命的领路人，是他把小蒋介绍给孙中山。此后一发不可收，民国的许多风云人物都成了蒋介石的换帖兄弟：张静江、许崇智、戴季陶、杨虎、邵元冲、李宗仁、王柏龄……此刻他还不知，尚有两次重要的结拜在等着他，一个是比他大五岁的冯玉祥，一个是比他小十四岁的张学良。

虽然有如此大规模的结拜，蒋介石却从未四处宣扬，只是默默地享受着兄弟们带给他的好处，他甚至在他公开出版的年谱中也不愿记录下他的这种所为。但他冒着生命危险抱出被暗杀的陈英士的尸首并埋葬的义气故事，让他的兄弟们津津乐道。

与蒋介石相伴最久的是他在日本留学时的同窗张岳军（张群）。北伐军总司令部驻扎南昌后，张岳军即被邀请出任国民革命军总司令部总参议，主持南昌行营事务。

接着，蒋介石邀请在天津闲居的黄郛南下。这位黄兄弟果然明白盟弟的意思，南下途中路过上海，顺便说服了中国银行副总裁张嘉璈资助蒋介石二十万元现款。这可是一份大大的见面礼。更重要的是张嘉璈乃声名远播的中国第一代银行家，他的支持代表着金融街的支持。

兄弟几人踏雪上山，在仙岩旅馆一直待到二月一日除夕夜。谈话中，蒋介石始终对鲍罗廷当着很多同志的面指责他耿耿于怀。

张静江是生意人，明白投入产出的关系。他分析鲍罗廷敢横下一条心改变躲在背后当顾问的策略，一定是有了大本钱。一是财政部长宋子文在武汉，他掌握着大笔军费，最近的一笔一千三百万就压着没给南昌；二是谭延闿、何香凝等中执委还在动摇，不一定会死心塌地跟蒋走；三是唐生智已经倒向联席会议，这是鲍罗廷的军事力量；四是他们在打正周游世界的汪兆铭的牌，用此人从政治上压制蒋介石；再有就是苏俄各种支持。

黄郛则指出，在中国，政权的取得和维系不仅要靠枪杆子，还要看社会基础和民众基础。北伐军的政治主张、中山先生的三民主义还是得到广大民众支持的。他一路南下所见所闻，社会中上阶级都是热切盼望北伐军的，这次张嘉璈同意资助就是个例子。

戴季陶有较丰富的与外国人打交道的经验，他清楚，近代以来，国外势力往往能左右中国的政治时局，目前苏俄就在做这件事。他用摆龙门阵的口吻说：不知各位是否注意到外国人的态度？一月十八日日本内阁外相币原喜重郎宣布：日本政府尊重保全中国的主权和领土，对于中国内争严守绝对不干涉主义；美国国务卿弗兰克·比林斯·凯洛格二十七日发表声明：美国希望中国团结、独立和繁荣，将尽早放弃中国的关税和治外法权；英国外交大臣张伯伦二十九日发表演说，宣称：英国愿意变更条约中的领事裁判权和外国租界的准独立地位。这些东西都说明了什么呢？

蒋介石接话说：说明了帝国主义在看好我蒋中正。他们经过了第一次世界大战，各国国力都不足以再和我们打一次鸦片战争。苏俄与日本英国等已经分道扬镳。虽然，中国目前政治军事势态还不明朗，但他们的表态，还是根据我去年双十节的《敬告全国民众》书中的“取消不平等条约”而来。这是不是说明我们在列强那边还是有一定分量，要不然日本驻九江领事大和久义郎不会赶上山来与我会唔。虽然我们不怕英国，但我不赞成武汉、九江夺取租界的做法，应该还有比这种做法更好的办法。

兄弟几个喝着云雾茶，还不时离开温暖的壁炉，去寒冷却意境非凡的锦绣谷走上一圈，再去花径散步寻幽。他们在分析时局，分析各色人物时，并没有完全看清鲍罗廷横下一条心的根本原因是远在莫斯科的斯大林在操纵。

“横看成岭侧成峰，远近高低各不同，不识庐山真面目，只缘身在此山中。”蒋介石用他宁波官话抑扬顿挫地诵吟着苏轼的千古名句。他还告诉兄弟们，在他家乡奉化雪窦山上有座御书亭，尽管没有庐山的御碑亭出名，但也足以说明雪窦山的人文气息，雪窦山上的雪窦寺就是那个著名的大肚罗汉弥勒佛的道场。

戴季陶是与蒋介石无话不谈的人。据传，两人在日本时，曾与一个叫津渊美智子的少女共同生活，蒋介石二儿子蒋纬国的出生之谜由此而来。蒋母去世时，戴季陶受孙中山的委托，去溪口吊唁。他见蒋介石此时此地提到“不识庐山真面目”，又提到弥勒佛、御碑亭，便知这位仁兄在想什么。说道：“只是不知鲍罗廷的真实面目是什么？他拉拢孙夫人、邓演达、唐生智等，坚决要定都武汉，一定有我们看不见的东西。”

蒋介石回想道："我记得民国十四年（1925 年）总理走后不久，季陶就发表了《孙文主义的哲学基础》和《国民革命与中国国民党》的文章，阐明中国所需要的是三民主义的国民革命，不是共产革命，绝不可以唯物史观打破国民革命。"

张静江说："我记得文章中指责了中共在国民党内做破坏活动，以扩张中共的组织。今天看，真有前瞻性。"

蒋介石苦笑一下说："当时，我虽然知道苏俄不怀好意，但还没有季陶的眼光，尚不能想到今天之苏俄顾问有这般嚣张。"

张群说："他敢当那么多人的面欺负总司令，足以暴露出了他真正面目。"

"娘稀匹，我当校长教学生也没骂得这样子严重，他鲍大胡子是什么东西？无非是想用唐生智的武力，用汪兆铭的党内权威来挟制我革命，我不会放过他的。"在兄弟们面前蒋介石讲话放松得口无遮拦，常把自己心里的东西讲出一部分来。

黄郛一直在认真听在思考，他呵出一口寒气说："迎汪抗蒋是明摆着的事，介石的名头和手中的军队，严格讲并不十分稳固。武汉方面不希望去年发动三二零事件的蒋派独大和大权独揽，这很自然。关键是我们能想出什么对策。"

张群用他学会的河南话骂了一句后说："毬，我怀疑共产党在趁机扩张。现在虽然宣传部、劳工部和农民部不是共产党直接掌权了，但也不是我们这一派在亲自掌权，党内有不少人与共产党打得火热。那个毛润之搞的中央农民讲习所据说又要在武汉搞了，上个月他到了南昌，来要经费和招生，风流文人郭沫若还请他吃过饭。"

蒋介石并没太注意张群说的话，在他眼里，毛润之无非就是个有点知识的乡下人，不必太看重，要看重的是来自党内的危险人物。张群说得有道理，好多部门都缺人，而身边就急需要一个政治秘书，要善于宣传自己啊。他已经瞄准一位在上海报馆工作名叫陈布雷的记者，是刚刚退出共产党不久的邵力子举荐的人才，已托他给陈布雷送去一张自己的签名戎装照，陈布雷答应到南昌一晤，这几天该到了。看来送照片也可以起到无言胜有声的作用。这一招屡试不爽。

经过多日谋划，在仙岩旅馆的最后一天几兄弟形成五条共识：

第一，苏俄顾问太专制，共产党太厉害，不能让他们壮大，必须在恰当的时机离俄“清党”；

第二，尽快获得银行界的资助，解决北伐军的后顾之忧，这是瓶颈问题，进而厘清国家财政；

第三，现在就着手介入外交工作，加强与日本的合作，但不能忽视与英美的往来；

第四，将北方的冯玉祥、阎锡山两支武装力量纳入盟军队伍，牵制住张作霖，让这位胡子头无法抽身联手孙传芳等。

第五，联俄容共政策已被北伐军的政治委员们弄得深入人心，要尽快使国民对离俄“清党”有所了解。

接着，蒋介石又与正在庐山的小室敬二郎谈话，此人是他的留日教官。他对当年自己离开日本潜回上海时，小室特置酒送行表示感谢。

谈话中，蒋介石再次谈到实现中山先生的军政、训政和宪政的建国方略，并暗示日本人，统一中国非他莫属。他表示：“如果日本正确评价我们的主义和斗争，我愿意和日本握手。”

小室敬二郎是奉币原喜重郎之命前来庐山的，目的是与蒋介石这位新军阀接洽，维护日本在中国的利益。他指出，工人罢工已如潮水般汹涌，侵害了各国利益，军队要有所表示。

忙碌的蒋介石回答说：“本人是革命军总司令，如何能用革命军去制止劳动者的革命行为呢。但如果劳动者有跋扈行为，危及国际关系的行为，那军队不会过于放任，也可能采取非常手段。”

蒋介石并不知道，在他离开武汉几天之后，鲍罗廷曾专门请桂系首领李宗仁一叙。

以桂系为主的第七军，是归附国民党的第一支地方部队，也是第一支被派遣北伐的部队。不到一年时间，第七军已被人们称为“钢军”，其战斗力让鲍罗廷刮目相看。他想，把李宗仁团结进来，与唐生智一起成为国民党左派的双剑客，对苏俄今后在华的利益大有好处。于是他以让李宗仁取代蒋介石出任国民革命军总司令为诱饵，引李上钩。

但苏俄人再一次没想到，已经是蒋介石义弟的李宗仁将军客气地拒绝了。只是这位出生在岭南僻壤广西临桂的武将，亦没有向义兄蒋介石报告此事，他有自己的宏大算盘。

虎去兔来。除夕下午，蒋介石一行回到南昌。

第一次在南昌过年的蒋介石与陈洁如让厨师做了一桌南昌菜。这是他从未吃过的赣菜肴：

米酒蒸板鸭、米粉蒸五花肉、大盆杂素、红烧狮子头、藜蒿腊肉、清炖鸡汤、腊骨豆腐、卤水白鱼，主食是南昌炒米粉与白糖糕。

不抽烟、不喝茶、不喝酒的蒋介石，在陈洁如的劝说下喝了一小杯红酒。因为他不吃辣，所有的菜没放辣椒，实际已没了赣菜的风味。

陈洁如说："听袁太太讲，南昌人很喜欢吃辣的东西，而南昌菜也以辣为主。"

蒋介石不以为然地说："湖南人不怕辣，江西人辣不怕。但一切都可以改变，只要你有权力。奈，我看这种白糖糕就没有溪口的千层饼好吃，这个豆腐也不能跟溪口的芋艿头比，我们奉化的梅菜扣肉比这个米粉蒸肉就清爽。"

蒋介石在与亲近的人讲话时，总是会乡音加重，如奉化人常用的语气助词"奈"和表示清楚的"清爽"等。

陈洁如笑着说："你是想家了。"

蒋介石"哼哼"两声说："家倒是不想。对经国、纬国还是想的。自去年七月离开广州后就没再见过他们。那天纬国哭了，我在车上看见的。经国赴苏留学一年多了，听说还有个外国名字。不知现在状况如何？纬国已回到了上海，可能过几个月就能见到。"

在陈洁如眼里蒋介石是严父，他对儿子很苛刻，以至于大儿子经国见到他就如同老鼠见到猫，连说话都变结巴了。而此刻他又像是一位慈父。遗憾的是，自己没有他的孩子。

见陈洁如的情绪有些低落，蒋介石立刻说："明朝有一件高兴的事体，上海一位记者来南昌看我，是我器重的人，二兄也看好他。"

"谁呀？"陈洁如问。

"他叫陈布雷，慈溪人。这个人才思敏捷，文笔犀利，听说还品行端正温和谦恭，我身边需要这样的人。只是不知道他有没有野心？有没有忠心？"

第二天，接受完各方拜年后，陈布雷来了。他身穿布料长衫，干瘦短小，一幅落拓不羁模样。一起来的还有即将出任《申报》主笔的潘公展。

初次相见，让好以貌取人的蒋介石对陈布雷有些失望。但开口谈话后，他马上想到一句俗语：真人不露相。

寒暄过后，蒋介石说："以后布雷先生不必称我为总司令，随便点好了，总司令是军队的职务，布雷先生并非军人。见过张人杰主席了？"

陈布雷与潘公展是昨天到的，蒋介石请张静江先和他们谈谈做个铺垫。

潘公展表示已见过，并对张静江拖着残疾的身子努力工作表示敬重。

陈布雷却时刻不忘记者的职责，问到："请示蒋先生，当前局势及现阶段的革命方略。"

这个话题是蒋介石极愿意谈的，他现在需要在一切场合宣传阐述自己的主张，要让民众在接受一个总司令的同时，还接受作为政治家出现的蒋介石。

他激昂地说："武汉南昌已定，上海南京也将克复。这样，长江中下游可告底定，然后再挥师北伐，直捣京津。但是，目前党内还有分歧，比如迁都问题。我并没有完全确定在南昌建都，可以商量嘛。但有不少党内同志逼我表态，我的态度是什么？就是革命！如果有人要妨碍我革命，那我就要革他的命。"

陈布雷发现蒋介石在讲最后几句话时，双目射出的是利箭般的凶光，不由暗中打了个寒战。

见陈布雷沉默，蒋介石问："布雷先生，你是记者，最近有什么大新闻啊？不妨说说。"

陈布雷理了理思路说："我感到元月三十日北京政府免去英籍总税务司安格联的职务是件大事，这开创了中国外交史首例。"

蒋介石点点头说："这个英国佬，不拿中国当一回事，对北京政府的'二·五'附加税阳奉阴违。但是，我们一定要看到，涉及外国问题就不是小事，要慎之又慎。安格联的事会引起什么反应还很难说。"

陈布雷解释说："从一八四零年鸦片战争以来，中国已无外交可言。袁世凯的'二十一条'丧权辱国。不管怎么说，北京政府敢于行使权力总归是让人痛快的。"

蒋介石微笑起来，眼前这个长脸八字眉勾鼻子的慈溪人到底是个文人。他继续问："还什么消息？"

陈布雷看了看潘公展，接着说："上个月二十日，广州岭南大学收归中国管理，这也是我国收回教育权的首次纪录。另外，有传言说狗肉军长张宗昌将南下与孙传芳会合，上海可能会被奉军接管。"

蒋介石继续微笑，北伐军在江浙进展顺利，拿下上海只是时间问题。他既信心十足，又很是向往地说："上海，越乱越好。那位有几十个老婆的张宗昌和他的奉军不过是一群乌合之众。他碰碰已是强弩之末的吴大帅还可以，如果遇见我国民革命军，一定是一触即溃。你们信不信？"

潘公展连连点头，陈布雷若有所思。

这次谈话之后，蒋介石对陈布雷印象很好，决心要留下他。双管齐下，一面亲自介绍他入党，一面又再试试他的文笔。正好需要发表一篇《告黄埔同学》书，便让陈布雷执笔。

在蒋介石办公室，陈布雷研墨铺纸，问："先生这篇文章主旨是什么？"

蒋在房内踱步，说道："北伐进展有目共睹，我黄埔师生战功卓著，但派系分歧，潜伏隐患。我想给他们说说话，想晓之以理动之以情。文章一定要有文采。"

陈布雷略略思索，提笔落纸。他那写社论写评论的功底开始喷发，笔下妙句源源不断。

蒋介石走到边上看，连声称赞："好！好！"见陈布雷收笔，他连忙拿起文章默读一遍邀请道："布雷先生，今后是否愿意在我的总部工作？"

陈布雷歉意地说："蒋先生，我还是想回上海当记者办报纸。"

"好，好。"蒋介石附和地说，心中升起一丝不快。事后，对张静江说："奈，这个书生不愿做官，可惜。学而优不仕，他会把孔夫子气死了。"

张静江不动声色地说："放心，你现在是劳苦功高的草头蒋，只要你礼贤下士，陈布雷会在你身边的。"

张静江的话后来得到验证，陈布雷三十八岁第一次见到蒋介石后，便开始了二十一年做蒋首席秘书的生涯，直到他五十八岁自杀身亡。

这个春节是蒋介石有生以来最忙的一个春节。一手抓军事，一手抓政治，左眼盯着战场，右眼看着政坛，时刻提防被人算计。新结拜的兄弟李宗仁后来这样评价他："古人有句话，叫'共患难易，共安乐难'，像蒋先生这样的人，恐怕共患难也不易。"但在这个非常时期，不狠，就可能全盘皆输。

在庐山与兄弟们达成共识后，马上派戴季陶去日本。要离开苏俄的资助，就必须尽快找到另一个国际援助国。而兄弟们对日本都熟悉，就目前局势看，可以用日本取代苏俄。他要求戴季陶到日本后一定要表示：国民党绝非赤化者，俄国的援助也纯属精神层面。只是日本人不是戆头，他们觊觎我中华已久啊，但除了东洋国，还有哪个可以成为国际援助国？

北伐军军费又捉襟见肘了。军需处长徐桴去武汉找宋子文，但吃了闭门羹，这位总理的小舅子没有把我蒋总司令放在眼里，他按照自己的思路打理民国政府的财政。

四日，宋子文到南昌斡旋迁都之事，但蒋介石表现冷淡。五日，便收到徐桴从武汉发来的电报："我军命脉，操在宋手，请总座迅电慰勉之，先救目前之急，再图良法，万不可操之过急，致生重大影响。"

面对一千三百万元的暂扣军费，蒋介石不得不慎重。他明白，北伐使我蒋某人壮大的同时，其他的人也在壮大，眼前的唐生智、李宗仁的实力已经了不得了。

拥兵自重，自成派系，割据一方，以军队控制政权，是国家政治的一贯范式。谁能把利益、价值和组织整合为一个整体，谁就可能使这个国家统一。而"国家统一"是全中国人的一个不容置疑的信念，蒋介石思忖，必须利用这个信念。

可是，鲍罗廷显然已经建立了以唐生智为中心的反蒋军事联盟。在上个月二十五日的军事会议上，唐生智、邓演达就公开反对进攻长江下游。第七军的李宗仁、第三军的朱培德、第四军的张发奎也都不是吃素的。此刻南昌的主力部队是朱培德的，九江的部队是程潜的，虽然两人彼此不和，但肯定也是在我与唐生智之间观望，必须暂时先用军费牵制他们。看来，宋家的大公子成为了走活全盘棋的关键棋子。

经过与张静江、谭延闿等人商量，决定八日依旧在庐山召开国民党中央政治会议第五十八次会议。中心议题是：同意中央党部与国民政府迁至武汉，但中央全体会议（二届二中全会）的会期则另定时间召开。同时，撤销武汉联席会议，派那个顽固的徐谦出国考察。这是蒋介石思前想后决定做部分妥协的结果，但他杀心已起。

于是，南昌——这座古老的、一肩挑起庐山与井冈山的战略要地，在蒋介石的妥协中，与成为中国首都的机遇擦肩而过。但蒋介石始终没有忘记这座城市，二十多年后他败退台湾时，不忘把台北中正区内的一条街道命名为“南昌路”。

第五十八次会议召开的第二天，孙科、邓演达、徐谦等便在武汉成立“迎汪行动委员会”，矛头直指蒋介石，孙中山的儿子孙科更是义愤填膺地抨击蒋介石是独裁。

邓演达是头一天经过化装后秘密离开南昌逃回武汉的。蒋介石没让邓演达参加庐会议，却又要他在南昌待命，说要商量进兵河南的问题。

邓演达何等聪明，更何况他对“共患难也不易”的蒋介石有较深了解，知道老蒋说的全是谎话。因担心自己在迁都问题上与蒋介石意见有矛盾而被扣留，决定不辞而别，潜往武汉。

武汉的国民党人通过召开国民党宣传委员会第九次会议，议决了一个文件——《党务宣传要点》，要求汪精卫销假复职，率领国民党实现民主政治，武汉反蒋开始公开化。

一时山雨欲来……

二月十八日，北伐军薛岳部队占领杭州，并继续向离上海只有一百多公里的嘉兴推进。消息传来，蒋介石开始反击武汉，在他看来庐山五十八次会议上的妥协不过是权宜之计。

按照庐山密谋的意见，他于十九日、二十一日两次公开谴责武汉集团和共产党。当上海传来工人已在十八日晚开始举行武装罢工时，他强烈地感到时间紧迫。

此刻的黄浦江畔，因张宗昌的直鲁联军开始接防，孙传芳的部队尚未全部退出，形势大乱。

张宗昌被人称“三不知”将军（不知有多少兵、不知有多少钱、不知有多少姨太太）。他与国民党有不共戴天的仇恨，蒋介石的领路人陈英士民国五年（1916 年）五月十八日在上海被刺身亡，就是张宗昌收了袁世凯七十万大洋赏金而做的恶事。当时没有人敢去收尸，是蒋介石狂奔至现场，抚尸痛哭，冒险将义兄的遗体入殓，还亲自撰写悼文：“悲呼哀哉，而今而后，教我勖我，抚我爱我，同安同危，同甘同苦。而同心同德者，殆无其人矣。”

原本想打败张宗昌为义兄报仇。不想，混账的直鲁联军居然被趁乱起义的上海工人打得东奔西逃。想来，张作霖奉军的战斗力，亦不过如此。

让蒋介石头痛的是，现在共产党所有对外招牌全部打北伐军旗号，在这面旗帜下壮大不是蒋介石，而是共产党自己。这是极其可怕的，必须要予以揭露和遏制，千万不可让江浙民众如两湖一般，把我蒋中正与共产党混为一谈。

十九日，蒋介石在总司令部特别党部成立大会上，一再自称自己是本党的忠实党员。重申“倘使有人要妨碍我的革命，那我就要革他的命”。

二十一日，北伐军总司令部在南昌举行军务会议。这一天也是总理纪念周。

每周一上午九点至十二点为孙中山纪念周，这是国民党二大正式通过的决议，并写入了党章：“海内外各级党部及国民政府所属各机关各军队均应于每星期举行纪念周一次。”还制定了详细的活动条例，强制学习孙中山遗教。

蒋介石很喜欢这个仪式。将“孙中山”作为革命的符号，并把这个符号变成管道，埋在时间、空间、仪式、传媒等多方向之中，通过这个管道的传输，将符号渗入到社会日常生活中，继而形成对社会的控制。

他看准了这个管道的巨大作用，巧妙地将自己的言论附加在这个管道上，使自己也变得神圣起来。二十二年后，他逃往台湾，但每周一的周会没有中断，只是周会的主要内容变成了宣读“蒋总统训词”。

上午九点，南昌行营第十四次总理纪念周仪式开始。全体肃立，向孙中山遗像三鞠躬，主持仪式的张群带领大家诵读孙中山政治遗嘱：

“余致力国民革命，凡四十年，其目的在求中国之自由平等。积四十年之经验，深知欲达到此目的，必须唤起民众，及联合世界上以平等待我之民族，共同奋斗。

现在革命尚未成功。凡我同志，务须依照余所著《建国方略》、《建国大纲》、《三民主义》及《第一次全国代表大会宣言》，继续努力，以求贯彻。最近主张召开国民会议及废除不平等条约，尤须于最短期间促其实现。是所至嘱！”

这一百四十六个字蒋介石早深埋心中，可以随口背诵。每当他恭敬地站在总理遗像前，总会产生些许遗憾，自己不是遗嘱的证明人。如今我为国民党卖命，而那些所谓的遗嘱证明人却在不断制造小鞋给我穿。他汪精卫凭什么想休假出国就可以什么也不管一走了之？那他又为什么要回来？还不是看到北伐胜利。遗嘱中提到的“联合世界上以平等待我之民族”就是指苏俄。蒋介石知道，在孙中山签署遗嘱的同一天，还给苏俄写了一封告别书，甚至把整个国民党都托付给了苏俄。

蒋介石又看看孙中山的画像，心道，我马上要讲的话与总理的遗嘱是有冲突的，这是我第一次公开这么说。没有办法，不择手段的终极目的是实现总理的建国愿望，还望总理在天之灵保佑。

张群用带着川音的官话说：下面请蒋总司令训话。

蒋介石精气内敛、目光坚定地看了看在场的人，然后用宁波官话慢慢说：“现在武汉的本党一部分同志，有一种运动，一种宣传，所谓要提高党权，集中党权……不过拿一个口号来排除异己的同志，他们真正是想要把党权当武器……”

他停了一下，接着说：“现在共产党党员，事实上有许多对国民党党员加了一种压迫，表示一种强横的态度，并且有排挤国民党党员的趋向，使得国民党党员难堪。这样，我更不能照从前一样对待共产党了。”

说到这，他的口吻强硬起来，说：“我亦曾附带的有一句话，就是说：将来共产党强大起来了，如共产党员有跋扈强横的事实发生，那我一定要训正他们，并且一定要制裁他们。也要以今日对待本党同志的态度来对待他们……”

此时的蒋介石已然是中华大地炙手可热的人物，是一个眼看要实现的新政权的代表，他的讲话非人微言轻了，而是一锤定音的方向性的原则，所以他公开抨击共产党的言论立刻引起各方的注意。

在华的各国通讯社都立刻播发了这篇讲话。东方社、路透社、《字林西报》、《江南晚报》、《新申报》等纷纷发表评论支持蒋介石。

张静江马上联络国民党元老派邵元冲、吴稚晖、蒋梦麟、蔡元培等开始行动。陈果夫则承担着各方的穿针引线工作。

开弓没有回头箭，在公开指责共产党的第二天，蒋介石便用他中常委主席的身份向武汉提出要求：在中央党部与政府未迁以前，武汉方面不得以中央党部及国民政府的名义另行办公。他要拿二届三中全会当“试纸”，决定再试试全党对他究竟是什么态度？一方面，对外放风“我们准备决裂”；一面又致电宋子文、孙科“深望党中同志共体党之存亡，一致团结”。

结果，原定三月一日召开的三中全会被第一次要求推迟至三月七日召开。

这时，在南昌的中央执委开始离开，谭延闿、何香凝等也决定赴汉。但心照不宣的张静江等没有去武汉的意思。

三月六日，蒋介石送别中央执委们后，心事重重。他没随大家同去武汉的表面理由是要与朱培德赶去樟树检阅部队，但深层次的原因是：武汉卫戍区司令陈铭枢来密电，说邓演达扬言：“三日后有个新的裁判，看看他们来不来加入大会，便知道是不是一个矛盾，也可定谁为革命者，谁为反革命。”

陈铭枢此前受蒋介石命策动赶走鲍罗廷，显然没成功，还砸了自己的“脚”，被唐生智逼迫辞职，这都说明武汉的形势是复杂的。一切迹象都表明，即将召开的三中全会对蒋介石来说是鸿门宴，武汉已掘好大坑，就等老蒋往里跳。只是，文官们往往会患低估别人的错误。

蒋介石前脚送走在南昌的中央执委，后脚就再次提出推迟会期，因为他明显到不了。这是他第二次要求推迟会期。他想，我倒要看看武汉方面有多大的能力与我抗衡。

看起来一切尽在掌握中的蒋介石，叫上陈洁如，坐轿子去了东湖边上的永宁寺（1929年改名佑民寺）礼佛。

永宁寺并不大，但殿堂雄伟，被参天的树木包裹着，是闹市中的一块净土。

蒋介石一身长衫，陈洁如则一身旗袍。自北伐以来，他基本是军装，未有穿长衫的机会，但庙中礼佛，戎装煞气太重，故换装而来。

站在大雄宝殿前，蒋介石轻声读着两边的对联：“不在其中起分别，是故此处最吉祥。”“不在其中”四个字引发他许多联想。

有僧人过来介绍寺庙，告诉他这座庙始建于南朝梁代，唐代禅宗高僧马祖道一在此弘法，开创了洪州禅。庙中大佛重三万六千斤，南昌有民谚：“南昌穷是穷，还有三万六千斤铜。”明太祖曾在这里题过诗。

当得知朱元璋是微服私访时，蒋介石心中一动，我今天也是微服，难道是佛祖的安排？

他又请教洪州禅的宗旨。僧人言道：“洪州禅的法门宗旨可归结为：平常心是道。”

听到这句话，蒋介石的心被震动。他想到了王阳明的心学体系，想到了常看的《菜根谭》。该如何理解这洪州禅中的“平常心”呢？这个和尚专门提到微服的朱元璋，难道他看出我是什么人？这是他的平常心吗？

他让随从卫兵上香礼佛，然后捐了香火钱，便离开佑民寺，带着陈洁如去了离此一水之隔的水观音亭。

这是自上一年十一月到南昌后，他第二次到庙里礼佛。第一次是三打南昌时在昌北牛行车站。

那天傍晚，他与白崇禧在站台边散步，见远处有一小庙，便去看看。

那是一座小关帝庙，关公是蒋介石自小佩服的忠义之人。他随手抽了一支签，乃《易经》第六十四卦：“离地着人几丈深，是防偷营劫寨人，后封太岁为凶煞，时加谨慎祸不侵。”

老和尚问：“请问将军要问何事？”

蒋介石看了看白崇禧道：“问战事胜败。”

老和尚说：“这一卦是‘未济卦’事业未竟。从卦上看是中平，火上水下。但要走好了，还是上签。若问战事，签上已经明示，要提防劫寨偷营。”

出了关帝庙，生性多疑的蒋介石宁可信其有要白崇禧速调两个营到司令部警戒。白崇禧也甚信签上箴言，马上令命预备军派过两个营到牛行车站。

谁知，当天晚上南昌守军真的来偷袭。战斗中，蒋介石的卫队副队长负伤，白崇禧的卫队长被手榴弹炸死。幸好增派了人马，否则不堪设想，这也是后来蒋介石不顾道义而杀南昌降将的原因之一。

白崇禧亲自审问了俘虏，却因祸得福，摸清了城中的敌情，为后来攻城做了充分准备。

事后蒋介石让兵站捐给关帝庙一笔专款，要他们重修庙宇再塑金身，以感谢关老爷指点。

游览位于南昌南湖湖心水观音亭时，蒋介石依旧在想，上次去关帝庙结果逢凶化吉，今天到永宁寺会有什么结果呢？

陈洁如听说水观音亭曾经是宁王妻子娄妃的梳妆楼时，羡慕不已。但见蒋介石有些疲惫的样子，心疼地说：“想一些高兴的事吧。”

看着波光粼粼柳叶成荫的水观音亭，蒋介石说：“这座水观音亭倒是个军事阵地，易守难攻。”（当年8月1号凌晨，南昌起义爆发。水观音亭被起义部队七十二团占领，设置了机枪火力点，成为起义成功的重要阵地）

陈洁如笑了，这个人真是打仗打入迷了。为了给他分心，便提议去爬山。

蒋介石眼睛一亮，生在水边的他却极喜山峦。马上说：“好的，我带你去庐山牯岭。那真是神仙住的地方。”蒋介石心道，那里比南昌离武汉更近一些。他派辞去了国民党中央代理组织部长职务的陈果夫随谭延闿等人一起去了武汉，目的是摸清对方虚实，掌握真实情况。蒋介石想：也不知陈果夫此番赴汉会有何作为？一旦有去武汉的契机出现，从九江出发可争取到一些时间。

于是，在武汉一片喧嚣之中，蒋介石带着陈洁如以及十二名卫士、六名蓝衣侦探，还有家仆阿顺、瑞昌一起，来到庐山脚下，从好汉坡坐滑竿，登上了“人间四月芳菲尽，山寺桃花始盛开”的庐山。

第二章

云翻雨覆 独步湘江

刚刚迈进34岁门槛的毛泽东，在1927年1月有两个身份：公开身份是国民党中央执行委员会候补委员，保密身份是中共农民运动委员会书记。

虽然一直没有停止工作，但饱览诗书胸有鸿鹄之志的他自上一年国民党二届二中全会以来一直郁闷，不由想起17岁第一次离开家乡韶山冲时留给父亲的一首他改写的诗：“孩儿立志出乡关，学不成名誓不还，埋骨何须桑梓地，人生无处不青山。”

如今17年过去了，学成名了吗？心目中的革命在轰轰烈烈杂乱无序之后，似乎看到了一点曙光。为了这点曙光他十分努力，用手中的笔做了很多事，也从一个不为人知的革命者，变成了被人称为的“中国革命的领袖”了。

可毛泽东自己明白，那不过是湖南工农代表大会的客套话。“革命的领袖”尚不属于他，而是属于异军突起的蒋介石。此人正率领数十万北伐大军所向披靡，威风八面，如今连苏俄顾问都要敬他七分。他凭什么可以占有革命的曙光呢？靠的是手中的枪杆子啊。

毛泽东回想起参加国民党第一次全国代表大会的情景……

1923年12月25日，陈独秀以中共委员长的名义发布了“中国共产党十三号通告”，提出“有重要工作”要全党同志努力进行。这个重要工作就是：参加国民党改组（多年以后，这次行动被称为国共第一次合作）。要求有国民党组织的地方，同志们立时全体加入。同时选派“政治头脑明晰且有口才者”参加国民党在广州举行的全国代表大会。

接到通知时，毛泽东并不知道孙中山“联俄、容共、扶助农工”三大政策诞生的细节，也不知这件事原本就是苏俄在操作，但他认为加入国民党绝不是一件坏事，国民党由同盟会发展而来。在他18岁考入长沙湘乡驻省中学时，受于右任办的《民立报》启发曾提出过政治意见，这个意见也是他平生第一次的政治主张：由孙中山、康有为、梁启超组织新的政府，孙中山当总统，康有为当国务总理，梁启超当外交部长。当时他把这份意见贴在校门口。

毛泽东想，如果不是在北京结识了李大钊，在上海相交了陈独秀，我毛润之会成为中国第一批共产党员吗？闹革命是肯定的。但如果先认识孙中山，那就不敢肯定我会不会成为同盟会员。现在终于有机会与仰慕的孙文先生坐在一起开会了。

1924年1月20日，毛泽东走进了广东高等师范学校大礼堂，这种公费的会议他已开过多次。从1921年的中共一大他领到五十块大洋的川资后，就一直在靠党的经费和捐助搞革命活动。

毛泽东拿着代表证在会场找到了他的坐席：39号，兴高采烈地坐下。作为代表的他可以堂堂正正地与来自全国的代表共商国是了。

21日上午他被入选国民党章程审查委员会委员。当国民党元老林森用浓重的福建口音念出“毛泽东”时，他热血沸腾，这是一种荣誉，是多少读书人想得到的荣誉。于是，在接下来的讨论中，他充分发挥了“头脑清晰且有口才”的特点，不断发言。他的外向型性格，在他滔滔不绝、又富有通俗哲理、且切中时弊的湘潭话中开始被参加会议的各路才俊所认识。

这次会议的结果令毛泽东满意。在共产党内已是中央委员的他，在国民党内又当选了中央候补执行委员。

而此时的蒋介石只有列席会议的资格，他在国民党内的地位远不如“跨党分子”毛泽东。他认识了毛泽东这个湖南瘦高个儿中年人，而毛泽东对即将出任黄埔军校校长的蒋介石却没什么印象。

国民党一大后，毛泽东顺风顺水成为国民党上海执行部的文书科主任，月薪120大洋，为此他投入了聪明才智。

他的堂客（方言：妻子）杨开慧带着两个儿子和佣人，从长沙到了上海，一家四口在英租界里过着幸福生活。

期间，毛泽东还为黄埔军校第一期招生作过贡献：负责上海地区考生的复试。有传说，多年后攻占延安，迫使毛泽东因战略需要在黄土高坡东躲西藏的胡宗南就是经他的手进入黄埔的。

但不知为什么，毛泽东没有参加1925年1月在上海召开的中国共产党第四次全国代表大会，如同他没有参加中共二大一样，他已于1924年底带着老婆孩子回了湖南。当他的老朋友蔡和森等五人组成中央局，陈独秀再次当选总书记时，他正与老婆孩子去长沙板仓的丈母娘家过春节。在板仓待到元宵头一天，然后，第一次把老婆孩子带回了韶山老家。

毛泽东回湘的理由是身体不好，然而，有几件事他是心知肚明的。

中共四大代表，代表的是全国994名共产党员，与国民党比有天壤之别；

一大以后，共产党内的掌权者们看到他对国民党工作的重视，他自己也因被汪精卫等赏识而感到高兴，甚至认为自己在长沙教书的日子一去不复了；

自孙中山受冯玉祥之邀北上，汪精卫、胡汉民等参加了北上团，国民党上海执行部冷淡下来，陈独秀批准他回湖南养病的真实原因，恐怕就是这种冷淡的结果；

更郁闷的是，因国民党上海执行部的领导们都北上，开始欠薪了，到1924年底，竟然欠薪半年，达720大洋。

这年的秋天，心情不好的他写下了那首著名的《沁园春·长沙》词：

独立寒秋，湘江北去，橘子洲头。
看万山红遍，层林尽染；漫江碧透，百舸争流。
鹰击长空，鱼翔浅底，万类霜天竞自由。
怅寥廓，问苍茫大地，谁主沉浮？
携来百侣曾游，忆往昔峥嵘岁月稠。
恰同学少年，风华正茂；书生意气，挥斥方遒。
指点江山，激扬文字，粪土当年万户侯。
曾记否，到中流击水，浪遏飞舟？

据称，这是毛泽东有记录以来的第一首词。诗言志、词抒情，写下这开卷之作时，他已有九个月的时间是在乡下的各个祠堂发动抗租等斗争，他只能“独立寒秋”地“问苍茫大地”。此情让他铭记终身。

直到1925年9月接到筹备国民党二大的通知，他才悄悄离开长沙去了广州。期间，开始替汪精卫代理国民党宣传部长职务。这时，毛泽东的“病”好了。

1926年，毛泽东顺理成章地参加了没有孙中山的国民党二大，依旧当选候补中央执行委员。在上海执行部工作期间，他与汪精卫、胡汉民成了同事，常常在一起讨论工作。在二大一中全会上已经成为国民党一把手的汪精卫无暇再兼顾中央宣传部工作，正式提议由毛泽东担任代理宣传部长，并出任第六期“中国国民党农民运动讲习所”所长。而此前农讲所的五任领导彭湃、阮啸仙等也都是共产党员。

毛泽东在政治上的风生水起，引起共产党内两位中坚分子张国焘、李立三不满。张国焘指责毛泽东的农民思想成不了大气候；曾经一度是毛泽东部下的李立三则嘲讽毛泽东不过是胡汉民的秘书。

共产党内还有一种意见认为，毛泽东为国民党办事太卖力了，他总是打着国民党招牌的作风值得注意。

但极善于审时度势的毛泽东坚持认为，如果与国民党的统一战线不生变故，中华民族复兴指日可待。遗憾的是在共产党内，他渐渐陷入了孤立。惯于我行我素的他没理会这些，一如既往。在后来的岁月里，他一直讲自己是国民党宣传部部长，没说是“代理部长”。

此时，他已认识了蒋介石。只是当时不知道自己会和这位看上去彬彬有礼的宁波人你死我活地争斗了半个世纪。与蒋介石的相识是被邀请去黄埔军校演讲。

那天，蒋校长全副武装，亲自到码头迎接毛泽东。在校长办公室休息片刻后，毛泽东在蒋校长的引领下登上了军校礼堂的台阶，面对一千多名学生，开始演讲。他左右摇摆身子，打着手势，用尖尖的声音侃侃而谈。

他说：“国内外革命形势于我有利，苏俄及各国工会大力支持，各省工农及学生热烈拥护我们革命政府。这正是北伐打倒帝国主义与军阀的良好时机，只要团结奋斗，必能获得胜利，实现独立、民主、富强的新中国。”

两个多小时的演讲获得了经久不息的掌声。而蒋介石在演讲开始前的一段话也让毛泽东舒坦：“这是我们中央宣传部毛泽东部长，百忙中抽空远来讲演，十分难得。大家要专心听讲。”

蒋介石在台下第一排正中端坐恭听。毛泽东的深灰色布衫，青布剪口鞋，与一身戎装笔直端坐的蒋介石形成对比。

此时，他的堂客杨开慧与岳母及儿子岸英、岸青，跟随他在广州生活，住东山庙前西街 38 号。在这里，一家人过着比湖南甚至比上海强很多的日子。毛泽东把弟弟们也召来广州。打开眼界，是他对毛泽民、毛泽覃的具体要求。

有弟弟泽民掌管农讲所财政，他的后院便是稳固的。同时，把小弟毛泽覃送进黄埔军校，在政治部工作。

很快，毛泽东领教了那位正襟危坐、不苟言笑的宁波人的厉害。虽然此时毛泽东正处人生智慧的高度喷发期，可还是莫名奇妙地与所有共产党人一起着了蒋介石的道。

蒋校长先是用“中山舰事件”试探一下。本来共产党与共产国际可以将计就计，利用国民党左派乘机干掉蒋介石，但鲍罗廷则说“现在是中共应为国民党当苦力的时代”。在苏俄顾问们的坚持下，共产党妥协退缩了。

因为共产党的退缩，加上汪精卫意气用事撂挑子不干，正中蒋介石的下怀，导致这个试探性事件成为国共关系的一个重要转折点。

两个月后，蒋介石乘胜追击在5月15日的国民党二届二中全会上提出了《整理党务案》，这时候，共产党还有胜算可能。却在鲍罗廷为首的中共“保姆”们的坚持下，陈独秀等人的反击提议没起作用，再次退缩。张国焘作为出席二中全会中共党团的指导人，居然强要大家签字接受《整理党务案》。

毛泽东一度为自己没权力指挥共产党反击而痛苦，他不情愿就这么丢掉了已经掌握的成果。然而，这时的毛泽东人微言轻，他只能忍受，等待机会。

从此，共产党又从半公开变成地下党。毛泽东的代理宣传部长被撤销了，七个月的国民党内阁成员生涯就此终止。他在广州番禺办完了第六期农民运动讲习所后，于9月1日发表了《国民革命与农民运动》，这是他给农讲所编印的《农民问题丛刊》写的序言。

毛泽东在文章中断言：“农民问题乃国民革命的中心问题，农民不起来参加并拥护国民革命，国民革命不会成功；农民运动不迅速地做起来，农民问题不会解决；农民问题不在现在的革命运动中得到相当的解决，农民不会拥护这个革命。”他对农民问题认识的深度已远远走在了众多革命者的前面。

序言发表后，随着各种刊物的转载而流入全国各地，很快引起各方面注意。在国共两党中，毛泽东成为在全国有影响力的农民运动权威。

不知是否是这篇文章的缘故，1926年11月毛泽东接到了上海中共中央的通知，任命他为中共中央农民运动会委员书记。他与妻子短暂分别，先送走妻儿，自己独自去上海赴任。

毛泽东的成长经历与蒋介石完全不同，没有在慈母的呵护下长大。他与蔡和森、萧子升是最好的朋友，号称“湘江三友”。他们在长沙共同发起创办了新民学会，但没搞类似“桃园三结义”的结拜。

在毛泽东的成长中，很少靠朋友提携。虽然当初老岳父慧眼识珠，北大才俊们也认为他可造。但他终究靠的是自己海阔天空的自由自在，靠的是对事情的精心规划，靠的是自己独特的见解和行事手段。

当他走上政坛掌握一定权力后，就始终把“谁是朋友，谁是敌人”看成是革命首要问题。萧子升后来在评价他时说：“假如你同意了他的说法，就是他的朋友，否则就是他的敌人。”

毛泽东从来就没忘记过，中国共产党是俄国共产党帮助建立起来的，用阶级斗争来解决中国问题也是不容置疑的。但是，俄国老毛子显然不了解中国，不了解蒋介石这个从小就熟读经书的中国人。国民党二中全会之后，毛泽东就有国共合作可能快终结的预感，他不愿意在上海的机关里浪费时间，便利用自己制定的《目前农运计划》中“各地农运须切实与国民党左派合作”之规定，决定去武昌开办湘鄂赣农民运动讲习所。他要抓紧时间，充分利用国共合作的契机，争分夺秒地通过农讲所这个渠道让农民们接受他的政治理想，不能再这么糊里糊涂地等着被人收拾。

他还想利用办农讲所，结识所需要的人，建立自己的人脉关系。而此刻南昌、武昌就云集着这样的人，这两个地方是当下中国革命的中心。

1926年11月26日，毛泽东首次到了南昌。这座城市是17天前蒋介石拿下的，北伐军总司令部也设在这里。

他找到了湖南老乡林伯渠（祖涵），打老乡牌是毛泽东比较惯用的手法，在上海、北京、广州他都在住处门口挂上“湖南同乡会”的牌子。毛泽东出任广州农民运动讲习所所长，就是当时任国民党中央执委兼农民部长的林伯渠提议聘请的。林是中国共产党的创始人之一，但隐蔽在国民党内，此刻他的职务是：第六军党代表兼政治部主任。受蒋介石邀请来南昌北伐军总部工作。

两人相见甚欢，谈到半夜。第二天，毛泽东在南昌东湖边北伐军总部驻赣办事处见到总政治部副主任郭沫若。

与各种人见面，是毛泽东从1921年参加中共一大后至今的最大收获。他悟性很高，非常善于取长补短，不断吸收他人经验，并且团结一切可以团结的人。陈独秀、李大钊是他的前辈，多年后将要成为他助手的周恩来、刘少奇也都已见过。现在又和号称可与鲁迅比肩的郭沫若见面。

郭沫若对毛泽东并不很了解。毛泽东此时的身份不低，是国民党中央执行委员会候补委员，又是中共中央农民委员会书记。这两个职务足以让人刮目，再加上陪同的是北伐军第六军党代表林伯渠，郭沫若挺重视，他的月津贴是三百大洋，宴请两个湖南人没问题。

这次见面，似乎没有谈到彼此都擅长的诗歌。以诗集《女神》而名震华夏的大诗人郭沫若，恐怕尚不知道在一年前，眼前这位比他小一岁的湖南人写下了“问苍茫大地，谁主沉浮”这样弘大的句子，否则他很可能会“指点江山，激扬文字”般地朗诵自己的《凤凰涅槃》。

那天，他们只谈了革命，谈了农民问题，郭沫若甚至感觉到毛泽东“静如处子”。但这一顿饭让毛泽东真正记住了这位传说中的翻译过《浮士德》、《少年维特之烦恼》的浪漫才子。其实没过多少年，与鲁迅比肩的郭大才子便成了为毛泽东的诗作注解的诗人。

在南昌盘桓一周的毛泽东没有与蒋介石见面（过了19年，两人才在重庆见了面，那时，毛泽东也枪杆子在握了）。但南昌之行依然大获丰收，江西临时政治委员会决定负担13000元的讲习所费用，同时选送150名学员到武汉讲习所学习。

毛泽东抽空去凭吊已烧毁的滕王阁。面对一片废墟，心情复杂，“秋水共长天一色”，但国共合作的大革命还能维持多久？他感觉到国共合作会像滕王阁一般成为废墟，不由得默默背诵王勃那千古名篇《滕王阁序》，其中的“渔舟唱晚”、“雁阵惊寒”字句，不正是此时国共合作的写照吗？（过了36年，他手书“落霞与孤鹜齐飞，秋水共长天一色”给儿子毛岸青。这14个字至今还镌刻在滕王阁入阁处的两边大柱上）

离开南昌到达武汉的毛泽东，只在武汉待了很短一段时间，不到20天。做了三件事：在汉口设立了中央农委办事处；与国民党湖北省党部商筹农讲所事宜；参加了为期六天的中共中央特别会议。前两件事办得很顺利，湘鄂赣农民运动讲习所的雏形完成，只等生源与经费。

第三件事让他强烈感到中国共产党在一步一步地走向绝境。此时，中共中央远在上海，可在更远的（7000公里以外）莫斯科，却似乎甩开了上海的陈独秀，而在武汉热热闹闹搞起了自己的一套。中共中央似乎是由两班人马在各行其是地指挥。

毛泽东根本就不认为来自莫斯科的指示能真正领导中国革命，他甚至对经典马克思主义者思想体系亦有自己的见解。中国革命的实际状况，让他对中国传统文化，特别是下层民众的文化有了深刻认识。他认为，只有解决土地问题，才是中国革命之根本问题；用平民主义打倒强权统治，才是时代的潮流。

但这次特别会议让毛泽东看到自己无论如何努力，都没有人认为他是对的。在党的内部，他太弱小。尤其是他开口闭口谈到湖南农民问题，说："中国如为德意志，湖南就是普鲁士。"还自称自己是东方普鲁士，更不让那些所谓的革命者感冒。

尽管历史已经证明毛泽东的所言所为是正确的，并且都获得了成功。但在1926年底，国共两党内部的共同想法是：为了保证统一战线和北伐的顺利进行，应限制农民的过火行为。鲍罗廷、陈独秀一致反对现在就搞土地革命，他们想把所谓的统一战线玩到极至，即：充分利用国民党内部的蒋汪不和，用蒋介石的军事势力完成北伐，用汪精卫的政治势力平衡制约蒋介石的独裁。这样的想法，在毛泽东看来太幼稚。他对中国人的人性有深入了解，他的老上司汪精卫、胡汉民之流此刻在他眼里只是些会自高自大夸夸其谈的文官，靠他们不可能制约得了蒋介石。

毛泽东在会上严肃指出："右派（指蒋介石）有兵，左派（指汪精卫）没兵。即使右派有一排兵，也比左派有力量。"他的话再明白不过了，共产党不应该摇摆。然而，他的意见没人接受，反而认为湖南的农民运动正在破坏国共合作。会议没结束他就走了，又一次回到他的故乡——湖南，他想用事实来回答搞农民运动、搞土地革命的必要性。

此前，毛泽东已在老家韶山一带农村搞了9个月的地下活动。对湖南农民的诉求，恐怕再没有谁比他更清楚。当中共中央特别会议上很多人批评湖南农运过火，是"洪水猛兽"时，他一时拿不出更多的具体证据来证明湖南农运是好的。所以，他想再回湖南，对农民问题做一次更加详细的调查。要看看赵恒惕被北伐军赶走后，湖南农民运动是什么状况？能否从中总结出方向性的东西。

这次回湖南，还有一个客观原因，湖南全省农民第一次代表大会召开，邀请他回湘指导。他在广州发表的《国民革命与农民运动》已随农讲所的学员们在各地传播，他已被人尊为农民问题专家。

12月20日，湖南全省第一次工人代表大会和第一次农民代表大会联合举行了欢迎毛泽东的大会。对他做了这样的介绍："毛先生泽东，奔走革命，卓著勋绩。对于农民运动尤为注重……此次革命军势力北展，先生为发展全国农运，奠定革命基础起见，遂于前月离粤赴长江一带视察农运情形。农民代表大会开幕时，曾电请先生回湘，指导一切……"

毛泽东兴奋地在会上作了《工农商学联合的问题》演说。深谙演讲术重要性的他明确指出："国民革命的中心问题，就是农民问题。"随后，又在两会的闭幕会上作了《关于革命联合战线问题》的演说。

由于有毛泽东的指导，而他的身份又是国民党中央候补执行委员，大会顺利通过了四十项决议案，肯定农民暴力打击土豪劣绅是"革命斗争中所必取的手段"。

毛泽东固执且越来越激进了，因怀疑共产党内的那些左右兼顾的政策，他没有在长沙两会上传达武汉中共特别会议精神，相反，利用自己的身份，在会上会下把他的思考变为行动。他居住的望麓园一号一时成了那段时间湖南农民的圣地，人流不息。他还抓紧时间，为首届湖南农代会的代表办了一次短训班。

1927年1月4日至2月5日，毛泽东再次利用他国民党中央候补执行委员身份，对湖南部分县进行了一次历史性的考察。为此，国民党湖南省党部专门召开常务会议研究毛委员的此行，决定派省党部监察委员戴述人等陪同考察，要求各县党部协助做好考察工作。

1926年12月28日长沙《大公报》发表省党部通告："中央党部执行委员毛泽东，拟于日内分赴湖南宁乡、新化、衡山、衡阳、湘潭、醴陵、宝庆、攸县、武冈、新宁等十余县巡视党务状况……并请毛泽东将湖南方面所要调查的六项内容会同考察。"

实际上，毛泽东并没有按计划对拟定的县全部考察，放弃了大部分，只考察了他需要考察的湘潭、衡山、醴陵和长沙等地。至于国民党期待他考察的"各种纠纷之原因"、"宣传中央联席会议的议决案"等六项内容，他并未在意。

毛泽东历时32天，步行1400多里的调查研究是从4日开始的。他要看看被国共两党都视为"洪水猛兽"的湖南农民究竟干了什么？他想用事实反击那些并不知真相、却鼓噪不停的人。

毛泽东了解被他称为"东方普鲁士"的乡亲们，在他的内心充满对有几百万全国农民协会会员的三湘农民的褒奖。但显然陈独秀、张国焘及苏俄顾问们是没有深入过乡村的，他们不会有对农民的感性认识。

由国民党省党部监察委员会主任戴述人陪同，毛泽东开始了考察。

首站，当然选择自己的故乡——湘潭县。从长沙乘船到湘潭后，立即召开由县农协、工会、妇联、商协、青年等组织的负责人参加的座谈会。他做记录的一贯方式是用毛笔快速书写，一只小铜墨盒、一支毛笔、一叠纸成了他随身不可缺少的物品。

5日到达银田镇的银田寺。此地乃湘潭第一区农民协会所在地，它东距湘潭县城20多公里，南距湘乡县城25公里，距韶山大约也有20公里。这里的中共银田特别支部是湘潭地区第一个党支部。

银田镇镇子虽小，却有水旱码头，是一个物资集散地。韶山冲的农民常常起五更、爬半夜，挑担山柴到银田来卖。毛泽东第一次离开乡关，就是从银田码头登船，沿着这条小河进入长沙的。

银田寺原名静安寺，供奉观音菩萨。后因修缮时，在庙前的田里挖出了一缸白银，故更名银田寺。

毛泽东对寺庙有着特殊的情感。除了他妈妈文七妹笃信佛教，自己也曾拜石观音为干娘外，更重要的是寺庙大多为公产，方便进出。可栖身借宿，也可聚众开会，还可游览散心。1919年底他第二次去北京，就住在北京福佑寺，在那里，第一次看到了《共产党宣言》的中文本。

在银田寺，毛泽东参加了欢迎会，晚上又分别召开农运积极分子和区乡农协负责人的调查会，鼓励农民大胆干。果然，在他离开不久，银田镇负责治安的团防局长汤峻岩就被农民抓获审判。

6日清晨，毛泽东等步行30里，来到湘潭特别区农协所在地清溪寺。这里人口不到千人，农协组织很有权威，大多数的土豪劣绅都被打倒，农民扬眉吐气。

韶山冲离清溪寺约10里左右，闻讯从韶山赶来的老朋友毛福轩，与他一起走完了剩下的行程。

1925年6月中旬的一个晚上，毛泽东在韶山冲自己家的卧室里，主持了毛新梅、李耿侯、钟志申、庞叔侃等人的入党仪式。领着他们肃立在列宁像前宣誓："努力革命，牺牲个人；服从组织，阶级斗争；严守秘密，永不叛党！"这一天，湖南农村第一个共产党支部：中共韶山特别支部被毛泽东宣布成立，毛福轩为党支部书记。

毛福轩对农运非常熟悉。在毛泽东面前，他毫不保留地介绍实际情况和遇到的问题。

清溪寺是韶山地区最大寺庙，全名为“清溪法海寺”，建筑面积达3000平方米，寺庙坐南朝北。与别的寺庙不同的是，这里除了供奉释迦佛、弥陀佛、观音佛外，还有一座“关圣殿”，供奉护法的关公。毛泽东的小弟弟毛泽覃曾在这里读过书。

在寺庙中召开了区农协干部和农协会员座谈会后，当晚，一行人住在寺内。毛泽东与毛福轩挑灯长谈，详细了解农运情况，包括各种细节。毛泽东相信，韶山的农运是全省农运的缩影。他明白，调查越仔细，说服力就越强。

7日，毛泽东又一次踏上了故土韶山。上一次离开是16个月前，湖南军政首脑赵恒惕发狠心要逮捕毛泽东，并就地正法。当时正在韶山冲附近谭家冲开会的毛泽东得到消息后立刻回家，要弟媳王淑兰雇一乘轿子，告诉轿夫是送一位郎中去长沙，然后从容地用开水泡点饭，吃罢，坐轿而去。就隐蔽在赵恒惕的眼皮底下——长沙。

回到韶山冲上屋场南岸的家，毛泽东有种锦衣还乡的感觉。但他并未意识到，两天后的离开，便再无机会回来。直到过了32年成为共和国开国领袖后，他才得以真正锦衣还乡。

韶山，楚南名山。它左湘潭，右湘乡，风云际会；前金紫，后龙王，雨露同沾。这里群山环抱，翠竹苍松。史载：“韶山，相传舜南巡时，奏韶乐于此，因名。”如果将韶山的版图顺时针方向旋转180度，竟然可以看到大中国版图的缩影。

毛泽东的家在韶山冲上屋场，是一栋凹字型的泥砖墙、小青瓦、土木结构的农舍，十三间屋子各具功能。屋前是稻田池塘，屋后是有丰富绿色植被的山峰。

看着自己出生成长的地方，毛泽东十分感慨。几年前，他就让弟弟毛泽民把房产与大约23亩田地都给了乡亲。这些家产产生的效益，大多补贴到了革命活动中。

毛泽东的小脚弟媳王淑兰在上屋场迎接他。见到王淑兰后高兴地露出了乡音说：“四嫂，有冒有腊肉呀？好久冒吃家乡的菜啰。”毛泽民在家族排行第四，按乡里习惯，人们都称呼其妻为四嫂。

王淑兰发出爽朗的笑声，说："都准备好了啰。有腊鸭、腊兔、腊鸡、熏鱼，还有红烧肉、米面，就等大哥上桌。"

原来毛福轩早已让人在毛震公祠摆下了30多桌欢迎筵席。湘潭特别区第一、第二乡的乡亲们从四面八方聚到这里，看望从这个偏僻小山村走出去的国民党大官毛委员，为他接风洗尘。

毛泽东走进他非常熟悉的祠堂，惊奇地发现有不少妇女也在坐，这可是大新闻。在男尊女卑的社会里，女人是不能与男人同桌吃饭的，更不可能进入祠堂。

毛泽东顺势挥挥手大声用家乡话说："今天吃酒，要让堂客坐头席。"

王淑兰大声回答："我们是搭帮大哥才翻了身，今天要请大哥坐头席。"

毛泽东笑了，笑得非常开心，只是脸上还有些腼腆。看来当年把王淑兰带出韶山是完全正确的，她如果不去长沙见世面，今天就不可能如此得体。他大声说道："过去堂客受压迫最深，除了跟男人们一样受政权、族权、神权的压迫外，还多了一层——夫权压迫的苦楚，从来不可以进祠堂吃酒。今天妇女解放了，应该请你们坐头席呀。"

在欢迎宴会上致欢迎词的是毛泽东13岁时的老师毛宇居，他率全家来参加欢迎会。

见到这位教了自己一年的老师，毛泽东顿生感慨。1919年母亲病逝，是老师协助料理后事；1925年携开慧母子回乡，又是老师帮助张罗。家里很多私事都是他在帮忙照顾。

毛宇居致完欢迎词后，毛泽东握住老师的手说："感谢老师欢迎，润之见到老师很激动，在井湾里读书的情景历历在目。我还记得，乡亲们送你'韶山一支笔'的美称，当之无愧呀。"

毛宇居对毛泽东有种说不出的喜欢，他连连摆手说："润之过奖了。我只虚长你十二载，做老师也是缘分。还记得你读书乱跑，我逼你以井台为题，写一首赞井的诗吗?"

毛泽东笑着摇摇头说："忘啰。"

毛宇居微闭双目随口念到："天井四方方，周围是高墙。清清见卵石，小鱼囿中央。只喝井中水，永远养不长。"

毛泽东听完后双手相拱："老师过目不忘的好记性，学生自愧不如哇。"

毛宇居轻轻说："那个时候你13岁，我就知道韶山冲圈不住你，你的鸿鹄之志全在这五言诗中。我告诉你，你为你母亲作的《祭母文》，我替你收好了。”

毛泽东吃惊地看着他说：“那更要感谢老师。今天晚上我住在上屋场，能不能给我看看呀。”

毛宇居说：“我已经誊抄了一份，就是给你准备的。”

和毛宇居聊完后，毛泽东端着酒碗用乡音对乡亲们说：“我从银田到韶山来，看到农民都起来了，掀起了农村大革命。过去雨神庙有很多流民，现在没有了，他们有的参加了农会，有的在劳动，这是一个很大的进步。韶山成了农民的天下。农民可以踏上土豪劣绅家小姐、少奶奶的牙床打滚，这是多大的进步呀。我毛泽东搞革命，就是为了要解决农民的土地问题。我所爱、所交的朋友都是穿草鞋的冒得钱的穷人。”

午饭后，乡亲们又在毛鉴公祠堂举行盛大欢迎会。毛泽东即席作长篇讲话：

“谢谢乡亲们的厚爱，这次回来是想了解农民运动情况，三天来，我看到的听到的都让我振奋。各位父老乡亲，世界是变化的，过去只有土车子，人靠步行，现在有了汽车，清早从湘乡到湘潭买肉，还可以赶回湘乡吃早饭。”

讲到这儿，他话锋一转：“几个月前，土豪劣绅还在作威作福。几个月后呢，农民运动搞得热火朝天，把几千年的封建特权打得落花流水，地主的体面和威风都扫地了。现在‘农民协会万岁’、‘农民万岁’的口号喊得响亮。从乡里几个月来的形势对比看，不是起了很大的变化吗？有人说农民运动是‘痞子运动’、‘糟得很’，你们怎么回答呀？”

乡亲们大声回答：“那是放屁，农民运动好得很！”

毛泽东爽朗地笑了，说：“我同意你们的结论，农民运动就是好。农民协会还要更加放手地发动群众，不要前怕狼后怕虎，反革命反对也不要怕，我们只会赢，不会输！

但是，革命是长期的，好比挖土，挖出几条蚯蚓算不得什么。现在革命刚开始，才打倒了几个土豪劣绅，这好比指甲缝里的污泥还只挖出了一点点。我们要彻底消灭土豪劣绅，实行耕者有其田，还得攒劲干啊。”

毛泽东喝了口水，继续用他通俗的、带有强烈煽动性的话语演说：

“过去遇上灾害，有人就到仙顶灵山上去拜菩萨求雨。我前年回来，有人对我说他的命苦，八字坏。信八字，望走好运；信风水，望坟顶贯气。现在农民运动轰轰烈烈，只几月光景，土豪劣绅和贪官污吏就一齐倒了台。难道是地主阶级突然走了坏运，坟山突然泄气了？

土豪劣绅讽刺说：‘巧得很啰，如今是委员的世界。你看屙尿都碰上了委员’。的确不错，城里、乡里、工会、农会、国民党、共产党无一不有执行委员，确实是委员世界。但这也是八字、坟山出的么？

巧得很，乡下穷光蛋八字忽然都好了，坟山忽然贯气了。神明么？那是很可敬的。但是不要农民协会，只要关圣帝君、观音大士，能打倒土豪劣绅吗？那些帝君大士们也很可怜，敬了几百年，却一个土豪劣绅也不曾替你们打倒。现在你们想减租，我请问：你们有什么法子？信神呀，还是信农民协会？”

毛泽东的大实话时而引起笑声，时而引起轰哄。大家都听懂了，这位来自中央的毛委员是支持农民运动的。他是从韶山出去的，一定不会欺骗他的老乡亲。

紧张的一天过去后，毛泽东在家中的床上久久不能入睡。仅短短三天，农民的行动、农民的情绪，不仅可以说明湖南农运的正确，这些“行动”和“情绪”，还成为了他正在逐渐形成的思想的有力佐证。他在思考，究竟什么样的革命可以在中国这样的国家取得成功？这是本质问题。

现在的事实已经证明孙中山式的革命是失败的。

陈独秀、李大钊的书生革命也很难看到成功的希望，起码从现在看很难。根子在哪里？

蒋介石呢？他的枪杆子能不能使中国革命成功？或许可以取得成功，但如果不解决土地问题，他蒋中正的成功亦肯定是昙花一现，或者支离破碎。

汪精卫？与他共事几个月，应该说对他有所了解。这个所谓的政治家不过是花拳绣腿，他不会服从蒋介石，但他又搞不过蒋介石。

面对如此的形势，中国共产党能否真正成为一个领导全国革命的政党？中国革命的模式必须是苏俄的模式吗？

对于苏俄和共产国际毛泽东还是尊敬的。但共产国际把中国共产党看成是一个支部，显然有问题。相隔万水千山，如何指挥？那位苏俄顾问鲍罗廷对农民的暴力行为不仅不为之兴奋，还担心。这只能说明他们仅能做一些金钱援助的事，而根本不了解中国，不知道千百年来，中国朝代更替很多时候是从社会的最底层——农民开始的。谁要想夺取胜利，谁就必须赞成在夺取胜利的过程中出现的种种暴力。

让毛泽东新奇的是，眼前湖南农民运动竟然是自发的。这说明农村的自身细胞在发生变化，农民有了新的社会需求。接下来的问题是，如何引导这种需求？引导自发的暴力？

毛泽东想起建党初期与苏俄代表越飞在长沙见面的情形（这段历史似乎尚未解密）。正是这位有非凡口才的苏俄代表与孙中山达成了一致，才有了国共合作，而中国共产党建党也是他一手促成并提供了经费。但毛泽东知道，在中共成立之前，苏俄最先看好的是吴佩孚，只是这个秀才军阀拒绝了外援。事实上直到1925年直奉战争时，苏俄还在想方设法与吴佩孚联合，并想扶持他成立中国政府。看来，中国共产党在苏俄人眼里不过是一件比较称手的工具……

想至此，毛泽东夜不能寐。虽然十月革命一声炮响，给中国送来了马克思列宁主义，但是，中国革命的规律、组织形式，与俄国不同啊。我们没有工人，却到处都是农民啊。

慢慢地，在他心里形成了一个结论：无论谁来领导中国革命，离开了农民都是不可能成功的。这次调查还要再深入仔细些，要把调查的结果变为斗争的对策，要让国共两党的左派政治家们清醒过来。

毛泽东索性爬起来斜靠在床上，把油灯挑亮一点，又点起一根乡亲们送的很糙辣的叶子烟，拿起毛宇居送来的《祭母文》。没看两行，情感丰富的他便被眼泪浸泡了眼眶。作为儿子，他自认为是不孝的，有机会见母亲最后一面，但却没给母亲送终，只是赶回来参加了葬礼。

《祭母文》就是母亲去世后关山那天写的，当时正处悲痛之中，文本是至性的流露。

起行他用了16句64个字来总结母亲的平生及养育儿子们所备受的艰辛磨难：

“呜呼吾母，遽然而死。寿五十三，生有七子。七子余三，即东民覃。其他不育，二女三男。育吾兄弟，艰辛备历。摧折作磨，因此遘疾。中间万万，皆伤心史。不忍卒书，待徐温吐。”

接着用30句120字赞美母亲的博爱、慈祥、爱心：

“今则欲言，只有两端。一则盛德，一则恨偏。吾母高风，首推博爱。远近亲疏，一皆覆载。恺恻慈祥，感动庶汇。爱力所及，原本真诚。不作诳言，不存欺心。整饬成性，一丝不诡。手泽所经，皆有条理。头脑精密，劈理分情。事无遗算，物无遁形。洁净之风，传遍戚里。不染一尘，身心表里。五德荦荦，乃其大端。合其人格，如在上焉。”

赞美了母亲之后，他想到了母亲的苦楚，于是写道：

“恨偏所在，三纲之末。有志未神，有求不获。精神痛苦，以此为卓。天呼人欤，倾地一角。次则儿辈，育之成行。如果未熟，介在青黄。病时揽手，酸心结肠。但呼儿辈，各务为民。又次所怀，好亲至爱。或属素恩，或多劳瘁。大小亲疏，均待报赉。”

母亲的苦楚，正是自己应该去弥补的。母亲不在了，她的盛德应该由自己秉承。他用8句32个字来表达他的愿望：

“总慈所述，盛德所辉。以秉悃忱，则效不违。致于所恨，必补遗缺。念慈在兹，此心不越。”

母亲去世，对毛泽东打击很大。正是母亲的言传身教，使他有了同情贫弱、乐于助人的品行。这其中，还夹杂着他那时隐时现的恋母情结。他写道：

“养育深恩，春晖朝霭。报之何时？精禽大海。呜呼吾母，母终未死。躯壳虽隳，灵则万古。有生一日，皆报恩时。有生一日，皆伴亲时。”

看到这儿，毛泽东已泪流满面，忍住悲痛看完最后9句：

“今也言长，时则苦短。惟挈大端，置其粗浅。此时家奠，尽此一觞。后有言陈，与日俱长。尚飨！”

毛泽东慢慢地放下诗稿，任眼泪流出眼眶，嘴里轻声念出他为母亲写的一副灵联：“疾革尚呼儿，无限关怀，万端遗恨皆须补；生长新学佛，不能住世，一掬慈容何处寻？”

27岁那年，毛泽东在几个月内便父母双亡。母亲去世后仅过3个月，52岁的父亲毛顺生就因伤寒病去世。对父亲的专制他一度非常反感，没有回家奔丧，也几乎没去给父亲上过坟。但7年多过去了，他的世界已发生了巨大变化。他想，无论怎么改变，都改变不了我是父亲的儿子，该给父母扫墓了。

第二天，原本打算去对面山上扫墓的毛泽东没能如愿。因为从早到晚都在开会、听汇报或提问题。他越发感到，应该赶快用事实来严厉谴责那些约束农民运动的人，要号召农民不间断地暴力斗争。

在调查中，他发现农会忽视团结中农的问题。便严肃地告诉大家：“你们不要搞贫农一统天下，把中农关在外面不好。中农占20%左右，是一股了不起的力量，他们有很高的积极性啊。”实际他自己便是中农。

8 日晚上，他到与韶山毗邻的湘乡县徐家湾，在一个名叫胡中钦的党员家里召开了地下党员大会，会议持续了三个多小时。

在会上毛泽东深入浅出地对农民党员们说：“一双筷子折得断，一把筷子难折弯，不团结就没有力量。”他仔细地引导大家算了被地主剥削的账后，说：“如果我们不团结起来打倒土豪劣绅，就会永世受苦。”他要求把真正受苦的人吸收到党内来，并告诉大家如何做好保密工作。

9 日凌晨，毛泽东悄悄回到韶山。但当天，毛泽东离开了韶山。面对那些熟悉的面孔，他反复说：“革命才开始。革命不成功，我毛润之也不回韶山了。但要彻底消灭封建地主劣绅，打倒军阀，赶走帝国主义，还得三四十年。”

一语成谶，他居然真的是过了 32 年才回韶山。但家乡的一切始终在他脑海里，挥之不去。

1 月 9 日至 14 日，毛泽东在母亲文七妹的老家湘乡县待了一周。对这里，他似乎比韶山更有感情。

9 日上午，一行人离开韶山，步行经过杨林瓦子坪，来到位于唐家坨的外婆家与舅舅、表兄们见面。他坚信在这里也能听到真话。从两岁到八岁，他由表兄带领，在八舅父文正莹的私塾里完成了学前教育，所以一到唐家坨，就去舅舅家开座谈会。

见到舅舅与表兄后，毛泽东详细询问了唐家坨的农运情况。知道出十块钱就可以加入农会，就受到保护，于是一些小的土豪也纷纷加入。不少一字不识的农民当了区农民协会的会长。地主被戴高帽子游乡，农会有枪毙他们认为该枪毙的土豪劣绅的权力。似乎以前农村的条条框框都被打破了，在“革命”的旗帜下，一切都在无序之中发生着天翻地覆般的变化。

舅舅告诉毛泽东：“唐家坨有了梭镖队，以前的都总团总都不起作用了。”

毛泽东笑着说：“我从小在八舅的私塾中读书，《三字经》、《百家姓》、《千字文》都是在这里发蒙。《三字经》说‘人之初，性本善’，但善是有前提的，前提是什么呀？就是平等。而我们现在是生活在一个不平等的时代，怎么办？就只有革命。要革命就要团结，就要有自己的武装。”

表兄文运昌告诉他：“农会现在禁止赌钱打牌，禁止抽鸦片烟，乡里的风气好了许多。”

毛泽东连声叫好："好得很，好得很。"又严肃地说："外国人说我们中国人是一盘散沙，不团结。别国群而不散，中国散而不群；别国强，我国弱；别国富，我国贫。这些问题人家说得没错。军阀盛行，横征暴敛，把中国搞得四分五裂，人民流离失所。怎么办呢？要想中国富强，人民不受压迫和剥削，就要起来干革命，打倒列强，驱除军阀。"

他还向舅舅和表兄们讲述了北伐进展和武汉的大好形势。

文南松问："听说你堂客又要生崽了？"

毛泽东做了个手势："七个月啰。开慧想要个女娃儿。"

文运昌说："让你堂客回来坐月子，到唐家坨来。"

毛泽东笑着说："谢谢表哥好意。开慧离不开我，我也离不开她。"

八舅父文正莹说："你那两个男伢子都好吧。"

毛泽东回答到："他们和我小时候一样，也是外婆抚养。不过比我好一点，我是一个人在外婆家，他们是和母亲一道在外婆家。"

文正莹问："岸英6岁了吧。民国十四年（1925年）你带他来唐家坨，我看得出有你小时候的灵气。"

毛泽东微笑："岸英5岁，岸青4岁。我小时候很幸运有八舅父发蒙。现在，他们兄弟随我浪迹天涯。"

文正莹说："读万卷书，也要行万里路。只要做正事，走正道，就可以成大器。"

毛泽东朝文正莹拱手道："还借八舅吉言。"

当晚在舅舅家歇息。他没休息，而是让表兄文涧泉请来了30多个大多姓文的农民，了解当地农运情况。

见大家并不太明白地主究竟是如何剥削的，他便举了当地土豪章泳华的例子："章家每年收3000多担谷子。但田是你们做的，谷是你们种的。章家的人不做一点事，专门吃喝。这就是剥削。"

乡亲们恍然大悟，原来以为种人家的地，给人家交租是天经地义的事，谁知这是被剥削。于是乡亲们纷纷痛骂土豪的恶劣行径。

第二天早饭后，由文涧泉陪同，一行人往湘乡县城走去。边走边谈边调查，途经沙田镇，在上山岭午饭后，路过龙洞乡时，毛泽东召开了一个有上千农民参加的大会，进行革命鼓动。龙洞乡在新中国成立后出了两员大将：陈赓和谭政。

黄昏时毛泽东等人才到县城，先去见了县长姚彦文。姚县长告诉他已接到省上通知，一切都安排妥当。然后入住湘乡饭店，这是县上安排好的。他的房间在右边楼上一间大客房。

晚饭后，与戴述人、毛福轩、文涧泉等一起，参加了县农协主要负责人调查会。在听了当地农运情况后，毛泽东鼓励说："土豪劣绅是我们的敌人，他们是不会喜欢我们的。只有把他们打倒，才能巩固农会。"

送走客人后，毛泽东坐下来疏理调查内容。一个强烈的感觉在心中形成，湖南农民正日趋向左转，并渴望进入到另一个革命——土地革命。这是此前毛泽东并没深思熟虑的问题。

短短几天的走访考察，毛泽东内心已产生巨大波澜，此前只听说农运如何如何，现在却亲眼目睹。从材料上看，湖南的农民协会会员已达200万人，能直接指挥领导的群众达到1000万人。如此疾风暴雨般迅猛兴起的农民运动，将会给中国带来什么？毛泽东清楚地知道农民最想要什么，他们要的是土地，以及同多年来压迫他们的土豪劣绅算账的机会。现在，这个机会正在到来。

可在广州、在上海、在武汉，他所听到的都是骂农协的声音。骂农民激进、骂农民破坏了北阀、骂农民私自征税等等，说农民居然枪毙了共产党工运领导人李立三的父亲。张国焘甚至认为，过分激进的湖南农民运动正在葬送国民革命的前途。党的领袖陈独秀等人也异口同声，说在中国搞共产主义运动，绝不能从农民运动开始。

奇怪的是，老毛子（俄国人）在湖南农民运动中也没少花钱啊，他们既然不同意彻底的土地革命，又为什么要给湖南农运提供经费呢？

面对种种情况，毛泽东迷茫着，无法清晰地回答。但在他心灵深处，有一个信念始终没有灭：在湖南，工人见不到几个，农民却漫山遍野。为什么中国革命就一定要像苏俄像欧洲一样从工人开始？一定要用数据、事实说话，要说服党内明白，党如果不指导农民革命，实际就是反革命。

在思考、在观察的毛泽东列出了六个主要问题：农会组织情况；有多少区乡农协；有多少会员；农民武装情况；农民对农协有什么看法；有没有反对农协的。

接下来，他用了整整4天时间，邀集县工会、商协、学联、妇联、青年等群众组织的责任人座谈。

各种情况、各路数据，在毛泽东的笔下汇聚。他越发感觉到湖南自发性的农民运动，正在无序地裂变膨胀。表面看，国民党的机构在管理，实际上完全不是那么回事。这对于共产党是个绝好的机会，是个夺取斗争胜利的机会。在革命的荡涤时期，共产党必须无条件支持农运，只有这样才能赢得农民，确切地说是赢得人民的支持。要尽快把自己的这些思考表达出来。

在观察过程中，毛泽东亦开始不知不觉地运用手中被无形赋予的权力发号施令。当他听说湘乡把一些激进的、甚至打砸抢的农协干部关进县监狱时，立刻以国民党中央候补执行委员的身份批评了县知事。随即，这批在押的农协干部全部被释放。干部们的胆子更大了。

13日上午，县农协在东皋书院召开了一个百人大会，各部门负责人参加。毛泽东应邀作报告。

他一上台就风趣地说："我是湘潭韶山人，名叫毛泽东。民国元年，我在贵县东山学堂读过书。我母亲就是湘乡人，这里也是我的老家。"接着，话锋一转，说起何为"革命行动"来："有人问，什么是农民的革命行动？我说：出土豪劣绅的谷，夺土豪劣绅的猪，坐到少爷小姐的床上去，都是农民的革命行动……"

毛泽东不厌其烦，用农民听得懂的语言和深入浅出的道理，把他对革命的认识和期望讲出来。

下午，他让毛福轩请负责农协武装工作的邹祖培到饭店他的房间，了解禁赌禁烟情况。得知他们烧了几百支烟枪和十几担麻将后，高兴地说："好得很。但是，你们的农民武装还没搞好。县里的那个团防局为什么不接管过来？建议你们县在今年夏秋组织十万农军。"

邹祖培为难地说："哪里有这么多武器？怎么管理？"

毛泽东烤着火，想想后说："武器嘛，主要用梭镖。如何管理，那就从现在起开办农民训练班，到时候就有人管理了。"

毛泽东还抽出时间，到离县城八里路的泉塘，湘乡第十区五乡农民协会进行调研。

14日，毛泽东一行人离开县城从西南处的张江渡口渡过濂江，向萧家冲走去。

萧家冲实际是一条十几里路长的山道，道路两旁坐落着许多村庄。

在二十三区农协办公地址易道堂，听取了二十三区农民委员长方绪良等人的汇报。

在毛泽东的包袱里，记录纸越来越厚了。脑海中已有了将要写的文章雏形，他感觉自己的世界观每天都在变化。多么好的时代呀，可谓“万山红遍，层林尽染”，谁主沉浮的问题已经可确定，就看谁能抓住契机。他嘱咐随行的毛福轩，千万要收好所有的记录。

当晚在方绪良家歇宿。

接下来，毛泽东一路南行，越过湘乡和衡山的界限——分水坳，进入了衡山境内。在这里他盘桓了九天。

16 岁的时候，毛泽东沿湘江到过南岳衡山烧香，那次朝山进香是为了还母亲的愿。文七妹生病时许愿：如果病好了便去还愿，同时还是替自己还愿，因为母亲曾向南岳观音菩萨许愿，祈求保佑儿子健康成长。那次，他选择了“拜香”的方式去进香，每行走二十一步便跪拜一次。他目睹了烧高香的程序，对祝融播火也有了强烈的感受。多年后他写过一篇著名的文章《星星之火，可以燎原》，不知是否受到南岳祝融的启发。

在衡山，毛泽东首先选择了湖南军阀赵恒惕的家乡白果镇调查。一年多前，正是这位赵省长下达了逮捕毛泽东的密令，如今他自己已被北伐军赶下台不知去向。

白果是衡山西北边缘一个小镇，对于这里的农民运动，毛泽东大致了解。1923 年此地就成立了岳北农工会，但很快被赵恒惕镇压。仅过三年，大规模的农民运动又卷土重来，成立了岳北农民协会。一大批庙宇充作农会所在地。

毛泽东对湖南农民运动的套路，已掌握不少，但尚需大量佐证材料。所以一到白果镇就召开座谈会。

岳北区农民协会委员长赵国城也是毛泽东的老熟人。两年前，正是毛泽东派他回岳北工作的。

在现场看了自卫队长枪队和短枪队的表演后，毛泽东对赵国城赞赏地说：“你们干得好哇，就像孙大圣钻进了铁扇公主的肚子里一样，在他赵省长的胞衣里闹起革命来。我看呀，要用这南岳衡山的革命烽火去点燃其他几个‘岳’，让革命风暴席卷整个民国。但要记住，武器只有由工人、农民掌握，才靠得住。”

中共衡山地委书记叫向钧，是杨开慧舅父向明卿的儿子，即杨开慧的表弟。他因身份没有公开，出于保密委托以省工运特派员身份来衡山工作的陈新宪替他去白果接待表姐夫。

这天，衡山县农协执委陈新宪，向毛泽东汇报农民协会占领寺庙要赶走和尚的情况，说：“区农协在南岳大庙开成立大会，庙里的方丈以南岳佛教协会的名义贴出标语，说和尚是真正的无产阶级，要求留在庙里。我们不知该怎办？”

毛泽东微笑一下指出：“南岳是名山，庙大产业多，向来香火旺盛，庙产地租遍及省内外。我亲眼目睹大和尚穿的是绫罗绸缎，吃的也不差，有租有钱，算不得真正的无产阶级。”

陈新宪问：“那我们赶走和尚做得对？”

毛泽东点点头，点燃一支刚刚卷好的叶子烟，抽了两口后接着说：“庙产祠产各地的情况不同，你们衡山特殊些。白果祠堂多，南岳庙宇多。闲地闲产可以利用，庙产也可拿出一些办农民夜校。做公益事业也是普度众生呀。”

陈新宪又问：“那些聚族而居的地方，宗族观念该如何打破？”

毛泽东想了想说：“好办。第一，防止土豪劣绅利用宗族观念进行挑拨；第二，严禁他们参与分祠产庙产，让他们无法得到利益；第三，每做一件事都和农民讲清楚意义和方法，不给土豪劣绅借口，这样就可以达到目的。”

临近年关，到处都在忙，年味越来越浓了，而毛泽东的调查也越来越细了。

17 日，一行人到福田铺考察，住在福田铺街上王春和饭铺。毛泽东在福田铺召开了几百人参加的群众大会。晚饭后，又在区农民协会所在地——圣帝庙召开座谈会。到会的有十三区、十四区、十五区等区农民协会干部。

18 日一大早，有位农民来到毛泽东住处，有些激动地说：“毛委员，我家里有头牛，腿跌断了，不能耕田了，我想把废牛杀了换头新牛。但农会有规定，不准杀牛，农会干部作不了主。特来请示你。”

毛泽东听后说：“县里这条规定很好，农民应该遵守。耕牛就是我们农民的命根子，要懂得爱惜它们。但办事要从实际出发，杀了废牛买好牛，不损害群众利益，为何不好呢？”

除了处理具体事情外，毛泽东还去商店调查营业额、捐税、工资、货路来源等。同时找来福田铺、宋桥等地的开明绅士座谈，了解正反两方面的情况。

对各种数据进行分类统计后，他发现，在农会中贫农占90%，这进一步证明了农民革命具有深厚的基础。如果在这个基础之上，附加上组织，那一定是事半功倍。于是，他开始反复强调革命的组织问题。

在出席中共衡山地方执行委员会召开的欢迎会和新党员宣誓会时，毛泽东指出："当前的任务还是大搞宣传，用革命的联合反对反革命的联合，要大量吸收煤矿工人和农村贫农入党。"

结束了福田铺的考察，毛泽东一行人继续向东南衡山县城方向行进。不到半天时间，来到世上冲。

这里是戴述人的家，毛泽东干脆就住在他家——戴家公祠。戴述人的母亲很贤惠，对毛泽东非常热情，为他单独安排房间。

当天下午，召开了由世上冲十名党员及区乡农会骨干参加的座谈会。晚上，又去世上冲农会所在地——章堂小学，为农民夜校上了政治课。他就为什么要办夜校，及如何办好夜校作了精彩演讲。

20日，毛泽东进入衡山县城，见到了地委书记向钧。向钧连声说："表哥抱歉得很啊。"

毛泽东笑着说："你的情况我清楚，我在衡山考察，你不出面比出面还好。至于欢迎嘛？你欢迎，我来了。不欢迎，我也来了，你是霞姑的表弟，自长沙一别，又是好长时间不见面了。来衡山不见你，回去怎么跟你表姐交待啊。"

向钧忙说："表姐和两个外甥都好吧？"

毛泽东点头道："你表姐啊要我赶回去过小年啊，所以，此地的调查还要抓紧才行。"

向钧知道毛泽东的脾气，认真地说："放心，我都准备好了。"

毛泽东被安排住在湘江畔的康王庙，庙前就是滚滚北去的湘江。

当晚，向钧主持召开了中共衡山地委执委会会议，既向毛泽东汇报工作，又请他作指示。

21日上午，中共衡山地委和县农协会举行"欢迎毛泽东莅临衡山暨新党员入党宣誓大会"。

看到各地农民入党的积极性高涨，毛泽东越发证实自己对组织问题的想法是对的。他开始着急起来，湖南这把正烧得旺旺的熊熊烈火，该由谁来接管？没有后续能量，这把火一定烧不长啊。

23 日，在国民党衡山县党部和县农协举行的欢送会上，毛泽东作了长篇讲话。他没有理会 1 月 20 日湖南省政府省党部的关于农民“不得阻谷抗租，不得直接逮捕劣绅，要速缴认捐”的通令，而是再次号召农民团结起来，要提防反动派破坏，要夺取地主豪绅的武器，发动农民武装。要搞联合，搞团结，团结才有力量。他告诉农民：大团结就是大力量。

当地的国民党负责人并不清楚，此时，蒋介石正在努力把南昌变为首都；唐生智正在为取代蒋介石而利用俄国人。他们更不知道，在中共党内毛泽东的言论并不被当局看重，甚至是被反对的。

他们只知道这位瘦高的湖南老乡是中央的人，是代表中央来的，对他的接待要高规格，他的所有要求都要满足。只是奇怪，上峰来函说毛先生要巡视党务状况，可他似乎对党务并不热心，相反，对农协很感兴趣。只要听说有农协成员被抓，不管犯了多大的罪，他都马上要求党部出面立刻放人。这是为什么呢？

毛泽东并没有机会回答为什么，可他觉得自己已经有资格回答另外一个问题：中国革命要取得最后的成功，必须打一场土地革命战争，农民应该成为革命的主力。

但他也清楚，共产党是工人阶级的政党，马列主义学说也是工人阶级革命的学说。可他坚持认为，马列主义一定不会是教条的，列宁正是发展了马克思主义，才使得苏维埃获得成功。这就证明马列主义应该是动态的，是要与实际相结合的。

在毛泽东的脑海里隐约有了些朦胧的东西，这些东西与中国历史上的所有革命开始碰撞。结果是什么，他现在无法知道，但他知道，此次考察意义重大，他要为农民运动辩护，同时也是为自己辩护。

衡山之行，有一段对话他没有记录，却深深地印在了脑中。那是在欢送会前与衡山县妇训班的学员见面。他问县妇女会干部张琼：“赵恒惕镇压农民运动，那个时期你们是怎么过的呀？”

张琼说：“冒得办法，心里憋火，任那些族长老爷欺侮。”

毛泽东问："当初闹农运的人都跑了吧？"

张琼说："是哟。我有个表兄被县团练追抓，他无路可逃，就逃到东边江西地界的金刚山（井冈山）去了。我后来听他说，那里山高皇帝远，山上还有'山大王'。是外人很难进去的地方，安全得很呢。"

毛泽东眼睛一亮，山高皇帝远、山大王、金刚山，将这三者放在一起着实让人神往。

1927年1月24日，毛泽东一行结束了衡山的考察，从衡山湘江渡口登船，北上长沙。在小年的前三天，风尘仆仆回到长沙望麓园一号与妻儿相聚。家里准备好了过年的东西，新请的佣人陈玉英正忙前忙后。

看着怀孕七个月的妻子，毛泽东内心充满喜欢。对这位17岁与自己恋爱，19岁与自己同居结婚的女人，他的内心充满感激。1921年，受陈独秀委托他在长沙组建共产主义小组，当时经费紧缺，是杨开慧动员母亲把父亲杨昌济去世时北京大学同事送的奠仪费捐出来作了活动经费。那年的6月29日，与何胡子（叔衡）去上海参加中国共产党第一次代表大会就动用了这笔钱。

中共一大结束后，代表们每人领到五十块银元的差旅费。这是一笔不小的钱。领了钱的毛泽东没有向西南回长沙，而是向西直奔南京，他要去见一个人，此人是他的旧爱叫陶斯咏，正在金陵女子师范大学暑期进修。如果不是她父兄强烈反对，她早成为自己的堂客了。

陶斯咏比毛泽东小三岁，也是湘潭人，有"长江以南第一才女"美称。她在出任湖南各界联合会副会长时，毛泽东还只是理事。两人在新民学会相识，又一起开办了"文化书店"。在向警予、蔡和森、萧子升等一班朋友的眼里，他俩是天造地合。而把自己当成"革命人"的毛泽东，在男女关系上是浪漫的，也知道陶斯咏心里有他，当年创办长沙文化书社时，陶斯咏慷慨地入股了十块银元。他并且认为，陶为了他而拒绝了湖南省学生联合会主席彭璜的热烈追求。

南京相见，毛泽东的心犹如火炉（南京号称是中国三大火炉之一）。他满头大汗地说："南京的天气让人像在火炉里一般，我们望梅止渴说说寒冷吧。"

陶斯咏没想到这位自己爱过的男人，在结婚半年多后还会来看她。毛泽东英姿焕发的风采和办事果敢的气质，曾让她倾慕不已，只可惜两人有缘没分。见毛泽东提到寒冷，她心有灵犀地想到了那年元旦，那天，长沙新民学会的一群志同道合的人在周南女校集会。她说："元旦那天漫天风雪，我们在周南女校里合影，你还记得吗?"

毛泽东笑了，还有什么能与彼此心灵相通更让人惬意呢。他说："怎么不记得，新民学会新年大会在大雪满城、寒光绚烂、景象簇新之中召开。真是别有一番滋味呀。"

陶斯咏看着正抽烟的毛泽东笑着说："大会号召戒烟戒酒，看来你是戒不掉了。"

毛泽东以他特有的腼腆笑笑："我也算得上是瘾君子了。只是烟这个东西，给我带来灵感。困难的时候，它给我解忧；高兴的时候，它给我添彩。想戒，但要容我慢慢戒。"

离开南京时，毛泽东写了一首词《虞美人·枕上》:

堆来枕上愁何状，
江海翻波浪。
夜长天色总难明，
寂寞披衣起坐数寒星。
晓来百念都灰烬，
剩有离人影。
一钩残月向西流，
对此不抛眼泪也无由。

关于这首词，杨开慧看到后坚持认为不是为她写的，她知道毛泽东去了南京，也知道陶斯咏与毛泽东有过恋情。

两人大吵一架后，开慧一直伤心着。虽然她很快追随丈夫成了中共第二位女党员（中共第一位女党员名为缪伯英），但内心充满哀怨。这件事如同一个炸弹掉在她的心头上，她感觉自己猛然被这"轰隆"一声几乎毁了。直到一年半后，毛泽东写了表达的亲昵、怜爱、怀念的《贺新郎·别友》后，她才平静下来，但对丈夫的依赖更强烈了。

挥手从兹去，
更那堪凄然相向，
惨然无绪。
眼角眉梢都似恨，

热泪欲零还住。
知误会前番书语。
过眼滔滔云共雾，
算人间知己吾和汝。
曾不记：倚楼处？

今朝霜重东门路，
照横塘半天残月，
凄清如许。
汽笛一声肠已断，
从此天涯孤旅。
凭割断愁丝恨缕。
我自精禽填恨海，
愿君为翠鸟巢珠树。
重感慨，泪如雨！

她大概并不知道，作为职业革命人的毛泽东，在干革命与写诗之间是判若两人的。写完这首词后不久，毛泽东便兴奋地参加国民党一大，并被选为中央候补执行委员。他并没有“从此天涯孤旅”，而是很快把老婆孩子，以及湘籍佣人接到了上海，在英租界里过着团聚生活。

见到分别30多天、考察归来的丈夫，杨开慧很高兴。说：“润之，最近我常常想起我们在北京紫禁城外护城河边散步的时光。”

毛泽东曾写了一首名为《菟丝》的诗，劝已做两个孩子妈妈的杨开慧不要过分缠着丈夫：“人生莫依倚，依倚事不成……”但不起作用，他只好妥协。只要有可能，便总是把家人带在身边。

杨开慧见丈夫没反应，接着说：“还记得我在北京福佑寺数你手上的萝吗？”

毛泽东乐了，当年的情景如在眼前。那时他正在读最早中文版本的《共产党宣言》，马恩激烈的思想打动了他。他感觉，自己的思想在自觉地向马克思主义靠拢。后在给《湘江评论》写创刊宣言时，他激动地写道：“时机到了，世界的大潮卷得更急了！洞庭湖的闸门动了，且开了！浩浩荡荡的新思潮业已奔腾澎湃于湘江两岸了！顺它的生。逆它的死……”

那个时候，毛泽东并没有过多考虑“革命”行将带来的前景是什么？更没想过要如何夺取政权。只是一个27岁、第二次走出省门的年轻人的冲动。可与他相爱的杨府千金却发现他双手有十个萝，开玩笑说他有皇帝命。他反问：“你有几个萝?”答：“一个，命苦。”

毛泽东只是在内心回忆那个场景，嘴上却说：“霞姑，你帮我整理一下笔记，很多呢，这一次收获不小。我要去找罗迈（李维汉），向区委报告详细情况。湖南的农民运动我看好得很，我们必须纠正一些不看好农运的错误，不能让农民运动落入另一种思潮的陷阱。”

杨开慧虽然并不太明白毛泽东此刻的思想，但从他眼神中可以看出重要性。便问：“还有三天就是小年夜，你打算怎么过年?”

毛泽东穿上已洗得泛白的灰布长衫，说：“还未知，等见了罗迈他们再作决定。”

1918年8月15日毛泽东为准备赴法国勤工俭学，平生第一次走出湖南，目的地是北京。同行的24人中就有现任中共湖南区委书记罗迈，他是毛泽东创建新民学会时的同伴。

见到罗迈后，毛泽东开门见山地讲了在韶山、湘乡、衡山等地的所见所闻，讲了他的一些思考。他说：“现在看，共产党很难依靠国民党完成革命。蒋介石也不可能成为共产党摆脱帝国主义统治的最好工具。但农协是！农协很可能是我们完成革命的主力军，我们必须尽最大努力保护好他们的积极性。”

罗迈告诉了他中共中央委员会一月八日发表的政治报告的内容。

政治报告中提到：“在北伐军所占领的湘、鄂、赣等省的民众运动，的确是已走入革命道上……这次中国社会内层的震动，效之辛亥革命，五四运动更为深刻。惟民众自己尚缺少武装力量，而反动派社会仍极深厚……设使现时的军事失败，必不免来到一极大的反动。”

在报告中提出的目前最主要的三件工作中，针对民众的是：“帮助国民政府解决目前财政上的种种困难……促进士兵与民众间亲密的关系……只应提出铲除‘贪官污吏’‘剔除中饱’的口号，而不能提减斩人民负担的口号……”

知道这些内容后，毛泽东激动起来，他向罗迈提出了反对意见，说：“我们实际已经让那些反动阶级，甚至革命政府内部的一些人不安了。如果我们继续卖力地为消除国民党的恐惧而打压农民运动，结果会怎么样？你说……”

罗迈同意毛泽东的总体看法，但对他把农村的流氓、乡间痞子也归类到革命者中来，称他们“最革命”是“先锋”的说法给予了纠正，说：“这些人确定具有革命性，在农运兴起的地方，打先锋的常常包括这些人。但我们必须对他们作一分为二的分析，因为这些人是极易动摇的。如果不对他们进行改造，那他们对革命甚至会有破坏性。建议润之兄在撰写报告时，不要对这些人作肯定。”

毛泽东点点头，表面接受了这位省委书记的建议，但他心里并没有改变自己的判断。他坚持认为要搅动千年不变的乡土中国，就必须鼓动无产阶级做革命先锋，这是有历史经验可鉴的。

罗迈还建议他利用这次机会，再多跑些地方。笑着说：“当年润之兄和萧子升体验叫花子生活，不带分文，扮作乞丐，游走了五个县，很不易呢。”

毛泽东也乐了，那是他年轻时一次有趣的值得自豪的冒险。他说：“那次是想通过叫花子职业，来测探人们的心态，同时锻炼自己的生存能力。记得过湘江时，冒得钱付船钱，有个老者要帮我们付，我们拒绝了，差点同船夫打起来啰。”

罗迈说：“现在条件好多啰。”

“好，一鼓作气，有始有终。年也不过啰，抓紧调查。”毛泽东说。

在长沙停留了两天，并和杨开慧到长沙郊区做了一些考察后，毛泽东再次出发，这次他去了醴陵。依旧是由国民党湖南省党部执委戴述人陪同，株萍铁路总工会负责人吴汉卿也陪同前往。

这天是农历十二月二十四，俗称“小年”。杨开慧不想让丈夫走，但毛泽东还是走了，他不想改变计划。

中共醴陵县委书记罗学瓒，是毛泽东在省立第一师范的同窗好友，两人亦是湘潭同乡。老朋友相见都很激动。

毛泽东一直记得1918年送罗学瓒、罗迈等人去法国留学后，时常接到他们从法国的来信，劝他出洋。罗学瓒曾在信中说：“润之兄啊，你是一个有志的人，是我们同伴中所钦佩的人。你如何带一个头，权且努力于研究学问的事呢……惟弟甚愿兄求大成就，即此刻宜出洋求学……”可毛泽东当年为何未出国留学，至今依旧是个谜。

由于有了之前在湘潭、湘乡、衡山考察的经验，毛泽东一到醴陵，首先索要现成的书面报告、报表、统计资料等。当晚，便在罗学瓒的卧室召开了中共地委委员、国民党县党部执委及部门负责人汇报会。会议结束后，毛泽东和罗学瓒长谈至深夜。

醴陵，地处湘东边陲，湘赣要冲，水陆交通方便，是湖南战略要地，素有“吴楚咽喉，湘东明珠”之称。

有老同学在此主持，毛泽东的调查更是得心应手。在衡山时，已召集过开明绅士座谈。这一次，他要求开一个全县各区有代表性的农民和绅士座谈会。每个区来一个真正的农民和一个顶著名的绅士，年龄在50到60之间。

座谈会准备期间，他先连续三个晚上，在住地——先农坛召开各地支部书记和区农协委员长座谈会。

先农坛在县城东门，是当地祭祀神农氏的地方，现已成为中共醴陵地方执委会和县农协所在地。

在这里，毛泽东得到了更多的数据，他的头脑越发清晰起来。比如：农民自治问题，这是个政权问题。想夺取政权，先要明确如何夺取。目前农民使用的方法很简单：抗租不交。但这样能夺取政权吗？

毛泽东不由自主地摇摇头，心道，必须考虑如何加强领导建立政权问题。但这也涉及另外两个问题：保守与激进。国民党与共产党的掌舵人显然喜欢前者，他们只敢改良，而不敢改革，更不敢真正革命。究其深层次原因，是他们不了解中国农民啊。

罗学瓒对他提到国民党县党部宣传部长李味农的问题。说：“味农对陈独秀以及中央的观点持赞同态度，认为农运过火了，结果与醴陵的同志颇有不合，工作开展遇到阻力。”

于是，毛泽东把李味农请到先农坛正厅楼上，耐心而委婉地对他提出了批评：“你是好好先生，却不懂革命理论。被压迫阶级受层层压迫已久，若不将压迫阶级无情压制，被压迫阶级就不能得到彻底翻身。我们共产党人应该为暴力行动和农民夺取地方政权而感到高兴。”

李味农说：“想必你也知道中共中央的政治报告内容了，农村的暴力行为正在引起国民政府一班人的反对浪潮。中央也认为，这可能会导致国民党统一全国的行动受到极大影响。”

毛泽东沉默了，中共中央的右倾思想已经波及年轻的共产党的基层。这种自上而下的为国民党担心，很可能使已经自发点燃的农运火焰遭到扑灭。必须加快速度拿出可靠数据，并由此提出新的观念，证明非如此不足以推翻现在的乡村之封建政治。他没有与李味农争执，但在接着给醴陵民众训练班七百多师生作报告时，继续强调支持农村的自发暴力行动。他富有激情与极具煽动性的讲话，无疑得到了热烈的响应。

1月30日上午，毛泽东参加了在文庙坪召开的农协会员大会，并发表了题为《北伐战争后的形势和农民运动的任务与方法》的长篇演说。对醴陵农民运动给予了充分肯定和高度赞扬。

他高声说道："农民协会成立半年来，压在穷人头上几千年的封建宗法势力，就被打个落花流水。孙中山先生致力于国民革命四十年，所要做而没有做成的事，农会几个月就做到了，好得很啊！"

2月1日是除夕，漫天大雪使醴陵大地白皑皑一片，寒风吹过，发出呜呜的嘶鸣。

按原定计划，今天去离县城25里的东乡东富寺，那是一座建于明代的庙宇。陪同的县农会委员长孙筱山问："这么大的雪，还去吗？"

毛泽东双手搓动着脸颊笑着说："岑参有诗曰：纷纷暮雪下辕门，风掣红旗冻不翻。我们正好踏雪寻革命。"

一行人在风雪中朝东富寺进发。走在"咯吱咯吱"的雪地上，毛泽东触景生情地说："你们看，山上、树上、路上、房子上，一切都被雪白的物质覆盖住了，仿佛世上所有的尘埃在这一刻都被荡涤了。我爱这样的世界。"

孙筱山说："我看革命的目的，就是大庇天下寒士俱欢颜。"

毛泽东说："讲得好哇。今天的暴力，就是为了求得明天的和平。我们脚下发出的'咯吱咯吱'的响声，这就是革命斗争的进军号角。"

他的话，引得大家大笑起来……

东富寺始建于明代，有3000多平方米。毛泽东走进寺内后，边拍打身上的雪边问："东富寺，富字上边为何没有一点啊？"当地农协的人答到："富贵无顶的意思。"毛泽东点点头说："哦，贫穷有底，富贵无顶呀。"

他走到寺内戏台前，看着台口的对联，念道："演出善恶忠奸，分明报应；看破红尘得失，毕竟循环。"念罢若有所思。

毛泽东被安排住在四进左侧堂。当天晚上，农民协会摆了一桌丰盛的晚宴，都是毛泽东爱吃的菜。

孙筱山端起一碗水酒说："今天是除夕，毛委员远道而来，实在难得，我们敬毛委员。"

毛泽东放下手中的叶子烟说："中国人的传统是过年放鞭炮全家团圆，今天我在这庙里过年，为的是什么呢？为的是我不相信农民弄得乡里不安宁。土豪劣绅怕黑脚杆子，嫌弃翻开脚板皮有牛屎臭的农民。我毛润之不嫌弃，我喜欢农民，我愿意和农民一起过年。来，干杯！"

大年初一（2月2日），毛泽东请来农会骨干、自卫队长、妇女和青年工作负责人座谈。接着又冒雪在东富寺前坪，召开了有一千多农民参加的大会。他给农民拜年，表示自己大开眼界，大声说农运好得很。

毛泽东用极富情感的声音说："东富寺'富'字上边少了一点，农民怎么才能把少的这一点写上去？这一点到底是什么？是用笔写吗？东富寺一带并不缺少有文化的人，但是，添上这一点难道就富裕起来了吗？显然，这一点不是用笔写上去的。缺少的一点是什么呢？是农民的造反精神。其实这一点早就有了，但是被土豪劣绅掠夺去了，他们把富裕锁在了他们粮仓里。"

3日上午返回县城，一行人乘火车到姚家坝，去了渌口。

孙筱山带路进了渌口伏波庙，这里是农协和女子联合会的所在地。孙筱山介绍，这座庙是为纪念汉代伏波将军而建的。

毛泽东见一些菩萨堆在一边，问："这是干什么？"

孙筱山答："请他们偏安一下，让我们无产阶级来办公。"

毛泽东笑着说："稳健！稳健！"

在当天晚上的座谈会上，毛泽东听取了各方面的汇报后，针对把寺庙作为办公地点而捣毁菩萨神像问题，提出自己的看法："农民敬了几千年的菩萨，农会成立只有半年，就把菩萨打掉了，真是半年胜于千年。但我们也要看到，菩萨是谁立起来的？是农民自己。现在，农民并没有普遍觉悟。如果不分青红皂就采取一律打掉的做法，那就简单了。我们要相信农民，到了一定时期，农民会自己动手丢弃这些封建迷信。我们要做的工作是什么呢，向《孟子》学习，'引而不发，跃如也'，我看这句话对农运工作很适用呢。"

1927年2月4日毛泽东结束了考察，回到长沙望麓园，这天是大年初三。杨开慧忙让佣人陈玉英把准备好的腊味都做上，有蒸糟鱼、红烧肉、无骨腊肉、辣椒炒腊舌等。岸英、岸青高兴地满屋跑。

毛泽东享受着天伦之乐。但他心中并没有平静，他一刻也放不下农民运动。已约好罗迈等人，再向中共湖南区委报告，要说服他们改变对待农民运动的错误观念，并要求他们以区委的名义向中共中央写报告。

毛泽东对杨开慧说："宁乡、新化等县这次就不去了，时间不够。我要尽快把报告写出来。"

杨开慧表示看了他的笔记，感觉耳目一新。问："我发现你的调查绝大多数都是在庙里进行的。"

毛泽东乐了："看来霞姑是个有心人啊。你设想一下，在传统的宗教寺庙中，做反传统的革命活动，是不是很有趣啊。"

杨开慧点头说："你无非是想说，共产党人的革命就应该在已有的传统基础之上进行。"

毛泽东看看杨开慧，然后伸出了大拇指，说："你说的对。如果脱离了自己原有的基础去闹革命，我看成功的可能性不大。"

杨开慧问："你准备在长沙写报告吗？"

"不，我想尽快回武昌。从各方面得到的消息看，南昌的蒋中正与武汉的国民政府会有大麻烦。武汉已举起了反蒋的旗帜，可能很快有相关的会议，我需要邓演达他们的支持。"

杨开慧说："那我和孙嫂与你一起去武昌。"

毛泽东没有作声。开慧的心情他理解，但他想先行一步。此刻，他还想起自己另外两个亲人，大弟弟毛泽民和小弟毛泽覃。

年前收到泽民从上海的来信，说他主持《向导》周刊的发行很成功，代售处都办到巴黎、柏林去了。又听说泽覃的妻子周文楠也怀孕了，他们两个还在广州，一年多没见啰。

只要静下来，毛泽东总是会想两个弟弟。他们是自己带出韶山的，将来还要干更大的事，但愿他们平安。

2 月 12 日，毛泽东独自到达武昌，国民政府给他安排住在都府堤 41 号。这幢占地面积 4600 平方米的独栋民居，是以国民党中央农民运动讲习所的名义租下的。

接下来，在一周时间里，毛泽东写出了经典革命宣言《湖南农民运动考察报告》。这篇报告成为毛泽东系统革命思想形成的重要转折点，从此，他有了属于自己的革命思想。

一周后，杨开慧挺着大肚子带着两个孩子来到武昌。同行的还有妈妈向振熙，以及佣人陈玉英。

直到今天，人们依旧无法解释为什么毛泽东不按计划完成剩余6个县的考察？是为了赶回武昌筹办农讲所（筹备处1月16日已经成立）？还是为了参加国民党二届二中全会？亦或是有别的原因？为什么杨开慧不与毛泽东一同前往武昌，非要一周后才动身？

历史之谜总是让人回味，激起人破解的欲望。

第三章
乱中智慧 政坛驰骋

民国十六年（1927 年）三月十日，国民党第二届中央执行委员会第三次会议在汉口南洋大楼的一间不大的屋子里召开了。有记录称，出席会议的中央执行委员十八人，候补中执委十一人，候补监委四人，但参加开幕合影留念的是三十人，有三人未有踪影。在这张合影中，可以看到吴玉章、董必武、林伯渠、恽代英等共产党人，还有宋庆龄、邓演达等国民党左派。但未见党内元老廖仲恺遗孀中央执委何香凝。

毛泽东参加了这次会议，合影时他站在二排右三的位置。遗憾的是他与蒋介石再次失之交臂。

只要从参加会议的人来看，会议的结果便不会对蒋介石有利，尽管他时任国民党首脑。会议显然是被一帮俄国人在操纵（但似乎他们也没有出现在合影中），七天的会议对鲍罗廷等人来讲，极其顺利。代表们围坐在一张长会议桌前，进行着一边倒的发言。

三天前，国民党中央党部代主席谭延闿与何香凝等人带着蒋介石再次推迟会期的要求到达武汉。

谭延闿在国民党内部的角逐中往往充当“甘草”，可以与任何的“药”相配。他在当天有十六人参加的预备会议上，期望不要因为会期问题而引起党内分裂。

参加会议的最重量级人物是孙中山遗孀宋庆龄，此刻，她沉默着。不管参会人员多么希望她能表态，可她始终一言不发。会议只得表决，七名国民党人对九名共产党人，结果可想而知。

所有的国民党人都不知道，中共中央早在二月十二日就向党内发出通告，详细制定了如何把会议引入反蒋的方向。这也是鲍罗廷等人策划迁都武汉后要做的最重要工作：利用国民党二届三中全会，改变当前权力格局。毛泽东从长沙放弃剩下的调查赶回武汉，到达的日子正好是二月十二日。

三中全会召开到一半时，蒋介石与陈洁如到了庐山。对于在武汉召开中央全会他从未公开反对过。但却说过，要用三中全会当试纸，看看自己的权威在国民党内到底有多高？原定三月一日召开的会议被延迟到三月七日。他在三月三日的日记中坚持要会议再延至三月十二日，他认为，如果他不到，这次会议便会失去意义。至于一再要求推迟会议，理由很站不住脚，完全是在他极强的自尊心作用下做出的决定。

他私下派陈果夫去武汉做好他参会的准备。并对陈果夫说："如果他们等我，等到十二日开会，我就相信他们有诚意。"

然而，事与愿违，鲍罗廷等将计就计，三中全会如期召开。蒋介石的架子无法放下了，具有超强忍耐力的他，顺着陈洁如要爬山的想法上了庐山。这里离武汉近啊。

他们在九江的房东方栋先生把自己在庐山的别墅提供给他们住。蒋介石决定以静制动，看看武汉方面到底给自己挖好了什么样的坑？

到达庐山的当天下午，蒋介石就与陈洁如坐滑竿来到五老峰下的白鹿洞书院。一路上，饱吸着庐山清新甜美、酥人心胸的空气。看着满目绿色，蒋介石意味深长地说："惊蛰刚过，冬眠的动物该醒了。"

他心中非常清楚，一年前的二届二中全会，自己把党政军大权揽于一身，得罪了一大批人，这些人并不认可他这个后起之秀。而蒋介石要再往上走，又无法回避与他们周旋。

党内的政治格局大家都明白，自孙中山逝世，国民党便失去了舵手。在台前表演的人也越来越多，有左派也有右派，有国民党也有共产党。所有的人都在为掌握权力、夺取利益而奋斗。蒋介石能够脱颖而出，靠的不仅是运气，还有善制变的手段。

他看看左右两边的卫士和蓝衣队侦探，微微闭上眼睛。

上一年中山舰事件后，蒋介石在广州国民党总部二楼走廊上险些被刺杀。刺客是许崇智的堂弟许楚，刺杀的目的很简单，不满蒋介石收编了许崇智的粤军。对这件事本身，蒋介石并未太在意，要革命就会有牺牲。他在意的是情报，为什么没有得到刺客的情报？必须建立一个只效忠于自己的情报组织，要在事件发生前就得到情报，主动保护比被动保护好得多。他决定派自己所信任的“侄子”陈立夫来实施这一计划。

蓝衣队员主要来自宁波，同乡的情感让蒋介石觉得放心。而选中的广东队员大多来自下层阶级，这样的人也牢靠。陈立夫决定这个组织由两个部门组成，一个调查处，另一个为统计处，要用这个组织来制服所有阴谋分子。现在，成立时间并不长的蓝衣队已经开始每天都能呈上一份报告了，列出了对手在做什么。这是令人安心的资讯，也让人有了一种强有力的安全感。

白鹿洞书院掩映在参天古木之中。沿着贯道溪，蒋介石面色严肃步履稳重地往里走。陈洁如挽着他，好奇地四处张望。说：“这里真是野趣天成风光绮丽，是读书的好地方。”

蒋介石介绍道：“白鹿洞书院称得上是中国最早的大学之一。自唐代开始，就不断有人在此隐居读书。奈，眼前的这条小溪名：贯道溪，取自孟子‘吾道一以贯之’之意。但它真正振兴却是在南宋的理学家、教育家朱元晦（朱熹）之手。他当时在附近的星子县当官，在这里升堂讲学。最重要的是他制定了《白鹿洞书院学规》和《白鹿洞书院教规》。我在私塾读书的时候，都受了他的影响。”

陈洁如恍然道：“我还以为白鹿洞是个洞呢，原来是山谷间的一块平地。”

蒋介石抬头看看，说到：“此地地势低凹，一定是俯视似洞。加上唐朝李渤在此读书时养了一只人称神鹿的白鹿，因此得名。”

参观了御书阁明伦堂等地后，两人来到枕流桥。站在桥上，蒋介石指着桥下的那块大石头说：“相传朱元晦当年就常坐在那块石头上读书，他手书的‘枕流’二字还刻在石上。如果一以贯之地把石头当枕头，在水声，鸟声，松涛声中读书，是何等的悠闲自得。”

陈洁如不知眼前这位总司令为何会发出如此抒情的感叹，但她是高兴的，能够让忙于戎马生涯的丈夫得到片刻宁静，就是她想要做的。她把刚才看到的一首唐朝王贞白的《白鹿洞》诗念了出来：“读书不觉已春深，一寸光阴一寸金。不是道人来引笑，周情孔思正追寻。”

蒋介石听着陈洁如的朗诵，看着瑟绿成荫的四周和清澈见底的潺潺流水，心情异常平静，似乎忘记了此刻的武汉左派们正在激烈地辩论。没有我蒋中正的加入，他们能辩出什么结果呢？枪杆子是辩不出来的。

两人都没想到，四个月后，有一位名叫刘少奇的中共重要领导人，为躲避大革命失败后的追捕，从武汉逃到白鹿洞，还曾躺在枕流石上假装读《三国志》而躲过一劫。当时星子县民团来白鹿洞搜查，以为不过是个书呆子而放过了他。

蒋介石生在水边。他的家乡在浙江省宁波奉化县溪口镇。镇子沿一条名为剡溪的河而建，东西向长约五里。

剡溪从剡界岭起源，由新昌入奉化境内。这条小河大有来头，与王羲之有关，与吴越王也有关。当它在奉化武岭头与溪南山相遇时，形成一“口”状，溪口镇因此得名。从武岭街东头的武岭门进镇，西行不远，便是蒋宅。

生在水边的蒋介石对水并不是太感兴趣，不知是否跟他五岁时差点淹死在自家的水缸之中有关？他更喜欢山。

溪口镇地处四明山南麓，在距它十五里处有一座山峰，名为雪窦山，这里是蒋介石心目中的圣地，他母亲生前有太多次在山上的古刹雪窦寺礼佛。当他第一次遭遇庐山时，立刻想到了雪窦山。那里有雪窦寺、千丈岩、妙高台、三隐潭，都是蒋介石所熟悉和停留过的地方。

而在庐山，他看到了比雪窦山更加壮丽的风景，三叠泉的险峻，含鄱口的空旷，秀峰的灵动……

当一行人走到龙首崖时，都累了。蒋介石与陈洁如坐在一块大石头上休息。

陈洁如说：“庐山与雪窦山有很多相同的地方啊。”

蒋介石听了这话触景生情。出任黄埔军校校长之前，他在家乡受到的仅是礼遇，很有局限，他清晰地记得民国十三年（1924 年）四月十四日离开溪口的情景。那个时候恐怕没有谁会预料到，仅过了三年，这个从小就不安分、被人称作“无赖”的蒋介石，会成为中国最重要的人物。

蒋介石想，如果北伐往东进击能顺利，再折向北方，实现军政就很可能成功，那也是总理的建国思路。可是，鲍罗廷领导的共产党与国民党邓演达等左派不愿意看到我蒋中正领导下的军政。三中全会到底会有什么样的结果？无论什么结果我都不能放弃军权。

东进的胜利是预料之中的。上海已开始大乱。孙传芳想借助奉军的力量与北伐军抗衡，把上海拱手让给狗肉将军张宗昌。但直鲁联军在上海是没有根基的，孙传芳拍张宗昌的马屁，居然把全上海的妓女院包下来给直鲁联军花天酒地，可就是这样也不行。程潜攻下南京后，白崇禧、何应钦拿下上海应该都不是问题。

此刻，何应钦正在攻击常州镇江，白崇禧在攻击苏州。沪宁路被截断后，南京上海指日可待。

目前的麻烦不是军事，而是政治。共产党到处作乱，汪精卫又被邀请回国，各方势力在拼命角逐。我蒋中正能不能立于不败之地？从政治上看，武汉的三中全会名正言顺，而我蒋中正倒越发像是在搞阴谋诡计了。娘希匹。

陈洁如见蒋介石沉默不语，知道他心思太重，便轻轻说："芸芸众生，不过是天地间一粒尘屑而已。"

蒋介石回过头，全神贯注地注视着眼前的这个女人。是她伴随自己走过不平凡的几年，不容易。他说："在前线，一有时间就想到你，无分昼夜。你想我吗?"

陈洁如逗趣说："不想。"

蒋介石摇摇头说："我不相信，因为我知道你同样爱我。你说的对，芸芸众生不过是天地间一粒尘屑而已。但应该除我之外，我是天地间一块石头。我这块石头要砸烂旧世界，要实现总理的遗愿，建立一个崭新的中华民国。"

陈洁如对自己得到这样一个男人的宠爱很知足。她问："为什么你要叫介石呢?"

蒋介石暂时把思绪从纷乱中拉回来，说道："我十四岁时去毛凤美先生的私塾读书，主要学《易经》。在《易经》中有'介于石，不终日，贞吉'的语句，而'不终日，贞吉，以中正也'。刚遇中正，天下大行也。"

陈洁如听得云里雾里。蒋介石知道她没明白，解释道："君子坚如石，能洞察几微，而先知事物之动向，不待终日，又刚又有度。我给自己取名'中正，介石'是对人生态度的一种界定。"

陈洁如似懂非懂地点点头。

蒋介石指着西边说："快看，太阳要下山了。如此短暂的告别，它也留下辉煌的绝妙天色。"

陈洁如往西边望去，那里满布着一片深红如火的奇观。夕阳的四周，由金色和朱红调配而成的各种颜色，璀璨夺目，如此绚丽的奇景让人神魂被摄。她由惊喜转而闭目默祷："祈求老天保佑介石北伐成功。长寿不老，永葆健康。"

蒋介石的心思由日落转向其他，看来与共产党的合作如同这匡庐落日。不可否认，北伐军能势如破竹，与共产党分不开。但鲍罗廷是罪人，那一班趋炎附势之败类更可杀。已接到蓝衣队的情报，派驻赣州的国民革命军新编第一师的党代表倪弼，六日枪杀了赣州总工会委员长陈赞贤，这个人是共产党，大概也是国共合作以来第一个被国民党枪杀的共产党。虽然倪弼有些鲁莽，但也好，试一试共产党的动静，看看他们有什么反应。

他问随行的蓝衣社队员："武汉有没有来电报？"

"还没有，蒋先生。"

他挥挥手。三中全会始终是他心里的阴影。

他还不知道陈果夫仅参加了两天的会，感觉到不对劲，已退出了会议。因为共产党居然专函给国民党中央，反责蒋介石的反共言论，要求国民党对蒋予以制裁。

三中全会从筹备开始，就打着"恢复党权"的旗号，而决意要开会的是共产党在国民党中的执委们。加上国民党的左派争权，显然，蒋介石的"浙江帮"被孤立了。

蒋介石已不指望会从武汉传来什么好消息，但心中还怀有一丝侥幸，那帮人会不会因为我北伐有功而网开一面呢？会不会明白汪精卫回国才是真正的摘桃子？

对武汉方面的羞辱，蒋介石已伤心透了，民国政府怎么能建在一个伤心之地呢。总理遗愿是把首都放在南京，并在《建国方略》中对南京的地理环境作了高度评价："其位置乃在一美善之地区，其地有高山，有深水，有平原……在世界中之大城市，诚难觅此佳境也。"

蒋介石心想，在南昌建都不成，在武汉建都不行，那就只有实现总理遗愿，在南京建都了。但他清楚，要建都南京光靠军队是远不够的，还有大量政治和外交问题。好在戴季陶、黄郛他们游说日本很成功，此次离开南昌前会见了日本政友会总务长三本条太郎，双方达成谅解。当三本问他与共产党的关系时，他断然回答道："我不是共产党。"

另外，必须解决财源问题，而解决这个问题的最好最快的方法是联合孔宋两家。该如何联合？他想到了联姻，这是中国最古老的行之有效的解决棘手问题的方法之一。

早在一年前，他曾通过张人杰（静江）向宋庆龄发出求婚信号，但被断然拒绝。现在唯一的希望是那位还处在待嫁之中的三小姐宋美龄，两个月前她发来电报，称蒋中正是英雄。这是一种暗示吗？如果是，意味着蒋宋有可能联手。那就在军事上、经济上，进而在政治上可畅通无阻。与兄弟们在庐山达成的五条共识也可全面实现。

想到这儿，蒋介石内心一阵狂喜。偷眼看陈洁如，脸不禁有些发烧，这个女人怎么办？她虽治家无方，教育幼稚，甚至奢靡趋俗，可毕竟在我最困难的时候不离不弃地陪伴在我身边。况且她还是张人杰夫人的姐妹。能舍弃她吗？

陈洁如还以为蒋介石在想当前局势，便说："回去吧，早点休息。你太累了。"

三月十七日晚，蒋介石收到了来自武汉的电报。急匆匆看完电报后，他用力将电报甩在地上，抓起桌上的一只花瓶拼命往下一摔，花瓶粉碎。然后整个人垮在一张安乐椅中，痛苦万分。

陈洁如惊慌失措，说："镇静些，发生了什么事？"

"他们剥夺了我的领导地位，一切都完了，我所有的希望都破灭了。"

电报是国民党二届三中全会宣言。全面抨击了自二届二中全会以来，蒋介石以武力蹂躏党权、政权，开个人独裁之渐的种种行为。

会议通过的一系列决议，几乎矛头所向都非常清晰地指向蒋介石。

《统一领导机关案》取消了主席制，采用常务委员制。蒋介石的中央执行委员会常务委员会主席自然被撤销了。这个位子在蒋介石挥师北伐时，曾由张静江代理，现在武汉方面却说："有主席一日，党内就无日安宁，革命前途就有很大危险。"

《军事委员会组织大纲》规定恢复军事委员会，实行主席团制，废除主席制；撤销中央军人部。于是，蒋介石的中央军事委员会主席和军人部长的位子也没有了。更重要的是还规定总司令也无权做重大军事决定。

这个大纲规定，总政治部由隶属总司令部改为隶属军事委员会。邓演达因此跳出了蒋介石的管辖范围。

会议还决议，取消军事政治学校校长制，改为委员制。这也无疑在挖蒋介石的心头肉。

《统一外交决定案》、《统一财政决定案》严禁个人干预外交与财政，否则将被开除出国民党。蒋介石被打仗的经费弄得焦头烂额，他正要找理由问责宋子文呢，没想到人家先堵住了他的嘴。

《统一革命势力决议案》，主张立时召开国共两党联席会议，讨论由共产党派负责同志加入国民党政府以及省政府，共同担负政治责任问题。还决定派一个三人代表团去共产国际，商谈关于中国革命及其与世界革命关系的问题。

会议全面改组了国民党党政军领导机构，蒋介石仅当选中央常务委员、政治委员会委员、军事委员会委员和军事委员会主席团成员。而未能当选政治委员会主席团和国民政府常务委员。

正从莫斯科准备返回国内的汪精卫成为大赢家，在中央常务委员会中他排名第一，并取代蒋介石任组织部长；在七人中央政治会议主席团成员中，他排名第一，蒋介石没份儿；在五人国民政府常务委员中他排名第一，蒋介石还是没份儿；在七人组成的中央军事委员会主席团成员中，他排名第一，蒋介石排第六，其他五人除谭延闿外，几乎都是蒋介石的对头。

而蒋介石最牢靠的同盟军张静江、戴季陶、古应芬等落选了一切。张静江、陈果夫指导下的广东和广西两省党部的选举也被宣布无效。

电报还要求蒋介石“候命”。

此时的他已从害怕转变为愤怒，半年多来的浴血征战，却换取了如此的结果。说我以总司令部代替了军事委员会，可是那些委员们去哪了？这次会议原本就是阴谋，是不合法的会议。中执委三十六人，可多少人去开会了，十八人，差了一半；候补委员有二十四人，只有十一人去参加了会议；中监委十二人，只有四人参加了会议。出席会议的几乎都是我的反对者，会议没有开，结果就已知道。

“娘希匹，鲍罗廷不得好死。我蒋中正真正瞎了眼，在总理去世后，还高举他鲍顾问的旗帜。可这个骗子，老早就等着这一天吧？如此看来，处置中山舰事件和整理党务没有错。错就错在还不彻底，错就错在心慈手软。现在你们是在逼我，逼我开杀戒。反正已经杀了赣州总工会的陈赞贤，解散了工会。既然鲍罗廷等人可以偷偷摸摸开会，让我丢脸，我必须以牙还牙。处决陈赞贤只是开始，我要让武汉的这些人看到蒋中正的威力……”他愤愤不平地自言自语。

面对痛心疾首又愤怒之极的蒋介石，陈洁如显得镇定，说：“何必这么难过？要让他们看到威力，但也要想想为什么他们敢这样对你？”

陈洁如的话猛地点醒了蒋介石。是啊，为什么？前方将士舍生忘死，后方官员却在抢班夺权，他们真的能离开我蒋中正？离开了我，只晓得夸夸其谈的汪精卫能统率全军？一不负责、二不谏言、三不得罪人的“甘草”谭延闿能摄政？

到那时，统一中国的恐怕不是我国民革命军，而是张作霖的安国军了。对呀，武汉这帮人就是怕我统一中国，可这也是总理遗愿啊。

想到这儿，蒋介石脱口而出："我可以以二届二中全会中常委主席的名誉，宣布武汉的三中全会非法。"

陈洁如再问："你觉得现在这么对抗下去对你有好处吗？"

蒋介石的眼中喷射着仇恨，反问："你说呢？"

陈洁如慢慢地说："为何不拍个电报去汉口，让他们派人来解释，凭什么他们要这么做？谈清楚了事情，你再做下一步决定。反正你还是总司令。"

蒋介石心道，对呀，至少在近期内我不会失去兵权，只要有军队，就有机会翻身。他立刻要陈洁如起草电报，由阿顺拍发了出去。

当晚，蒋介石失眠了，痛苦、烦躁、心乱如麻。名誉、前程、地位如此简单地被剥夺了？他想起了那条舰，民国十四年（1925 年）以前它叫永丰舰，十四年（1925 年）三月以后，这条舰改名"中山舰"。正是在永丰舰上，他真正成为孙中山的嫡系；而在中山舰上，他成功地把自己从校长变成实际的党内领导人。

往事在脑海中回荡……

民国十一年（1922 年）六月十八日，正在宁波的蒋介石接到孙中山自永丰舰发来的六字电报："事紧急，盼速来。"他显然不知道此行将给自己的人生带来重大转折。

那天，先是接到汪精卫等人自上海发来的电报，得知让他讨厌至极的陈炯明军队于十六日凌晨，在叶举指挥下发动兵变，攻进了非常大总统府。

陈炯明的目的并非要杀死孙中山，而是迫使其离开广东，甚至愿意给一百万元离开费。兵变之前，还命人告诉了孙中山。

在此之前，孙中山曾期望出任新建立的北京政府总统，举国上下没有谁比他更有资格坐这把椅子，张作霖也同意。但在随后的直奉战争中，张作霖败，吴佩孚胜。情况发生逆转，玉帅要求北京的总统徐世昌和南方非常大总统孙中山统统下台，黎元洪复职。结果，徐世昌通电辞职。但孙中山接受教训，不仅未辞职，还发表了两个宣言，不承认新的伪总统黎元洪。指出：他自己才是中国事实上法律上唯一的政府行政首领。

宣言发表仅仅过了十天，广州兵变发生了。孙中山在猝然逃出总统府粤秀楼时带的文件，是他与苏俄代表的会谈记录。兵变后，他更加深信中国革命唯一真正的、诚挚的朋友是苏维埃俄国。

登上永丰舰时，孙中山最思念的人便是蒋介石。为了保密，他把电报发给了蒋介石只有六岁的儿子蒋纬国："宁波江北岸引先桥十号，蒋纬国先生：事紧急，盼速来。孙文。巧。"这个地址是蒋介石的侧室姚冶诚居住的地方。

接到汪精卫电报时，蒋介石便在陈洁如面前破口大骂陈炯明，说："当初我就料到这件事会发生，但先生不相信。"在接到姚冶诚派人送来的孙中山电报后，他当即决定去广州。

去广州虽是匆忙之中做出的决定，却又是心中已酝酿多时的谋划。两个月前，因为在诸多事上与孙中山有不同解释，尤其是在对陈炯明的认识上两人分歧颇大。同时因陈炯明一直回避敷衍孙中山，蒋介石断然与交往多年的陈炯明绝交。为此，他也向孙中山辞职返乡。

在返乡后的五十多天里，他一刻也没忘记要助孙中山完成建国大业，并与孙先生的秘书林直勉保持着联系，随时告诉自己的行踪。还不断与廖仲恺、许崇智、汪精卫等人电报往来。他十分想加重自己在孙中山心中的分量，他坚信，只有通过孙中山，自己才能在这个乱世中脱颖而出。所以，当孙中山的六字电报到来时，他明白了，孙中山是在向他妥协，他的"陈炯明必反"预言灵验了。

在赴广州之前，蒋介石急中生智，做了周密筹划。他知道此刻非常大总统恐怕身无分文，虽有七艘军舰在手中，可却都是孤立无援的，远在赣州的那些所谓的北伐部队实际回援无望。学过军事、打过仗的蒋介石深知当兵吃粮乃亘古不变的道理，此番赴难，必须有银两随身才能事半功倍。于是在二十一日到达上海后，立刻找到浦江大亨虞洽卿，要求他资助。虞洽卿这时并不看好这个宁波人，认为是他当初把上海证券物品交易所搞垮了。但最后，精明的虞洽卿还是答应资助在一起做了两年股票投机生意的蒋介石，条件是在他上船赴粤时，才能给他钱。虞大老板怕这个宁波人又玩他。

二十五日，蒋介石带着虞洽卿资助的六万元，登船离开上海。

没有谁知道，为何一向支持孙中山、被称为"二兄"的张静江，在这生死关头不见动静。关于蒋介石在上海筹款，文献中也只留下了六个字："留沪部署各事。"

当二十九日蒋介石成功登上永丰舰与孙中山见面时，大总统泪水盈眶，这位宁波人能够深入虎穴足以证明一切。"介石一人来此，足当两万援军。"总统感慨地说。

在往后的四十二天时间里，蒋介石完全独立地指挥七艘军舰与岸上的叛军周旋。

孙中山感动了，被蒋介石的忠诚所感动。他一边与美国领事馆、英国领事馆磋商事态发展，一边通过陈友仁以及他的美国法律顾问诺尔曼在俄国人与英美人之间斡旋，讨论安全通行去上海的保证问题。同时在心中决定要满足蒋介石的政治需求，他已完全信任了这位以军事见长的宁波商人的儿子。

没有文献资料说明蒋介石是如何使用他带去的六万元的。但按照民国十六年（1927 年）上海市的物价，六万元可以买一百万斤煤油（0.06 元/斤）或二十一万斤猪肉（0.28 元/斤），够一万一千多人生活一个月。

可以臆测，在雇佣兵时代，一个从未指挥过海军的人，能将海军官兵弄成一条心，除了信念外，金钱是不可缺席的环节。蒋介石是否用这笔钱发了军饷？还是用它买了军火？总之，在八月九日下午，他成功地护送孙中山等人乘英国领事馆安排的“摩汉”号炮舰驶出虎门，前往香港与刚流产的孙夫人会合。第二天上午六时，全体人员登上俄国“公主号”邮轮转赴上海。

一年后的八月十六日，蒋介石受孙中山委派，率领孙逸仙博士代表团启程访问苏俄。那一天，距离孙中山广州蒙难脱险正好一年零两天。

在近四个月的访问时间里，蒋介石大开了眼界，还与同往的老乡邵元冲换兰谱结为兄弟。俄国之行的另一个收获是，他明白了任何联合最终是要靠自己的。在当年十一月十一日的日记中他写道：“无论为个人，为国家，求人不如求己。无论亲友，盟人之如何亲密，总不能外乎其本身之利害……如欲成功，非由本身做起不可。外力则最不可恃之物也。”

让蒋介石没有想到的是，他在民国十三年（1924 年）一月十六日到达广州复命后第四天，国民党第一次全国代表大会召开，孙中山送给他一个天大的礼物，任命他为陆军军官学校筹备委员长，这是他生平第一个“委员长”称呼。而正是掌管了黄埔军校，蒋介石才真正迈出了走向中国军政核心的步伐。

阿顺拍发出的电报，一天后有了回音，蒋介石的好朋友、被人暗杀身亡的廖仲恺先生遗孀何香凝专程从武汉赶到九江。以鲍罗廷对蒋介石的了解，此刻能成为在蒋与新政府之间斡旋的最好人选便是有多重身份的何香凝。

正是廖仲恺在蒋介石筹办黄埔军校的问题上帮了大忙，当蒋介石辞去筹办军校的职务时，作为元帅大本营秘书长的廖仲恺接任了筹备委员会的委员长。原本日理万机的廖公，完全可以启用邓演达等人筹办军校，但他却在蒋介石离粤两个月的时间里，仅个人署名给蒋介石的电报就达十一封之多。他还联络胡汉民以及蒋介石的把兄弟许崇智、戴季陶等人一起苦口婆心地做蒋的工作。目的就是一个，请他回粤出任军校校长，并给他准备好了人、财、物。

面对长自己九岁的大姐，蒋介石怒气冲天尖锐地指出三中全会是个阴谋。他叫道："我作为二中全会后合法的党的领袖，为什么利用我不在场的情况下，议决一系列的决定？完全不合法。"

何香凝用柔缓但坚定的口吻解释说："不，三中全会是合法的。可以告诉你，孙夫人支持这次会议做出的全部决定。汪精卫担任领袖，陈友仁担任外交部长，宋子文担任财务部长，都是合法的。孙夫人已经宣布，汉口政府是总理思想的正当诠释者。"

听到这儿，蒋介石像是被子弹击中了要害，宋庆龄是他打着孙中山旗号前进的最大绊脚石。在党内，没有谁比孙夫人更能代表孙先生了。但他依旧强调："难道北伐不是在诠释总理的思想？总理是多么希望建立一个民主的共和国呀。现在北伐并没有取得完全的胜利，有些人就开始摘桃子了。"说这些话时，他自己心里也觉得没底气。

何香凝继续解释说："以上我说的不一定都是我赞同的。鲍罗廷认为汉口是比较适宜的政府所在地，事实上此前的赣汉之争，你我都心知肚明。现在你被党内同志指责为独裁，在汉口的传单上都写着'革命若要成功，须先打倒蒋介石'，甚至有人提出要开除你的党籍。这是为什么？"

一旁的陈洁如发现蒋介石的愤怒已慢慢平息下来。听了何香凝的问话，他脱口而出："是徐谦、邓演达他们搞的名堂嘛。"

何香凝点点头，说："在徐谦的政治报告中确定指出：自去年以来，武力蹂躏党权，不但总理联俄及容共政策被破坏，开个人独裁之渐，启武人专横之端。使总理改组本党之精神及同志两年来的努力，悉付之东流。"

蒋介石冷冷一笑，道："大姐，正是北伐的胜利，本党才得以从南粤进到长江流域，这是我十万将士浴血奋战的结果。汪兆铭在哪里？躲到国外去了，他能统军吗？目前，孙传芳还在顽抗，直鲁联军也不能小看。北面的张作霖还十分强大，他的大军足以使我们的北伐毁于一旦。难道鲍罗廷没有看见吗？不！他看见了。但他想破坏革命，想搞内讧，想让党四分五裂。”

何香凝没有反驳，拿出了一叠三中全会的文件，说：“这些是会议文件。另外我还带来了许崇智将军写给你的公开信和汪精卫的公开信。你好好看看吧，我将于今天赶回汉口。”

蒋介石突然问：“大姐，你被任命为什么官？”

何香凝愣了一下，平静地答道：“妇女部长。”

蒋介石点点头说：“当之无愧。邓演达、徐谦当了什么官？”

何香凝依旧用平静的声音回答：“邓演达出任农业部长，同时兼了政府土地委员会主席。徐谦是司法部长也是政府常务委员。”

蒋介石若有所思，脑子在急速转动，三中全会的结果在预料之中。但没有预料鲍罗廷会如此大胆，一定是唐生智的兵权在作怪呀。我现在还是国民革命军总司令，还手握兵权，应该坚信，本党本国离开了我，绝对搞不下去。他“啪”地一拍桌子站起来。

陈洁如吓了一大跳，何香凝也颜面微动，她们不知眼前这位脾气暴燥的总司令会干出什么事来。陈洁如一个劲儿地使眼色，要何香凝劝劝他。

何香凝慢慢站起来，走到蒋介石面前说：“中国人相信既定事实。你同意吗？只有忍耐和容忍的人，才可能转败为胜。”

蒋介石听着这语重心长的话语，看着眼前这位体贴的大姐，想起对他有过巨大帮助的廖仲恺，眼眶红了，继而眼泪流出了眼眶。

送走何香凝后，蒋介石不肯吃饭，他反复地看许崇智的公开信。

“介石吾弟：你当能记忆，十年前你和我追随我们的总理从事革命工作。我们本着不屈不挠的精神，奉献此生，翼求达致成功。不幸，我们的总理去世了。你曾请我将我的部队暂时交你统率，俾由你重加编组，我也予以同意。其后将我的军队改称国民革命军……

“今汉口政府已成事实，我希望你静夜深思，行所当为，服从命令，自承错误。你当谴责自身之背信，并信守自身之承诺，籍求维持国内和平……”

“报复，许汝为是在报复我，他对我一直耿耿于怀。”蒋介石喃喃自语。这封信让他想起大约一年半之前，自己写给许崇智的一封改变了广州政治格局的信函。

民国十四年（1925 年）九月十九日晚九点多，身为广州卫戍区司令的蒋介石在做好一切兵变准备后，给时任建国粤军总司令、他的结拜兄弟许崇智写了一封长信。他要学宋太祖杯酒释兵权。

关于许崇智，蒋介石一直是仰望着的。民国五年（1916 年）他们在日本相识，那时，刚三十岁的许崇智已是“军界前辈”，而蒋介石正为他亦师亦兄的陈其美被刺杀而茫然徘徊。

蒋介石比谁都明白，自己能够从军队中杀出一条血路，是因为有两个人的扶持，一个是孙中山，一个就是许崇智。在孙中山那里，许崇智的军事才能是高过蒋的，他所领导的粤军实际上是孙中山政权唯一可以凭借的军事力量。民国十三年（1924 年）孙中山邀请许崇智出任粤军总司令，但因为在陈炯明兵变时许借口路途远而未全力回援，偏偏他又连连战败，使孙中山在永丰舰上绝望，对他开始产生怀疑而作罢。蒋介石正是抓住了这个机会，成为孙中山心中的另一个可以倚重的军事专家。许崇智后来力邀蒋介石出任粤军总司令部参谋长，对蒋能被受命组建黄埔军校奠定了专业上的基础。

孙中山去世后，广州政权实际上是汪（精卫）、许（崇智）、胡（汉民）、廖（仲恺）四个广东人掌握。胡汉民虽为代元帅，可那是虚职，还没有汪精卫是孙中山遗嘱的起草人荣誉高。

已有少量兵权在手的蒋介石明白，在一个政府中，不可能二虎并存，掌握政权军权的只能是一个人。他密切注视着这几个广东人之间的争斗。他相信，这些人不可能达成一致的政治协议。

从当时情况看，蒋介石手中能运作的部队只有军校学生与教官，显然不能与许崇智抗衡。但蒋介石坚信，能够始终践行总理遗志者仅他一人。而真正阻挡在他面前的大山，仅许崇智一人。

似乎是有天助。四个多月前桂军总司令刘震寰与滇军司令杨希闽联手兵变，想推翻革命政府。这两支军队是帮助孙中山赶走陈炯明的功臣，他们占驻广州后，一直管理着税收机关，连孙中山办军校要钱都得求他们。因为吸过鸦片杨希闽心情才会好，廖仲恺不得不因此常在夜间去杨希闽吸鸦片烟的烟床旁请他签字。如果这两支军队一直蛰伏不动，还真暂无借口灭掉他们。然而他们动了，这就给了孙中山忠实信徒们打倒他们的理由。当时刚刚取得东江战事胜利的蒋介石被推举为讨逆军总指挥，他率许崇智的粤军与黄埔党军回师广州平叛，仅用一个多月时间，便以正义之师的威武全歼叛军，刘震寰等人逃之夭夭。蒋介石由此往前迈了一大步，在随后成立的国民政府军事委员会中出任委员。

消灭刘震寰后仅过了两个月，机会再次降临。国民党右派在八月二十日刺杀了时任国民党中央委员兼财政部长的廖仲恺，引发广州政治地震。在苏俄顾问鲍罗廷的提议下，汪精卫、许崇智、蒋介石受命组织特别委员会控制局势，调查廖案。蒋介石由此进入到国民党政权的核心，并顺利就任广州卫戍司令，在三人中，掌控实际操作权的人仅蒋介石一人。

在廖仲恺被刺现场，刺客之一的陈顺被击成重伤。经过审问，当局得到一份名单。并从现场遗留的手枪上，一路追查到胡汉民的弟弟胡毅生与孙中山的秘书林直勉身上。

蒋介石窃喜，林直勉知道太多孙中山与蒋介石之间的事，而有些事并不能公开，正找不到让他闭嘴的理由，谁知他自己撞到枪口上来了，立刻对他实施抓捕。因为他还当过胡汉民的秘书，抓他对胡汉民来说也是敲山震虎。

案件的另外两个嫌犯：朱卓文与胡毅生已逃到香港。但蒋介石醉翁之意不在酒，他在心中冷笑：跑得了和尚，跑得了庙吗？胡毅生的“庙”就是他的堂兄胡汉民。

初步调查后，蒋介石心中逐渐完善了一个连环计：先驱胡后逼许。他立刻命令何应钦率党军第一旅开进广州市区戒严，同时控制了广州的制高点观音山阵地。

八月二十五日凌晨蒋介石命令部队搜查胡汉民的家。果然，这个胆小鬼从后门跑去了汪精卫家，是汪太陈璧君打电话给蒋介石，让派人“护送”胡汉民到黄埔长岛。

汪精卫见事情越闹越大，担心政权会因此不稳，要求对胡汉民只驱逐不伤害。蒋介石并不想要胡汉民的命，况且他的目的已经达到，便顺水推舟。

一周后，孙中山钦定的接班人之一、国民政府常务委员兼外交部长胡汉民眼泪纵横地登上了“列宁号”客轮，被放逐到苏俄去了。

自廖案发生，蒋介石每日睡眠未过两个小时。胡汉民走了，他安心地睡着了。

四个广东人，两个月之内竟然去了一半。而许崇智将成为他的下一个目标，因为在查案中发现了粤军第一装备司令梁士锋、粤军第四军军长梁鸿楷也与廖案谋杀有关。同时发现港英政府出资让他们叛变，他们有颠覆政府的重大嫌疑。在鲍罗廷的周旋下，许崇智被迫同意抓捕了二梁，蒋介石趁机立刻解散了他们管辖的军队。

梁鸿楷与梁士锋是许崇智在广州的重要军事力量，蒋介石就是要打打这两颗草，看看会不会惊动许崇智这条蛇。果然，许崇智发出了密令，命令驻守在东莞与石龙的两个粤军师旅回师广州。

蒋介石再次兴奋起来。他在任粤军总司令部参谋长时，已与一批军官成为了志同道合的朋友，其中有第一师师长李济深，第四师参谋长蒋伯诚，旅长谭曙卿以及卫立煌等人。这些人将是自己连环计中的棋子。

在这场角逐中，汪精卫起了重要作用。他根本未意识到蒋介石是他的对手，相反认为胡、许二人才是他的绊脚石，他要利用蒋介石搬开他们。于是，两人干起活来心照不宣。

从九月十八日开始，蒋介石在汪精卫的支持下，调兵遣将要彻底解决许崇智的问题。先是密令军校学生几个大队，协同同意倒许的李济深等粤军，发动对东莞第四师许济部与石龙粤军第三旅莫雄部的包围。然后，亲笔给许崇智写了一封长信。

九月十九日晚八时许，突然有一连军队包围了广州东校场粤军总司令部。

在总部值班的是许崇智的副官处长冯次琪，此人深得许崇智信任，还身兼了筹饷局长和军法处长。他一听被包围，立刻面泛青色，惊惶不已。当他接到许崇智的电话，说家也被包围后，冯次琪说话都开始发抖，根本无法做出任何反应。

晚九时许，蒋介石的莫逆之交、粤军第四师参谋长蒋伯诚带着蒋介石的亲笔信见到了许崇智。

蒋介石在信中先罗列了一组数字，说许崇智拿到了三百余万军费，却有六个月未发饷等，然后切入正题：“廖案发生，阴谋暴露，而害党叛国者，均为吾兄所部。而兄不引咎自责，幡然悔悟，知人之不明，用人之不当，竟酿成此巨大惨剧，岂不可痛。吾知总理有灵，必痛哭于九泉矣……”接着指出许崇智空谈革命，信用已失，名誉扫地，孙中山的大业就要丧失在他一人之手。然后开始为许崇智出主意：“今为兄个人计，为本党前途计，为中国革命计……故特提出五军编立计划案，实为今日惟一救济之方案……中正患难之友，志鲠之士，敬兄之笃，故责兄更切……如兄不以不材为不忠，且能反躬以自省，深知既往之非，不惑宵小之言，毅然独断，保全名节。则兄不如暂离粤境，期以三月师出长江，还归坐镇，恢复令名。既朗于公，更決于私。如蒙赞同，当可为兄准备一切……”

两千多字的长信，让许崇智坐立不安。他在电话里告诉了冯次琪信的内容，又给汪精卫打电话，质问是怎么回事。得到的答复是：建议他去上海暂住，等整理好财政和军事后，再请他回来。

当时总司令部有一个宪兵营，营长林祥向冯次琪建议，乘天黑打出去保护许崇智去石龙，那样还有翻盘的机会。但这个建议被满面愁容的冯次琪否决了。

二十日拂晓，黄埔学生大队进入总司令部，全面接管总司令部的一切。

许崇智见大势已去，便给国民政府递交了一封辞呈：“崇智追随总理十余年，尽忠党国，国人共见。最近肃清东江，扑灭杨、刘之后，对于整理军队，统一财政，无不尽力规划。本应继续努力，期尽全功。奈，精疲力尽，难再支持。敢请开去本兼各职，专事休养……”

汪精卫接到辞呈后，立刻召开政治委员会议，同意许崇智辞职。汪精卫在对媒体发表的谈话中，明确支持了蒋介石，指出党内外“若因此事有不谅于介石者，余愿分其谤也”。

下午三时，粤军第一师第一旅旅长陈铭枢，带着早已订好的船票和两万元现金来到总统府，陪实际已失去自由的许崇智登船赴申。而此时许的夫人与子女已在船中等他。

蒋介石联手许崇智灭了刘震寰的桂军和滇军；利用廖案与汪精卫联手流放了胡汉民，赶走了许崇智。他自己则大大向前迈出了一步，顺理成章地成为了国民党的二把手。到民国十五年（1926 年）三月二十日前，在他的前面只有汪精卫一座大山了。

陈洁如见蒋介石神智有些颠倒，忙打电话找来张静江和陈果夫，请他们劝慰蒋介石。

在他们到来之前，蒋介石依旧在喃喃自言自语：“汝为兄，我是收编了你的粤军，但我没有亏待你。除一次性送去二十万元供你开销外，每月都在军费开支项目下拨给你一万元。我蒋中正是够意思的……”

张静江与陈果夫到来后，蒋介石已镇静多了，开始思考对策。

经过商量，他们决定做两件事来应变武汉的三中全会决定：一是立刻召集军事会议。只有在战场上不断取得胜利，才可能保住在党内军事上的绝对权威，眼前必须尽快拿下上海和南京。孙传芳已到强弩之末，张宗昌的直鲁联军应该也不会有太强的战斗力。二是电邀上海的青帮头目杜月笙、张啸林来九江，要对上海的事情提前做准备。现在共产党在上海势力很大，要特别防止北伐军给共产党做了嫁衣裳。

在蒋介石的内心深处还有两个秘密，暂时不能讲出来：一是，他计划只要南京解放，就在那里建立新的民国政府。南昌建都的动机失败后就一直在考虑这个问题。二是，必须尽快与宋家联系。从目前的政治局势看，能制约鲍罗廷与汪精卫的人只有宋庆龄。而能李代桃僵的是宋家其他人，只要与宋家联手，许多问题便可迎刃而解，包括军费。他已秘密与宋家的掌门人、大小姐宋霭龄接洽。但这件事还不能告诉陈洁如，也不能告诉二兄。

当汉口的正式命令到达北伐军南昌大本营时，蒋介石嗤之以鼻。在他看来，所有的矛盾和困惑在正式命令来到之前都已化解。蒋介石仔细盘点了自己的实力以及手中的王牌，已有充分信心赢得这场混乱的牌局。

在他手中最重要的王牌当然还是军事。一方面，他自信自己的军事才干在党内尚无人能替代。那个湖南军阀唐生智一直在觊觎他的北伐总司令位置，鲍罗廷正是利用了湘军才如愿以偿把民国政府放在了武汉。但唐生智不过是只土鳖，与自己相比还差得远。纵观北伐军的八个军，亦不见出头椽子。其二，在何香凝离开后召开的大本营军事会议上，与会将领均决心与他同舟共济，这让他十分感激。他知道，虽然每个人都在打自己的算盘，但他们的小算盘与我蒋中正的大算盘的打法是一致的。他变得胸有成竹了。

那天的军事会议进行了长达十六个小时的讨论，蒋介石没有觉得累，反而越发兴奋。

他在会议开始时就强调："总理在世的时候，我无论对哪一个同志，或者有一句话与我不对，或者有一点得罪了我，我马上就跑开。很多人劝过我，要我以革命事业为重。总理去世后，我改变了，谁也不要想让我放弃责任。我只知道我是革命的，倘使有人要妨碍我的革命，反对我的革命，那我就要革他的命。现在，鲍罗廷等人就希望我跑开，我不会跑，如果我一走开，中国革命的根芽从此就要断绝了。"

参加会议的有北伐军副总参谋长、东路军前敌总指挥、有"小诸葛"之称的白崇禧，黄埔军校总教官、东路军总指挥何应钦，还有蒋介石信任的东路军第二十一师的陈诚以及其他十二位高级将领。

此刻的战局是：除苏浙皖以外的长江中下游地区均在北伐军之手。而苏浙皖三省的战斗已经打响，程潜的江右军正从安庆芜湖向南京运动；李宗仁的江左军正向蚌埠运动，其目标也是直指南京；白崇禧的部队从南昌誓师出发后，经东乡玉山入浙，与孙传芳几经交手，正逼进杭州；何应钦的部队由闽入浙东，一路攻城略地，直逼淞沪。

孙传芳、张宗昌的直鲁联军已不堪一击，张作霖的安国军远水解不了近渴，又因在北方有阎锡山、冯玉祥正虎视眈眈盯住他，而不敢轻举妄动。

此次廓清苏浙皖，蒋介石安排唐生智仅在境内担任监视河南的安国军，捞不到什么好处。但对唐生智的第八军决不能大意，这支军队是心腹大患，唐生智其时已公开反蒋。在北伐军大本营的江西，眼下只有作为总预备队的朱培德第三军，必须防止唐生智釜底抽薪，他如果偷袭江西，且不说朱培德能否守住九江南昌，还很可能临阵倒戈，毕竟武汉政权已经是合法的政权。一定要迫使唐生智放弃对赣动武的念头。

蒋介石要求会议专门就保卫江西进行讨论，并形成预案。一面要求朱培德加紧修筑工事，一面收缩对武汉政权咄咄逼人的态势。要让鲍罗廷等人对他继续产生幻想，让他们感觉我蒋中正已接受了三中全会的所有决议。只有这样，唐生智才可能打消对江西动武的念头。

一切都在算计之中。开完军事会议后不久，上海黑社会头目杜月笙、张啸林到达了九江。随船前来的还有虞洽卿的代表王晓籁。

表面上看，上海的政权目前由张宗昌的心腹毕庶澄掌握，他率直鲁联军刚接防。而实际上，上海的政权还被另外两条线控制，一是租界，二是以黄金荣为首的青帮。

蒋介石在上海滩混迹多年，接触过各色人等。民国十一年（1922 年）他在上海经营的“恒泰号”倒闭，债主们追讨债务，经上海闻人虞洽卿的引见，他得以拜黄金荣为师。拜师时用的姓名为蒋志清，而掌管黄家的是黄金荣的大儿媳，叫李志清。现在无法判断是不是“蒋志清”三个字打动了这位海上青帮大亨，反正他收了蒋介石为徒，并为他消灾，蒋介石也因此与杜月笙是师兄弟。他很清楚青帮在上海的地下实力，与租界有千丝万缕关系的青帮，在上海的地界里如鱼得水。不管是谁，要想和平控制上海的时局，最佳的捷径是与青帮合作。

一番寒暄，马上进入双方都关心的话题。

杜月笙问："汉口和九江租界被国人收回，会不会影响到上海?"

蒋介石的回答很干脆："我已在不同场合表达过我的思想。虽然此次北伐，共产党在宣传动员方面出了力，但我，不是共产党。一月三日的汉口英租界事件和一月七日的九江英租界事件，双方各执一词。但可以下结论，占领租界跟共产党的煽动有密切关系。请你们转告上海的公共租界和法租界，国民革命军不会损害他们的利益。听说美、日、德、法开始向上海增兵，没有必要。"

张啸林说："我看那些外国人之间也不团结。这次英国人要求美、日、德、法一起行动，但没有成功。据说日本表示爱莫能助，美法都反对武力干涉。他们都不希望中国人的反英情绪转到自己身上。"

蒋介石暗笑，这位青帮"通"字辈大亨，只知其一不知其二。自与几位兄弟在庐山仙岩酒店商量了策略后，已经分别与各国驻华机构接触。让他们知道，我蒋中正不可怕，是可以合作的，可怕的是共产党。这次英租界事件最终变成孤立的事件，就与其所做的工作有关。

蒋介石冷笑着说："英国人也在增兵，但我肯定他们在这个时候不敢发动大规模战争。中国已不是道光二十年（1840 年）的中国，美、日、德法也必须考虑他们在华已有的利益。你们给租界带话，任何国家，如出于同情心而要帮助国民党，我们不会拒绝这种援助，我们还将与那个国家握手。"这时，他话锋一转道："好了，说说上海的共产党，听说闹得很厉害。"

杜月笙抱怨说："一塌糊涂。工人都被组织起来搞什么纠察队、什么武装起义。去年十月搞了一次，上个月又搞一次。到处都在罢工，上海一片混乱，领头的都是共产党，听说最近来了一位你在军校的老搭档……"

蒋介石眼睛一瞪，打断杜月笙的话，问到："是谁?"

杜月笙看着蒋介石说："是个什么政治主任，听巡捕房讲，叫啥周先生。"

蒋介石一愣，眼前闪过一个儒雅的身影，是周恩来？这个在北方长大的淮安人，是黄埔第三任政治部主任，当时才二十六岁，是军校的德文翻译张申府推荐的。但周恩来从巴黎启程，还没到任，张申府就不辞而别了。当年还是廖公寄路费给周恩来，请他来军校是引进人才。这个人才在黄埔师生两次东征时立了功，授予了他少将军衔，还任命他为东江地区行政委员。可是他在黄埔搞的青年军人联合会，险些动摇了蒋校长的地位。

想到这儿，蒋介石吸了口气说："我晓得，他叫周恩来，当过我的助手。北伐前想把他留在身边，但不见了，原来去了上海。"

张啸林气势汹汹地说："一定要打上海那帮共产党，要不然，他们要翻天了。"

蒋介石阴笑笑："我听说上海的青帮和商界是支持共产党的。"

王晓籁马上说："他们打的是国民革命的旗号，是支持北伐的旗号，你说我们能不支持他们吗?"

蒋介石不过是逗逗他们，说："不急，再看看。"

他说的再看看，是已准备好了两步棋，第一步，已派人给刚进上海接防的张宗昌部毕庶澄暗示，如果他能率驻防的三千直鲁联军投降，便任命他为第四十一军军长。这位张宗昌的把兄弟面对前来劝降的老乡崔唯吾，并没表示拒绝。这一步棋如果成功，便可不战而屈人之兵。如果不成功，便祭出第二步棋，让上海的工人武装与毕庶澄做殊死搏斗。鹬蚌相争之后，北伐军就是渔翁。

蒋介石突然问："如果真打起来，要多少时间才能解决上海的共产党?"

"二十四小时可以解决。"杜月笙回答得很干脆。

对杜月笙这个人，蒋介石是相信的，他办事周密果断，且凶狠不留迹。不像黄金荣、张啸林那么没有技术含量，他的回答说明他有预谋。

蒋介石微笑着点点头，然后调转话题问王晓籁："虞老板的近况如何?"

王晓籁叹气摇头："孙传芳支持那个傅筱庵，硬是把虞老板从上海总商会会长的位置上挤下来，而我连会董都没保住。傅筱庵调用招商局的商轮，帮孙传芳运送军队和军用品……"

蒋介石打断他的话："不要讲了。娘希匹，我知道傅筱庵跟我作对。晓籁兄，请转告虞老板，早晚我们要给傅筱庵颜色看看，上海总商会会长只有虞老板能坐得稳。"

久经沙场的杜月笙、张啸林听蒋介石说这番话时，立刻感觉到了从他身上散发出来的阵阵杀气，两人同时在心里说：眼前的这个蒋介石已不是混迹上海滩的蒋志清了。

杜月笙说："青帮要做大事，还是应该有个公开的组织比较好，毕竟青帮上台面还有不方便的地方。"

蒋介石欣赏地看了看杜月笙，说："师兄说得对，有些事体，改改头换换面孔可以事半功倍。要协调各帮口力量，确实需要一个公开的组织。当年总理用帮会组织发动起义，公开的旗号叫‘中华共进会’，你们看怎么样？”

张啸林立刻表示赞同，杜月笙也没意见，但提出组织的名称还应该征求黄金荣的意见，这件事回上海就立刻办。蒋介石对杜月笙的政治头脑发生兴趣，心道，这个人可以派大用场。

满面春风的蒋介石送走杜月笙等三人后，接到了宋霭龄到来的消息。有碍于陈洁如，宋霭龄只肯在船上与蒋介石见面。那条中国银行的商船停泊在九江码头。

这次见面，对蒋介石个人的发展至关重要。这是一次秘密会面，在任何官方文件上都没有这次会面的材料，但这次会面后所产生的一切效果，可以说明它很可能是仅次于蒋介石在永丰舰上与孙中山的见面，甚至可以说是改变时下中国政治格局的会面。

蒋介石做好了充分准备，最大的准备是在宋霭龄面前做一切让步。

蒋宋二人彼此已经很熟悉了，见面的目的也已在邀请宋霭龄来九江磋商的信中说明白了，所以见面后很快就进入了正题。

宋霭龄先开口：“蒋总司令，我和庸之（孔祥熙）都认为，你是当今国民党中最出色的领导人。”

听了这话，蒋介石心中一阵窃喜。他知道，作为孙中山的秘书和姨姐，宋霭龄有机会在国民党高层活动。凭她的政治敏感，应该对当前的革命形势和国民党内部格局有自己的见解。看来，今天的会晤会有成果。他谦虚地笑笑说：“哪里哪里，中正不过一介武夫，全凭总理的抬爱。”

宋霭龄也笑了，眼前这位暴发户在国民党失去作为舵手的孙中山后，脱颖而出，恐怕没有谁能够再阻挡他了。宋家要想继续保持在中国上流社会位置，只靠二妹是孙先生的未亡人是远不够的，必须审时度势权衡利弊。别看三中全会以不在国内的汪精卫取得胜利而结束，事实上真正的胜利者是鲍罗廷，汪精卫绝非蒋介石的对手。但鲍罗廷在深谙中华政治的蒋介石面前，也不过是阶段性的人物。作为宋家的老大，有义务为宋家的前途考虑。

她话题一转：“我和小妹与鲍罗廷见过几次面。他跟我们滔滔不绝地讲述共产主义世界观与行动计划，我深深感到对你不利。你领导北伐所取得的胜利果实很可能被旁人摘走，知道这是为什么吗？”

面对一针见血的问题，蒋介石急速思索，她为什么提到小妹？为什么说鲍罗廷？

见蒋介石没回答，宋霭龄接着自己的话题说："根本原因在于你的经济、威望、影响力都还很弱。你在广州赶走了那么多广东人，许崇智将军、胡汉民先生，还有被迫请假离开的汪精卫。他们会放过你？不要忘了，孙先生也是广东人，严格地说我也是。"

一番话说得蒋介石直冒冷汗。他被这位执掌宋家门户的大姐弄糊涂了，她要干什么？为什么专门提到广东人，此前从未想过这个问题。在没有搞清楚她的意图之前，还是保持沉默。他端起了面前的水杯，喝了几口白开水。

宋霭龄笑着说："总司令还是只喝白开水不喝茶？也不抽烟？"

蒋介石摇摇头说："多年的习惯，不愿改变它。"

宋霭龄指了指她面前的红酒杯问："喝一点？可以提神。"

蒋介石微微一笑道："夫人请自便。你接着谈，中正洗耳恭听。"

蒋总司令表现出的谦卑，让一贯颐指气使的宋大小姐很受用。她端起高脚杯轻轻摇了摇，喝了一小口，说："我之所以赶来九江跟总司令见面，根本原因是我和庸之都不愿意看到你这颗军事明星殒落得与升起一样快。"

蒋介石呼出一口气，他的内心是倔犟的，从未想过陨落之事。但他知道，在面对这样一个可能改变一切的女人面前，"倔犟"是不能表露出来的。他依旧微笑道："谢谢大阿姐的抬爱。"巧妙地将"夫人"改为了"大阿姐"。

宋霭龄敏感地发觉了这个变化，看了蒋一眼说："总司令还大我两岁呢，怎么叫我大阿姐了？不过我开心，蛮好的。"

蒋介石抓住机会马上往下说："大阿姐，请尊驾来九江，是中正遇到了天大的困难。我可以发誓说，三中全会是非法的，他们完全是在背后搞阴谋，相信大阿姐是明白人。但我现在是单枪匹马，要往下推进革命，阻力太大。我有预感，今后很难从汉口方面拿到军费、军火以及其他补给。"他隐瞒了已通过虞洽卿联络江浙财团支持北伐军的事。

宋霭龄点点头说："所以我赶来与你见面，就是想与你做一笔交易。"

"做交易？"蒋介石不解地看着她。

宋霭龄温文尔雅地看着蒋，说："这笔生意如果做成了，我可以预言，中国之政治格局将从此改变。"

她的话让蒋介石把心提到了嗓子眼。他不知道是什么生意可以改变中国的政治格局，但他知道，这笔生意一定是自己想做的。

宋霭龄察言观色，知道已吊足了蒋的胃口，但依然没有抛出底牌，而是说：“我们家小妹对总司令印象很深，不喝茶，不抽烟，也不喝酒的男人太少了。而作为统帅几十万大军的总司令，就更加可贵。她为了你，还反驳了鲍罗廷，说他蔑视人性冷酷无情。”

蒋介石很想知道宋霭龄的天机，几次想问，但话到嘴边又咽下去。他附和说：“三小姐聪明伶俐，着实让人爱怜。”

宋霭龄马上问：“你喜欢她?”

蒋介石脸红了一下，说：“不瞒大阿姐，多年前就喜欢。但三小姐冰清玉洁，德容俱佳，中正乃一凡人武夫，如何敢高攀。”

蒋介石没有什么嗜好，唯独对女人感兴趣。母亲为他娶了年长他五岁的毛福梅为妻后，他并没有停止过吃花酒逛窑子。一度还想把一名叫介眉的妓女娶回家。后来还是带回了一个与他同岁的妓院侍女姚冶诚，娶为侧室。跟这个女人过了十年后遇上了当时十三岁的陈洁如。那是一见钟情的感觉，多亏二兄帮忙，抱得美人归。而现在又一位高贵的女人站在自己的面前，她的学识背景、家庭背景在当今中国凤毛麟角，而只要自己伸手，就可以把她抱在怀里。想到这儿，蒋介石的心跳不由地加速了。

宋霭龄把这一切都看在眼里，知道火候到了。便说：“我说的交易就是你同意娶我的妹妹美龄。我则说服庸之与冯玉祥达成支持你的协议，同时要子文脱离汉口跑到你这边来。”

蒋介石醉了，无酒自醉。宋霭龄说出了他想了很久想说的话。如果与宋美龄成婚，自己便是孙中山的连襟、宋庆龄的妹夫，政治上的筹码足够抵抗来自党内的任何一派；宋子文、孔祥熙本就是两块金字招牌，与他们联亲，经济上则可能再也不会捉襟见肘；加上手上的几十万大军，纵横天下指日可待。

但蒋介石也是做过生意的人，拎得清投入产出，更知道做生意切忌马上做决定，心急吃不了热豆腐。他没有马上表态，可他的喜形于色已然说明了一切。

宋霭龄并不需要蒋介石此刻就海誓山盟。任何一次交易都应该是双方都准备充分了，才同时出手。但只要价值取向达成一致，接下来便是细节问题。

蒋宋联姻，是件大事。必须把所有细节问题处理好，才不至于壮志未酬身先死。蒋介石与宋霭龄开始一件一件把问题摆出来，商量解决的路径。

关于宋美龄，回国后曾想做新派人物去当记者，但全家都反对，她只能待在家里。如今已归国十年，虽然中文补习取得了骄人成绩，也成为南北社交界的宠儿。但中国的女人只要不结婚，就意味着她没有真正回归中国社会，她的一切光环都是别人给的：富豪的女儿、国父的小姨子、财政部长的妹妹等等。把这些拿掉，她一无所有。所以已而立之年的宋美龄有嫁人的迫切性，她甚至有与大姐二姐攀比的念头。

宋霭龄把有关小妹的两段恋爱传闻向蒋介石澄清。一是那位荷兰建筑师。宋霭龄说："我们宋家没有可能把小妹嫁给一位野蛮人。这一点小妹自己很清楚。"

另一段传闻是宋美龄爱上了一直跟着孙中山革命的广东东莞人刘纪文。这个人专攻政治经济，担任过大元帅府审计局局长、陆军部军需司司长等。这一段传闻没有谁能确切证实，宋霭龄也没有全盘否论。但她指出：刘纪文无论从什么方面比，都无法与蒋介石抗衡。

蒋介石全身的雄性激素完全被宋霭龄唤醒，越发骄纵起来。两人具体商量了三个步骤：首先由宋霭龄向美龄吹风，把接纳蒋介石的理由说清摆透；然后由蒋介石制造与她单独相处的机会，加深彼此了解；其三最关键，取得宋母倪桂珍的同意。但只要美龄同意了，这一关应该能过。接下来是宋子文。

宋子文对蒋介石不屑一顾，认为蒋不过是上海滩的小瘪三。而正统的武汉政府对他十分倚重，他又与二姐庆龄感情颇深。要扭转宋子文的思想，让他当叛徒，必须软硬兼施。软是要给他洗脑筋，认清汪精卫是不可能成事的。

宋霭龄向蒋介石透露宋子文的财经抱负，他想重整全国经济。比如召开全国经济会议，成立国家银行来统一国家币制，统一国家金库，调剂国内金融。他还想废两改元，发行纸币，并将中国货币纳入国际货币组织等等。

对这些，蒋介石一头雾水，但他清楚地知道这位宋家大公子在中外银行业的威望与人脉，直觉告诉他，宋子文的理想与他理想中的从军政过渡到训政宪政会有极大帮助。立刻表态说："子文出任我的财政部长不成问题，我将赋予他更大的权力。但这个承诺能让子文倒戈吗?"

宋霭龄摇摇头说："不能。他与二妹是汪兆铭的财政、政治左右手，而且庆龄也有自己的政治抱负。所以可能需要来硬的，听说你在上海有一批青帮朋友?"

蒋介石眼睛一亮，明白了她说的"硬"是什么意思，"恐吓"是青帮的拿手好戏。

关于宋庆龄，应该也是从心底里瞧不起蒋介石的，她始终不认为蒋是孙中山的接班人，更看不起他的婚姻背景。虽然对他勇赴永丰舰之难表示感激，却总是认为那不过是蒋介石的一次投机。如果要她与蒋介石为伍，她会感到羞愤与痛苦。

宋霭龄表示，二妹的政治作用非常之大，没有谁有把握让她转变，只能试试看。但如果蒋宋联姻成功，加上宋子文回归，这股力量要与国母抗衡应该不成问题。

关于蒋介石过去的婚姻，蒋介石表示这不是个问题，过去的三次婚姻都可以处理好。只是陈洁如陪自己度过了七年非常岁月，况且她才二十一岁，有些棘手，但完全有把握把这些问题处理好。蒋介石列出了时间表，可以从本月开始启动一切，尽快让陈洁如离开。

宋霭龄完全相信眼前这位总司令处理家事的魄力。她提醒蒋介石，要赢得母亲倪桂珍的好感，还必须做一件事：读《圣经》。

宋家是虔诚的基督教徒，也要求女婿们是基督徒。虽然宋家对二女嫁给孙中山表现出震怒，但孙中山毕竟在二十多岁就已在香港受洗，且临终之时还自证"我本基督徒"。孔祥熙则更不顾山西太谷老家孔氏族人的威吓，在十几岁时便已受洗。

但蒋介石是受儒家经典熏陶、典型的、具备中国传统思维的男人。他深受母亲王采玉的教诲，是虔诚的佛教徒。面对宋霭龄的要求，蒋介石没有立刻答应，只表示一定会抽空看《圣经》。要与未来的岳母对话，需要有对话的话题，至于是否改奉基督，那是后话。

与宋霭龄在九江分手后，蒋介石赶回南昌。并立刻开始行动，他要在军事的护佑下，开始树立自己的政治形象。他深知，这将是人生一次重要的转折，而且时间不等人。

第四章

棋高一筹 点燃赤贫

有人从武汉地图的四个角划两条对角线，发现两条对角线的交叉点是位于武昌的积玉桥地区。这个区域紧靠长江东岸，区域中最著名的地方要算新中国成立32年后重修的黄鹤楼了。

如果从政治角度考量，区域中的一条僻静的小街，肯定比黄鹤楼重要很多倍。第一代中国共产党人中最优秀分子，在1927年上半年几乎都曾在这条小街上行走过，他们的脚步在悄悄地丈量着国家的未来。

小街南北走向，长不过600米，宽不过10米。小街的东边原有一湖，清朝时在此筑堤，而堤靠近都府衙门，这条堤便叫都府堤。20世纪初，这里形成居民区，在它的西边一点便是长江轮渡码头。20世纪50年代武昌公园扩建，都府堤北段的民宅均被拆，没有谁记得在1927年时这里发生过什么。但是，远在北京的中南海里，有一个人对这条叫“都府堤”的小街念念不忘，他就是仅用了22年，便使中国天翻地覆慨而慷的开国领袖毛泽东。

当他走出战争——这种斗争形式，开始把目光投向了国家建设后，对武汉情有独钟。

1957年9月，毛泽东“沉沉一线穿南北”的愿望已经实现，他站在新建成的长江大桥武昌桥头堡凭栏眺望，在不远处的东北方向便是都府堤街。他曾在那条街上行走了半年多，留下了太多太多让他既兴奋又不堪的记忆。

毛泽东没有跟任何人说起这条街，也不知道这条街已变成了公园的一部分。

又过了6年，1963年毛泽东再次视察武汉。这一次，他终于忍不住告诉陪同的人：“武昌有个都府堤，杨开慧同志在那里住过，是41号。”语言技巧高超的他并没有提到自己。

面对领袖如此精准地说出了36年前他在激荡的武昌居住地，湖北的官员们有些不知所措，赶忙行动起来。3年后，武汉市在原地恢复了41号建筑。但之后又去过武汉很多次的毛泽东，却没有重回过这个令他怀念、给他温暖，又让他沮丧的地方。

41号在都府堤街的最北边，是国民党中央农民运动讲习所的筹备人员以农讲所的名义租下的。这是一栋晚清旧式砖木结构的建筑，坐东朝西，青砖黑瓦，天井的两侧排列着十多间房。毛泽东在这里除了卧室，还有一间书房。

1927年2月12日他从长沙赶到武昌后发现，政治格局发生了变化。此时的武汉，虽距毛泽东上次来才过去两个多月，但政治形势大变，赣汉之争一触即发。从南昌逃回的邓演达已成为武汉地区国民党的实际主事人之一，其职务是：国民革命军总司令部政治部主任，兼国民革命军武汉行营主任、国民党武汉政治分会委员、湖北省政务委员会主席。他喜欢将“这是一个矛盾”常常挂在嘴边，周边的人背后就叫他“矛盾先生”。

上年9月，毛泽东发表的《国民革命与农民运动》文章在相当一部分国民党官员中引起反响。一直对农民运动感兴趣的邓演达，在他领导的国民革命军总政治部内专门设立了农民问题讨论会。他指出：农民问题是本党本军一个很重要的问题。为此聘请了毛泽东、李达、恽代英等人为委员。

毛泽东此前决定办的是“湘鄂赣农民运动讲习所”。见形势发生了变化，敏感地觉得把农讲所扩大到全国的时机到了，便适时提出，原定的“湘鄂赣农民运动讲习所”应该由国民党中央直接办理。

果然，这个提议，得到邓演达的全力支持，国民党中央决定创办中央农民运动讲习所，由邓演达、毛泽东、陈克文三人担任执行委员。身为国民党中央候补执行委员会委员的毛泽东出任主任委员，邓演达出任政治部主任，陈克文出任训导主任。这正是毛泽东在到达武昌观察政治动态后所想到的结果。

落实了众多具体事务后，他坐下来给远在上海的中共中央写信，报告此次湖南之行。他一直觉得不解，中共中央的农民工作机关为什么设立在繁华的都市？他不愿意坐在上海舒适的楼房里办农民的事儿。

毛泽东几乎是一支接一支地吸着南洋兄弟烟草公司生产的小联珠牌香烟，这种烟当时买一包送一包。而左手夹烟右手持笔的习惯伴随了他一生。

书桌的右手边是一只小铜墨盒，这是旧物，毛泽东总带在身边舍不得扔。每次写作，往铜墨盒里稍加一点水，用毛笔反复蘸几次，便可流利地书写。杨开慧在身边时，这些事都是她做。现在，独自一人的毛泽东只能自己备好这些。

他先简要报告了考察行程后，立刻开门见山地指出："在各县乡所见所闻与在汉口在长沙所见所闻几乎全不同，始发现从前我们对农运政策上处置上几个颇大的错误点。"

接着，毛泽东列出了三个错误，这三个错误是他两个月前在中共中央特别会议上无法反驳的。他所尊敬的党的领袖陈独秀在会上做的政治报告中，专门批评了湖南农民运动，而身为中共中央农委书记的毛泽东当时因无法拿出事实数据，只好与大伙儿一起接受了陈独秀的意见。经过这次 32 天的调查，掌握了许多第一手材料的毛泽东，对党内批评农民运动的观点越发怀疑起来，许多"为什么"在他脑海里挥之不去。为什么在批评我右倾的同时，他们却在做更加右倾的事？为什么他们自己只在上海，不愿意下到农村调查，却又对农运横加指责？为什么鲍罗廷们看不到农民运动的伟大成果？为什么我在党内提出的土地问题得不到赞同，而在国民党这边却受支持？

毛泽东快速地运动手腕，心到笔到地书写着……

错误一：社会各界都认为"农运糟得很"，而事实上是"农运好得很"；

错误二：社会各界说农运是"痞子运动"、"惰农运动"，而事实是"贫农乃革命先锋"；

错误三：党内外都说农民协会破坏了联合战线，而事实是根本就不存在什么联合战线。他坚决地写道："农民问题只是一个贫农问题，而贫农的问题有两个，即资本问题与土地问题。这两个都已经不是宣传的问题，而是要立即实行的问题了。"

毛泽东强烈地感觉到党中央对农民运动没有付出代价，而是坐享其成。此刻的中国如果不进行疾风暴雨般的土地革命，所谓的大革命，就可能功亏一篑。充满自信的毛泽东清楚地看到了关于农民运动的方方面面，他坚信，改变中国必须从农村开始，因为中国的人员结构现实是：最庞大、最集中、最沉稳的社会群体就是农民。中国革命的主力只能产生于农民之中。

毛泽东分析：为什么国共两党同时把矛头指向了湖南农民？那是因为北伐军主力，以及大量的中下层军官都来自湖南。当他们的家族或亲戚的利益被农民伤害后，自然就要求对农运进行约束，这一点，毛泽东没有切身感受。他在六年前就要求弟弟毛泽民把家里的田、屋、牛等分给农民了，要不然他家受冲击恐怕也无法避免。

还有，湖南的农民认为北伐的胜利他们也作了巨大贡献。现在胜利了，自己的要求当然应该得到满足。所以，北伐军越获得胜利，农民运动就越火爆。事实上，如果没有湖南农运，唐生智是否会倒戈参加北伐，并快速夺取湖南都不能肯定。

最最重要的一点，这场声势浩大的农民运动居然是自发的。虽有国共两党组织的指导，苏俄也在暗中出了银子，但对运动本身没起太大作用。

现在的问题是，用什么样的方法，把共产党变成农运这面大旗的旗杆？驯服自发的农民运动这匹野马？毛泽东似乎看清了方向，当下中国如同一驾肆意奔腾的马车，要驾驭它，农民的暴力革命就是缰绳。必须说服中央明白这个道理，让他们理解，农民——才是发动革命的主要因素。

美国第16任总统亚伯拉罕·林肯被人称为“伟大的解放者”，他主持颁布的《解放黑人奴隶宣言》让美国持续的南北战争加速了结束的进程。人们一直把林肯视为解放黑奴的圣人。然而他自己却说：“我之所以要解放黑奴和有色族裔，全是因为这样能挽救联邦。”

当时的美国，南方联盟把北方政府军打得节节败退，甚至连首都华盛顿都险些被所谓的南方叛军攻破。林肯敏锐地发现，要打赢这场战争，必须调动以黑奴为主的农民。一方面瓦解南方叛军的战斗力，另一方面可大大加强北方政府军的战斗力。解放黑奴满足农民需要土地的迫切性，已不是人道或经济问题，而是你死我活的政治军事问题。所以林肯在1862年连发两道法令，一道是《解放黑人奴隶宣言》，另一道是《宅地法》。

两年后，林肯获得总统连任。被共产党无限崇拜的哲学家、经济学家、革命理论家马克思，曾为此给林肯发了贺信。说：“星条旗担负着工人阶级的命运。”当时，《共产党宣言》已经发表了16年。

或许毛泽东在1927年的春天里，并不知道大洋彼岸半个多世纪前的政治事件，也没看过林肯的著作。但他接下来要做的事，却与林肯当年干的异曲同工。

给中央的信发出后，毛泽东开始写《湖南农民运动调查报告》。虽然在给中央的信中说：“三四日内写出一个报告……”而实际上在信寄出后两天，约1.8万字的报告就写完了。这部急就章的著作成为了毛泽东的思想经典，不朽地流传下来。

在众多史料中都有这样的叙述：临近分娩的杨开慧在2月下旬也住进了都府堤41号，随她一起来的有毛泽东的两个儿子和岳母向振熙，以及从长沙带来的佣人陈玉英。杨开慧不仅要照顾孩子，还夜以继日地根据毛泽东的写作提纲进行整理、分类、查证农运资料，并把全部精力倾注于誊写《报告》文稿的工作中。

众所周知，每月下旬是指这个月20日以后。按毛泽东的计划，报告已经写完。事实是3月12日中共中央机关刊物《向导》在发表报告的部分章节时，注明"2月18日长沙通信"。

有理由相信，《湖南农民运动考察报告》——这篇伟大的著作，是毛泽东独自一人在都府堤41号完成的。他写《报告》时，杨开慧还没有在武昌出现。

然而，杨开慧在都府堤41号所做的工作不能否认，很可能她是为丈夫编写农讲所教材《中国佃农生活举例》所做的整理、分类、查证、誊写工作。因为从2月18日以后，毛泽东的社会工作骤然增多，会议不断，根本没有时间坐下来编讲义了。

动笔前，毛泽东已胸有成竹。他要在接下来的文章中，围绕"无产阶级革命"这个大命题，阐述旧社会反动政权的真正核心是以乡村为基础的，而推翻反动政权的力量也在农村。只是农民的革命性现时还处在自然状态，所以过火行为时有发生。他要给农民的力量下结论：如果没有人去领导，乡村力量是不会单独发挥政治作用的。

毛泽东强烈感觉到，此时，无论是共产党还是国民党，只要能从政治角度去引导农民，那么，农民革命的成功率就很可能百分之百。必须从鼓励农民的暴力行动出发，继而鼓励他们夺取农村的政权。毛泽东为自己的发现感到兴奋，如同"其强如大风之发于长谷，如好色者之性欲发动而寻其情人，决无有能阻回之者，亦决不可有阻回者。"

不知毛泽东当时是否知道西方的尼采？是否知道"强力意志"学说，反正他陶醉于农运的情感，与尼采一脉相承。

他给这篇报告定下的基调是：运用手中的第一手材料，和已掌握的第二手资料对湖南农民运动进行总结。目的只有一个，为自己此前关于农民运动的论述进行政治辩护。报告的读者是党内决策者，所以它不是一个学术报告，而是一篇檄文。他摒弃精确的数据和统计表格，忽略农民对革命对象的烧杀掠夺，只谈农民的“革命性”。用积极乐观的态度，抓住主题，把简单的“去做什么”，引导到“应该做什么”上来。他认为，在这个过程中，宣传动员比组织更重要。他同时感到，自己与陈独秀们的分歧变得无法弥合了，他无法容忍农民要革命，党的指导却是不革命。

毛泽东决定用第一人称的方式书写，更显权威性和真实性。

落笔的第一个题目便是“农民问题的严重性”，用了400多字讲他在考察期间得到的总体印象，并提出了预言：“很短的时间内，将有几万万农民从中国中部、南部和北部各省起来，其势如暴风骤雨，迅猛异常，无论什么大的力量都压抑不住。他们将冲决一切束缚他们的罗网，朝着解放的路上迅跑。一切帝国主义、军阀、贪官污吏、土豪劣绅，都将被他们葬入坟墓。”

他同时给了革命的党派、革命的同志三条出路：“站在他们的前头领导他们呢？还是站在他们后头指手画脚批评他们呢？还是站在他们的对面反对他们呢？”

然后毛泽东用了六大段文字进一步阐述开篇提出的论点。在介绍了“打倒土豪劣绅，一切权力归农会”后，搬出孙中山先生，他要拿孙先生的“革命”为农民运动佐证。“孙先生致力国民革命凡四十年，所要做而没有做到的事，农民在几个月内做到了。这是四十年乃至几千年未曾成就过的奇勋。”

于是，毛泽东得到这样一个著名的结论：“革命不是请客吃饭，不是做文章，不是绘画绣花，不能那样雅致，那样从容不迫，文质彬彬，那样温良恭俭让。革命是暴动，是一个阶级推翻一个阶级的暴烈的行动。”

毛泽东的笔下行云流水，洋洋洒洒，给出的判断总是与别人不一样。他认为“有土皆豪”，他还认为革命的先锋是那些赤贫——“踏烂皮鞋的，挟烂伞的，穿绿长褂子的，赌钱打牌”的所谓的“痞子”。这些人虽然有缺点，“但是现在多数都变好了”，农民运动的“主要力量”正是这些革命先锋。

针对有人指责农会干了许多坏事，毛泽东针锋相地对用了一万多字来描述农会干的十四件大事，这是报告的核心，是他掌握的能让对手毙命的“事实武器”。在毛泽东眼里，归类总结的这十四件大事无一不是有革命意义的，继而他得出了另外一个结论：“说这些事不好的，我想，只有土豪劣绅们吧！”“嘴里天天说‘唤起民众’，民众起来了又害怕得要死，这和叶公好龙有什么两样？”

当他写完最后一个字时，顿觉酣畅淋漓。太痛快了！他没有想这篇文章会有什么样的结果，他高兴的是许多之前朦胧或不确定的东西，此刻却似乎清晰了，也确定了。农民问题加上武装问题在毛泽东的脑海里开始变得系统起来，他甚至在考虑如果国共合作失败，共产党该向何方？当然，此时他还无法知道，这篇调查报告的发表，为他在半年后领导湘赣边秋收暴动打下了理论基础和群众基础。

尽管有人后来评价这个考察报告“完全是空想”，说湖南的农民根本没有毛泽东说的那种热情，那里的农协和活动也是因为北伐军在湘境的胜利才有所增加的，湖南农民完全没有战略上的重要性。但这些评价丝毫没有影响这个考察报告最终成为可以不断复制的革命经典。

都府堤41号在2月下旬变得热闹起来。老的有毛泽东的岳母向振熙，小的有他的两个分别是5岁和3岁的儿子岸英、岸青。白天繁忙的毛泽东，到了晚上享受着天伦之乐，教孩子写字，给他们讲故事。

他们家的佣人叫陈玉英，因为夫家姓孙，所以毛泽东、杨开慧都叫她“孙嫂”。第一次见到她的时候毛泽东还开玩笑说：“孙嫂蛮解放嘛，头发也剪了，还是一双大脚板，和开慧一样。”

一口湖南宁乡话的陈玉英到武汉后被大城市搞晕了，她根本无法听懂武汉话，出门买菜常找不到回家的路。毛泽东听了哈哈大笑，说：“孙嫂，我有个办法，可以让你从今以后都不会找不到家。”他找来一小布条，用毛笔在上面写上：“武昌都府堤41号陈玉英”，递给陈玉英说：“孙嫂，以后再找不到，就给旁人看看这上面的字，人家就会给你指路了。”

毛泽东和杨开慧怎么也没想到，这个陈玉英之前的东家居然是1925年密令湘潭县团防局抓捕毛泽东的湖南省长赵恒惕。1926年底，赵恒惕下台辞了佣人，陈玉英这才经人介绍，来到一直被赵恒惕追杀的毛泽东家做佣人。

杨开慧虽出身书香名门，但受丈夫的影响，对地位低下的穷人充满同情，她只知道陈玉英是熟手，却没问过她曾经在谁家做过佣人。因为信任，都府堤41号的大小家务都交给了这个月薪5元的陈玉英。她自己更多的时候是把毛泽东需要的材料，工整地抄写在一张张红线条的十行纸上。杨开慧认为，这不仅仅是为丈夫的事业而工作，更多的是把自己的一切都献给丈夫。

夜晚，毛泽东给岸英、岸青讲《三字经》的故事，讲“幼不为，老何为”，讲“融四岁，能让梨”等。五年后的这个季节，因党内发生巨变，他这两个儿子变成了流浪儿，在十里洋场的上海流浪。大儿子岸英甚至试图把爸爸教的故事讲给路人听，以换取养活自己和弟弟的铜板。

杨开慧看着丈夫与儿子在一起嬉笑，一股温情油然而生，她摸着自己的肚子喃喃自语：“快出来吧，跟两个哥哥一起玩，跟爸爸一起玩。”

这些天一有空，毛泽东就问她：“是个男伢还是个女娃儿?”杨开慧只能笑着说：“我怎么知道。你喜欢男伢子还是女娃儿?”毛泽东特别认真地说：“生个女娃儿好，跟你一样漂亮。”杨开慧摇摇头说：“还是生男伢子好。男伢子长大了可以跟爸爸一起革命。”“哈……”毛泽东发出爽朗的笑声。

这时的杨开慧虽然知道丈夫双手指上有十个萝，但她却不知道在丈夫的下巴左边，将会有一颗预示着“中年得志”的福痣横空出世。

毛泽东把考察报告寄给上海中央的同时，也给中共湖南省委寄了一份。然后，全身心地投入到农讲所的筹备之中。

从各地请来的老师陆续到了，其中有在广东海陆丰地区试验农民运动，建立中国第一个农会的彭湃；有湖南老乡夏明翰等，这个小夏加入共产党还是毛泽东介绍的。他们都入住都堤府41号。这里成为一个热闹的大家庭。

此时，在武汉生活是比较惬意的。物价平稳，在汉口买大米100斤是7.50元左右，100斤煤球1元左右，1斤猪肉0.25元左右，1斤煤油0.10元左右，买一两金子65元（而在上海则只要37元）。在武汉的旅馆下榻，包住包早餐1个月，只需3块银元。

武汉一般工人的月平均工资是15元，而纺织女工则可达到20元。武汉政府在年初，还将小学教师的月薪增至20块银元以上。一块银元可兑换260个左右的铜板，而去茶馆喝一次茶大约8个铜板。

不知毛泽东在武汉时期的薪水是多少。但他在1924年时，就已领取国民党候补中央委员120大洋的月薪，这是他1918年在北京大学图书馆工作时领取薪水的15倍。此时的毛泽东，不仅在国民党内担任职务，还是共产党的中央农委书记，薪水应该不会少。

毛泽东在花钱上到死都保持着农民的本性，除了好烟、好一口红烧肉外，对穿着极不讲究。身为高级官员的他，只有两件汗衫、一件白衬衣、一件灰布长衫。不知是什么原因，他排斥西服领带，而当时他的国共两党的同事们，绝大多数是西装革履，风流倜傥。

毛泽东常常只穿件汗衫，抽着烟，在41号的天井中与夏明翰用家乡话聊局势、聊农运、聊经济。毛泽东认为，北伐取得决定性胜利，完成了总的战略目标的大部分，孙传芳完了，吴佩孚快完了。如果冯玉祥愿意加入北伐的话，奉系张作霖的日子也不会好过。但这些胜利似乎离共产党越来越远，如果再不抓住农民，不进行土地革命。试问，共产党的前途在哪里？共产国际的那些毛子们一手遮天，可是他们对中国广大的农村知之甚少哇。

夏明翰告诉毛泽东，他的老朋友蔡和森马上要从莫斯科回来了。而蔡的前妻向警予也要来武汉工作。

对蔡和森与向警予的分手毛泽东是伤感的，当年他们一起在长沙组织新民学会的情景历历在目。1920年毛泽东得知蔡向二人在法国结婚后，十分赞赏他们自由恋爱的行为，称赞这是一个很好的先例。后来他自己展开对杨开慧的追求，也多少是受了蔡和森的影响。如今同仁们称之为“向蔡同盟”的婚姻散了，毛泽东自言自语道：“也不知润寰（蔡和森）身体怎么样了？还是不是咳得厉害？那个彭述之怎么会与向警予分手，又同罗亦农的女友结婚呢？”

夏明翰说：“听说润寰也与立三兄的堂客李一纯结婚了。”

毛泽东猛吸几口烟，从家庭问题上想起一直崇拜的领袖陈独秀。他先娶高晓岚，后又与小姨子高曼君同居，还忙里偷闲穿过紫禁城去逛京城的八大胡同。面对高曼君“无耻之徒”的指责，他反讥这位与他同居的女人为“资本主义”，只想垄断他。不知此刻，又有哪位女性被老头子（陈独秀）发展成生活伴侣了。想到这儿，毛泽东苦笑着说：“李一纯原来是开慧的嫂嫂。后来不知怎么嫁给了李隆郅（李立三）。”

夏明翰笑着说：“当年你用二十八画生的笔名征友时，立三兄是其中应征者。”

“有三个半回音。”毛泽东回忆道。“李隆郅没有明确表达他的意见，只能算半个。虽然后来一起搞安源矿工运动，但和他的友谊始终冒发展起来呀。”

彭湃是广东海丰人，无法听懂两位湖南人的对话，便要求他们用彼此都能基本听懂的语言交流。听着彭湃满口鸟语似的讲话，毛泽东与夏明翰哈哈大笑。

彭湃曾就读过日本早稻田大学政治经济科，对国内经济状况有比较多的了解。他告诉毛泽东等，就世界范围看，现今中国的国家财富已达600亿，排在美英两国之后，列第三。而俄国才520亿，排在第七。

毛泽东说道："战争是需要金钱的。从武昌首义到北伐，十五年了中国从来没有平静过，支撑战争的重要指标就是经济。当兵吃不了粮，战争就打不起来。遗憾啊，600亿财富不知在谁的手上？"

彭湃感慨地说："军阀混战，军费徒耗，民穷财尽啊。"

毛泽东笑着对彭湃说："如果中国的财主们都像汉育（彭湃）你一样，散尽良田，烧毁地契，那我们的农民运动就无需搞了。"

彭湃说："润之兄不是也把家里的田地都分了。"

"不能跟你比呀，我家才二十多亩地。"毛泽东摆摆手。他话锋一转说："不过，我的两个弟弟都很支持啊，他们都心甘情愿为革命作贡献。"毛泽东知道彭湃的大哥骂彭湃为"逆子"，恨不得杀了他。

夏明翰插话说："润莲兄把汉口的长江书店办得红红火火，《向导》周刊的发行量听说大增。"

毛泽东对弟弟毛泽民是很赞赏的。他从一个不识字的韶山冲农民，到现在的中共中央出版发行部经理，真是不易。据说他已把报刊分销处开到香港、巴黎去了。《向导》周刊的发行量已从一千多份发展到了八万多份。毛泽东知道弟弟的甘苦，他除了有精明的头脑外，再就是能吃苦做实事。全国20多个分销处，都是他一个一个跑下来的。这次在汉口设立长江书店，从解决书源到调运书刊，他都亲力亲为。想到这儿，毛泽东用赞赏的口吻说："润莲不易呀，文化冒有多少，却把文化工作做得风生水起。"

毛泽东是职业革命者。随着革命对象的变化，深知打虎尚须亲兄弟的他，对两个弟弟的安排也在变化着。大弟弟毛泽民精于算账，对人宽怀大度。兄弟三个，头尾两个在外读书，他却没有怨言，一直拿钱供大哥和小弟；小弟弟毛泽覃13岁到长沙一师附小学习后就一直跟着毛泽东，成绩很好，又聪明，因为长期跟着大哥，对革命耳濡目染，为了培养他，毛泽东特意把他带到广州进了黄埔军校政治部工作。

现在，毛泽东对革命的认识有了更深层次的理解。如何在现阶段的中国搞革命？他从理论着手，开始形成自己的思想，这次写考察报告就把这种思想融入进去了。他还清楚地认识到，无论何种政治革命，离开了武装的队伍和金钱是注定要失败的。而自己的两个弟弟完全可以从军队和经济方向发展，有朝一日，可以给革命插上两只坚实的翅膀。这对翅膀，对以书生居多的中国共产党人来讲尤为重要。

从2月18日到3月2日，毛泽东在邓演达的邀请下三次过江去参加国民革命军总政治部召开的农民问题讨论会。还出席了国民党中央农民运动委员会第一次会议。

毛泽东逢会必阐述自己对农民运动的看法和主张。他坚持认为“革命不是请客吃饭”，“暴力”的本质就是非理性的；不打烂旧的世界就不可能建立新的世界，所以农民的一切所谓“过分的”、“糟得很”的做法都值得去鼓励。农民已经自发地组织起来了，现在缺乏的是站在更高的高度去领导他们的人，对共产党来说没有比这更好的机会了。

虽然鲍罗廷、张国焘等人看到了国共分家的时间可能会提早，中共也已修改了政策：趋于反蒋。但是，没有谁知道应该如何反蒋拥汪？反蒋在毛泽东的眼里不过是“看上去挺美”的事。

对于汪精卫这个老上级，毛泽东看得明明白白。当年梁启超说汪精卫等革命党人是“远距离革命家”，真是一针见血。此人虽一时激动从东京跑回北京，刺杀摄政王、宣统帝的生父载沣，可那不过是一个书生的一时冲动。如果他是个理性的人，是个懂得革命的人，为什么孙中山不指定他为接班人？他是孙中山的政治遗嘱起草人，可那个遗嘱并非是孙先生自己提出要立的，亦没有对汪精卫写的话添改一个字。这是为什么？而且，从1926年的“中山舰事件”就完全可以看出汪精卫的软弱。身为国民政府主席，又是中央军事委员会主席的汪精卫，面对不过是中央执行委员的蒋介石居然束手无策。事变后的第四天，竟召开临时中央政治会议，说：“我是革命政府和党的代表，这件事我也有责任。我只责己不责人，一切均由我不能尽职所造成，我将引咎辞职。此事一切善后工作，均由蒋去办。”

正是汪精卫的拱手相让，才造成今日之国共合作陷入尴尬。而如今又想利用他来制约蒋，可现在的蒋介石绝非半年多以前的蒋介石，握有几十万雄兵的他，已尝到纵横天下的甜头，岂是几个书生能撼动得了的？

这个阶段毛泽东的头衔不少，却都是虚职，无法影响到政策的制定。他只得不断参加各种大会，争取露面机会。但武汉政府的国共两党联席会议他无资格参加。

由陈独秀、彭述之等把持的中共中央还远在上海，遥控武汉共产党的工作。而武汉国民政府由徐谦、邓演达等把持，加上苏俄顾问的实际参与，又有两湖的中共省委在做些独立于中央的工作，可谓一团乱麻。身在长江边的毛泽东常常想起湘水边的屈原，也会情不自禁地用他那浓浓的乡音吟诵屈大夫的楚辞：“心不怡之长久兮，忧与愁其相接。”“外承欢之汋约兮，谌荏弱而难持。忠湛湛而愿进兮，妒被离而鄣之……”

跟在鲍罗廷屁股后面的张国焘在一次会上曾质问毛泽东：所谓“有土皆豪”，难道有一小块土地的自耕农民也算是“豪”吗？你毛泽东算得上是湖南的一位绅士，难道也“劣”吗？为什么农运必须“矫枉过正”？要过多少？是暂时“过正”还是永久“过正”？

对于这些细节，毛泽东并没有过多考虑，他想的是宏观问题，是历史给予的机遇。张国焘与陈独秀多次指责湖南的农运，说过左了，会出乱子。却不知这个乱子越大，对党便越有利。但面对党内职务远高于自己的张国焘的质问，毛泽东“哈哈”大笑一阵，说：“政治口号往往是一时的，是根据当时实际情况制定的。”

所幸，他遇见了武汉的实权掌握者邓演达，多年后还无限感慨地回忆：“大革命时代做农运，陈独秀、彭述之不同我合作，是邓演达肯同我合作。”

比毛泽东小两岁的邓演达，此时已与蒋介石发生冲突。作为国民革命军总政治部主任，深受蒋介石的信任和重用，但在北伐与迁都问题上两人意见不一，蒋介石想把邓软禁在南昌，结果邓化装脱险回到武汉。到了二三月间，他成为武汉政府的领导核心。

邓演达的农运思想与毛泽东一拍即合，便不仅邀请毛泽东参加总政治部农民问题讨论会，还邀请其在讨论会上作《中国各地农民运动状况》的报告，更重要的是，把即将开学的中央农民运动讲习所交给毛泽东实际管理。这让毛泽东有了一块自己说了算的阵地。

与邓演达短短几个月的合作，给毛泽东在工作上、思想上打下厚实的基础。

武昌红巷 13 号是中央农民运动讲习所所在地，这里与毛泽东居住的都府堤正好是 T 字形，从都府堤 41 号出门右拐再左拐，向北约走 300 多米，便是红巷 13 号。

找到这么个地方办农讲所实属不易。此刻的武汉，中央机关林立，房子非常紧张。要找一处能安排几百人上课、住宿的地方很难。先是选定了省立第一小学第三部，后又选定武昌县孔庙，但都不合适，最后确定选择位于红巷13号的湖北高级商业学校为所址。这里曾是清末湖广总督张之洞兴办的高等小学学堂，占地1.2万平方米。

毛泽东很满意这个地方，尤其喜欢四栋房子之间有个大操场。在广东办第六届农讲所时，毛泽东就强调学员的军事训练，所以这次他要求在“规约”上注明：“为将来发展农民武装起见，所以要受严格的军事训练。”还特别指出：“不受严格的军事训练，便是对革命没有诚意。”在“规约”的封面印着“打倒封建思想，绝对服从纪律”。毛泽东要求，每天安排两个小时训练，每周搞一次野外军训。他指着大操场对教务主任周以栗说：“这个操场好哇，学员可以在这里既学到农运的知识，又可以通过军事训练，学到军事知识。这样的人才是全国农民运动需要的人才呀。”

周以栗也是湖南人，操着长沙口音说：“招生很火爆啊，有800余人被录取。现在已有好多学员到了。”

毛泽东问：“都有哪里的？”

“江西、江苏、河南、河北，还有东三省的，以及湖北的。”

“已经到了多少人？”毛泽东再问。

周以栗答到：“三百多。这几天还在陆续报到。”

毛泽东思考了一下，说道：“我们原定是4月4日开学。可这会让学员们等近30天的时间，恐怕不妥呀。”

周以栗问：“能不能提前开学？”

毛泽东说：“那也不妥，开学的日子是择生（邓演达）兄定的，最好不改。他可不希望有矛盾哦。但我的意见是可以提前开课，这样利大于弊。”

周以栗点头说：“好主意。我去向邓主任他们报告。”

1927年3月7日，中央农民运动讲习所正式开课，有400多名学员参加了学习。随后每天都有各地学员进入讲习所。据统计，这届学员来自国内17个省，最高峰时达739人。

农讲所设28门课，共分四个班学习，三个班在本所，一个班是特别训练班，设在花园山。

毛泽东负责讲授“农民问题”和“农村教育”。他的课通俗生动，引人入胜。他对农村根本性的问题——土地问题进行了革命性的解释，一针见血地指出：解决土地问题的中心问题便是要不要没收土地的问题。毛泽东运用大量实例，用幽默风趣的语言，努力澄清混乱的思想。

他一如既往地给学员灌输自己有了雏形的思想，比如“有土皆豪”。只有“打土豪”，才能“分田地”，这其实是政治与经济的关系。坚持讲“矫枉必须过正”，他用粉笔在黑板上画一根向右弯的杆子，再画了一根向左弯的杆子，中间画一条直线。指着直线说：“如果要把向右弯的杆子弄直，就必须先向左边狠狠地扳几下，这样它就直了。如果只把右边弯的杆子扳到直线这里，它永远也直不了。这就是‘矫枉必须过正’的道理。”

毛泽东基本是早出晚归。这期农讲所总时间是三个月，毛泽东讲 25 个课时，是任课教师中最多的。

杨开慧则抓紧时间把他在考察湖南农民运动时对佃农的调查整理出来，毛泽东要对这些材料进行汇编，完成《中国佃农生活举例》讲义，并印发给学员作为学习资料。

此时的毛泽东虽然内心总在矛盾着，但工作却非常充实，家庭生活也稳定。在农讲所开课的前两天，中共湖南区委的机关刊物《战士》周刊第 35、36 期合刊开始连载他的《湖南农民运动考察报告》，他顺势在农讲所讲授这个报告，反响强烈。

这时，他收到参加国民党二届三中全会的正式通知。对这次会议早有耳闻，并做了准备，他有强烈的预感，会议可能让蒋介石离武汉政府越来越远。他并不清楚这种疏远是有利？还是不利？但他有个坚强的信念：北伐革命的成功不能离开土地革命，这是取得胜利的根本保障。

中央农民运动讲习开课后的第三天，毛泽东过江出席国民党二届三中全会提案审查会议，这也是一次预备会议。

在毛泽东 2 月 12 日到达武昌的当天，中共中央就向党内同志发出了通告：现时武汉 K. M. T（国民党）中央政府联席会议诸人，以徐谦为领袖，坚决反对国民政府移南昌，反对蒋之个人独裁。他们预备在 3 月 1 日前先在武汉召集一中央全会，以免蒋先发制人。

通告分析了当前形势，指出：“汉口的会议右派分子一定不肯来参加的，我们务须尽量帮助左派，使这个汉口会议能够开成。”

通告同时要求："凡是我们同志为 K. M. T 中央执行委员或候补委员，中央监察委员或候补委员，均须前往出席。"

通告还具体指出了要注意的细节："惟各地宣传时须十分注意：A，只能在口头上宣传（倒蒋）；B，不能在文字上明提蒋介石的名字，而只是依据以上事实用巧妙的词句暗射反蒋。"

看完这个通告，毛泽东心中酸酸的。鲍罗廷在武汉操纵一切，一边自称是"中国共产党的保姆"，一边又是国民党的顾问，手上还掌握着共产国际拨给中国革命的资金。他住着电梯房，俨然是个太上皇。毛泽东知道，此刻还在上海的中共中央其实也是鲍罗廷在遥控，估计这个通告亦是他的主意。他想拥汪反蒋，可又不敢彻底扬弃蒋。他依靠唐生智，拉拢张发奎，甚至收买桂系将领李宗仁，可为什么还不敢把事做绝呢？在毛泽东心中，大胡子鲍罗廷是不可靠的，因为他并不了解中国——这个靠道德维系的国家。

作为共产党人，首先要服从纪律。尽管毛泽东内心疑问重重，也为自己人轻言微而苦恼，但在大是大非面前，他旗帜鲜明地与党站在一边。在 7 日召开的预备会议上，谭延闿等人主张会议延期，因为蒋介石答应 3 月 12 日来武汉。但参加的 9 名共产党人一致以会议已多次拖延为由，坚持如期召开。毛泽东还提议：大会期间，政治委员会会议停止开会，如有重大事故发生由主席团全权办理。这个提议得到了通过。

在提案审查会议上，倒蒋的态势已经明朗。实行党的民主、限制军事领袖权力等的提案，确定了这次会议的走向。

1927 年 3 月 10 日上午，毛泽东做好了一切准备，过江去汉口南洋大楼出席国民党二届三中全会。

从 1 月 1 日起，国民政府由广州迁到武汉，应业主简氏兄弟的主动邀请，进入南洋大楼这座五层大楼办公，党政临时联席会议也设在这里。

南洋大楼是由华侨简氏兄弟投资兴建的，1921 年竣工。整座大楼占地面积约 1000 平方米。大楼坪台上有一尖顶，两边各有一圆顶，为汉口的西式楼房之一，是南洋烟草公司在武汉的仓库和营销中心。

当毛泽东走进这座灰色建筑的三楼大厅时，参加会议的代表也都到了。他与邓演达交谈，交流了中央农民讲习所的开课情况。邓演达工作太多无法分身，是毛泽东在主持讲习所的大小事。

环顾四周，给人强烈感受是代表太少。应到会议的人总数为90人（含候补监委），实际只到了33人。这是极不正常的，甚至是违法的会议。

但是，会议召开的理由是充分的。在会议的文件中写道："按照宪章规定，中央全会每三个月召开一次。自去年五月十七日召开后，除临时全体会议以及中央各省区联系会议各开一次会议外，至今始未开会。"于是造成了"只见个人意志不见党的意志，只有个人自由不见党的自由"。大会认为："盖去年三月二十日武力蹂躏党权、政权以后，不但总理之联俄及容共之政策被破坏，开个人独裁之渐……"基于以上几点，这次会议是非开不可的。

会议选出谭延闿、宋庆龄、徐谦、孙科、顾孟余等5人为主席团。而徐谦和谭延闿表面看形成两个阵营：一个反蒋一个拥蒋。但会议的实际掌控者是鲍罗廷。

会议从第一天起就开始围攻蒋介石的所作所为。黄埔军校武汉分校政治总教官、中共党员恽代英在会上没给谭延闿等人一点面子，他提议将蒋介石把持的军人部裁撤；他提议严肃处理赣州工会委员长陈赞贤被杀案；他提议改选广东省党部；他提议严惩新阳农协被商会迫害案。

在恽代英等中共党员的轮番发言下，会议始终保持反蒋的方向，这也是鲍罗廷最得意的地方。从上一年年底起，国民党内的会议几乎被共产党包办了。陈独秀也曾得意地说："如今无论何事，左派均先问C.P.（共产党）意见，C.P.不表态，便不敢做。"

当会议进行到第三天时，中共中央给国民党中央委员会发来专函，斥责蒋介石公开扬言制裁共产党，质疑国民党中央为何不明确制裁蒋介石的言行？这份专函给本来就开了锅的会议又加一把火，推动了一系列针对蒋介石个人的决议案被通过。

陈果夫和李烈钧见情况已完全朝不利于蒋介石的一边倒，便退出了会议。

会议进行了七天，毛泽东参加了六天的会。因为到会的中央执行委员不够法定人数，甚至连表决都成问题，所以毛泽东等候补执委被递补有表决权，这是毛泽东第一次在如此重要的会上有表决权。也是第一次感受到国共双方间的针锋相对。

而会议开幕当天，位于武昌两湖书院的黄埔军校武汉分校，就发生了支持蒋介石的"3·10"事件。恽代英在分校主任邓演达的支持下，将闹事的学生严肃处理，近百人受到了不同程度的处分。重的开除党籍，交中央严办；轻的严重警告，并罚看总理遗嘱。军校教育部长张治中、政治部主任周佛海被撤职。曾参加过中共一大后退出共产党的陈公博对这个事件有如此描述："武汉军校几乎全包在共产党的氛围，不接近共产党的学生已经逐渐离开，就是不自动离开，也慢慢被淘汰。"

恽代英在本次会议上，经毛泽东提名被增补为提案委员会委员。对这位比自己小两岁的湖北人（祖籍江苏武进），毛泽东还是比较了解的，1924 年他和恽代英等一起在国民党上海执行部工作，具体做杂志编辑。只是没想到这个湖北佬的"火力"如此之猛。

毛泽东的发言则依旧是围绕农民问题，中心思想是要将农民运动合法化。他指出："土豪劣绅，必须以革命手段处置之……和平办法是不能推倒土豪劣绅的。"他希望成立有农民直接参与的革命法庭；他希望建立区乡自治机关；他希望区乡有自己的武装；他希望庙产归公……这些希望后来都变成了全国性的文件《农民宣言》和《农民问题决议案》。他想在湖南以外更大范围内传播自己思想的目的开始逐步达到。

在闭幕会上，毛泽东根据"3·10"事件，趁机提出"黄埔学生皆党员，似不必有同志会之设立"。他这个温柔的提议，实际是针对蒋介石埋伏在军校的私人组织——黄埔同学会的。会议最后做出决定："凡党立各学校，不得有同志、同学、同乡会之设立。"

接着，《统一领导机关案》、《军事委员会组织大纲》、《统一外交决议案》、《统一财政决议案》、《统一革命势力决议案》、《对全体党员的训令》、《对全国民众宣言》等 27 个决议案被一一表决通过。

几乎所有决议案的矛头都清晰地指向蒋介石，只是还没有谁敢下决心彻底解决他。鲍罗廷暗中已试了几次，甚至让人给李宗仁送去国民革命军总司令的大印，但李将军谢绝了。事实上，没有谁能在这个阶段顶替蒋介石，也没有谁有实力让蒋介石下台。于是，在僵持之中，蒋介石仍被选为中央执行委员会常务委员、军事委员会委员、军事委员会主席团成员、国民政府委员、国民革命军总司令等，但蒋介石的兄弟盟友全面落选。

在那张著名的全会合影中，坐在正中的三个人分别是：孙中山的儿子孙科、孙中山的夫人宋庆龄、孙中山的小舅子宋子文。毛泽东站在第二排，他前面是外交部长、一句中文也不会讲的陈友仁，他的后面是站在凳子上、很器重他的邓演达。

正在回国路上的汪精卫，获得了党、政、军三方面的高票，兵不血刃地从蒋介石手中夺回党政最高权力，成为国民党武汉政府的首脑。

在联合政府各部里，农民运动专家毛泽东没有任何职务，另一位共产党人谭平山却出任武汉民国政府农业部长。恐怕在大部分国共两党掌权者的眼里，毛泽东仅是一名候补委员而已，没什么分量，他仅是个发言者，而非决策者。

鲍罗廷、陈独秀等人没有看重毛泽东，而曾十分迷信陈独秀和共产国际的毛泽东，也开始在思想上与这个人渐行渐远。

毛泽东的《湖南农民运动考察报告》3 月 5 日在中共湖南区委机关刊物《战士》周刊发表了。接着 3 月 12 日中共中央机关刊物《向导》发表了报告的第一章和第二章的一、二节。这本是件高兴的事，但毛泽东却高兴不起来。

他生气地对杨开慧发牢骚："考察报告的精华是后面几章，可听说中央要求《向导》停止刊发。"

"为什么？我看报告写得很好。"杨开慧不解。

毛泽东看了看挺着大肚子的杨开慧，叹口气说："那个受了共产国际教育的留学生，号称是'莫斯科派'的彭述之对报告有意见。"

杨开慧问："就是那个拆散向蔡同盟的彭述之？"

毛泽东点了根烟，深深地吸了一口，不屑地哼了一声。

"趁蔡润寰（蔡和森）去北京看病疗养就勾引向俊贤（向警予），这样的人不是好人。"杨开慧气愤地说。

毛泽东苦笑一下："这个彭述之自命是风流才子，也是老头子的应声虫。你说他不是好人？可他是中共中央的宣传部长，有权呐。"

杨开慧问："他们坚持不发表，怎么办？"

毛泽东的目光突然坚定起来，掐灭手中的烟，说："真理是阻挡不住的。《战士》不是发表了吗，《民国日报》也要发表。这个报告已经在社会上有了反响，我坚信，反响还会不断扩大。"

说完这番话，毛泽东陷入了沉思。六年前陈独秀、李大钊相约南北建党，他们那种"指点江山，激扬文字"的状态到哪里去了？

《新青年》杂志是毛泽东与陈独秀结缘的媒介。1917 年正在湖南第一师范读书的毛泽东将自己写的《体育之研究》投稿给《新青年》，结果这位年仅 24 岁的青年第一次在全国性的名刊上发表了文章。当他 25 岁在北大第一次见到比自己大 14 岁的北大文科学长陈独秀时，心情异常激动。虽然北大的精英们常常冷落他这位图书管理员，可正是在北大的所见所闻，使毛泽东觉醒迅速地朝着马克思主义者的方向发展，并且很快成了全国小有名气的先进知识分子，引起了陈独秀、李大钊等人的注意。后当陈独秀因在北京街头散发传单被捕时，毛泽东在其主编的《湘江评论》创刊号上高呼："我祝陈君万岁！我祝陈君至坚至高的精神万岁！"

1920 年 8 月，上海共产主义小组刚成立，陈独秀即给毛泽东写信，约他在湖南做共产主义运动。在陈独秀眼里，湘人的奋斗精神在毛泽东等一班可爱的青年身上复活了。而毛泽东正是在陈独秀的共产主义思想的一步一步地指导带领下，才走出湖南放眼中国。

在毛泽东的眼里，陈独秀不仅是旗手，还是坐标，是他在黑暗的中国放了一把火。五四以后，中国的文化与政治从右往左转变，陈独秀功不可没。这个安徽人并不认为孙中山的三民主义是彻底的革命运动，也不认为在可见到的将来会有良好的议会制度，他认定马克思主义才是解决中国问题的良方。

虽然陈独秀看到了中国工业不发达，一般工人谈不上阶级觉悟，也不能成为共产运动的骨干，但他依然坚持工人才是社会变革的关键。因为只有马克思列宁提出的历史发展规律是从"封建社会到资本主义社会、社会主义社会、共产主义社会"……

1927 年初的陈独秀，感到了共产国际一味让中国共产党消融在国民党之中的可疑之处，开始失眠。各方就农运该走向何方问题上无法达成一致，而他也毫无办法，找不到出路。只能对指手画脚的共产国际代表发发脾气，而无决策权。因为他领导的党，不得不从莫斯科获得主要经费，且须按时报账。这位创立过五四独立精神的人，却把他创立的共产党带向"独立"的对面。

在农民问题上，他更是实行家长制，认为"过火"的农民运动，不合于科学的马克思主义。他根本没有看到、也没想过在农村会骤集起足以推翻一个旧世界的巨大能量，他始终坚持暴动应该在城市展开。

上一年底以来，在上海搞了两次工人武装起义都相继失败。陈独秀决定亲自坐镇，准备利用北伐军进攻上海的有利形势，搞第三次罢工起义。

而毛泽东并不认为在城市暴动会取得成功，他明显的感觉是：陈独秀在对他关于农民的论断进行打压。毛泽东自言自语：中国推翻帝制的革命，先于苏俄七年。可现在从上到下唯苏俄之命是从。何日中国共产党不再是共产国际的支部？这一切都取决于独立，只有独立才能自主。

在他的脑海里又回想起第一次看到《共产党宣言》时的思考，当时他恍然大悟，原来“阶级斗争是社会发展的原动力”，而有社会就有阶级斗争。再后来又读了考茨基的《阶级斗争》，这位社会主义理论的权威，更是把阶级斗争进行了透彻的阐述。当下中国，工人阶级与城市资产阶级的矛盾，远没有农民与地主的矛盾尖锐。而阶级斗争应该在占国家大多数的人群中进行，方可立竿见影。

当初陈独秀认为三民主义非彻底革命时，毛泽东是赞同的。因为孙中山说：中国只有大贫小贫之分，不适合阶级斗争学说。而共产党人走的就是阶级斗争的道路。只是斗争应该从什么地方点燃？从军事上说，中国的军队都掌握在蒋介石和北方军阀手中；从政治上说，北京政府和刚刚成立的武汉政府也不在共产党手中。怎么办？陈大教授究竟是如何想的？仅仅靠知识青年，认为他们集合起来能成事，显然太过片面。

此刻，毛泽东还不知道，自己将会成为陈独秀创建的这个党的继承人，并和这位导师一样，成为中国共产党历史上连任五届的领袖（陈独秀为一大至五大的党内最高领导人；毛泽东为六大后期至十大党内最高领导人）。

国民党二届三中全会后，毛泽东除了农讲所的日常工作和一些应酬外，最大的事是参与筹备全国农协临时执行委员会。

3 月 28 日，他以国民党中央农民运动委员会委员的身份，出席了中央农民部召集的有各省农运负责人参加的全国农民协会筹备会议。会议决定成立由湘、鄂、赣、粤四省的农协负责人组成全国农协临时执委会，并筹备全国农民代表大会。邓演达、毛泽东等 13 人为委员，邓演达、谭延闿、陆沉、毛泽东、谭平山为常务委员，毛泽东兼组织部长。

当组织部长的最重要工作是网罗人才，他想到了一个湖南老乡，益阳人周谷城。

六年前，毛泽东在母校湖南第一师范学院附小做主事，认识了从北京高等师范学校毕业回乡的周谷城。两人一聊天，居然两人师出同门都受教于杨昌济。当周谷城知道毛泽东已娶杨先生的千金为妻时，连连恭喜。一年前，毛泽东在广州主持第六届农讲所时，曾劝周谷城留下做农讲所的老师未果，如今，听说周谷城在武汉军委总政治部工作，他二顾茅庐。

当毛泽东在长江边奥略楼下司门口斗级营的一间名为“一枝栖”的小旅馆里见到周谷城时，吃惊地问：“为什么要住在这样一个旅馆?”周谷城回答：“便宜，一天只要一角钱。”毛泽东环顾四周笑道：“庄子在《逍遥游》中说：鹪鹩巢于深林，不过一枝。”

周谷城也笑道：“一枝栖，一枝之栖也。去年没栖在你主管的农讲所还望见谅。”

毛泽东哈哈一笑，摆摆手说：“我是二顾茅庐。听说你不愿意去战地农民委员会，我来动员你到全国农协工作，我是那里的组织部长，你来也算是帮我的忙。”

当周谷城问毛泽东与邓演达的关系时，毛泽东用感激的口吻说：“邓择生是个好人，虽然常常把‘矛盾’二字挂在嘴边，说明他看问题能看到本质，我很喜欢他。”

周谷城开始有些担心总政治部归邓演达管，全国农协和农讲所也归邓演达管。自己这么跳来跳去好不好，当他知道毛邓二人的关系时，爽快地答应去全国农协工作。

3 月 30 日，周谷城便到全国农协上班，负责起草文件和宣传鼓动工作。遗憾的是这个组织实际只生存了几个月（全国农民代表大会因国共合作破裂而夭折，全国农协临时执委会也因邓演达等离开武汉而不了了之)。周谷城后来因厌恶战争，退出了革命队伍，成为复旦大学的教授，继而成为历史学大师。

在周谷城上班的第二天，戊戌变法的创导者、政治家、思想家、一代大师广东人康有为在山东青岛福山路 6 号七窍流血而死，他的死是近代史之谜。毛泽东在 18 岁时的政治主张就是：由康有为出任中国国务总理。

在毛泽东忙于讲课、开会的过程中，传来一个对他个人而言的好消息，中共中央执行委员、中央局成员瞿秋白来武汉了。

对这位比自己小六岁的江苏常州人，毛泽东一直称为“瞿老师”。因为他曾在莫斯科中山大学中国班当过教员，后又在上海大学做过教务长。两个人也算得上是老相识，在 1923 年的中共三大上就有过默契，毛泽东那时便提出了农民革命运动的重要性。当时负责起草党纲草案的瞿秋白便把这方面的内容写进草案：

“国民革命不得农民参与，也难成功。”在后来的多次公开报告中，瞿秋白的关于土地革命和武装农民的主张，与毛泽东的思考异曲同工。而这位党内最热情洋溢、又最旗帜鲜明地支持农民运动的领导人已经读了《湖南农民运动考察报告》，据说他拍案叫好。

此刻的中共中央尚在上海，共产国际代表对驻汉口的中共中央临时委员会不满，要让瞿秋白主事，正酝酿召开联席会议。而新任共产国际执行委员会驻华首席代表罗易也很快就要来武汉指导中共五大。毛泽东想，这会不会使自己的关于中国农民运动的观点得到认同呢？

果然不出毛泽东所料。瞿秋白看完《考察报告》后立刻要求彭述之在《向导》上继续刊登，但遭到彭述之的坚决拒绝。瞿秋白气愤地说：“这样的文章都不敢登，还革什么命。”他对妻子杨之华说：“这是篇好文章，人人都应该读几次，你必须读。”

很快，毛泽东从弟弟毛泽民那里得知，瞿秋白决定撇开上海，在武汉为这篇文章出单行本，由长江书店发行。写了十多年文章的毛泽东尚未出版过单行本，他掩饰住内心的喜悦，更加努力地投入到讲课、开会、发言中去。

4 月 4 日这天，毛泽东忙了一整天。

这天是中央农民运动讲习所开学典礼的日子，毛泽东为此做了好多天的准备，但很遗憾，他接到了过江去参加中共中央会议的通知，只能向邓演达告假，缺席开学典礼。

上午的会议是联席会议，主导者是 4 月 2 日到达武汉的共产国际代表、印度人罗易，参加会议的还有鲍罗廷、维经斯基等，这些人都对中共的决策具有决定性作用。中共中央委员和中共湖北区委委员瞿秋白、谭平山、蔡和森、张国焘、彭述之、李立三、陈延年、毛泽东等。

会议轻而易举地撤销了中共中央驻汉口临时委员会，取而代之的是成立联席会议常务委员会，瞿秋白、谭平山、张国焘为常务委员。此时，虽然中共中央大多数委员及中央各机关部门负责人相继抵汉，但总书记陈独秀却依旧在上海谋划与刚从欧洲经苏俄回到上海的汪精卫见面。这次会议的决议是在党的最高领导人缺席情况下做出的。

会议决定 4 月 25 日召开中共第五次全国代表大会。罗易提出成立几个委员会为五大准备材料，其中土地问题委员会由瞿秋白、毛泽东牵头。

毛泽东很高兴与这位和自己观点一致的领导人共事。瞿秋白告诉他已决定将《湖南农民运动考察报告》改名为《湖南农民革命》出版单行本，瞿秋白说："湖南农民靠自己的能力自发地夺取政权。他们为什么要权？就是为了要得到土地。这种用自己的力量解脱自己的桎梏，难道不应该赞扬和为他们鼓与呼吗！"

毛泽东谦虚地说："瞿老师，我很希望就农民问题与你交流。不解决土地问题，革命就将是空谈。我准备在五大上提议用暴力没收土地，然后广泛地重新分配土地。"

瞿秋白高兴地说："好哇。我看罗易对鲍罗廷有意见，共产国际执委会的那个《关于中国问题决议案》指出：目前中国民族革命运动的发展重点是土地革命。这与鲍罗廷认为的'没收一切地主的土地太激进了'的观点相左。我们完全可以利用他们之间的分歧，提出我们的见解。"

毛泽东笑了，他为有这样重量级人物的支持而欣慰。对这位充满激情却说话小声的新的中央领导人，毛泽东是佩服的，而此人的婚姻观也曾是党内外人士津津乐道的话题。

1923年，24岁的瞿秋白从苏俄归国，在上海大学任教，同时给鲍罗廷做翻译。第二年初他与自己的学生四川人20岁的王剑虹结婚。据传这位王女士与好朋友蒋冰之（后改名叫丁玲）同时爱上了瞿秋白。因为这事，蒋小姐怆然离开上海去了北京。

七个月后，王剑虹因肺病去世。又过了四个月，瞿秋白与一位名叫杨之华的有夫之妇结婚了，那时他自己也变成了有严重肺病的病人了。不知他的肺病与王剑虹有无关系。那时，中国人把这种病称之为"痨病"，是一种非常让人恐怖的传染病。

杨之华也是瞿秋白的学生，结婚4年，生有一女。与瞿秋白恋爱后，决心与丈夫沈剑龙离婚。瞿、杨、沈三个人在沈家谈判，而后瞿秋白又请沈杨二人去了自己的老家常州。在此过程中，三人达成了前无古人后无来者的协议。

1924年11月27日，上海《民国日报》头版并排刊出三条醒目启事：杨之华与沈剑龙脱离夫妻关系；瞿秋白与杨之华结合；沈剑龙与瞿秋白宣布成为朋友。在瞿杨婚礼上，沈剑龙剃个大光头，礼盒上写着"和尚献花"四个大字。

杨之华的父亲拍着桌子大骂：今天离婚今天结婚，真不要脸。老丈人一直拒绝见瞿秋白这个女婿。

但瞿秋白丝毫不在意，他浪漫地找来一方寿山石，在上面篆刻了四个字："秋之白华"。两人名字被镌刻在石，表示矢志不渝。杨之华不会再生育，瞿秋白便将她的女儿沈晓光改名为瞿独伊，视为己出。

4月4日的中央农民运动讲习所开学典礼虽是迟到的，却很是隆重。在大门的牌匾上写着六个大字"铲除封建势力"。事先，毛泽东已带人在院内的操场上搭起一个主席台，主席台周围，插着彩旗挂着标语。学员们穿着新发的制服，打着绑腿，喊着口号在操场上整队集合。

下午1时30分，百余名各界代表齐聚武昌红巷13号，不仅有中央党部和国民政府的代表，还有太平洋劳动会议代表。人群中有法国人、美国人和英国人。

开学典礼由邓演达亲自主持，他高声说："求官和求学这是一个矛盾。参加农讲所的学员不是为求官而来，而是为求学而来，要练习革命的能力技术。"他号召全体学员："农民向来是要回到农间去的。我们要穿着破衣服脏衣服，带着虱子去争斗，以求卸去我们的脏破衣服，解决这个矛盾，得到我们的一切……"

就在半个月前，国民党二届三中全会刚闭幕，蒋介石派曾扩情带着他的亲笔信到武汉找邓演达，邀请他出任总司令部参谋长。信中说："十年来患难相从，值兹北伐之际，中道纠纷，形成分裂，言之痛心。苟望吾弟力挽狂澜，共谋团结。"曾扩情是黄埔军校政治部秘书，邓演达的部下。但他铩羽而归，因演达明确表示"道不同，不相为谋"。

邓演达讲完后，周以栗向大家报告了农讲习所成立的经过。在各界代表都讲完后，学员代表讲话。

来自广东海丰的学员说到："军阀、贪官污吏、土豪劣绅，都是帝国主义的走狗。我们做农民工作的应该成为农民朋友的走狗。"事后，毛泽东知道了这话，哈哈大笑说："我们给农民当走狗，这话很新鲜，也很深刻。农民革命的情绪高涨起来后，走狗冲锋在前，枪手紧跟在后。有农会撑腰，贫苦农民就敢在太岁头上动土啰。"

当时在台下观礼的有一位叫张文秋的女青年，是湖北京山县的中共妇女部长。24岁的她正与北伐军第11军政治部的共产党员刘谦初恋爱，她也将代表京山县委出席中共五大。

典礼结束后的一天，刘谦初把张文秋介绍给了刚讲完课的毛泽东。张文秋对这位瘦高个、语言幽默的农民运动专家很有好感，当她得知毛泽东与夫人就住在离红巷13号不远的都府堤时，便提出要去他家玩。

毛泽东笑着说："热烈欢迎。但现在不行，我的夫人正在医院生伢崽。"

张文秋一听就着急了，说："女人生娃儿就像过鬼门关，你还不快回去守着。"

毛泽东看看刘谦初依旧笑着说："冒想到哇，你这个女朋友还是个女权主义者。开慧已经是两个伢子的妈妈，生孩子的事她比我更有经验。我忙，去不了，就是去了，也帮不上忙。这样的事，等你有经验了就不会大惊小怪啰。"

张文秋看了看刘谦初不好意思地笑了。又问："你的两个孩子是男孩还是女孩?"

毛泽东听了这话，样子霎时变得慈祥起来，有些自豪地说："都是男伢子，大的叫岸英，5岁，小的叫岸青，3岁。"

张文秋脱口而出："那这次应该生个女娃了。"

毛泽东乐了，说："生男生女天注定，这不是可以通过革命来决定的呀。"

4月8日，毛泽东在参加完国民党中常会第六次扩大会后，赶到医院看已生完孩子四天的杨开慧。

一进病房他就内疚地对杨开慧说："实在太忙，霞姑，对不起啰。"杨开慧看着丈夫，两眼闪着幸福的光芒，打趣地说："生伢子，你在这里我要生，你不在这里我也要生。放心吧，孙嫂照顾得好。"

孙嫂抱着出生四天的孩子给毛泽东看。他兴奋地接过孩子，目光久久停留在孩子粉红色的脸上，说："你这个毛毛来的是时候，我那边刚刚举行开学典礼，你这边就来到人间。看来一切都有好的开始。"杨开慧说："润之，岸英刚出世你就给他取了名字。毛毛出生四天了，还冒得名字。"

毛泽东把目光从孩子脸上移开，看着杨开慧说："你莫急，这几天连着开会讨论问题。可是我的脑子还是开了小差，老想着要给他取个名字。"

孙嫂从毛泽东手中抱过孩子说："先生识文断字，起名字一定不会错。"

毛泽东看着孙嫂手中的孩子，慢慢说道："毛家的伢子都是按族谱取名字的。他们这一辈是远字辈，岸英叫毛远仁，岸青叫毛远义。这三伢子生长江边，近水者智，就叫毛远智吧。古往今来，天下做父母的都望子成龙，我毛润之也是个吃五谷的人，当然也望子成龙嘛。跟他两个哥哥一样，也取个字，就叫岸龙。你们看怎么样呀。”

杨开慧高兴地说：“好哇，我们三伢子有名字啰。岸英、岸青、岸龙，远仁、远义、远龙三兄弟的名字都好。”

毛泽东又与杨开慧聊起张文秋。杨开慧热情地要毛泽东邀请张文秋来家里玩。

杨开慧出院后，张文秋果然常到都府堤41号来玩。杨开慧打趣地对她说：“快结婚吧。要是你生了女毛毛就给我们家岸英当老婆。”

张文秋红着脸说：“好啊。到时候你可别反悔。我喜欢你的这几个孩子。”

谁知一语成谶。多年后，她们之间的约定竟真的变为了现实。过了七年张文秋与刘谦初生下了女儿刘思齐。女儿刚满月，刘谦初就牺牲了。又过了七年，她与第二任丈夫陈振亚结婚，于1938年10月生下第二个女儿张少华。当时间指向1949年10月15日时，刘思齐与毛岸英在北京中南海菊香书屋的西房举行了婚礼。这时，杨开慧已被杀害了19年。在杨开慧牺牲30周年时，张少华（韶华）又与毛岸青结为伉俪。

毛泽东继续早出晚归。除了连续参加中共联席会议外，还连续出席邓演达主持的国民党中央土地委员会会议。在委员会会议以及扩大会上，他不仅担任记录还往往是中心发言人。他的主要观点是“中国土地问题的解决，应先有事实，然后再用法律去承认”即“不破不立”、“先斩后奏”的观点。但在夺取土地的方式上，大家依旧分歧较大。

对于从上海传来的《汪精卫陈独秀联合宣言》在毛泽东看来是典型的妥协，目前的危机绝非用和平方法克服得了的。他纳闷，为什么当年把“革命”、“血色”、“不许”作为文章基调的陈仲甫今天却如此怯弱？他把希望寄托在汪精卫身上太值得怀疑。汪氏不久前还指责毛泽东在湖南的活动是煽动叛乱，可他远在国外，又如何知道中国农村真实情况？没有调查就乱发言，典型的偏听偏信。

毛泽东并不知道上海发生了什么，也不知道汪陈究竟为什么要发表宣言。只好把自己的希望寄托在中共五大，寄托在他信任的瞿秋白身上。

这天，瞿秋白忙完了白天的事，端坐在武昌三教街33号的寓所书桌前，动笔写一篇他认为非常重要的文章。妻子杨之华泡好了他爱喝的红茶，并在茶里加了糖。

写这篇文章一半是出于革命的需要，一半是出于愤怒。此前他已写好了《反对彭述之主义》的文章，他不能原谅把持着中央宣传部门的人如此对待毛泽东那篇极具现实意义的考察报告。他决定用自己的马克思主义政治理论功底，分析当下农民问题、土地问题，从而提升考察报告的政治理论含量。

瞿秋白提笔写下标题《湖南农民革命》序。开篇一句就点到了中国农民问题的穴位上：

"'匪徒、惰农、痞子……'这些都是反动的绅士谩骂农民协会的称号。但是真正能解放中国的却正是这些'匪徒……'"

然后他开始用感性的语言分析"土匪"、"官僚"、"土匪头儿"之间的关系，目的是提高农民对土地问题的认识。他想用如此语言告诉掌权者们：对农民问题的认识不能停留在一般的、理论的、原则的层面上，必须直面鲜活的农民运动。

他写道："农民打倒官权、神权、族权、男权是为着什么？为着创造自己的民权……民众已经开始自己管理自己的事，甚至打官，交钱粮，减租，阻谷，办学堂，兴水利……都是自己来管。""农民没有土地，便是如鱼失水。农民要一个国家，他们对于自己的国家，当然愿意纳税。但是，第一，他们必须自己来创造这个国家；第二，他们的国家不许有土豪劣绅私有田地。""中国境内，没有一个农民纳什么地主的租；农民只能租国家的田，不能承认'不自耕作坐收田租'的人。这就叫土地国有。"

写到这儿，瞿秋白越感到彻底解决农民问题和土地问题，才是所有中国革命的经验教训中的根本问题。而无产阶级的盟友就是农民。他激动地写道：

"中国农民要的是政权，是土地。因为他们要这些应得的东西，便说他们是'匪徒'。这种话是什么人说的话！这不但必定是反革命，甚至于不是人！""中国农民要动手了，湖南不过是开始罢了！""中国的革命者个个都应当读一读毛泽东的这本书，和读彭湃的《海丰农民运动》一样。"

在瞿秋的眼里，毛泽东的《湖南农民运动考察报告》应该成为指导全国农民革命运动的纲领性文件。此前，他已经对考察报告做了修改，还调整了部分段落，增加了表格，使之更加完整清晰。

瞿秋白写完这篇两千字的檄文，时钟已指向了1927年4月12日凌晨2点。

他不知道，就在一个小时前，离武汉千里之外的上海，以杜月笙、张啸林为首的中华共进会400余人，开始袭击上海工人纠察队的各个据点。而正是瞿秋白在写序之时，上海市总工会委员长汪寿华被杜月笙诱捕，活埋在龙华的荒野之中。

瞿秋白在序中说："中国农民要动手了。"可蒋介石没等农民动手，便给了武汉政府以及陈独秀、鲍罗廷等人当头一棒，用武力方式宣告与武汉政府及共产党的决裂。对于这次决裂，史称蒋介石"四一二政变"。

毛泽东没料到分手来得这么快、这么迅猛、这么残酷。他亦没料到，从此，大量的生死存亡的问题接踵而至。

第五章
黄埔博弈 政变前奏

面对两眼红肿满脸悲伤的陈洁如，蒋介石心痛。眼前的这个女人给了他太多，为了他，这个女人把自己的精神与肉体毫无保留地奉献出来，黄埔学生甚至把她称为“黄埔之母”。可是，为了统一中国之大业，实现自己宏大抱负，不得不委屈她。

在与陈洁如谈话之前，蒋介石与二兄张静江交换了意见，一致认为与宋家结亲就是一桩交易，如果没有这桩交易，往下的一切都可能成为泡影。虽然在军事上所向披靡，可他们心里都明白，就目前情况看，二届三中全会所通过的决议无法更改，这就意味着人家有权随时解除总司令的职务。一旦被武汉国民政府“合法”地解除职务，恐怕连嫡系部队——第一军都会动摇。

想要翻盘，必须完成几件大事：

一、快速攻占上海与南京。广州已经赤化，武汉也被赤化。鲍罗廷的屁股是坐在左派共产党那边的，唐生智亦虎视眈眈要做老大。拿下上海与南京，不仅可以拥有一块还比较“干净”的地盘，同时还能打通一条财路。

二、快速使自己重新成为合法的国民党领袖，这是政治需要。如果不能合法地控制国民党，一切都将受到掣肘并顾此失彼。这件事不能指望武汉的那些左派，需要另起炉灶。

三、加快“清党”。欲使国民党分裂的惟共产党，此次“迎汪复职”就是共产党在兴风作浪推波助澜。虽然陈独秀表示“迎汪”是为了蒋汪合作，不是迎汪倒蒋。可三中全会的决议案说明了什么？说明了共产党要分散国民革命的势力，然后各个击破。小小的共党隐藏于国民党机构中，他们在迅速组织和发展使国民党变质。这种情况决不允许再存在下去。

此三件事关政治与军事的大事，要想办好就必须具备一个条件：金钱。蒋介石已经领教了宋子文扣压军饷，加之又与鲍罗廷翻脸，不大可能从苏俄那里取得援助。解决这个问题的办法目前只有唯一的一个：与宋家联姻。蒋介石清楚，没有更多时间让他去寻找其他的办法。

与张静江商量的结果是说服陈洁如出洋，二兄的女儿陪同前往。理由是将来的政府需要合格人才来管理，而美国的大学是培养合格人才最佳之处。蒋介石向陈洁如端出这个结果，并给出了时间表：五年。这也是他给二兄的私下承诺，毕竟陈洁如是二兄从中担保，才嫁给蒋介石的。

陈洁如哽咽地说："难道爱情是可以买卖的交易吗？你曾经要切断自己的一根手指，以证明你爱我的诚心，你还记得你在溪口龙脉上的誓言吗？"

面对陈洁如的诘问，蒋介石哑然。他深受中国传统教育，对"仁义礼智信"看得很重，只能委婉地答道："我还没有答应宋霭龄什么，我要先同你谈。不过，如果你不能帮助我，中国则不会有统一，我也将被迫死去。"

陈洁如流着泪含怒地说："如果我同意离开，那只是为了中国的统一。而不是为了你，也不是为了宋家。"

三月十七日，蒋介石独自离开南昌去九江。

白崇禧的部队已突破了松江防线接近上海南郊龙华，何应钦也已沿太湖东西两侧向北推进，切断沪宁铁路，孙传芳残部和毕庶澄的鲁军已无退路；程潜的江右军和李宗仁的江左军进攻南京方向顺利，吴佩孚大势已去没有了作战能力。在这种态势下，该是总司令出马靠前指挥的时候了。

从江西前往南京、上海的铁路因北伐军进攻和铁路工人罢工而遭破坏，最便捷的方式是从长江走水路。在九江，已有三艘军舰泊在码头等候蒋介石。

三天前，北洋政府的海军总司令杨树庄通电，率海军官兵归附国民革命军，海军各舰全部易帜。程潜得到海军援助后，更是如虎添翼直扑南京。而楚同、楚谦、楚有三舰溯江而上，到九江负责护送蒋介石。

这三艘军舰都是当年由湖广总督张之洞向日本神户川崎造船厂订造的浅水炮舰，故以"楚"字号命名。楚同、楚有舰于光绪三十二年（1906 年）下水那年，爱新觉罗·溥仪出生在北京什刹海。楚谦舰晚一年下水，"楚"字号军舰共有六艘，每艘造价 393，258 两白银。

离开南昌前，蒋介石交给陈洁如两封信，说："你看过后交阿顺寄出。这是公事，不牵涉爱情之事。我只是想让你知道一切，请不要生我的气。"

蒋介石走后，陈洁如开始看信。一封是“致孔祥熙夫人函”，一封是“致宋美龄女士函”。陈洁如的手在颤抖，她不想看，可又不得不看。

给宋霭龄的信中，蒋邀请他们全家到庐山居住，并要他们不要留在汉口。告之以后可每周派专差送信件。

给宋美龄的信中，除了告之蒋的行踪外，还请求宋美龄赠一帧近照，说待收到她的信后，将上前线，一付壮士缠绵的样子。

让陈洁如伤心的是信中竟然有这样的文字：“你因为我仍在江西，不便来与我晤面（由于我的妻子）。但我今已离开江西，你大可不必再存此种令你不安的疑虑。”

陈洁如决定先回上海娘家。自此，这个女人开始淡出国内公众的视野，甚至在蒋介石的日记中也鲜见她的踪影。但在五个多月后，因“蒋夫人”的名头，她有过短暂轰动美国的经历。

蒋介石带着两个二十七岁的青年人陈立夫、温建刚，和两个三十八岁的中年人杨虎、葛敬恩及随员在九江登上楚同舰。

陈立夫的二叔便是蒋介石的革命领路人——陈其美（字英士），他与哥哥陈果夫一直跟着蒋介石，是心腹之人，此刻他是秘书处机要科长；安徽人杨虎，行武出身，是总司令部特务处处长，干过孙中山的卫士队长；葛敬恩是浙江人，总司令部参谋处长，日本陆军大学毕业，也是行武出身，是黄郛的同学好友，在蒋坚邀之下，到广州参加策划北伐战事；温建刚是广东人，黄埔的老人，多次随蒋介石出征，此次北伐，他任总司令部副官，与同年老庚陈立夫最为投契。

蒋介石已打定主意要“清党”，只是尚无号召全国的政治资本，也未想好何时动手，但这并不妨碍他开始行动。赣州的陈赞贤事件，他暗藏杀机压住未查办。此次离开南昌，便要求立夫等人先拿南昌、九江两地的国民党党部开刀，试试刀锋。这些党部名为国民党实为共产党。

同时，在几天前签发了一道给在南昌城郊牛行火车站的驻军，第三军第三师二十六团团长李明扬的急电，命令他立即逮捕二十六团党代表王尔琢等十四人，理由是这些人图谋不轨危害军事。他的急电越过了第三军军长朱培德，直达二十六团。奇怪的是李明扬回电说王尔琢等人已先听到风声不知去向了。

蒋介石问杨虎：“你看李明扬说的是实话吗？”

杨虎不置可否地答：“王尔琢能打仗，帮过李明扬不少忙。”

蒋介石遗憾地说：“不能为我所用，那就要防微杜渐。唉，在黄埔一期的学员中，王尔琢是我看重的。”

蒋介石并不知道，李明扬接到急电后，马上给王尔琢等人发了二百块大洋让他们赶快离开。后王尔琢在协助朱德将南昌暴动的队伍从广东北上湖南，最终与毛泽东会师井冈山立下了不可替代的大功。

还有一件让蒋介石烦心的事，他派自己的秘书长李仲公去武汉秘密策反贺龙，目的是动摇武汉政府的军事。贺龙是靠个人能力杀出一条血路的将领，他的独立十五师一万多人大多是子弟兵，如果他在汉口扯出援蒋大旗，对鲍罗廷绝对是个大大的打击。可事与愿违，贺胡子居然公开逮捕李仲公，还送到唐生智那里去了。这个事情该如何处理?

葛敬恩来向蒋介石报告：“张学良已占领郑州，吴佩孚退守洛阳。”

自上年，吴佩孚在湖北汀泗桥一战而败，孙传芳也败出江西，这两个军阀已不足忧。麻烦的是北方奉系趁长江中下游激战正酣，打着“援吴讨赤”的旗号，沿京汉线一路南下，实则也想痛打吴佩孚这条落水狗。此刻的奉军在北方是实力最强的军队。

北伐的终极目标是拿下北京，统一中国。所以当张作霖的奉军南下时，蒋介石时刻关心中原战况。听到葛敬恩报告后，他不由冷笑一声：“预料之中。在张学良的十万虎狼之师面前，孚威上将没有还手之力是正常的。他现在真正是蓬莱秀才遇到兵。当年直皖战争，他攻进北京，却只落落脚，舍名利而不取。今天呢？年轻的少帅可不会仅仅在河南落落脚。”

温建刚说：“十四年（1925 年），吴子玉（佩孚）的照片上了美国的《时代》杂志封面，是中国第一个亮相《时代》的人。”

蒋介石反问道：“结果怎么样？不到一个月，冯焕章（冯玉祥）反戈一击，直系就此转入颓势。他吴大帅被我们赶出湖北，也是理所当然。”

陈果夫说：“前不久吴子玉写了首诗，很有感慨，‘天落泪时人落泪，哭声高处歌声高。世人漫道民生苦，苦害生民是尔曹’。这位联军总司令是猫哭老鼠。”

蒋介石摆摆手说：“吴子玉还是比较特别的军阀。民国八年（1919 年）南北大战，他任北军第三师中将师长，打下长沙，占领衡阳后，却突然罢兵共和，要不然，广州大本营将会遇到更大的麻烦。好了，不说他了。”他对葛敬恩说：

“奉军来者不善，要密切注意。那个冯焕章的国民联军有什么动静?”

葛敬恩说：“尚不见动静，但据说武汉方面在与他频繁接触。”

蒋介石一听“武汉”二字便愤怒地说：“又是鲍罗廷之流吧，去年冯玉祥到了苏俄，收获不小，苏俄人对他很慷慨。但愿他是真的革命派，不会再搞什么临阵倒戈的事体。”

在蒋介石的心中有一本账，在没有绝对把握赢得战争前，李宗仁的桂系与冯玉祥的联军都是要不惜代价拉拢的。拿下上海与南京要靠桂系，而再往北打，就要靠冯焕章了，一定不能让他钻进鲍罗廷的圈套。如果他与唐生智一样，那我蒋中正的日子便不好过。如何才能与冯玉祥交好？这是近一个月来他在心中常思考的问题。最好能尽快见面，只要见了面，就有把握说服他跟自己站在一边。

陈立夫问：“校长，九江党部如何处置?”

蒋介石看了他一眼，冷冷地说：“怎么，还需要我讲？南昌党部不是解散了吗!”

陈立夫心领神会地点点头，道：“我晓得了。校长放心，我一定处理好。”

蒋介石补充道：“我们一路东去，所到之处都照此办理。李仲公的情况有消息吗?”

陈立夫答道：“李秘书长跟邓演达一起工作过。现在邓在武昌势力很大，我们已经通过关系把李秘书长的情况告诉他，相信他会出手援救。”

蒋介石点点头，喃喃自语：“择生会给仲公说情的。可是这位‘矛盾先生’为何要拒绝我的邀请呢？看来共产党还是真有一套。”他默念起李仲公去年为北伐出征写的宣言：“本党为民请命，为国除奸，成败利钝，在所不顾，任何牺牲，在所不惜……”

蒋介石再次对陈立夫说：“凡是变相被共产党操纵的国民党党部，一律要解散，以免后患。在国民革命军里的政治工作者也要特别注意，这些人里共产党的比例很大，不可大意。”

很快国民党九江市党部和九江市总工会同时被捣毁，陈立夫和杨虎都没出面，而是花钱办成了这件事。杨虎找到九江支持蒋介石的党员，用钱雇用一批人进行突然袭击。在蒋介石还没有资格取缔这类党部和工会的情况下，这种非常手段不失为好方法。

取得经验之后，陈立夫决定在离开江西的第一个目的地——安庆，实施更加激烈的行动。

三月二十日，蒋介石的军舰到达安庆。他所以要在这里停留几天是必须与一个重要人物拉近关系，此人就是北伐军第七军军长——桂系李宗仁。

两年前的夏天，同为广西陆军小学同学的李宗仁、黄绍竑、白崇禧等广西的青年领袖，在击败旧军阀沈鸿英、击退云南军阀后，令人难以想象地统一了广西。从小立志养鸭子的李宗仁成了八桂大地新主宰者，他文化不高，却极有眼光，积极响应北伐。在广州与蒋介石见面后，被改编为国民革命军第七军，并最先打响北伐的枪声，几乎没有吃过败仗，获得了“北伐钢军”称号。

关于号称“杂牌中的王牌”的广西兵是出了名的能打仗，在中国军界有“广西狼兵雄天下”的美誉，连湘军的创立者曾国藩都忌惮广西兵，而曾涤生又恰是蒋介石的人格偶像。

为了拉拢“猛如老虎恶如狼”的桂军头子李德龄，蒋介石可谓挖空心思，先是与其结拜兄弟，然后又特意把与他亲密无间的白崇禧任命为国民革命军副总参谋长、东路军前敌总指挥。此刻，上海就已成白崇禧的囊中之物。蒋介石不敢掉以轻心，他明白，李宗仁一定也是鲍罗廷拉拢的对象。于是决定送给号称桂系的“李白”二人各一份大礼，委任李宗仁为安徽省主席，委任白崇禧为上海淞沪卫戍司令，这两大礼物不会不打动他们。而按新的国民党中央格局，蒋介石并没有权力做这两件事，但他已在心中把所谓的武汉政府抛弃了。

安庆位于长江下游北岸，是安徽的省会（1952 年，合肥成为安徽省会），有“万里长江此封喉，吴楚分疆第一州”的美称。中国第一台蒸汽机、第一艘轮船、第一枝枪都在这里诞生。

当军舰靠近码头时，蒋介石有些感慨地对陈立夫说：“你知道吗，民国元年（1912 年），总理在北京主持成立中国国民党，虽然成立大会是在湖广会馆举行，但是，同盟会等五个政党决定合并，成立国民党的地点却是在安庆会馆。”

陈立夫忙附和说："校长记忆力真好。"

蒋介石接着说："安庆是个重要的城市，也是长江下游的第一个省会城市。这里出了不少人才，共产党里的陈独秀就是此地人。"他看了陈立夫一眼，意味深长地说："要注意此地的党部情况。李德邻前天就到了，我要同他商量许多重要事体，小事就不要来找我。"

陈立夫点头道："校长放心。"

蒋介石与李宗仁刚见面，李就说出了鲍罗廷派郭沫若等人来拉拢他的事。

李宗仁说："他们以武汉国民政府的名义委任我以第七军军长的身份兼安徽省政府主席，但我以政治非我所长为理由拒绝了。"

蒋介石心里一惊，自己的猜测果然没错，幸好去年与他结为了兄弟。一想到这事，脑海里闪现出另外一个人：陈洁如。给李宗仁的红纸兰谱上写的"谊曰同志，情切同胞。同心一德，生死系之"后还有"妻陈洁如同候"的字样。阿顺传话来，讲伊已打包要回上海了。唉，原谅我，我的爱妻。

李宗仁问："总司令夫人没有一同前来？"

蒋介石虽内心尴尬，面上却丝毫无异样。说道："战事越来越紧，她暂时回上海。"蒋介石不想顺着这个话题往下说，立刻转移话锋："德邻啊，你不高兴武汉方面的作风，不接受他们的任命，无可厚非。但是，我已决定由你来做安徽的主席，我看你最合适。只是当前战事紧，你不能分身，可以先找个人暂行代理。"

他料定李宗仁是乐意接受的，但同时也会假惺惺。干脆一竿子到底，根本不给李宗仁拒绝的机会，直接授权安徽全境可以由他李德邻自由支配。几千年前，姜子牙为武王手下骁将，灭殷后也不过是得到山东的一部分。现在战事没有结束，他就得到了安徽，而广西依旧是他的地盘，我蒋中正够对得起这位契弟了。

在蒋介石的坚持下，李宗仁接受了委任。他心中也明白，这是手中的枪杆子换来的。

见李宗仁就范了，蒋介石高兴地说："德邻现在是主人，如何尽地主之谊呀？"

李宗仁大笑道："兄长是总司令，小弟乃区区一军长，安徽省也是在民国之下。我当尽全力助兄长完成总理的革命大业，安庆已准备好了市民大会，欢迎兄长。另外，”他降低了声音，说：“长江的鲥鱼开始洄游，这种鱼补虚劳，快胃气，清热解毒，很有营养，也已经给兄长准备好了。”

蒋介石对吃从来就不讲究，但面对李宗仁的好意，他高兴地表示感谢。同时在心里长出一口气，说服了李宗仁，就等于为接下来要做的一系列大事的成功加上了重重的砝码。

陈立夫一到安庆立刻行动，先展开调查，结果发现此地的党部与南昌九江一样，口口声声拥护孙中山三大政策，支持农民做了大量过激的事。只是很难区分他们中谁是共产党？谁是国民党？而且杨虎是安徽人，对在家乡打打杀杀有些犹豫。

陈立夫认为，这次行动很可能是北伐军第一次与共产党发生正面冲突。他清楚，比这更大的冲突迟早要发生。从总司令的一系列讲话和张静江已去杭州联络蔡元培、吴稚晖等人的情况看，蒋正在下决心之中。这个时候所有反共产党的行为都可以成为试纸范本，一举两得。一是试试共产党的态度，二是积累经验。一次比一次升级，就是为了高潮的到来。

陈立夫出了个主意，利用另外一个组织，与现有的组织对比，便能分清谁是共产党。

杨虎同意了。他知道总司令在南昌与杜月笙商妥在上海成立中华共进会，这个组织就是与上海共产党把持的工会形成对立面的，按总司令的思路走总不会错。于是他通过老关系，找到安徽省总工会的委员长舒老四和他领导的组织，这个又被称为“鲁班阁木瓦锯石工会”的组织以青帮、工头为主，他们的纠察队是专职脱产的，最重要的是他们与安徽全省总工会筹备处是对着干的。经过调查，安徽全省总工会委员长舒传贤与正在安庆的鲍罗廷代表郭沫若来往密切，显示出他们与武汉政府是一致的。这正是总司令要“肃清”的。

为保险起见，杨虎还找到了刚刚成立的安徽省农民协会姚乃轩、姚觉吾等人，拉拢他们与鲁班阁工会合作。按照九江的经验，杨虎给予了这两个组织活动经费，并承诺，如果在冲突中有伤亡，则由北伐军补贴一百至一千五百元的抚恤金。

可陈杨二人布置的行动尚未开始，安徽省国民党执行党部就在三月二十一日下令解散鲁班阁工会，这让杨虎等措手不及。与陈立夫商量，决定演出戏，让舒老四等人直接去找蒋介石请愿。

谁知舒老四刚请愿出来，便与安徽省总工会的人打起来了。郭沫若为此气势汹汹闯进蒋介石的临时办公室，指出必须解散鲁班阁工会。

蒋介石知道这个郭沫若与邓演达、鲍罗廷的关系密切，并未立刻拒绝他，而是用警告口气对在场的杨虎说："你以后对于民众团体的态度，总要不偏不倚才好。"

让杨虎意想不到的是，这次小冲突激发起鲁班阁工会和省农民协会的更大不满，他们更加愿意追随杨虎了。

陈立夫确定了行动的日期：三月二十三日。这一天，安庆市要召开"欢迎蒋总司令市民大会"。

到达安庆的这几天，蒋介石心情极度不好。先是从上海传来消息，共产党带领工人又在搞武装暴动。他们趁张宗昌的部下毕庶澄立足未稳，所率三千鲁军军心涣散之际，打着北伐军的旗号，居然仅用一天就打败了毕庶澄。这把之前蒋介石悄悄预定的和平解决上海的军事部署全部打乱了，毕庶澄起义不成，已逃了。

让蒋介石震惊的是，上海工人这次暴动事先他完全不知道，更别说同意。他们打着北伐军的旗号，却没有把他这个北伐军总司令放在眼里，这件事再次引起他高度警觉。如果上海出现了武汉的情景，那所有预案都将是纸上谈兵，后果不堪设想。对于上海和南京两地，他必须做到：第一，只能由他说了算；第二，如果与共产党分裂，就将失去苏俄的援助，那么，他除了打通江浙金融界外，还必须有其他外援，所以租界的格局不能破坏；第三，要尽快稳定这两地局势，让两地惶惶的人心重新归类到他掌握的政权中来。

为了做到这三点，他立刻命令白崇禧火速进入上海，以控制整体局势。到二十二日，他的嫡系第一军第一师在薛岳率领下已占领上海，并正在肃清毕庶澄的北军残部。

虽然上海没费吹灰之力就已在两万多北伐军的控制之下，但却在共产党的策划下抢先召开上海市民大会，成立了临时政府，钮永建、白崇禧、虞洽卿、王晓籁、汪寿华、杨杏佛、顾顺章等十九人被推举为政府委员。

蒋介石心叹道：白、虞、王糊涂啊。在九江，我同王晓籁说得清清爽爽，可他还是去当这个委员，大概他们都被共产党蒙在鼓里。可以断定，武汉政府会承认这个临时政府的，因为正中他们的下怀，但却对我蒋中正大大不利，看来共产党是非逼我动手不可。如果不采取措施，我所占领的地区，恐怕很快就会落入武汉政府手中，这是绝对不可以的。也不知道二兄是否已到上海？他最明白我的心思，如果要与共产党分手，必须要有合法名义。三中全会他们说开就开，我在上海也可以召开类似的全会，二兄此行便是为此做准备。

三月二十三日一身戎装的蒋介石出现在安庆黄花操场出席万人大会，大会的主题是欢迎劳苦功高的蒋总司令。在主持人一番褒奖之后，蒋介石面部严肃地发表了演讲，他在演讲中不客气地指责“安徽工作无成绩”，这是因为他发现目前的安徽省、市党部都只听令于武汉。就在昨天，这些人在蒋介石的眼皮底下召开国民党安徽省第一次代表大会，那个负责筹备的秀才光明甫很嚣张，这样不合作的党部不成立也罢。

演讲结束后，蒋介石回到楚同号军舰，杨虎下令行动。

舒老四很快捣毁了安徽省、安庆市党部，全省总工会和农民协会、妇女协会等地也被砸烂。行动伤了三十多人。

陈立夫很满意这个结果，他把这次行动称之为“我们第一次对共产党发生正面冲突”。

军舰沿长江东下，向芜湖方向开去。蒋介石给一、二、三军发了一封内容相同的电报《告各军将士致胜之道》。他觉得在已拿下上海，正进攻南京之际，有必要告诫各军一些事情，为接下来做更大的事做准备。那些大事可以不动军力，但没军力就做不成那些事，在关键时刻必须保持自己在军队的权威性。

“我军将士屡告奋勇，皆有灭此朝食之概，殊堪嘉尚。惟恐轻敌气浮，不能强固，务望谨慎将事，切实省察：精神有否团结？械弹有否节省？纪律有否严明？交通有否设备？卫生如何？民情洽否……本军历来致胜之道，其要者不外数端：一在实行主义，所以不惜牺牲；二在爱护人民，所以不贪私利；三在施行连坐法，所以上下团结，能以一当百，战无不胜也。当此革命危急存亡之时，更须记此要端，勿稍疏懈，以保障我军长胜之名，完成革命使命，以慰总理与阵亡诸将士在天之灵也。”

当这封电报发往三军之时，几个重要的南方城市正在发生重要变化：

武汉，国民政府新当选的委员在汉口南洋大楼宣誓就职，林祖涵（林伯渠）

代表国民党中央党部致词，武汉国民政府宣告正式成立（这位早年加入同盟会后加入中国共产党的湖南人，22 年后，在北京天安门城楼上主持了中华人民共和国开国大典）；

上海，张静江已约邵元冲、蔡元培、蒋梦麟从杭州到上海，与白崇禧、吴稚晖、黄郛等见面，商量“清党”事宜，他们正考虑如何使蒋介石“清党”合法化；

南京，程潜指挥的江右军没有按蒋介石的攻城要求办，提前突进了南京城。

这一天，蒋介石达到了芜湖，他在下午得知南京城内发生了大事。这件大事不是他希望看到的，必须迅速平息。

三月二十三日夜至二十四日，程潜的北伐第六军和鲁涤平率领的第二军，向南京外围直鲁联军发起总攻。

蒋介石虽在三月十五日下达北伐军十日内攻占南京的命令，但他实际希望何应钦的东路军能在这一役中成为主导，何应钦的第一军第三师已经由无锡西进攻占了镇江。于是要求程潜的江右军“待东路军到日配合行动，着即停止待命”。可原本就在武汉政府与蒋介石之间动摇的江右军程总指挥没执行这道命令，反而要求部队加紧进攻。

二十三日程潜亲临前线指挥攻城。此时的南京城已被团团包围，到傍晚，第二军第十九师自聚宝门首先攻入南京城，接着通济门被攻破。第二军副军长鲁涤平率军奋勇攻城，拿下了重要的城防工事：洪武门。

关于南京的城门，民间有这样的说法：“三山聚宝连通济，洪武朝阳定太平。”意思是说，拿下洪武门就拿下了南京。

面对蜂拥而入的北伐军，直鲁联军的指挥官褚玉璞只得命令部队突围，退往浦口。

二十四日凌晨，北伐军占领南京。

接着，战争中的混乱出现了。据称，冲进城内的士兵有组织地武装袭击抢劫了英、美、日领事馆及外国教堂、学校、医院、商店、住宅。英国领事受伤，亦有外国人被杀，还有外国妇女被奸，甚至传说英国领事夫人被二十七名北伐军士兵轮奸。

谁也不知道，在北伐军进攻南京之前，停泊在南京长江江面的美、英、日军舰已做好了战斗准备。按照预先商定的方案，美国海军在南京城内美孚石油公司总经理霍巴特家里安装了信号设备，这里可以居高临下看到南京城内情况。

二十四日下午，有北伐军士兵用枪指着美国驻南京领事戴维斯，要求他拿钱赎命，他下令请求江面军舰提供援助。下午三点三十分，美海军驱逐舰“诺亚”号率先向南京城内开炮，另一艘美海军驱逐舰“普林斯顿”号和英巡洋舰“翡翠”号随后也开炮，所有炮弹都落在了预定的目标里，100多发炮弹造成了北伐军和平民死伤三十余人，不少建筑被毁坏，史称“南京事件”。

得知消息后蒋介石大惊，他知道如果不妥善处理将意味着什么。

从一月上旬开始，英、日、美、法等国纷纷向上海增兵，如今仅黄浦江上就停有九十余艘外国军舰，各国军队已达两万多人。

面对南京被炮击，蒋介石十分担心北伐会因此功亏一篑。他对着温建刚、葛敬恩等愤怒地骂到：“娘希匹，这是有人在搅浑水，要把列强拖入战争，继而达到不可告人的目的。”他命令葛敬恩立刻给二、六军发电，对犯有暴行者严惩不贷。同时电令白崇禧对他的部队严加整饬，在上海决不能发生类似事件。

陈立夫来报告诉说：程潜已入城，派出执法队，就地处决了部分暴徒，还把城内的侨民护送到江岸登舰，南京秩序正在恢复正常。

蒋介石冷笑一下说：“马后炮。他们没有把我的《告各军将士致胜之道》放在眼里，如果他们执行命令，会发生这样的事吗？要查，要彻查。搞清爽究竟是谁在背后捣乱。”

温建刚报告说：“奇怪，在南京江面的日本军舰没有开炮。”

蒋介石眼睛一亮，看来年初派黄郛、戴季陶与日本人沟通起了作用。他说：“马上派人去日本驻芜湖领事馆，就说南京事件由我本人亲自处理。”

当晚，蒋介石得知日本驻南京领事也在芜湖时，又派人转告，他决定亲自前往南京解决问题。

蒋介石对日本军舰没开火的原因判断是准确的。舰队司令接到了“不得开炮”的日本政府命令。这位司令不久在上海愤怒地切腹自杀，说没有保护日本侨民，无以面目见国人。

在南京城内针对外国人的烧杀抢奸究竟是何人所为？成了一个历史之谜。

李宗仁说，是第二军的李富春、第六军的林伯渠派一些共产党身份的士兵干的，想利用民族情绪，蓄意排外，引发国际事端，后这两人被国民党通缉。

日本人说，是一部分广东军队（南军）和一部分山东败兵（北军）所为。他们是由于受到广东过激分子的煽动，目的在于嫁祸蒋介石。

程潜向武汉报告说，是效命北京政府的直鲁联军干的，但随后这个说法被否认。有目击者坚称，抢劫者身穿国民革命军制服，操的口音是广东、湖南和江西，不是北洋士兵。

二十五日中午，蒋介石乘坐的军舰到达南京下关。此时南京城内已基本恢复秩序，但随从坚决阻止蒋介石离舰进城，原因有二：

其一，目前南京局势并不十分清楚。而占领南京的部队也非黄埔系，万一在乱军中出现误伤，将影响整个北伐进程；

其二，已有消息说程潜与武汉的鲍罗廷等关系密切，他和他的第六军正处在动摇期。上一年年末邓演达在庐山就有过一次兵谏，武汉政府正一心要找人替代蒋介石，这个时候不能做孤胆英雄，谁也不知程潜会不会动手？即使程潜不动手，那个林伯渠也有可能动手，因此，在军舰上最为保险。

最终，蒋介石妥协了没下舰，在舰上与何应钦、程潜、鲁涤平、贺耀祖见面，商量调兵追击褚玉璞残军事宜，以及如何应付洋人炮击南京事件。然后又对前来迎接的第六军第十七师师长杨杰面授机宜。此时，已得到外国军舰炮击南京的伤亡数字，他敏感地意识到，所有炮弹都落在了人口稀少的地区，否则绝不可能一百多发炮弹才死三十多人，看来这不过是列强有限的威慑，他们是要看我蒋中正如何处置。

杨杰二十五日下午二时就找到了日本驻南京的领事森冈正平，表达了蒋介石愿以诚意谈判，解决善后的意思。随后，森冈正平把这个消息通报给各国。

松了一口气的蒋介石于二十六日下午抵达上海，他要加快步伐，此刻的他与共产党实际已形同水火再难相容。但他打定主意，在没有与共产党全面翻脸之前，有关南京事件的责任问题，还是要把帽子扣在北洋兵身上，古人云：欲擒故纵。

所以在二十六日晚七时对《申报》记者谈话说到南京事件时，他表示：“当我们的军队攻到南京城外的时候，直鲁军……邀同了一般流氓，劫打外国人的住宅，所以有了些纷乱。后来我们的军队进城就好了。”

对于南京事件的处置，列强之间存在矛盾，也在观望。虽然表面看他们很强硬，要求武汉政府道歉，据说还要弄什么《宁案通牒》。但蒋介石看得清清楚楚，从军事角度分析，北洋军被彻底打倒完全有可能成为现实，这就意味着北京政府岌岌可危。而武汉政府又与苏俄关系密切，如果列强在南京事件上大做文章，等于把武汉政府继续往苏俄的怀中推，其结果对列强不利。而蒋介石的北伐军在此时是最佳的可以左右时局的力量，与蒋介石妥协，就可能是与未来中国政府的妥协。从政治角度分析，列强要保住既得利益，则必须打好政治算盘，他们把武汉、九江英租界被收回看成是苏俄怂恿中国人干的，而苏俄这么做的目的很明显是要一家独大，这是美、日、英、法等都不愿意看到的，他们急迫地需要搭建与国民党之间的桥梁。

所以只要本着“大事化小，小事化了”的原则，这件看起来了不得的大事，将会不了了之。但上海的问题如果不处理好，那就是不可挽回的灾难。

被称为冒险家乐园的上海是蒋介石无比熟悉并喜欢的地方。他的革命起点在这里，他的商海盛衰在这里，他的三次婚姻有两次发生在这里。这里有他的初恋、他的梦想、他的传说，还有大批兄弟。最方便的是，在这里他没有任何语言上的障碍。

踏上申城土地的蒋介石感慨万千，算起来已有三年多没来这座城市了。三年来，国民党发生了翻天覆地的变化，而自己也从一名连中央执委也不是的小人物，成为了当今中国的实权派。他太清楚，这一切靠的是军队，当然，还有智慧。

他想起五年前的六月二十五日，那天，他离沪奔粤，去帮助不知生死的总理渡过难关。没有那次冒险，就不可能有我蒋中正的今天。但现在，为了事业有更大的成功，不得不与结婚七年的阿凤（陈洁如）分手了。她已经从南昌回上海，她会不会整天以泪洗面？会的，她会的，是我对不起她，还是要请二兄的夫人去劝劝。

这时，他脑子里闪过另一个女人的名字：“介眉”，这个女人也是可爱的。民国八年（1919 年）的上半年与她在沪上同居多时，以至于都不愿意离开。只是这个女人只想铜钿，不讲情义。与介眉断绝关系是一个痛苦的过程，他甚至在日记中写道："不忘介眉，何以励志立业？"不知这个女人是否还在上海？

看着花花世界般的黄浦江畔，蒋介石为自己曾在这里一年花费七八千元而自豪，又为如此奢侈而惊心。外滩的钟声依旧在这个充满变数的城市上空回荡，他喃喃自语道："上海没有变，但是，我蒋中正变了。"

蒋介石暗忖，一定要按照既定方针，小心翼翼地实现心中的目标。他深知，因为工人武装起义的缘故，使得控制上海的权力被分化，本来简单的问题复杂了，摆在面前最重要的问题是重组各派力量。要顺利做到这一点，必须要具备一支十分可靠的队伍作为底牌。但此刻在上海驻防的薛岳一师可靠吗？这位保定陆军军官学校的师弟恐怕不可靠，据说那帮起义的工人就很喜欢他，要小心应对这位广东韶关人。宋霭龄已提醒过，这两年广东人集体被贬，他们是会做与我不利之事的。

在赴上海的军舰上，蒋介石还与心腹分析了在上海的各派力量。

一是共产党和国民党左派。拥有武装工人纠察队的总工会由共产党把持，已夺取上海政权，这支力量最不能忽视，必须打击，否则将影响军政大局。只是他们出师有名，又有苏俄在背后，要灭这股势力不容易，既要做到合理合法，还须出其不意，应该说，"清党"是最佳办法。

二是西山会议派。他们反俄反共，是所谓的国民党右派，一群文官，上海是这支力量的老巢。对于这支力量此前策略是弹劾压制，还开除了其中的邹鲁与谢持的党籍，现在看来，需要改变策略。这些人在上海的政治势力弱小，可以忽略不计，但他们在党内的影响却不小。如果需要有人出面与武汉政府抗衡，能挑得起台面的，恐怕还得从西山会议派里找，比如被强制离开广州的胡汉民和林森等。

三是各租界势力。近百艘军舰、几万兵力的列强会把上海的租界牢牢看住。这股势力需要拉拢，但又绝不能让他们小看我这位北伐军总司令，需要用某种方式来证明一下实力。从南京事件看，列强在观望，他们尚在怀疑我蒋中正是否有控制上海复杂局势的意志和能力。

四是以青帮为首的各帮派。在各租界以夷制夷的方针下，这些人如鱼得水，帮外国人维持秩序和特权。他们的后台是各租界的外国人，这股势力需要收买。目前让这股势力生畏的是共产党把持的总工会，双方正在争夺上海领导权，可以用他们出头打击共产党。蒋介石对这股势力最放心，都是堂口兄弟，中华共进会便是他安排成立的。杜月笙、张啸林已答应听令行动，另一位大亨黄金荣是自己的师傅。只要用得好，一切都可顺理成章，青帮可以办北伐军不能办的事。

五是北伐军内部。此刻在上海的北伐军主力是薛岳的一师，按理这是蒋介石的嫡系，但实际非也。东路军总指挥何应钦已感觉无法指挥第一师了，令人头痛。蒋介石坚信攘外须先安内，解决薛岳还须靠桂系，要让何应钦集中精力考虑控制南京的事。幸好在安庆与李宗仁的谈话效果不错，吃了定心丸。

蒋介石对薛岳的担心一点也不多余。就在他到达上海的当天，中共上海特别委员会还召开秘密会议，而且在此之前的二十三日、二十五日召开了同样的会议，议题就是一个：政治局势的变化与共产党的工作。几次会议都由陈独秀亲自主持，他想通过上海的军事暴动，赢得他在党内的崇高威望。

会议决定把起义后夺得的武器送一批给薛岳，再给他找两个熟悉上海的秘书，按照苏俄的指示输送一千名工人到一师，把薛岳补选进上海市政府临时会议，准备五千人去挽留薛岳……

而薛岳也真的在回报共产党，他要扩充军队，找上海总工会代办；他派部队去保护市政府临时会议的权威；他支持总工会搞好武装，并说打右派非群众不可。最重要的是当他收到同窗好友邓演达从武汉派人送来的亲笔信后，更是对蒋介石产生不满。

蒋介石实际已处在危险之中。当白崇禧小小地试探一下薛岳，把一师从闸北调往龙华，让刘峙的二师来闸北时，薛岳立即找到中共中央的负责人，建议把蒋介石作为反革命抓起来。面对如此重大问题，统帅中共的知识分子们愣住了，表现出了软弱，他们拿不准蒋介石会不会真与共产党决裂。虽然已有江西陈赞贤被杀的例子，党的内部也在做相关准备，但没有谁具备与蒋介石决裂的决心，包括共产国际。他们只能在闸北召开市民大会和党部大会声援挽留薛岳，同时建议薛岳装病，以拖延撤离时间。

薛岳觉得失去了一个强有力的盟友，失望地离开了。六年后（1933 年）薛岳回归蒋介石阵营，率部对中央苏区进行第五次“围剿”，迫使红军离开苏区北上，开始二万五千里长征，而他则一路追击至西北。后官至国民党上将。

因为陈独秀等缺乏孤注一掷的勇气，改写历史的机会很快就溜走了。

蒋介石是下午二时许登岸的。当他的座舰到达江南造船所江面时，军乐大作，海军陆战队举枪为礼。海军总司令杨树庄登舰迎接，白崇禧、薛岳等亦在码头迎候。高昌庙是海军司令公署，蒋介石在这里与杨树庄会晤后，当即决定将自己的总部行营暂设枫林桥新西区外交部特派江苏交涉公署（在今平江路上）。然后乘一四一二号轿车先到龙华白崇禧的司令部晤谈军政事宜，四时许前往已被士兵警戒的公署。

法租界与公共租界在第一时间都送来了租界通行证，允许蒋介石在进入租界时可携带卫兵十人。

当天晚上，他除了见记者，还会见了新成立的上海商业联合会的虞洽卿。这个联合会的发起人是虞洽卿、王一亭、伍朝枢等巨头。虞洽卿重申立刻恢复市内和平秩序的重要性，并承诺向蒋介石提供七百至一千五百万元的支持。

谈话中，蒋介石了解了目前上海的政治形势，也知道白崇禧等人没有参加共产党搞的政府，而且白健生（白崇禧）在请各界吃饭时，独没请共产党的代表，而虞洽卿表面应付共产党，实是在观望蒋介石的态度。

知道这些情况后，蒋介石略松了口气，他马上派人通知二兄，告之他到上海的情况。

第二天，二兄张静江等几位国民党监察委员吴稚晖、蔡元培、邵元冲和蒋梦麟等齐聚枫林桥，他们是蒋介石要实施"合理合法"完成几件大事的基础。而他们在蒋介石到达之前，已达成一致：国民党必须"清党"。这与蒋介石的政治观点一拍即合，接下来就是商量该如何实施了。

蒋介石此时身边无家眷，干脆将这几个人全部安排住在行营，好随时开会决定事情。吴稚晖要求在"清党"命令未宣布之前，大家都不要离此外出，以免外人探知，生出推测。

到此时，号称国民党四大元老的张静江、蔡元培、吴稚晖、李石曾都聚集在了蒋介石的麾下。

张人杰——字静江，浙江南浔人。是蒋介石加入中华革命党的监誓人，还是蒋介石的结拜兄弟、恩人和媒人，也是生意上的伙伴，正是他把年轻的蒋介石介绍给了孙中山。而他自己也被孙中山称为"国民奇人"、"革命圣人"。他是中华革命党的财务部长，国民党一大中央执行委员，二大改任中央监察委员，二届二中全会当选中央执行委员会常务委员会主席，成为国民党第二任正式领导人。

他与蒋介石相识很有戏剧性。蒋的父亲蒋肇聪是南浔张家族在溪口镇的盐栈代理，蒋本人与张家后代张秉三是在日本留学的同学，张秉三是张静江的族侄，他把蒋介石介绍给了张静江的堂侄张乃骅，张乃骅又把蒋介石介绍给张静江。结果两个相差十岁的人一见面便成莫逆。

对蒋介石要干的事他非常清楚，并积极参与其中。对在武汉召开的国民党二届三中全会的结果，作为国民党四大元老之一的他自然充满愤慨。虽然自己是跛足，行动不便，却不妨碍做穿针引线的工作，他与四大元老的另外三位蔡元培、吴稚晖、李石曾都是好友，他们早在一九零五年便在法国创建了世纪社。

蔡元培——字孑民，元老中分量最重的知名人士，浙江绍兴人，清光绪三十年（1904 年）就加入了同盟会，民国五年（1916 年）他被北洋政府任命为北京大学校长。他破“年龄”和“资格”的限制广揽人才，陈独秀、刘半农、周作人、周树人、李大钊、胡适等大学问家成了他的麾下。虽然他好政治是为了教育，当了民国首任教育总长，然而在政治上却多次显示出了幼稚。民国元年（1912 年）南北议和成功，受孙中山之命，他率团去北京迎袁世凯赴南京就任国民政府临时大总统，结果他自己竟被袁氏玩了一把。袁策划了一次兵变，并以此为由，借故京城治安未稳拒绝南下，受到兵变惊吓的蔡元培倒过来劝南京方面迁都，把孙中山气晕了。后来在国民党一大上，还是被选为候补中央监察委员，二大时他成了中央监察委员。

蒋介石要取得“清共”名正言顺的结果，蔡元培说话的分量不轻，他此刻是个炙手可热的学术型政治人物，必须要拉拢，由他出面召集相关会议最是合适。

吴敬恒——字稚晖，江苏武进人氏，清光绪三十一年（1905 年）春他在伦敦认识了孙中山。此前，他以反清革命家、无政府主义思想家的头衔，在中国留学生中享有很高声望。当孙先生请他吃饭交谈之后，他完全被孙的风采所折服。当孙中山在日本成立同盟会时，吴稚晖抱着“我不入地狱，谁入地狱”的决心在伦敦入会。正是他用无政府主义思想说服了在法国的张静江，从此张才思想激进，推崇无政府、无家庭、无宗教的主张。又正是吴稚晖等要出版《新世纪》周刊，张静江才从法国乘船去新加坡购买中文字模，在船上偶遇孙中山，成了同盟会中华革命党的重要捐助者。

清宣统三年（1911 年）孙中山从美返回国内途经英国时，是吴稚晖忙前忙后，他参与了共商建国，参与了制定青天白日旗为国旗的讨论。孙邀他出任教育总长，被他拒绝。他说："官是一定不必做的，国事是一定不可不问的。"在国民党一大、二大上，他都当选为中央监察委员。他好骂人，且脏话连篇，长年一身长衫，圆口布底鞋，人送绰号"吴疯子"。他以张狂与怪异的行动，被人比作魏晋名士再生。就这么一个人，在男女关系上也有独特见解，李石曾再婚是他写信劝道："老夫少妻，动都动不得。"而对年轻女孩嫁老头，他更是一针见血说：不是谋财，就是害命。自称对男女关系很有心得的他表示：六十后，决不轻举妄动。

在民国十五年（1926 年）北伐誓师大会上，年过花甲的他将孙中山遗像和党旗国旗，授予北伐总司令蒋介石，并充满激情地发表讲话，激励全体将士。

正是这位吴疯子将送给蒋介石一个"清党"的具体理由，使得蒋介石在混乱的局势中找到切入口，在政治上转危为安。事实上蒋介石对吴稚晖还有一层感激，他的大儿子蒋经国正是交给吴稚晖创办的"海外补习学校"，才去了莫斯科孙文大学（中山大学）留学。

李煜瀛——字石曾，河北高阳人，父亲李鸿藻曾是清同治年间的军机大臣。清光绪二十八年（1902 年）他随清廷驻法国公使孙宝琦出使法国，正在北京的张静江找他帮忙，当时两人是认识不久的朋友，通过他的说情，张获得了一等商务参赞的随员身份去了法国。在巴黎，李石曾进入大学学习，张静江却积极谋划开公司，并赚了大钱。李石曾利用他与法国官员及教育界的关系，一直致力于中国学子赴法勤工俭学。法国第一家中国餐馆"中华饭店"就是他开的，一批后来在中国各领域叱咤风云的人物都曾得到他的关照，如周恩来、邓小平、陈毅、聂荣臻、钱三强、严济慈、林风眠、李健吾……当年二十四岁的蔡元培赴京补考殿试时，李石曾的父亲是主考官之一。那年，蔡中了进士，选为翰林。

李石曾与吴稚晖一样，是国民党一、二大的中央监察委员。

有着千丝万缕关系的四位元老，年龄都比蒋介石大，他们中最大的吴稚晖已六十二岁，最小的李石曾也比蒋介石大六岁。加上这次同样被武汉政府贬下来的中央监察委员古应芬、一直反对国共合作的中央监察委员邓泽如、陈果夫，十二位中央监察委员已有七位聚集在蒋介石身边。

在八位候补监察委员中，有李宗仁、黄绍竑、李福林三人是反对武汉一方的，也可视为同盟。还有戴季陶、黄郛等兄弟，所有人加在一起，已形成一副好牌。但该如何出牌？蒋介石心中有数，在形势不明朗之前绝不表态。

二十七日开了一天的会。蒋介石大致知道了张静江一周前从南昌到杭州，又到上海的情况。基本可以肯定，从身边的亲信，到国民党元老，再到军队的高级将领都在把矛头指向共产党。大家的共识是：共产党夺权的危险迫在眉睫，必须抢在他们前面行动。

吴稚晖又重复说了他三月六日与共产党领袖们见面的情景。

那天，吴稚晖与钮永建等人在钮的办公室与陈独秀、罗亦农见面，商谈上海整理党务问题。此时吴、钮二人身份是筹备中的上海临时政治委员会委员。

吴稚晖对陈独秀道："研究共产党学说，自知晓共产党之责。五六年前苏俄代表越飞在广州晤孙总理言，若实行共产，当在二百年之后。以我理解，二百年尚嫌不足。"

陈独秀只说了一句："太迂。"便默笑不言。

吴稚晖不服地说："急切挂牌，只是赝品。"

陈独秀问道："请问，中国现在的共和不是伪的吗？你以为康有为之复辟，与伪共和孰优？"

吴稚晖抓住这句话追问道："你定实行列宁式共产主义需多少年？"

陈独秀未加迟疑说："二十年。"

吴稚晖大惊说："由此，国民党只剩下十九年了。孙总理曾答越飞说，国民党国民革命完成尚需三十年。若你们共产党急迫至此，未免取国民党的生命太快了一点，应当通盘商量才好。"

双方意见难以一致，会谈不欢而散。吴稚晖当时不知道，仅过了半个月，中共就在上海发动了第三次工人暴动，夺了权。

当吴稚晖把会谈情况告诉李石曾和蔡元培时，两个人都愤怒了，他们历数共产党利用国民党扰乱地方之种种后，答成一致：弹劾共产党。

吴稚晖警告说："国民党已经变成了火中取栗的猫脚爪，再不行动，则不可预测后果。"

与会的所有人对吴稚晖的这番话并没有表示怀疑。但多年后中共领袖之一的张国焘在回忆录中写到，陈独秀亲口告诉他，与吴稚晖讨论这个问题发生在民国十三年（1924 年）底，也非“二十年”说，而是“三十年”说。当时是讨论无政府主义革命与国共两党有无利害冲突时说的。

是张国焘记忆有误？还是吴稚晖寅说子事？还有文献说陈独秀在中共一大召开后曾对他的个人代表包惠僧说：“急什么，中国的无产阶级革命还早，可能要一百年上下……”但不管怎样，这件事都成为了“清党”行动的重要理由，也成为民国十六年（1927 年）反共大火中的那盆油。

根据国民党一届一中全会规定，“监察委员一人亦可行使监察职权，”“有二人以上到会即得开会。”就是说，蒋介石已有开会的正当理由。于是，大家决定召开中央监察委员会第三次全体会议，议题就一个——弹劾共产党员及跨党分子谋危国民党，动摇后方及卖国之行为。

邓泽如回忆了一件事，民国十二年（1923 年）国民党一大前呈给孙中山一份《检举共产党文》，指出共产党加入本党是借俄人之力，使本党实际被共党操纵。当时孙中山的批语是：“俄国之革命党皆属有学问经验之人，不为此等少年所愚。”

邓泽如感慨地说：“被总理当年看成是少年的共产党，短短几年，就让我们面临大敌。记得总理说过，共产党人‘既参加吾党，自应与吾党一致动作。如不服从吾党，我亦必弃之’。现在看来，我等需要按总理的话去做了。”

邓泽如的话让蒋介石想起民国十三年（1924 年）十月九日孙中山写给他的一封信。信中指出胡汉民、汪精卫擅长调和，而不擅长彻底解决。他要求蒋介石：“若至维持不住，一旦至于崩溃，当出快刀斩乱麻，成败有所不计……”

想到这儿，蒋介石不由得从心底佩服总理。国民党组织向来松散，可是在一大时却专门设立了一个组织机构——中央监察委员会。共产党和俄国人都忽略了这个看似不起眼的虚职组织，也没有派共产党渗透进这个委员会。孙中山的这个精心安排延续到了二大，在全部国民党机构中，只有这个委员会是清一色国民党员。

一大通过的党章中专门有“纪律”一章，强调：“嗣后党中遇有党员破坏纪律，或违背主义，当加以最严厉之制裁。”文中的“主义”是指三民主义。

蒋介石想，有此尚方宝剑，加上有这些人，算得上是出师有名。但此刻是不是到了公开打出清除共产党旗号的时机？蒋介石在犹豫，因为一旦翻脸，就意味着否定武汉中央。这个中央是肯定要否定，但是不是现在？它涉及苏俄，更涉及正在北伐军中起重要作用的苏俄军事顾问。

他又想起一个人：汪精卫。有消息说这位国民党大佬已在回国途中。上一年十月，在党内外一片迎汪声音的面前，他不得不在汪来信向他解释中山舰事件、声明前事无嫌后，发出了一封迎汪电报："本党使命前途，非兄若弟共同一致，始终无间，则难望有成。兄放弃一切，置弟不顾，累弟独为其难于此。兄可敝屣尊荣，岂能放弃肩负艰巨……"

就在本月，张静江也给汪精卫写了一信："……我本废人，暂时问政，原极滑稽，毫无嫌疑之可避……泣求兄姊早归。弟不及兄姊之至，已即日拔出政潮，完我残息，冀张目病床，以待党之不亡，国之不卖，然后死去，乃得笑语在天之总理也……"

现在的问题是汪兆铭什么时候到？这个武汉三中全会的大赢家能不能与我蒋中正达成两个最基本的共识："清党"和赶走鲍罗廷？蒋介石对此心中没底。此刻李宗仁、程潜、李济深、何应钦等一批军事将领还没到上海，一切都不能做决定。

陈果夫是了解蒋介石的，他提议由吴稚晖等先起草一个提案，待监委会召开全体会议时讨论。

当晚，蒋介石决定会见美国记者。工人夺权、北伐军入沪，上海滩已如大难临头，满城谣言，各租界都在戒严，充满恐惧，应该及时给各国发出和平的讯息。

蒋介石向记者表示，北伐军有能力控制上海局势，他本人对各国是友好的，各国无需惊慌失措摆出保卫租界的架势。上海不会重复武汉与九江冲击租界的情况，租界的保卫还是要由北伐军来担任。

有记者问：共产党算不算是革命的？蒋介石肯定地回答："共产党作为革命运动的参与者无可否论。"但同时他又强调在南昌演讲时说的话："共产党有不对的地方，我有制裁的责任和权力。"

他还向记者解释了南京事件的抢劫者是北洋军所为。同时抗议外舰炮击南京城。

送走记者后，马上按预定计划热情地把老朋友胡汉民接到行营恳谈时局。

蒋介石清楚，要想另立门户，仅凭现在的身份还差火候，必须找个合适的人来做门面。白天参加会议的人中间，没有一个有担此重任的资格，他想到老上级、老同事胡汉民。

胡汉民年轻时想出国，苦于家中贫穷，没钱，只得到《岭海报》打工。终于得到一个给富家子弟当“枪手”的机会，获六千元酬劳，得以东渡日本。在那里他认识了老乡孙中山，从此走上革命道路。在三十四岁那年出任了孙中山总统府的秘书长，当时内阁并没设总理，秘书长便行总理之责，章太炎曾说胡汉民“真宰相矣”。民国十三年（1924 年）底，孙中山执意北上，把广东的江山托付给胡汉民，委任他代行大元帅职务。然而，在将广州大元帅府改组为国民政府的过程中，胡汉民败给了“宣告不做官吏”的汪精卫，把“江山”弄丢了，后又因廖仲恺案被汪蒋联手赶尽杀绝，被迫远走海外。但由于他长期在孙中山身边工作，对孙中山的所有行动、言论，有着别人无法替代的解释权。在蒋介石眼里，此刻的民国，从资历到影响能力可与汪精卫抗衡的唯胡展堂（汉民）一人。

见到略显颓废的胡汉民，蒋介石并没感到太多的尴尬。虽然在廖案中是他命令黄埔学生军去抓胡汉民，但表面看他是奉国民政府主席令而行事的。

寒暄后蒋介石主动提到这件事：“展堂兄，十三年（1924 年）八月二十五日晚上，如果你不是灵机一动跑去了汪兆铭家，恐怕今天我们已是阴阳两隔。因为我接到的命令是：反动派就要捉，捉了就要杀。”他先把自己撇清。

身为书法家的胡汉民依旧是书生气地一笑，说：“我就知道他汪兆铭骨子里是怕我的，怕我夺他的权。难道我没有资格夺他的权吗？孙先生在时，我虽无宰相之名，却有其实。十四年（1925 年）是谁发出了东征令？又是谁任命你蒋中正为东征总指挥？是我胡展堂。那个时候汪兆铭在干什么呢？我逃去西华二巷汪家，就是要让世人看清楚汪兆铭的嘴脸，我也知道他是不敢与他夫人陈璧君抗衡的。”

蒋介石顺着话题往下说，他要激起胡汉民对汪精卫的恨，只有这样，此人才可能与自己合作，“我得知消息后，恐怕引起更大事端，力主保护你。把你请到黄埔军校，可避免你遭杀身之祸。因为当时拿不出你与廖案无牵连的依据，只好委屈你了。你离粤去俄时的那首《楚囚》以屈原自比，我也颇有伤感。”

胡汉民被说到痛处，竟有些感激地看着他，喃喃吟出《楚囚》中的四句：“去国屈原未憔悴，鸩人叔子太荒唐。浮屠三宿吾知戒，不薄他乡爱故乡。”

蒋介石继续点“火”道：“造成这一切的根源是什么呢？自命清高的汪兆铭怎么会无耻到在选举国府主席的会上投自己一票？我看都是那个苏俄顾问鲍罗廷

搞的名堂。”

胡汉民虽然在野，却非凡人。他是何等聪明，蒋介石如今处在最紧要关头，稍没处理好，恐怕便是和自己一样竹篮打水。他说道：“你的同庚、唱票人伍朝枢当年就说过，他从此鄙视汪兆铭，却不知老汪另有后台，武汉的三中全会也是这个后台操纵。所有的决议案都对你不利呀。”

蒋介石故作软弱状说：“北伐乃是完成总理的建国大业，我蒋中正不过是革命军中一分子。而真正按总理的军政、训政、宪政三步走，还需要像展堂兄和兆铭兄这样的革命家、政治家来完成。有消息说，兆铭已在回国路上。”

胡汉民蔑视地一笑，说：“料想蒋中正不会像我胡展堂一般束手就擒吧。”

蒋介石见被他一语点破，也就不再避讳，说：“奈，今朝除了叙旧，还有是想问计于展堂兄，该如何处理当下的时局？”

胡汉民从来就不是甘于寂寞的人。自民国十四年（1925 年）九月被迫去苏俄，七个月后回到广州时，时局已发生惊人变化，蒋中正竟然掌握了党政军的大权，这是根本未料到的。最让他不能忘怀的是，他感觉在广州没有待下去的必要，启程去上海，在船上居然遇到了因“中山舰事件”而正要远避海外的汪精卫夫妇。他暗自摇头道：正叹他人命不长，哪知自己归来丧。汪兆铭八个月前要置我胡展堂于死地，可谓心狠手辣，却在小蒋面前居然无还手之力，看来这位宁波盐商的儿子不能小瞧啊。

胡汉民一直关注时局变化。三中全会后，他料到手握兵权的蒋中正将与武汉当局有一场恶斗。现在蒋中正在犹豫的是：是争取万人瞩目的汪精卫，还是另起炉灶自己搞。心高气傲的胡汉民经过苏俄旅行，对权力斗争有了新的心得。见蒋问时局，心道：看来蒋中正另起炉灶的可能性极大，国民党多年奋斗，还就是他干出了名堂。想到此，脱口而出：“当下时局对你大不利。”

蒋介石一愣，这个胡展堂真是一针见血，再问：“愿闻其详。”

胡汉民把一个时期的关注和盘端出，开始滔滔不绝：“论名望，你不如汪兆铭；论权力，你已被武汉方面贬下；论财力，你受鲍罗廷制约；论军力，你的嫡系实际还未形成；论政治，虽然你打着总理的旗号，但孙夫人并不支持你，你也斗不过共产党。最可怕的是所有各方都在观望，包括你的学生军，而且，外国人和江浙的财阀们的态度关系到你的成败，只要稍不留神，人家使出个小动作，你蒋中正就可能全盘皆输。”

蒋介石愣住了，胡汉民的分析不无道理，这个分析真让人害怕，不愧是中山先生信任的政治家。就这些话，一旦公布出去立刻会引起巨大麻烦。

胡汉民继续说："那些观望的人最期待你干什么？最期待你打击他们的敌人。他们的敌人是谁？是共产党。你问当下的时局，我告诉你，要改变对你不利的时局，唯一的路是用壮士断腕之决心反共'清党'。"

听到这儿，蒋介石长长地吐出一口气，一块大大的石头落了地。眼前的胡展堂竟与自己不谋而合，显得那么可亲可爱。他先由衷地说："知中正者，展堂兄也。"然后发出邀请："如果中正有意'清党'，展堂兄可否助一臂之力？"

胡汉民豪爽地高声道："自古社会乃文武之结合。武人马上打天下，文人动笔治太平。过去的得失不再计较，我愿意辅你治理天下。"

蒋介石被他的话感动了，连声表示不敢当，说："武汉那些人搞国民政府，任命你为外交部长，不过是虚职。我看，南京大局还是要展堂兄来维持。"

接着，二人商谈了建都南京的具体问题。辛亥革命后，武昌、上海、南京都是建都的候选城市，由于孙中山、黄兴的坚持，参议院几次复议后才确定建都南京。虽然这个政府只维持了三个月便迁往北京了，但在南京建立政治中心却一直是孙中山的愿望。而蒋介石在建都南昌的计划失败后，已考虑把政权中心放在南京，此乃步中山后尘，谨遵总理遗志，可谓名正言顺。

事是合理的，如何才能合法呢？目前手上的监察委员虽可以弹劾共产党，发动"清党"，却没有权力决定在南京建都，必须要中央执行委员会才能做出决定。可由三十六人组成的中执委几乎都在武汉，如何解决这个问题？

在国民党二大上，远在苏俄的胡汉民却以二百四十八票的全票当选了中央执行委员，并在二届一中全会上当选中执委常委，这说明此人不简单。果然，在蒋介石那里无解的头痛问题，在他这里却变得异常简单。他指出，既然武汉可以不合法地召开二届三中全会，南京也就可以召开二届四中全会。如果从法理上讲，中执委会议无法开，那就召开谈话会，这就可以避开人数的限定。他反问道："我们两个中执委常委，难道没有权力召开事关国家大事的谈话会吗？"

蒋介石大悟，连称妙招。

但蒋介石依然没有做最后的行动决定，还需要再看看，看武汉方面如何出牌。他想起了关于胡汉民的另外一件事，当年孙中山娶宋庆龄时，胡汉民曾搬出传统礼教，出言尖刻地阻婚，要孙中山悬崖勒马，孙中山以"这是我的私事"为由怒不可遏。现在我蒋中正要娶宋家三小姐，不知胡汉民这个书呆子会如何说？

蒋介石知道宋霭龄、孔祥熙已到上海，不知她那边进行得怎么样了。今天与胡汉民的谈话受益匪浅，这一切如果实施顺利，那么年初与二兄等人做出的所有计划便能如数实现。在他心里已有了两手打算，如果汪兆铭不能同心同德，就由胡汉民出面组织南京政府。

三月二十八日下午，蒋介石做了一件“出格”的事，这件事是存积在他心中的民族主义情绪的爆发。事情的过程被美国《时代》杂志记者抓住，因为他们的老板亨利·卢斯要拿蒋介石做下周出版的杂志封面。在中国出生并生活了十四年的卢斯敏感地抓住了一个新闻：中华民国将要发生天大的变化，掀起变化的人已不是此前人们普遍看好的吴佩孚将军，而是以战胜者姿态踏进上海的宁波人蒋介石。

《时代》杂志记者是这么描写蒋介石做的“出格”的事：

“上周一下午，大约两点多钟，一个长长的车队由南向北开进上海。车上坐着100名全副武装的强悍士兵——现代型的保镖阵势。一个人穿一件完全未加装饰的外套坐在第三辆汽车上，他虽瘦长，却是果断指挥南方军队的人——半个中国的伟大征服者、国民党军阀蒋介石。

汽车专队耀武扬威地强行进入了设有路障的法租界（法国人慎重地考虑了蒋介石将军要继续进入公共租界的要求后，选择了放行），一会儿，车队从法租界返回，这位征服者告诉人们是他的司机走错了路。很快，蒋介石和随从以及正规卫队，在一座大楼前停下，挂起一面旗帜，红、白、蓝三色的国民政府的旗帜在风中飘扬。红底旗帜的上方，是一片蓝色的田野，田野上升起了一颗白色太阳……”

这篇发表在四月四日《时代》杂志封面人物新闻的文章，接下来描述了蒋介石从二十三岁在上海参加革命，以及他指挥东征的经历。说蒋介石“尽管他衣着简便，不事张扬，但仍表现出一个征服者统领一切的气势。而不是和布尔什维克过于亲密的同志。”

很显然，无数人在大上海会迷路，但蒋介石除外，他在这里绝不会走错路。对他来说，上海恐怕是除故乡溪口之外他最熟悉的地方，他的师傅黄金荣此刻还是法租界巡捕房的华探督察长。

蒋介石是需要在洋人面前有一次强势亮相，中国军队不是不准进租界吗？孙传芳不敢进，张宗昌不敢进，我蒋中正如果也不敢进，那如何与列强谈判？虽然

“南京事件”尚未了结，但也必须告诉列强，北伐军与北洋军的区别，更要告诉洋鬼子们，租界是在中国土地上，北伐军有力量保护它的安全。因为，蒋中正来了。

但据《申报》报道，二十六日他离开龙华去枫林桥时也因为司机不识路直接开到了法租界遭拒。在杨虎的交涉下，才又经徐家汇路绕道，经枫林桥进交涉公署。不知两件事是否属一件？还是蒋介石就是要用两次“出格”来宣誓主权？

做完了这件让蒋介石出一口气的“出格”事后，另一件事又迫在眉睫。他敏感地发现他的嫡系部队似乎在磨刀霍霍，先是传来薛岳发出布告要保护上海总工会，然后是不断有黄埔军官前来行营向校长质询，他们想搞清楚应该如何对待国共关系。因为此前校长在军校时一再强调“反共便是反革命”，“反农工便是替帝国主义服务”。可现在好像变了，江西的陈赞贤被杀，已弄得沸沸扬扬，接着南昌、九江、安庆又发生了反共的事件，“联俄、容共、扶助农工、开国民会议、取消不平等条约”五大政策还要不要执行？军官们在彷徨。

这些黄埔军官都在第一军任职，他们驻扎在沪杭沿线。蒋介石得到消息，各师各级干部都相继出现了自由行动、不听约束的情况。何应钦甚至来电，说部队不听指挥，他想辞职不干了。

不得已，只能对每个人耐心地解释，同时又责骂劝慰，恩威并施。到后来，蒋介石的声音都沙哑了，知道所有的劝诫都是表面的，他内心涌现出焦虑。

此刻，军队是一切的基础，如果军队出现问题，什么中执委，什么监察委都得完蛋，前途则不堪设想，必须紧急行动。可该如何动手？白崇禧只稍稍动了薛岳，问题便一个接一个。看来还是需要依靠桂系。

桂系的李宗仁、黄绍竑，广东的李济深，还有程潜、贺耀祖、何应钦，加上白崇禧以及孙传芳的降将周凤岐都要来上海行营商讨局势交换意见。这些重要将领中，除了程潜，其他人大概都会支持他的意见，但应对一班武夫需要十分小心。蒋介石已与张静江、吴稚晖等沟通，对在何时开始“清党”，等军队将领到后再行决定。

正思考如何利用桂系的力量摆平军队的事，江左军总指挥与东路军前敌总指挥李宗仁、白崇禧到了。李宗仁与白崇禧合称桂系“李白”，在蒋介石眼里，这两人乃一丘之貉，他们往往是共进共退。

李德邻一介武夫，字也不会写几个。蒋介石觉得好笑，结拜时他送来的兰谱上竟然照抄了蒋介石兰谱上的誓言。白崇禧不同，多少上了师范，有桂系小诸葛之称。在李宗仁成立“定桂讨贼联军”时，白崇禧没少出力，最终他们击败桂系老军阀陆荣廷，现在二人联袂而来想必已有定数了。

蒋介石先发制人，见到李宗仁就说：“德邻你终于来了。何敬之不想干了，既然如此，我干下去也没意思，我们都辞职，你来干吧。”

不明就里的李宗仁连忙挽留：“国民革命不能没有蒋先生啊。”

蒋介石欲擒故纵地问：“你看该怎么办？”

来之前李宗仁已经向白崇禧了解上海的局势，并商量出一个办法。他说：“当务之急是要用快刀斩乱麻的方式‘清党’。”

蒋介石想听他对军队的看法。说：“‘清党’容易，不用军队就能办到。问题是军队怎么办？”

李宗仁试探性地说：“我们无非是怕军队异动。把我的第七军调一部到南京附近，监视沪宁线不稳队伍，使其不敢异动，然后对刘峙师中不稳的军官全部调职，再将它调至沪杭线上监视其他师。把一师调离上海，放到镇江去为京沪线护路，去除薛岳对上海的威胁，必要时可以撤换他，以固军心。上海防务可交给周凤岐。”

李宗仁一番话让蒋介石如释重负，立刻表态说：“德邻所言我完全赞成，就请健生下令，这是你的权力管辖范围。”

白崇禧暗自道：老狐狸，得罪人的事要我做，他在一旁做好人。

没等白崇禧回答，蒋介石继续说：“还烦德邻再给两广的黄绍竑、李济深拍电报，催他们来上海商量军国大事。”

此时的蒋介石开始觉得成竹在胸了。政治问题应该说不是问题，按蔡元培、吴稚晖的思想往下走，加上胡汉民的威望，只要动手就水到渠成。而且政治问题由张静江、陈家两兄弟把握着，更加了一层保险；军事问题有“李白”二人支持，也不会成为问题了；外交问题，现在名不正尚不能作为。但黄郛兄与日本人的接触很顺利，戴传贤也很快要从日本抵达上海，外交问题可以由他们先顶着；财政问题，只要动手，同乡音的江浙财阀们出钱应该也不是问题。

目前面临的最大问题是对共产党动手还是不动？蒋介石没拿定主意，主要原因是南京问题实际上尚未解决。

程潜、鲁涤平的部队是南京的占领军，虽有何应钦夹入其中，又派温建刚去当公安局长，毕竟是孤军深入。南京不稳，则谈不上建都。如何才能解决这个问题？已身兼南京卫戍区司令的程潜已在明显摇摆，他会在武汉中央里扮演什么角色？必须尽快找到解决这个问题的机会。

因为蒋介石过南京而未进城，若要再找到进入南京的理由需费心思。总部行营尚在南昌，自己现在上海，而下令将总行营由南昌迁往南京似乎不合逻辑。另外，汪兆铭未到，他在党内地位尚无人可比，万一他愿意站在我蒋中正一边，许多事便可迎刃而解。

正因为蒋介石的犹豫，二十九日的关于“清党”的会议没有结论。但程潜的摇摆，让蒋介石越发担心起来，而来自各方面的消息也让他感到时间非常紧迫。

上海总工会以上海特别市临时市政府的名义向法租界公董局发函，要求租界恢复交通拆除障碍物，允许工人复工等，否则将采取更大行动。这让原本就胆战心惊的租界慌乱起来。

租界问题是最大的外交问题。虽然租界暂时妥协了，但这是火种，要想它不再熊熊燃烧，唯一的办法是彻底扑灭。

还有一个情报让蒋介石警觉，蔡元培与共党领袖陈独秀在五马路棋盘街的亚东图书馆见了面。当年，正是身为北大校长的蔡元培力邀陈独秀北上任北大文学学长，导致他自己备受教授们的责苛，最后被迫解聘爱逛北平八大胡同的陈独秀。

这次他们在上海见面，说了什么。蔡孑民是张王牌，可他顽固的知识分子风骨，让人讨厌，如果善于鼓惑的陈独秀说服了他，会有什么后果？这可是个绝不能被共产党拉过去的人物，但没有谁能担保他不被共产党拉过去。而如果亮明坚决“清党”的态度，恐怕是解决这个问题的最好办法。

蒋介石决定给各方抛出一个信号：国民革命军以及他本人是有自己主张的，至于是什么主张，暂不公布。

这个信号是利用了一个机会发出的。共产党控制的上海市民代表会议于二十九日举行临时市政府就职典礼，邀请蒋介石参加，被他拒绝，同时发出一封《致上海特别市临时市政府函》，表示出不赞成的态度，指出：“欲谋市政之建设，在此军事期内，一切行政处处与军事政治系统攸关，若不审慎于先，难免纠纷于后。中正为完成政治系统及确定市政制度计，已另电中央熟商办法。务暂缓办公，以待最后之决定。”

武汉政府实际一周前就已公开承认上海市民大会，蒋介石横插一刀，让各方开始用各自观点进行解读。虞洽卿、杨杏佛、王晓籁等解读的结果是：立刻宣布辞去临时政府委员职务。

据中共《上海区委特务委员会会议记录》，三十日，蒋介石与时任中共中央军委书记的周恩来见了面，老朋友相见自然开门见山。周恩来代表中共对蒋介石到上海后的行为提出非议：对工农运动的态度前后不一、不与左派合作导致国民党内不统一、右派军官用得太多、公开说 C. P. 压迫国民党等。

蒋介石并没有询问上海工人暴动的事，也不知道周恩来就是当下上海滩大名鼎鼎的“伍豪”，只是针对武汉提意见，说：老鲍不走，一切都无办法。汉口全是老鲍在搞鬼，如果苏俄再不答复，我就单独发表宣言，宣布老鲍的一切破坏国民革命的黑幕。

在这样的关头，蒋介石还在隐藏他的“清党”思想，矛头只针对鲍罗廷。是他声东击西？还是一箭双雕？我们无法得知这次会面蒋介石是否挽留了周恩来？有文献指出，十几天后，周恩来险些身陷囹圄。

三十日和三十一日，蒋介石还连续会见了外国人。他清楚，按住洋人这一头，并取得他们的支持，才能放开手脚做内部的事。

三十日他与日本驻沪总领事矢田七太郎见面，会见是应日本方面要求而进行的。矢田开门见山地告诉蒋介石，他是受币原外相的指令而来。

矢田指出：南京事件后，各国的神经越发敏感，因此，维持上海治安必须予以特别深切的考虑。矢田还告之，英、美、法对蒋介石是否能控制沪宁局势尚处在怀疑之中，各国亦在考虑向中国增兵。要想与各国达成一致，就需要对各国保证不用武力收回上海租界。而对“南京事件”他表示只要赔偿与惩罚暴兵，承诺不再发生此事即可。

尽管蒋介石留学日本，与东洋亦有扯不清的关系。但在他眼里，日本人——倭寇也，只是此刻，尚不能与日本冲突。他同意矢田对上海当前情况的分析，这里的确弥漫着某些可能引发大事件的小事端。但他对矢田说：“上海局势在我国民革命军的掌握之中，领事先生不必忧虑。是否整顿，国民政府内部已下决心，我本人充分体察尊意，定当严加取缔。”

他没忘记专门强调南京事件，对外舰开炮提出抗议，对日本的克制表示谢意。

为防止万一，蒋介石已命令白崇禧宣告上海水陆戒严。迈出这一步，既可试探总工会，又可暗示各国别担心，也别乱来。他的中心意思是，决不能让外国人小看了我蒋中正。

他心底的那股强烈的民族主义情绪在慢慢向外扩散，在三十一日与英、美、日法记者见面时，对外表露他强硬的一面，专门准备了一份谈话稿：《国民革命军确保外侨生命财产》。

三十一日晚在外交大楼，一身戎装的蒋介石与来自各国的记者谨慎交流。他从新闻热点“南京事件”开始讲，强调抢劫者是直鲁军，而损失情况目前并未完全查清。各西方报纸大量刊出失实的新闻，导致现在有奸人从中挑拨，怂恿各友邦联合一致对付国民革命军，考其原因，就是西报宣传过甚所致。

他的这段带结论性的话，给了各国记者一个下马威。接着话锋一转，对租界开始批评：“本人到沪时，由吴淞口经过黄浦江到高昌庙登岸，目击各国军舰及兵士甚多。租界以内，有外国兵士及各种障碍物防守……租界乃系我国之领土，故本人不禁发生种种之刺激……认为莫大之耻辱。”这番充满爱国情感的话，让记者们瞪目。

蒋介石说着说着有些激动。自十九世纪以来，各国用武力对付中国，中国人受了多少委屈和损失，想到此，他斩钉截铁地说道：“我国民革命军所过之地，各友邦均不可派兵，由我国民革命军对于外侨生命财产，负完全保护责任。如有伤害外侨生命财产，决当赔偿，必不失信。我国民革命军对于各种武力及示威行动，毫不恐惧……”

针对租界怀疑国民革命军不能保护外侨生命财产，蒋介石用强硬的口吻说：“外兵外舰一日不撤退，国民革命军对于外侨之生命财产，一日不担保。甚望友邦从速改变方针，俾得彼此早日修好，共谋人类之幸福。”

通篇谈话，蒋介石把握得有理有节。对租界的所作所为予以揭露，对政府的外交政策也进行了非正式的阐述。会后，陈立夫等随行都大叫痛快，然而，他们并不了解蒋介石的真实意图。

中国人自古就反对卖国贼。台面上的强硬，能帮助赢得民族自尊心，这一点，对初到上海还将要统一中国的蒋介石来讲极其重要。今晚的谈话，相信会在民众以及军队中产生反响，为他这个国民革命军之首领添一份光彩。同时，他要让列强明白，只有他才是唯一可以使长江以南地区免于沦入共产党之手的力量。

蒋介石的兄弟戴季陶，当日自东瀛回到上海。从各方情况看，日本已是蒋介石手中的一张王牌，这张牌用好了，便可制约英、美、法。英国自一战后已无力再在东方开辟战场，而美、法已派人去疏通。“打倒帝国主义”是北伐的重要口号，这种强硬是应该时刻保持的。

与记者告别后蒋介石没有停止思索，一周来始终在纠缠他的问题是：动手？还是暂时不动手？他依旧犹豫着。

李济深等人已到了。明天的会怎么开？明天是四月一日，西方人的愚人节。

第六章
湘潭三雄 心潮逐浪

如果历史让蒋介石再做一次选择，恐怕他依然不会选择武汉。1927 年 3 月以后的武汉，时而风云突变，时而血雨腥风。所有人的性格、意志、本能、智力、判断等都在这里交织着，各派在此尔虞我诈相互角力，谁也说服不了谁，谁也打倒不了谁，政治局面如同一锅浓浓的粥，根本无法看清米在哪里、水在哪里。一团乱麻，剪不断理更乱。

乱中取胜原本是有着惊人的判断时局本领的蒋介石的拿手好戏，但武汉的局势他却无把握取胜，这里并非一般的、有理智的乱，而是从政治到经济都糊涂一片，国民党、共产党，文人、武人、各类投机者，加上号称“民国保姆”的苏俄顾问们，各唱各的戏，各打各的锣。民众与资本家们也都一头雾水，结果，粮食吃紧，食盐吃紧，资本吃紧……

然而，毛泽东心中有数，他比蒋介石更习惯化压力为动力。让他痛苦是：掌权的共产党领袖们与那帮苏俄顾问怎么就不明白“利用农民和工人制造的混乱是可以夺取政权的”道理呢？在毛泽东心中，此刻的国民党就像是一间等着人去住的空房子，而共产党人像新娘子上花轿一样，勉强挪进了空房子，却始终没有当空房子主人的决心。

毛泽东不甘心地在所有他能出席的会议上，反复阐述他关于土地革命的原则：用暴力没收地主们的土地。

可该如何没收？是没收个人拥有的二十亩以上的土地？还是三十亩以上的土地？亦或是二百亩以上的土地？人们争论不休。究竟在什么程度上才能实现“耕者有其田”？对这些具体的问题，有着非凡想象力的毛泽东并没有拿出具体做法，只是提出：佃农不纳租。他强调应先有事实，再用法律去承认。

可这时的他毕竟不是武汉政治圈中的决策者，在国民党土地委员会中尚有邓演达呼应，而在共产党的有关会议上，他却总是鹤立鸡群。俄国顾问们也不认可他的思路，受共产国际遥控的中国共产党领导人虽然在私底下有支持他的，但在最终的政策制定上依旧摒弃他的思路，因为党内老大陈独秀的推论是：农民是小资产阶级的一部分，是不可能进行共产主义运动的，只有工人才是无产阶级。

毛泽东并没有完全反对老头子的推论，但坚持认为，除了几个大城市有工人，其他地方到哪里找工人去啊？没有工人，又怎么进行共产主义运动呢？

不过，心情苍凉的毛泽东在4月里除了家添麟儿外，还有两件让他高兴的事，这两件事，让这位几乎是单打独斗的东方普鲁士由衷地笑了。

第一件是《湖南农民运动考察报告》更名为《湖南农民革命（一）》，由汉口长江书店出版发行了。小册子只是32开52页的平装本，文字上也有不少编辑的修改，但这却是34岁的毛泽东的文章第一次变成单行本。

长江书店是共产党办的，毛泽民是总经理。现在无法确定，毛总经理是否卖力地推销过哥哥的著作？反正当时广州、成都、长沙、南昌、安庆、九江、重庆等地的书店都有这本小册子销售。

拿到书的毛泽东很是兴奋。虽然封面与每页的书口处均以“湖南农民革命”为题，但正文标题还是用了他自己的题目《湖南农民运动考察报告》，这是对作者的肯定。

他反复翻看着，发现在书的18页与19页之间夹有一页附录：“历年至二月份各县农协会员数量比较表。”表中列有湖南57县的区协数、乡协数、会员成分、会员数量。这个统计表格是编者加进去的，毛泽东并不认为它有多大的科学性，因为他不是写一篇科研论文，而是要反击那些不了解农民运动却又指手画脚的人。因此，无需严密的学科逻辑，需要的是充满豪情与激情的辩论，提醒人们从本质上去发现，然后反省，再然后是找到方法。

在毛泽东的灵魂深处，飘荡着“实践即认识”的根深蒂固的观念，在他的全部知识中，中国农民的起义革命无不是把行动作为观念的。从陈胜吴广、到水泊梁山，再到闯王、太平天国等等，所以，他要的是农民有组织地被动员起来。

拿着飘散着墨香的单行本，他对尚在坐月子的杨开慧开玩笑说：“润莲他们给这册子定价大洋壹角，我看是低估了我毛润之的精神力量。”

杨开慧笑着问：“精神多少钱一斤？”

毛泽东哈哈大笑说：“无价。等我见到润莲还要打他。”

杨开慧说：“你这个大哥总是耍家长作风。润莲搞的《向导》发行一期就卖

8 万本，很了不起了。”

毛泽东点头说：“他是个有算计头脑的农民，可以双手打算盘，我家里的账都是他算。1922 年我派他和易礼容去安源搞经济工作，他居然学我父亲，搞了个股份制合作社，还蛮成功。”

毛泽东对这位弟弟是看好的。一年多以前，正在广州农民运动讲习所学习的毛泽民奉命去上海，担任中央出版发行部经理，接替瞿秋白做《向导》周刊的发行，当时周刊的全部家底只有 72 块银元。可周刊每月都要在《申报》、《民国日报》上做广告，仅这一项费用就是 72 元，中央每月却只拨付 60 元，其余一概不管，《向导》的发行量也只有一千多份。仅仅一年多，情况发生了根本变化，毛泽民也华丽转身，从农民变成了老板。

此刻毛泽东并没有意识到，他的这本小册子会成为日后全党领导农民斗争的纲领性文件，他更没有想到，一个多月后，遥远的莫斯科会转载他的文章。5 月 27 日和 6 月 12 日，共产国际执行委员会的机关杂志《共产国际》用俄文和英文以《湖南的农民运动（报告）》为题，登载了他的论断。虽然不是全文，但毕竟是毛泽东的声音第一次在共产国际内系统地出现。时任执委会主席的布哈林甚至在执委会第八次全会扩大会上公开赞扬这篇“旅行报告”，把毛泽东称为“鼓动者”。

现在，上海与广东的形势已急转直下，一连串的事情在发生：共产党中央从上海移到武汉；前来指导中共五大的共产国际代表罗易正在武汉忙碌；在国民党中常委第六次扩大会上，鲍罗廷建议并形成决定，将国民党中央党部和国民政府移迁南京；4 月 12 日在上海爆发了工人之间的激战（当时人们并没有意识到，“4·12”会成为宣告国共分裂、大革命失败的导火索）；蒋介石在南京建都，形成宁汉对峙；到达武汉的汪精卫宣布开除蒋介石党籍，免去他全部职务，并下令通缉；蒋介石在南京则宣布彻底“清党”，并通缉 197 名共产党人和国民党左派代表，毛泽东虽非魁首却也赫然出现在名单内。

毛泽东担忧，党的五大能否对时局做出正确的判断？他担心，共产党在总的退让观念指导下，从依附蒋介石转移到依附汪精卫了。

汪精卫是毛泽东的上司，两人一起共过事，对这个人毛泽东是比较了解的。别看他在高声疾呼：“革命的往左边来，不革命的快走开去。”可这位政治家是经不起风雨的，经济上他要靠鲍罗廷，军事上要靠唐生智、张发奎，任何一方出问题，他都将应声倒下。他建立的国共联席会议制度规定：重要政令一律由国共两党合议施行。太不现实。在毛泽东眼里，这位广东人已被事实证明了不是蒋介石的对手。

上海的共产党组织崩溃了，广东的党组织也转入了地下。毛泽东想到两个弟弟，不知他们情况如何?

第二件让毛泽东高兴的事是：他牵挂的两个弟弟竟然邂逅在一条从上海开往武汉的船上。

22 岁的毛泽覃带着已怀孕的第二位妻子、17 岁的周文楠离开已陷入白色恐怖的广州经上海去武汉找大哥。

毛泽覃比大哥毛泽东小 12 岁，也属蛇。13 岁那年从韶山到长沙一师附小读书，从此便受大哥的教育并加入共产党。

1924 年暑假，毛泽覃与比他大 20 天的赵先桂在韶山结婚，新娘是毛顺生亲自为儿子挑选的。赵家经商，与毛家素有生意往来，赵先桂的姑姑嫁给了毛泽覃的七舅文玉瑞，而这位七舅和七舅母是大哥毛泽东的干爹干妈。赵先桂与毛泽覃都是被毛泽东带到长沙读书的，一年后，已是共产党员的赵先桂被组织选中，送到莫斯科中山大学学习，这对小夫妻断了联系。

赵先桂走后不久，毛泽覃爱上了 15 岁的周文楠。周父多次做官，在长沙有一定声望。周文楠的侄女是毛泽覃的学生，因家访的缘故，毛泽覃认识了全身透着灵气的周文楠，多次交谈后，两人互有好感。

1926 年在黄埔军校政治部工作的毛泽覃，写信要周文楠来广州完婚，毛泽东并未反对这桩婚事。在广州时，周文楠常去毛泽东主持的农民运动讲习所听课。

从上海坐船到武汉需要四五天时间。一路上，随处可以听到枪炮声，毛泽覃细心地照顾身怀六甲的妻子。这天，他在甲板上突然发现一个熟悉的身影，那个西服革履派头不小的中年人不正是二哥润莲嘛，他高鼻梁、长长的脸很像父亲。毛泽覃没敢叫二哥的真名，而是轻轻喊了一声他的化名杨杰。

正在思考问题的毛泽民听有人叫，回头一看，竟是自己的弟弟毛泽覃，急切地问："润菊，你怎么会在这里?"

毛泽覃小声告诉他是去武汉找大哥的，并把周文楠介绍给他。毛泽民为弟弟要做父亲了而高兴，说："润菊，大嫂前些天也可能生了伢子，她有经验，让三妹跟着大嫂，保准冒问题。"

兄弟俩轻声交换情况，毛泽覃得知二哥“4·12”在上海差点被抓，惊出一身汗。

毛泽民说：“看来情况很复杂，见了大哥再说，不知能不能讨论出一个办法来。”他像是突然想起什么，拉毛泽覃来到他的舱房，指着一位年轻的女人说：“这是你二嫂，跟你同岁，浙江诸暨人。”

毛泽覃愣了一下，继而笑着叫了声：“二嫂。”刹那间，他意识到怎么兄弟三个都讨了第二个老婆。

大哥14岁时尊父命取了湘潭杨林乡的罗氏，那个女人比毛泽东大四岁多。他们结婚三年，大哥一直不喜欢她，在大哥离开韶山那年，她病死了。后来大哥才又找了开慧嫂子。

自己也是先娶赵先桂，续娶周文楠。

现在二哥一样，也续娶了。二哥原配王淑兰是个小脚女人，很能干，上屋场的家事都是她在做。她也是父亲毛顺生安排的，为毛家生了三男二女，可惜只活了一个。眼面前的这个二嫂一看就比以前的二嫂有文化。

“她叫钱希钧，也是我工作上的助手。”毛泽民介绍说。原来，一年多前他去上海工作，组织安排上海杨浦怡和纱厂工会会长钱希钧做他的假妻子，这是为了掩护秘密工作的需要。不久，两人彼此吸引弄假成真。

当毛泽民、毛泽覃两兄弟与周文楠、钱希钧两妯娌，同时出现在武昌都府堤41号时，一直为他们担心的毛泽东走上来连连打毛泽民说：“上海已经发生那么严重的情况，冒得你半点消息，急死人啰。”

毛泽民不明白大哥为什么高兴了和不高兴了都爱打他，他并不知这其实是毛泽东恋母情结的体现。八岁之前，毛泽东都是在外婆家度过的，缺少母爱。而离开母亲的主要原因是毛泽民的出生，在他下意识中有种抵制二弟的东西。

杨开慧见状连忙说：“莫打了，这不是你毛家祠堂。”

毛泽东乐了，说：“我这是高兴啊。你们回来了，回了就好哇。”

毛泽民与毛泽覃分别讲述了“4·12”上海和广州的情况。毛泽民并不很了解具体情况，只知道上海总工会被打散后，上海的党组织乱了找不到人了，他自己也被包打听抓住，幸好用钱进行疏通。广州的情况也一样，李济深对共产党有看法，在那里党的工作已无法进行下去，黄埔军校也开始杀共产党员。

毛泽东若有所思地告诉弟弟们，山雨欲来风满楼。他说：“我们总是强调要在工人阶级中领导革命，冒错啰，但这是俄国的经验，中国不是俄国，你们看看，有几个产业工人？遍地都是农民。农民能干什么？农民只能做洪秀全、李秀成。”他停了一下问毛泽覃：“润菊，你有什么打算？”

毛泽覃说：“我还是想做军队的工作，文楠就留在你这里。”

杨开慧连忙说：“可以可以，让三妹给我做伴。润之，邓演达那里不是正缺人吗？三弟又在黄埔军校做过。”

毛泽东点头说：“我来安排。争取去第四军工作。”他又问毛泽民：“你呢？”

毛泽民说：“我和钱希钧是奉命来《汉口民国日报》社工作的，要我做总经理。”

毛泽东严肃地说：“好。虽说它是国民党湖北党部的机关报，但也是共产党的一块宣传阵地呀。”他用欣赏的口气说：“上海的党报刊发行你做得很好，可以双手打算盘的人必定账算的好。你动过盲肠手术，现在情况怎么样？”

钱希钧在一边说：“他的刀口愈合不好，都几年了，经常疼痛。”

毛泽东关心地看着二弟，轻声说：“润莲呐，身体也是革命的本钱。这个账，也要算啊。”

见到了两位弟弟，毛泽东那颗一直悬着的心放下来。

润莲的经营工作已能独当一面，这是革命急需的，期待润莲可以积累更多经验。润菊虽已结了两次婚，也马上是要做爸爸的人，可还是个孩子，需要历练，往军队中发展，这路子是对的。在长期的思考中，毛泽东对枪杆子的认识逐渐成熟。要革命，没有军队就是空谈。几年来的东征、北伐有一批共产党员变成了军队领导人，润菊加入其中有百益。

如此一来，毛泽东兄弟三人分别在政治、经济、军事三大领域锤炼，总有一天可以互补。在毛泽东看来，到那个时候，一切都可以顺理成章。

4 月 19 日下午，毛泽东参加国民党中央土地委员会第一次扩大会议，类似的会议已参加多次。尽管绝大多数是纸上谈兵，但他还是希望能在国民党和共产党内形成纲领性的文件，他认为发动和领导农民革命刻不容缓，汪精卫手上的王牌不应该是唐生智、张发奎，而应该是千千万万的农民，否则他继续北伐以及与蒋介石抗衡就是空中楼阁。

对政治和时局极其敏感的毛泽东，虽强烈感觉到了来自上海、南京、广州的

“寒风”，但由于他并不在风暴中心，甚至也不在武汉各方的决策层里，许多事只知道蛛丝马迹，还大多是从报纸上得到的。此时，汪精卫等人提出继续北伐，这能抵御蒋介石刮起的“寒风”吗？他持观望态度。

武汉对是否出征北伐问题分为两大派：鲍罗廷看好在中原起事的冯玉祥，在老毛子眼里，西北军绝对是一支抗击蒋的有生力量。让汪精卫的北伐与西北军联手，可生出一股更强大的力量，并可能被共产党所控制；但邓演达清楚地看到，武汉政府目前要抗击的不是张作霖的北京政府，而是正在积极另立中央的蒋介石。应该把手中的全部队伍从北伐变为东征，只要高举讨伐蒋介石的大旗，虽然兵弱一些，却有可能使得程潜等其他北伐军掉转枪口跟蒋介石对着干。

无论从公从私，毛泽东都是支持邓演达的，但他的支持，仅仅是道义上的。当武汉政府最终决定北伐时，他向邓演达献了一计：在直、鲁、豫三省尽快成立农民协会，协助北伐。

在扩大会上，毛泽东遇到了从湖南来武汉参加中华全国农协成立大会的易礼容。他是由毛泽东介绍入党的，两人也是老搭档，当年湖南只有三个共产党员时他排在毛泽东、何叔衡之后。

与易礼容交换了两个月来的湖南农民运动情况，又思考了毛泽民、毛泽覃带回的信息后，毛泽东抓紧时间在会上连续发言。

他声线尖细，几乎每次发言都是倏地站起来，操着有浓重湘潭口音的语言，开始滔滔不绝。他手夹香烟，在屋子里游走着，不时猛吸几口，时而语速加快，时而语速平缓，他不用稿子，但发言却极具逻辑性，又锋芒毕露，他不时用余光扫视四周，很在意别人是否能听懂。

“政权问题不过是形式的问题，我们只要切实实现本党的决议已经够了，扩大农民协会的组织，则农民的政权是不成问题的……”

他顺着这个话题往下说：“解决土地问题的意义，我看有三条：第一，使农民得解放。废除地主及一切压迫阶级的剥削和压迫，实为本题的主要意义。第二，土地问题不解决，经济落后的国家不能增加生产力，不能解决农民的生活痛苦，不能改良土地……故第二个意义为增加生产。第三，保护革命。革命势力目前虽见发展，但亦到了一个危机。此后非有一支生力军，否则必归失败。要增加生力军保护革命，非解决土地问题不可……”

毛泽东想到第三个意义的时间就在当天上午，武汉政府在武昌举行了第二期北伐誓师典礼。汪精卫在会上慷慨激昂地说了北伐的三个目的：“把革命的势力，扩充到北京，统一全中国……是我们此次北伐的第一个目的；我们要使全国民众能得到解放，必须要打倒奉系军阀，这是第二个目的；我们要打倒帝国主义与军阀，尤必须要打倒本党的内奸蒋介石，这是北伐的第三个目的。”

毛泽东并不知道，李宗仁此前派他的参谋长王应榆到了武汉，提出：“双方均承认既成事实，大家分道北伐。待会师北京，再开会和平解决党内纠纷。”正是有了这个前提，汪精卫、鲍罗廷又坚信被苏俄武装的冯玉祥一定会站在武汉这一边，所以才不顾一切挥师北伐。汪精卫何尝不想有蒋介石那样的光环。

会议主席邓演达在会上发表关于农民政权问题应分三步走，即先讨论乡、区、县自治机关组织法；再使农民得到武装；最后制定相关法令并公布。听到这里，毛泽东再次站起来说：

“我很赞成邓主席的意思。我个人以为，国民政府农政部应即设乡村自治委员会，专门管理乡村自治机关的事项。由此，关于解决土地问题的意义，可再加三项：废除封建制、发展中国工业和提高文化。”

会议很晚才结束。会议决定由毛泽东、谭平山、顾孟余起草关于解决土地问题的文件，并决定自次日起，每天召开扩大会议。但毛泽东明白，农民问题只有跟革命联系在一起，才可能得到解决。

蒋介石在上海“清党”后的第八天，中国共产党发表了《为蒋介石屠杀革命民众宣言》，毛泽东仔细阅读了这个宣言。

毛泽东注意到《宣言》用了很大篇幅讲农民与革命的关系：“中国人口百分之八十是农民，若不经过农民革命，革命的民主主义的政权是不能够建设的……在国民革命军所到之各省，农民运动如野火一般散布起来。如果国民政府能根本改革农民数千年来所受之奴隶境遇与痛苦，国民革命就有真正的保障。”宣言中还明确地指出：“农民革命是与国民革命不可分开的。”

这个宣言，除了在农民问题上的描述与毛泽东的思想同步外，丝毫看不出遭受如此重创的共产党有悲壮的情感，似乎在说别人的事。宣言中关于支持国民党开除蒋介石党籍，罢免蒋介石国民革命军总司令之类的语言，在毛泽东看来是那么的软弱。他不解，既然党内同志知道农民革命的重要性，为何不彻底地在农民问题上闯出一条路子？

毛泽东想起4月5日陈独秀与汪精卫发表的那个联合宣言。现在看来，他们在十几天前已经发现了蒋介石的苗头，但为什么没有进一步行动？上海不是被总工会占领了吗？武汉不是承认了上海市民大会吗？蒋介石不是表态所有军政、民政、财政都须在汪精卫指挥之下吗？这其中到底发生了什么问题？上海为什么没有变成武汉？

那份陈独秀与汪精卫发表的联合宣言一看便知是出自孤傲的陈独秀之手，虽一气呵成，却给人此地无银三百两的感觉。

宣言中说："无产阶级独裁制，本是各国共产党最大限度的政纲之一，在俄国虽然实现了，照殖民地半殖民地政治经济的环境，由资本主义向社会主义的过程，是否是一定死板的经过同样形式的同样阶段，还是一个问题。何况依中国国民革命发展之趋势，现在固然不发生这样的问题，即将来也不至发生。"

谁会信这一纸空文？你陈独秀不说，人家恐怕还没想到，你大肆一说，便把原本就脆弱的合作炸开了一个口子。宣言还说什么："国共两党同志们，我们强大的敌人，不但想以武力对待我们，并且想以流言离间我们，以达其以赤制赤之计。"谁是强大的敌人？既然是强大的敌人，他会在乎你这种无病呻吟般的喊叫？

毛泽东无法知道这个宣言是否也是鲍罗廷等的意思，但他猜测，上海所发生的一切，很可能跟这则宣言有关。蒋介石在上一年的"3·20 中山舰事件"中已将多疑且冷酷的性格表现得淋漓尽致，他怎么会信这则跟他有关，却不是他签署的宣言呢？

一年前，毛泽东在写《中国社会各阶级的分析》文章时，开篇就指出"谁是我们的敌人？谁是我们的朋友"这是革命的首要问题。现在共产党人分清楚了敌我吗？

毛泽东仔细梳理"4·12 事件"后武汉国民党与共产党的反应，感觉两党似乎产生了共性：蒋介石的人在上海把武装工人纠察队缴械了，死了人。但并没有人对这个事件做出严肃认真的评估，也没有具体的有效行动，只是传来汪精卫的几声"简直是反了"的咆哮。

毛泽东本人在"4·12"以后的一周里，一直在参加国民党中央土地委员会的会议，同时与邓演达等联手，以中华全国农民协会临时执行委员会常务委员的名义，筹备召开全国农民代表大会。一切都在按部就班中平静地进行。

直到南京国民政府成立，并公开通缉 193 位国民党左派和共产党人时，大家才如梦初醒，终于看清了蒋介石在上海屠杀背后隐藏着的更大阴谋。到这时，汪精卫的国民党中央才宣布处理蒋介石；宋庆龄、邓演达等国民党中执监委，候补执监委联名通电讨蒋，毛泽东也在那份通电上签了字；共产国际驻中国代表团发表了相关宣言：谴责蒋介石是民族叛徒，帝国主义的工具；共产党也发表了相关宣言；武汉30万群众集聚武昌阅马场举行了讨蒋大会。

可一切都晚了，宁汉对立已成事实。而且，李济深在广东举起了武力“清党”的屠刀，浙江、安徽、福建也倒向南京，江西的朱培德正在摇摆。这些资讯，让毛泽东越发地彷徨起来。虽然眼下武汉是安全的，但能安全多久呢？如今卫戍武汉的大部队都去二次北伐了，而从南京到武汉不过几天工夫，蒋介石的下一步是什么？南京虽也开始了二次北伐，但此人是不会不盯住武汉的。

这天，忧虑中的毛泽东与来都府堤41号做客的蔡和森交谈，两人用湘乡话聊着。

毛泽东自嘲地说：“我们都上了蒋某人的黑名单啰，你怕不怕呀？”

蔡和森笑着说：“从1919年12月25日我从上海坐邮船去法国那天起，就不知道么子叫怕了。”

毛泽东点头说：“我们确实不知道么子叫怕了，但不管怎样，你还是要注意哮喘病啊。”

蔡和森摇头说：“自幼得的病，要注意也晚了。向警予就对我这个病一直耿耿于怀。”

毛泽东问：“她在武汉总工会工作还好吧。”

蔡和森摇摇头说：“具体情况不详，冒联系。”

家庭话题原本就不是毛泽东想谈的，他是要与这位中共中央执行委员交流彼此对局势的看法。蔡和森从苏俄回来途经长沙时，对农民运动有这样的评价：“现在革命的发展，第一当注重的是农运问题。”“谁能解决农民问题，谁即可以得天下。”跟思想一致的人谈话，毛泽东犹如同酒逢知己。而对中共中央核心层动态了解不多的他，更希望从好友身上得到他需要的信息。

“那个印度人罗易忙得很嘛。”毛泽东抛砖。

蔡和森也正烦恼，说：“毛子之间也矛盾。二次北伐的问题，老鲍与罗易就针锋相对。老鲍想利用二次北伐在西北地区建立革命根据地，把希望押在冯玉祥身上，建议苏俄给了冯很多支持。仲甫向老鲍建议，从苏俄给冯的武器中抽出一部分来武装共产党掌握的军队，可老鲍拒绝了。而罗易坚决反对二次北伐，说是军事冒险，是武汉政府转移群众视线、摆脱群众影响的阴谋，但斯大林站在老鲍一边。结果政治局的正式反对二次北伐的决议，仅过了两天就变了，做出了相反的决议。唉，这就叫朝令夕改哟！”

毛泽东忧郁地说：“我看这些老毛子策略有问题，太过倚重国民党轻视共产党了，他们之间出现的问题影响到了许多工作。那个罗易坚持认为二次北伐与一次北伐的目标不同，批评二次北伐不是为了打倒北洋军阀推翻北京政府，而仅仅是去把冯玉祥从陕西接到河南。老鲍一直就没同意没收一切地主土地的意见，他说现时谈论无产阶级领导权问题是幻想，他的主张就是抓住国共合作的统一战线不放。”

蔡和森冷笑说：“老鲍这几天还得意地说：我的箱子里还有草（指苏俄援助），他唐生智要吃我的草，还不至于跑掉。他难道不知道《农夫与蛇》的故事吗。”

毛泽东说：“现在看来，罗易虽是共产国际首席代表，却因手上没掌握援助中国的银子，说话远没有仅是国民政府顾问的老鲍香啊。”

蔡和森点头说：“是啊，老鲍是核心人物。去年仲甫派彭述之去广州，想说服老鲍放弃对蒋介石的资助。但老鲍不同意。结果断了彭述之的零用钱，听说连买香烟的钱都冒得。”

毛泽东乐了，这个彭述之就应该这样治他。但瞬间又灰心起来，鲍罗廷的统一战线与罗易的土地革命已经针尖对麦芒了。月初罗易到来时，大有改组中共中央的意思，可陈独秀一到武汉，情况似乎又发生了变化，即将要召开的中共五大会是什么样子？

蔡和森也担心五大的走向，他是共产国际为了加强对中国革命的领导而被派回来的，可现在，每次会议，罗易都是大发一番议论，老鲍接着反驳，然后仲甫、秋白等人卷入争辩。往往为一个小问题争辩许久，而做决定却只用几分钟。他告诉毛泽东：“罗易提出的原则都是对的，可他只有原则没有办法，结果开会变成了上课，空洞的理论一大套。依我看，老鲍是有办法而无原则，罗易刚好相反。”

毛泽东连连点头表示同意，说：“我看老鲍是站在仲甫右边一点点，而罗易则站在老鲍和仲甫的左边一点点。遗憾的是他只是站着。”他突然想到毛泽民提醒的一个问题，说：“润寰，你注意到17号发布的《集中现金条例》没有，所有收付银两都改用纸币，汉口的银行也都用纸币结算呀。”

蔡和森摇头说：“我刚从国外回来，不了解情况，听说发纸币的主张是宋子文提出的。现在武汉工人向老板提出的要求过高，劳资纠纷不断，导致财政状况似乎很不稳定。”

毛泽东说：“如果货币不能自由流通，商品就不能流通，那么经济就会崩溃。宋子文讲去上海筹钱，也不知是否筹到？我看这国民党，越来越像一支军队，而不像政府喽。”

毛泽东不知道，武汉经济领域的灵魂人物宋子文，对武汉的经济已经无能为力了，他去上海筹钱，谁知蒋介石抢先一步建立了“江苏兼上海财政委员会”开展工作，让他这个“和尚”没了“庙宇”。加之大姐宋霭龄不厌其烦地劝说，以及蒋介石的威胁，他只得躲在上海等待在黄浦江畔迎接汪精卫。

还有一件更重要的事蔡和森与毛泽东此时都不知道，遥远的莫斯科，两位共产党巨头正在角力。斯大林与托洛茨基在列宁去世后，便没有停止过夺权的明争暗斗。斯大林通过苏俄驻国民党政府顾问来指导中国革命，托洛茨基则通过共产国际来指导中国共产党革命。托洛茨基在中国的代表罗易极力推动，要将斯大林的代表鲍罗廷纳入共产国际驻中国代表团，只有这样，首席代表罗易才能指挥鲍罗廷，但因斯大林反对这个做法而不了了之，而中国共产党又镶嵌在国民党内。没有谁明白，该怎么办？

中国共产党第五次全国代表大会在武昌开幕。毛泽东作为候补代表参加了大会。此时的中共党员已从四大的994人急速扩大到57963人。

4月27日（很可能是28日，在罗易后来的一个报告中明确提到是28日。参加会议的瞿秋白杨之华夫妇在会场留影，照片上标明：4月28日最可纪念的一日），毛泽东仍然是灰布长衫走出了都府堤41号，往左拐不远便是中共五大的会场都府堤20号。

这是一个由灰色建筑围起的院子，穿过高大的西式院门，里面是一片清末民初风格的建筑。这是国立武昌高等师范第一附属小学的校园，中共一大代表陈潭秋在这里工作居住（16年后，他与毛泽东的大弟弟毛泽民在新疆同时被军阀盛世才杀害）。毛泽东发现，院子的周围有不少国民革命军的战士，他思忖着，共产党开会也享受被保卫的待遇了。

一走进院子，他就看见许多熟悉的面孔：陈独秀、李立三、陈延年、李维汉、刘少奇、恽代英、张国焘等。还有不少洋人，除了共产国际代表，英、法、美、德等国共产党代表也来了。在闹哄哄的人群中，还有代表国民党来祝贺会议的徐谦、谭延闿和孙中山的长子孙科。

在简单寒暄中，毛泽东得知不少同志是从上海搭乘英商怡和公司同一条船秘密赶赴武汉的，单程船票统舱也要45块银元。他们化装成生意人、水果贩子、茶叶贩子、做瓷器的，直到轮船过了九江，那些蒙被而卧的人才大胆走上甲板高谈阔论起来。让人惊诧的是，有相当一些人对离开上海恋恋不舍，难道那里的形势还不够严峻？

对于这次会议，毛泽东心中已不抱什么希望，虽然是候补代表，但他还是有备而来，他在会场里的一条凳上坐下。接着发现，主席台上未见鲍罗廷的身影，这加深了毛泽东的疑问。

更让毛泽东不解的是，在罗章龙提出的主席团名单中，支持陈独秀的人均不见踪影。共产国际代表罗易当场站起来抗议，提出彭述之、罗亦农应该参加主席团。后来毛泽东才听说会议的操控者们采取了“清君侧”的策略。

开幕式上，毛泽东注意到两个细节：一是国民党嘉宾谭延闿双目微合，一言未发；二是开幕式后有人提议，说这是建党七年来第一次公开的大会，出席大会的80人代表全国5万7千多党员，应摄影留念，但未得到组织者的同意。

开幕式后，毛泽东的种种疑问开始一点一点变为失望。这次大会的代表确认、议题、议程、决议以及谁当主持人，全部由共产国际事前规定，连会议的政治报告大纲也是罗易规定的。偏偏陈独秀在会上依旧是家长作风，动不动便对年轻的共产党员说：“小孩子，懂什么。”毛泽东独自冷笑：“你陈仲甫如今不过是拿着钥匙的丫头而已喽。”

完全让毛泽东不解的还有，这次大会居然是为了执行“共产国际执委会第七次扩大全会”决议的会议，可第七次扩大全会是在上年末召开的，半年来中国已发生了剧烈变化。之前苏俄《真理报》一直在说“蒋介石不得不服从群众的革命意志。”斯大林也说：“没有必要驱除国民党右派，蒋介石是服从纪律的。”可现在，人家已在南京另立政府公开与苏俄决裂了，难道这次大会不应该根据新的局势做出新的决议吗？共产国际却要求中共五大一切政治决议要完全以共产国际第七次扩大全会关于中国问题的决议为依据。在毛泽东看来，这不是运筹帷幄，而是纸上谈兵。

五大——这次半公开的大会前后进行了13天，在武昌只举行了开幕式，便将会场转移到汉口济生三马路黄陂会馆。理由有二：汉口较武昌更为安全；大多数代表住在汉口，坐渡轮过江不方便。毛泽东住武昌，也是少数代表，只能赶渡轮去汉口开会。因为对大会的失望，他并没有全程参加大会。

黄陂会馆大门前是一条新开的宽马路，顺着院子里一条长长的石子路，可直进大厅。会馆正厅是开会的地方，主席台用学校的讲台搭起，台下排列的椅子一直到墙根儿。

4月29日，毛泽东一进会场，就发现条凳上放着一本题为《中国革命中之争论问题》，是瞿秋白写的。毛泽东翻着书，耐着性子听完了陈独秀代表第四届中央执行委员会做的题为《政治与组织的报告》。报告涉及国共两党关系、军事、无产阶级领导权等十一个问题，足足讲了六个小时。报告以全盖偏，并没有根据当前的现实指出方向。毛泽东强烈地感受到，他的这位革命导师是在罗易与鲍罗廷两个洋人之间徘徊，可这样会贻误时机啊。

4月30日，毛泽东又听了罗易代表共产国际驻中国代表团做的长篇讲话，题为《中国革命问题和无产阶级的作用》。分为五个大问题：第一，进行土地革命；第二，武装农民，保卫土地革命的胜利果实；第三，组织农村自治政府，摧毁农村封建地主的政权；第四，建立国家机构，进而实现民主专政；第五，建立一支革命军队，不是采取把军阀军队变成革命军队的办法，而是在巩固社会的基础上组织一支革命军队。

在毛泽东看来，罗易的报告更具鼓动性，给了代表们一个比较光明的未来。但是，该如何操作呢？这张美好蓝图如何变为现实呢？看来蔡和森对此人“有原则而无办法”的评价是恰当的。

罗易在报告中不点名地批评了陈独秀支持二次北伐，可武汉的北伐军已经出发，听说打得还不错。他还批评陈独秀的“革命的下一个时期是低落时期”的观点，大声叫道：“非常清楚，革命的下一个时期将是发展时期。”让毛泽东觉得可笑的是，罗易为了弥补共产国际决议在前，蒋介石“清党”在后的矛盾，把蒋介石的分共说成是好事，说如此一来，反而减少了“矛盾”，统一战线更“单纯”，更有利于革命的“进攻”了。

毛泽东认识到共产党好像在被国民党同化，马克思主义似乎被悄悄地换上了三民主义，并且出现了如国民党常用的名称“常委”，更让人惊奇的是，五大的宣言居然是用英文写成的。

其实这时中央内部的角斗已经白热化了，角斗双方主要是罗易对鲍罗廷、陈独秀。鲍罗廷认为当下要建立稳固的基地是幻想，如果支持农民彻底土地革命，就必然要反对国民政府，因此也必然导致武装暴动，这将很危险。最佳办法是让北伐打成一锅粥，没有胜利者，那时中国将成为“无主之国”，再施展共产主义策略会极有效。

而罗易不这么认为。他主张东征，先拿下苏、浙、赣、皖连同两湖，形成一片稳固的基地，从而开展土地革命。

双方分歧的焦点是：“深入革命”还是“扩大革命”？结果，因为陈独秀的支持，鲍罗廷赢了，党一直强调的土地革命变成了一种欺骗。不过罗易——这位40岁戴着宽边眼镜的印度人倒是让毛泽东看到了些许希望。不管怎么说，他的论断深深地印在了毛泽东脑海中。

当然，谁也不会知道，仅仅过了两年，眼前这位极左的共产党员会因为批评共产国际极左，而被共产国际开除与共产党决裂了。

在接下来的大会讨论中，瞿秋白批评了彭述之的机会主义理论和政策，这是在解释发给代表的《中国革命中之争论问题》。但他还是维护了陈独秀的领袖地位，没有点名批评。

蔡和森在发言中指出：国民党过去之弱点及现在动摇都说明，能领导革命进行到底并取得胜利的只有无产阶级政党。这也是不点名地批评陈独秀把革命胜利的希望寄托在国民党身上。

会议期间发生的一件事让毛泽东强烈感受到“联合战线高于一切”的力量。那天会议通知：明日邀请汪精卫来大会演说。根据会议主席陈独秀的指示，大会秘书长蔡和森带着一帮人忙开了，先是撤换了墙上的标语，把“工农小资产阶级同盟万岁”、“争取非资本主义前途”、“反对白色恐怖”等换成“国共合作，革命必胜”之类的标语，然后把主席台上马克思、列宁的碳精画像做了调整，在两幅画像中间加了一幅稍大一点的孙中山画像，并且挂得略高于马列二人。

次日，当汪精卫在卫兵的护卫下来到会场时，穿着一身簇新中山装的瞿秋白满面笑容把这位国民党领袖迎到台上。

对汪精卫的认识，桂系李宗仁似乎比毛泽东更为细腻。他在回忆录中写道：“汪兆铭的为人，堂堂一表，满腹诗书。言谈举止，风度翩翩。使人相对，如坐春风之中……其真正的个性，则是热衷名利，领袖欲极强……每临大事，复举棋不稳，心志不定……汪氏每次主持重要会议时，神志多不安定，周身摆动，两手捶个不停，一反其平时雍容和穆的风度……凡汪氏所不喜的人赴其寓所访问，汪氏亦均屈尊接见，娓娓倾谈，状至亲昵。然客甫出门，汪便立现不愉之色，顿足唾弃。转瞬之间，态度判若两人……”

汪精卫的演讲果然充满热情，他朗朗地阐述着他的革命理论，指出国民革命唯一的目标便是反对帝国主义，至于阶级斗争、土地革命都不是现在应该进行的。他认为是民族主义使革命阵营团结，而社会革命必然引起分裂。他同时表示，虽然土地改革是必要的，但只能在占领北京之后实行。

对毛泽东更大打击的是陈独秀居然把他精心准备的一个提议扔在一边，甚至不让大会讨论。这个提议是“解决农民急需解决的土地问题，广泛地重新分配土地”。这是他在写完《湖南农民运动考察报告》，多次参加国民党中央土地委员会讨论，并且与彭湃、方志敏等人充分讨论后形成的东西，可大会根本就没当一回事，这让他万分沮丧，强烈感到被羞辱。

因为毛泽东没有表决权，所以剩下的会议他没有再参加，但他并不清楚，提议被冷落的根本原因不是陈独秀看不起他，而是不合共产国际的胃口。远在苏俄的共产国际平均两天半便会对中国革命问题作出决议，甚至包括如何与国民党谈话、要注意什么，都有具体指示，俄国人甚至觉得国民党更为可靠。

没理会五大的毛泽东 5 月 5 日和 6 日参加了国民党的活动。5 日他以全国农协代表身份出席一个欢送会。欢送由他提议、4 月 29 日成立的战区农民运动委员会及农讲所部分学员前往河南，毛泽东是这个委员会的常委。

6 日出席了国民党中央土地委员会最后一次扩大会议。在这天的会上他见到了陈独秀和鲍罗廷，他已不在乎强权，而是继续重申他对没收土地的意见，并反驳了谭延闿提出的以“逆产处分委员会”的名义分配土地的意见。

打击一个接着一个，从上海开始的屠杀正在长江以南蔓延，而北京又传来李大钊被张作霖政府判处死刑被绞杀的消息。

心情郁闷的毛泽东踯躅在长江边上。李守常（李大钊）的牺牲，让他想起了自己在北京的难忘岁月……

1918 年 8 月，25 岁的毛泽东为组织湖南青年赴法勤工俭学，第一次走出三湘大地到了北京。他住在鼓楼后豆腐池胡同九号（现为十五号），这是恩师、北大教授杨昌济的家，正是在这里他爱上了杨教授 17 岁的千金杨开慧。这年夏天才随父亲从长沙迁到北京的杨开慧，对“毛润之”的名字耳熟能详，父亲常常在家提起这位得意门生。这对年龄相差 8 岁的青年，操着家乡话兴奋地聊着。两人常常出门往北，过鼓楼沿景山东街到紫禁城外筒子河边，北海堤垂柳下都留下他们的身影。

两个月后，杨教授给了高徒毛泽东一个惊喜，介绍他认识北大图书馆李大钊。又经厚道的李大钊向校长蔡元培推荐，只有中专学历的毛泽东被安排进了位于紫禁城东北一点的沙滩北大红楼图书馆当助理员，负责第二阅览室新到报刊和阅览人姓名的登记工作，月薪八块银元。

虽然毛泽东知道李大钊的薪水是一百二十元，但他非常满意这份工作和这份薪水。在偌大的北京，终于可以自己养活自己，他也因此搬到景山东街三眼井胡同吉安东夹道七号（现为吉安所左巷八号）。在三间小屋里，挤进了蔡和森、萧子升、罗章龙等八人，几个人同盖一床被。从这里去红楼图书馆上班钻胡同走也不过800米的距离。

在这座有地下室的四层工字形红砖楼里，毛泽东见到了当时中国的一批知识分子精英，如蔡元培、陈独秀、李大钊、胡适、梁漱溟、钱玄同、张申府、周作人、傅斯年、张国焘、邓中夏等人。虽然他们对这个湖南人并不怎么搭理，可他们之间的对话，足以让这个第一次走出湘境的年轻人耳濡目染眼界大开。地处皇城根的红楼已然是新思想运动中心，而在知识分子中有极大影响的《新青年》、《每周评论》等杂志就是在这里编辑完成传播到全国的。在他们的影响和鼓动下，毛泽东开始接受俄国十月革命思想，由信仰无政府主义开始转而信仰共产主义。他不但加入了由《京报》社长邵飘萍发起组织的新闻学研究会，还加入了由杨昌济、梁漱溟以及胡适组织的哲学研究会。

那年11月11日，协约国战胜同盟国，第一次世界大战宣告结束，中国成为战胜国。27日，毛泽东在《北大日刊》上看到一则启示：本月二十八日至三十日为庆祝协约国战胜日期，本校拟于每日下午开演说大会（地点在中央公园）……

毛泽东去离红楼两公里外的现场聆听了阔步登台的李大钊《庶民的胜利》的演讲，听着这位只比自己大4岁的河北人那高亢的声音以及丝丝入扣的全新观念，毛泽东激动不已。

“我老老实实讲一句话，这回战胜的，不是联合国的武力，是世界人类的新精神。不是哪一国的军阀或资本家的政府，是全世界的庶民。我们庆祝，不是为哪一国或哪一国的一部分人庆祝，是为全世界的庶民庆祝……

我们对于这等世界的新潮流，应该有几个觉悟：第一，须知一个新生命的诞生，必经一番苦痛，必冒许多危险。有了母亲诞孕的劳苦痛楚，才能有儿子的生命……第二，须知这种潮流，是只能迎，不可拒的……一七八九年的法国革命，是十九世纪中各国革命的先声，一九一七年的俄国革命，是二十世纪中世界革命的先声。第三，须知此次平和会议中，断不许……阴谋政治家在那里发言……第四，须知今后的世界，变成劳工世界……”

精辟的论述、深刻的揭露，让毛泽东醍醐灌顶耳目一新，这为他八个月后在长沙创办《湘江评论》提供了范例。他在《湘江评论》创刊宣言中指出：“世界什么问题最大？吃饭问题最大。什么力量最强？民众联合的力量最强。”与李大钊的文风惺惺相惜。

在北大图书馆工作的五个多月里，毛泽东除了有机会与李大钊等交谈外，还阅读了大量来自国外的革命书刊，对政治的兴趣越来越大，思想也迅速地朝着马克思主义方向驰骋，他迈出了从湖南走向全华夏的第一步。

有文献说，在北大也有一件事让他终身难忘。一次，因为字迹十分潦草，难以辨认，把北大学生会领袖傅斯年要借的一本书搞错了，毛泽东不认错反而强辩。毛的湘潭话与傅带天津口音的山东话无法沟通，傅斯年气急之下打了毛一个嘴巴。这段轶闻不知是真是假，可以知道的是敢发飙把“蒋家王朝”两任“行政院长”赶下台的傅斯年，却不敢留在大陆迎接新中国的诞生。而毛泽东则在离开北大32年后，依旧用他独特的书法为北京大学题写了校名。

这段图书馆的工作经历，还使毛泽东在20年后遇到一个比他小21岁的女人时有了共同的语言。这个女人便是他第四任夫人——江青，她曾用“李云鹤”的名字在青岛大学图书馆工作过九个月。

1919年12月，毛泽东又一次来到北京。热情的李大钊向他推荐了许多革命书籍，其中考茨基的《阶级斗争》、马克思恩格斯的《共产党宣言》和柯卡普的《社会主义史》这三本书特别深刻地铭记在了毛泽东心中，他开始自认为是一个马克思主义者了。

1921年，李大钊与陈独秀相约南北建党之后，在南方的毛泽东自然与陈独秀接触更多一些，又因其主编的《新青年》，以及陈教授放达不羁的做派，让毛泽东狂热地迷恋。他完全同意“革命的道路”应该像陈仲甫所说要讲究“过程”，而不应该像李守常那样太注重强力的“意志”。他彻底抛弃了“康梁”转而对陈独秀、胡适等的崇拜。

李大钊的共产党北方支部似乎从一开始就是独立的，与南方中共组织交叉不多。记得和李守常最后一次见面是在国民党一大上，李是国共合作的推动者。毛泽东从没忘记这位好人，在担任国民党第六届农民运动讲习所所长时，还特意委托人去找李大钊，请其在北京、天津选拔学员。现在李守常死了，是被绞刑架三绞而死的，死得很惨。

4 月 6 日清晨，京师警察厅在北京东交民巷苏俄使馆内抓住了李大钊。同时被逮捕的还有 22 名苏俄人和 36 名躲藏在使馆内的国共两党党员，国民党北京执行部的 9 名执行委员中有 6 人被抓。只过了 22 天，在未开庭判决的情况下，便被绞杀。

京师警察厅敢闯入苏俄使馆一定是非正常行为，背后有阴谋。张作霖不但杀了李大钊，还公布了在使馆搜到的多份机密文件，包括蒋介石、冯玉祥向苏俄借款的契约以及苏俄向北伐军提供武器的清单。而南京方面发布的通缉 197 人的名单中并没有李大钊。

李守常是五大开幕第二天被绞杀的，年仅 38 岁。这一切都预示着什么？毛泽东心痛，李大钊的头颅在组织中的分量是何等的重啊，他的“革命意志”学说，如今已开始悄悄地改变毛泽东的“革命道路”该怎么走的思维。

罗易在五大上说：“在现阶段，共产党的基本任务是组织有农民和城市小资产阶级参加的革命联盟，建立民主专政，领导中国革命走非资本主义道路，并把国民革命转变为争取社会主义的一场斗争。”

毛泽东想，所谓的“非资本主义道路”大概就是指中国革命要走社会主义道路吧。但不经过民主主义社会能直接进入社会主义社会吗？陈独秀一定是怀疑的。因为即使实行最彻底的土地革命，恐怕也难完成罗易的目标，但如果采用另一种方式，如李大钊所说的“革命意志”即暴力革命呢？

心情苍凉不知如何是好的毛泽东登上了长江边蛇山上的一座三层飞檐、大有楚地古楼阁建筑风格的楼宇，周边的人们都把这座名为“奥略楼”的古建筑，称为“黄鹤楼”。

看着飞檐下高悬的匾额：“南维高拱”和大柱上“大江东去”、“爽气西来”的对联，毛泽东将烦恼、彷徨与愤怒转变成了词句，他要把所有的志向都镶嵌词境之中。

毛泽东是知道黄鹤楼的，它乃武昌名胜，俯瞰大江，气象雄壮，此楼因崔颢的诗作而名声大震。毛泽东脱口而出："昔人已乘黄鹤去，此地空余黄鹤楼。黄鹤一去不复返，白云千载空悠悠。晴川历历汉阳树，芳草萋萋鹦鹉洲。日暮乡关何处是，烟波江上使人愁。"

沉浸在诗意中的毛泽东，想起一段关于李白到黄鹤楼看见崔颢诗后的轶闻，说李白想不出比崔颢更绝的句子，便道："眼前有景道不得，崔颢题诗在上头。"毛泽东心道，李谪仙不敢题诗，我毛润之敢吗？

登高眺望，八面来风，两岸景象尽收眼底，滚滚长江奔腾向东。多少天来的烦闷，在这开阔的视野中化作了抒发意志的词句。他用词调中最古老的《菩萨蛮》曲调，八句44个字从他的嘴中慢慢吟出：

茫茫九派流中国，
沉沉一线穿南北。
烟雨莽苍苍，
龟蛇锁大江。
黄鹤知何去？
剩有游人处。
把酒酹滔滔，
心潮逐浪高。

他强烈感觉到革命导师陈独秀在党内被排挤。虽然对陈独秀的做法有意见和不解、无奈，但在他心里，"革命"还是与"陈独秀"划着等号。他把"革命"与"陈独秀"化成了词中的"黄鹤"。

借景抒情的毛泽东此时缺少了"恰同学少年，风华正茂。书生意气，挥斥方遒"的浪漫，也没有"问苍茫大地，谁主沉浮"的豪迈，但却多了一份成熟和悲壮，多了一份感慨与思考。

回到都府堤41号，他立刻挥毫写下：《调寄菩萨蛮·登黄鹤楼》。

当时的毛泽东并不知道，在43年前（1884年）一场意外的民房失火殃及了清代同治七年（1868年）重修的黄鹤楼，一夜之间，大火使黄鹤楼荡然无存。而毛泽东登上的那座奥略楼是光绪三十四年（1908年），张之洞从湖广总督任上升任内阁大学士军机大臣后，他的门生和下级为纪念他，集资在黄鹤楼遗址附近建造了这座楼，原名“风度楼”，但张之洞害怕朝廷疑心，坚持将《晋书刘弘传》中“恢弘奥略，镇绥南海”的“奥略”二字取为楼名，并亲笔书写了“奥略楼”三个字。

更让毛泽东想不到的是，他一生都未曾见到过黄鹤楼。他曾于1953年从南京溯江而上，到达武昌后又登了一次蛇山，可他见到的依旧是奥略楼。两年后，因要将毛泽东“沉沉一线穿南北”变为现实，打通京广大动脉，这座楼被拆除了，武汉长江大桥从这里经过。而黄鹤楼重建落成，是在毛泽东逝世9年后，但已非原址。后来出版的毛泽东诗词大多把词名中的“登”字删掉了。

五大结束后，毛泽东得知自己当选为候补中央委员，但失去了曾拥有的关于农民问题的所有职务。

在这次大会上，中国共产党设立了中央政治局，同时设立了中央监察委员会，这种组织制度从此在党内延续。没有比陈独秀更适合的人选，苏俄只能用他，陈独秀得以第五次任中国共产党总书记。但他在党内的拥趸彭述之、罗亦农等被排斥在中央以外。

“没有悬念。”毛泽东思忖着。他一方面密切注意党内人士变化后的变化，似乎中央已经是瞿秋白（提出了完整的新理论）、谭平山（与国民党关系密切）、张国焘（算是中共的元老）在主持，这三个人的搭配看上去很美，实际彼此也暗中争斗。另一方面他一如既往参加各种会议、在农讲所当先生。因为并不被俄国顾问们重视，他变得敏感而放任起来，往往在会议的中途才到会，并常常用高傲倔强的目光扫视会场，有时一言不发，有时发表一通锋芒毕露的讲话，然后扬长而去。当然，他的讲话基本都围绕农民问题和土地问题。他坚持认为，农民渴望进到另一场革命，共产党在循此方向领导他们的过程中绝不能退缩；中国革命不可能在城市知识分子或工人中发生，中国革命必然发生在农村。他用这些鲜明的观点告诉当权者：他才是中国农民问题的专家。

中共五大没讨论毛泽东关于农村问题的提议，他只得转而把希望寄托汪精卫的国民党中央身上，但最终，他依旧失望。

5月9日，毛泽东和邓演达、谭平山等人联名向武汉国民党中央执行委员会写了《土地委员会报告》，并附上七个决议案。这个报告是根据国民党二届三中全会要求而写的，在国民党中央土地委员会最后一次（第六次）扩大会上通过。七个议案中，毛泽东执笔了《解决土地问题议案》。对谭延闿以“逆产处分委员会”名义分配土地的意见，毛泽东不赞成，他固执地认为应该成立“分配土地委员会”，并将这个委员会作为土地革命的办事机构。

在议案中他再次阐述了没收土地两步走的方法：先“政治没收”，将土豪劣绅军阀的土地没收，按人口重新分配；然后搞“经济没收”，即没收那些自己不耕种租给他人的田（多年后，毛泽东率领中国共产党夺取天下，立刻进行了“土地改革运动”。组织农民通过与地主进行面对面的斗争，成功地将没收的土地分给无地少地的农民，然后，通过“合作化运动”将全部土地收归集体）。

在开会讨论报告和决议案时，毛泽东敏感地发现，参加会议的陈独秀、鲍罗廷对这个议案冷眼，但他没理会，没退缩，始终坚持自己的观点。

因为形势与前两个月不一样了，这个报告与决议案已经比毛泽东当初的想法平和很多。报告指出：地主与佃农制度还不能完全消灭；小地主及革命军人的土地均应加以保障。这与毛泽东年初的“有土皆豪”的激进看法比理智许多。但他在决议中还是提出：大地主与官吏的土地、公地和荒地应分给无地或少地的农民，同时，必须赋予农民政治权力等。

5 月 14 日，国民党中央执行委员会召开会议表决七个议案，11 位中执委参加了会议。七个决议中的《佃农保护法》、《处分遗产条例》通过了，剩下的《革命军人土地保障法条例》等五个决议均被否决，尤其是针对毛泽东执笔的《解决土地问题议案》争议激烈。举手表决时，只有邓演达、吴玉章、林祖涵赞成通过而不公布，其他八位均反对，他们是宋庆龄、汪精卫、徐谦、孙科、谭延闿、陈友仁、顾孟余等。大家的观点非常明确，认为如此解决土地问题，农村秩序将被扰乱，这把大火不会烧向敌人，却可能烧向自己。

当天就要率总政治部工作人员离开武汉前往河南驻马店北伐前线的邓演达表决后说：这些决议“因为客观的环境不允许，公布了反而不好，对我们的政策有妨害”。

毛泽东关于农民问题的政治主张似乎到此戛然而止了。他痛苦地思索该如何办？他当然不知道，仅仅 90 多天后，武汉国民党政府所有的立法、决议等行政文件都将成为废纸。

刚坐完月子的杨开慧安慰毛泽东：“你应该坚持自己的观点，因为那是你亲自调查得来的。”

毛泽东看着妻子认真地问：“你真的认为我是对的？”

杨开慧笑着指指毛泽东的衣服说："关于中国的农民问题，我宁愿相信穿灰布长衫的人，而不相信那些西装革履的人。"

"哈……"毛泽东发出了响亮的笑声，"霞姑你说得对呀。真理的掌握者你只要稍稍留心就能看出来呀。举目望去，除了彭湃，国共两党中还有谁比我毛润之更了解农村农民呢？想在中国搞无产阶级革命，现阶段是句空话。上海的工人多，但怎么样呢？蒋中正、白崇禧一天就用屠杀解决了问题，而湘、鄂、赣地区有几个产业工人？都是农民嘛。"说到这儿，毛泽东点着烟深深吸了一口，慢慢说："中国的农民只能做洪秀全，只能做李秀成呀。"

毛泽东的思索尚无头绪，接下来发生的两件事，让他无比震惊，根本没想到事情会来得这么快、这么猛，他闻到了浓浓的血腥味。

5月13日夏斗寅叛变，5月21日许克祥叛变。这两件事不仅让毛泽东震惊，陈独秀、鲍罗廷等更是慌张得不知如何是好。

武汉国民党政府宣布二次北伐后，非唐生智嫡系的国民革命军独立14师在师长夏斗寅带领下驻守宜昌，目的是监视阻滞已倒向南京的川军杨森顺江东下。可这位出生在湖北麻城、身体魁梧的军人，却趁武汉城内空虚倒戈了，他同意南京蒋介石的反共方案，从鄂藉绅商处获取大量银子后，里应外合竟助杨森兵不血刃占领了宜昌。而自己却趁机以兵力不足为由撤出战场，回流至沙市，并与杨森约定，川军止步宜昌，剩下的事由14师完成（也有文献称，夏斗寅是真被杨森打败后，才决定偷袭武汉的）。

13日，夏斗寅到达嘉鱼，并秘密杀害了14师的政治工作人员，随即发出了反共通电——元电，亮出进攻武汉的叛剑。

元电称：共产党人"盘踞要津，借口容共，夺主喧宾，跨籍冒名，专横肆恣，妄分左右，教唆农工，排除异己，伤天害理，循至无绅不劣，有土皆豪，四境骚然，哭声载道，我两湖人士受祸尤酷"。

夏斗寅是参加过武昌首义的老兵，他的突袭让汪精卫大惊，武汉三镇为之震动。汪精卫派夏斗寅的旧交湖北黄陂人任剑若等赶到嘉鱼，试图劝阻，夏斗寅为表示自己投靠南京的决心，竟然杀了任剑若祭旗。

17日，14师第一旅的一个团攻到距武昌四十余里的纸坊镇，整个武汉在兵临城下的气氛之中开始流传各种坏消息。留守武汉的第八军军长李品仙下令封锁长江，使武汉三镇变成三座独立的城市。霎时，商店停业、有钱有身份的人避入租界、老百姓则向城外迁移，躲避战火。

在一片惊慌失措中，城中的国共两党出现了短暂的团结一致。汪精卫、陈独秀都明白失去了武汉意味着什么？鲍罗廷、罗易等人更知道，如果夏斗寅攻进了武汉，中国的政治格局将彻底改变，苏俄近五年在中国苦心经营取得的成果将丧失殆尽。

当另一位卫戍武汉的将领叶挺找到张国焘表示可带24师去阻击夏斗寅时，得到了国共两党的一致同意，24师刚由国民革命军第四军独立团扩编成师。旋即，叶挺被任命为讨夏前敌总指挥。

汪精卫想到了他在武汉可以调动的另一支军事力量。一个月前，武汉中央军事委员会决定，将黄埔军校武汉分校改名为中央军事政治学校。一周前，又决定将学校2400名学员，加上学兵团1300名学员编为中央独立师，由侯连瀛任师长，共产党人恽代英为党代表兼政治部主任。

汪精卫决定派这支基本没有作战经验的部队上前线，同时命令中央农民运动讲习所的500名学员编入中央独立师，两股力量均交由叶挺统一指挥。

讨夏军西征从19日开始，奔赴前线的是24师两个团和中央独立师的一个团。中央独立一师的学员平时训练并不负重，结果上阵后乱成一团，身背子弹等物资时连走路都困难。上阵后枪声一响，手中的枪便乱放一气，竟然打伤了自己的长官，叶挺连毙数人才稳住局势。结果西征一个半月后的6月30日，中央独立师被取消。

万幸，叶挺部队的指挥员多为黄埔军校毕业生，且大多是共产党员。他们经历的枪林弹雨太多，还叫“叶挺独立团”时，就是北伐军先锋，人称“铁军”。在北伐军夺取武汉的战斗中，叶挺率部先夺汀泗桥，后战贺胜桥，把一代名将孚威将军吴佩孚打得无还手之力，叶挺也一战成名。

更幸运的是，夏斗寅14师所辖四个团的战斗力极弱。面对威名远播的铁军，这支由夏斗寅老乡亲戚担任部队军官的队伍闻风丧胆，战斗仅进行了两天，独立14师便作鸟兽散，分路南逃。

可就是这48小时，在武汉的两党要人都慌了神。汉口《民国日报》主编沈雁冰在午夜时分摸到瞿秋白家探听消息，而瞿秋白正满脸愁云与陈公博喝着闷酒。三人不着边际地聊着，慢慢地，不约而同地聊到了老头子陈独秀。沈雁冰摇头说，陈认为《民国日报》办得太红了，工运、农运和妇女解放的东西太多。他因为口吃说话总带着“这个……样子……”。瞿秋白听了他慢慢说的话后，表示自己的意见与陈独秀正好相反，认为红得还不够。

三人对酌到天明，直到传来叶挺的捷报。

那两天，毛泽东也夜不能寐，他担心叶部与夏斗寅僵持不下。他不能想象万一夏斗寅攻进武汉，会有什么结果？此人从宜昌一路过来，不停地捣毁各地的党部、工会、农会组织，杀了不少党员。

夏斗寅被平定，汪精卫长出一口气，但在武汉的共产党人这口气还出不来。据粗略统计，仅湖北，已有43个县的农民和农协组织被反攻倒算，死的农民已达3000人以上。同时农民协会也越发激进，发展到了农民杀农民的地步，理由是开大会不枪毙人农民则不服从。

因为夏斗寅叛乱，武汉的经济形势进一步恶劣。汉宁相互封锁，武汉城内甚至出现了粮荒。17日，英国驻汉领事牛敦离汉，宣布与武汉国民政府断绝一切外交关系。

此时，位于红巷13号的中央农民运动讲习所内空空的，安静得很。上课刚两个月的800多名学员都在战斗，除参加阻击夏斗寅外，还有300学员14日去了麻城弹压在那里发生的红枪会组织的叛乱。

毛泽东完全支持武汉政府的一切决定，并快速将农讲所学员组织起来开赴前线。当前方大捷消息传来后，他才有时间研究18日陈独秀等发出的《中国共产党为夏斗寅叛变告民众书》，这个告民众书实际上是驳斥夏斗寅元电的。

告民众书为共产党辩解说：“中国共产党的政策，如果是破坏中等阶级的，他便不用亦不能和中国国民党合作，而且使自己的党员留在国民党内。”

“中国共产党反对在乡村没收小地主及革命军官和士兵的土地，更主张没有土地的军官及兵士分得土地，没有反对革命行为的小地主得享完全公民权利并得参加乡村自治机关。”

“农民幼稚行为，特别在湖南——使军队里边发生不安。”

“中国共产党关于小地主的政纲已明白规定，农民幼稚的行为，决非共产党的行为。”

虽然告民众书也有为农民运动撑腰的语言，也有“无产阶级将武装起来枕戈以待，保障革命赞助国民政府实施国民党的农民政纲”之类的话，但这些，在毛泽东看来都是右倾软弱的表现。怎么可以把湖南红红火火的农民运动说成是“幼稚行为”，这将会给那些农民运动的领导者多大的打击呀。

尚未理出头绪，便传来35军何健手下的独立33团团长许克祥在长沙突然袭击了工人纠察队、省党部、省农协以及共产党机关的消息。时间是5月21日，这一天的电报代日韵目是“马”字，此次袭击便被称为“马日事变”。就在头天，叶挺刚刚击溃夏斗寅的叛军。

湖南是武汉政府除湖北外唯一可靠的后方，这里同样是毛泽东所寄予厚望的地方。他对这方土地的了解，以及所赋予的希望超过其他任何一个地方。他清楚，如果湖南出现大面积的攻击农协，共产党连想翻本的机会可能都不会有了。他心急如焚密切注视着事态的发展。

关于“马日事变”的酝酿、动机、发生等都很复杂，牵涉到唐生智以及他手下的干将何健等人。但起因确实很简单，唐生智的部队90%来自湖南农村，当兵除吃粮外，还需寄钱回去养家，而湖南的农运因发展迅猛，又缺乏引导，出现了比较严重的偏差。军官家里的土地财产被没收，士兵们寄回家的几块银元也被截扣没收，农协领导写个条子便可判处一个人的死刑。更可怕的是，在部队中逐渐流传开一个谎言：“在湖南要实行共产共妻了。”

发动事变的许克祥是湖南湘乡县人，跟毛泽东的母亲是老乡，他的独立33团是5月14日奉令从湘乡和湘潭调到长沙的。其父许桂庭是当地豪绅，被农协批斗，农会的梭镖队就扎在他家屋场中。许克祥公开在部下面前骂农会是“砍脑壳会”，扬言：“这些黑脚巴子搞到老子头上来了，老子决不会便宜他们的。”

事变前，许克祥说服属下跟他一起行动的理由是：“我突然接到报告说，共党大烧杀的暴动已决定在5月25日开始实行。”情报是湖南省党部委员王基永透露的，此人是共产党员，还多次劝许克祥加入共产党。

21日晚11时，33团动手了。到22日，除国民党机关外，还查封了70多个共产党在长沙的机构。长沙市戒严司令部命令：只要捉到工会、农会负责人，立即处死。

所幸的是湖南省共产党主要领导人郭亮、夏曦、滕代远等逃脱，长沙市到处是通缉他们的布告。

随即，中国国民党湖南省救党临时办公处成立，许克祥、周荣光、李殿臣、王东原、张敬被选为“临时主席团主席”，并发表了一篇1400多字的通电。提出四项主张，指出：“总期吻合先总理之主义，政府之命令，全省真正之民意，奉以驱驰，罔敢陵躐，群策群力，救党护国。所望各级党部各民众团体，同矢救国之热忱，共除群之暴类。”

此刻，长沙城内谣言四起。大家都不知道夏斗寅已败走，而是以为武汉已陷落，汪精卫已出逃，鲍罗廷已被杀……

24日，湖南省救党委员会成立。再往后，常德、湘潭、浏阳、湘乡、衡阳等20余县相继发生大屠杀，农会成员被杀的有万人以上。各地逃匿长沙的豪绅、地主纷纷拍手称快，奉许克祥为“救世主”，他们返回家乡，对农民开始变本加厉的迫害。湖南大部陷入白色恐怖。

武汉国共两党主要领导人得知“马日事变”的消息后分别做出决定，这个决定是在确认唐生智不赞成许克祥的行动后做出的。

国民政府根据唐生智的建议，派谭平山、陈公博、彭泽湘及唐生智的代表周鳌山、邓绍汾五人为特派员，组成赴湘特别委员会，以慰问军民的名义去长沙。汪精卫特意嘱咐他们：“制止军队，与制止农会要同时进行。”

中共中央政治局常委会则开会决定派瞿秋白、张国焘赴湖南了解情况，指导工作。但鲍罗廷提议，由他会同赴湘特别委员会的代表，前往长沙，以期用和平办法解决问题。行前，鲍罗廷大发雷霆说，要逮捕共产党在湖南的特派员李维汉，指责是他把湖南的局势弄糟了。共产国际为了湖南的农运，已经花了5位数的银元啊，现在却没有任何成果。

毛泽东得知“鲍罗廷顾问愿亲往湖南，调查长沙事件”后，26日联同中华全国总工会，以总工会与全国农民协会的名义电告湘潭、湘乡县农协，并要他们转告省农协和省总工会，“政府已派五委员组织特别委员会，处理长沙事变，本日晨起程。望转告全省工友农支静候政府解决，避免冲突。”

在毛泽东看来，只要鲍罗廷出现在长沙，此前的谣言便不攻而破。接着他看到了由罗易起草的中共中央政治局对“马日事变”的决议——《对于湖南工农运动的态度》。

“湖南工农运动所引起的纠纷，会形成全部政局上很严重的问题。纠纷之起因，一方面是由于蒋介石叛变后资产阶级地主阶级（湘藉军官在内）的势力及宣传，动摇了国民党领袖的工农政策；一方面是由于贫农幼稚行动，如均分土地均分财产，对于土豪之逮捕罚款以及关于宗教道德革命等，引起了小资产阶级小地主尤其是军人之剧烈反对。”

毛泽东注意到决议的最后一句话，“以政府形式，继续深入农民反对土豪劣绅之斗争。”他心道：什么叫“以政府形式”？现在的当权派们会让农协变成政府吗？把这么一起重大的屠杀事件说成是“纠纷”是何道理？湖南的情况到底如何？

仅过了一天便传来消息，鲍罗廷等人只到了岳阳，就退回武汉了。当时驻扎在岳阳的部队有两个团，团长分别是周盘和彭德怀。许克祥密电两团长要他们把赴湘特别委员会的鲍罗廷、谭平山、陈公博、彭泽湘就地枪决，所以鲍罗廷等赶忙逃回武汉。多年后，人们才知道，是早就想加入共产党的彭德怀告知了鲍罗廷等人这个危险的讯息。

陆续有来自湖南的农协干部到达武汉，毛泽东在都府堤41号不断接待这些湖南老乡。随着信息的汇聚，他越发感到形势严峻，也感到导致此次事变的根源是多方面的，农民运动需要总结。但现在谁能拿出好的办法？湖南的工作该如何开展？

焦急中，又传来消息，中共湖南省委还在工作。在湘潭，他们组织了湖南工农义勇军，省农协秘书长柳直荀被推举为湖南工农义勇军总司令，还编了一段歌谣：“朝打铁，晚打铁，快打梭镖送农协。梭镖亮堂堂，擒贼先擒王。打倒蒋介石，活捉许克祥。”

据说湘乡、宁乡、醴陵、株洲、衡山都动起来了。5月23日省委还以湘潭县党部、县农会、总工会、学联会、女联会、教联会的名义给全省各县农协、县党部发电报，发出号召：“反动派日伏省垣，乘我不备，于前晚攻击工农团体，解散省党部，惨杀工人领袖四十余人。务望各方集中一切实力，采取联合战线，于电到时向长沙出发，以期恢复省垣原状，而资镇压。”

长沙郊外的战斗持续了几天，号称“十万农军”的义勇军正从四面八方向长沙而来。但缺枪少弹的农军与许克祥的正规军相遇，结果可想而知。正在此时，各路农军得到命令不准围攻长沙，一律撤回本乡。已在战斗和还在来长沙路上的农军接到命令后一哄而散。“十万农军悲壮围长沙”以失败告终，在长沙“浏阳门”外的识字岭上，却天天都传来杀害共产党人的枪声。

但也有文献指出，十万农军围长沙只是个计划，还没有实施就被中共湖南省委取消了。长沙郊外只发生了小范围的零星战斗，参加战斗的是未接到取消围攻长沙通知的浏阳农军，他们只有几十条旧枪，失败是肯定的。

一年后，柳直荀在《马日事变的回忆》一文中说："但是当时的共产党虽则组织尚好，但只是一个太平时代的党，没有斗争经验，不能应付这个斗争环境。而只是一个反攻，不知事变将至，采取积极进攻计划。因此，事变临头，手忙脚乱，一切计划全归失败。"

鉴于中共湖南省委党组织遭严重破坏，毛泽东给中央写信，请求去湖南工作。他认为，在此关键时刻，必须尽快制止大批农民脱离农会的状况。他清楚，湖南不少地方的农民协会已掌握在地下帮会组织"哥老会"手上，他们完全不听指挥，只按自己的方式处理问题，但在毛泽东眼里，这些人依旧是可以团结的。但他的请求没有得到中央批准。

当汪精卫在国民党中央会议上说："本主席可以大胆说一句，农民协会是一个空前的错误"、"逼得人无路可走，也难怪许克祥他们要起来造反"时，毛泽东开始反思。尤其是他听说汪精卫讽刺陈独秀："你们不是有十万农军嘛，怎么连许克祥一个团也打不赢?"而陈独秀回答："湖南农运不是我们领导的，而是地痞哥老会的领导"后，心情万分复杂，看来必须要审时度势考虑保存实力的问题了。

从5月30日开始，毛泽东与邓演达、谭平山、谭延闿等以中华全国农民协会临时中央执行委员会常务委员的名义向湘、鄂、赣三省农民协会发出训令，要求各地农协在新形势下必须采用新的政策，同时，必须严厉反对一切反革命派及其挑拨离间政策，力求与小地主及革命军官家属合作。

毛泽东觉得类似训令还应该不断往下发，同时应该发表通电，敦促武汉国民党中央党部、国民政府对许克祥立即撤职查办，也是对唐生智的一个警告。

6月3日，这个通电发表了。同一天，毛泽东过江去汉口出席国民党中常会第十四次扩大会议。因为此次会议重点是针对湖南问题的，毛泽东格外重视。

会议作出四项决议，毛泽东感兴趣的是其中两项，一是湖南省党部及省农民协会省总工会均应改组；二是长沙、岳阳一切部队归三十五军副军长周斓指挥。此人是二月二日晚与何健同时被武汉国民政府任命的。何健为三十五军军长，周斓为副军长。

对周斓其人，毛泽东两周前还帮过他一个忙。“马日事变”后，武汉的工农群众对何健部队十分反感，拒绝给正在河南打仗的部队运粮食。周斓找到毛泽东后，问题得到解决，他大为感动。毛泽东已暗下决心要回湖南去。他坚持认为，只有在那里才可能把“枪、农民、马克思主义”这三者结合在一起，才能找到实现理想的机会。如果周斓在湖南，恐怕对各方面都会有好处。

毛泽东万没有料到，正是这个周斓，到长沙上任后立马开始“清乡”运动，各地农会都遭到毁灭性的打击，湖南全境陷入了革命低潮。而“马日事变”的魁首许克祥，则安全地移师湘潭。

3 日晚，回到都府堤 41 号的毛泽东，见杨开慧、周文楠与孙嫂一起泡米包粽子，恍然道：“光阴似箭，又到端午了，该划龙船了。”他抱起岸英问：“喜不喜欢吃粽子啊?”岸英点头说：“喜欢。”毛泽东笑着说：“爸爸也喜欢。”说这话时，他脑海浮现屈子的诗：“路漫漫其修远兮，吾将上下而求索”对岸英说：“爸爸教你两句诗，‘吾令羲和弭节兮，望崦嵫而勿迫。路漫漫其修远兮，吾将上下而求索。饮余马於咸池兮，总余辔乎扶桑’……”

杨开慧在一边笑道：“你让岸英读《离骚》，他能懂吗。”

毛泽东说：“不懂不要紧，长大就会懂了，来，跟爸爸一句一句念。”

40 多年后，毛泽东写过一首《悼屈原》的诗：“屈子当年赋楚骚，手中未有杀人刀。艾萧太甚椒兰少，一跃冲向万里涛。”对屈原的认识，已远超40 年前。

关于这首诗，有人认为第二句应为“手中握有杀人刀。”在毛泽东心里“杀人刀”里是可以出政权的。他苦心期待的湖南农运此刻已面临灭顶之灾，就是手中无“杀人刀”啊，毛泽东在等待手握“杀人刀”的机会出现。

第七章
宁汉内讧 喋血建国

蒋介石保持着六点起床，端坐桌前一笔一划写日记的习惯。他从二十八岁就开始写日记，记录下内心的感受、感悟，但他清楚，必须抑制住对重要人物的反感。感受绝不等同于处理问题之手段，如同行动与理念往往不可能一致，在政治形势异常紧迫的当下，要做成大事就不可事事以自己的意志为转移。在三月三日的日记中他曾写道："见人面目，受人气焰，羞辱情况，令人难堪。"这是针对武汉那帮人的。但真要真刀真枪与他们对着干，则需要慎之又慎。

如今，在政治上已取得蔡元培、胡汉民等人的支持，身边也有张静江、戴季陶，以及陈氏兄弟的相助，这一块出问题的可能性很小了。军事上更顺利一些，南京克服，有了立足之地，桂系李宗仁全力支持，广东的李济深也没问题，只要将第二军和第六军调出南京，则无大患矣，到那时程潜和林祖涵无计可施，再往北，只要将冯玉祥拉进怀抱，武汉便是竹篮打水，而彻底打败孙传芳，重挫奉系则指日可待。

此刻的蒋介石坚定了反共的决心，觉得动手的时间到了。自上一年二届二中全会后，他一直用怀疑的目光观察共产党的活动，强烈地感觉到当年孙中山说的"中国的共产党完全不值一提，都是些在政治上没修养的年轻人，不值得重视"完全过时了。才几年？国民党已不得不承认两党合作的客观事实。蒋介石越发地感到，共产党不仅有组织有纪律，而且比国民党的组织纪律严厉得多，对革命，他们有步骤、策略、方针、政纲，与其他团体完全不同。共产党在不同时期提出的不同口号很有煽动性，使人民的目标变得清晰一致，比如"联俄联共扶助农工"，这个口号是怎么来的？明明是"容共"，怎么变成"联共"了？"打倒帝国主义"、"打倒军阀"是北伐军的口头禅，可它却是共产党提出来的，弄得蒋介石自己也不得不以"革命"者自居，不断提醒手下："我自信是最革命的一个。谁反对我，谁就是反革命。"

胡汉民对中共口号也心存余悸，认为口号乃一大利器，中共利用口号在意识形态宣传上很是成功，整个社会为之动摇。蒋介石想，这样的政党必定会吞噬国民党，要趁他们年轻而毁灭他们。现在，就是打碎共产党梦想的时机，而且时机稍纵即逝啊。

让蒋介石优柔寡断的重要原因，是中国共产党背后站着一个巨人——苏俄。而此刻，他的大儿子蒋经国，正在苏俄留学。熟读国学的蒋介石知道什么是投鼠忌器。

孙中山逝世后，苏俄在莫斯科成立了中山劳动大学。招收第一届学生时，鲍罗廷推荐了十五岁的蒋经国。在他推荐的二十名学生中，还有冯玉祥的儿子女儿、于右任的女儿女婿、李宗仁的内弟、邵力子的儿子、邓演达的弟弟和张发奎的弟弟等。

经国是民国十四年（1925 年）秋去莫斯科的，他要在那里学习两年，如果顺利就该于今年底毕业回国。蒋介石想起儿子离开广州到上海候船间隙回溪口的事，经国的亲妈毛福梅涕泪纵横，坚决不同意儿子留洋。但她拗不过蒋氏父子，只得将亲手缝制的棉背心给儿子穿上，千叮咛万嘱咐。当蒋介石听到这些，想起自己的母亲，慈母手中线，游子身上衣啊。

对这个儿子，蒋介石寄予极大希望，对他的学习也抓得很紧，并要求他学好英语、俄语。只断断续续上过两年中学的经国，如今却上了大学，也不知他学习是否跟得上，只是现在他的安全恐怕比读书更为紧要了。如果与苏俄决裂，俄国人会如何对经国呢？蒋介石首先想到“人质”二字，如果经国出了什么问题，自己又如何面对毛福梅呢？

蒋介石的脑海里无时不在思考全局问题，北伐军中的先进武器几乎全来自苏俄。仅民国十五年（1926 年）十月，苏俄就提供了野炮一百五十七门，射击炮一百二十八门，重机枪二百九十五挺，步枪七万三千九百九十三支，还有大量的弹药。北伐军从第一军到第八军都配了俄国人做军事顾问，甚至师一级也配了苏俄顾问。一旦失去了苏俄军援助，结果会怎样？还有实力与冯玉祥谈判吗？还有实力拿下北京吗？虽然戴季陶、黄郛等游说日本已有效果，其他国家呢？他们会不会支持我蒋中正？

外滩上，银行、银楼、仓库、码头、海关、税收等鳞次栉比商贾荟萃，拥有十里洋场的上海已不仅是中国，还是亚洲、甚至世界的宝库。遗憾的是这座宝库的钥匙却在洋人手上。好在还有中国银行实际主持业务的副总裁张嘉璈识时务。

蒋介石清楚，要想打开这座宝库，就必须取得租界的支持。如果没有外援，只靠虞洽卿他们的经济能力，恐怕顶不住巨额军费和未来政府开支，民国元年（1912 年）时，孙总理就已有教训。蒋介石又想到宋子文。

宋子文如今被人称作“中国之亚历山大·汉密尔顿”。这个中年人此刻是武汉方面一枚极为重要的棋子，是武汉政府的经济命脉。民国十四年（1925 年），广州发生中央银行挤兑风潮，是他迅速从中国银行借了五十万元现金，成功化解挤兑，维持了中央银行的信用。如今，武汉中央电令上海各机关，所有江浙财政须经宋子文办理，否则政府概不承认，他的上海办事处正在积极为武汉国民政府筹借资金。虽然已经用成立“江苏兼上海财政委员会”的手段来抑制他，可千万不能小觑他个人的能力。

蒋介石想，如果他的大姐真能将他拿下，为我所用，就比古应芬强许多，这个人对外滩上的银行恐怕比谁都熟悉啊。更重要的是如果他倒戈，对鲍罗廷、徐谦他们便是釜底抽薪般致命打击，不知道宋霭龄运作到了哪一步？

让蒋介石犹豫的还有一个因素：上海的工人纠察队。深谙枪杆子重要的他，虽然已向上海总工会发出了一些非善意的信号，但应该选择什么方法来解决这个问题还未确定。三月二十七日抽空接见上海总工会交际部主任赵子敬时，他只得表示说只要不闯租界可担保不缴工人纠察队的一枪一械。

要解决有武装的个人动用军队显然是下策，已经跟李德邻讲过，“清党”可以不用军队，“清党”不是军事问题，而是政治问题。但是，如果用在南昌任命的驻沪特派员杜月笙、张啸林来办这件事，他们能一举解决工人纠察队吗？他们又应该以什么面目来解决才能有理有节？

在这两个问题上蒋介石实际上多虑了：

其一，上海工人纠察队的问题。蒋介石不知道莫斯科就在这几天反复给陈独秀密电，内容明确：对蒋介石作出让步，目的是不让他倒向帝国主义一边。就在三月三十一日，共产国际还电示中共中央作了五点指示：1. 在群众中展开反对政变的运动；2. 暂不进行公开作战；3. 不要交出武器，万不得已将武器藏起来；4. 揭露右派政策，团结群众；5. 在军队中进行拥护国民党政府和上海政府，反对个人独裁和与帝国主义者结盟的宣传。同时，还强硬要求中共中央：“请你们务必严格遵循我们关于不准在现在举行要求归还租界的总罢工或起义的指示；请你们务必千方百计避免与上海国民党及其长官发生冲突。”

正是在这一系列指示下，当蒋介石最终下决心从上海调走薛岳第一师时，中共中央才拒绝了薛岳提议在上海抢先行动抓蒋介石的建议，中共的回答是：不能与蒋介石过早发生冲突。

其二，程潜的问题。蒋介石愈加怀疑程潜，他在会上暴露了动摇情绪，可以认定此人不可靠。武汉方面已任命他为江苏政务委员会主席，他是不愿意放弃南京的。蒋介石同样不知道，程潜是有机会在南昌等地逮捕他的。就在一周前，武汉方面草拟过一份伺机逮捕蒋介石的密令，由“甘草”谭延闿亲笔写在一块绸子上，三月二十七日林祖涵（伯渠）将密令缝在衣服内带到了南京，但程潜拒绝执行命令。他说：“我不能做分裂国民党的罪魁祸首，这样对不起中山先生。”

四月一日，会议依旧在没有结果的讨论中结束。接到李宗仁急电的李济深和黄绍竑分别从两广——广东、广西赶来上海。

大家都希望蒋介石拿出明确的意见，但他没表态。因为江西的朱培德来电，劝他“一切慎重，以退为进”。他告诉大家：“既然大家都期待汪兆铭，那就应该等他回来主持大局。”

可连日来，不断传出工人纠察队要以武力收回租界的消息，让与会者倍感焦急，纷纷表示：时间不等人。

正当大家还在努力说服蒋介石时，有消息称汪精卫经西伯利亚已抵达上海。

蒋介石长出一口气，他要看看能否争取到汪兆铭这位昔日对手。便与大家约定，暂不将正在商讨中的“清党”问题告之汪，因为这可能让汪措手不及，而坏了大事。

可他还是不知道，汪精卫已经与从黄埔军校失踪的共产党人周恩来见了面。护送汪精卫从西伯利亚到海参崴，再到上海的正是中共的俄国同志，而且他们正在策划直接把汪送到武汉。

四月二日，蒋介石与吴稚晖、蔡元培、李石曾、古应芬等文人，以及李宗仁、白崇禧、李济深等一干武将，来到法租界莫里哀路孙中山故居与汪精卫座谈。蒋介石见到了宋子文，心里咯噔一下，宋与汪密谈了什么？

从美国订购的孙中山的第四副棺材——美式铜棺就放在故居中，此时的孙中山尚躺在暂厝的北京西山碧云寺的那副盛满福尔马林药水的楠木棺中。虽然先生生前说过，想像列宁那样保留遗体供民众瞻仰，也从苏俄订制了“水晶棺”。但他的信徒们宁愿实现先生另外的遗愿：我死了如果能葬在紫金山就好了。他身后的国民党掌权者铁了心要把领袖归葬南京。安葬原打算在本年三月十二日领袖逝世两周年举行，但因战乱，南京又是刚回到国民党手中，根本谈不上建中山陵的事。

此刻，蒋介石与汪精卫的心中各自在打各自的算盘。而谈判地点选在他们共同领袖的故居，别有一番深意。

蒋介石看到，汪精卫满脸春风，精神抖擞，一身笔挺的淡色西服，头发一丝不乱地往后梳着。汪似乎天生就是个领袖，往他面前一站，蒋介石忽然觉得自己猥琐。从来就自尊心极强的蒋介石，面对这位趾高气扬的手下败将，心道：他真以为自己要东山再起了？

首先开炮的还是狂人吴稚晖：“共产党已提出了打倒国民党，打倒三民主义的口号。有消息说工人纠察队要以武力收回租界，这势必引起国际冲突，使国民革命在外交上造成一个不可解的纠纷。大恐怖的局面很快就会到来。”

汪精卫对此不以为然，不认为共产党会如此愚蠢。他向大家简单报告了此番游历苏俄的情况，以及在途经莫斯科时与斯大林见面的情况，但他没有告诉大家斯大林嘱咐他回国后说服蒋介石不要赶走鲍罗廷的话。汪精卫在斯大林面前表示要坚持联俄联共政策，做好蒋介石的工作。他告诉吴稚晖：“共产党方面曾多次表示绝无反对国民党之意。”

吴稚晖说：“现在共产党以武汉为中心，从城市到农村都在搞暴动。武汉的国民党已被共产党所挟持，我们迟早要被吃掉。”他再次拿出与陈独秀的那段对话，激动地对汪精卫说：“我可以下结论，他们告诉你的话都是骗你的。不要信啊。”

蒋介石就势提出建议：“目前我党已处于一个危险时期，也是一个转折关头如果放任共产党猖狂下去，国民党就要垮台。现在一切党国命运都集于汪同志一身。”

汪精卫动了动他薄薄的嘴唇，不屑地笑笑，认为蒋介石是危言耸听，他问蒋：“我请问蒋同志，你要兄弟回来究竟是要做些什么呢？”

蒋介石没理会汪精卫的无理，回答说：“我希望汪同志做三件事：第一是复职。这乃众望所归。第二是赶走鲍罗廷。此人自认为是我党的太上皇，长此下去将生出大事。第三是分共。要让共产党从暗中走到明处，国民党绝不再养寄生虫了。此三件事应该立即做。”

汪精卫高傲地笑笑，表示出他不会被人左右的样子。说道：“总理手定联俄容共，如何能轻言更改。此事关系重大，兄弟的意思是，必须召开四中全会对此作出决定，党的民主制度、组织原则也是必须遵守的。”

吴稚晖听了这话，“呼”地站了起来：“汪同志，现在是什么时候？情况紧急，大祸就要临头，你却还在对共产党心存幻想，还讲什么遵守原则。”

接着，李宗仁、李石曾、蔡元培相继发言，反对汪精卫的意见，希望他不要偏袒中共。

吴稚晖大声说道：“等到上海的工人纠察队学武汉、九江，以武力收回租界，列强群起干涉；等到共产党将国民党蚕食殆尽，那就晚了，晚了呀。”

汪精卫依然不为所动，大谈他在苏俄的所见所闻，并坚决地说：“我是站在工农一边的，谁要残害工农，谁就是汪兆铭的敌人。”

六十二岁的吴稚晖忍不住心情的剧烈变化，竟“扑通”一声向比他小十八岁的汪精卫跪下，含着眼泪说：“汪同志，你就放弃袒共立场吧，留在上海领导我们。”

在场的所有人都被吴稚晖吓了一跳，一时会场死寂。

愣在当场的汪精卫手足无措，忙站起来赶紧往楼上躲避。边走边说：“稚老，您是老前辈，这样我受不了，受不了的啦。”

吴稚晖竟还要爬上楼梯，大家连忙拉劝他。

六年后，鲁迅在其杂文《新药》中把失宠落寞的吴稚晖比作被宫女泄欲后的“药渣”。指出“也许连狗子都要加以践踏了”。

吴稚晖的举动在蒋介石眼里大概真像是被用过的“药渣”了，不知蒋介石是否被吴稚晖的这一跪吓到了。男儿膝下有黄金，他不赞成如此。

见吴稚晖这样的激烈也没打动汪兆铭，看来这位自命不凡的广东三水人是无法争取到的。蒋介石立刻决定马上召开一次会议，与李宗仁商量后，决定把会议地点放在龙华东路军前敌指挥部。这里既安全又保密。

临出门，蒋介石特意话里有话地对宋子文说：“请宋同志代我向你大姐致意。”

当天下午，一批以军人为主的国民党高级官员在上海龙华北伐军东路军前敌指挥部开会，这次会议后来被称为：中央监察委员会紧急会议。蒋介石、李宗仁、白崇禧、何应钦、李济深、黄绍竑、程潜、贺耀祖、陈名枢、周凤歧、吴稚晖、李石曾、陈果夫、陈立夫、邵元冲等人参加了会议。

但“清党”发起人之一的蔡元培没有参加会议。这是一个谜，是蒋介石对他不放心？还是他另有要事？

蒋介石在会上的讲话比白天与汪精卫的谈话更加明确清晰了。他说：“十三年（1924 年）国共合作时，共产党加入国民党就不怀好意，他们的组织仍然存在，却在我们党内发展组织。自十五年（1926 年）三月二十日中山舰事件后，共党阴谋日益暴露。北伐军到了武汉，中央某些机关和某些人受了分化，受了劫持，把武汉同南昌对立起来。如果不“清党”，不把中央移到南京，并建都南京，国民党就要被共产党所篡夺，国民革命军就不能继续北伐，国民革命就不能完成。”

这是次一边倒的会议。所有出席会议的人目的基本一致：“清共”。他们的共识是：不“清共”，后果就是被共清。这个共识的基础是大家共同的利益。

李济深在讲话中点到中共在广东的农民领袖彭湃；黄绍竑在讲话中点到中共在广西的农民领袖韦拔群；何应钦在讲话中把引起美英炮击南京的原因推给共产党；白崇禧汇报北伐军占领上海后的种种问题，工人纠察队打着支持北伐旗号封锁租界，根本不服从北伐军的指挥。结果把国外领事团弄糊涂了，不知北伐军与工人纠察队到底是什么关系。如果与国外的军队发生冲突，不但上海完了，北伐事业也完了。

所有人的发言，都指向一个核心：共产党在日益侵占他们的利益。吴稚晖用形象的比喻说明国民党当下的处境：“国民党已经变成了火中取栗的猫脚爪。”

虽然出席会议的国民党中央监委只占全体中监委的二分之一，但丝毫不影响陈果夫兄弟把会议的结果整理出《弹劾共产党的议案》，并将会议发言整理出一个合法的文件《中国国民党中央监察委员会在上海开会纪录》。

蔡元培在缺席的情况下，被推举为会议主席。

应该说会议开得圆满，但善察言观色的蒋介石发现程潜坐立不安，这更加深了他的怀疑，此人不可靠。要想在南京扎根，必须除掉程潜和他的第六军。没动手之前，必须先麻痹稳住此人，堵住一切可能出现的漏洞，他决定除了委任程潜为南京卫戍司令外，还调拨一部分经费给第六军。

就在中央监察委员会紧急会议召开的同时，蒋介石的把兄弟黄郛受命与日本驻沪总领事矢田会晤。他代表蒋介石表明了两层意思：一、蒋介石已决定整肃国民党政府内部，与共产党分离后，将尽快解决南京事件；二、希望日本政府在这转折时期对北伐军诸事予以谅解，并调停各国不满情绪。

四月二日注定是多事之日。蒋介石在当晚得到消息，南昌的左派推翻了前政府，有二十多名右派国民党员被杀，不久前陈果夫他们对那里的党部进行过一次颠覆，可现在又翻过去了，这预示着什么？三天前，武汉国民党中央改组了江西省政府，支持蒋介石的李烈钧下台，朱培德任省政府主席。命令是二日传到南昌的，据悉，李烈钧已出逃南昌。

是朱培德的问题，还是共产党又开始动手了？这让蒋介石颇费思量，北伐军行营从表面上说还设在南昌啊。他敏感地意识到，必须先将共产党把持的军队里的政治部解散，以防范于未然。他决定从薛岳与刘峙所辖一、二师下手，让邓演达以及他派到上海来的郭沫若等丧失其权。

四月三日，与汪精卫的商谈在孔祥熙位于多伦路的宅第继续进行，这是一幢具有浓厚伊斯兰情调的阿拉伯风格建筑。蔡元培、吴稚晖、李济深等参加了商谈。

此刻孔祥熙的官职是武汉国民政府实业部部长，但他并没有认真履职，而是先于蒋介石赶到上海，与妻宋霭龄一起谋划与蒋合作事宜。

孔祥熙与汪精卫是老朋友，都是《总理遗嘱》的签字人，孙中山长眠的那口棺材就是他捐的，当时在中国与孙中山连襟的只有他孔祥熙一人。尽管在商场政界混迹多年，但正式跻身国民党政界还是上一年底从美国返回广州后，被任命为国民党中央政治会议广东分会委员、广东省财政厅长。

这位出身贫寒、靠办学起家的山西太谷人善打算盘极其精明。他当然知道如日东升的蒋介石有什么样的价值，这一点与妻子宋霭龄不谋而合，决定投入“巨资”与蒋合作。要做成功这单生意，他们分析自己最少有三点可以吸引蒋介石：

1. 蒋宋联姻。把三妹美龄嫁给他，使他也摇身变为总理的连襟，并由此身价大涨。

2. 说服宋子文为蒋理财。在北伐的财政问题上，子文已让蒋介石看到了价值。

3. 目前西北方的冯玉祥正日益成为香饽饽，而孔祥熙与冯玉祥关系密切。当年正是他带着孙中山的《建国大纲》与冯玉祥见面，在“北京政变”后，他又促使冯邀请孙中山北上共商国是。蒋介石要想打进北京，联合冯玉祥是条捷径。

有了这三条，不怕老蒋不上钩。而合作的事正在紧锣密鼓。

对于在孔宅开会，汪蒋二人都是乐意的，蒋介石与宋霭龄更是心照不宣。

会议是昨天的延续，但汪精卫并不知道昨天蒋介石还召开了所谓的中央监察委员会紧急会议，形成了议案。他依旧坚持自己的意见：武汉诸人，非不可理喻，分共之事均应以会议方式解决。

吴稚晖一听这话又急了，但昨天的会议让他心里有谱。直言道："在申的监察委员会提出对共产党的弹劾案，必将采取断然处置，故只系通知共产党而非商榷。"

汪精卫再三强调只要他出面，是可以将武汉国民党人约来南京的，通过召开二届四中全会也是能够解决一切问题的。

蒋介石等人已得到从武汉传来的昨日消息，在国民党中央常务委员会第五次扩大会议上，根据孙中山的大公子孙科提议通过了几项决议，其中两项涉及在座的人：一是令蒋介石克日离沪赴宁，专任军事；二是将李济深、刘峙免职查办。

对于来自武汉的命令，蒋介石已有处理它的很好心态，无非是一笑了之。他内心很高兴武汉能将坐镇南粤的李济深也免职，正好把这位曾动员李宗仁、黄绍竑加入国民党的江苏人往自己怀里推了一把。武汉的那帮书生不懂啊，在有枪就是草头王的年代，扩编军队易，撤掉将领难。更何况，出生在广西的李济深曾在梧州中学堂读书，是眼下要利用的胡汉民的学生。

没出蒋介石的意料，李济深的"清共"做得极出色。两周后他在广州大开杀戒，不仅牢牢控制了广东，也把黄埔军校的"红"色记忆通通抹掉了。

而武汉要撤刘峙，则从另一方面更说明了薛岳的不可靠。蒋介石心道，好哇，他们主动帮我对军队进行甄别。

汪精卫对武汉的决议也感到意外，但他自信有能力说服和掌握武汉的一切，只要稳住了军队，党和政府的问题都可以迎刃而解。因此，在调停蒋介石与武汉的矛盾时，他采取各打十大板的政策，一方面表示可暂不执行武汉命令，另一方面又要求各同志不要擅自行动，一切的一切都可以在即将召开的中央执行委员会（即四中全会）上解决，汪精卫也想通过会议牢固自己在党内的地位。经过协商，初步确定了会期：四月十五日在南京召开。

态度激烈的吴稚晖平静下来，他开始觉得汪精卫的意见是目前解决问题的没有办法的办法，除非蒋介石宣布动武。

蒋介石则在会上一再强调，汪同志应留在上海指挥一切，如果去武汉必定会成为共产党的人质。同时，他要求免去鲍罗廷的顾问之职。汪精卫不可置否，只说留待四中全会解决。

孔祥熙、宋霭龄在寓所举行宴会，为汪蒋达成协议而祝贺。

蒋介石依旧滴酒不沾，他内心并不看好汪精卫的设想，但在没有下决心以武力“清共”之前，这也算是一种解决问题的办法。宴会上的蒋介石更关注的是宋霭龄是否说服了她的小妹，这是高度机密，不能在这种场景下讨论，但聪明的宋霭龄在敬酒时一句不经意的话，让蒋介石两眼放光。她说：“小妹要我代她向蒋总司令问好。”蒋介石立刻答道：“请夫人代我向美龄小姐问好。中正戎马间隙当登门亲谢。”

满桌的人除孔祥熙外，没有谁能听出这两人的话外之音。不苟言笑的蒋介石举着白开水杯，微笑地跟每个人碰杯。他对汪精卫说：“兄弟将发表通电，率各军一致服从汪主席指挥。”

当日，蒋介石发表了《通告各军、师长戮力北伐电》。这份四百多字的通电，通篇贯穿一个思想，即：汪精卫是我蒋中正请回的，所以我唯他马首是瞻。在通电中他处处借鼓吹汪而抬高自己。

“汪主席病假期年，不独全国群众渴望綦殷，而党国要政，亦受重大影响，中正迭电请求，今幸翩然再出，大旱云霓，莫喻欣慰……

对于党国大计，业已恳切晤谈，中正深信汪主席既出，必能贯彻其意旨，巩固党基，集中党权，以底国民革命之全功，而竟总理未完之遗志。此后党务、政治，既已负责有人，后顾无虑，中正唯当专心军旅，戮力北伐……

自汪主席归来以后，所有军政、民政、财政、外交诸端，皆须在汪主席指挥之下，完全统一于中央；中正唯有统率各军，一致服从，至军政军令各有专属，军政大计，应归统一，而中正独司军令，俾专责成，同心一德，完成革命。”

但在日记中，蒋介石记录了内心的真实感受：“稚老甚愤激，谈言甚多。然其结果，乃欲与共党暂时妥协。惟请在武汉中央委员回南京来耳。”

他强烈地感到时间紧迫，且有阵阵杀气扑面而来。汪精卫非省油灯，此刻的决策稍有不慎，则可能导致全盘皆输。而实际上他在军事上的调度已经开始了。

白崇禧、何应钦已与程潜同赴南京，目的是劝说程潜离开南京去武汉“劝和”。据情报，国民党中常委、第六军党代表林祖涵已到南京，代表武汉方面慰问第六军、第二军，如此看来，白何二人是入虎穴。蒋介石认为，只要程潜离开南京，用一、七军去对付二、六军就容易得多。

此番白崇禧、何应钦到南京冠冕堂皇的理由是：奉军张学良已率军南下，二、六军应该渡江去进攻张宗昌，并在南京以北筑成防线。这是一箭双雕之计，但启动的关键是程潜的去留。

蒋介石坚信，只有南京稳如泰山，才可以放心实施下一步。原本蒋介石去南京的理由不够充分，三月二十五日在南京下关他没有下舰，一直在考虑找什么理由进入南京。现在武汉帮了忙，是他们要求我“克日离沪赴宁”，只要南京守军顺利调防，我便可顺水推舟去南京主持一切。他焦急地等待南京的消息。

在蒋汪第二次商谈的同一天，英、美、法日四国在美舰匹茨堡号上集会。讨论对长江中下游地区采取强硬措施，包括禁止中国轮船在长江航行、截留上海海关关税附加税、摧毁兵工厂等。日本外相得知消息后紧急约见英、美大使，告知了黄郛与矢田会见的情况。基于各国共同的利益，会议决定支持蒋介石反苏反共。

争取日本支持是蒋介石走的一条捷径。日本人急于在中国扩大地盘，他们与奉军在东三省已合作，但张作霖似乎不能使日本人相信奉系能拿下全中国的控制权。经过戴季陶在神户、东京、大阪等地一个多月的用流利日语进行的公开演说，日本人对蒋介石抱有了希望，这才有田中内阁在英、美、法之间的斡旋。有统计说，戴季陶在日本共演讲六十四次，会见会谈四十五次。

四月四日一早，蒋介石得到两个消息。一个是好消息，程潜已说服林祖涵与他一起去武汉“劝和”，说明此前对程潜所做的一切都已奏效，原本“虎踞龙盘”的南京城终于露出了一个大窟窿。蒋介石立刻以总司令的名义向驻守南京的二、六军发出命令，要求在四月六日前撤离南京，渡江至浦口沿津浦路北上，准备进攻张宗昌。

发出这道命令，蒋介石心中是有底的。第二军军长谭延闿是军政两界的“甘草”，且久不在军中，由鲁涤平代军长。谭氏在两个月前曾私下对陈果夫说：“将来必定回南京随蒋先生，并且今后一切必能听蒋先生的话。请转告蒋先生，不久必定可在南京会面。”蒋介石当然不知道，就在两周前，谭甘草还以武汉国民政府主席的名义，在一块绸布上亲自写下了要程潜伺机逮捕蒋介石的密令。

对蒋来说，第二军唯一的障碍是政治部主任李富春，此人是留法的激进分子。好在鲁涤平已是被说服不干预政治，对第二军的调度应该没问题。

程潜委任杨杰为第六军代军长，卫戍南京交贺耀祖负责。此二人均已暗中答应服从总司令的命令，加上何应钦、白崇禧在宁督促。调出二、六军应该没问题了。

蒋介石同时命令第一军的两个师随后进入南京加强城防，这两个师的军官都是黄埔的子弟兵。另外，还委任随他从南昌到上海的杨虎进入南京，成立劳工联合会，为“清党”做准备。

另一个是坏消息，从武汉传来已免去蒋介石总司令职。蒋介石立刻率众人赶到汪精卫住处理论。可汪精卫表示他并不知道有这回事。

因为没见到任何正式命令，尽管吴稚晖等人纷纷又是一番痛斥鲍罗廷及共产党，尽管再次明确要以中央监察委的名义对共产党提出弹劾。但汪精卫坚持认为，上海这些人的种种怀疑太过离奇，免去蒋介石职务是没影的事。

然而，这个消息是真的。武汉国民党中央政治委员会根据军事委员会的呈请，决定废除全军总司令，改为集团军，蒋介石、冯玉祥、阎锡山、唐生智分别出任第一至第四集团军总司令，朱培德为预备队总指挥，杨树庄为海军总司令。这道命令将在四月五日发出。

没有证据说明汪精卫是知道这个命令的。但他在听到吴稚晖指出不仅国共合作要全面破裂，而且打算动用军队和警察拘禁共产党人时，不以为是，以沉默来反对这种做法。

李宗仁等一看冷场，忙圆场说：“如汪同志有良策，不妨共商。”

不知汪精卫出于何种考虑，提出了三点建议：一、若此时同人认为共产党破坏国民党的情形急迫，且他们阴谋破毁租界，则他可负责告陈独秀使其制止；二、武汉此时如有摇动军政之命令，可以不受；三、各地共产党及工人队如有反动情形，可以随时以非常手段处置。

汪精卫指点江山般的言论并没有说服蒋介石等众人。此刻的汪精卫并未复职，他甚至没有权力作上述表态，然而他的表态，给了蒋介石继续按自己的想法走下去的把柄。在蒋看来，武汉发生的一切，已不重要了。

会议于午后一时结束。谁也不知道汪精卫会火速通过周恩来，找到陈独秀商量如何办。

善于鼓惑的陈独秀一口否认吴稚晖等的指责，并用他唤醒了无数中国人的如椽之笔写下《汪精卫陈独秀联合宣言》，汪精卫匆匆阅后同意交报社发表。正是这份《宣言》，给了本还在摇摆的蒋介石下最后决心的理由。

结束会议后，蒋介石直接去兵营对一师和二师的黄埔同学训话。他第一次有意识地将中央监察委员会的牌子亮出来，这是为将要执行的一系列行动吹风。

他说："有人要我承认武汉中央执行委员会的决议案。我们身为党员，对于本党中央的决议案当然要承认，但也不能盲目，因为本党是有监察委员的，若监察出会议手续不合，或违反主义党纲，就可以宣告无效。监察委员的特权，我们不能抹杀的……"

此时，身在武汉的程潜收到第六军方面的电报，请示是否渡江。程潜一惊，根本没想到蒋介石动作如此之快。他刚向人表白："不愿与蒋合作，但不合作又无钱。"程潜马上电令：第六军不得渡江。然而，这份命令没有到达第六军，有消息说它被蒋介石的总司令部截获。

与此同时，接到撤离南京命令的第二军也有人急电武汉，寻求指示。但电话始终无法打通。于是，第二、六军按总司令的命令开始渡江北上。何应钦则伺机包围了第二军少数留守部队，对他们实行缴械。

当蒋介石等人五日早上看到《汪精卫陈独秀联合宣言》时，大骂汪精卫。谁也没想到汪精卫会用如此手段，把尚在秘密进行的事情公开。

《宣言》在阐述了无产阶级不会在中国实行独裁制后指出："中国国民党多数同志，凡是了解中国共产党的革命理论及其对于中国国民党真实态度的人，都不会怀疑孙总理的联共政策……

现在国民革命发展到帝国主义的最后根据地上海。惊醒了国外一切反革命者，造谣、中伤、离间，无所不用其极……国民党最高党部最近全体会议之议决，已示全世界，决无有驱逐友党摧残工会之事……在共产党方面，爱护地方，安宁秩序，未必敢役于他人，对于国民政府不以武力收回上海租界政策亦表赞同，总工会亦已发表不单独冲入租界之宣言……"

蒋介石认真地读了《宣言》，他慨叹自己身边没有如此能写之人，什么“相互尊敬，事事开诚，协商追行。政见即不尽同，然如兄弟般亲密”都是骗人的鬼话，但在不明真相的人看来却是那样的坦诚。

蒋介石仔细想想后认为，这份宣言是汪兆铭搬起石头砸自己的脚。宣言竟给人“共产党是主，国民党是客”的感觉，这让所有参加这几天会议的同志都怒火中烧。

吴稚晖在宣言中发现了许多原则性的问题。一众人又赶到汪精卫处，刚见面就激烈地争吵起来。

吴稚晖大声斥责道：“联共二字从不见条文。在我们国民党的条文上，只有容纳共产党员加入国民党而已。老实不客气说，治理中国，只有国民党，没有联了共产党来共治的可能。如果共产党坚持共治，甚或想要独治，威胁到国民党目标，国民党自不得不予以制止。”

结果几句不合，三天前还给汪精卫下跪的吴稚晖竟当面破口大骂他：“你狗都不如，赶快滚蛋。”

汪精卫本以为这个《宣言》会给双方都带来希望，匆忙中也未对《宣言》斟字酌句。在他的心里底，共产党也不过是手中的一张牌，此刻他需要用这张牌来制约蒋介石等一众右派。只是他没想到，吴稚晖会如此辱骂他。

蒋介石在心里强烈认为下手的时候到了，但需要用几天时间作最后准备。如有必要，就把汪精卫软禁在上海。程潜离开南京是好事，汪兆铭离开上海却是放虎归山，与汪的全部妥协都是基于他留在上海为基础的。然而，蒋介石没料到汪精卫会先下手，突然离沪。他的出走显然不是被吴稚晖激的，而是处心积虑的结果。

原来，宋子文也察觉到问题的严重性。他来上海重要目的之一是迎汪复职，如果汪在上海出事，谁也无法向武汉交代，便于五日晚悄悄把汪精卫夫妇送上了江丸号轮船。六日凌晨，江丸号朝长江下游的武汉驶去。

据《申报》报道，汪精卫三日晚就在枫林桥公署行营与蒋介石晤谈党国大计，张静江、吴稚晖、蔡元培在座。到底是蒋主动找汪？还是汪主动找蒋？从《申报》报道看，汪精卫在沪期间还是很低调的，与他七日到达汉口受到三十万人欢迎有天壤之别。上海特别市党部等单位多次筹备欢迎他的大会，都因他践约而没能举行。为此他在八日《申报》一版发启示道歉。但显然他是心有余悸。

四月六、七、八日三天，蒋介石完成了全部的实施计划。这些计划包括：严令一切武装纠察队必须在总司令部管辖之下。凡未编入国民革命军而携带武器的人员必须解除武器；查封武汉中央军事委员会总政治部驻上海办事处；控制媒体，凡武汉消息，只要妨碍革命的，一律不许刊登和转载；检查武汉与上海的往来电报和信件；发表《国民党连日会议党务之要点》；宣布在上海成立上海政治委员会……

在这些计划中，发表《国民党连日会议党务之要点》是重中之重，必须抢在汪精卫之前公布这些要点。宣传上蒋介石原本不是汪精卫和共产党的对手，但他对汪精卫不辞而别悄悄离开上海感到愤怒。汪一走，促使他终于对自己先前的判断画了句号，他在日记中写道："连日欢谈，始知其为伪。""发表与汪兆铭重要谈话之要点，使彼不得藉以造谣。"

陈果夫在"汪三条"的基础上，悄悄补了一条："凡工会纠察队等武装团体，应归总司令部指挥。否则认其为政府之阴谋团体，不准存在。"正因为有这一条，总司令部发出布告才有了合法性。

《国民党连日会议党务之要点》的主旨是要各方势力一律停止活动，一切都等将于四月十五日在南京召开中央全体执行、监察委员联席会议后，再作决定。《要点》公开发表后，在客观上造成谁都不允许行动，只有蒋介石可以动的结果。

蒋介石的"动"是马上宣布成立上海政治委员会。委员会的主要负责人由陈果夫、吴稚晖、白崇禧、虞洽卿、钮永建等参与其中。

这个委员会非横空出世，而是两个多月前便在南昌的中央政治委员会上通过，当时上海并无"上海市民大会"这个组织。当上海工人第三次起义占领上海后，成立了自己的政府，这是蒋介石的最大心病，他决不能允许上海落入共产党人之手。

汪精卫的离开，创造了宣告成立上海政治委员会的时机。蒋介石赋予这个委员会"决定上海一切军事、政治、财政之权"，并指导当地党务。它的成立，无声地宣告上海市民大会寿终正寝。

同时，他请蔡元培、吴稚晖、李石曾等离开总部行营，作为中监委开始行使职权。这是掩人耳目的重要一环，不仅显得蒋介石支持上海政治委员会是公正的，同时使得他对一个重要"呈文"的复函不仅公正，而且合法。

这个"呈文"是为合法建都南京而必备的一份文件，炮制这份文件的便是吴稚晖、陈果夫兄弟弄的《检举中国共产党谋叛》的呈文。呈文以中央监察委员会的名呈文还附上了一份长长的名单义，请国民党中央、国民革命军总司令蒋介石及地方军事当局作“非常紧急之处置”。

蒋介石在复函中指出：“事关叛乱党国，中正所辖各军防地已十万火急电令照办，静候中央执行委员会全体会议共议处分矣。”

而这份所谓的“呈文”就是在蒋介石行营起草的。蔡元培、吴稚晖等人如果不离开行营，那就等于告诉公众：他们在这个房间写好“呈文”，然后拿到另一个房间找蒋介石批复。

关于如何对付武装工人纠察队也已有结果：杜月笙、陈群等人的中华共进会作为进攻工人纠察队的主力。这个组织已招募集中了数百人住进法租界，并得到各租界巡捕房的默许。在上海的外国机构认为，直鲁联军撤离后，上海的中国政府实际上已不存在。要保护上海租界不受共党分子骚扰，必须依靠华人势力，杜月笙等成为他们眼中合适的人选。蒋介石给中华共进会拨付了六十万元巨款作为活动经费，现在可以说，只要下达命令，这股势力便会扑向上海总工会。

更重要的是，周凤岐的二十六军接管了上海防务。这支不久前投诚的军队原系孙传芳的手下，万一中华共进会出现问题，周凤岐作为预备队可以随时顶上。将来如果在屠杀共党的问题上遭到非议，也与蒋介石的嫡系部队无关。而此时，南京的二、六军完成渡江，只有第二军的三个团在南京卫戍，不足挂齿。

虽然万事俱备，但蒋介石还在犹豫。毫无疑问，决定“清共”是他有生以来最难做的决定之一，他不得不反反复复地考虑得失，以及后果。家国天下的方方面面可能都会因为这个决定而发生剧烈变化。

当七日传来北京张作霖搜查了俄国大使馆及远东银行等处的消息时，他还给俄国驻中国代理大使齐尔内赫发了慰问电，表示对北京政府的愤慨。蒋介石在各方面前依旧是以苏俄的朋友面目出现。

终于，有件大事触发他按下了行动“按钮”，这件大事便是武汉方面决定迁都南京。蒋介石听到这个消息后，吓出一身冷汗。

程潜、林祖涵、李富春在武汉已把上海、南京的所有情况报告给了鲍罗廷。鲍大胡子敏锐地发现了问题的严重性，提议召开紧急政治委员会议，议题就一个：为应付目前严重时局，将中央党部及国民政府迁往南京。这个议题在八日召开的武汉中央扩大会议上通过后，迅速传到上海。

“娘希匹，这是在逼我做出分野决定。”蒋介石得知武汉公开宣布迁都南京后怒火翻腾，他知道，决不能让几个月前的迁都事件重演。如果失去了武汉再失去南京，恐怕下一个机会就要等打下北京了。可要想取得北伐胜利，谈何容易？孙传芳依旧在反抗，张作霖的奉军是那么好打的吗？冯玉祥是什么人？联冯打张？搞不好就会变成冯张打蒋了。

蒋介石咬牙切齿地横下一条心，拍板做出了四个决定：

一、上海全城戒严，白崇禧、周凤岐为戒严正、副司令，同时颁布《战时戒严条例》十二条；

二、命令进入南京的嫡系部队切断进出南京的铁路，对城内第二军的三个团执行缴械；

三、切断邓演达与薛岳的后路。武汉方面的邓演达以及他率领的北伐军总政治部是个麻烦，这是一支能与蒋介石抗衡的政治队伍，而邓演达在很多方面比共产党还左，先解散他的北伐军总政部，让他名不正；至于薛岳，让他辞职，不辞就撤职，何应钦已推荐他的老乡、时任第十四师副师长的邓振铨接替薛岳；

四、自己与何应钦马上先入为主前往南京。那里的问题需要总司令坐镇指挥方可彻底解决，同时为了避嫌，有必要远离即将硝烟四起的上海。蒋介石告诫自己，哪怕情况再紧急，也需要铺好后路。

上述四个决定九日公布，并要求陈果夫等人在蒋介石离开上海后，立刻发表早已写好的救党护国通电，以造成必要的舆论氛围，为下一步行动做好突破口。

民国十六年（1927 年）四月九日，“清党”以及与武汉分野的一切准备全部就绪。在接到南京安全的报告后，蒋介石与何应钦到达南京，而去南京的公开理由竟然是遵守武汉中央的训令。

到达南京后第一件事便是给汪精卫等发电报：“电汉口汪兆铭、谭延闿，南京程潜、何应钦，上海胡汉民、宋子文，南昌朱培德、李烈钧，广州李济深、甘乃光：中正已于本日进驻南京（驻旧督署）。东南虽已底定，北伐尚未成功，各项进行事宜，亟待解决，务请诸同志于本月十四日以前，驾临南京，筹商一切，不胜盼祷，并请示复。”

蒋介石一方面摆出姿态，不让局外人明白他心底的打算。另一方面，在南京摆下鸿门宴，看看有谁敢来。他知道汪精卫是不会来的，但他不来又有什么关系呢？党内另一巨头胡汉民会来呀。

而于当天从上海发表的“救党护国通电”，口吻就比蒋介石的电报严厉许多。这篇洋洋三千言的通电由国民党重量级人物联名，他们均是国民党中央监察委员：蔡元培、吴稚晖、张静江、黄绍竑、邓泽如、李石曾、古应芬、陈果夫。

通电毫不客气地指责武汉中央联席会议的种种谬举，列举了十一件“可痛心者”的事后指出：“长此以往，不独北伐困难，而本党百万党员与朝夕以求中国的自由平等之民众亦将何所寄托？险象如此，讵能再安缄默？爰痛切陈词，望我全体同志念党国之危机，凛丧亡之无日，被发缨冠，共图匡济；扶危定倾，端视此举。披沥奉陈，敬候明教。”

这篇通电，在蒋介石看来就是篇“清共”宣言，如同史上的《汤誓》、《牧誓》一般。

蒋介石到达南京之前，杨虎、温建刚筹备的劳工联合会以每天四元的雇佣费，在南京组织了一批人。

国民党江苏省党部这时也从上海搬到南京，党部首脑张曙时据说是共产党。九日这天，南京率先行动，劳工联合会雇用的人捣毁了国民党江苏党部和南京市党部，抓到了一大批人，其中包括农民部长戴盆天、商人部长黄竞西、宣传部秘书高尔柏等，市党部主要负责人侯绍裘在上海被抓，张曙时也被抓住，但后来逃跑了。

不明就里的总工会还派人到北伐军司令部请愿要求保护，他们哪里知道正热情接待他们的人，便是行动的幕后指挥者。一明一暗的联动，南京很快便掌握在了蒋介石手中。

经过几个月的深思熟虑，和经历了秘密、仔细，且万无一失的准备后，四月十一日，蒋介石终于发出了决定成败的密令：“已克复的各省，一致实行‘清党’”。拟定这道命令的理由是：“中国国民党以共党渗透党内，破坏北伐，祸国残民，实行‘清党’”。

命令发出后，他要求陈氏兄弟，以及杨虎、温建刚等随时向他报告“清党”进展。

在上海，因为“清党”准备周密，一切都按计划开始进行。

共产党此刻在上海掌握的力量主要是两部分：总工会和工人纠察队。浮在面上的领导人有三个：总工会委员长汪寿华，工人纠察队总指挥周恩来、副总指挥顾顺章。在“清党”计划中，此三人是需要最先被解决的，目的是打乱这两部分力量的神经中枢。

接到命令的杜月笙，精瘦的脸上露出了笑容。老蒋到底按计划行事了，而他已私下在两天前就开始布置。

九日，杜月笙派手下万墨林给上海总工会委员长汪寿华送去了请柬，约他十一日晚到大世界附近的华格臬路杜公馆商量大事，杜月笙认为在这里擒住汪寿华是最不容易引起麻烦的。只要捉到汪寿华，在湖州会馆的上海总工会便可拿下。

汪寿华的真名叫何今亮，虽然是共产党员，却也是青帮。而且还是“通”字辈，比杜月笙“悟”字辈高出一辈。上海工人第二次暴动时，就是他联络杜月笙保护在法租界的暴动指挥机关。

晚上八点，汪寿华独自一人出现在三层楼的杜公馆时被抓，旋即被杀，没有一点悬念。

关于汪寿华的死，一直有三种说法：一是杜月笙的手下将汪寿华塞进麻袋，拉到枫林桥活埋了；二是杜月笙把汪寿华交给了白崇禧，在龙华北伐军东路军司令部被处死；三是扣留汪寿华后，将他送到公安局，但公安局不敢拘押他，便在黑夜里把路灯熄灭，放汪走，却又埋伏好枪手，在蓬莱市场附近，汪寿华被乱枪击毙，就死在共产党的老朋友谢澹如亲戚的后门口。

不管何种死法，二十六岁的汪寿华都是在蒋介石“清共”中牺牲的第一位共产党高级领导人。

几乎在同一时间，设在商务印书馆俱乐部里的工人纠察队总指挥部，接到北伐军第二十六军第二师师长斯烈的急函，请周恩来、顾顺章去师部商谈重要问题。

周恩来认为与斯烈见面或许可以争取此人，而且斯烈的弟弟斯励在黄埔军校时周恩来是政治部主任。结果，在宝山路二师师部，周恩来被斯烈扣留，同去的顾顺章，一看情况不妙，逃了。

万幸的是处于地下的中共中央很快得知了消息，立刻由时任中共江浙区委书记的罗亦农派人找到二十六军党代表赵舒。此人并不清楚抓周恩来是蒋介石“清共”的重要环节，他立刻与工人纠察队的地下党员黄逸峰一起赶到二师师部。斯烈是赵舒的老部下，只得执行赵舒的命令，释放了二十九岁的周恩来。而赵舒随后以“目前各方怪象丛生，惶惑万状”为由辞职了。

但这时，对上海总工会、上海工人纠察队的缴械已基本完成。过程很简单：

十二日，中华共进会五百多人，臂戴白布黑“工”字袖章乘车通过法租界。

周凤歧的部队进行伪装后，也获准从公共租界通过，这是早就与租界巡捕房沟通好了的。巡捕房在他们通过后，立刻用路障封锁了租界，以防有人逃入租界寻求庇护。

这两批人到达两个最重要的目标——闸北湖州会馆和商务印书馆俱乐部时，两处都已群龙无首。双方发生冲突，枪响后，周凤歧的部队出现。说为了调解劳工组织之间的矛盾，要求双方都缴械，以恢复秩序。结果，除上述两目标外，华商电车公司、三山会馆、浦东、吴淞、江湾等地的两千七百多名武装工人纠察队同时被缴械。

十二日整整一天，在混乱的上海，了解真相的人没有几个。中共中央以及总工会等一班人还蒙在鼓里，以为是误会，要求北伐军将枪械交还工会，还指出蒋总司令是支持工会的，他给工人纠察队送过锦旗。

到十三日，共产党终于明白过来，敌人是在有组织地进攻啊。便不顾白崇禧的戒严令，号召工人举行总罢工，宣称“誓死奋斗，宁死于以国民革命为旗帜的军队之手，虽死犹荣”。

中午时分，在闸北青云路总工会举行了一个群众大会，并开始游行请愿，要求发还被夺枪支，惩办工会的破坏者。当游行队伍走到宝山路二十六军第二师师部时，头天放走了周恩来的斯烈下令开枪。

在这支手无寸铁的请愿队伍中有不少是妇女、孩子。枪声响起的一瞬间，天空突然下起滂沱大雨。枪声、雨声、大人的叫喊声、小孩的哭声霎时在街面弥漫，游行的队伍散了，人们四处狂逃。然而，机枪声并没有停下来。宝山路成了一条血河，一百多人倒在血河之中。

一场大的搜捕在全上海同时进行。国民党各军部、各师部、各政治部，还有绥靖处、特务处、谍报处、稽查处、警察厅等，全部都在抓人。除了抓人，办事人员更是整夜打牌，大嫖大赌。

四月十三日《申报》在第十三版的本埠新闻中用了整版报道这起事件，总标题是“淞沪工人纠察队昨均被缴械”。记者从不同地方发回的报道中透露了以下信息：一、起因是臂戴白布黑“工”字袖章的便衣军挑衅，与工人纠察队发生枪战冲突；二、参与缴械的是二十六军二师等北伐军；三、缴械中部分军队开了枪；四、全部死亡人数为“百余之众”；五、有英国飞艇到了商务印书馆俱乐部上空侦查；六、工人纠察队总指挥是顾顺章（没有提到周恩来）。

但在对青云路群众大会的报道中，《申报》有这样的文字：五万余人的“市民大会散会后，即出发游行。由青云路、宝兴路、中华新路至湖州会馆，沿途高呼口号……至湖州会馆后，群众一拥而入……宣告即日起总罢工。驻在军队当即撤退，秩序仍由纠察队负责维持，该会亦于群众拍掌高呼声中，继续办公。”

正在上海与王映霞热恋的作家郁达夫，在四月十二日的日记中记录了他看到听到的情况：

“晴，东天未明，就听见窗外枪声四起。起床来洗面更衣，寒冷不可耐。急出户外，向驻在近旁的兵队问讯，知道总工会纠察队总部，在和军部内来缴械的军人开火。路上行人，受伤者数人，死者一二人。我披上大衣，冒险夺围，想冲出去，上南站去乘车，不意路途为戒兵所阻。

午后出去访友人，谈及此番蒋介石的高压政策，大家都只敢怒不敢言。从友人处出来，又上南站去打听沪杭车。晚上天又下雨，至法科大学上了一小时课，冒雨回到英界，向鼎新旅馆内投宿。

上床后，回想映霞心切，不能入睡。同乡陆某邀我打牌，就入局打了十二圈牌，至午前三时就寝。”

从郁达夫的日记看，上海的正常生活秩序并没有因对工人实行缴械而发生混乱。

“四一二”事件时，美国女记者安娜·路易斯·斯特朗正在从美国来上海的路上。到达上海后，她强烈地感到了这座城市弥漫着恐怖血腥味，她想找到一些工人领袖，以了解到更多的情况。但她一无所获，有位美国同仁告诉她：蒋介石都没有找到他们，你大概也不可能找不到。你去找相反会给他们带来危险。为了完成采访，斯特朗只得去了武汉找她早年相识的老朋友鲍罗廷。

蒋介石很满意出现这样的局面：听命于武汉中央的上海特别市临时政府被封闭，陈群接管了国民党上海特别市党部，杨虎等人搞的上海工人联合会接管了总工会。

“清党”而不发生混乱恰恰是蒋介石所需要的。上海是他的金库，不能沦于战火骚乱的恐怖之中。广州也一样，那里是他发迹之地。但这种思想他始终没明确向周围的人透露，就连杨虎、温建刚等都是糊涂的。当“清党”行动开始后，他们居然不知该如何往下走？向蒋介石发电询问：“现在是否仍容纳共产党，对捣乱分子如何处置?”在上海坊间，开始流传一句象征恐怖的话：“养虎成群。”蒋介石自己则成功地避开了漩涡中心，成了站在一边评判的第三者。

接下来最重要的工作是建立南京政府，而建立一个政府没有经费是不行的。以虞洽卿为首的上海工商界一直要求蒋介石恢复秩序，解除工人纠察队的武装，现在我蒋中正做到了，该是工商界兑现诺言的时候了。

蒋介石希望能得到七百万元的赞助，同时拿到三千万元贷款，这样便可以解决成立政府的财政问题。为了与工商界长期合作，他准备南京政府一成立就通缉那个讨好孙传芳的上海总商会会长傅筱庵，并把会长的位置还给虞洽卿。这也是两个月前对虞的承诺。

在“四一二清党”行动中，唯一让蒋介石遗憾的是没抓到共产党的大官。而行动前，他设想过如何与成为俘虏的周恩来对话。到那时，周恩来不会再有三十日见面时的风度吧？可现在，这位当年从国外请回来的人才无影无踪了。蒋介石想，如果是我的嫡系部队执行这次行动，恐怕周恩来、顾顺章便逃不掉了，这也是命令不十分清楚造成的后果。

蒋介石并不知道《汪陈联合宣言》就是周恩来促成的。周拿着宣言先让汪精卫签字，再让作者陈独秀签字，然后送报馆。蒋介石更不知道，周恩来从斯烈处脱险后，得知已无力挽回局面，独自雇了一条小船，潜入浦东贫民区。但这里也是周凤歧的布控点，所以周恩来再次被来棚户区搜查的二十六军第一师某团士兵抓捕，审问他的是该团团长鲍靖中，这位黄埔四期的军人一见面前的人竟是自己老师，马上决定帮助周恩来，立刻找来一套士兵军服让周恩来换上扮作卫兵，用战马护送他出了浦东到达真如火车站。

（这一段历险很可能记录有误。在黄埔一至四期的学员名单中，并无“鲍靖中”其人。《申报》的报道仅说顾顺章被拘禁在宝山路天主教堂，那里是二十六军二师师部。时间为十二日七时至下午三时。而有文献称四月十三号郭沫若还在李一氓住处见过周恩来，他劝说周恩来从速离开上海）

周恩来并没有趁此机会离开上海，而是又转移到吴淞附近徐家宅，他要与从广州逃出来的妻子邓颖超会合（邓三月二十一日在广州分娩，一个近十斤重的男孩儿因难产而夭折了）。直到五月下旬，才由他一手培养的、后成为共和国大将的陈赓陪同，乘英籍轮船怡和号前往武汉。

这时，上海对“伍豪”（周恩来）的悬赏金已加到了八万大洋。

十三日，蒋介石发布了《告中国国民党同志书》，中心内容是揭发共党盘踞湘鄂阴谋。他在这篇近五千字的文告中，为自己北伐以来的所作所为做了彻底辩护，从主张迁都武汉到改主张迁都南昌，从陈铭枢被迫离开武汉到武汉联席会议被共产党篡权，都一一进行解释。指出“今日我军以血战克复之名城，明日即成彼党以阴谋袭取之营垒。”他还委屈地说：“人心未死，公理何存，长此颠倒，何以为军。以党治国，为本党唯一主张。共产党认定枢纽所在，处处把持党务，无处不握党中之重心地位，至于欲加入国民党者，非先表示能与共产党同声相应不可，至多年之纯粹党员，欲求一度登记而不可得。”

蒋介石在文告中把九江、安庆、上海的“清党”说成是：“不过民众与民众，党部与党部之冲突。”这与他事先考虑好的计划一脉相承，即这些事与北伐军无关。说到二十六军开枪之事，他辩解到：“如上海之纠察队，多系招集孙传芳、毕庶澄之散兵，与以利器。四月十三日围攻闸北第二十六军司令部之时，当场捕获九十余人，其中四十余人，皆身带直鲁匪军遣派之证号。”

在把共产党说得一无是处后，蒋介石搬出国民党中央监察委员会，他坚决地认为中监委对共产党的弹劾是英明的，指出：“中正统率全军，誓死服从中央命令与决议，愿作我同志同胞之先驱。”他同时宣告：“中央党部已经成立，与国民政府同时建都南京。”

这篇文告，蒋介石有意把自己变成旁观者，当做愤愤不平者。表面看是好像解释辩驳词，实则是定都南京，巩固蒋氏政权的宣言，他再也不是“迁都”而是直接“建都”了。但关于这次武力“清党”，还未见在蒋介石的日记中有记录，他自己说过，有些事情是不能记的。过了大约十九年，他发表《苏俄在中国》，再次全面阐述了国民党与苏俄合作所受到的伤害。

据后来的有关统计，十二日前后，被收缴的武器是：三千支步枪，二十挺机关枪，两百支毛瑟枪，四百支手枪，八十万发子弹，几推车斧头和两千支长矛；被打死的工人有三百多人，失踪的人达五千。就此，俄国人出了三万大洋援助的上海三次工人起义彻底失败了。

可笑的是在同一天，武汉的罗易竟以第三国际代表团的名义给蒋介石发来通电，称：“阁下已决意在南京召集中央委员会及中央监察委员会的若干委员开会。这种举动显然违背阁下与汪精卫订立之协议……革命的敌人将自然把此事解释为国民党内部破裂……鉴于局势危殆，我们敦劝阁下放弃原定的南京会议……在这危急关头，破坏国民革命战线的严重责任将由阁下负之。我们劝请阁下赞成将党内问题之一切争执，交由中央委员会之全体会议处理。阁下若采纳此议，我们将欣然造访南京，与阁下亲自讨论一切重大问题。第三国际将尽全力帮助一切革命力量形成统一的国民革命战线。”

而事实是在蒋介石军中的俄国军事顾问并没有因为“清党事件”、“宁汉对峙”而撤走，甚至没有提出抗议，还如北伐初期一样恪尽职守。从后来的文献资料中可以看到，克里姆林宫一直在犹豫，他们不知道中国局势会朝什么方向走，他们也不知道到底是应该支持左派还是右派？还是全力扶持中国共产党？

看到这份通电，蒋介石哭笑不得。中国人从来都讲究察言观色，而这些老毛子怎么会如此之愚蠢？他把通电扔在一边。此刻，需要他决定的事情太多了，开弓没有回头箭。现在首要的大事是，在南京迎接愿意与他合作的国民党中央执行委员会委员和监察委员会委员们，他知道，事先均已做好充分准备，接下来的建都问题会简单很多。

四月十四日，胡汉民、吴稚晖、张静江、蔡元培、李石曾、邓泽如以及陈果夫等人如期到达南京。

按预定计划，胡汉民高调介入成立南京中央政府的工作，他此刻的官职是国民党中央委员会常委，只是这个常委，在没与蒋介石合作前无任何权力，混在上海，靠翻译写字维持生计。

胡汉民在孙中山死后，曾出任过代大元帅，被人称为“最了不起的一位幕僚长，历史上少有的一位相爷”。蒋介石的军事才能在“东征”后得以让人刮目，而正是胡汉民下达了“东征的命令”。如今，他重返政坛，目的是帮蒋介石解决成立南京政府所面临的各项政治法理问题。

计划分两步走。十五日先召开国民党中执委、中监委委员谈话会。既然是谈话会，就不必考虑法定人数，从而解决了法定人数不够的难题，但这个谈话会做出的决定是非常重要的，它决定十七日在南京召开国民党中央政治会议。

原与汪精卫商定，在南京召开国民党二届四中全会，可汪兆铭等武汉一干人的缺席，造成开会人数不够，全会无法召开，在胡汉民等的指点下，蒋介石并没有强行召开全会。而不开全会也能达到建都南京的目的。

可不管召开什么会议，都需要有一定的法定人数才能宣告世人，但此刻在南京的国民党中央执委只有五人。胡汉民决定重新启用“中央政治会议”为会议名称，参加会议的人都可称中央政治委员。于是蔡元培、李石曾、邓泽如、何应钦、白崇禧、陈铭枢等都被增选为中央政治委员会委员。人数不成为问题了，这是计划的第二步。

关于“中政会”，这是蒋介石在上一年刚玩过的政治游戏。中山舰事件后他操纵中央执委会通过决议将中政会与中常会合开，称之为中央政治会议，但在武汉召开的二届三中全会决定取消合开的中央政治会议。蒋介石清楚，要想顺利地实现军政、训政，需要一个表面在中执委之下实际凌驾于中执委之上的机构，这个机构既可以灵活处理党内所有问题，又归自己独裁。

胡汉民重新抬出中政会可谓在夹缝中找到了一条大道。事实是后来中政会成为了一个比国民党中央执行委员会更大的机构。

国民党中央政治会议十七日在南京如期召开，这次会议的决议被标为“国民党中央政治会议七十次会议决议”。

一切都按蒋介石的思路进行，且看起来是那么正规那么合法。

会议议决了几项决定：

一、从四月十八日起，国民政府在南京办公，同时举行庆祝典礼。

二、推举胡汉民出任国民政府委员会主席兼中央政治会议主席，钮永建为国民政府秘书长。

三、吴稚晖任总政治部主任，陈铭枢为副主任。

四、由张静江牵头，组成浙江政治分会。

五、由马叙伦牵头，组成浙江省政府。

六、成立国民党中央宣传委员会。

七、成立国民党中央组织委员会。

八、上海临时政治委员会改为国民党中央政治会议上海分会。

同时还议决了南京政府的官员任命，胡汉民、蒋介石、张静江、吴稚晖、蔡元培、李宗仁、何应钦等为政府委员。伍朝枢为外交部长，王宠惠为司法部长，薛笃弼为民政部长，王伯群为交通部长，古应芬为财政部长（钱新之代），蔡元培为教育行政委员会常委兼大学院院长。

而就在前一天，蒋介石还召开了一个联席会议，号称是中央政治委员会与军事委员会联席会议，推举谭延闿为联席会议主席，蒋介石为军事委员会主席兼国民革命军总司令。这是他要实行军政的重要一环。

到此，蒋介石长长松了一口气，从现在情况看，“清党”已非一次孤立行动。国民革命的大本营广州，在李济深的指挥下，已于十五日凌晨开始“清党”。其中最为重要的是在黄埔军校“清党”，在校的第五期学生三千多人完成了净化。

与此同时，无锡、宁波、福州、厦门等也开始“清党”。安徽在李宗仁控制之下。江西的朱培德开始松动有向南京示好的迹象。接下来要对唐生智控制的湖南进行瓦解，还需要对武汉进行军事打击，以灭掉汪精卫的威风，迫使他向南京靠拢。

让蒋介石高兴的是“清党”得到来自各方的支持。上海商业联合会和银两业公会分别发表拥蒋“清党”电报，表示愿做“清党”后盾；云集上海的各国列强也赞赏他处置得当。日本《朝日新闻》说“清党”是：“驱逐在武汉派后面之鲍罗廷以下之俄国势力，此点与北方军阀之主张实属一致。”

对汪精卫、邓演达等人的谩骂，对武汉政府的一系列开除他职务的决定，蒋介石都没放在心上。只是有件他真正担心的事还是发生了，远在莫斯科中山大学读书的儿子蒋经国公开骂他。苏俄《真理报》全文登载了经国在中山大学声讨蒋介石大会上的发言，发言中说：“过去他是我的父亲，革命好朋友，去了敌人阵营，现在他是我的敌人。”还当场声明断绝父子关系。

把“三纲五常”看成是日常行为准则的蒋介石，明知儿子的讲话并非出于真心，可还是感到十分难过。他把经国在上海读书时的监护人陈果夫找来，诉说心中的烦闷。

蒋介石对陈果夫说：“奈，经国十一岁离开溪口到上海浦东读书，你每月给他铜佃，后来交易所破产，每月给经国十五元衣裳费都付不出。现在依旧思之伤心。”

对于当年证券物品交易所的破产，在蒋介石心里陈果夫是有责任的。他曾在日记中写：“果夫之为人，利己忘义，太不行也，当痛斥之。”可陈家兄弟是英士兄之侄，对自己倒也忠心。此次“清党”，他兄弟可谓文武双全，把建立政府所需之文件都准备妥帖。

陈果夫当然不敢在这位叔叔面前妄议他的儿子，只解释说：“经国是懂事的小团，他的言论一定是身不由己。”

蒋介石仿佛在回忆：“贫富生死，率有定数。得此不足为富，无此不足为贫，况预备死者未必死，但求生者未必生。只是对经国教育无方，终难辞责。”

见蒋介石自责，陈果夫猜不出他究竟要说什么，不敢接话。

蒋介石继续说："在广州时，我给经国写信，要他多读书，去商务印书馆买英文小说杂志看，要他懂得英文的重要，教他对待读书必须反复研习，总要使一字不忘为止。现在他却在俄国学俄文，并用学到的俄文来骂我这个父亲。"

善于做人的工作的陈果夫进退两难，该如何劝慰这位刚下决心"清共"的总司令呢？

见陈果夫不吱声，蒋介石叹口气问："经国与我划清界线所言，在我看来，不过是为自保，我能指责他不孝吗？"

陈果夫立刻说："经国兄弟在俄国一定是被环境所迫，我以为他现在能保住性命就是最大的孝啊。"

这话正中下怀。蒋介石看看他，微微颔首道："看来经国一时回不来了，你要想办法打听他的消息，越详细越好。我现在不知该如何向他姆妈交待。"

陈果夫说："请校长放心，经国也是我的兄弟，我会尽最大努力盯住这件事，只要有一点点可能，都会想办法让他回国。"他停了一下补充道："从俄国没有撤走我们军队里的军事顾问这件事看，他们不会太为难经国兄弟。"

蒋介石摇摇头说："斯大林是看我还有利用价值。听天由命吧。"他话锋一转，说："此次'清党'，你务必要搞清爽一些根本的问题，比如，共产党再多，也没国民党多，而用武力'清党'必然会出现良莠都杀的情况。你应当考虑，在什么时候开始制止滥杀滥捕，杀戮既开，收刀就难了。"

陈果夫点头说："校长，要想使我们党变得纯洁，这样的行动迟早要做的。西山会议派发了电文，说我们的行动是掩耳盗铃。"

蒋介石摆摆手："不管是西山会议派，还是汪精卫、鲍罗廷，对我们的一切指责都不重要，重要的是我们在完成总理的建国大业。我十四日让你要各报暂缓发表的弹劾共产党的文件，现在可以发表了。另外，把准备好的'清党'通电一并发表。"

十六年（1927 年）四月十八日，蒋介石为之殚精竭虑的南京国民政府，在南京丁家桥前江苏省会议厅宣告成立。整个典礼分为：授受印、照相、阅兵、宴会等。

蔡元培代表中央党部庄重授印，印文为"中华民国国民政府"。

胡汉民神情严肃地代表国民政府受印。蒋介石在一边掩饰着内心的喜悦，和颜悦色地看着两个配角在唱重头戏，心想，总算是把总理的部分遗愿实现了。

仪式后，照例是全体合影。蒋介石依旧低调，没有炫耀自己，而是一身戎装一脸严肃地坐在胡汉民右边第五个位置上。恐怕在照片中的几十个人中，只有他才真正清楚这个南京政府还需要做哪些事，才可能成为名副其实的中央政府。

为了满足列强承认南京政府的条件，蒋介石违背了国民党一大决定的不承认北京政府所借巨额外债，宣布承担偿还清政府和北洋政府的所有外债。这也是为了重塑债务信用。

在稍后举行的庆祝国民政府定都南京与恢复国民党党权大会上，蒋介石、胡汉民分别讲话。在大的露天广场上，搭了一个高不过一尺的木板台，台上置一张八仙桌，桌边是一把用于踏脚的高靠背椅子，两人踩着椅子登上八仙桌演讲，没有话筒，只用大嗓门儿。胡汉民用他带着广东口音的国语发表演讲，随后发表了《国民政府定都南京宣言》。

宣言通篇都围绕三民主义来阐述建国纲领，指出："盖惟三民主义为救中国之唯一途径，亦惟三民主义为造成新世界之唯一工具。本政府所行政策惟求三民主义之贯彻，凡反对三民主义者即反革命，反对国民革命而有阶级独裁者即为反革命……"

宣言提出了四条国民革命方略："一曰使党军愈与人民密切的相结合；二曰造成廉洁之政府；三曰提倡保护国内之实业；四曰保障农工团体之利益并扶助其发展。"在讲话中，胡汉民没有忘记吹捧拉他出山的蒋介石，表示要一致拥护蒋总司令。

这个宣言的真正目的是以三民主义为盾牌，宣告"清党"运动的合法化。

在当天庆祝国民政府建都南京的欢迎宴会上，蒋介石端坐第一桌正中，在他的旁边是胡汉民，再往边上是马·伊·卡扎宁（苏联顾问的中文翻译）和李翻译。蒋介石把晚宴当成了他自己的"庆功宴"，发表了七千字的长篇讲话《建都南京告全国同胞书》。讲话中，他显然已经把自己与中国政府等同起来，对中国共产党和鲍罗廷大肆攻击。据勃拉戈达托夫（蒋介石军事顾问加伦将军的副手）在他的回忆录《中国革命札记（1925－1927）》中说，当晚蒋介石"越讲越起劲，越来越慷慨激昂。声调不断提高，甚至发出尖叫"。

接着蒋介石又发出《通告各军拥护奠都南京电》。他坚信，这是一个新时代的开始。

在拥护奠都南京电中，蒋介石用饱含深情的语气，讲述他如何盼望这一天到来：“中正上奉中央之指挥，下赖将士之忠勇，转战七省，幸告肃清。乃因党内纠纷扩大，危及国民革命前途，忧虑彷徨，莫知所适……今幸中央监察委员会举发叛徒阴谋，清源正本，中央政治会议继续总理遗志，奠都南京……中正欣喜之极，不禁涕零。嗣后当秉吾血诚，恭听命令，率此部属，拥护中央，扫除一切反革命之叛徒，再行实现三民主义之初志……”

这个通电，蒋介石表明了他的观点和立场。在《告全国同胞书》中，更是从十个方面阐述了他的政治主张。从打倒帝国主义入手，再讲北伐之意义，然后将矛头直指共产党：

“寄生在国民党中的共产党员，蒙国民党的招牌，借国民革命之掩护，处处扩张他们的势力，运用他们的阴谋，实行他们的破坏的恐怖政治。”

他说共产党的政治，使“经济破产，教育破产。破坏外交政策，破坏篡窃国民党，破坏军事”。

“现在共产党破坏国民革命军，破坏国民党，破坏中国的阴谋毒计，事实一一暴露。”

然后，他开始捧自己建立的南京政府：“主持党务中枢的，又多为老成硕德，数十年前从事革命，为思想界前驱，而全国久已属望的先觉。”

接着他为自己辩护：“至于他们诬中正为‘新军阀’，更是恶毒可笑。世界上哪有为主义而战的军阀，真是千古奇谈。军阀把持的是地盘。我国民革命军打到什么地方，就让什么时地方的人民去统治。军阀要的是财产。中正转战经年，一身以外无长物。军阀爱惜自己的生命，断送的是将士的生命。中正则自北伐以来，每每身先士卒，早把生死置诸度外……”

他在最后指出了中华民族只有三条路可走：一条是还到军阀统治下，那样中国将连年战争；一条是跟共产党走，受国外特殊团体的指挥，中国还是没有出路；一条就是国民党三民主义的堂堂大道，那就是谋自己的利益，求自己的解放。

这两篇文稿把蒋介石从一个单纯的军事指挥员变成了一个政治人物，并威严地站到世人面前。这是他将要以铁腕手段实现军政的铺垫，也是他要在其他军事集团面前率先告之的名正言顺的东西。他自己清楚，虽然是总司令，可在这个兵荒马乱动乱不堪黩武主义横行的年月，谁有枪谁为王。仅仅一年的北伐，北伐军已从开始的八个军变成如今不知几个军了。眼前的桂系，就是他看着迅速膨胀起来的，迫使他不得不反复与桂系合作以抑制唐生智的湘军和杨森的川军。

同一天，陈果夫整理的中监委弹劾共产党谋叛咨文，正式发表，附在咨文后，有一份名单。这便是南京国民政府发布的第一号命令：通缉一百九十七名共产党员、国民党左派头目及次要危险分子：

“鲍罗廷、陈独秀、邓演达、徐谦、林祖涵、谭平山、恽代英、罗亦农、毛泽东、李立三、瞿秋白、周恩来、蔡和森、张国焘、郭沫若、刘少奇、方志敏、张太雷、顾顺章……”

有意思的是，已被处死的汪寿华、侯绍裘也在名单之中，是蒋介石不知道？还是装不知道？

位于南京东郊十几公里的小汤山，以温泉而著名，是休养胜地。

南京政府成立后，胡汉民等就常将重要会议安排在这里召开。春风得意的蒋介石很喜欢这里的温泉，他觉得温泉能洗尽身体的肮脏，而此地有一千五百年历史的隆昌寺则能净化心灵尘埃，只是有一丝无奈和遗憾，其他要员都是夫妻双双，而他形单影只。

多年未离开过女人的蒋介石在强迫自己锻炼意志，他明白接下来的考验是什么。与宋霭龄在九江的会晤具有历史意义，蒋宋结缘最重要的一环是宋美龄。蒋介石在小汤山冥思苦想，必须在短时期内与这位三小姐见面，是在上海见还是在南京见？他感觉到，只要这件事办好了，其他的事都是小事。

南京政府成立的第二天，即四月十九日，武汉国民政府就誓师二次北伐了。蒋介石并不介意有人抢他的北伐功劳，他喜欢看到混乱的局面。但兴奋中的他大意了一件事，忽略了给立下汗马功劳的桂系相应的果实，导致桂系在此次建都中没有获得实质地位。《北华捷报》、《晨报》发表评论认为：桂系苦战一年，只获得了一个“钢军”的称号和两万人的伤亡。这个大意导致了四个月后蒋介石被桂系逆转，逼宫下野。

内敛的蒋介石清楚，如今中国从政府到党派再到军队都处在分裂状态下，北京、武汉、南京三个政府并存。虽然南京是西方列强（除俄国外）希望保持稳定的中央政府，这也是蒋介石愿意承担所有中国外债的结果。一个政府光有枪杆子是不行的，还需要有经济支撑，下好经济这步棋，关键棋子是宋子文。原本南京政府成立，宋子文就应该出现在内阁名单里，可这个骄傲的自以为是的金融家尚未就范。已和宋霭龄商量过，先封了宋子文在上海的办事处，让他回不去武汉，成为一个无庙可归的和尚，然后再以官位利益相诱，不信他不来南京。

为了得到银行业支持新政权，他在本月还做了一件“出格”的事：当得知张嘉璈的母亲在上海去世时，他并未因从未与张嘉璈见过面而放弃千载难逢的机会，而是带着卫队亲临吊唁突然出现在张家的灵堂纳头便拜。非常看重礼节和规格的张嘉璈感动了，他说服陈光甫、钱永铭等一干银行家决计支持蒋介石和他的新政权。这为蒋介石日后与宋子文联手改组中国银行埋下伏笔。

国内三个政府并存是问题，而在国民党内部形成的武汉、南京、西山会议派三个党部也是大问题，如何战胜其他两个党派呢？

军队则更乱，孙传芳、张宗昌尚未消失，吴佩孚并不死心，张大帅想南下，冯玉祥又在玩他的老花样：占地盘，阎锡山当然还是在观望。

既然武汉已誓师北伐，于公于私南京方面都不能落后，但前提是必须把建都的事处理稳固了，同时要搞清楚武汉确实不可能东征南京后才能下决心。还要力争做到我蒋中正在哪里，党就在哪里。

他在思考，如果武汉的军队离开了，是不是武汉就空虚了？想到这儿，突然兴奋起来，能不能在军事上做点文章，使一出借刀杀人计？有很多情报显示，唐生智的湘军中有相当数量的军官士兵对湖南的农民运动已忍无可忍，他们的家属据说很多受到农民冲击，能不能在他们中找到突破口？

尽管蒋知道，时下所做的一切并不完全合法，但他依旧尽量做得滴水不漏。

二十一日，蒋介石命令将国民党军事委员会从广州迁到南京办公，并发表了《告全体将士书》。又是一篇二千二百多字的长文，进一步阐述说他“清党”的理由：

这一次他从十五年（1926 年）五月二十日的“中山舰”事件说起，再讲到国民党二届三中全会，认为都是因为有共产党的原因而造成今天的局面。他为自己被人说成是“独裁”而辩护，并透露了军费情况：“我在南昌报告过，从去年七月到十一月，五个月时间，我们以五十万大军，死伤了三万多将士，转战了六七省之多。除经常费用外，战费只有现金一千三百万，平均每月所得的，不足二百五十万，请问世界上哪次战争的战费像这样经济……”

二十四日，来自陆军、海军拥护南京政府的通电陆续到了。李宗仁、白崇禧、何应钦、杨树庄等人都表示：否认武汉中央执行委员会第三次全体会议之决议及所发出的一切命令。

五月一日，蒋介石以军事委员会主席的名义发布命令，将东线北伐军编为三路，继续北伐。

第一路总指挥：何应钦，目标是肃清孙传芳军；

第二路总指挥：蒋介石自兼，白崇禧代理，由南京上游渡江，担任正面作战；

第三路总指挥：李宗仁，目标是先解合肥之围，再攻蚌埠。

对于再次出兵，蒋介石心中稳笃笃的。虽然唐生智的部队沿京汉路往北打，而且战果不错，但那是南京的北伐尚未开始。蒋介石相信，只要自己三路大军一发动，战绩一定会远远超过唐生智这棵墙头草的。

在军事上，蒋介石开始密切注意国民联军总司令冯玉祥了。这位善变的将军靠着苏俄复出，正在图谋中原。南京要想取得北伐胜利，就少不了冯玉祥的力量。

与此同时，蒋介石还在琢磨军事以外的事：如何既与宋家联姻？又与冯玉祥结缘？还有如何建设国都？要有计划（后来由国都设计技术专员办事处编制的《首都计划》，成为了中国第一部现代城市规划）。

至于二期“清党”，前期目的已达到，剩下的问题就交给陈果夫、陈群他们去办吧。

第八章

风云漫天 两路出击

6月4日是端午节。两天前，清华四导师之一的王国维先生在北京投昆明湖自尽，永远告别了端午节。他的去世使混乱的1927年更添一丝哀愁，也留下了至今没弄清的悬案：他为什么要自杀？末代皇帝溥仪认为，王国维死与其亲家罗振玉有关。罗振玉知道溥仪有批字画要托王国维卖后，假意说由他来卖，卖后却扣留了卖字画的款项，说要算旧账，这些钱远不够王国维所欠他的银两，而宫里又催得紧，于是，极好面子的王国维走投无路了。毛泽东曾有诗云，“莫笑昆明池水浅”，言外之意是王国维在二尺深的水里照样淹死了。

毛泽东自己也没能料到，这竟是他此生与全家人一起过的最后一个端午节：一家五口，加上两个弟弟两个弟媳以及丈母娘和弟媳肚子里的孩子。

热闹中的督府堤41号主人们丝毫也没想到这是他们最后的欢乐。女人们在房门外悬上艾叶菖蒲，给孩子们带上香囊，还用雄黄酒在每个孩子额头划一道，寓意为避邪。

面对两个都是老共产党员的弟弟，毛泽东表露了他心中愈来愈强烈的预感：革命可能会遭遇空前的低潮。国民党的两位代表蒋介石和汪精卫，似乎在对待共产党的问题上日趋一致。发生在上海的“4·12”，和发生在长沙的“马日事变”都是强烈信号。别看此刻宁汉还是分裂的，但从汪精卫的算盘中已能察觉出他反共的端倪。

毛泽东当然不知道，汪精卫此番从苏俄回国，一路上几乎就是被俄国毛子当俘虏似的押着，这已引起自尊心超强的汪精卫强烈反感，他内心与蒋介石的内心几乎一样，目的就一个：做领袖，统一中国。

共产党似乎也想趁乱夺权。但在毛泽东看来，这完全是想着美、做着难的事。且不说国民党会不会拱手相让，就是共产党内部此刻也是乱纷纷没有头绪。革命导师陈独秀已不被党内当权者看好，很可能被党抛弃。这个不识时务的秀才，一年前坚决反对北伐，可北伐胜利了，他不肯把党中央移到武汉，可还是灰溜溜来了。

五大以后，中央谁在主事呢？看上去好像有人主事，机关在不断开会，似乎运行正常，瞿秋白还被增选为常委等，但实际上没有了路线方针。鲍罗廷、罗易只会随波逐流，如果硬要说有路线的话，那条所谓的“国民革命”的路线，随着时局的变化也是必败无疑。

“国民革命”的路线源自列宁的著名论断：一个国家非经过国民革命不能有社会革命。共产国际的国民革命的路径是：要求中国共产党全力把有名无实的中国国民党充实起来，拥护并帮助它夺取全国政权，然后在它的统治下，再由共产党领导社会革命，推翻国民党，取而代之。

毛泽东对毛泽民说：“润莲，你会算账，这笔政治账，是赔还是赚？”没等回答，他接着说：“我看是包赔不赚。一旦蒋某人、汪某人坐稳了江山，他们是不可能容得下我们这帮书生的。宋太祖说的好啊，卧榻之侧，岂容他人鼾睡，已经发生的一切都可以证明我的结论。”

毛泽民告诉毛泽东一件事，虽然在蒋介石集团控制下的地区共产党的活动不是转入地下，就是遭遇了灭顶。可奇怪的是，郑超麟翻译的《共产主义ABC》却卖得特别好，不知是为什么。

毛泽东说：“我看过，通俗易懂，它回答了以前很多人都搞不清楚的废除私有财产的问题，湖南农民运动的那些领头人恐怕也都读过哟，我的土地革命的思想或多或少跟此书有关，中央宣传部就应该多做这样的工作。只是，它卖二角钱一本，我的书只能卖一角钱一本。润莲，是不是你定的价？”

毛泽民笑了：“你莫打我啰，不是我呀，但我知道这回事。洋人的书，总是要比我们自己的值钱。有人预测，这本书可能是这两年全国销量最大的书呢。”

毛泽东深深地抽了一口烟，沉思一下说：“中国人的传统就是外来的和尚好念经哟，但从目前状况看，鲍罗廷的经在汪某人那里不灵了，那位罗易先生又自搞一套。我看，武汉的形势越来越像南京了。”

毛泽覃说：“现在武汉的军事力量都在指望与冯玉祥合作，唐生智是不会放弃湖南、湖北的，何健对共产党也一直有成见。张发奎4月才刚刚接任第四军军长，虽说他现在还没有反共苗头，但他显然害怕湘军，想带部队通过江西的跳板返回广东，那里才是他认为安全的地方。”

毛泽东很高兴这个自己一手带大的小弟弟能有如此见解，笑笑说：“看来你在军队里工作没有白干，你的分析有道理，从湖北经湖南到广东是捷径。但湖南是唐生智的地盘，不会让张发奎路过，他只有从朱培德的地盘江西过，朱培德打不过张发奎呀。由此，你们就可以发现，共产党为什么没有国民党自由，就是缺少枪杆子啊。现在有多少商店停业了，还有那些纸钞票，老百姓都不敢再用。从种种迹象看，武汉已经到了千钧一发喽，和平日子不多了，我们三兄弟在一起的日子恐怕也不多了。”

在厨房忙活的女人们准备好了饭菜，杨开慧叫兄弟几个吃饭。

这顿丰盛的家宴，没有减轻毛泽东对时局的忧虑。他吃着杨开慧给剥好的粽子说：“上海、广州、湖南的共产党被杀头的很多啊。润菊，你们都有切身感受，我们全家都要有思想准备。我想啊，一旦情况有变，就要赶快转移，润莲负责把家眷护送回湖南，润菊跟着部队。我估计，叶挺会去江西。”

毛泽民忙问：“大哥你呢？”

毛泽东看看大家，对杨开慧说：“我暂留武汉，观察形势，但我也会随时转移。”他又对毛泽民说：“36 军副军长周斓去了长沙，我跟此人有过交道，帮他解决过粮食问题，他在湖南，多少是条退路。”

在这个家庭里，毛泽东有绝对的权威，与大家商量的事，通常是他已经决定了的事。只是他不会掐算，就在第二天，共产国际代表罗易会将一份绝密电报给汪精卫看，而汪精卫依据这份电报，开始策划与共产党分道扬镳。毛泽东更不知道，毛泽覃说的那个何健几年后会挖他毛家祖坟，并杀害他的妻子杨开慧。

国内的所有中国共产党人没有谁知道，5 月中旬斯大林在莫斯科中山大学痛斥了蒋介石，并谈了武汉政府与土地革命的问题，这位正朝着独裁方向行进的格鲁吉亚人否认了托洛茨基对他指责。

托洛茨基认为斯大林的中国政策是严重的阶级妥协路线，正是这条路线导致中国国内的共产党从高潮正在走向低潮。于是，斯大林出于苏俄党内斗争的需要，向中国共产党发出了著名的“五月指示”，即联共（布）中央政治局会议第 107 号会议记录。

这个指示 5 月 3 日就已电传至共产国际代表罗易处。这位实际是托洛茨基代表的印度人看过指示后，悄悄打着自己的算盘，他想以一己之力来挽救中国革命。

“五月指示”的中心内容是要求中国共产党采取更加激烈、更加彻底的革命，扩大工农武装，进行土地革命。其中包含四条强硬要求：

1. 坚决主张没收地主土地，千方百计地加以促进土地革命，但只应没收大、中地主的土地，不要没收军官与士兵的土地；

2. 从下层多吸收新的工农领导人加入国民党中央，他们大胆的意见会使老头们变得坚决起来，或者使老头们变成无用之人，改变国民党目前的构成，务必要更新国民党上层人事；

3. 应消除对不可靠将领的依赖性，动员两万共产党员和两湖地区五万革命工农，组建可靠的近卫军，以便解除不可靠军队的武装，现在还不晚；

4. 组织成立以著名国民党人和非共产党人为首的革命军事法庭，惩办与蒋介石保持联系，或唆使士兵迫害人民迫害工农的反动军官。

收到指示的鲍罗廷与陈独秀一致认为，经过蒋介石的政变，以及夏斗寅、许克祥的军事对抗，加上天旱和经济状况恶化，脱离农会的农民已成风潮，仅以湖南为例，原可控制的50个县，如今只剩下3个。按此刻中国的时局，“五月指示”显然是不可能执行的。

于是决定将这个指示暂时保密，并含糊地报告共产国际，中共中央将等待时机再执行这个指示。陈独秀等知道，他们没有任何力量可以提出反对意见，即使心里反对，表面还须赞成。

然而，罗易不这么想。这位根本不了解中国文化和中国人的印度人，只从自己的角度出发，想当然地认为，汪精卫作为孙中山的继承人是可信的。而且共产党的支持对当下的汪精卫来说仍然很重要，这种同盟关系，对落实“五月指示”是好时机，如果说服汪精卫成功，中国的农民运动之火则可能重新点燃。

孤独的罗易还有一个私心，他想让鲍罗廷、陈独秀等人明白，不要小看他的能力。他坚信，通过中国的农民运动，完全可以做到与国民党的关系既不破裂，又能用武力讨伐蒋介石、张作霖之流。

于是，罗易擅自将共产国际的“五月指示”送给汪精卫看，居然还傻乎乎地给了汪精卫一个副本。一件严重违反党的纪律、将导致已经非常非常脆弱的国共关系轰然分裂的事发生了。

“五月指示”让自负且自卑的汪精卫产生了极大恐惧，想到4月初在上海听吴稚晖关于共产党要吞并国民党的话，那时根本不相信那个吴疯子，现在看来，并非空穴来风。生性多疑的他立刻开始本能的反击，不动声色地策划了三件事来稳固自己的地位：

其一，先稳住共产国际。方法是矫枉过正问苏俄要钱，要1500万的贷款。他知道，此刻共产党最不愿意丧失的是武汉这个独立的地盘。上海、广州、南京、北京等地，共产党都不可能公开地进去，他们要有所作为就必须有公开的地盘，可以料定，共产党会努力维护与我汪兆铭的关系，苏俄不可能给1500万，但武汉政府可以漫天要价，以造成离不开苏俄的假象。

最终，他得到了200万卢布，可对他来讲，钱已非主要问题。

其二，充分利用鲍罗廷所谓的“西北学说”，以张发奎、唐生智之兵力，在河南与冯玉祥会师，并极力拉拢冯玉祥这位善变的将军，这一招如果能成，将改变中国当下的军事与政治格局。那时，把唐张的军队撤回，以保卫两湖。

汪精卫用了近一个月的时间，实现了他的目标。虽然不全面，但也营造了他最终决定分共的大环境。

其三，利用张作霖在北京苏俄大使馆抄到的大量秘密文件，来说明苏俄对中国幕后作用的险恶用心，并借此解除鲍罗廷等人的民国政府顾问职务。这批文件中还公开暴露了苏俄大力援助冯玉祥的事，冯玉祥肯定会撇清自己，对汪精卫来讲，这也是联手西北军的契机。这批文件将起到一箭双雕的作用。

解除鲍罗廷等140名政府顾问的决定在6月5日就已经做出了，只是到了月中，才由鲍罗廷的好朋友、外交部长陈友仁向鲍罗廷等宣布，而那时，汪精卫已与冯玉祥达成协议，武汉北伐的部队将从前线撤回湖北。

罗易更不了解的是周恩来的本事。刚到武汉不久，对特务工作很有心得的周恩来在国民党的军政两界都有很多朋友。罗易刚泄密，他就得知了消息。陈独秀、鲍罗廷等得到周恩来报告后，非常震惊，立刻要求共产国际召回罗易，并采取积极的补救措施，包括共产国际总书记布哈林以共产国际执委会的名义直接致电汪精卫，解释“五月指示”，以减少汪精卫的恐惧心理，但一切都无济于事。

泄密事件看似偶然，实际隐含着必然，它点燃了“大革命”彻底失败的导火索。

当罗易意识到问题严重性后，干脆硬着头皮往前闯。一边不断给莫斯科去电报，说鲍罗廷是泄密事件的既得利益者，他在破坏我罗易的名誉，捞取巨大的政治资本，共产国际应该迅速地将陈独秀等清除出共产党的领导机构。另一边，罗易在中共中央政治局常委会议上坚决主张执行“五月指示”，同时又去汪精卫那里诉苦，指出他为这事陷入了尴尬的处境。

但罗易的一切努力都失败了，共产国际相信了鲍罗廷的话：汪精卫没有充当雅各宾革命党人，而是因此叛变了。经过6月下旬的一次秘密会议后，共产国际决定召回罗易，命令他务必在6月底之前离开中国，返回莫斯科。为此，共产国际执委会还成立了“罗易事件调查委员会”，这个委员会在8月30日对罗易做出了结论：“罗易同志被召回只是因为他犯了一个组织性的错误。”“在关于土地革命和镇压湖南反革命分子的基本问题上，罗易同志的方针是完全正确的。”

没有处在权力中心的毛泽东对这一切并不知晓，他还在努力地安抚从湖南来武汉的同志，要大家做好继续斗争的准备。

毫无疑问，“五月指示”跟毛泽东当下的想法是吻合的，创建一支可靠的军队，在毛泽东看来是永远也不会过时的理念，这是他通过自己的亲身经历得出的结果。虽然这时他思想深处还没有把“枪杆子里面出政权”的理论基础完整化，但他看到了蒋介石的成功、北伐中各军的扩张以及共产党在武汉受制的根本原因是没有枪杆子，原本零碎的掌握枪杆的思想在脑海中越来越明晰。他清醒地认识到，从古至今，乱世中书生造反要获得成功的可能性几乎没有，所以他十分支持小弟弟毛泽覃从军。

中共五大以后，毛泽东越发的认识到鲍罗廷等人政治上的幼稚，唐生智、张发奎继续北伐，实际是执行了鲍罗廷“西北学说”的路线。鲍罗廷坚定地认为上海等地不适宜作为革命的基地，那里的帝国主义势力太强大。而所谓“西北学说”就是想利用国民党的北伐，去到西北去建立革命的基地，那个地方离苏俄近。

“西北学说”的具体步骤是：往河南打，把一直受到苏俄支持的冯玉祥从陕西接到河南。会师郑州后，背靠西北，打通与苏俄的国际交通线，然后再谋划东征蒋介石，继而打败张作霖。

鲍罗廷之所以敢如此布局，是因为他掌握着唐、张二人打仗所需的经费。而汪精卫从国外初回，要想抗衡蒋介石，就必须做出让国人认可的事迹，比如北伐。因此，武汉二次北伐国共双方一拍即合。

罗易是反对“西北学说”的，他在五大上指出：中国的中部及南部才是应该巩固的革命基地，“西北学说”实际上是抛弃或削弱现时革命根据地学说，是逃避土地革命的学说。他还一针见血地指出：原定以北京为目标的北伐已经不存在。

毛泽东心里是支持罗易观点的，在他看，蒋介石去年发动“中山舰事件”时，就应该用军事力量制止他，但鲍罗廷等妥协了；今年“4·12 政变”，就应该发动东征，用军事力量与蒋介石硬碰硬。可中共中央依旧妥协了。毛泽东惋惜，“4·12”之前的长江流域革命形势对共产党多么有利啊。

当 6 月 5 日，江西的朱培德礼送方志敏等 20 位共产党员出境的消息传来后，毛泽东越发担忧起来。

近两个月来，夹在宁汉之间的江西省主席朱培德在一番动摇后，开始行动。5 月 29 日他已遣送了以第三军政治部主任、共产党员朱克靖为首的 142 名政工干部回武汉。现在又礼送方志敏等人，而且取消了江西所有工农运动，这是要反的前奏啊。毛泽东想起在去年“中山舰事件”中，当时羽毛未丰的蒋介石唯一的同盟就是朱培德。

6 月 8 日，汉口《国民日报》载：“许逆叛变后，在湘潭、株洲一带进行屠杀，计死者 500 余人之多。”中共中央在酝酿重建湖南省委。毛泽东不知道，老朋友蔡和森已推荐他去湖南主持工作。中央为此做了决定，可并未公布，更没有实行。

在 6 月的上旬，毛泽东还是以中华全国农协临时执委会常务委员的身份开展工作。除了继续向各省农协发出训令外，还在抓紧做农讲所学员毕业的工作。这批学员大多都将被委任为各地农协的特派员，毕业典礼定在 6 月 18 日。

对各省农协发训令是从上个月开始的。继续发训令的目的有三：不断揭露各地农协被打击的情况；公布新时期政策；向武汉的民国政府提出有关请求。

在 6 月 7 日发出的第二号训令中，列出了五项工作，要求各级农协切实遵照办理：

一、注意强固组织，严肃纪律。各级农协都要自即日起做两件事，一是执行革命纪律，清除土豪劣绅等不良分子；二是召集代表大会，增添新鲜血液。

二、注意革命同盟者的利益，与小商人等建立亲切的革命联盟。使有余的米谷尽量流通，使小地主及富农不致感受不便。要切实保护革命军人之家属及财产。

三、打破封建恶习是必要的行为，但必须经过长期的宣传，不可操之过急，否则反使反动分子所利用。

四、要尽快建立起乡村的自治机关，已呈请国民政府早日颁布乡村自治条例。农民银行、生产合作社、消费合作社都要建起来，消灭乡村无政府状态。

五、加强宣传工作，扭转过去对宣传工作非常懈怠的局面。要切实将贫苦农民受土豪劣绅压迫摧残之事实，尽量发表出来。

训令指出，倘有阳奉阴违或执行不力者，必绳以革命纪律，立予改组。其有反动派借名滋事或捏辞诬害者，亦须立予扑灭，毋使滋蔓。

6月13日，第三号训令又发出了。这个2000余字的训令，用了大量篇幅揭露湘鄂赣农协及农协会员遭到报复性打击的事实，训令中指出各地被杀的农协领导会员达2600余人。

训令一针见血地揭露到：各地土豪劣绅一方面勾结土匪溃军杀害农民。另一方面还指鹿为马地诬控农民，离间军民感情。

训令要求各级农民协会一致请求国民政府做四件事：

一、明令保护工农组织及工人纠察队和农民自卫军。严惩一切屠杀工农的反动派。团结革命势力，讨伐蒋介石。

二、肃清湖北各县勾结逆军土匪屠杀农民工人的土豪劣绅，严惩造谣离间的蒋介石奸细。

三、明令严惩许克祥等人，解散“马日事变”后成立的反动机关，恢复湖南省政府、省党部、省工会、省农协等革命团体。并令湖南省政府唐主席从速镇压湖南之反革命派。

四、明令制止江西驱逐共产党及工农领袖的行动。

两个训令均由中华全国农民协会临时执行委员会常务委员谭延闿、谭平山、邓演达、毛泽东、陆沉联合签发，由汉口《国民日报》发表。

今天，人们无法知道训令的执笔者是谁。但从文章的思想及语言风格看，至少经过了毛泽东的修改。而毛泽东当时的心态是十分矛盾的，他无法预测革命的走势，更无法弄明白眼前的一切都怎么了？国共合作、北伐革命、农民运动似乎都偏离了方向，尤其是共产党内部思想不统一了，行动不一致了，该怎么办？在党内人微言轻的他在焦急中观望。

6月13日上午，毛泽东穿着灰布大褂，过江去参加国民党中央军事委员会会议，这是因为他对湖南“马日事变”的调查与众不同。他没想到，汪精卫已经启动了分共倒计时。

在这次会上，毛泽东实事求是地指出，湖南农民运动之所以出现部分偏差，引起湘籍官兵的反感，是因为农协中有哥老会的把持，这些人并不管什么国民党、共产党，只管自己，做些杀人放火的勾当。正是他们扰害了军属。

毛泽东的调查是扎实的，这也是他日后走向共产党领袖岗位的重要法宝。此次调查对象主要是从湖南逃到武汉的数十个农协领导，情况与他年初对湖南农民运动的调查有出入。那次更多的是针对应把革命火焰烧起来的调查，而这次则有了解决问题的理性。

武汉方面始终不能决断是否用武力解决许克祥。但毛泽东强调，“马日事变”确实是军队首先向农协进攻，他同时表示：如果能不用武力解决是最好的，因为当前所做的一切，都不应给南京政府钻空子的机会，所以他支持由唐生智亲自去湖南走一趟，以期和平解决这次事变。

毛泽东没有察觉出汪精卫请他评价这个事件的真实意图，结果，他的发言被有准备的汪精卫利用了。

两湖地区的和平是当前汪精卫巩固自己地位的基础，他在得知“五月指示”后，立刻赶赴郑州，商量拉回从武汉出发北伐的张发奎第四方面军，以及唐生智投入的兵力，对付蒋介石可能的趁虚而入和即将开始的分共可能产生的后果。

拉回军队的前提是必须与趁乱打下郑州、控制豫北、虎踞中原的西北军总头目冯玉祥达成协议。

6月10日，汪精卫看到“五月指示”后的第五天，便率孙科、谭延闿、唐生智等在郑州与冯玉祥谈判。汪精卫的如意算盘是拉拢冯玉祥反共反蒋，为此，武汉政府给了冯玉祥许多好处，如：公开给他地盘，封他一串官衔，同时划拨军饷，唐生智、张发奎的部队撤出河南回武汉整顿等。

汪精卫曾对人说：“我真不大敢相信冯玉祥会支持我们。恐怕在他看来，我们武汉已经是个朝不保夕的穷亲戚了。”

汪精卫带着50%的成果从郑州返回武汉。急于撇清自己与苏俄有关系的冯玉祥同意分共，但不同意反蒋。对冯玉祥的心思，汪精卫等人也是清楚的，冯不反蒋的根本原因是武汉没有实力抗衡南京。在宁汉对峙不明朗的前提下，善变的冯玉祥是不会放弃任何机会的。但不管怎样，冯司令同意分共，这至少解决了“五月指示”带来的眼前之忧。两湖不能乱，不能乱的基础是要有可靠的军队，汪精卫在等待他的北伐部队返回湖北。

郑州会议表面看是公开会议，各军中共方面的政治部主任亦有随往，但这些有共产党背景的政治部主任均被排除在会议之外。会后陈独秀问会议情况，他们茫然无知，陈独秀愤然说：“我们的耳目都被堵塞了。”

但毛泽东却从《向导》周刊上看到陈独秀这样说：“国民政府的领袖在郑州会议，已决定了讨蒋政策。这是中国革命进展之一个重大时机，在革命史上值得大书特书的。”毛泽东据此以为汪精卫至少不会过早地出反共状况。

在6月13日国民党中央军事委员会会议召开后几个小时，国民党第28次中央政治委员会会议就召开了。汪精卫把毛泽东在当天上午讲的关于对湖南农民协会的调查，在会上讲了一遍，指出湖南农民协会有不少被哥老会把持，他们既不知道国民党是什么，也不知道共产党是什么，只晓得做杀人放火的勾当，所以军队怒不可遏。汪精卫还讲：毛泽东也承认不用武力的办法是对的。最后决定对“马日事变”不用武力解决，只由唐生智去湖南走一趟。

得知汪精卫的讲话后，毛泽东有苦难言，他知被人利用了。他心底的看法是，武力解决许克祥应该是此时最佳的办法，可以一举将共产党的颓势变为强势，但目前共产党根本无力做到这一点，只能将维护汪精卫的权威作为全党首位工作。当下只有宁汉平衡，共产党才安全。

为此，国民党这边以全国农协的名义不断向各地农协发训令；中共中央那边也连续向各省委员会及各农协党团，发出以“农字号”为标题的通告。虽然都对“马日事变”表示了谴责，并提出惩办要求，但中央通告的实质是抑制农民运动，认为农民是无组织的行动，要予以纠正。这一切，在毛泽东看来不过是再次给汪精卫摆出合作的姿态。

毛泽东一边观望思考，一边应付各种会议。虽不知最高机密，但他还是敏感地发现，政治形势似乎在发生大的变化，老毛子的声音小了，那位张牙舞爪的罗易好像也瘪了。党内究竟发生了什么？看来指望拉拢冯玉祥，仅仅是鲍大胡子的一相情愿，也许是个政治笑话。

让毛泽东没想到的还有日后将与他一起打下共和国江山的文官武将们，仅上半年，也都已在风雨飘摇的武汉进进出出。他们中有成为他的主要助手、后又被他打倒的刘少奇；成为中共中央第二代领导核心的邓小平，当时他叫邓希贤，是个 23 岁的小伙子，被冯玉祥遣散不久。这些人彼此谁都不知道会在今后的近 22 年时间中，他们会分分合合，最终共同推翻了蒋介石。

未来共和国的将帅们在武汉聚首，有相当的人跟周恩来的到来有关。

周恩来比毛泽东小 5 岁，也是 1921 年入党的他此时在党内的声望远高于毛泽东。

无法确切知道毛泽东是何时认识周恩来的。两人在时间上的第一次交叉，应该是 1926 年 1 月在广州举行的国民党第二次全国代表大会，那次大会到会代表 256 人，共产党占了 2/5。毛泽东被汪精卫看重，出任国民党宣传部代理部长，而周恩来被蒋介石看重，出任国民党东征军总政治部主任。很可能他与毛泽东在会上会下发生过交流。两个人还曾在一个人身上交叉过，那人就是张申府。

中共创始人之一的张申府与陈独秀、李大钊是好朋友。张国焘、周恩来、朱德都是经他介绍入党。他为黄埔军校推荐了 15 名人才，第一个就是在法国担任过国民党巴黎通讯处筹备员的周恩来，而张申府在北大图书馆工作时，正是毛泽东的分管领导，显然，他那时不看好毛泽东这个师范生。中华人民共和国成立后，毛泽东还跟人说：张申府的老板面色很难看……

国民党二大闭幕后两个月便发生了著名的“中山舰事件”，蒋介石运用手中的军权挑战全体国民党员以及苏俄顾问们。据说，毛泽东与周恩来在如何处理这件事的问题上，意见近乎一致，都认为可通过其他军事力量，将实力并不强悍的蒋介石逼下台。可惜老毛子没有采纳他俩的意见。

还有文献称，周恩来在毛泽东主持的第二届广州农讲所讲过课。

两人在广州分手，后虽在苏区见过面，但直到 9 年后才在贵州遵义会议上再次合作。从此，他们的合作取长补短地持续了 41 年，打下了江山，建立新中国，同时又建设新中国。

在 1927 年的 6 月间，周恩来已是党内的军事专家了，他几乎是独立成功操作了上海工人第三次起义。5 月份秘密到武汉后，中共中央政治局决定由他代理张国焘出任中央常委，进入核心，并成为中央军委的实际领导人。周恩来的留学、黄埔军校、上海起义、中央常委等背景，使得他身边很快聚拢了一批军人。

先说共和国元帅中排位第一与第四、第六的朱德、刘伯承、陈毅。此三人 1926

年12月参与领导在四川举行的泸顺起义，这也是中国共产党领导的军队武装起义。早在护国战争结束，任护国军团长的朱德就在泸州驻过防。但原本挺好的起义形势，因军阀之间争斗，加之蒋介石不支持，坚持了几个月后以失败告终。1927年5月16日，起义的最高军事长官刘伯承潜出泸州，绕道陕西，辗转来到武汉。

而此前，朱德已离开四川，与在云南陆军讲武堂的同班同学朱培德联络上，并在朱培德的北伐第三军中建立了军官教导团，任团长。当朱培德出任江西省主席时，任命了小他两岁的朱德为南昌市公安局长。

朱德与周恩来的相识是在5年前（1922年）的德国柏林。那年10月下旬的一天，正在德国留学的朱德与一同赴欧的四川老乡孙炳文，找到了住在柏林近郊瓦尔姆村的周恩来，当时周恩来是中共旅欧支部负责人。

不知朱德是否跟周恩来讲述了他在上海被中共领袖陈独秀拒绝入党的遭遇，反正铁了心要搞共产主义的朱德打动了小他12岁的周恩来。不到一个月，经周恩来、张申府介绍，朱德、孙炳文成为了中共党员。日后周恩来认了孙炳文的女儿、杰出的话剧导演孙维世为干女儿。

陈毅是4月才离开四川到达武汉的。他既无介绍信，又无介绍人，根本无法触摸到武汉的党组织。幸好在街上遇到一个留法时的同学，也是他的入党介绍人颜昌颐，此人正在中共中央军委工作。于是陈毅被安排进了黄埔军校武汉分校政治部做准尉文书，同时秘密担任校党团书记。

周恩来要在武汉总结泸顺起义的得失，于是，朱德、刘伯承、陈毅这三位四川老乡，又在武汉见面。

共和国元帅中排在第九位的聂荣臻是周恩来在上海时的助手，他在武汉的职务是中共中央军委参谋长，与周恩来是老上下级关系，而这种关系早在他们旅欧期间就已形成。

排在元帅第十位的叶剑英，时任国民革命军第四军参谋长，他是在“4·12”后，放弃了蒋介石的器重奔赴武汉的。周恩来正准备发展他为中共党员。

在元帅中排第三位的林彪、第七位的罗荣桓和第八位的徐向前，在武汉的职位都很低。

黄埔四期的林彪从叶剑英所在的第四军独立团见习排长升任连长，独立团也改编成第四军第25师73团。21岁的他在武汉期间，还抽空回老家湖北黄冈，与一汪姓女子订了婚。他不认识毛泽东，但这并没有妨碍他日后成为毛泽东最大的盟友与最大的敌人。

25岁的罗荣桓是武汉中山大学理学院学生，几个月后他将成为秋收起义中毛泽东的坚定支持者。过了28年，在共和国授勋的十大元帅中他是唯一一个参加过秋收起义的元帅。罗荣桓是4月才离开湖南衡东的家，却再也回不去了。当时他已结婚8年，有个半岁的女儿，妻子颜月娥终生没改嫁，在他家住了65年。解放后，罗荣桓每月给家里寄生活费。

徐向前是黄埔一期学生，也是共和国元帅中唯一的北方人，这年3月刚入党。时任黄埔军校武汉分校政治大队少校队长，与年龄相同的陈毅成为同事，但军衔比陈毅高很多。他后来主持的战役，成了他的校长——蒋介石都要研究的案例，但他率领的中共西路军也遭受过整个红军史上最大的失败。

在元帅中排第二位的彭德怀，时任唐生智的湘军独立一师一团一营营长。1926年9月随部队攻进武昌后，于1927年1月率队开回湘西北。并不是中共党员的彭德怀，在岳阳暗中通知前往长沙调查“马日事变”的鲍罗廷等人，说许克祥已有密电要求就地枪决他们。得到凶讯的鲍罗廷立刻撤回了武汉。

排在元帅第五位的贺龙是当时最具实力的一位，他的北伐军独立第十五师被扩编成第二十军，他也从师长变为军长，手中握有一万多人的队伍，其中三千多人是他湖南桑植的老乡。他设立在汉口的军部，车水马龙。他的部队是汪精卫、蒋介石、张发奎等方面都想拉拢的对象，可他却更愿意与看上去非常儒雅且有军事才能的周恩来打交道。

毛泽东后来曾对这十位共和国元帅分别有过点评：

朱德：度量大如海，意志坚如钢；

彭德怀：三分合作，七分不合作；

林彪：这个娃娃堪当大任；

刘伯承：一条龙下凡；

贺龙：红二方面军的旗帜；

陈毅：他是个好同志；

罗荣桓：君今不幸离人世，国有疑难可问谁；

徐向前：留得青山在，不愁没柴烧；

聂荣臻：前有鲁智深，今有聂荣臻；

叶剑英：吕端大事不糊涂。

自上海第三次工人起义获得短暂成功后，周恩来一刻也没放弃再次暴动的念头。他明白，在如此微妙的时刻，手中掌握军事干部和部队将是抗衡武汉政府的最佳选择。虽然在党内他对陈独秀依旧是唯唯诺诺，但他超强的组织能力与判断能力已让人见识了厉害，正是他首先得到了罗易泄密的情报。

此时的毛泽东与以后将成为他麾下元帅的军事将领们擦肩而过，但他对军事斗争的认识一点也不比武将们弱，并且这种认识在他心中已渐成系统。同意并安排三弟去部队工作非一时兴起，而是一次有远见的政治规划。

而将要与他合作近半个世纪的朱德，现在的太太是湖南道县人，叫何宝珍。朱德乃“东方普鲁士”的女婿。这种冥冥之中的机缘，将在20世纪上半叶的中国大地上，以“朱毛”或“毛朱”的形式出现，并席卷蒋家改朝换代。

此刻的中国共产党尚陷在苏俄的管理窠臼中，似乎还找不到不与汪精卫政府合作的第二条路，善于从报端上发现蛛丝马迹的毛泽东强烈地感觉到了这一点。

在北京，北京政府内阁总理顾维钧辞职，军政府成立，奉系张作霖就任北洋军政府陆海军大元帅，代表着中华民国行使统治权。在世界眼里，北京是正宗的中国政府，但张作霖等人是共产党的死对头，也是北伐的目标。

在南京，蒋介石的军队打着北伐的旗号，分兵三路，已拿下徐州。他已然成为武汉国民政府与中国共产党的共同敌人。

在郑州，兵家必争之地的中原被冯玉祥趁乱拿下。据说他仅以伤亡400人的代价，便牢牢控制了京汉线。而武汉国民政府的北伐军却在河南伤亡达20%，正是武汉军的奋勇激战，才使得张学良率领的奉军放弃了黄河以南而北撤。冯玉祥乘隙而入，把自己再次变成各方都想争取的军人集团。

鲍罗廷一直认为靠苏俄的卢布以及大量武器扶持，才得以出山的冯玉祥以及他的西北军是可靠的盟友（最早的一批援助武器包括步枪31500支，子弹5100万发，机关枪272挺，大炮60架，炮弹58000发。借款总额达1090万卢布）。却不知前不久还在悼念李大钊的冯玉祥，现在已急于撇清与苏俄的关系了。

基于复杂的国内国际关系，冯玉祥不想让世人认为西北军是苏俄在中国培植的军队。他要利用手中的军队，游刃于南京与武汉政府之间。汪精卫不是怕蒋介石对武汉动武吗？好哇，跟西北军谈啊。结果他不仅从政治上合法地取得了豫、陕、甘的军政大权，武汉政府还要每月给他拨付90万元的军饷，而汪精卫得到的是从北伐前线拉回部队对抗蒋介石及准备分共。有趣的是，蒋介石在稍后与冯玉祥的谈判，竟也握手言欢，西北军从南京方面获得每月 200 万大洋的军饷。

在如此的政治军事状态下，缺乏军事实力的中国共产党要想在尚有些政治基础的两湖生存，唯一可以合作的人只剩下汪精卫。在毛泽东看来，这种合作更像是依赖。

彷徨之中的毛泽东并没有消极，他在等待机会，等待回他的家乡“东方普鲁士”闹革命的机会。而让毛泽东保持积极心态的是来自老家的各种信息。

这一天，他与多年前在江西安源合作搞工人运动的李隆郅（李立三）一起，召集从湖南来武汉请愿惩办许克祥的共产党员和骨干积极分子开会。

毛泽东与李隆郅是老相识。20 多岁时毛泽东在长沙贴出《二十八画生征友启事》后，李经罗章龙介绍去应征，第一次见到毛泽东。但毛泽东一直称这位湖南老乡是自己的“半个朋友”。

1921 年秋，参加完中共一大的毛泽东受组织指派第一次去了安源，他自称是“和尚打伞，无发（法）无天”的年轻共产党人。从长沙乘运煤列车到安源后发现，这里到处是乡音，安源的工人很多来自三湘大地，毛泽东很是兴奋，觉得在这里开展共产主义运动有搞头。

随后，他以中共湘区区委书记名义派刚被法国遣送回国的新党员李隆郅去安源。再后来，又将刘少奇、蒋云先和他弟弟毛泽民送到安源。从此，安源有了中共支部，有了安源路矿工人俱乐部，并于 1922 年 9 月 14 日发动了震惊中外的安源路矿工人大罢工，提出了一个响亮的口号：“从前是牛马，现在要做人！”

毛泽民的理财才能也是在安源得到天才发挥。他任安源路矿工人消费合作社总经理，运作发行了股票，合作社很快成了党活动经费的主要储备点之一。据刘少奇等写的《安源路矿工人俱乐部略史》中称：“这一次大罢工，共计罢工五日，秩序极好，组织极严；工友很能服从命令。俱乐部共计费用一百二十余元，未伤一人，未败一事……”而当时俱乐部所掌握的股本金已达 1.8 万余元。

然而，像安源这么好的工运基地在全国太少了，似乎仅独此一家。毛泽东深知，在安源取得成功的根本原因，还是参加组织的工友绝大多数是湖南人，且大多是李隆郅的醴陵老乡，这种胜利有太多的偶然性。毛泽东坚持认为，中国共产党人要取得胜利必须从农村开始，只有农民的暴动才是可行的、必然的。

当下，毛泽东有把握搞暴动的地方就只有湖南了。那里是他的家乡，充满乡音的语境可以让他善于鼓动的演讲才能发挥到极致。无论如何，湖南阵地不能丢失，在这一点上，李隆郅与他有同感。

会议开得很顺利。毛泽东似乎从同志们的述说中看到些许希望，这种希望是来武汉的两百多人都还没有完全失望或丧失意志，如果能及时往正在濒临熄灭的熊熊大火中加油添柴，湖南的农民运动还可能再次爆发。

他极力鼓励大家要回去发动群众恢复工作，山区的人上山，滨湖的人上船。毛泽东告诉大家，农民的问题只有从下至上才可能找到解决的办法，而组织农民武装暴动是现阶段唯一出路。

实际上负责中央军委工作的周恩来已制定出一个详细军事计划，让这批在武汉的湖南同志回去，深入各地，以暴动来抵抗许克祥，还准备派遣军事人员潜入湖南。可这个计划没有得到老毛子的批准，始终不拨款。而陈独秀的思想仍然明确：整个国民革命军对湖南农民的过火行为都抱有敌意，夏斗寅、许克祥就是这种普遍敌意的代言人。

在毛泽东的内心，十分不赞同共产党中央对“马日事变”各打五十大板的做法，他根本就不认为湖南的农民运动是鲁莽行为，反倒认为那是农民的意志。

这时，他从报纸上看到军方在频繁变动：冯玉祥被任命为北伐军第二集团军总指挥，唐生智为第四集团军总司令，张发奎则是第二方面军首脑；蒋介石已从南京去徐州，目的是与冯玉祥见面；张作霖 6 月 16 日通电讨赤到底，扬言：凡以此为目标者均为同志。

毛泽东在观察、权衡、等待。按张作霖的说法，蒋介石打击共产党，应该是北京政府的同志了。冯玉祥什么时候会成为他们的同志呢？汪精卫又会在什么时候成为北京的同志呢？原本在夹缝中生存的中国共产党该怎么办？毛泽东焦急地等待属于他的机会。

人们无法知道，毛泽东为什么没有参加中央农民运动讲习所在 6 月 18 日举行的毕业典礼。

讲习所对毛泽东来讲不仅是一块革命阵地，而且是他为之付出心血的巢穴。1926 年在广州，他主持广州第六届农讲所成绩斐然。他自己也因此成了党内外著名的农民问题专家，他的学员遍布在各地成为了革命火种。那次办农讲所还有意外收获：小弟弟毛泽覃与湘妹子周文楠结婚了。

倡导在武汉办农讲所，原本只是搞湘鄂赣农讲所，后因有邓演达等的支持才扩大到全国。面对来自全国 18 个省约 800 人的农讲所，毛泽东充满了感情。可为什么他没参加毕业典礼？典礼的举行地红巷 13 号，距离他居住的都府堤 41 号仅 300 多米。只有一个可能，那天他不在都府堤。

6 月 18 日，中共中央政治局常委会召开第二十五次会议。这次会议涉及毛泽东的是要他根据中央政治决议起草一个湖南问题的决议，这样的会议，毛泽东尚无资格参加，但可能因为有他的任务，列席了会议。还有一个可能，他在为一周后潜赴湖南做准备。

当然，没有参加毕业典礼还可能是毛泽东与邓演达等人的关系出现了问题，这个问题不太可能出在思想观点上，而是出在政治大局上。因为在 6 月 19 日开幕的湖北省农协扩大会议上，同样不见毛泽东消瘦的身影，而邓演达、唐生智，共产党人谭平山、陈潭秋等出席了会议。

邓演达是 6 月 14 日从河南前线返回武汉的，这时距离他心灰意冷地告别中国国民党还有 16 天。6 月 30 日，满腔热血的邓演达发表了著名的《告别中国国民党的同志们》，然后秘密化装成检查电线的铁路工人离开武汉潜往苏俄。

邓演达参加了汪精卫、冯玉祥的“郑州会议”。对冯玉祥不费吹灰之力，仅以可忽略不计的伤亡拿下郑州，又拿下整个河南十分不解。武汉国民政府的二次北伐，邓演达做了大量工作，而且一直深入前线，他清楚北伐军为此付出了什么样的代价。可现在冯玉祥在宁汉两边都派了代表，竟成了宁汉之间的调停人。在邓演达看来，蒋介石是破坏农民运动的，南京政府的纲领不是三民主义，而是一民主义，而要完成三民主义，就必须解决农民问题。

按计划，武汉中央农民运动讲习所于 6 月 18 日举行了毕业典礼。每位学员都获得了一枚铜质毕业证章，五角星中是两个标准的同心圆，有党徽和犁耙的图案，还有“中央农民运动讲习所，中国国民党”的字样。

邓演达出席典礼并主持，他在典礼上做了题为《农民运动的理论和实际》的演讲。依旧用他善于鼓动人的声音说道：“目前的农民运动，常常有人指为痞子运动。但痞子是什么痞子，是怎样形成的？他们是受了帝国主义军阀、土豪劣绅的层层剥削，才堕落而成失业农民，才堕落而成农民无产阶级……现在农村确有不少错误，这个就是缺乏真正的领导者……”

从农讲所毕业的这批学员，大多被委任为农民运动特派员，但这种委任只维持了一个多月，因为此时，离大革命彻底失败也只有一个月了。

没有参加农讲所开学典礼和毕业典礼的毛泽东并没有被学员遗忘，相反，在他日后的革命生涯中，这批学员中不断有人为他作出贡献。例如：有个叫陈慕平的江西学员，回到江西永新后，去了盘踞在井冈山的农民自卫军中做事。四个多月后，当毛泽东殚精竭虑地率秋收暴动残部进入井冈山地区时，正是陈慕平促成了自卫军头领袁文才与毛泽东见面。

6月24日毛泽东接到一项新任命，出任新改组的湖南省委书记，这是中共政治局常委会第31次会议的决定。这正是毛泽东热切盼望的任命，他为此一直在做准备。

杨开慧尚在哺乳期，知道丈夫即刻就要秘密潜回长沙，很担心。说："润之，这次回去不比以前任何一次回去。从民国九年（1920年）到民国十四年（1925年），与赵恒惕多次争斗，可那时你不过是挑个头，可现在不同了。"

杨开慧的话引起毛泽东的回忆。这些年来，他与军阀政治人物直接斗争的也就是湖南督军赵恒惕了。从冲击省府要求"湘人自治"，到领导长沙泥木工人罢工，再到"民选省长"时支持谭延闿，最后一次是1925年从上海回湖南，开始搞农民运动，险些被赵恒惕抓住。

毛泽东对抱着岸龙的杨开慧笑着说："我的成长，对革命的认识，正是在与赵督军的较量中获得的。从最初的热情，到现在的理性，要感谢他赵督军的'关照'啊。"

杨开慧说："湖南的情况有了很大变化，许克祥还有很大实力，你要千万注意安全。"

毛泽东笑道："霞姑放心。这么多年了，风里来雨里去，我还是和尚打伞无发（法）无天。虽然湖南形势严峻，但我们尚有群众基础，再加上周斓不是去湖南了吗，长沙、岳阳的一切部队都归这位36军副军长指挥呢。如果有可能，我还想登门拜访这位省政府代主席——我们的父母官呢。"

杨开慧总是被毛泽东的乐观所打动，眼前的丈夫已不是在北京与朋友挤在小民房"大被同眠"的毛头小伙儿了，他的思想在从无政府主义到共产主义的过程中发生了巨大变化。他现在急缺的是机会，这次中央派他去湖南就是机会呀。

杨开慧亲自给他准备好行李：两件换洗的内衣，毛笔和那只跟随毛泽东多年的铜墨盒，外加一叠毛边纸，用一块包袱布一包。

杨开慧说："这次派你回去，还真要谢谢蔡润寰呀。"

毛泽东点头："润寰已经是两届中央核心人物了。这次中央派我回去组织新的省委，是他推荐的呀。"说到这，毛泽东哈哈一笑道："真可谓，朝里有人好做官哦。遗憾的是他又病了，哮喘和胃病一起复发，说是要来都府堤养病。"

杨开慧高兴地说："好啊，我们来照顾他，李一纯也一起来吗？她可是我的前嫂子啊。"

听到开慧幽默的表述，毛泽东乐了。

蔡和森现在的妻子李一纯原是杨开慧的哥哥杨开智的妻子，杨开智拜托从北京回湖南的李立三照顾与他一起回湘的妻子。谁知两人在漫长的南下路上发生恋情，李一纯直接随李立三去了安源。而李立三去安源搞工运是毛泽东的指令。

蔡和森与李一纯的爱情更奇特。他和向警予的"向蔡自由恋爱同盟"曾让一大批青年羡慕，可后来向警予在上海与中央宣传部长彭述之好了，为了挽救蔡和森的婚姻，陈独秀决定让向蔡二人同赴莫斯科，向警予去中山大学学习，蔡和森去参加共产国际执委会第六次扩大会。可是，就在赴莫斯科更加漫长的途中，蔡和森与李一纯相爱了，当时李一纯正随李立三也赴苏俄。结果，"向蔡同盟"在莫斯科平静地解体。今年 3 月，蔡和森携李一纯回国。

毛泽东说："你不用尴尬。这些儿女私情不过是革命过程中的小插曲，不妨碍大局。"

杨开慧看着毛泽东深情地说："我却不会这样，爱一个，就爱到死。"

毛泽东一把搂过妻子，轻轻地答道："我相信，我相信呀。"

毛泽东在离开武汉前，与到都府堤 41 号养病的蔡和森谈了几次。蔡和森很遗憾不能回湘革命，但他也坚持认为在湖南搞暴动完全有可能。

毛泽东对他的推荐表示感谢："我这次回去，主要工作是恢复党的组织关系，并想办法打通长沙附近各县及衡阳、岳阳、常德等地与省委的联系。"

蔡和森告诉毛泽东："中央政治局对湖南的农民运动至今还有争议，你这次回去是单枪匹马，要冒很大风险，而且武汉这边很可能不能给予你太大帮助，要有思想准备呀。"

毛泽东点点头："我已经有强烈的感觉，武汉恐怕已不是赤都，更不是共产党人的桃花源啰。你注意到蒋中正的《告全国同胞书》吗？他说中华民族只有三条路走，其中一条是跟共产党走，但会受国外特殊团体的指挥。"

蔡和森点头道："他就是指老毛子啊，这个问题很让人困扰。独秀有多次表示不想与老毛子合作，但不合作，共产党会怎么样呢？斯大林在联共（布）会议上说：‘谁绝对地、无条件地和忠实地捍卫苏俄，保卫苏俄，谁就是革命者……谁就是国际主义者……否则就要必然滚到革命的敌人阵营里去。’这是把话说绝了啊。”

毛泽东抽着烟，思索着说：“捍卫苏俄，保卫苏俄都冒错，但中国革命有自己的特殊性。比如，从工人中发动革命，事实证明行不通，中国的实际情况是工人少农民多啊。前几天邓演达在农讲所的毕业典礼上说：‘现在农村确有不少错误，这个就是缺乏真正的领导者。这是一个矛盾。’邓演达虽然比我们共产党还激进，但这话是对的，很深刻。”

蔡和森说：“我也赞成。中共的兄弟们此刻正被阴郁的悲观情绪所笼罩，政治局的人已漫无目的，在彷徨。这种消沉的意志，导致在任何事情上都不能取得一致意见，很危险啊。”

毛泽东接话：“所以更应该尽快组织农民暴动，以扭转这种向右转的局势。我已经通知易礼荣他们，虽然我们冒有一个兵，但也要有军委书记，要有搞暴动的信心和意志。”

蔡和森有点犹豫地说：“从调查情况看，目前湖南农民的耕作发生了极端困难。因为革命的缘故，农民的农具、煤油、纸烟，乃至草纸都出现供应困难，在这种状况下，搞暴动行吗？”

毛泽东把手中的烟头往地上一扔，果断地说：“正因为如此，我们才必须尽快地告诉农民，只有继续革命，土地问题才能够解决，被破坏了的经济才能够得到恢复。”

蔡和森笑道：“润之啊，你还是有独立寒秋的气魄呀。当年我们都出国留学，你为我们筹经费，记得在行严老处募集了一大笔钱。”

毛泽东也回忆道：“是啊，那个时候章行严（章士钊）先生对我们帮助不小啊，不能忘记啊。忆往昔峥嵘岁月稠。恰同学少年，风华正茂，书生意气，挥斥方遒。”

蔡和森说：“你的这首《沁园春·长沙》是一种心灵的回声啊，可现在的中国，究竟是谁在主沉浮呢？”

听了这话，毛泽东陷入沉思……

（章士钊先生曾给毛泽东、蔡和森等募集留学资金2万银元。中华人民共和国诞生后，毛泽东以还钱的名义，从自己的稿费中每年支付2000元给章，连续

给了十年，并提拔他的养女章含之为新中国高级女外交官）

毛泽东是乔装成铁路工人搭乘一列货运火车回到湖南的，此时的湖南，通缉毛泽东等的通缉令被张贴到各处。他在岳阳悄悄下车，住进了天岳山街万国红十字会岳阳分会会长李若谷家，并让李若谷去找他在湖南一师的同学施中谷。施在岳阳县法院当检察官，了解最新情况，毛泽东急需一手资料。

在得到了岳阳及周边地区的情况后，他决定第二天就走。施中谷与李若谷都不敢送，而毛泽东也不敢在岳阳乘车，便由施中谷 13 岁的儿子施铠送毛泽东去岳阳西郊的南津港。

这天清晨，一位中年人与一位少年出现在岳阳吕仙亭附近的偏僻小巷中，两人避人耳目快速地沿着铁道穿巷过街。少年便是施铠，他是认识身边的这位伯伯的，几个月前，在武汉政府司法部工作的父亲曾带小施铠去武昌农讲所看望这位被自己称为“咏伯”的中年人。

施铠小声对中年人说：“咏伯，味必居的包子真好吃。”

正警惕观察四周情况的毛泽东笑道：“伢子好记性，还记得我请你父子吃包子的事，有机会再带你去吃包子。”毛泽东指指右边，小声地问：“你去过岳阳楼吗?”

施铠摇摇头。

毛泽东说：“在我们的右手边是洞庭湖，与我们相反方向有一处古建筑，叫岳阳楼。北宋有个文学名家叫范仲淹为岳阳楼写了篇文章，叫《岳阳楼记》，从此岳阳楼就出名啰。”

施铠忙说：“咏伯，我知道，‘不以物喜，不以己悲’、‘先天下之忧而忧，后天下之乐而乐’是其中名句。”

毛泽东又笑了，摸摸施铠的头说：“你这个伢崽，蛮聪明。”

两人从吕仙亭一直走到南津港，毛泽东对施铠说：“伢崽，你就送我到这里。下面的路我自己走，你回去吧。”

离开岳阳后，毛泽东潜入长沙人不知鬼不觉地住进岳父留下的“板仓杨宅”，并很快联络上柳直荀等人。

柳直荀是省农民协会秘书长，对“马日事变”后湖南的农运情况非常了解。毛泽东了解情况后，又与柳直荀、易礼容等人潜入衡阳，这是他今年第二次来此地。在毛泽东的心中，湘南地区应该成为暴动的中心，这里的农运和群众基础都适合搞暴动。

在衡阳，毛泽东对农会负责人说："不要再徘徊观望，立即将各县的工农武装集中起来，用武力对付军队，以枪杆子对付枪杆子。"

经过仔细调查分析后，在毛泽东的头脑中对"马日事变"有了深层次的认识，很明显的一点是：此事跟唐生智与何健的争权有关。

湘军中，何健是实力派，控制着武汉三镇。唐生智本欲拉共产党反何健，但共产党无实力，遂拉拢何健的部下许克祥闹事，其目的就是要控制长沙乃至整个湖南。然而，在武昌的中共领导人还在盼望着唐生智处罚许克祥，真是幼稚啊。

事实是唐生智25日已从武汉回到长沙，仅对许克祥处记过一次，而同时停止了国民党湖南党部等各种民众团体的活动。唐生智的政治倾向已明明白白，共产党要想在湖南稳住阵脚，必须先发制人。

虽然在调查研究中，毛泽东对半年前那么轰轰烈烈的湖南农民运动现在变得如此凋零感到痛心，也很失望。甚至怀疑在湖南还能否组织得起暴动？但他深知，暴动是唯一的路。根据湖南实际情况，他开始制定《中共湖南省委目前的工作计划》，在这个计划中，明确提出："一切经济的和政治的斗争，一切口号的鼓动，都以推翻唐生智的统治为目的。"他要求湖南各地的现存农会，做详细军事报告，再由省里做出全省的军事报告。

毛泽东在湖南的一系列举措，尽管是根据实际情况做出，但却是与中共中央的方针政策背道而驰的。他还不知道，湖南搞暴动的计划已被共产国际代表取消了。武汉的中共正在积极争取唐生智，认为只有他可以制约越来越疯狂的何健，同时也想靠唐生智的军事实力弥补中共与武汉政府之间越来越大的间隙。

毛泽东的激进动作让陈独秀等一干书生害怕，也让俄国顾问们不安，他们不能让毛泽东在湖南的作为毁了原本就摇摇欲坠的国共合作大局。于是，毛泽东接到命令，要他与柳直荀立刻离开湖南返回武汉。

刚到湖南十天的毛泽东只得再次化装，返回武昌。刚到武昌，就发现一些先前并不很清楚的事此时显现出来，强烈的预感涌上他心头：国共破裂已箭在弦上。

实权派鲍罗廷被武汉国民党中央解除职务。这位在中国待了4年，号称是国共合作的保姆的犹太人，正在他汉口西门子大厦寓所里打点行装，准备回国了；而与鲍罗廷对着干的罗易，因泄密事件已灰溜溜地走了。

一向对共产党有好感的邓演达失去踪影，不知什么原因，他同时与蒋、汪决裂。

冯玉祥的势力越来越大，大到可以左右宁汉局势；在北京的张作霖开始以“中山老友”的身份通电全国，中心思想是军阀合作，共同反对共产党。

在毛泽东离开武汉的十天中，中共内部也发生了惊人的变化。6 月 28 日晨，陈独秀、鲍罗廷在汉口的鲍罗廷寓所，召开中共中央紧急会议，中心议题是何健可能在当晚发动类似“马日事变”的事件。会议决定的应变方法是：解散总工会纠察队，交出枪支。结果布告一出，湖北省总工会就被武汉卫戍司令李品仙派兵占领，工人领袖向忠发瞬间逃得无影无踪。

29 日，国民革命军第三十五军军长何健发布反共通电，理由是“两湖地方、民众团体，时常发现越轨行动”。他将军部移驻汉口，而中共中央被迫秘密从汉口迁至武昌。

30 日，中共中央在武昌的新机关召开扩大会议，通过了《国共两党关系决议案》。这个决议案共有十一条，居然全面放弃对革命的领导权，完全解除革命武装，承认汪精卫等控制的国民党“当然处于国民革命之领导地位”。当日，担任武汉国民政府委员兼农业部长的谭平山和担任武汉国民政府劳工部长的苏兆征一同辞职，两人都是共产党员。

毛泽东见到蔡和森后大喊：“荒谬，太荒谬，老头子究竟要干什么？”

蔡和森摇着头说：“谁将承担这失败的责任呢？”

蔡和森告诉毛泽东，邓演达走时特别告诫共产党要注意，何健一定会拿共产党开刀无疑。而工人纠察队实际上人心已散，还没宣布解散就纷纷逃跑了。

毛泽东认真地问：“共产党做的让步，能避免国共之间更大的冲突与误会吗？如果不能，就你所说，谁来负责？”

蔡和森的喉咙里发出猛烈的咳嗽，他无法回答毛泽东的问题。

这时候毛泽东当然不知道，远在莫斯科的斯大林已经为国共合作的失败找好了替罪羊：那就是让鲍罗廷在中国行使最后一次权力，主持成立临时中央政治局，抛弃陈独秀，并让陈教授为失败负全责。

若干年后，陈独秀本人在总结大革命失败该由谁负责时，说道：“认识不彻底，主张不坚决，动摇不定的我，当时深深地沉溺在机会主义的大气中，忠实地执行了国际机会主义的政策，不自觉地做了斯大林小组织的工具，未能自拔，未能挽救革命。这是我及我们应该负责任的……万方有罪，罪在一人。”

而毛泽东在10年后写《矛盾论》时，这样归结大革命失败的原因：“一九二七年中国大资产阶级战败了无产阶级，是通过中国无产阶级内部的（中国共产党内部的）机会主义而起作用的。”并指出他去开辟井冈山根据地是：“当我们清算了这种机会主义的时候，中国革命就重新发展了。”

毛泽东与柳直荀列席了7月4日举行的中央政治局常委会第34次会议。在讨论湖南问题时，毛泽东把在湘十多天的经历和思考进行汇报。会议反复谈到唐生智与何健之间的关系，每个中共领导人都想抓住最后的生机。毛泽东表达了自己的看法，如果能促成唐何分裂，就有可能拉唐反蒋。但在座的人心里都清楚，此时的共产党已经失去了行使政治影响力的能力。

会议依旧是不断争论，纸上谈兵，争论最多的是如何安排好各地农协组织及农民自卫队问题。

蔡和森建议举行暴动，然后上山；

李维汉反对，认为如果上山，这些农民自卫队就可能成为盗匪，李维汉建议将农民自卫队变成一支官方认可的地方和平保卫部队，或者让他们藏起武器，慢慢等待；

陈独秀不顾自身危机坚持主张，自卫队应趁国民革命军招兵时应征入伍，他认为，只有接受国民革命军的训练后，农民自卫队才可能成为一支有效的武装力量；

毛泽东并非主体发言人，但他听了这些无法做任何决定的讨论后，还是忍不住发言。他认为，要想官方认可农民自卫队，实难办到，对蔡、陈提出的建议他认为都可行，但上山比较好，“上山可造成军事势力的基础”，他强调：保存武力是为了应变。

会议依旧没有做任何决定。蔡和森会后病情严重了，入院养病。

八天后（7月12日）的深夜，根据共产国际执行委员会的紧急指示，鲍罗廷受命改组中共中央，组成临时中央委员会，代行中央政治局的职权。张国焘、李维汉、周恩来、李立三、张太雷五人为临时中央委员会委员，中国共产党的创始人陈独秀被停职（他于7月30日正式辞去了已担任六年的中共中央总书记职务）。孤傲的陈独秀直到死，也未再回到这个自己孕育的党内。但他从未公开反共，甚至当1938年张国焘背叛共产党邀他再组织一个党时，他以“不可能搞得比毛泽东更好”为由拒绝了。

到此，中国共产党的两位创始人，都在1927年永远地离开了他们亲手创建的党组织、李大钊陈独秀六年前相约建党时根本想不到，他们的命运与苏俄控制的共产国际联系得如此之紧。李大钊是在苏俄大使馆被抓，继而被杀；陈独秀则为共产国际承担了大革命失败的责任，成了斯大林的替罪羊。他的两个儿子陈延年、陈乔年，都因为是共产党员而先后被蒋介石斩杀。他的长女陈玉莹先在1927年7月料理了大哥陈延年的后事，又于1928年6月为弟弟陈乔年收尸。年仅28岁的她，悲恨交加竟也殁于沪上。

过了74年（2001年），在北京五四大街北大红楼边上，建了一座“新文化运动纪念碑”，在最下面的位置有陈独秀的蚀刻像，在他上面是蔡元培、鲁迅、毛泽东、李大钊。陈独秀——这个从不被缅怀的秀才政治家，终于被他所创建的党记起。他主编的《新青年》杂志出现在纪念碑的上方。

中共临时中央成立后立刻讨论挽救时局的办法，最明确的指导思想是重视武装斗争抓枪杆子，针锋相对地反击蒋、汪两个政府。决定：在张发奎的第二方面军中发动军事暴动；在工农运动基础较好的湘、鄂、赣、粤四省发动秋收暴动；尽快召集一次中央紧急会议，确定党的新方针。

此时的瞿秋白虽名义上还未进入权力核心，但鲍罗廷十分看好他，要他和李维汉等人筹备中央紧急会议。在鲍罗廷心中，瞿秋白已然是陈独秀的接班人。

7月13日，临时中央发表了《中国共产党中央委员会对时局宣言》。这篇5500多字的宣言，完全推翻了之前中国共产党对汪精卫及武汉国民政府的退让政策。

宣言在阐述了北伐取得胜利的主要原因，以及有人夺取胜利果实后指出：

“现在早已到了国民党中央应当选择正道的最后时机：究竟是同着革命前进，还是同着反动后退！直到最后，国民党中央及国民政府，仍旧是不肯决然的同着革命前进，仍旧继续限制群众运动的政策，任令一切反革命队伍行动不受任何惩罚。

本党的观察，认为国民党中央及国民政府多数领袖的这种政策——实足以使国民革命陷于澌灭。

中国共产党反对这种政策，因为对于它，民众的利益是至高无上的。

因此一切，中国共产党中央委员会决定撤回参加国民政府的共产党员。”

宣言还声明：“中国共产党不能放任背叛革命的军人，以及犹豫骑墙的政治家，冒充国民党假借孙中山先生的旗号以自文饰。中国共产党决意与一切革命分子合作，只要他们能够诚实的坚决根据三民主义、三大政策而奋斗……”

《宣言》的发表，在武汉三镇掀起轩然大波。14 日，共产国际执行委员会也发表宣言称：武汉政府之革命使命已经终了，并已为反革命势力所控制。

对共产党已保持高度警惕、并做好准备的汪精卫，立刻召开武汉政治委员会主席团会议，议决处理共产党的办法。

这时在国民党内尚有同情共产党的人士，如孙中山遗孀宋庆龄等。这是一座横在汪精卫等人面前的大山，汪兆铭尚不敢像斯大林对待列宁的遗孀那样，果断处理，因此，当天的会议只是决定派遣重要同志赴苏俄讨论切实联络办法。

但不甘心的汪精卫已决心分共。在第二天召开的国民党常务委员会第二十次扩大会议上，他终于把罗易给他的莫斯科密电通报给与会者。在解释了电报的五层意思后他焦急地说：“现在不是容共的问题，乃是将国民党变成共产党的问题。国民党的同志想起来能不痛心？目前本党已经到了严重的关口，必须在这个会议上作出生死抉择。”

孙科、唐生智等人听了汪精卫一番话，又考量自己的利益，纷纷发言，坚决支持分共。

孙科愤然称：“我们容纳共产党，真是太过信任他们了。现在国民党要下一个决心走第三条路。”

会上，宋庆龄的代表陈友仁坚持容共政策，指出三大政策是孙中山亲自制定，谁反对，就是总理的叛徒。但陈友仁的发言遭到一致反对和责怪，他忿然退出会场。

7 月 16 日，武汉国民党在经过反复磋商后，发布了限制共产分子的训令，这份训令比较温和，似乎是和平分共。但正是这个训令的发布，在时间上确定了国共第一次合作的结束，同时宣告：中华大地轰轰烈烈的打倒军阀的大革命，失败了！

也有文献说，在武汉国民政府正式分共前三天，宋子文带着蒋介石的信秘密回到汉口，在汪精卫家中密谈。这也可能是导致汪精卫最后决定与共产党翻脸的重要底气。

所有对这段历史感兴趣的人都会发出疑问：大革命期间，到底是国共合作，还是国俄合作？

汪精卫的分共训令一发出，中共中央便启动了预案：紧急疏散。一时间，在武汉的共产党员全部潜伏起来，所有活动都转入了地下。

大概是因为汪精卫等的原因，鲍罗廷在离开中国前又一次登上庐山，瞿秋白陪同他去的，接着张国焘、谭平山等一众人都到庐山去了，刚被罢黜的陈独秀则在汉口躲了起来。

到这时毛泽东才下了决心迅速送妻子杨开慧等人离开武昌回湖南。虽然分共训令中说要保护共产党人之身体自由，但身处政治漩涡的毛泽东认为这种所谓的保护一定不会持续下去，共产党人不会坐视失败。他隐约察觉，周恩来等人正在酝酿从军队下手，一旦成事，汪精卫便决不会再讲什么和平分共了。

杨开慧不愿意离开丈夫，她求毛泽东让她留下。

毛泽东只得耐心劝她，说道："你注意到汉口《国民日报》上刊登的莫斯科密电吗？汪精卫为什么要公布这个密电？连我都冒详细看过这个密电呀。"

杨开慧说："那又怎么样？汪精卫不是说不涉及共产党个人嘛。"

毛泽东耐心地说："汪兆铭的话信不得呀。如果一旦情况有变，我们在这里就是等着人家来杀头。我告诉你一件事，今天我在六渡桥遇到了盘查，问我是否认得毛润之……

杨开慧一惊，忙问："后来呢？"

毛泽东笑笑："这样的经历又不是第一次。我反问：毛润之是谁？不认识。"

杨开慧知道自己没有留下的可能性，便想要丈夫随她一起返乡："武汉的共产党都转入地下了，你留在这里冒有什么意义，我们一起回长沙！"

毛泽东认真地说："中央已经决定要在湘搞秋收暴动，这与我之前的设想完全吻合，湖南省委也在积极制定军事报告。我留在这里，一方面争取早日回湖南工作，另一方面我还想起草一份关于湘南暴动的大纲。先让润莲送你和文楠回去，这样我也能放心啊。"

杨开慧依偎在毛泽东的怀里，不情愿地点点头。

七月的武汉笼罩在沉闷的酷暑之中，江风带着热气吹来，让人昏昏沉沉。

毛泽东与毛泽覃把杨开慧及三个孩子，还有怀孕八个多月的周文楠等人送上了南下的火车。

上车前，周文楠伏在毛泽覃肩上哭了。两个人都没料到，此刻的分别竟是诀别，从此天各一方，两人再也没见过面。而毛泽覃直到牺牲也没见过自己的儿子毛楚雄，他不知道这个儿子艰难地长大后竟然也被国民党活埋牺牲了。

毛泽东叮嘱大弟毛泽民："你护送她们到长沙后，先去松桂园文楠家，然后再送你嫂嫂去板仓娘家。这些事完成后，再去韶山，想办法从田产中抽出一些银元做好准备，如果不出预料，我回湖南要用钱。"

毛泽民点点头说："放心。你在武汉要注意安全，我看都府堤是不能住了。"

毛泽东说："你们一走我就搬家。"

毛泽民对毛泽覃说："你要随部队走了，放心吧，我会照顾好你的堂客，打仗时要小心呀。"

毛泽覃点点头，紧紧握了握二哥的手。

看着远去的火车。毛泽东对正难过的毛泽覃说："汽笛一声肠已断，从此天涯孤旅。润菊呀，革命者就是如此，儿女情长，冒什么可以责备。但是，当革命与儿女情长遭遇之时，一个合格的革命者就应该以革命唯马首是瞻。我同意你去军队干，也是为革命考虑啊。你要多学军事知识，将来我们在一起搞武装革命时，便可以用上呀。"

毛氏一族没有军人出身，虽说毛泽东当过几个月的北洋兵，那远远不够。打虎需要亲兄弟，如果润菊成为领兵打仗的军人，润莲打好他的算盘，自己便可以放心地运筹帷幄了。

在毛泽东看来，兄弟之间的这次分别看似偶然，实则必然。他反复向自己一手带大的毛泽覃叮咛，要他努力成为一名指挥员，以及注意安全保存实力的道理。

送走妻儿，没了后顾之忧的毛泽东隐蔽起来，但他那双警惕的眼睛丝毫没有放松对局势的关注。他得到消息，说湖北省委要在 7 月 20 日举行总罢工来抵抗汪精卫的训令，然而到了 20 日，武汉街头不见丝毫动静，不仅总罢工没出现，连部分罢工也没踪影。

毛泽东再次强烈认识到共产党在武汉工人群众中很缺乏基础。他冷静地分析在武汉的各派：汪精卫的势力建立在唐生智和张发奎的军队上，现在武汉的国民党领袖都在依赖张发奎赞助，而唐生智又是湘鄂的实际控制者。虽然张发奎对共产党表示出了友谊，可他在武汉肯定不是唐生智、何健的对手。因此，当汪精卫说要东征蒋介石时，张发奎立刻趁机率部离开武汉。毛泽覃就是随这支部队离开去了江西。

因为南京的封锁，武汉已形成严重的通货膨胀，中行、交行发了纸币后又发国库券，工商业陷于停顿状态。在武汉三镇弥漫着传言：上海、南京对武汉的封锁，就是为了对付共产党。

毛泽东抓紧一切时间落实临时中央关于秋收暴动的问题。他认为如果要在湖南搞暴动，目前最有可能的地区是湘南，根据湖南方面送来的军事报告，毛泽东争分夺秒地起草了《湖南运动大纲》。

在《大纲》中，他勾画了一幅蓝图：以汝城为中心，进而占领桂东、宜章、郴州等四五个县，形成一个政治形势，组织一个政府模样的革命指挥机关，实行土地革命……在毛泽东的思想中，开始自觉地产生出了“武装割据”的萌芽。

毛泽东在起草将要付诸实践的革命文稿之时，远在北京清华园内，一位中国著名散文家、学者却在超脱现实地渴望自由。如流水一般的月色下，他写出了脍炙人口的名篇《荷塘月色》，1300 多字的散文里充满了唯美的画面，只是当他回到现实时，才写道“这是独处的妙处，我且受用这无边的荷香月色好了。这令我到底惦着江南了……”而身处江南的毛泽东要调集自己全部的智慧，为现实的斗争做准备。

7 月 27 日，斯大林的钦差大臣米·马·鲍罗廷离开武汉回国。在离开武汉前，他做了在中国的最后一件大事：再次改组中共中央，把自己曾经的翻译、28 岁的瞿秋白，放在中共的领袖位置上。鲍罗廷在关键时刻，仍然没有忘记伟大导师列宁留下的一句意味深长的话：“中国已经行动起来了——我们的责任就是要让他永远保持沸腾。”

汪精卫等一众武汉政府的官员假惺惺去火车站送行，现场似乎洋溢着浓浓的惜别之情。当火车开动后，武汉政府立即给在郑州的冯玉祥发报，要求他逮捕并处决大胡子鲍罗廷。

不知冯玉祥出于何种原因，非但没有逮捕鲍罗廷，还给予了这位老朋友极大帮助：派自己的部队护送，直送到北上铁路的尽头。

据说，鲍罗廷离开铁道后，带着精心准备的 4 辆道奇车和一辆 8 缸豪华别克车以及另外5辆卡车向甘肃、宁夏驶去。在一行30人中，甚至包括他的两名中国厨子。9月20日左右，鲍罗廷到达了蒙古首府库伦（乌兰巴托）。从此，他再也没踏入过中国一步。

大约一个月后，鲍罗廷在老布尔什维克协会会员大会上所作的《当前中国政治经济形势》报告中，对“4·12”后没有集中力量打击蒋介石表示忏悔：这是“我们在中国所犯的最致命的一个错误”。1949年斯大林下令逮捕了他（也许斯大林知道，就要夺取江山的毛泽东等中国共产党，对鲍罗廷在1927年的所作所为不感冒），并流放到西伯利亚，最后死在劳动营中。

鲍罗廷离开武汉的时候共产国际的新任钦差，身材魁梧、皮肤白净的格鲁吉亚人罗明纳兹已经到达武汉。这时，瞿秋白正式成为临时中央的主持人，只是那位斯大林的老乡罗明纳兹根本没有把中共临时中央放在眼里。

毛泽东曾与鲍罗廷数次交流，从未被口才超好的鲍说服过。但他对临时中央做出的三项决定表示拥护，甚至认为如果半年前做出这样的决定，大革命不至于败得这么惨。

做了十几天湖南省委书记的毛泽东此时在国民党那里已失去了职务，而在共产党这边，中央决定让易礼容接替他的书记职务，似乎他的政治生涯都归了零。可如果谁因此小觑毛泽东，那就真的错了，他在湖南的威信和影响力不但未受影响，很多人还都在盼望他尽快回湘。

临时中央的第一项决定：在张发奎的第二方面军中发动暴动，这件事8月1日在江西南昌开始实施。这也是中国共产党第一次领导军队暴动，打响的第一枪。

暴动是鲍罗廷临走时敲定的，罗明纳兹并不看好，暴动也险些因为这位新钦差的摇摆态度而夭折。当时没有谁想得到，过了6年，中共决定将8月1日定为中国工农红军的建军日；过了28年，共和国的十大元帅十大将中，有11人参加了南昌暴动。“暴动”二字在中华人民共和国成立后改为“起义”。

8月初的几天，毛泽东密切注意来自南昌的新闻，同时也为弟弟毛泽覃的安危担忧。他在酝酿湘南暴动时，把南昌暴动的部队纳入其中。他想，无论如何，枪杆子也要掌握在训练有素的正规军手上才能事半功倍。这也是让弟弟加入军队的良苦用心。

若干年后，有南昌的媒体信誓旦旦地说：1927年7月31日毛泽东在南昌赣江北的牛行车站出现过，他站在赣江边，听到了南昌城内的枪声，不知何故，他没有进南昌，而是折回了武昌。

没过几天，在南昌成立了政权组织的暴动部队撤出南昌，开始南下，毛泽东心急如焚。在他心中，这支宝贵的部队不应该南下，而应该迅速转向农村，建立根据地。

34 年后，已是中华人民共和国总理的周恩来在南昌参观八一起义纪念馆时，忏悔地对身边的人说："当时只晓得生搬硬套苏联的经验，搞大城市起义，没有人提到要搞农村起义。起义军如果不是南下广东，而是转向广大农村就好了。可是，在农村建立根据地当时只有毛主席提出来了……"

南昌暴动前后，武汉的形势空前严峻起来。7 月 29 日汉口全城戒严，湖北总工会被勒令解散；30 日，何健动手逮捕共产党员，并开始杀人；8 月 3 日，武汉国民党下令各军制裁共产党。在汉口《民国日报》的一版赫然写道："对共产党徒一经拿获，决不宽恕。"

接着汪精卫发表了《错误与纠正》一文，称："我们为什么一直要等到共产党员快要消灭国民革命，我们才不容他，这真是我们极大的错误。"旋即，毛泽东等一批人被公开双开：开除国民党党籍、开除公职。

这时，一个更加血腥可怕的口号在武汉三镇传播开来，并开始向全国蔓延，它比蒋介石杀共产党更狠更毒，这个口号就是：对共产党"宁可错杀一千，不可放过一个"。

中共临时中央也争分夺秒地加快了革命步伐，对毛泽东很有好感的瞿秋白迅速通过了《湖南运动大纲》，并在 8 月 3 日制定了《中共中央关于湘鄂粤赣四省农民秋收暴动大纲》。

大纲由四个部分六条战略组成，推翻了之前所有对农运工作的训令，期待在湘粤建立新的革命政权。大纲对湖南农民运动给予了充分肯定，号召农协"勇往直前地领导秋收暴动"。而暴动的主要战略是："宣布农会为当地政府"；"夺取一切政权于农民协会，歼灭土豪劣绅及一切反革命派，并没收其财产"；"农民协会组织土地委员会决定土地之分配"等等。

大纲还对四省的具体工作做了部署，对湖南的要求是："准备于不久时期内在湘南计划——湘南政府，建设革命政权，及一切革命团体。"同时成立了"湘南特别委员会"，由夏曦、郭亮、毛泽东、卓宣四人担任委员，毛泽东为特委书记。最特殊的是，大纲授予了毛泽东一把尚方宝剑："于交通不灵通时，得有独立指挥此委员会所能活动的地方工作。"

看到大纲后，毛泽东非常兴奋。在心中画了无数遍的蓝图，终于有可能在自己的手中试着变成现实。他吐出了胸中那口闷气，自言自语道："这份大纲如同春风，给这炎热的武昌带来凉爽。要谢谢瞿老师啊。"

虽然武汉的所有共产党人一夜之间都从明处转入暗处，但多年建立起来的秘密交通网没有受到影响。这条看不见的交通线连接着各处，无论在何种情况下，它都保持着畅通。

8月5日，毛泽东接到通知：8月7日到汉口三教街（今鄱阳街123号）参加重要会议，并做好保密工作。

毛泽东当然想不到，这次紧急会议将在中国共产党的历史上，成为一个关键的转折点，而会议的召开，直接导致共产党人由大革命失败到土地革命战争兴起的历史性转变。正是在这次会议上，毛泽东被选为临时中央政治局候补委员，这预示着他向党的核心圈迈出了非常重要的一步。

第九章
情定美龄
联盟焕章

在蒋介石发布继续北伐的命令第十二天，他期待的一次倒戈在湖北发生了，夏斗寅从沙市进兵武汉。

自四月底以来，拥护他的各地军队首领纷纷来电表示支持南京政府。川军领袖、时任国民革命军第二十军军长杨森名列其中。

经历了辛亥革命、护国战争、军阀混战的杨森与他的川军，在一年前就是最早响应蒋介石北伐的军阀部队。当唐生智、张发奎的主力从武汉出发北伐后，蒋介石谋划趁虚而入，反复盘算，动用鄂西的杨森最为合适，便命令杨森指挥所部八个师出川进攻武汉。而且蒋介石料定驻防宜昌对付川军的独立第十四师师长夏斗寅会举棋不定，川军的八师之众定会让只有一万二千人的夏斗寅反戈一击。

果然，经过充分运作，夏斗寅的重要助手、副师长兼参谋长万耀煌等人已心向南京。夏斗寅决计退出宜昌，与杨森联手进攻武汉。

只是蒋介石没想到，杨森一面响应南京政府，一面放走了四川老乡共产党员朱德、陈毅等人。而正是朱德，日后成为中国工农红军、八路军、中国人民解放军的总司令，并与毛泽东、周恩来等联手打败了蒋介石的百万大军。

蒋介石的如意算盘是，如果夏斗寅奇袭武汉成功，冯玉祥的筹码就不那么值钱了。可他没想到，仅仅两天，夏斗寅就被北伐猛将叶挺击败。他只得摇着头对身边的人说："看来这个'皮包将军'打仗是不行的。但他的生存能力还是让人佩服。这次他反唐生智，虽未能攻下武汉，但多少动摇了武汉的根基。先让他退到安徽吧。"

蒋介石认为夏斗寅还可以利用，决定让这个败将官升一级从师长变为军长，以便他在安徽能忠实地替南京政府的北伐出力。六月八日，夏斗寅被蒋介石任命为新编第十军军长，但兵力并未有大的变化。善变的夏斗寅在二十多年后，曾一度准备投靠正所向披靡的共产党，又害怕共产党不会容留他这个刽子手，于是逃离武汉去了台湾。这时蒋介石翻脸了，认为他通共，夏斗寅再次逃离，流落到香港。不得已，在香港六国饭店门前支个卦摊，给路人看相，一代鄂军元勋病逝他乡。

正当蒋介石为夏斗寅的失败不快时，五月二十一日传来许克祥在长沙发动“马日事变”的消息。蒋皱起的眉头立刻舒展开来，这起在表面看来是“内讧”的事变，充分说明汪精卫是驾驭不了军队的，唐生智的湘军亦并非铁板一块。事件的发生，虽与南京无关，但其意义却与“四一二清党”异曲同工，蒋介石心想，许克祥给了我反共一个笃定的佐证。事情很明白，无论是宁还是汉，在反共问题上还是基本一致的。现在需要进一步观察，看看汪兆铭什么时候能表明反共的态度，他料定，这位极左的朋友反共只是时间问题，因为武汉是撑不下去的。

汪兆铭撑不下去还有一个重要的原因——经济问题。被唐朝大诗人李白称为“江城”、有“东方芝加哥”美誉的武汉，此刻成了一座经济孤岛。北面京汉铁路被张作霖与冯玉祥各自截断，南面粤汉铁路被李济深封锁，长江上游航道杨森已经控制，长江下游则掌握在蒋介石自己手中。

实际上，对两湖及江西、安徽的经济封锁已见成效，那里物资奇缺、物价飞涨，加上共产党动辄游行罢工，不少中外工厂、商店因而闭歇，仅汉口，到四月已有三十万人失业。

只要一算账，便知汪精卫已捉襟见肘：湖北每月税收仅一百八十万元，为过去的四分之一，支出却需一千万元，湖南税收仅七十万元，为过去五分之一，支出需二百五十万元，江西税收仅九十万元，为过去的二分之一，支出需一百七十万元，武汉政府发了九百万国库券，还向宜昌商会借贷了五百万。维持一个政府靠发债券和借贷怎么可能长久？蒋介石想：我倒要看看俄国还有多少铜钿可以接济武汉。

在蒋介石看来，“清党”问题陈群他们干得不错，这当然离不开胡汉民亲力亲为的支持，胡再三强调“‘清党’，就是要消灭中国共产党”，看来使用胡汉民是正确的选择。为了让这个文官充分发挥作用，蒋介石支持胡汉民在南京政府出任了十几个职务：国民政府主席、南京中央政治会议主席，中央执行委员会常务委员、宣传部长、军事委员会常务委员等。胡展堂正夜以继日地工作。

第一阶段的“清党”，从“四一二”杀共产党开始，局势很快就无法掌控握。下面的人搞不清爽谁是共产党？谁是国民党？一片混乱，乱杀乱砍。据称，各地右派国民党分子在大街上，凭穿着和发型判断此人是否为左派分子和中共党员，稍有不合，便予捕杀。

混乱的局面正是蒋介石所需要的，只有乱世，“武将为主文官为辅”的权力格局才能显现并稳固。蒋介石清楚，就目前情况看，要想从军政向训政过渡还为时尚早。不管是谁，只要是用武力夺取政权，杀戮便在所难免。现今的六十余万国民党员有多少是支持我蒋中正的？党内异己有时比党外敌人更可怕，要想训政，国民党就必须在思想上保持高度一致。

但是，短短一个月的“清党”行动，因为太过血腥引发了党内和军队的微词。二兄张人杰来电提醒：除重要及阴险分子之外，应待全国代表大会发落，务令陈群、杨虎等人毋得过事杀戮，致招反感。

对二兄的意见，蒋介石相当重视。而正在此时，他家乡宁波发生的一件事引起他的警觉，杨虎、陈群派往宁波协助“清党”的黄埔一期学生蒋孝先等，竟被诬为共产党而遭拘禁。蒋孝先乃蒋介石之族侄，是要派大用场的人，闻讯后，蒋介石连忙亲自过问，才把他们从刀下救回。

看来真需要对“清党”的第二阶段有所控制了。于是，他以总司令的名义发表对第二期“清党”的意见。意见中，对第一期“清党”给予褒奖：“第一期‘清党’，为紧急处分。其时共产党徒谋判正亟，非各地同时采用极严峻之手段无以遏抑乱萌。”

但对第二期“清党”，他提醒道：“第二期则须遍及一般跨党分子，其证据比较难得，挟嫌诬陷者易施其技。办理稍有不慎，将增加人民之恐怖，断丧社会之元气，而党务进行迹大受其影响，此不可不注意也。”他告诫：“清党”不可“摘瓜抱蔓”。

五月五日，南京国民党中央执行委员会常务委员会及各部长第八十八次联席会议通过了胡汉民等提出的《“清党”委员原则六条》：

一、在“清党”时期停止入党；

二、所有党员在经过三个月之审查再发党证；

三、土豪劣绅、贪官污吏、投机分子、反动分子及一切腐化、恶化分子，前经混进党者，一律清除；

四、所有党员须每半个月向所属党部报告其工作，无故一月不报告工作者，一律加以警告。三个月不报告工作者，取消党员资格；

五、海外“清党”办法另定；

六、任邓泽如、吴倚伦、曾养甫、何思源（后改为萧佛成）、段锡朋、冷欣、郑异组织中央清党委员会。

邓泽如被定为“清党”委员会主任委员。这位广东新会人是国民党元老，多次帮助孙中山筹款闹革命，他从来就反对国民党与共产党合作，孙中山在世时他反对，蒋介石掌权后他还是反对。由这样的人组织“清党”，当然再合适不过了。

蒋介石要求中央“清党”委员会尽快任命组成上海、广东、广西、福建、安徽等地的“清党”委员会。对国民党的组织结构做一次全面的改变，对农村党员、基层党员严加控制。在蒋介石看来，这些人的思想难以统一，而没有统一的思想，国民党的权势和地位将无法做到独大。

蒋介石还坚持认为：“共产党之阴谋固可诛，共产党之组织则有可采者。”在国民党内，竟然多数同志对党章都不知是何物，这实让他悲哀。

这个阶段，蒋介石有所不便的还是没办法将自己的理想很好地转告大众，原因是身边缺乏一支如椽大笔，而这支笔蒋介石已经找到，就是在南昌见过面的陈布雷。他在南昌急就章写的《告黄埔同学书》，完全表达出了蒋当时的思想，其中一些文字至今仍在蒋的脑中回荡：

“黄埔壮严璀璨的历史，全部是我们已死的同学用碧血染成的，我们自己不去玷污他，别人是决不能用手来抹杀的。”“‘清党’难，清心更难。从前总理教训我们说，诸君在政治上革命，便先要从自己心中革起，自己能在心里上革命，将来在政治上革命，便有希望，可以成功。”

七千多字的文章，处处散发着蒋介石的苦口婆心，谆谆教诲。如今，“清党”必须着重从思想上肃清共产党的影响，胡汉民连续撰写有关理论文章，发表了《三民主义之认识》、《“清党”之意义》、《C. P. 的手段和策略》等，可都不是蒋介石想要的声音。

胡汉民在《“清党”之意义》中说：“中国共产党不过是五六岁的乳臭小儿，中国国民党却正当壮年……为什么倒被这个小鬼捣乱得乱纷纷呢……归根结底还是因为对主义没有彻底的了解，故没有坚决的信仰，所以也生不出一种力量来抵抗引诱和威迫。”

在蒋介石看来，这样的文字虽通俗却无直至人心的亲切，也没有气势和文采，加之他心底明白，胡汉民不过是个过渡人物，不能让他抢了自己的风头。已与二兄张人杰商量，无论如何请正在浙江省政府秘书长任上的陈布雷尽快来南京，有陈布雷的辅佐，不仅在写文章上自己不用费神，布雷先生还是个能干的政治幕僚。

二兄那边传来消息，陈布雷答应下月初到达南京。他的到来顺理成章：从浙江调任南京中央党部任书记长。而对另一个才子——郭沫若，蒋介石专门发出《通知军政长官请通缉趋附共产党之郭沫若函》，他想，邓演达看重的这个风流才子我蒋中正是不会重用的。

军事上，捷报频传。何应钦的第一路军在江北击溃孙传芳残部，夺取了扬州，孙部已退到海州；李宗仁的第三路军自芜湖渡江占领巢县，阻滞东进的直鲁军；第二路军在孙传芳的降将陈调元指挥下，从安徽东部的东梁山渡江攻占和县，大败直鲁军杜凤举部。

蒋介石并未打算从前线抽调北伐部队进攻武汉，那不是上策。所以面对在汉口的苏俄顾问嘉伦关于南京要西征来电，在复电中否认会派部队向长江上游出击。

嘉伦是北伐军的军事顾问，也是蒋介石个人的朋友。他担心蒋介石会趁武汉兵力空虚攻击武汉，这是正中蒋下怀的事，但蒋考虑的不是自己去攻，而是要让唐生智的队伍去攻，这支队伍就是夏斗寅部。

看着军事上、政治上的步步胜利，蒋介石开始运筹更大的事：蒋宋联姻。他认为时机到了，放眼当今中国，谁还有我蒋中正如此的光彩？在悄悄安排好一切后，派卫士长宓熙亲自到上海与宋霭龄联系。

宓熙到上海的那天是五月十三日，距离蒋在沪上开杀戒刚过去一个月，这一天，正是效忠武汉政府的鄂军将领夏斗寅在宜昌决定反水的日子。

在窦乐安路（现多伦路250号）孔祥熙公馆，宓熙将蒋介石的亲笔信交给了孔夫人。

宋霭龄看完信后高兴地对宓熙说："是总司令约三妹十五日去焦山玩。你就住在我这里，等十五号同三妹一道走吧。"

宓熙认为这是件轻松的公事，当晚去天蟾舞台看了梅兰芳的京剧《天女散花》，第二天，他按计划去上海火车站买票，可站长告诉他已将总司令坐过的花车调来，预备挂在十五日上午八时开往南京的特别快车后面。当宋美龄听说此事后，嫣然一笑。

十五日上午七点五十分，宋美龄一身西式打扮，在大姐宋霭龄、女佣蔡妈的陪同下，从上海火车站登上花车。火车开动后，宋霭龄独自返回孔公馆。

列车经过近七个小时的行进，于当天下午三时许开进了镇江车站。花车上的宋美龄透过车窗首先看到的是月台上担任警戒的警察，心情大好，能享受这种待遇，本身已说明许多问题，接着，她看见了身着华贵笔挺西服、头戴一顶高级草帽、足蹬白色皮鞋的蒋介石。此前见到蒋时，他不是长褂，便是戎装，而现在的他，完全是另一种味道，神采奕奕，既透着军人英姿，又饱含绅士风度。宋美龄的眼睛在下意识地放光，已到而立之年的她，按捺不住自己怦怦急跳的心。

宓熙也没想到是这样的阵势，在一排卫士的边上站着公安局长俞予厚，还有不少蓝衣队的侦探在警惕地注视着四周，他立刻也紧张起来。

镇江火车站站长亲自指挥列车进站，花车正好停在蒋介石面前。他走上花车，宓熙赶忙迎上来。蒋介石径自走到宋美龄面前，微笑着用上海话说道："三弟辛苦了。"蒋介石对宋美龄的称呼喜欢称兄道弟，他知道宋美龄想做巾帼英雄。

宋美龄事先想了很多要讲的话，但一见面却想不起要说什么，只说了一句："总司令瘦了。"

轻轻一言，让蒋介石感动不已。自从离开南昌，陈洁如回娘家后，他没近过女色，这是许多年来的第一次。在蒋介石那里，女人总是填补内心孤独的最好东西，然而，为了娶到眼前这位年纪不轻、但美丽智慧的女人，他忍住一切为她守身，在上海两个多月，硬是没见心爱的陈洁如，对于没有离开过女人的他来讲实属不易。现在终于就要与这位上海社交界宠儿、多少男人仰慕的女人独处了，真乃守得云散见月明啊。

蒋介石握着宋美龄的手说："自去年北伐至今，'清党'建政，避过无数凶险，总算将总理建国大纲中的第一步'军政'基本实现。为此，中正是愿意肝脑涂地的。"

宋美龄用赞美英雄的口吻说："总司令自北伐以来进长沙，战武汉，夺南昌，定上海，直至在南京建立新政府，一步一步，美龄都看在眼记在心啊。"

听了这话，蒋介石心中很是受用，感慨道："民国十五年（1926 年）开始的北伐是不可倒退回去的，我说过，唯有武力才能统一中国，今天看来是正确的。

而我本人，为实行国民革命，至死不渝。只是没想到三弟对中正如此关怀，老实说，对三弟的才华德容，中正恋恋难忘。”

宋美龄没再说什么，面露羞涩，这更让蒋介石心旌荡漾。他请宋美龄下火车，上了停在月台上的一辆新式轿车直奔江边码头，然后换乘汽艇，不过五分钟，便在号称“碧玉浮江”的焦山南麓登岸。

焦山位于镇江东北约五公里的长江之中，海拔七十七米，周长两千余米。乃扬子江中一个小岛，是一个天然的“镇江之石”，也是一座充满人文风貌的岛屿。因东汉末年学士焦光不愿做官隐居在此，汉献帝三下诏书要他出山，都被他拒不应诏。到宋时宋徽宗赐名为焦山。

甫上岸，宋美龄就问：“听说此地是万里长江中唯一四面环水的岛屿?”

蒋介石颔首介绍道：“奈，这个小岛很有来历，相传东汉学士焦光在此隐居。他冬夏不穿衣，睡不铺席，见人不语，数天才吃一顿饭，活了一百多岁。”

宋美龄莫名地点点头，又问：“是他的这种近似疯狂的举动使得这个小岛有了名气和灵气吗?”

蒋介石笑道：“我以为是的。焦光很任性、很孤僻的原因恐怕是他嫌这个世界太肮脏，只有隐居才是出路吧。三弟有所不知，我自己就有两次想出家当和尚，因为我觉得跟谁都合不来，那种心情与焦光大体是相通的。”

宋美龄若有所思看着眼前这个成熟的男人。

蒋介石继续介绍：“别看此地小巧，却有古寺、古碑、古木、古炮台。康熙来过，乾隆也来过。书画大家扬州八怪之一的郑板桥在此读过书。他有首很有名的诗：‘静室焦山十五家，家家有竹有篱笆。画来出纸飞腾上，欲向天边扫晚霞。’还有好多文人骚客来过这里。相传此地古碑中的稀世之宝《瘗鹤铭》碑是东晋王羲之所书……”蒋介石为此行做足了功课。

宋美龄插话道：“郑板桥的‘难得糊涂’可以从多角度解读啊，这是与西方哲学的不同之处。”

蒋介石听到这话心中一动，认为宋美龄此刻说“难得糊涂”，正是她要表达的对自己的关注。对孔孟之道极为熟悉的蒋介石深谙“聪明易糊涂难”的道理，在他那里，中庸的基础是爱、廉、谦、谨，如果做不到这些，则何谈中庸，又何谈糊涂，更别说面对目前这一大堆如乱麻一般的政治权谋。他没有直接回答宋美龄，而将话题一转道：“自鸦片战争以来，西方文化的入侵，已经将中国人的思想、中国人的精神、中国人的情感、中国人的品性等原有的优越伦理破坏了。"

宋美龄笑道："总司令的民族主义精神让美龄钦佩。"

一行人过山门——"不波亭"，向东走去，显现眼前的是千年古刹定慧寺。看着绿瓦朱栏，古枫参天，宋美龄惊叹道："从江上看，很难发现此处会有如此雄伟的庙宇。"

蒋介石也笑道："三弟有所不知，镇江有三山，焦山、金山、北固山。焦山碧波环抱，满山苍翠，山寺大多被荫云林丛掩映，故有'山裹寺'之说；金山有白娘子的传说，那里的寺庙依山而造，殿堂楼台层层相连，远望只见寺庙不见山，所以有'寺裹山'之说；北固山上的甘露寺，相传是三国刘备招亲的地方，很是浪漫，甘露寺雄踞山顶，那里更有'寺冠山'之说。就三山而言，焦山显然比另外二山更具自然气质，乾隆第三次到焦山时，就诗云：'若以本色论山水，我意在此不在彼'。"

宋美龄微笑着点头，心中不断泛着甜甜的波浪，那波浪是爱情之水，不间断地在心海中翻腾着。她知道眼前这位总司令日理万机，按常理不该如此附庸风雅儿女情长，可为了我他却这么做了，这只能说明他对爱认真了，想到此，宋美龄的脸上微微泛红。

定慧寺原有规矩，未婚少女不得在寺留宿，但此刻的蒋介石非一般常人，已经没几个和尚的定慧寺断不敢为难这位拥兵自重的大人物，两人得以破例入住寺东的观澜阁。这也非一般住处，是乾隆二十七年（1762 年），第三次下江南时住过的行宫。

走进月亮门，一幢精致的二层小楼出现在众人面前，一株百年杨树将绿荫布满小巧古雅的庭院。

宋美龄不禁以英语脱口出："My god，so beautiful。"

看着宋美龄高兴的样子，蒋介石松了一口气，知道选择这个地方与宋独处是正确的。

蒋介石此前虽与多名女人有过肌肤之亲，却从没有自由恋爱过。元配是母亲做的主，二房是与盟兄陈其美在风月场瞎闹遇上的，三房陈洁如是死缠烂打趁她父亲去世而得到的。所以对这次与宋美龄的约会，他格外重视和兴奋。

在接下来的八天时间里，两人在焦山不大的范围内早出晚归，足迹踏遍此地的每一处古迹。此时中国正处战乱年代，岛上几乎见不到游人，只有远远跟着他们的卫士们。

蒋介石从小受母亲影响，对寺庙有种特殊敬畏，他带着基督徒宋美龄游遍了定慧寺周边的十八个庵寺，每到一处都浴手拈香，礼佛祈愿。而入乡随俗的宋美龄，对蒋介石戎马生涯背后的了解便是从礼佛开始的。她多了一个心眼，这个信菩萨的男人，肯为自己而改奉基督吗？宋家可是对上帝无比虔诚的。

这天，两人来到焦山古炮台。这座炮台建于道光二十年（1840 年），距此已八十七年，是清政府为了加强长江防务而建，炮台位于焦山东麓，八座炮台面对长江呈马蹄形分布。

蒋介石领着宋美龄走进一座炮台遗址。宋美龄抚摸着墙壁说："中国建筑有自己的特点啊，因地制宜，点石成金。"

蒋介石拍了拍墙壁说："三弟在国外多年，想必对西方建筑有所了解。但依旧不忘中国之本，实属难得。炮台的建筑是用黄土、石灰、细沙配糯米浆捣拌成三合土，然后分层夯实，这种连成一片的暗堡式的整体，异常坚固。"

宋美龄笑道："我听说总司令在日本留学时做过炮兵？"

蒋介石答道："是的。我从日本振武学校毕业，到日本陆军第十三师团野炮兵第十九联队入伍。那个时候很苦，军官们对士兵就像对待奴隶牛马。后来武昌首义爆发，奉大哥陈英士召唤，我离开了日本军队，回国革命。"说到这儿，蒋介石又感慨地说："从军两年，对我的影响很大。我也从一个朦胧的普通青年，成为一个具有自觉意识的革命斗士。"

几天来，宋美龄断断续续从蒋介石的讲话中得知许多信息，她越发感觉这位军人所经历的那些不为人知的故事，其实正是一个英雄的成长史。她看着炮口所指方向，那里是浩瀚的长江，她问："扬州在哪个方向？"

蒋介石用手朝左边指指："在焦山的正北面。"话一出口，立刻意识到眼前这位千金小姐为何要如此一问，马上说："就在士卫长代表我去上海邀请三弟那天，我已下令北伐军对孙传芳残部，还有所谓的直鲁联军发动总攻，我、何敬之、李德邻分别任三路大军总指挥，此刻，敬之将军的第一路军已渡过长江，正在向扬州进攻。你看……"蒋介石指着炮台外，接着说："在我们的西北方是瓜州，我的军队已将它拿下。应该说，在苏皖大地，北伐军正所向披靡，我们在此地的安全不会有任何问题。"

宋美龄笑道："我才不怕呢，有总司令在呀，不过我还真想去前线看看将士们是如何建功立业的。"

蒋介石夸奖道："古人云：巾帼不让须眉，三弟之勇气可嘉。焦山有副对联说的好：'三山锁京口，此地镇长江'，想我数十万英勇男儿一定能打出威风，保护妇孺，并底定江北。"

宋美龄感慨道："这是一个需要英雄也必定产生英雄的时代，中国人将重树自信。"

蒋介石被她的话感动了，如此心智高尚的女人如何不让人动心。他的脑海里闪过与他有夫妻关系的三个女人毛福梅、姚怡诚、陈洁如，她们温良恭俭，却没一个能与眼前的宋美龄相比。她可以是伴侣，更可以是同志啊。

蒋介石真诚地说："中正九岁丧父，一门孤寡，茕子无依，是母亲用铁一般的严规戒律管束我，锻炼了我顽强的意志。我对她言听计从，绝不忤逆，母亲已去，老天却又给我带来了你。三弟，你一定要留在我的身边。"

宋美龄打趣道："我身上唯一具有东方特点的东西就是我的脸，你崇尚儒教，能接受我的西方做派吗？"

蒋介石想想说："我对三弟说过，中国有着优越的伦理，这种优越当中最大的特点是包容。我相信，三弟西方的做派一定会被博大的中国文化所感动，如果将两者融会贯通，岂不是珠联璧合。"

宋美龄开心地笑了。没想到这位指挥千军万马、没有受过正规教育的人是这样讨人喜欢，恐怕没有女人会不仰慕这样的英雄。在她心中，蒋介石已然成了一个非凡的人，一个她爱的人。

观澜阁楼上的长廊，蒋介石让人在此置一小几、两把藤椅，与宋美龄坐在这里品茗观江。知道宋美龄爱吃有骨头的东西，特意从南京带来鸭五件作为茶点，见宋美龄啃得津津有味，蒋介石乐呵呵地笑了。

宋美龄见蒋介石面前仅有一杯白水，问："你只喝白水？"

蒋介石点点头："多年习惯。"

宋美龄再问："也不吸烟？"

蒋介石摇摇头。

宋美龄有点不好意思道："我……我是抽烟的。"

蒋介石一摆手："知道知道，三弟请便，不必介意。"

宋美龄笑笑想拿烟，想想又停住，说道："现在不想抽。"

蒋介石微微一笑，心道："聪明的女人。"他转移了话题："大姊都好吗?"

宋美龄答道："她很好，我的事她比我还着急。"

蒋介石点头："大姊是个有思想、善决断、又充满人情味的人，她知中正的鸿鹄之志，我很愿意与她交流对时局之看法，倾听她的意见。"

宋美龄笑道："我二姐对你可不感冒哦。"

蒋介石也笑笑，说："孙夫人的政治主张，我认为是受了鲍罗廷等人的蛊惑。中正坚持认为，大党允小党在党内活动，无异自取灭亡。"说到此，蒋介石的火气忽然上来了，有些激动地说："中国革命需要统一，只需要一个党，不应有两个党；只需要一个主义，而不应有两个主义。我在民国十四年（1925 年）就讲过，俄党对中国之惟一方针，就是要造成中国共产党为正统党，他们绝不信国民党可以与之始终合作。此次在上海'清党'实属无奈之举，因为今日最能奋斗之青年，大多数皆为共产党，我不得不防啊。"

对蒋介石易怒的脾气，宋美龄早有耳闻，如今眼见为实。但在她心里却认为：一个有坏脾气的男人，总比一个没脾气的男人要好些。她顺着蒋介石的话说，但巧妙地避开再谈她的二姐："我与鲍罗廷交谈过几次，对他的主张和观点不能接受，这个人蔑视人性，冷酷无情。"

宋美龄的话，一下把蒋介石的思绪拉回到年初的武汉，鲍罗廷竟当面威胁要打倒他，这样的人绝不可以放过。蒋介石说："鲍罗廷等人想通过欲擒故纵的办法，让中正丧失人心，以达到削减我的权力之目的。我率将士在前方拼命，有人却在背后捣糨糊，其心何其毒也，更无道义可言。中正强烈感受到，被苏俄接济如同吃牢饭，吃不饱也饿不死，所以，我再三请宋部长帮我。"

宋美龄见蒋介石提到哥哥宋子文，内心一热。当年孙中山搞第一次广州起义时的军费，有一半是父亲宋耀如筹集的，那是为了支持孙中山。现在北伐，蒋介石又请我们宋家帮忙。对这位长兄她很佩服，只在广州担任了一年财政部长的子文，就使国民政府的收入猛增至八千多万元，难怪二姐夫孙中山那么看重他，而蒋介石也急需要这位金融权威的支持。可子文固执得很，看不上蒋中正，他的目光与大姐比真是差远了。想到这儿，宋美龄也欲擒故纵地说："我的这位大哥在广州实行苛政，招来不少非议。"

蒋介石摆摆手道："李德邻曾说宋部长是为革命而行苛政，其功过是非实无法定论。但以中正的看法，可以定论，没有他的经济基础与保障，北伐不可能做到如此无后顾之忧。民国十四年（1925 年）八月仲恺先生遇刺，九月广州掀起挤兑风潮，宋部长两天兑出毫银四十余万，平息了挤兑，纸币的信用大大提高。遗憾的是这样的人才还非我所用。”

宋美龄说：“大姐一直在和他谈，相信他会对南京政府有好感的。”

蒋介石点点头：“但愿。他的婚姻问题怎么样了？”

宋美龄答到：“好像有一段姻缘正在兴起。去年大哥与二姐路过庐山，他想给妈咪在庐山建一栋别墅，巧遇了一位工程监理的女儿叫张乐怡……”

蒋介石打断她的话：“宋部长不是一直与盛家七小姐相爱吗？”

宋美龄摇摇头，这位大哥的恋爱曾让宋家蒙羞。

十年前，宋子文归国后的第一份工作是汉冶萍炼铁厂矿股份有限公司上海办事处秘书。“汉冶萍”乃当时中国屈指可数的大公司，总部经理盛泽丞（恩颐）是公司创办人、洋务派骨干、大资本家盛宣怀的四子。因为宋子文工作热情，条理清楚又英文流利，盛泽丞便请他做妹妹盛谨如（爱颐）的英文老师。

十七岁的盛谨如是盛家当家人庄夫人的亲生女儿，排行老七，是妈妈的得力助手。她见多识广，伶牙俐齿，以“盛七”之名闻名上海滩。

并未出过国门的七小姐，很快被举止谈吐儒雅得体的宋子文倾倒，庄夫人便派家中老仆去打听宋家家事。那位狗眼看人低的奴才回来禀报说：“宋家是广东人，信基督教的，父亲是教堂里拉洋琴的。盛宫保的女儿不可以嫁给这样的人家。”庄夫人一听如此的门不当户不对，便让盛泽丞想办法。

于是，盛家老四一纸调令，把宋子文调到汉阳本部当会计处科长。宋子文的自尊心受到极大伤害，一气之下辞职，跳槽到了联华商业银行，之后又连续跳槽，直到民国十二年（1923 年）三月，陈炯明兵变被平定，二姐夫孙中山召唤他去广州，并委以重任筹办中央银行。

宋美龄想到这儿，说：“他盛家女人当家，目光短浅。他们根本不知道孙中山的价值，不知道宋子文作为孙中山小舅子的价值，当然也想不到蒋总司令会成为宋家的好朋友。”

蒋介石“哦”了一声：“自杏荪先生仙逝，盛家‘天下第一官商’的称号便每况愈下，武昌首义的起因跟他盛家亦不无关系。依我看，盛家的几个儿子都缺乏乃父风范，真不知庄老夫人走后，盛家会是什么样子。”说到这儿，蒋介石又问："宋部长与张乐怡小姐定了婚期吗？"

宋美龄说："大哥已过而立，妈咪为他的婚事着急，如果可能，下月他们会结婚。"

蒋介石忙说："到时三弟一定通知我。"

宋美龄认真地说："总司令军务繁忙，能陪我这几天，美龄已不好意思，怎敢再烦劳呢。"

蒋介石笑道："感谢三弟的理解。中正知道令兄对南京政府以及我本人还有误会，但我相信，这种误会一定会消除，南京政府对宋部长这样的人才也会一如既往地期待，这也是为了实现总理建国大纲的需要。遗憾的是，现在还有很多人不理解我，甚至不理解革命。"

宋美龄点头。她被眼前这位军人俘虏了。从外表看，他远比二姐夫英俊；从内心看，他坚忍，有原则，更有责任感。宋美龄说："有个意大利人写过一部著作名叫《君主论》，书中说：人民是没有判断力的，他们往往依靠一种经常听到的舆论来建立他们的看法。"

听了这话，蒋介石内心一动，说："我在见到总理之前，认为革命的宗旨就是'弱肉强食，优胜劣汰'。后来总理指正我说：革命的宗旨应该是'大道之行，天下为公'。我在想，公要靠什么来维护？很简单，靠道德来维护。人民尽管没有判断力，但他们很清楚自己要什么，他们要天下为公啊。"

这番肺腑之言，让宋美龄再次感动，说："我拜读过总司令写的《孙大总统广州蒙难记》，你在晚上冒极大风险坐小艇上岸给二姐夫买日用品，真的让我感动。你的勇气和行为就是一种为公啊。"

蒋介石坚定地说："中正坚信，没有孙先生，就没有国民党。没有国民党，就没有中国。每日做事，中正都自问有无疚心，朝夕以为相惕。"

宋美龄说："人生实为一大冒险，而作为革命领袖，恐怕顺应时势，迎合众心是惟一之要件。"

蒋介石感慨道："三弟说的对。顺应时势，迎合众心，这也是辩证的关系。我说过，不懂得辩证法，就没有革命的资格。要想辩证地做到这八个字，还需要舆论支持。好在布雷先生就要来南京，他可以帮助我把舆论的问题担起来，我也好专心致志地北伐，尽快将中国统一在三民主义的旗帜之下。为此，我再三恳求三弟能留在我身边。"

面对蒋介石这种方式的求婚，宋美龄春心萌动："你闪亮射人的眼睛告诉我，你是个英雄，但你跟我说要我留下没有用，要我妈咪同意才行。我的家庭是基督教家庭，我们都听父母的，如果我妈咪同意了，我再考虑。”

蒋介石立刻用坚定的口吻说：“一言为定！中正定会请求老夫人答应你留在我身边。我也相信，身为宰相徐光启之后裔的老夫人一定会通情达理。”

宋美龄笑了，说：“但二姐我说服不了她，大姐准备请谭延闿先生来说服大哥，他很信服谭先生。”

蒋介石似乎看到了曙光，不禁握住宋美龄的手恋恋不舍小声说：“我期盼这一天早日到来。”

眨眼到了两人分手的时间。这八天中，蒋介石无时不在关注局势的变化，武汉方面沿京汉线一路向北，胜仗连连，奉军已全线崩溃。

但最让人头痛的是汪精卫与冯玉祥的关系，他们两人的背后都站着苏俄共产党。幸亏张作霖在北京搜查到大批苏俄暗中分化中国的文件，才让冯玉祥联共有所顾忌，而汪精卫也吃了不少苏俄的苦头。

五月初南京宣布二次北伐，比武汉晚了十二天。那是因为所有的情报都告诉蒋介石：唐生智、张发奎主张东征消灭立足未稳的蒋介石。如果四月宁汉战争爆发，谁也没有必胜的把握，也就谈不上二次北伐。直到四月十九日，武汉方面举行了北伐誓师大会，来自西面的危险暂时消除，蒋悬着的心才放下。

但蒋介石很快弄清了汪精卫的意图：与冯玉祥联手，打败奉军；再联合山西的阎锡山，由冯玉祥牵头继续北伐；武汉北伐军则转向东南，与南京开战。

这样的如意算盘在蒋介石看来是可笑的，唐生智、张发奎会团结吗？以多变而著称的西北军冯玉祥会听你汪兆铭的？武汉可以与冯玉祥在郑州会师，我蒋中正难道就不可以与冯玉祥在徐州会谈吗？夏斗寅的倒戈，许克祥的反叛，都说明武汉方面正在走向劣势。到是另外一件事需要未雨绸缪，即如何启动与西山会议派的合作？这不是军事问题，而是政治问题。这个政治问题又与严防目前合作良好的胡汉民有关。

蒋介石站在镇江车站的月台上，不断向远去的花车挥手，他派宓熙务必安全将宋美龄送回上海。

焦山之行收获颇丰，蒋介石开始思考如何处理陈洁如的问题，他知道，能妥善处理好这个问题的人只有一个：就是二兄张静江，要抽时间与二兄谈谈。

关于焦山之行，有文献指出：子虚乌有。因为从蒋介石的日记看，五月十八日，他从南京到上海参加陈其美殉国纪念会。那天上午七时，列车到上海后，他没有去会场，而是先去看望了宋美龄。如果蒋宋有焦山之行，也应该是十八日以后的事。

但从已披露的蒋介石日记看，从六月五日到七月六日之间，蒋宋二人来往异常密切，双方进入到相思的阶段，期间宋美龄第一次给蒋介石写了信。除了信件往来，七月三日晚，两人还在上海乡下的一家小餐馆吃饭；七月五日晚，蒋介石带宋美龄乘车在上海兜风到深夜一点。蒋介石往返上海参加特别市市政府成立典礼、宴请上海商界头面人物时，都要抽时间与宋美龄欢聚。

在战争间隙、政权不稳之时，两个对时局发展有重大影响的男女突然之间如此地亲密，应该有一个触发的契机，这个契机，很可能就是焦山之行，只是具体行程人们还在探秘。但有一点可以下结论：领袖的私生活是会影响其工作。

还有一个佐证：蒋宋二人对焦山都有特别好感。有记录称，一年后的六月十三日，已赢得北伐战争的蒋介石与爱妻宋美龄同游镇江焦山，且不忍分离，他们是故地重游吗？这一次，蒋介石在焦山对宋美龄表示想辞去总司令一职，宋美龄批评为“性质消极”，不是丈夫气概……

当东去的列车越走越远时，蒋介石带着卫队登上了西去的列车。今天，他还要赶去南京给改组的黄埔军校同学会代表大会演讲。

讲什么呢？蒋介石隐约感到，这是一次机会，可以讲讲西山会议派的问题，吹吹风。

胡汉民昨天在改组会上讲了话，题目是《以亲爱精诚的精神，巩固我们党的基础》，听上去似乎是大谈黄埔成就，可字里行间却透露出一种气息：他胡汉民也与黄埔熟。他想干什么？

黄埔同学会这次改组，是蒋介石亲自安排曾扩清、酆悌等弟子办的，目的是让黄埔系更纯洁，更具有自豪感，更效忠于校长。这是“清党”后要办的重要事体，而且这件事决不能允许别人染指，在这多事之夏，更要小心有人背后插刀子。

蒋介石想起胡汉民曾写过：“绿垂静路要深驻，红写清陂得细看”的条幅，这是宋朝宰相王安石的诗句。关于南京，王安石另有一首《泊船瓜州》的七绝：“京口瓜洲一水间，钟山只隔数重山。春风又绿江南岸，明月何时照我还。”这样的句子大概只有我蒋中正当得，他胡展堂如何当得，怕是他真想反客为主吧？多疑的蒋介石想起他曾一直反对、但从未真正被打倒的西山会议派。

此刻，国民党内部有三个中央：分别是汪精卫为首的广州国民党中央（现为武汉国民党中央）、西山派组织的上海国民党中央和蒋介石控制的南京国民党中央。胡汉民虽是名义上的南京国民党中央首脑，但蒋介石要干任何有关党务的事，他都是一道重要关卡。已令陈果夫筹办中央党务学校，可远水无法救近渴。

在蒋介石心中一直有个搞不清的问题，究竟是汪精卫利用了共产党，还是共产党利用了汪兆铭。同理，当下是我蒋中正利用了胡汉民，还是胡展堂在利用我？有一点他是晓得的，此次为定都南京而抬出胡展堂的目的很明确：对抗汪兆铭。但绝不能让胡展堂趁机长硬翅膀，再反过来对付我。可是，谁能在这种时候制约他呢？现成的人选当然是西山会议派。

对于半年来的全国形势，蒋介石有深刻认识。军事上，奉系张作霖、孙鲁联军，还有吴佩孚残部，加上北伐军不和，冯玉祥、阎锡山的崛起，一团乱麻，有枪就是娘；政治上，在英、日等列强虎视眈眈中，党争不断，北京政府、武汉政府、南京政府，加上西山会议派，还有正在悄悄崛起的共产党，各行其道相互谩骂，如今士气之浮，党争之烈，比宋末明末均有过之，谁能真正为国民政府设想呢？好在政也好，军也罢，细细分来只有两派："清党"派与联共派。只要在一个共同的主义下，短暂的妥协是必要的，也是可行的。

自民国十五年（1926年）北伐以来，建国目标已然凸现，取得的成果正是妥协的结果。张作霖是公开赞成"清共"的，杀李大钊、囚鲍罗廷太太就是证明，而且他还有信来声明支持"清党"。在全国，持联共牌的只有汪兆铭与武汉政府一家，正是他们持有这个观点，将成为他们必败的原因。

善于充分利用各派政见，并为己所用，是蒋介石屡试不爽的惯用做法。

西山会议派于民国十四年（1925年）十一月二十三日在北京西山碧云寺孙中山灵前召开了国民党一届四中全会，参会的十三人中有中央执行委员、候补委员、中央监察委员，多为居士学者。这是一个右翼政治派别，其政治主张便是"清党"，认为：如果不在国民党内实行"清党"，恐怕再过一年，青天白日之旗，必化为红色。他们宣布成立上海国民党中央党部，并于民国十五年（1926年）三月二十九日召开了国民党第二次全国代表大会，与广州中央针锋相对。

当时在广州的汪精卫、蒋介石等是坚决反对这个组织的，民国十五年（1926年）一月在广州召开的国民党二大上，西山会议派被弹劾，一批人受到党纪处分，其骨干邹鲁、谢持被永远开除党籍。并指出：这些人的存在足以危害本党之基础，阻碍国民革命之前途。会上还通过了“打倒西山会议派”的决议。

但在羽翼未丰的蒋介石心里，西山会议派并非十恶不赦，他的兄弟戴传贤曾参加了西山派会议的筹备会，说他们只是在碧云寺总理灵前诵经念佛。而且“中山舰”事件后，西山会议派立刻发来了支持蒋介石的电报：“以迅速手段，勘定叛乱，忠勇明敏，功在党国。”但蒋介石为了自己的目的，回电谢绝了他们的恭维，只说自己“唯革命是从”。

在随后召开的国民党二届二中全会前，他通过戴传贤等人，邀请西山会议派的两名骨干邵元冲、叶楚伧赴粤。正是这两个人，成为了此次上海“清党”的重要参与者。为了掩人耳目，在“四一二”行动方案中，有封闭西山会议派在上海所有活动场所的内容，但执行命令的白崇禧心领神会，西山会议派毫发未伤。

现在，到了用他们来同时制约汪、胡二人的时候了。在黄埔同学会代表大会上，蒋介石预先定下的演讲重要观点便是对西山会议派表示谅解。他已决定委任邵元冲为青年部长，叶楚伧为中央执行委员会秘书长，并尽快恢复林森、张继、谢持、邹鲁等人的党籍。

当时，蒋介石并没有预料到，胡汉民的政府主席身份只维持了五个月，根本无需防备。他也没料到自己在离开焦山后三个月内会被迫下野。幸好预先布好的西山会议派这枚棋子在他下野期间有力地阻止了汪精卫篡权，使宁汉合流成为汪兆铭的竹篮打水……

整个六月到七月初，北伐战事都进行得比较顺利。南京北伐部队三路大军按预定计划向北推进，六月二日，第三路军前敌总指挥、第十军军长王天培占领了徐州，这是一次重要的胜利。

得知消息后，蒋介石立即开始着手处理两件事：与日本保持沟通和联合冯玉祥。北伐军眼看就要进入山东地界，如果汪兆铭不搞小动作，实现这个目标没有问题，但日本在鲁的利益将受到威胁。

五月一日，蒋介石致函在上海的盟兄黄郛，请他自己或派人赴日一次，进一步解释北伐的目的和目标。五月十二日，蒋方震、刘厚生受命赴日本，会晤四月二十日才上任的新首相田中义一。五月十三日，黄郛推荐曾帮段祺瑞向日本借款的商人袁良以民间人士的名义与日接洽。

果不出所料，五月二十九日，上海日本领事矢田发表日本出兵山东的声明。五月三十日，北京日本公使芳泽发表同样的声明。五月三十一日，两千日军自满洲进抵青岛。

而在同一天，张作霖决定放弃郑州，退守豫北、直隶、山东。

正当蒋介石深感震惊犹豫之时，六月一日传来了田中义一与袁良见面时表示的三点意见：一、青岛日军非不得已不开赴济南，如赴济南亦不干涉一切；二、南军（北伐军）得徐州后勿猛进，北方交与冯玉祥、阎锡山；三、相信蒋中正为收拾中国之唯一人物。

对田中义一这位军人出身的新首相的承诺，蒋介石并不相信，但他晓得，当下是不能与日本人弄僵的。张作霖虽与日本的关系千丝万缕，可这个绿林胡子出身的军阀也不十分相信日本人，相互猜疑。如果北伐军与日本人干起来，势必导致张作霖联日之死心踏地，北伐胜利则可能无望。只有与日本保持若即若离的关系，让日本人出师无名，张作霖又处于犹豫之中，才能完成北伐大业。但对倭寇在中国的蛮横一定不能放过。目前要保持与日关系，恐怕还须有新的动作。他一边派人与日本保持关系，一边令南京外交部长伍朝枢发照会，抗议日本出兵山东。

但田中的意见让蒋介石与冯玉祥联手的想法愈发强烈起来，他猜测，张作霖、冯玉祥等一定也在与日本人沟通。对蒋介石来说，现在最大的敌人不是北京政府，而是武汉政府。武汉政府的血统是纯正的，汪兆铭的头衔也是公认的，日益膨胀的唐生智、张发奎等军人拱卫着武汉，随时有东征的可能。只有稳住冯玉祥，拉拢阎锡山，才能暂放北伐改为西征，彻底粉碎武汉这个正统的政府，让南京成为中华民国的真正首都。他盘算如何与冯玉祥接洽？

五月三十一日冯玉祥抢先攻进郑州，而武汉北伐军六月一日才赶到郑州。六月二日，南京方面的北伐名将王天培在大败直鲁军于夹沟后，占领号称“北国锁钥、南国门户”的华夏九州之一的徐州。接着传来汪兆铭与冯玉祥在郑州会面，并达成一系列协议，其中最大的买卖是将豫、陕、甘三省交于冯玉祥，武汉北伐军开始南撤。汪兆铭等人对冯玉祥让步目的只有一个：集中兵力对付南京。

这样的信息对蒋介石来说是绝对的坏消息，他再次想起盟兄黄郛。南京政治会议已于五月十六日通过任命，黄郛为上海特别市市长。他曾参与了冯焕章的“北京政变”，还代理过内阁总理，可以通过他尽快与冯焕章接洽。

六月十一日，蒋介石的奉化老乡、多次在北京政府任职的王正廷自上海赶到南京，他被黄郛推荐前去开封会见冯玉祥。

对这位具有极高外交水平的老乡蒋介石很满意。当年在巴黎和会上，正是他拒绝在辱国的和约上签字，他在黎元洪政府任代理国务总理兼外交部长期间，与俄谈判，完成了《中俄解决悬案大纲协定》前期工作。现在由他去找冯玉祥，应该不成问题。蒋介石要王正廷向冯玉祥表示合作的愿望，并可按冯的要求提供部分军饷。

对冯玉祥的拉拢，蒋介石早就用的是双保险。年初就派人给冯玉祥送去过五十万银元，而此前，又通过日本振武学校的师哥、年长他七岁的江西人彭程万去做冯玉祥的工作。彭是辛亥老人，留日期间就追随孙中山加入同盟会，是经黄郛介绍在冯玉祥军队中客居，与冯交情甚笃。他的意见，相信冯玉祥能听进一二，加上王正廷的正式磋商，不信冯玉祥不回头，更何况还有孔祥熙这张王牌。

果然，六月十四日，冯玉祥发来电报，看似在极力调解宁汉矛盾，字里行间却清楚地透露出他的思想和打算。电报说：“日前，唐孟潇（生智）同志南返，临别与弟郑重表示，决不与蒋公为难；如与蒋公为难，我辈将自革自命，又何以对革命二字？均嘱弟转达。”

看到电报后，蒋介石一颗悬着的心放下了。两天后，他自南京去徐州，名义上是赴前线督战，实际此行是与冯玉祥见面。曾经是冯玉祥重要助手的李鸣钟随行。

十七日，蒋介石致电南京，请胡汉民、吴稚晖、黄郛、张静江、蔡元培等文官速专车来徐州，他自己则与李宗仁等一批武将在徐州专候冯玉祥。

按冯玉祥的算盘，此次会面安排在河南首府开封比较妥当，但蒋介石坚持在他的地盘——徐州会面，冯玉祥的善变着实让他害怕。

冯玉祥的临阵变卦让不少大人物领教过，其中直系巨头、孚威上将军吴佩孚领教最为深刻。民国十三年（1924 年）十月第二次直奉大战爆发，总统曹锟任命吴佩孚为讨逆军总司令，冯玉祥为讨逆军第三军总司令，他的进军路线是出古北口，在喜峰口一带迎击奉军。

临出发，冯向曹锟献计，大军离京，恐城防有误，建议将与冯玉祥亲密无间的孙岳第十五混成旅调入京师担任城防。糊涂的曹三哥，不仅同意，还委任孙岳为京畿警卫副司令。

当玉帅在石门寨、山海关等地与奉军激战之时，冯玉祥却把部队分为五个梯队，逐次出动，并密令部队尽量拖延时间。大战前，他拿到了张学良派人送来的五十万军饷，又见到了段祺瑞的代表袁良。于是，这位总司令命令部队改称"国民军"，后队变前锋，以一昼夜急行军二百二十里的速度杀回北京。孙岳大开城门迎接"国民军"进城，曹锟被自己任命的冯总司令囚禁，直系就此被推翻。眼看要获胜的吴佩孚，猝然失去了方向，直坠万丈深渊，从此再无力兴风作浪。

总理孙中山也领教了一回，就是这一回，孙先生有去无回。冯玉祥占领北京后，将溥仪赶出了皇宫，消息传到广州，孙中山异常兴奋。"驱除鞑虏，恢复中华"原本就是他的终极目标，他认为实现自己建国大纲的最佳时期到来了。收到冯玉祥请其北上议政的电报后，他几乎将广州政府的文官全部带上，满怀喜悦，隆重北上。可等孙中山一行十二月十四日到达天津时，冯玉祥早被拥兵进京的段祺瑞、张作霖逼下了台。兴奋不已的孙中山被迎面泼了一盆冰水，肝癌发作，不到三个月，壮志未酬身先死。

如今，有"民国保姆"之称鲍罗廷又将领教一回。是鲍罗廷安排下野的败将冯玉祥去苏俄考察的，正是这次考察，冯玉祥得以重新翻身，当他在国民十五年（1926年）八月秘密离开待了几个月的苏俄时，得到苏方军饷和枪支弹药的援助，使他得以于九月十七日在内蒙五原成立以西北军为班底的国民联军。当他得陕甘、出潼关、夺郑州后，却要求汪精卫立刻驱逐鲍罗廷。

蒋介石对冯玉祥几起几落的戎马生涯以及他独裁、廉政的治军方略、以身作则的行为作风都有好感，也佩服得很。可当下，不仅仅是佩服，而是两人需要更加惺惺相惜。当冯玉祥决定十九日离开封前往徐州时，为了保密，蒋介石与李宗仁、白崇禧、陈调元等，乘专车从徐州向西约六十公里，在位于苏、鲁、豫、皖四省交界的皖北小车站——黄口，迎接冯玉祥。

黄口站原是不出名的小站，十九日这天，突然将星闪耀冠盖如云。仪仗队、军乐队在站台上整齐排列，这一切都是为迎接西北国民革命军总司令（南京任命）、第二集团军总司令（武汉任命）、国民革命联军总司令（自封）——冯玉祥的到来。

冯玉祥为了这次见面也煞费苦心。选了五百士兵当卫队，专车出了开封先向西边的郑州行驶了一段，然后调头东进，经兰考直奔黄口。

这都是为了保密，因为此时离他与汉方在郑州达成一致刚过去七天。与宁方未达成协议之前，他并不想过早让舆论、特别是汉方知晓。

当冯玉祥的专列缓缓进入黄口站时，军乐大作，革履佩剑的将军们整肃衣冠，翘首以待。然而，专车上只有士兵不见司令，士兵们纷纷用手往后指，众人忙朝后看去，一节挂在专车最后、装运马匹货物的铁皮车门口，有位大汉正满脸笑容向月台上的人们招手。

李鸣钟急忙向蒋介石介绍："那位便是冯总司令。"蒋介石带着众将迎上前去。

这是两个人首次见面。一生衣着严谨的蒋介石丝毫没有介意冯玉祥的穿着：一套极粗的河南土布制的军装，一双布鞋，腰束皮带。

相互介绍后，蒋介石喊了一声："大哥。"冯玉祥则回了一声："兄弟。"两人激动地拥抱起来，此刻的他们，不仅是上下级、兄弟的关系，更是儿女亲家的关系。

冯玉祥显然被眼前的一切感动了。他没料到身为国民革命军总司令兼第一集团军总司令的蒋介石如此谦恭，不禁感慨地说："总司令地位甚高，却如此谦下，如此周到，真是从学养中得来呀。"

见冯玉祥满意的样子，一丝不苟的蒋介石微笑着说："久仰焕章大哥之英名，迎出徐州，一来是尊重大哥要求保密的愿望，二来也是想早一点见到大哥的风采，现在一见，好一个布衣关东大汉。"

冯玉祥哈哈大笑，说："我们真是相见恨晚啊，总司令所做一切无不使玉祥敬慕。"

一干人上了蒋介石的专车，一直晤谈到徐州九里山站。然后换乘汽车进入市区，下榻位于东门大街的花园饭店。

这一路，极善于察言观色的蒋介石已基本摸清冯玉祥的思想动向。

此人很愿意北伐。将张作霖逐出关外、消灭孙传芳与直鲁联军，他是最大的受益者之一，还能出出被奉军打败的恶气；他也愿意反共，想撇清与苏俄的关系，共产党的所作所为一定也让他感到害怕。而他显然不愿意现在就与汉方决裂，表面看是他不愿看到国民党自相残杀，实则他想左右逢源一柱擎天。

原本想拉他一致行动对付汉方，先灭了唐生智、张发奎，再向北讨奉。看来这个想法行不通，蒋介石决定搁置这个想法，只提出让西北军在其管辖的范围内“清党”，同时以西北军为主力讨奉，并要求已南撤的汉方军队再次加入北伐，这样可减轻南京所受到的军事压力。如此要求，冯玉祥应该能答应。

走进花园饭店时，蒋介石对冯玉祥说：“大哥，当年黎宋卿（元洪）与段芝泉（祺瑞）之争，辫帅张绍轩（勋）乘机复辟大清，带三千辫子兵从徐州进京前，就是在这家饭店筹谋复辟的。”

冯玉祥四处打量后笑着说：“那时我正被段芝泉革职在天台养病，其实我没病。多亏辫帅进京复辟，我冯玉祥又有了用武之力，拿回了陆军第十六混成旅的指挥权，他段芝泉再也奈何我不得。”

蒋介石恭维道：“焕章大哥当年为讨逆，典押自己的房产用五千元作军费，让小弟佩服。而随后率先攻进京师，迫使张绍轩挂出白旗，也让小弟景仰。”

冯玉祥不好意思地摇摇头说：“可惜那次没有肃清帝制祸根，过了七年，我才让鹿钟麟驱逐了清废帝溥仪出宫。”

蒋介石没有往下说，他不知冯玉祥是否介意临阵倒戈坑害吴子玉的所为。后来吴子玉再也不信任冯玉祥了，曾在冯认错的信函上批了四个字：“全体缴械”。

十九日当晚，蒋介石在花园酒店盛宴为冯玉祥接风洗尘，在徐州的所有将领都出席作陪，这又让冯玉祥大为感动。

席间，蒋介石致欢迎词，他用带着浓重宁波口音的官话说到：“此次南北军事领袖把臂言欢，商洽党国大计，意义十分重大。是革命史上的重要一页，让我们热烈欢迎了不起的大英雄、劳苦功高的冯总司令……”

冯玉祥也激动地致答谢词：“直奉的军阀每当说到南北赤化头子都提到蒋介石和冯玉祥。其实我们何尝赤呢？我们的赤是赤心、赤胆、赤手，是为着赤子们去革命。现在两赤见面，就是为了救中国，这是第一集团军的功劳，我很钦佩……”

没有资料显示，这次见面两人是否谈论了蒋经国与冯弗能在莫斯科的婚事。

美国《时代》周刊在四月二十五日以《痛斥父亲》为题，报道了蒋经国在苏俄对父亲的谴责，蒋介石坚信仅十七岁的儿子是不可能如此的。他同时知道，一年前儿子已与冯玉祥的长女冯弗能在莫斯科中山大学同居成婚了，这种无媒妁之言、父母之命的行为，在蒋介石看来是不孝行为。但他没想到，在紧要关头，竟会与亲家冯玉祥联手，不得不说这是命中注定。

冯玉祥从苏联回来不久，应该很清楚自己女儿嫁给了蒋介石的儿子。不知他是否跟第一次见面的亲家介绍了孩子们的情况（冯蒋家对这一段婚事从未承认）？

乘着酒兴，蒋介石给了冯玉祥一张五十万元的支票，说："这是给大哥的一点小意思，犒劳犒劳西北军的兄弟们。"

拿到钱的冯玉祥很高兴。靠上蒋介石，该不会再为急速扩张的军队粮饷发愁了，汉方还答应每月拨付九十万呢。

蒋介石一直微笑着，但他不会忘记，第二次直奉大战，张学良的五十万元军饷，使冯焕章的天平倾斜，临阵倒戈……

六月二十日，胡汉民、吴稚晖、蔡元培、张静江等一干文官如期而至。冯玉祥又见到了多年的老朋友黄郛，两人高兴地握手言欢。

徐州会议在花园饭店正式举行。会议开了一天半，讨论时间主要集中在二十日，吴稚晖担任会议主席。在他的主持下，双方分别讨论了八个方面的问题：党的问题；目前政治建设问题；对付共产党的办法；继续北伐问题；武汉政府问题；政治部改良问题；国民会议筹备问题；军事问题。

蒋介石牢牢把握会议的走向。他心里明白，八个问题中值得讨论的就是"清党"和"北伐"问题，其余都是桌面上的官僚扯皮问题。一切都在蒋介石预料中，双方很快就"清党"和继续北伐的问题达成一致。

蒋介石在会上提到："十八日，张作霖已在京就任大总统，确定了安国军政内阁。他通电要讨赤到底，说凡以此为目标者均为同志。"

冯玉祥不屑地说："胡子的话如何可信？他自己不过是帝国主义的工具，这样的军阀非铲除不可。他的讨赤，与我们提出的'清共'有本质不同。一旬前，共产国际的罗易从汉口来电，要求我与汉方联手立即摧毁南京，夺回广东。这是有意制造分裂，玉祥决计不能同意，也不能袖手旁观。"

蒋介石点头同意，他听得懂这话的意思。冯玉祥打击奉系的决心是不会改变的，言外之意是：如果我蒋中正不打奉系，他也可以联合他人来打我。蒋的心中虽有不快，但提醒自己不可冲动。他想，既然没有永远的敌人，当然也就没有永远的朋友，只要目标一致，不管是敌是友都应该联合，此次会议成功的基础就是联合。冯玉祥要打奉，我蒋中正要打汪，而打汪的最大理由是汪通共。但对冯焕章，要小心。

这次见面最为重要的实际问题不是这八个表面问题，而是不能放上桌面的其他问题，比如军费问题。二十一日上午，蒋介石的目光突然发现冯玉祥有异样，似乎这个善变的将军态度在发生动摇，蒋心道：不好。这是个紧要关头，绝不能出岔，便忙请黄郛等去询问。

传回的信息让蒋介石松了口气，冯玉祥表示经济有所困难。这在蒋的意料之中，不给冯玉祥经济资助，光凭什么主义，西北军是不会跟南京走的。蒋介石已经算好了一笔账，如果冯玉祥独当一面，让宁方能有时机打击汉方的话，从七月起每月可接济他军费二百五十万。

冯玉祥对这个数字非常满意，态度越发坚定起来。二十一日，会议向外界正式发出了两个通电：

一是蒋冯联合声明："我总理致力国民革命四十年，以求中国之平等自由……乃满清遗毒未除，帝制变形之军阀遂起……我国民革命军，爰继续总理之遗志，应民众之要求，誓师北伐。中正、玉祥偕吾同胞，转战数万里，前兹猖獗一时之军阀，已次第崩摧……兹当会师鲁、豫，更益进行之际，谨摅诚悃，为海内外告：中正、玉祥与数十万将士，为三民主义而奋斗。凡百诱惑在所不顾，凡百艰险在所不避，凡百牺牲在所不惮……武力为民众之武力，成功即民众之成功。惟我同胞同志，实共鉴之。"

二是由"清共"的积极推进者——吴稚晖起草的冯玉祥个人通电，这份名为《劝汪谭诸氏速决大计》的通电，主旨是要汉方加紧"清党"并驱逐俄国人。通电说："前在郑州与诸兄分途晤谈，综合意见……前方苦战奋斗之将士，力不能保护其在乡之父兄……补救之方：鲍顾问既经解职，亟宜设法使鲍归国。在武汉之国民政府委员，除愿出洋暂资休息者外，余均可合而为一等语……而宁方同志闻之，无不悲喜交集，一致欢迎……值此风雨飘摇之际，千钧一发之秋，既异地而同心，应通力而合作……诸同志苟一念及先总理在天之灵及武装同志历来作战死者未埋，残者伤者未愈，以及北方民众日呻吟宛转于奉鲁军阀铁蹄之下，必须集合吾党全力，一致对外……孟潇（唐生智）努力革命，祈调集所部于郑州，以与玉祥所部将士，协力北伐……"

会议达成了合作作战方略：第一步先肃清革命军境内之敌，如赶走鄂西的杨森、吴佩孚等（因杨森与吴佩孚勾搭，使得蒋介石既要像利用夏斗寅一样利用他，但也要打压他，不能让他出川）。第二步北伐，津浦线以靳云鹗，陈调元为主力，京汉线以冯玉祥为主力，同时动员山西的阎锡山、商震出战（阎在月初已自任国民革命军北方总司令，悬挂青天白日旗），与京汉，津浦两路会师。

对于这样的结果，蒋介石是满意的。二十一日下午一时半，冯玉祥向蒋介石等辞行返回开封。蒋介石握着冯玉祥的手说："祈盼大哥马到成功。"

冯玉祥也郑重地说："如果汉方不肯合作，玉祥决不会袖手旁观，随时抽出兵力以援兄弟之需。"

蒋介石感激地说："一言为定！"

"一言为定！"冯玉祥的声音斩钉截铁。

在与李宗仁、白崇禧商量后，二十三日，蒋介石下达肃清鲁南要害的作战令，对日照、临沂、临城、台儿庄、枣庄、金乡等地实施攻击，同时命令刘峙的二师、卫立煌的第十四师、陈诚的第二十一师南撤，以应付长江上游汉方的军事。这三个师全属何应钦的第一军，是蒋介石的嫡系。

布置完毕后，蒋介石立即赶回南京参加已开幕的中央财政会议，这个会议对于桂、闽、浙、皖、粤、苏六省的税收划分有非常重大的意义。蒋介石答应二十五日到会讲话。

而冯玉祥则根据徐州会议精神，立刻开始"清共"，此事是他不得已而为之的事。

十三年（1924 年）苏联在《北京协定》中表示，不在中国传播共产主义思想，可实际并非如此。张作霖抓捕李大钊时搜查到大量文件，证明苏联正在阴谋"赤化"中国，引起了各国公愤。冯玉祥琢磨，需要赶快撇清与苏联的关系，加之"清党"可快速与蒋汪结盟，可谓一举三得。

他把在西北军中工作的共产党员，和他管辖地区内的地方共产党干部集中到郑州开会。宴请了这二百四十多人后，宣布说："你们到我这里帮忙，你们要反蒋，我是不干的，我要和蒋先生合作反张作霖，在我的军队里穿二尺半的不能反蒋，你们要反，愿意到哪里就去哪里吧。"

然后发给川资，科长以上每人一百元，其余每人五十元。这其中包括孙良诚、孙连仲、马鸿逵、石友三等部的政治部主任宣侠父、陶新畲、刘志丹、方廷桢。还包括西安中山军事学校政治处长邓希贤（邓小平）、总司令部警卫师师长史可群等。

随后，冯玉祥用一列闷罐车皮，将这二百四十多人往南送出三百多里，拉到大别山与桐柏山之间的重要隘口武胜关外，请他们下车。后来，这批人中大多数继续往南去了武汉，其中包括刘伯坚、邓希贤。

在被遣散的这批人中，官最大的是刘伯坚，时任国民联军政治部副主任。一年前，冯玉祥在苏联考察求援时，正在莫斯科东方劳动大学的共产党员刘伯坚参加接待，并受冯玉祥邀请到国民联军任职。蒋冯合流时，他刚结婚两个多月，所以冯玉祥对他特别关照，给了一千元。八年后（1935 年 3 月），刘伯坚在江西赣南中弹被国民党俘虏，就义前写下了著名的诗歌《带镣行》：“带镣长街行，志气愈轩昂；拼作阶下囚，工农齐解放。”

七月二十八日，被汪精卫解职的鲍罗廷到达郑州。冯玉祥已接到汪的密电：扣留并枪毙鲍罗廷等人。冯玉祥乐了，你汪兆铭在使借刀杀人计啊！为给自己留条后路，冯特意要鲍罗廷回俄后说明自己与蒋介石合作的原因，毕竟苏俄曾为他提供过总额上亿卢布的支持。七月三十日，冯玉祥派专列送鲍罗廷一行从郑州至西安，并再往前，直到铁路尽头，使这位带着巨大失落的俄国顾问经蒙古安全返回苏俄。

六月二十二日召开的南京中央财政会议对蒋介石来讲极为重要。北伐之初，军费开支全靠广东，由宋子文主持财政维持，蒋的妹夫竺芝珊还去当过广州佛山的筹饷委员。南京政府成立后，宋子文尚在摇摆，蒋介石必须从依靠江浙财阀的临时做法中尽快转向长期稳定的财政控制。他明白，打仗不能只靠赞助和借贷，更不能增大货币发行，而应该从现有的通货中分离出军费，分离的主要手段就是：税收！

他请国民党元老古应芬出任南京政府代财长，古氏曾在国民政府财长廖仲恺被暗杀逝世后，兼署过财长。经验老道的古应芬上任之初，立刻拟就了国家地方收支划分暂行标准，确定了中央与各省的财政关系。

经过三天商讨，会议将应收税目暂定为三十四项，其中盐务税、关税、烟酒税、所得税、交易税等十八项税目属于国家收入；田赋、契税、屠宰税、渔业税、营业税等十六项税目属于地方收入。

纳入国家支出的项目有中央党务费、陆海军航空费、外交费等十九项；地方支出的项目有地方党务费、公安及警察费、地方教育费等十四项。

会议编制了《划分国家地方收入暂行标准》、《划分国家地方支出暂行标准》。会议决定自七月一日起，卷烟征税百分之五十；从八月一日起实行关税自主。

这一切，为日后宋子文接任财长打下了良好基础，也为随后蒋介石从军政到训政、国家经济进入“黄金十年”做好了准备。当然，把持国库的重任还是要由自己人担着，蒋决定派亲妹夫竺芝珊出任国库主任（此人16岁就到蒋介石家的玉泰盐铺学生意，后被蒋母看中，做了蒋家女婿）。

二十五日，刚从徐州返宁的蒋介石莅临会议，发表了二千六百多字的讲话。他首先热情洋溢又不无担忧地说：

“今天我同各位相见，非常快活……各位都明白，无论军事政治是离不了经济的运用……国民政府迁到南京以后，第一要紧的就是要统一财政……现在还有因习惯的关系，财政机关被军人把持着的。以致政府委了征收人员，被人拒绝到任……

我敢对各位讲一句：如果各省的军队，还有这种病根，像总理做大元帅的时候，各军把持财政，政府收入丝毫没有，反要仰给予各军，使政府变为各军的赘疣，这是万万不能允许的。”

接着，他讲了建设与军费的关系问题：“有许多人说，人民负担这样重，而建设毫无，得不到一点利益。这是什么原故？这是因为革命期间北伐费用正急，实在是谈不到建设……各位也可以作进一步想，因为我们现在多出一个钱，就是换取将来更有希望的建设。所以不论负担如何重大，只好忍耐下去。今日的苦痛，决有偿还的一天。换句话说，就是将来快乐的代价。”

他给大家算账并提要求：“我刚到南京的时候，就和军需处长说，今年非有一万万八千万的收入，不能过去……款子仍要由各省来筹划……在革命期间，决不可以用呆板的方法来办理……只要大公无私，尽忠职守，什么都可以不顾的。”

蒋介石最后说：“希望各位能把财政会议的议决案切实做到，任劳任怨，不避谤毁，造成一个廉洁政府。”

蒋介石与同僚们都清楚，税收是需要时间的，还必须同时采取募捐与集资的方式来暂时解决南京政府襁褓中的财政问题。一个月前已经采取了极端的募捐方式，以“奸商并曾资助军阀”的罪名逮捕了棉纱面粉大王荣宗敬，拿到了二十五万银元的捐款；绑架了先施公司经理欧炳光的三岁儿子，拿到五十万银元的捐款。还以“反革命罪”逮捕了不少资本家商人，效果都不错。现在凭空每月要付给冯玉祥二百五十万，必须赶快动员集资。蒋介石还意识到经过多年军阀混战，所有人都希望国家走向稳定，银行家更是如此。所以发行国库券和公债的集资手段均由金融界先行垫款，以快速取得效果。

英国驻上海总领事巴尔敦爵士在一份报告中说，在六月份的最后两个星期，上海出现一次大规模的集资活动，他推测这正是为了资助冯玉祥。

财政会议尚未落幕，便传来汉方决计东下的消息，蒋介石立刻命令派兵赴安庆抵御。此时，踌躇满志的他甚至预感消灭汉方的时机已经到来。他一面维持北伐，一面思量如何给汉方致命一击。此时的蒋介石在一般民众看来依旧是呼风唤雨，上海的国民党员们正在筹备举行第二次欢迎蒋总司令大会，以及庆祝蒋介石就任北伐军总司令纪念大会。七月六日上午八时，他在闸北冒着滂沱大雨检阅了二十六军驻沪全体官兵，在训话中对二十六军在“清党”运动中的作为大为嘉许，要求“全体将士要保护今日之光荣，来完成国民革民”。同时号召“不怕死、不贪财、爱国家、爱百姓”。他还明确指出：“要打倒共产党，实现三民主义”，他解释说“共产党不打倒，国民党不能健存，三民主义不能实现……”

五号晚上，蒋介石还在外交大楼以“一杯淡酒、一盏清汤、一碟点心”宴请了包括虞洽卿在内的二百多沪上官商界重要人物。明为感谢请教，实则表示“清共”也是为了保护上海的商家。在随后的张静江、黄郛的讲话中，则重点呼吁商家购买政府期票，以助蒋总司令完成孙总理遗愿。此刻的沪上，到处是“蒋总司令万岁”的口号。

但是，精明的蒋介石忽略了正与他紧密合作的桂系，不知风云就要突变。

李宗仁、白崇禧把此前发生的一切都看在眼里，二人白手起家拿下广西，不是凭运气就能拿到的，桂系从来就绝非甘于做臣子。他们见南京政府成立后，好像没他们什么事了，当蒋与冯联手，桂系更觉得自身不安全，便谋划如何替代羽翼并不十分丰满的蒋介石。

关于两人的默契，坊间有个谜语，谜面是：“是文人又是武人，是今人又是古人，是一人又是两人，是两人又是一人。”谜底便是“李白”——李宗仁、白崇禧。短短一年北伐，桂系在战场上由一个军发展成三个军，兵力超过了蒋介石的嫡系第一军，而且以“钢军”自居，战斗力也实际超过蒋的学生军。

当北伐军在执行“肃清鲁南要害”的作战令，进攻临沂时久攻不下，蒋介石开始改变作战计划。先让第一军邓振铨、顾祝同的部队南调，叶开鑫的四十四军接防。接着又以汉军东下为由，命令进攻鲁南的北伐军由攻势转为守势。这些战场上的改变，使李宗仁、白崇禧政变的机会悄然而至。

当蒋介石与李宗仁商量如何能西拒唐张、北守鲁南时，李宗仁小心地说出心中酝酿已久的打算。他知道，这个打算一定一定不能让老蒋看出破绽。

他说："要想对付武汉精锐，我军亦应在安庆、芜湖之间以精锐之师迎头堵截，建议将第七军自前方调回。"讲到此，李宗仁悄悄看了看蒋介石，见他面无反应，便接着说："但如果抽回已深入鲁南的第七军，北军势必会反攻，四战之地的徐州无险可守。不得已时只能放弃徐州，等解决武汉方面的问题后，再作北进打算。"

不知是出于何种目的，蒋介石居然没看出桂系的背后用意，同意了李宗仁的意见。点头说："德邻，我同意第七军回师，但徐州不能放弃。从军事上分析，我们可以壮士断腕，但你考虑没有，如果主动放弃徐州，不仅助长奉军的气焰，还会给北伐军内部的士气带来很不好的影响。"

两人最后商定，桂系第七军回师，部置在南京以西的安庆、芜湖一带，守徐州的任务交给北伐名将王天培。

而在此前，蒋介石已就如何抵抗汉军给总参谋长朱绍良发去一封详细的作战部署电报，要求他速与何应钦详细商量并制定具体计划。

在这封电报中，蒋介石提出了八条应该注意的细节，比如，应如何对付沿长江东下的唐生智、程潜："程潜入浙部队，不知与入皖南张部（张发奎）齐头否？如系齐头，则张部到徽州，程部可到严州，唐部可到安庆。我军应先以主力击破入浙之程军，而后利用铁道运兵回宁，以对付张部……"他还预设了决战地带，如：南京城附近，芜湖一线，安庆、徽州、严州一线。他很看重安庆，认为："如安庆不破，则江南逆军，即不敢轻进。而我军应付，乃有余裕矣。"他不忘保存自己的实力，要求以第一军为总预备队，并特别要求朱绍良与何应钦专门研究交通、给养等作战问题。

而这些问题，原本应该是由前线指挥官根据战场变化而决定如何处置，蒋介石的这种身在后方，却深入一线指挥的习惯，成为他在战场上最终败给共产党的关键因素之一。

蒋介石密切注视摇摇欲坠的武汉方面如何用兵。他认为，汉军出师无名，说什么我蒋中正控制党军，什么人民"只知蒋介石，不知国民党"，那都是屁话，不足以开战。反过来，只要汪精卫容共，就有打击他的理由。

在运筹对汉作战的同时，蒋介石曾于七月十二日给正在兴头上的冯玉祥发去电报：

"冯总司令焕章：电悉。武汉兵力已集中九江，想无悔祸之意，其对兄马电，无效可知；此时彼已进攻，弟不欲发何宣言；如为党国与北伐计，此时兄可否以严正态度，对武汉作最后之忠告；如其不从，则应直取武汉，歼除共党根据，使本党早日统一，以苏全民也。”

电报发出后第三天（七月十四日），便从武汉传来“清党”的消息，显然是汪精卫得到了冯玉祥承诺的结果。

这个结果使蒋介石死死握住的汪精卫亲共的把柄顷刻间无影无踪，反倒让桂系偷着乐。此时，他尚不知更大的危险正在涌动，而且已无声地向他扑来。

桂系主力迅速撤回，听命于白崇禧的周凤岐第二十六军被摆在南京附近。李白二人给唐生智发去电报，指出：“不管长衫佬（蒋介石）赞成与否，我们主张合作。”并开始散布“武汉既已分共，就应该欢迎汪精卫来南京”的信息。

而此时，何应钦的主力远在海州。原先决定撤回的刘峙、卫立煌、陈诚等，回撤缓慢。善于观察且敏感的蒋介石根本没想到，何应钦——他这位出生入死的朋友，此刻也在动摇。

这一切与不久前蒋介石让陈果夫给何应钦发的一道秘密训令有关联。当时命令他指挥第一军第一师、第三师等部队，对桂系在上海地区的部队实行缴械，但第一师、第三师正驻扎上海暂归白崇禧指挥，何应钦拒绝了这么做，并专程到南京面见蒋介石陈述执行这一命令的困难，理由是蒋桂实力相当，一旦动手，恐武汉渔翁得利。

这个消息随后就被李白两人得知，惊出一身冷汗，原本就防着蒋的他们对蒋更加不放心了。

到七月下旬，南京已处在李白的隐形控制之下，而且何应钦还存有靠拢桂系的苗头。

这时，新的南京政府亦不平静，胡汉民从来就不甘心处于党政首脑的虚尊地位。通过北伐以建都南京，他看清了蒋介石“以军治党”的路线，是否能反其道而行之，“以党治军”呢？如果能行，则可实权在握。他开始酝酿党权与军权该如何转换……

尽管武汉国民政府军委决定分三路东征（一路由九江、湖口攻安庆；一路由赣东攻浙江；一路由鄂东攻皖北）的信息已在掌握中；尽管已请张发奎的老上级陈可钰写信劝说张发奎不要东进；尽管吴稚晖等人发出通电，指责汪精卫反蒋完全是出于个人恩怨，有意分裂等；尽管冯玉祥警告武汉，如强行东征他将出兵武汉。但该发生的事，还是发生了。

触发点是直鲁军开始猛烈反攻，徐源泉、许琨的部队七月十九日攻入徐州东北面的临城。而直鲁军敢于进攻的直接原因就是李宗仁南撤。

留守前线的南京北伐军第十军被摆在绵延百里的津浦线上，根本无法抵挡直鲁重兵。北伐名将王天培败下阵来，往南直退到安徽宿州的符离集。

军事和政治上已频显颓势的蒋介石这时才忽然感觉不妙，他急需用一场胜仗来挽回丢失的优势。直鲁军的大举反攻，客观上已造成打一场大仗的环境。

当十九日临城失陷消息传来后，他便立刻召集军事会议，部署以徐州为起点的反攻，以振声威。然而，李宗仁劝阻，并表示部队产生思乡之情，缺乏斗志。显然，桂系不愿将南撤部队再挥师北进。

蒋介石倔犟固执的性格再度显现，心道：你李德邻不是居功自傲吗？你们不是想看我蒋中正的笑话吗？我打给你们看。他说："自立之道，乃由剥而复，事在人为，察往知来，理有可信。克复徐州是北伐的职责所在，决不能放弃。"

不知蒋介石出于何种考虑，也许是整个七月一切都很顺，自己就职一周年纪念、北伐一周年纪念、国民政府军事委员会成立等，似乎全体党员都敬重他，他居然果断地把南京的军政大权交由李宗仁代为主持，自带第一军的一个师奔赴前线。

当心情不好的蒋介石带着陈诚的二十一师二十五日赶到离徐州300多里的蚌埠时，徐州已在前一天被王天培不战而弃。蒋介石压根儿就不知道，第十军战败的重要的原因居然是：久战疲乏的第十军已数月未发薪饷，被雇佣的官兵多怨声载道，元气大伤。可蒋介石却未欠过军队的粮饷。

到这时，风光无限踌躇满志的蒋介石陷入了进退两难境地。领袖欲极强的汪精卫叫嚣武汉乃正统的国民政府，而且支持他的人很多；而自己在南京已无嫡系部队（他的第一军主力在白崇禧的干扰下，至今也未南撤）；往前打，又无精兵可调。面对困境，他清醒地做了两件事：

第一件事是放手一搏。二十六日下达收复徐州的作战命令，他亲任总指挥，正面攻击徐州。可他的主力除陈诚二十一师外，其余只能依靠原本是北伐劲旅，如今却是屡败屡战的第十军。他要赌白崇禧会不会在战斗打响后，还迟滞不前处于观望，如果白崇禧积极，收复徐州尚有希望。

第二件事是请已到南京任中央党部书记长的陈布雷准备辞职宣言。他想出"引退让贤，促成宁汉团结"的招，这也是蒋介石在急要关头为自己准备的一条后路。

二十七日，蒋介石给王天培发电报："王总指挥天培：贵军须照作战命令进行，不得推诿。吾兄素称壮者，岂可自馁。否则革命精神一失，何以对总理而报党国，请兄以后勿再作怯弱之辞。革命党员贵在百折不回，临危受命，勿存苟免之心也……”

然而，一切都晚了，失去了后方的蒋介石，注定无法打赢这一仗。十七天后，他开始了平生第一次被逼下野的生活。

第十章
军事暴动 神龙见首

由周恩来、谭平山、叶挺、贺龙等组织的南昌暴动彻底打破了国共在武汉勉强维持着的表面平衡，汪精卫的和平分共顷刻变成武力“清党”，留在武汉转入地下的共产党人时刻都要提防杀身之祸。

然而，起义部队只在南昌停留了两天，8 月 3 日便开始撤出南昌，向东而去。

盛夏武汉，最低气温也有摄氏 30 度。在汉口一幢西式公寓二楼一间闷热的房子里，已成为中共中央实际领导人的瞿秋白正挥汗如雨地紧张翻译一个重要决议案。他是一个人从庐山回到武汉的，临时中央的周恩来、张国焘、李立三、张太雷等都在暴动部队里。原定 7 月 28 日召开的中央紧急会议，推迟到 8 月 7 日，而今天已是 8 月 6 日了，他必须尽快把老毛子罗明纳兹用俄文起草的会议决议案翻译出来。

长期患肺炎病的他，喝了一口放了糖的红茶，又紧张地伏案写作。他爱人杨之华的妹妹杨之英和他们住在一起，她拿把扇子不时进来看看姐夫。瞿秋白笑着对小姨子说：“我是属狗的，但干的却是牛的工作。”

对于几天前在南昌的暴动，瞿秋白很清楚是怎么回事，因此，部队快速撤出南昌他心里多少有数，只是军中的领导不可能赶回武汉开会了。

自从 7 月 12 日中共中央改组成立临时中央后，受共产国际控制的中共中央急速地从右向左转变。指导思想从辅助国民党转向打倒国民党，一致认为挽救时局的办法只有一个：抓枪杆子，暴动，再暴动！于是决定在北伐军第二方面军张发奎的部队中寻找机会。这支部队不仅还存在共产党组织，同时因为被唐生智胁迫，正处游离状态。

南昌暴动从筹备到行动只有短短十几天，周恩来接到指示后 7 月 26 日才离开武汉赶去南昌，选择南昌也是不得已而为之。在军事上，暴动虽集合了两万多人，但大半是无政治认识的部队，而且谁也不能真正指挥谁。因为周恩来与这支队伍中不少军官是朋友，友谊加上协商使暴动获得短暂成功，但因周边有十万之众的敌人，他们不得不快速撤出南昌。但这次暴动，实现了瞿秋白在《中国革命之武装斗争问题》一文中的一个愿望：建立一支“革命的正规军队”。

依靠着共产国际的欣赏而成为中共领袖的瞿秋白边翻译文稿，边思索。文稿内容是全新的思想路线，与此前共产国际要求中共执行的路线完全不同，它除了健全组织结构外，更重要的是要使革命的火焰在全国各地继续燃烧，这与毛泽东的意见不谋而合。

这份中央紧急会议要用的俄文文稿，由顶替罗易来中国工作的罗明纳兹亲自起草。瞿秋白不得不佩服，这个才来中国不久的俄国人对中共的了解那么全面，难怪他被人称为“神童”。

俄文翻译对瞿秋白来讲是手到擒来的事，他的翻译流畅让人觉得不是翻译而原本就是汉语写作的。是他第一个将《国际歌》正式译成汉语，他在20岁时就以《晨报》记者的身份访问过苏联，不仅是第一个访苏的中国记者，而且在克里姆林宫还受到列宁接见。正是与共产国际的关系始终保持良好，鲍罗廷在离开中国的最后时刻，把并不在7月12日改组名单中的瞿秋白提升到中共中央的核心位置。

8月6日晚，中央政治局委员李维汉（又名罗迈）住在瞿秋白家里，从湖南来的他也是这次紧急会议的召集人之一。此刻的李维汉拥有众多湖南籍干部，他知道瞿秋白正在翻译的这个文件的重要性，便不时进来看看。当他看到文件中有“中央特派员下令，撤退围攻长沙的十万农军时”，对瞿秋白说：“这不是事实，根本就没有这回事。”

瞿秋白知道他讲的是“马日事变”后湖南省委柳直荀等人号召十万农军围攻长沙的事。这件事的确是个谜，但文件是罗明纳兹起草的，他无奈地对李维汉说：“罗迈兄，这是国际代表起草的，我们不能改正。”

李维汉没再往下说。看完全部译稿后他说：“毛子是想通过一次中共最高会议来改换路线。”

瞿秋白点点头：“这便算是我们中共自己的觉悟吧。会议安排都妥当了？”

李维汉说：“应该没问题。在鄂的中央委员、候补委员都通知到了，还有湖北省、湖南省的代表。但北方和上海、广东的代表来不及召集，江西的代表已经通知，可他们来不了。”

瞿秋白再问：“安全没问题吧？汪兆铭可杀红了眼呀。”

李维汉说：“保密工作很严，场地四通八达，屋顶露台与邻屋露台都相通，方便疏散。”

瞿秋白若有所思地说：“这次紧急会议如果能顺利，对今后中共的所为恐怕会起转折性的作用啊，再早一点召开就好了。”

几天前就接到会议通知的毛泽东，8 月 7 日一早就过江参加会议。只穿一件汗衫的他，小心地注意四周状况，快速走向开会地点：三教街一栋房子的二楼。

在汉口洞庭街黎黄陂路口，有一条向西南方向分岔的街道叫三教街，有儒教、道教、佛教三教合一的意思。沿街是一排街面楼房，三层楼房清水外墙，红瓦屋顶，在侧面都有露天台阶通向二层，这些略似西班牙风格的建筑群，是档次较高的住宅区。由于三教街介于英租界与法租界之间，有不少外国人在此居住，街面的店铺也多卖高档洋货，是非常热闹闻名的洋街。这里有英商罗惠百货公司、白俄的美谊其西餐厅、万里欧美呢绒店、邦可餐厅等。

毛泽东走过街角的巴公房子不远，便看见了此行目的地，他警惕地从侧面楼梯走上二楼。

二楼有三个大房间，分别是前楼、后楼以及中间的大走廊。当他走进后楼时，看到了几位熟悉的人：瞿秋白、李维汉、彭公达、罗亦农、蔡和森等。在靠窗桌子的左边坐着一个身材高大皮肤雪白满脸严肃的俄国人，毛泽东猜想，这大概就是新的国际代表吧，在桌子的左边坐着消瘦的瞿秋白。

房间靠隔墙一边摆有一张双人床，床上已盘腿坐着几个人，在床和桌子之间摆着一些凳子，也都已坐了人，毛泽东便在床沿上挤着坐下。

几乎一夜未眠的瞿秋白见人已到齐了，便宣布开会。先是介绍到会的人，他说：“今天参加会议的共 21 人，有中央委员 10 人，候补委员 3 人，监察委员 2 人，共青团代表 3 人，地方代表 2 人。与五大选出的委员比未过半数，所以这次会议只能称作中央紧急会议。”当他介绍罗明纳兹时，这位严肃的俄国人自己介绍说：“我叫尼古拉。”

毛泽东已听说这个毛子到汉口后态度异常严厉，主张立即惩罚陈独秀、谭平山、李维汉，认为是他们葬送了中共的大好局面。此时的毛泽东并不知道新的路线是什么样的路线，他很纳闷的是如此重要的会议，为何不见老头子陈独秀呢？

瞿秋白用他那带有常州口音的语言，开始宣读头天晚上才翻完的《告全党党员书》。他像教师在讲课，但说话声音很小，毛泽东需要注意力很集中才能听清他在讲什么。

两万多字的《告全党党员书》分序言、国民革命与阶级斗争、中国共产党与工人运动、中国共产党与土地革命、中国共产党与国民党、共产党员之参加国民政府、武装问题与军队之关系、党的问题与对国际问题、结论，共九个部分。瞿秋白念了很久……

这是毛泽东第一次听到与五大精神完全不同的声音，这个文件通篇都在批评，几乎否定了北伐以来共产党做的所有工作。

报告说："我们党的指导机关却有机会主义的错误，经常动摇和犹豫，在紧要关头总是没有坚决行动的决心……

中央的这种方针，完全与共产国际的指示及决议不符，完全与党员群众工人阶级及革命的农民之斗争不符……

潮流似的工人阶级向着真正工农民权独裁进行，中央却尽力阻止工人运动走上这条革命的道路……

湖南农民暴动，不但惊吓了资产阶级的地主军阀，甚至于惊吓了共产党的指挥者……

中央在农民暴动的关头，表现这样没有斗争的决心，简直等于出卖革命。这是无论如何不能辩护的，的确是我们党历史上的一个污点。"

听到这儿，毛泽东由吃惊转变为释然。吃惊的是会议不是由总书记陈独秀主持，并没有离开武汉的他甚至没参加这次重要的会议，而报告通篇都是在不点名地批评他，其中大量地引用了列宁的论断和共产国际的思想，却没有出现斯大林的名字一次。毛泽东暗忖，斯大林同志高明啊。

毛泽东释然的是他清楚地听到了对中共处理湖南问题的批评，这正说明他的《湖南农民运动考察》报告的正确性。当听瞿秋白念到："谭平山同志上任第一件事实，就要打算'镇压'湖南农民运动，中央对此是赞成的……"时，毛泽东的心动了一下，向全国农协发出的那些训令自己是有份的，但他是迫于中央压力的，他的本意是要把暴动进行到底。

瞿秋白继续念到：“中国共产党对于武汉政府军队及武装工农的问题之观点，也是完全错误的……”“始终没有认真想到武装工农的问题，没有想着武装工农的必要，没有想着造成真正革命的工农军队。”

毛泽东有点兴奋了，这些话简直与自己的观点一模一样啊，它就是自己想说的话。建立武装的工农军队恐怕是共产党要立足的唯一手段，可老头子不听啊，现在南昌暴动的部队正向东走，他们应该是向西走啊，如果部队进入湖南，或许能将正在熄灭的湖南农运之火再次点燃。

这时，从瞿秋白嘴里念出了造成这些错误的根本原因：“这个空前的妥协的机会主义路线，是系于一个总的理论……就是所谓现时必须退让的理论……”

毛泽东的思绪闪回到此前发生的一系列重大事件，开始反思，如果去年的“3·20”中山舰事件共产党不退让，蒋介石还会有今天吗？如果上海的“4·12”事变共产党不退让，南京政府能成立吗？如果“马日事变”共产党不退让，汪精卫还能如现在这般嚣张吗？显然，这些问号都可能变成“不能”。只是他疑惑，所有的退让都是因为鲍罗廷、罗易等人的强硬要求嘛。五大时的党内派系斗争让他烦恼，那些斗争哪一条不是清晰地与莫斯科联系在一起？现在怎么全部成了陈独秀一个人的错？

瞿秋白开始念“结论”部分，毛泽东赶紧收回思绪认真地听。

“共产国际严厉地批评我们的中央客观上出卖革命的机会主义的政策。我们承认这一批评完全是应该的，并且承认共产主义国际执行委员会对于中国问题的政策是对的。”

“必须与工会农会建立密切关系，指导他们，使党的中心工作转移到这方面去。”

“我们要整顿自己的队伍，纠正过去严重的错误，而找着新的道路……”

毛泽东完全同意报告对今后工作的指导性意见，但他没有明白“新的道路”是条什么样的道路。他想，既然是寻找，那就是允许试验。不管怎么说，这样的报告对扭转已在党内弥漫的悲观主义情绪是大有好处的。

念完了《告全党党员书》后，瞿秋白请到会的人员发表意见，时任湖北省委书记的罗亦农首先发言。他用有力的声音说到：“国民党已经腐烂了，不堪一击。”

罗明纳兹听不懂汉语，戏剧性的一幕出现了，罗亦农把自己的发言用俄语翻译给他听，谁知手握共产国际上方宝剑的罗明纳兹并没有给罗亦农面子，立刻斥责说："你这是轻视敌人。"

瞿秋白发表了自己的意见："现在事实已经证明，国民党已与我们分裂了……农民要求暴动，各地还有许多的武装。有这极好的机会，这极多的力量，我们必须要燃着这爆发的火线，造成土地革命……老实不客气的，我们要包办国民革命……"

毛泽东静静地听着发言，现在他知道了，此刻中共中央管事的是瞿秋白、李维汉、罗亦农了。五六个人讲话过后，罗亦农中断发言说："会议时间太长了，应该快点散会。"

瞿秋白征求罗明纳兹的意见后，请大家举手通过《告全党党员书》，然后宣布散会。原定的其他几项议事日程，如政治局及其常委的选举，讨论通过《最近职工运动决议案》、《最近农民斗争决议案》、《党的组织问题决议案》都没有进行，会议仅历时半天就结束了。

走在三教街上的毛泽东还没完全缓过神来，对中央从一个极端走向另一个极端，他很欣喜。此前的中央太软弱，该是以牙还牙的时候了。让他高兴的是蔡和森作为五大选出的中央政治局常委，郑重提议他参加政治局，这对他回湖南工作会方便许多。但此刻的毛泽东心中还是有一丝不解，陈独秀到底怎么了？难道就这么不明不白吗？

毛泽东并不很清楚，在每个关键时刻，如中山舰事件、4·12政变、马日事变后，陈独秀其实都提出过要退出国民党，建立自己的军事力量，而每次都遭到共产国际的严肃批评。他甚至对身边的人发脾气，表示对共产国际的不满："摆什么资格，不要国际帮助，我们也可以独立干革命。"他还强调："革命不能在武汉等死。"然而，中共中央不过是共产国际的一个支部，下级服从上级是原则，此刻中共中央的真实状况是一直被卢布控制着，每月需向莫斯科讨要包括印刷《向导》在内的四位数的活动经费，而莫斯科资助汪精卫的资金却达八位数。陈独秀——这位遵守纪律的革命家、高级知识分子，只能说说、发发牢骚而已。现在，他连发牢骚的机会也没有了。

走出三教街的毛泽东，当然也不知道斯大林同志在"7·14"前的一次谈话中依旧说："现在共产党退出国民党，就是退出战场。"而在5月24日的共产国际执行委员会第八次会议上，斯大林还说："为了保证无产阶级及其政党在国民党内和国民党党外的领导作用，就必须支持武汉国民党，共产党人必须参加武汉国民党及其革命政府。"

当然，当时的中共中央可能没有谁知道，两年前，苏共中央成立了一个直属政治局的"中国委员会"，它是一个内部机构，可却决定着远在万里之外的中共命运。过了几十年后，有中国学者得到这样一组数据：从1923年到1927年的五年中，苏联政治局为讨论中国革命问题共召开122次会议，做出了738个决定，平均两天半一个，这还不包括共产国际执委会对中国做出的无数决议。

中国的共产主义运动精英们就这样被训导着，而当这些训导使得大革命失败时，斯大林却在7月28日的《真理报》上说："中国共产党不善于和利用这一时期的一切可能"。

毛泽东此刻也没想到，他与陈独秀——这个转变他一生的领袖再也没见过面。两年后，这位连续担任了五届中共总书记的安徽人，被他自己创建的中国共产党开除了党籍，此后他一直是共产党口诛笔伐的罪人。但毛泽东没有忘记他，26年后（1953年），作为中华人民共和国开国领袖的毛泽东到安庆视察时，突然提到了陈独秀，并要求当地照顾他唯一幸存的儿子陈松年。从此，陈松年能按月领到36元人民币的生活补助金。又过了6年，在庐山会议上，毛泽东再次提到陈独秀，说："他后来去世，那个责任在我，我没有把他接来。"

8月8日，临时中央正式向南昌暴动前委发信，要求前委分兵一或二团去湘南占据郴、宜、汝一带，组织湘南革命政府。信中告知前委："派泽东克日动身往湘南工作。"

同一天，武汉国民党中央政治委员会正式决议：开除谭平山、林祖涵等人党籍，并革职缉拿讯办。还用中央执行委员会的名义下令：开除毛泽东、夏曦等人的党籍并褫夺现职。

8月9日，已经跟国民党没有任何关系的毛泽东，出席了中共临时中央政治局第一次会议，这时，他已被选为中共中央政治局候补委员了，而且拿到了名义上已通过的几个决议案。看到新的由16人组成的中央领导机构的名单，他才知道，8月7日上午参加会议的21人中，有11人成为政治局委员、候补委员，而他的好朋友蔡和森不在名单之中。

在当天会议上，瞿秋白、苏兆征、李维汉被选为常委，瞿秋白正式主持中央工作。这是毛泽东愿意看到的结果。

毛泽东在这次会议上强调："大家不要只看到一个广东，湖南也很重要。湖南的民众组织比广东还要广大，所缺的是武装。当前处在暴动时期更需要武装。"并再次提到他起草的《湖南运动大纲》时，说："要在湖南形成一师的武装，占据五六县，形成一政治基础，发展全省的土地革命。纵然失败，也不用去广东，而应上山。"他的话是针对已在长沙的共产国际巡视员马耶尔（也有文献称其为：马克夫）的。是这位毛子提出：在湖南组织一师与叶贺部一起打进广东。

罗明纳兹要求改组湖南省委，与毛泽东同为中央政治局候补委员的湘潭老乡彭公达被任命为新的省委书记。而毛泽东受命去湖南传达八七会议精神，同时组织以他为书记的湘南特别委员会。

对于这样的安排，毛泽东并不满意。24岁的彭公达一直是协助他工作的，也是经毛泽东介绍才出任国民党中央农民部农民运动委员会秘书的，现在却变成了他的领导。

不过，毛泽东还是很感谢瞿秋白。尽管中央已明确要派他尽快返回湖南，可在政治局会议开会前，瞿秋白还是抓紧时间征求了他对工作分工的意见，主张他去上海中央机关工作。但此时，在毛泽东的意识中产生了独立运作农民运动的想法，他不想失去千载难逢的回老家组织暴动的机会。便用感谢的腔调说："谢谢瞿老师的关心，我不愿意再去大城市住高楼大厦，愿意到农村去。上山下湖，在山湖之间跟绿林交朋友。"

两人都没有意识到，"八七会议"将带给他们的是什么？毛泽东会后去领导著名的秋收暴动，实现了伟大转折，为日后成为中华人民共和国开国领袖打下坚实基础。而瞿秋白则因为这次会议，8年后招致杀身之祸。

1934年初，为斯大林的"盲动主义"买单横遭贬谪，已在地下流浪多年的瞿秋白，独自被调往江西瑞金苏维埃共和国担任教育部长，而毛泽东这时也正在自己创建的根据地内，被王明领导的中央排挤。他见到瞿秋白这个不适合充当政党领袖的人，只能苦笑，只能尽可能给他一点物质上的帮助。

此时的瞿秋白已无力再赡养自己的父亲了。几年前，他还每月寄30元给父亲，两个弟弟也都靠他维持生活。那时他自己从中共领到的生活费是50元，其他收入来源是给塔斯社写稿的稿酬，到了苏区后一切都停止了。

1934 年 10 月，中央以及红一方面军决定撤出苏区开始长征，瞿秋白要求与中央同行，被拒。毛泽东找有关人员要求让瞿同行，但他的话已完全不顶事，甚至自身难保。告别时，他紧紧握住瞿的手说："瞿老师，保重!"

4 个月后（1935 年 2 月），瞿秋白在福建长汀县被国民党俘虏。又过了 4 个月，他在长汀罗汉岭被国军 36 师宋希濂部枪决。死刑命令是蒋介石亲自下达的，其中一个重要理由是：八七会议后全国暴动不断。国民党认为瞿秋白是动乱的罪魁祸首。

在狱中，瞿秋白用他离开上海时妻子杨之华给他买的黑漆布面的本子写下了著名的《多余的话》。这些本子原本是与妻约好，分开时不能通信，就把要说的话写在本子上，重见时交换着看，可他们再也没有时间见面浪漫一番了。而《多余的话》也在他牺牲后多年还掀起过是非波澜。

瞿秋白被枪毙的那天，他抽着烟，自己选择就义的地方，并提了两个要求：一、不屈膝而死，坐着；二、不能打头。这般大义凛然需要有何等的意志才能做到。

关于八七会议，至今仍有许多的谜。比如，参加会议的人数是 21 人还是 22 人？如果是 22 人，那么多出的那个人就是邓小平，当时他叫邓希贤，而毛泽东又曾明确表示与邓的第一次见面是 1936 年初。

开会地点究竟是在三教街 41 号（今鄱阳街 139 号），还是 35 号（今鄱阳街 123 号）？李维汉回忆讲是在 41 号，今天的八七会议遗址便是 41 号。而曾反复在会议地址出没过的会议参加者郑超麟，一口咬定是在 35 号。

会期是半天还是一天？如果是半天，等瞿秋白念完 2.3 万字的《告全党党员书》就应该花了三个多小时（他在中共六大上做了七万字的报告，用时九小时），则根本没有时间再通过决议和选举。

毛泽东在会上是否作长篇发言？今天人们熟知的"须知政权是由枪杆子中取得的"经典论断很可能是毛泽东在中共临时中央政治局第一次会议的发言。

八七会议的记录是现场记的还是后来补的？郑超麟说现场根本没有记录，但确有"八七会议记录"的手稿存在，有文献指出手稿是后补的。

但不管怎么说，这次会议成为毛泽东一生的转折点，他终于得到一个独立组织暴动的机会。这个机会对他来说好比龙困浅滩，今归大海。他属蛇，小龙也。

毛泽东与彭公达分开回湖南，他是在8月12日一个人秘密潜回长沙，住进了杨开慧父亲留在长沙第一师范学校附近天鹅塘的住所“板仓杨寓”。在这里，见到了陈独秀任命的湖南省委代书记易礼容，传达了中央已决定改组湖南省委，由彭公达接任的精神。

从易礼容嘴里，他知道了一件关于陈独秀的事。8月4日，两个共产国际的代表从武汉到长沙，找易礼容、夏明翰等去长沙苏联领事馆开了一晚上会，要湖南省委签字打倒陈独秀。蒙在鼓里的易礼容莫明其妙，不同意签字，而是向苏俄代表要求发2万支枪，拨20万元给湖南，这个要求未被答应。会议不欢而散。

易礼容是毛泽东在长沙创建新民学会时的小老弟，他的话不会有错。这正说明，共产国际要除掉陈独秀是有备而来的，毛泽东不解老毛子为何要翻手为云覆手为雨？

从易礼容嘴里听到的另外消息，让他顿时没了主意。易礼容告诉他：如今在湖南根本不可能组织起什么暴动。四分之三的党员都被杀了，剩下的躲的躲，逃的逃，而且农民也分不清北伐军与共产党的关系了，南昌暴动的部队未见踪影。如此这般，原先湘南暴动的想法则变成了水中月。

善于知不可为而为之的毛泽东当即决定先不与彭公达等人联系，而是下乡做调查，看看到底有没有可能搞暴动。有着强大自信的毛泽东坚信会找到暴动的机会，这样的机会对他来说，太重要。

此刻，半个中国都处在战争动乱之中。在安徽、江苏、河南一线，南北军队对抗正酣。津浦线上，蒋介石刚与直鲁军大战一场，被逼下野，就在毛泽东潜回长沙的那天，蒋宣布辞去北伐军总司令职务；京汉线上，冯玉祥正积极联络阎锡山共同讨伐奉军；在两湖，唐生智正布置东征南京；在江西，朱培德和张发奎的部队在追击参加南昌暴动的叶贺部队；被打败了的五省联军首领孙传芳正想卷土重来偷袭南京；云南也在内讧。加上日本人对山东的虎视眈眈……

“天下大乱而达天下大治”是一个历史秘诀，审时度势的毛泽东单从报纸新闻中便能分析出机遇的大小，他苦于手中无兵。12日到长沙后便从报上得知叶贺部队在江西临川，如果他们折回往西南走约1000多里，便是预想中的湘南暴动地——郴州啊。

毛泽东决定等几天，看看部队到底会往哪里开进，看看叶贺是否会按武汉临时中央的决定办——分出两个团到湖南。

他悄悄出城，沿着从长沙通往岳阳的古道，一路向北，来到平江、湘阴、长沙县三县交界的清泰乡板仓，这里是他堂客杨开慧的故乡。今天，在湖南境内的京珠高速出长沙不远，便有个出口叫“开慧收费站”，此地距长沙140余里。

在板仓杨家下屋，住着一个月前从武汉返回的杨开慧以及孩子们，这是毛泽东的牵挂。小儿子岸龙四个多月了，真想他们。

杨开慧家是一栋坐西朝东的房子，周围有茂密的竹林，毛泽东第一次到开慧娘家还是1920年冬。到达板仓时天已暗下，对此地很熟悉的他，悄悄来到杨家。

杨开慧一见到丈夫，立刻扑进他怀里。两人从同居、结婚到现在，很少有如此长的分别，这次分别又是在紧急状态下进行的，彼此都不知是祸是福，也无音讯。

在毛泽东怀里杨开慧放心地说：“润之，你终于平安到家了。”她像是想起什么，忙吩咐孙嫂做吃的。

毛泽东笑着说：“给我煮碗米面，多放辣子哦。”

两人来到床边，三个孩子都已睡了。看着摇篮里熟睡的岸龙，毛泽东轻轻说：“你辛苦啰，三个伢子，不容易。”

杨开慧看着毛泽东，说：“你知道，我除了是为母亲而生，还是为你而生的，只要你在我身边，我便不辛苦。”

毛泽东忙岔开话题，因为两人曾为1921年的那次分别闹过别扭。他问：“周文楠还好吧？”

杨开慧告诉他：“润菊和我们几个到长沙后，都住在松桂园文楠娘家，文楠妈妈很热情。住了几天我便带伢子回板仓了，润菊说要回韶山，估计文楠下个月初生产。”

毛泽东点点头说：“都平安就好哇。汉口、武昌已是白色恐怖呀，何健的部队见共产党就杀，人人提心吊胆。一个礼拜前，中央召开了紧急会议，老头子（陈独秀）完全不掌权了，瞿老师是常委主持中央工作，我被选为政治局候补委员，这次回来就是贯彻紧急会议精神的。”

杨开慧欣慰地说：“你又回中央了。”

毛泽东苦笑一下：“是蔡润寰向毛子推荐的，瞿老师也同意。但不知为什么，他们没有让我当湖南省委书记，可能还是因为怕我是老头子的人吧。”

杨开慧说：“可你并不同意老头子的观点啊。”

毛泽东无奈地摇摇头：“可在苏俄代表的眼里，我总是陈独秀提拔过的人。”

杨开慧问：“谁是省委书记?”

毛泽东看了她一眼，说：“彭公达。”

杨开慧再问：“是那个广州农讲所做支部书记的彭公达？他不是协助你工作的嘛。”

毛泽东笑笑：“彼一时此一时。省委原定15号在长沙开会，我晚两天再去。”

杨开慧从心底里不愿意让毛泽东离开她，但还是问：“为什么要晚两天?”

毛泽东想了想说：“我们这次回来，主要是传达中央紧急会议精神和改组省委，而我的主要任务是领导湖南的秋收暴动，原本是想配合南昌暴动后的叶贺部队在湘南搞割据。昨天和易礼容见面，他告诉我在湘南搞暴动不可能，没有兵啊。而叶贺部队正在往东走，他们是想去广东，原先说好从部队中分出一支来湖南，可冒得音讯，在这种情况下，省委召开会议就意义不大。让彭公达先做着，我呢，一来等等叶贺部队的消息，二来看看你和伢子，三来可以在这里再做一些调查，看看湖南农村的真实情况如何。”

杨开慧笑了：“原来你是一举三得呀。好，明天我就去给你找人调查。”

孙嫂从厨房端来一大碗热气腾腾的米面，雪白的面条上是一层红红的辣椒。毛泽东一看，立刻小声而兴奋地说：“过瘾！过瘾！”然后大口吃了起来。

此后一连三天，毛泽东在板仓找人调查，重点还是土地问题。他分别与农民、手工业者（篾匠）、乡村教师谈话，得到的结果是：农民要求没收一切土地，如果搞土地革命，就一定要全盘解决土地问题，不能像半年前那样看似轰轰烈烈，实际什么也没做。

从调查情况看，湖南的局面远非毛泽东在武汉所想，易礼容的话是对的，三湘大地已经没有可以参加暴动的武装力量，而且从这几天的报上，毛泽东看到参加南昌暴动的第十一军副军长兼第十师师长蔡廷锴已带领全师出走，成建制地脱离了暴动队伍。毛泽东心痛地自言自语道：“5000多正规军啊。”

叶贺部队离开临川一路向南，往宜黄、南丰而去。毛泽东急切地思考，部队到湖南的可能性基本没有了，该如何办?

这个时候，毛泽东知道在江西吉安有座名为金刚山的大山，却不知道“金刚山”其实叫“井冈山”，而正领导叶贺军的周恩来、谭平山等人更不知道井冈山。当部队到达会昌时，往西约600里的地方就是重峦叠翠的巍巍井冈山，如果周恩来把队伍带进罗霄山脉中段的井冈山，中国的历史恐怕将重新改写，然而，周恩来等人想都没想过要进山，因为那与共产国际的精神不符。

历史在1927年给了周恩来两次机会：一是他领导的第三次上海工人起义成功地占领上海；二是南昌暴动，两万多正规部队，也成功占领了南昌。但遗憾的是都快速地以失败告终。

而历史在1927年只给了毛泽东一次机会。他在秋收暴动后失败的关键时刻带着600多名幸存者遁入井冈山，开始了他“深入革命”的试点：武装割据。结果，大获成功。

毛泽东与杨开慧于8月17日悄悄返回了长沙，依旧住在天鹅塘“板仓杨寓”。他在13日离开长沙之前，要罗哲的姨子曹咏娥出面租了长沙北门外喜鹊桥的一套房子——沈家大屋。这里是市郊，有较强的隐蔽性。

罗哲是株洲人，在北京俄文政法学校读过书，后到广州农讲所当教员。毛泽东在武汉筹备全国农协时想到他，他便与妻子曹云芳到了武昌，并一度住在都府堤41号。罗哲比毛泽东小9岁，是个靠得住的年轻人。

毛泽东准备将沈家大屋作为他筹备起义的据点，并由罗哲负责暴动所需的武器筹备，同时要求弟弟毛泽民在韶山筹集经费。毛泽东没打算向毛子伸手，愿给多少就多少，他的终极目标就是一个：拉起队伍闹革命。

这时，湖南新省委已在头一天成立，他被选为省委委员，而且新任省委书记彭公达对他有抱怨，因为事先约定8月13日在长沙见面，15日召集会议。可到了15日，该开会的人都到了苏俄驻长沙领事馆，独不见毛泽东，而毛泽东又是中央指派回湖南传达八七会议精神的特派员，所以彭公达在与苏俄驻长沙领事、共产国际代表马耶尔商量后决定将会议改到第二天。

8月16日，在彭公达的主持下，湖南省委扩大会如期举行，马耶尔参加了会议。彭公达向会议报告了中央决定改组湖南省委的原因——原书记易礼容在土地问题上与中央的政策相冲突。

简要传达了八七会议精神后，开始选举。根据共产国际规定，新省委由九人组成，九人的身份规定是：三人为工农分子，三人为工农领袖，三人为真正能争斗的人。并指定彭公达为书记，毛泽东、易礼容、夏明翰、毛福轩等被选为委员。这些人几乎都跟毛泽东的关系密切，不是部下就是多年的合作者，在这个班子里，毛泽东实际成了有权威的重要人物。

回到长沙的当天，毛泽东与彭公达、易礼容等联络，决定第二天在沈家大屋举行中共湖南省委会议，传达讨论贯彻八七会议确定的新路线。

第二天的会议马耶尔迟到了。胸有成竹的毛泽东没有等他，而是让彭公达宣布开会。

对于党的新路线，毛泽东已有一本账。8月3日通过的《中共中央关于湘鄂粤赣四省农民秋收暴动大纲》明确指出了暴动的原因和目的，原因是："这次抗租抗税的暴动是土地革命急剧发展之新阶段。"目的是："宣布农会为当地政府"，"除夺取乡村政权外，于可能的范围应夺取县政权"。大纲已引用了他起草的《湘南运动大纲》，如："准备于不久时期内，在湘南计划一湘南政府"就是他的设想。

中央在讨论两湖暴动计划时，强调更多的是实行土地革命。指出："暴动为实行彻底的土地革命，即没收大中地主的土地，杀尽土豪劣绅及一切反动派与没收其财产。"同时规定了暴动主体是"真正的农民的群众力量"。"军队与土匪不过是农民革命的一种副力"。对土匪问题，中央也有明确指示："对于土匪的政策，应当以我们的口号去宣传他们、组织他们于农民协会之下，或革命委员会之下，使他们在暴动时成为一部分重要的副的力量，在暴动成功之后予以改编。"

毛泽东将有关"土匪问题"的指示牢记在心，一个多月后：这条指示成为他遁入井冈山的重要理由。

中央确定的关于暴动的统一口号主要有："暴动杀尽豪绅反动的大地主!""暴动为死难的民众复仇!""暴动抗租抗税抗粮抗捐!""暴动实行一切政权归农民协会"……但后来，有的地方把这些口号演变成了："杀！杀！杀！烧！烧！烧!"

对于暴动的口号，毛泽东也觉得是可行的。在他这个阶段的思想中已没有了中间层次，极端——或许真是挽救目前劣势的唯一办法，而统一的口号往往能言简意赅地表达发动者的观点，这对于广大的处于文盲状态下的中国农民行之有效。农民不需要大道理，他们需要的是能一语中的简单诉求，例如："打土豪分田地"，但这其中又隐含着政治经济学。

在毛泽东看来，中央指示的大方向没错，可制定方案的人从没在真正的农村待过，细节上还有不少问题。就湖南而言，大地主少小地主多，若只没收大地主的土地，则根本不可能在农村中铺开土地革命，因为不能满足农民对土地需求。另外，中央口口声声讲依靠农民的群众力量搞暴动，这在半年前或许行得通，经过“马日事变”，已不可能了，现在找不到有武装的农民了。那些所谓的苏俄专家坐在万千里之外的房子里胡乱一想，竟认为两湖的农民运动还处在高潮之中，简直胡扯，没有军队的协助，想组织暴动几乎没有可能。还有，夺取乡村政权与土地革命的问题谁重谁轻？

所以，会议在传达了八七会议的几个决议案后，毛泽东请大家讨论有关土地革命的问题以及秋收暴动该如何搞，他想从大家的讨论中得到可行的意见。虽然他已胸有成竹，虽然他知道在座各位委员都在等他一锤定音，虽然他仅仅是省委委员，但以他的权威，应该能左右会议。但他觉得借用别人与他一致的意见来做出决定效果会更好，于是，他认真地听着委员们的发言，不时点头表示同意。

大家的意见与毛泽东的想法不谋而合，主要是：湘南暴动时机已过。唐生智的主力正在从湘中调往湘南，现时不可能在那里发动农民；中央强调全省暴动，而长沙才是全省的中心，应该趁长沙空虚，在以长沙为中心的湘中举行暴动；南昌暴动的军队去向不明，没有军队搞不了暴动；既然暴动是场土地革命，但按中央现行的策略，即使暴动成功了，也不可能完成土地革命，因为大地主太少，没收他们的土地不够分。

彭公达——这位刚上任的年轻省委书记面对这么多意见，顿时没了主意，可他从心底不想做违背中央的决定。他看了毛泽东一眼说：“《湘南暴动大纲》是泽东兄在武汉亲自制定的，中央临时政治局讨论一致通过。各位，这是中央的决议，我们要做的不是反对它，而是讨论该如何贯彻执行。”

他话音刚落，就有人顶了一句：“中央也要看我们湖南的实际情况嘛。”

彭公达刚要指责，毛泽东抓住时机开口了，他吸了一口烟说道：“我很同意诸位的分析。湖南的实际情况发生了很大变化，远非我在武汉时所想。”他首先对自己写的《湘南暴动大纲》进行了新的解释，这样既堵住了彭公达的嘴，又与大家站在了一边。

他接着说：“把秋暴的发动点放在湘南已没有可能，实际情况也不允许我们这样做。我们要根据形势的变化，寻找敌人的薄弱处、要害处。现在湖南的要害处、薄弱处在哪里？就是诸位讲的以长沙为中心的湘中，这对于夺取全省暴动胜利至关重要，我赞成把发动点放在湘中。”

彭公达忙问：“那湘南暴动计划呢？”

毛泽东看了看这位比他小十岁的省委书记，笑笑说：“那就只好割爱啰。”毛泽东继续对大家说：“要发动暴动，单靠农民的力量是不行的。我们党从前的错误就是忽视了军事，现在应用百分之六十的精力注意军事运动，湘中暴动至少要有一两团兵力，否则终归失败。再有，国民党这块招牌不能打了，他们已经变成了军阀党，在群众中比狗屎还要臭，此次暴动，我建议打出我们共产党的旗号。”

毛泽东的发言立刻得到易礼容、夏明翰等人热烈的支持。

彭公达左右为难了，中央明明是要在湘南暴动以带动全省，现在变得要在省城干了；中央讲要打国民党左派的旗号，现在却要打共产党旗号。这怎么办？毛泽东不去湘南，他无一点办法，正在琢磨时，马耶尔赶到了。

谁知马耶尔在听了会议意见后，鼓动说：“夺取长沙，中央也有这个意思。共产国际主张在中国立刻实行工农兵苏维埃，如果这次能夺取长沙，就是十月革命在中国的重演。”

马耶尔的话，让原本左右为难的彭公达变得十分为难。他不能同意湖南的决定与中央的决议不一致，于是求大家：“不行啊，我们不能改变中央的决议”。

毛泽东再次猛吸一口烟后说：“那就举手吧。”这是杀手锏，他知道，只要一举手，赞成他意见的人肯定是多数。

彭公达绝望了，表示：“好吧，少数服从多数。”

毛泽东没有就此停下，接着说：“暴动区域必须缩小。如果笼统在全省铺开，就可能无法集中优势，那就恐怕连湘中暴动的计划也不能实现。”

会议最后形成了毛泽东想要的决定：

1. 暴动区域：制造湘中四围各县暴动，湘潭、宁乡、醴陵、浏阳、平江、安源、岳州等七县同时暴动，夺取长沙；

2. 暴动力量：以工农为主力，调陈烈、李隆光两团作为长沙暴动的发火药；

3. 暴动旗号：以共产党的名义号召暴动，放弃国民党的招牌；

4. 暴动目的：建立革命委员会。

彭公达勉强接受这些决定后，又不想让中央生气，19 日他在以“向彩霞”的代号给中央的汇报中加了两个方面的内容：一是解释湘中暴动并不是放弃湘南，而是怕力量分散了，恐连湘中暴动计划也不能实现。但已令有组织的各县落实湘南暴动原有计划，长沙暴动开始，各县随之同时发动。

这个解释，明显表示出了无奈，所以彭公达说了第二个内容，他在有关暴动区域后面进行了附注："缩小范围的暴动计划，泽东持之最坚，礼容、明翰等均赞同其说。其时仅公达一人主张湖南全省暴动，并要泽东即去湘南。当时因想在长沙即刻举行一个暴动，于是没有坚持下去。"

19日，毛泽东在沈家大屋接待从韶山来的五位农民，又详细计算了该如何划分土地才能满足农民的需求。经过反复核算，他们拟出了一个"土地纲领"草案数条，主要内容是：没收一切土地，包括小地主、自耕农的土地，重新分配；如一地区人口多于土地，则将多出的人口移于人口少于土地的地区；土地没收后，对地主家属的安置，要有一个能安定民心的办法。

毛泽东立刻把这个草案拿到正在开会的会场讨论，但这个草案太复杂没有被通过，被要求征询更多的意见，再由中央决定。

但毛泽东的心中比谁都清楚，此刻所有的讨论都是空中楼阁，因为，没有谁知道该如何启动秋暴。人在哪里？枪在哪里？经费在哪里？一切实的东西都还没有显现。

背水一战的毛泽东，已并不太在乎武汉临时中央的意见了，他不想再走回头路，只想按照中央制定的大方向，走自己的路，并认为这才应该是现时正确的选择。

毛泽东召来毛泽民，要他从家里的田产中筹集一些经费以备急需之用，毛泽民表示没问题。有文献指出：毛泽民从韶山挑了一担银元给哥哥搞秋暴。

毛泽东并不知彭公达给中央的报告中有附注，但他在两天会上表示出来的观点和态度，让毛泽东隐约感觉到可能会有问题。湖南省委毕竟改变了中央的决议，自己也从湘南前委员书记，变成了湘中前委员书记，这还是有必要跟瞿老师他们做个解释。于是，他独自以中共湖南省委名义给中共中央写信：

"某同志（马耶尔）来湘道及国际新训令，主张在中国立即实行工农兵苏维埃，闻之距跃三百。中国客观上早已到了一九一七年，但从前总以为这是在一九零五年，这是以前极大的错误。工农兵苏维埃完全与客观环境适合，我们此刻应有决心立即在粤湘鄂赣四省建立工农兵政权……"

他首先表明自己的态度，必须让中央知道毛泽东是拥护中央的。接着解释为什么要提出打红旗的问题：

“因为国际这个新训令，影响到我对国民党的意见，即在工农兵苏维埃时候，我们不应再打国民党的旗子了，我们应高高打出共产党的旗子，以与蒋、冯、阎等军阀所打的国民党旗子相对……”

然后他讲了对土地问题的看法：

“我这回从长沙清泰乡（亲到）湘潭韶山（有农民五人来省）两处乡村的农民调查中，知道湖南的农民对于土地问题一定要全般解决……”

他总结了四条原则，即湖南省委讨论的那四条，期待中央能批准。

此时，在武汉的临时中共中央正着急要撤回上海，他们盼望着来自湖南的报告。按照中央部署，罗亦农领导的湖北省委已积极行动，共分鄂南、鄂北、鄂东、鄂中等六个区组织暴动。鄂南是暴动中心，符向一受省委委托去指导鄂南区工作，董必武的学生吴德峰刚从武汉市公安局长位置上撤出，便被任命为鄂南区特委书记，才做了一天新郎官的他，临危受命。

中共江西省委起草了《江西省秋暴煽动大纲》，拟组织六个特别委员会（后定赣北、赣西、赣南三个特委），提出：“兹拟定赣北的修水为起点，影响邻近各县与各县的联络，赣西以永新为起点……在农军势力统治的县份，如修水，铜鼓等，应即马上实行捕杀豪绅及反动派，没收大地主土地，建立农民政权……与湘鄂邻近各县暴动势力联合……”

没见到湖南消息的中央，于22日给湖南省委写信提出具体要求：全省暴动应于：月底开始；平、浏、岳一带设立特委于平江，直接与鄂南联络，一致动作；尽可能利用反唐军事势力以打击唐；三日内送有关暴动的报告到中央。

结果第二天（23日）中央便同时收到了湖南省委常委何资深送来的湖南省秋暴计划和毛泽东的信。中央常委立刻开会，何资深做了口头报告。经研究，中央当天就给湖南省委和毛泽东复函，这个复函没有批准湖南省委秋收暴动计划，而是对计划以及毛泽东的信进行了批评。

“你们在此计划中都有两个错：

（一）从你们的书面报告及的口头报告，可见对于长沙附近各重要县份农民暴动的准备非常薄弱，而要靠外面军事力量夺取长沙，这样偏重于军力，好像不相信群众的革命力量，其结果亦只是一种军事冒险。

（二）专注意长沙工作，忽略了各地秋暴工作（如放弃湘南计划，并没有积极的有组织的去准备长、潭、浏、醴、乡、宁等处暴动）。事实上两团已经不能为我们用……”

在第二条中提到的“两团已经不能为我们用”，指的是北伐军第六军17师的两个团，二团团长李隆光是李立三的族弟，他与一团团长陈烈是黄埔一期同学。三个月前，长沙发生马日事变时，两人正好与师长李明灏一起在长沙招兵，奉命将几十名共产党员带到师部避难，并佯装是17师招的新兵躲过了屠杀，可这两个团已随第六军开拔东征了。奇怪的是连远在武汉的中央都知道他们不在长沙了，为什么近在咫尺的湖南省委和毛泽东却不知道呢？

中央的复函非常详细地布置了湖南秋暴工作，如发动点问题，虽然也同意了长沙为一个发动点，但同时要求“湘南为一发动点”；“宝庆一带如有可能，亦可做一暴动点”。并给长沙发动点附加了条件：“长沙之发动，须先从长、平、浏一带及潭、醴、衡一带有充分的准备（民众的和军事的），同时在长沙城应有充分的政治宣传与群众的组织的准备”后方能发动。

复函中指示：“湘中发动，集中军力，扑城取长沙；湘南发动与湘中联合来攻唐许，并夺取唐许的武装，然后向长沙发展，会合湘中湘南的力量，取得政权……整个湖南的暴动要能与湖北互相呼应，尤其是湘北、鄂南应发生直接的联络……‘革命委员会湖南分会’的名义现在就可以用起来，以此名义为中心去号召民众。”

复函列出了八条应注意的事项，如暴动口号、破坏交通、办张小报等等。其中第八条明确指示：“湘南方面仍须立即派得力同志前去。”

复函专门针对毛泽东的信进行了指示，不同意毛泽东信中提到的苏维埃政权问题和打共产党旗号的问题。

“此时我们仍然要以国民党名义来赞助工农的民主政权……你们以为目前中国革命已进入到第三阶段，可以抛丢国民党的旗帜实现苏维埃的政权，以为中国客观上早已到了一九一七年了，这是不对的。”

“土地问题这时主要口号是‘没收大地主土地’。对小地主则提出减租的口号……”

临时中央22日与23日指示的前提便是“扩大革命”，毛泽东是同意扩大革命的，但他更看重实事求是。目前湖南的情况是：原来讲好派两个团到湖南的叶贺部队不知去向，想从第六军中弄出两个团，又被中央说成是唯军事论，事实这两个团也不存在。现在时间已十分紧迫，省委却和中央扯起皮来了。

毛泽东非常困惑地在等待，箭已在弦上啊，很担心这次暴动会夭折，可又没有更好的办法。他手中空空，职务不过是从湘南前委书记变为了湘中前委书记，这个职位甚至在易礼容的湖南省委行动委员会书记之下，更在彭公达的省委书记之下。

当然，这时连临时中央也不知道，他们自己会在秋暴失败后的9月19日通过了一个名为《关于“左派国民党”及苏维埃口号问题决议案》。这个决议案大部分是为毛泽东在8月20日给中央的信平反，指出：“八月决议案中关于左派国民党运动与在其旗帜下执行暴动的一条必须取消。”“以后关于组织群众的革命斗争，当然无论如何说不上再在国民党的旗帜下进行。”

临时中央作出“打共产党旗帜”的决议原因是：“所有共产党员的努力，打算创造秘密的革命国民党的组织，或稍为团结左派分子，一直到现在尚无成绩可言……”

在这个决议案中，还部分赞成了毛泽东关于建立苏维埃的立场：“现在的任务不仅宣传苏维埃的思想，并且在革命斗争新的高潮中应成立苏维埃。”但“在小县城要坚决的拒绝组织苏维埃，这是为着不要失掉苏维埃政权的真意……在农村中最近一期间‘一切政权属于农民协会’仍完全有效”。

遗憾的是，这个决议下达时毛泽东与秋暴队伍已经失踪了，与中央没有半点联系。他却因失踪而得到自我发挥的机会，完全按照自己的思路，打着共产党旗号，不管三七二十一在小县城里成立了苏维埃。毛泽东坚持说，革命就是要实事求是。

焦急万分的毛泽东在8月30日之前，一丁点儿也不知道，有三支武装队伍早已准备完毕，正在等待他去带领。

此刻，这三支队伍都蛰伏在江西境内，一支在修水，一支在铜鼓，一支在萍乡。加起来有五千多人，两千多枝枪，关键是他们中有一批黄埔毕业的军人。他们的组成都与南昌暴动有密切关系，而在江西省委的秋暴大纲中修水、铜鼓就是起点。

毛泽东不知道，湖南的秋收暴动，将会顺势变成“湘赣边秋收暴动”，他也从湘中前委书记变成了湘赣边前委书记。

但中央最高领导人瞿秋白，一直把这次秋暴称为“湘东农民暴动”。

修水：位于江西西北部修河上游，是赣、湘、鄂三省的交界处，同时与铜鼓、平江、通城、崇阳等九县交界。

驻扎在此地的队伍是张发奎的第二方面军总指挥部警卫团。这支部队被共产党所掌握，连排级军官中三分之一是共产党员，他们此刻对外的名称是：江西省防军第一师，隶属朱培德管辖。

8 月 1 日，警卫团上校团长卢德铭收到来自九江的命令，立即开拔前往九江集结，签发命令的是第二方面军副总指挥黄琪翔。与此同时，另一封来自南昌的电报也到了，是卢德铭的黄埔二期同学周逸群发来的，告之南昌暴动的消息。

二方面军东征是人尽皆知的，可怎么在南昌暴动了呢？卢德铭是叶挺独立团出身，有着高度的政治敏感，他立刻找政治指导员辛焕文、参谋长韩浚、三营长余洒度等商量。几个人中年龄最大的是韩浚，36 岁，其他人 20 岁至 26 岁不等。商量的结果是不理黄琪翔的命令，率队去南昌。

说走就走。当晚，警卫团用九江的命令申请到了轮船，还避开忠于张发奎的第四营，以演习为名出发了，同时带走了一个新兵营。

卢德铭担任过团参谋长，有军队的管理经验。部队集结后，他立刻将部队编为三个营，余洒度为一营长，钟文璋为二营营长，新兵营由他们原负责人陈浩任营长，编为三营。

当船到湖北新阳时，卢德铭为避人耳目，命令部队下船，步行进入江西，一路南进。

六天后，他们在江西武宁遇到了一支 500 多人号称“平江工农义勇军”的队伍，这支队伍的负责人是 1922 年就加入共产党的余贲民，他告诉卢德铭：“我们也是去南昌参加暴动的，但暴动部队已经南下广东，没赶上。”

卢德铭命部队快速追赶南下的叶贺部队。可当他们走到南昌附近的奉新县时，收到参加南昌暴动的前湖南省委书记夏曦的信，信中要求卢德铭、辛焕文、韩浚三人离队单独追赶南下的暴动部队。

这封不合常理的信让卢德铭等糊涂了，心中升起了无数个为什么。商量后，决定先折回武汉，卢德铭等离队去中央请示。同时决定由余洒度任代理团长，队伍转道西北方向，到三不管的修水待命。

与卢德铭同为黄埔二期的余洒度是湖南平江人。当他带着队伍于 8 月 12 日到达修水县城郊桐树岭时，又遇上了余贲民的平江工农义勇军，而余贲民恰巧也是平江人，同姓同乡的关系，两人交起心来，决定兵合一处，在修水等候中央消息。

当时盘踞在修水的是支杂牌军——原王天培的下属邱国轩部。此人是北伐军军官，因部队欠饷，带着一千多号人脱离队伍到三省交界的修水占地为王。

邱国轩显然不是源出北伐铁军的警卫团的对手，很快被击败。修水被余洒度占领，并杀人立威，公审枪毙了想逃跑的一名叫史保亨的连长。

余洒度是黄埔同学会的活跃分子，当他在修水立住脚后，立刻四处联络周边的武装，以及黄埔同学。在余下的一个月时间里，他做了两件大事：将团编成师、设计了中共历史上第一面军旗。

但也有文献称，警卫团实际士兵开小差严重，几乎不成建制。

铜鼓：也位于江西西北部。因为县城东边有一巨石，色如铜形似鼓故名铜鼓。这里百分之八十五的面积都是山林，山高林密，驻扎在这里的是湖南浏阳工农义勇队。领头的是黄埔四期步科第一团七连23岁的苏先骏，他是8月20日带着队伍占领铜鼓的。

苏先骏身上有一张中央介绍信，介绍由他负责将浏阳、平江两地农军合成一支部队，号称湖南工农义勇军第一路第四团队。当时恰好贺龙的二十军准备到南昌，派人到平江，指示将余贲民的平江工农义勇军和浏阳的工农义勇军合并编入二十军，称独立团。

当苏先骏与余贲民7月12日在平江长寿街见面时，两人为谁当团长发生争执。余贲民资格老，贺龙的指示是给他的；苏先骏有中央介绍信，又是黄埔出身，自视颇高。结果，因他们的争执，竟拖延了十天，贻误了参加南昌暴动的时间。

后来，在中共浏阳县委书记潘心源的协调下，两支队伍暂时放下争执，带队伍开进江西，别别扭扭地赶往南昌。8月5日走到永修县涂家埠时，叶贺军早已离昌，苏余二人失望之余，决定分道扬镳。

余贲民调头回平江，半路遇到警卫团。

苏先骏则想追赶叶贺部队，因为此前他们走到武宁时还收到叶贺军汇来的两千现大洋。苏先骏决定绕道安义、奉新，再想办法与二十军会合。可8日到达奉新后，得到消息，叶贺已南下，无法联系上了。

随苏先骏部行动的潘心源提出去找湖南省委请示，他带着两个人离队。走到安源后，潘心源不敢去长沙，而留在安源等待指示，与从长沙赶到萍乡的毛泽东不期而遇，无意间促成了湘赣边秋暴。这是后话。

潘心源走后，苏先骏把队伍带到铜鼓。派出几路人马四处侦察联络，其中一路是宋任穷（后为开国上将），他去南昌找江西省委请示；另一路去安源侦察，苏先骏告诉去安源的人，必要时做队伍杀回浏阳的内应。正在这时，余洒度派一名叫伍中豪的黄埔四期学生找到了苏先骏。

原来余洒度占领修水后一直想扩大队伍，当听余贲民说起1400余人的浏阳工农义勇军后，立刻想将这支由浏阳县团防总局和各区团防局整编而成的队伍拉入警卫团，便派出与苏先骏同学、黄埔四期第一团八连的伍中豪去说服。

苏先骏是湖南浏阳人，伍中豪是湖南耒阳人。共同的学历、共同的乡音使苏先骏很快同意加入警卫团，并提出一起去广东追叶贺部队，但余洒度没同意。

碰巧，江西省主席朱培德派人到修水收编当地武装。此时，面临北、东、南三面全是敌人的余洒度、苏先骏部也正为吃饭问题犯愁，因为粮饷筹措还不能打共产党的旗号，否则立刻引来包围打击。要想光明正大收税征粮就需要一个名分，他们决定将计就计把警卫团与平江、浏阳的队伍合并成立江西省防军暂编第一师。

这一改编，余洒度从代理团长变成了师长，余贲民近水楼台出任副师长，苏先骏的人马改编为第三团，他任团长，仍驻铜鼓。这时第三团加入了许多正规部队和黄埔武汉分校的学生，实力大增。

因为余洒度的四处联络，引来了鄂南的一支农民武装。这支诞生在湖北崇阳与通城的农民自卫队被夏斗寅的部队“围剿”，败后由叶重开、罗荣桓率领，进入江西修水，这100多人被改编为师属特务连。罗荣桓任这个连的指导员，日后他成为中华人民共和国元帅中唯一参加秋暴的人。

暂编第一师成立后，有近3000人，1200支枪，还有两挺机枪。下旬，余洒度得到两个信息：一是他的黄埔二期同学刘继（基）宋从湖北通城转来的中央两湖暴动计划，要他们等待时机参加暴动；二是卢德铭派人带回一信，告知了八七会议情况，要求在原警卫团的基础上扩编成一个师（这事余洒度已经先做了），并准备好参加秋暴的旗帜、领章、袖章、印章等。

余洒度马上召集师部领导和一、三团营以上干部，于8月22日在修水山口镇的万寿宫召开了统编会议，大家一致认为“军事统一不可缓”。于是决定，对外称省防军暂编第一师，对内则称“中国工农革命军第一军第一师”。因为在中央的《两湖暴动计划决议案》第七条中明确规定："暴动组织……军事方面乡村用农民革命军，城市用工人革命军……合称工农革命军。"

与此同时，被余贲民打败的邱国轩一直在平江修水边界游荡，他也同意被余洒度收编，成为第一师第二团，却因此埋下了祸根。

师部参谋处长陈树华与参谋何长工、副官杨立三受命设计制作了一面军旗：红底，旗中央为白色红角星，星内是黑色的镰刀斧头交叉图案，在旗的左边是一长条白底黑字："中国工农革命军第一军第一师"。何长工后来说，设计中想起在法国留学曾时见过的苏联军旗的式样。

80多年后，人们已很难理解为什么陈树华等人在不经意间设计的军旗，竟然蕴含了这支军队的无产阶级性质和党指挥枪的建军思想，它比一个多月后毛泽东在三湾提出"支部建在连上"的政军思想早了一个多月。

不管怎么样，在江西修水与铜鼓，已有一支具备相当实力的军队在等待秋暴。毛泽东是到达安源后，才从潘心源嘴里知道这支队伍的，比中共湖南省委早知道一周，就是这一周的时间差，一切都改变了。

安源：是赣湘两省的分水岭，亦是中国工人革命的策源地，被誉为"东方莫斯科"。这里的萍乡煤矿是中国第一个跨地区、跨行业的大型企业集团汉冶萍公司的产业，有17000多工人。从1920年起，毛泽东曾9次到过安源搞革命，自己的弟弟毛泽民还在安源发行过工人俱乐部股票。

最重要的一点，安源煤矿的工人大多是被毛泽东称为"东方普鲁士"的湖南人，所以，虽然安源在江西境内，但它远离南昌而邻近湖南，这里的党组织一向由中共湖南省委管理。

此时，聚集在安源的武装有：安源矿警队、爆破队、纠察队；醴陵农民自卫军；衡山农军；莲花农军；以及一个月前取得过永新暴动胜利的安福农民自卫军和萍乡农民自卫军，这支武装由30岁左右的王新亚带领，这是个谜一样的人物，他与吉安宁冈的袁文才曾分任赣西（安福、永新、宁冈）农民自卫军总指挥。安源的全部人马加起来有1500多人，而且至少还能动员近千名安源工人，这些人基本是因"马日事变"后聚集到安源寻求保护和待机的。

当毛泽东8月30日在长沙看到中共安源市委送来的一个文件时，他长长地呼出了一口气，机会终于出现了。

此前，省委已向醴陵、安源、浏阳、平江等县发出通知，要求尽快上报本地的农军情况。大多地方没有回音，而来自安源的这个汇报却详细报告了安源的武装力量情况。

在毛泽东看来，那里人不多，枪也不多，但很有代表性，尤其是他们由五个地方的农军组成，加之对安源非常熟悉，他坚信如果他出现在安源，这支队伍就可以在前委的掌握之中，所以毛泽东立刻建议召开省委常委会议。会议当天就在沈家大屋举行。

会议的内容有两个：土地纲领问题、秋暴问题。

第一个议题大家还有不同意见，夏明翰主张没收一切土地，包括自耕农在内，实行土地国有；易礼容认为，还是要听临时中央的，如果没收小地主的土地，他们势必会与大地主团结。

毛泽东说："如果要使秋暴得到全部农民的忠实拥护，就必须没收全部地主的土地，推翻地主阶级，消灭地主制度。我们的政策，具体应该是：农民领导中农，拿住富农，整个推翻地主制度，这才是真正的土地革命。"

在土地革命问题上毛泽东已不想再与中央和老毛子打嘴皮官司了，他着急的是暴动。在发言的最后，他对彭公达说："土地革命的道理还是你亲自去一次武汉，与他们打嘴皮官司吧，我们要赶快讨论秋暴的问题"。

于是会议进入了第二个议题：秋收暴动。

毛泽东坚持缩小范围，根据安源的报告和已有的来自各处的财力，他说到："我们现在的精力和经济状况，只能维持一个湘中秋暴。以长沙为中心，在湘潭、宁乡、醴陵、浏阳、平江、安源、岳州七县同时暴动。"

毛泽东知道，此时湖南省委掌握的秋暴经费仅一万元，是老毛子援助的，另外便是弟弟毛泽民在韶山筹集的部分银元，这些经费根本不够在全省开花，必须捏紧拳头，才可能成事。

毛泽东的意见除彭公达一人反对外，其他人都支持，彭公达只得又一次少数服从多数。会议很快形成决议，由彭公达亲赴武汉中央口头报告"秋暴计划"；会议决定立刻组织由党、团、工、农组织合并的行动委员会和前敌委员会，分别由易礼容、毛泽东任书记。

这次会议最重要的决定是建立"湖南工农革命军第一师"，毛泽东任师长，下辖六个团一个特务营。当时，所有参加会议的人都不知道，在江西修水已有一个"第一师"，而且中央刚任命了卢德铭为湖南秋暴总指挥。

而这一切对毛泽东来讲都不重要，重要的是他必须立刻赶到安源去，只有这样，他这个师长才可能有兵，才可能竖起暴动的旗帜，从而解决理论与实践互动的难题。他清楚，所谓的六个团一个特务营都是水中月镜中花，不过是停留在文字上的部队。

会议一结束，彭公达告诉毛泽东："马耶尔派人来联系，说他也接到中央来信，约你我去谈谈。"

毛泽东立刻回绝："莫理睬他。我不希望毛子指手画脚，他们根本不了解中国的实际情况。"

彭公达无奈地摇摇头，他虽然是中央任命的省委书记，但左右不了眼前的这位有权威的老乡。

毛泽东告诉他："我今晚就去安源，到了那里再给你写信。你去武昌，有什么消息及时告诉我。"

彭公达点头，习惯性地问："你带堂客去?"

毛泽东果断地摇头："前途莫测，军事冒险，我想请焕南兄找开慧谈谈。"

彭公达笑笑说："也好。你这个堂客一直跟着你，要说服她，不容易呀。"

毛泽东若有所思。这几年，妻子越发的离不开他，要么不让他远行，要么带着孩子跟随。可这次去安源，生死未卜，不能也不允许带上妻儿上战场。他找到参加会议的谢觉哉，请他先找杨开慧谈。

回到卧室，面对杨开慧那双呆呆望着他的眼睛，轻轻问："谢胡子同你谈了?"杨开慧点点头："你一定要去?"

"霞姑，"毛泽东叫妻的小名："情况你都了解了。"

杨开慧噙着泪水道："什么时候回来?我一天也不想离开你。"

毛泽东片刻无语，然后慢慢说："我何曾不想带你一起走，可是三个伢子都太小，你莫怪我是个无情汉。"杨开慧又点点头，小声说："你放心去吧。"

毛泽东见杨开慧同意了，忙把早想好的几件事交待给她："我今晚就走，你明天一早就回板仓。我建议：为了避开别人的耳目，三个伢子都暂时跟你姓；你在板仓只要听到什么风声，就到亲戚家避一避；要学会保护好自己；生活费我会想办法寄来，如果一时难以寄回，你先向亲戚朋友借，以后我一并还上。另外，一定要想办法送伢子读书……"

杨开慧越听越害怕，从不啰嗦的丈夫如何会这般郑重，她感到一阵无形的寒风向她袭来，不禁哭起来："我要跟你去。你知道，我的生命就是为你而生的，假如你死了，我跟着你去死。"

毛泽东微笑着拍拍妻子："莫说丧气话啰，我有十个萝，命大，不会有事的，我担心的是你的安全呢。这个家，上有老的，下有小的，都要靠你呀。"

杨开慧小声要求道："那你明早走。"

"不行！"毛泽东坚决地说，"等秋暴成功了，我们很快就会见面的。"

杨开慧默然，目光中透着对丈夫的依恋，内心充满了离别的痛苦。

此刻，这对革命夫妻都不会想到，此次分离竟是诀别。

三年后，尽管三个儿子改名为杨永福、杨永寿、杨永泰，但杨开慧还是被湖南军阀何健抓住，因为毛泽东真的出名了，是让国民党头痛的红色山大王，他将武装割据的思想变为了行动，让当权者们恐慌。杨开慧不死的条件只有一个，登报与毛泽东脱离关系，但她勇敢地拒绝了生的希望，表示：死不足惜，惟愿润之革命早日成功。结果，这位大家闺秀，为了爱情，也为了信仰，被绑至长沙识字岭枪决了。幸运的是，杨开慧至死也不知道毛泽东再婚了，她为自己的牺牲感到自豪。

毛泽东在离开长沙的那一刻，也不知道再回故乡需要花 32 年的时间。他更不知道，即将发生的一场暴动将改变他的一生，同时也将成为改变中国的原点。

参加这场暴动的所有人都不清楚暴动在组织上是非法的。中共临时中央在审查了彭公达带去的湖南秋收暴动计划后，做出决定：否定湖南省委 8 月 30 日计划，命令湖南省仍执行中央 8 月 23 日对湖南秋暴的决议。

可这一切都来不及了，毛泽东已在 8 月 30 日晚 8 时，化装成一个火车司炉，悄悄上了从安源到长沙的 11 次运煤列车。尽管不知道前途是否光明，但他知道，这次秋暴不是谋定而动，需要临机行事。有着非常自信心的毛泽东曾在长沙搞过十次小型罢工，九次取得胜利或半胜利，只失败过一次。

他有着超级好运。这次秋暴老毛子只给钱，而来不及派军事顾问，并且没有办法保持通讯，毛泽东便可以完全按照中国人的举事规则来运作。这时的毛泽东尚不知战场是怎么回事，却丝毫没有妨碍他去实现自己的革命理想。

车到株洲时，毛泽东等人临时下车。他想，如果从安源发兵打长沙，必定要经过株洲，所以有必要察看一下。在株洲，他见到了已被任命为纸上的湖南工农革命军第一师第四团团长朱少连和湘潭县东一区区委书记陈永清，布置工作后，一行人又上车，朝着“东方莫斯科”——安源驶去。

此刻毛泽东口袋里唯一杀手锏是：中央同意调叶贺部队两个团参加秋暴的命令，尽管他知道这张条子已是张废纸，但也可能在关键时刻用上，起码可以鼓舞士气。

这时，安源的诸位领头人，正群龙无首地等待毛泽东的到来。

第十一章

蒋宋合璧 纵横华夏

徐州城下交战异常激烈，北伐军面对的是已重新编组的北方军——安国军第七军团褚玉璞部。蒋介石遭遇了北伐以来最大失败。

北京政府的实际领袖张作霖在孙传芳、张宗昌等人的怂恿下，决定将北方各军一律改名为“安国军”，编了七个军团，政府也改为安国军政府，张作霖于六月十八日下午三时三十分在中南海怀仁堂就任中华民国陆海军大元帅。

在此之前，蒋介石还派人去北京与张作霖沟通，要他易帜，服从三民主义。蒋介石想利用北伐军的威力，不战而屈人之兵。山大王出身的张作霖如何会屈尊，他也想过过“天下奉一人”的帝王生活。虽然此时南北大军的口号都是“完成讨赤大业”，可尚无一家能完全腾出手来全力对付共产党，他们之间必须先分出胜负，才谈得上下一步。

显然，无论从军事上、政治上，还是从经济上，蒋介石都胜张作霖一筹。东三省的经济已出现巨额亏空，张作霖就任大元帅，本应普天同庆，可各国却反应冷淡，贺电少得可怜；张宗昌在山东弄得天怨民怒，许多县已无人烟；孙传芳乃强弩之末，不过是垂死挣扎。这一切都是蒋介石不顾后方敢于提出速战速决放胆往前线督战的原因。

经过反复督促，已无甚战斗力的第十军还是在陈诚师帮助下，直逼徐州城外围，开战双方展开了激烈的拉锯战。安国军虽是换汤不换药，可毕竟从名义上讲是一支新编的部队。

八月二日下午，蒋介石抵离徐州只有七里的云龙山督战。他认为敌人险要已失，必难久于支持，可万没想到，守城的安国军会有大批援军加入。而被人们尊为“北伐名将”王天培的第十军不仅已无战斗力，还传闻他与唐生智暗中来往，徐州原就是他擅自放弃的。靠陈诚的一师兵力，如何能取胜？

徐州城下的激战，在二日下午六时前发生了根本变化。北伐军败了，败得无法再组织进攻，全线溃退。同时，因孙传芳的部队在攻击陈调元、叶开鑫部，这两军原本是与王天培等一起分路反攻徐州的，结果也都败在强弩之末的孙传芳手下。

无奈，三日凌晨，蒋介石下令各军南撤。

说到安国军的战斗力，有个佐证。蒋介石下令南撤的第二天，八月四日，冯玉祥的部将杨虎城进抵徐州城西九里山。结果与几天前曾占领这里的王天培一样，被直鲁军张敬尧打败，只得往西退去。

八月六日，蒋介石带着失败的战果，疲惫地回到南京。到南京后立刻给正在芜湖防地的李宗仁发电，要他来南京，然后便去汤山休息，他要整理这次失败的原因。

泡在汤山温泉中的蒋介石突然之间在脑海里廓清了造成当下局势的来龙去脉，暗自叫道：不好，此次是彻底着了李白二人的道了，而一切都是从下令部队南撤开始的。

自宁汉分道北伐，到冯玉祥攻战河南，安国军的正面威胁暂告消解。而汉方汪精卫在举旗反共之后，使蒋介石失去了打击汉方的抓手，反倒在政治上略输一筹。当唐生智的湘军东征，想占据江浙找出一条财政出路时，宁方变成了守方，但蒋介石却错误地认为灭汉的时机到了，他想反手为攻，组织西征，底定武汉。这个提议却遭到李白二人一致反对，他们坚持北进，因为桂系在北伐军中举足轻重，蒋介石一边让步于六月十九日下达继续北进的命令，一边又于六月二十七日下达南撤的命令，只留部分部队守住鲁南要隘。

善于把握时机的桂系唱起了双簧：李宗仁转了一百八十度的弯，同意南撤，并与蒋介石商量把桂系主力第七军撤回长江中下游，而代蒋出任第二路军总指挥的白崇禧则继续以南撤会造成宁方部队军心动摇，长敌志气为由，反对南撤。

想到这儿，蒋介石一拍光光的脑门，脱口叫道："问题就出在这里，李白二人从来都是穿一条裤子，为什么在这个问题上却分道扬镳？娘希匹，他们给我挖了个坑。"

李宗仁的主力快速南撤，实际控制了南京城，白崇禧掌握着蒋介石的大军，拖在鲁东南不动。当蒋介石率陈诚、王天培在徐州激战时，他曾赌白崇禧不会按兵不动，可这位小诸葛却硬是隔岸观火，而何应钦的第一路军滞留苏北远水救不了近渴，这就是失败的客观原因。

徐州的军事失败，激发了更大矛盾。此前，徐州激战时，共产党正在南昌搞暴动，汉方对中共实行武装镇压，得到桂系对汉方的举动大为好感，而汉方对宁方的形势变化亦心领神会。唐生智反复通电指责蒋介石“自立政府，擅开会议，屠杀异己”，声言要讨蒋讨共；汪精卫则讲一切都应召开四中全会解决；宁汉共同争取的对象——冯玉祥则适时抛出宁、汉可各自为政的建议……

此时，蒋介石已无法从南京对汉用兵，偏偏胡汉民在蠢蠢欲动，想以党治军。权衡政治与军事上的利弊，蒋介石暗忖，让布雷先生准备辞职下野宣言看来是明智之举，但他不甘心就如此下台，还是要探探李德邻的口风。他未反思这是建都南京后没给桂系分一杯羹造成的后果。

在小汤山见到李宗仁时，蒋介石开门见山地说：“这次徐州战役没有听你的话，吃了大亏。现在局面不好，汉方既不相谅，我下野就是，以免南京危险。”

李宗仁小心地说：“胜败兵家常事，为何要下野呢?”

蒋介石看看李宗仁，心道：你不是已经在私下与汉方联络要召开四中全会来解决我的问题嘛? 嘴上却说：“汉方以我为总目标，我走，可以使宁汉不破裂，共同合作。”

李宗仁不知蒋介石的真实动机，只得继续献策说：“你最好派员到武汉去疏通，多说些好话，我也派人从旁斡旋，以免同室操戈。”

蒋介石冷冷一笑，说：“不必了。如此复杂的情形，交涉疏通是无补于事的，我是决心下野的。”

李宗仁依旧以南京受安国军与唐生智威胁为由，希望蒋顾全大局，不要下野。

蒋介石心里清楚，自己最大的军事威胁不是什么安国军与唐生智，而是眼前这位三十六岁的广西人。他说：“我下野后，军事方面，有你和白健生、何敬之三人可以对付得了孙传芳，汉方东进部队，至少可以因此而延缓。”

说完递给李宗仁一份文稿，再说：“德邻，这是我的辞职文稿，你看看。”他注意观察李宗仁看文稿时所表现出的一切细微表情。

“呈国民政府辞总司令职：中正自愧谫陋，无补时限；一年以来，北伐不成，主义未行，徒使党务纠纷，部属牺牲，而民生凋敝，国计困穷，尤甚于昔；清夜扪心，益滋惶惑。伏恳准辞国民革命军总司令职权，并请重治中正以失职之罪，是为至祷!”

文化水平不高的李宗仁仔细地看着这份不到一百字的文稿，希望从中找出什么，但实在无法从这份冠冕堂皇诚恳万分的文稿中发现端倪。在李宗仁心中，眼前这位长衫佬真该下野了，但嘴里还是指出津浦路军情紧急，总司令不应在此时辞职。

蒋介石当然也不可能从李宗仁脸上发现丝毫诚意，惯于“枪指挥党”的他根本不在乎什么胡汉民、什么汪精卫等一班文人政治家的看法，只在意掌握枪杆的李白二人，还有那位已坐收渔利的大哥冯焕章的意见。现在看来，这些军人对自己是处心积虑啊，他们无不期待抓牢北伐的果实哦。李宗仁的第七军控制南京，冯玉祥的往来电报也不是和事，而是在挑事。想到这儿，他打官腔道：“为了党的团结，我还是走的好。”

心中极不平衡的蒋介石决定拿王天培开刀，震慑一下桂系。王虽非桂系，但他不仅是李宗仁的前敌总指挥，还是何应钦的同乡，处治他完全可能隔山震虎。

八月十日，蒋介石在总司令部召开军事会议，他命令卫队长宓熙去第十军驻京办事处请王天培军长到会。蒋介石有规定，凡是总司令部召开军事会议，一律不准带武器进会场。王天培被卸掉左轮手枪后，进入会场。

北伐军总参谋长白崇禧一见王天培就立刻发难：“你知罪吗？”

王天培愣在当场。自北伐以来，国民革命军发展成十个军，凭他的资格和地位在北伐军将领中怎么排也会在前十五名。

没等王天培有反应，白崇禧便历数他的十大罪状，如一打就跨、克扣军饷等，并指出这十大罪状是他的部下控告的。

今天已经很难弄清十大罪状究竟是蒋介石给白崇禧的？还是白崇禧抢先发难，实则要保王天培？亦或是他要摘清徐州激战时二路军停滞不前的责任？

蒋介石在会上一言未发，只是命令宓熙将王天培押送军法处，后被枪毙。这是自出师以来总司令部第一次惩办高级军官。

关于王天培的罪名，后来定了三项：“饷糈经理无序”、“战事剧烈之际安处后方”、“先行潜返宁垣，置全军存亡于不顾”。并未对他暗中联络唐生智加以追究。

关于王天培的死，李宗仁等人的回忆是：总司令既没有宣告罪状，也未经军事会审裁判，如此滥杀将官，泄无谓之愤，以后说不准会轮到我们头上。而在十三日李宗仁、白崇禧、何应钦三人主持的军事会议上，公开告示，蒋介石已于十一日下令枪决王天培（《申报》上说是十二日）。

但另有史料记录：八月十五日王天培被押往杭州，九月二日才以军事委员会名义下令秘密处决，那时蒋介石已下野半个多月了。这一切，何应钦都知道，他为什么不在十三日的军事会议上说明？

原本想杀鸡儆猴的蒋介石把“猴”惊着了，他被指认为是杀王的凶手，而“猴们”则更加团结起来了。

在王天培被带走后的军事会议上，蒋介石提出动用李宗仁第七军西征武汉，剪除汪、唐，再行北伐。蒋介石盯着白崇禧说：“此重任，只有健生兄可以担任。”

早已胸有成竹的白崇禧当面拒绝了总司令的要求，说：“总司令，武汉既已反共，自当急谋统一，怎能同根相煎呢？卑职实难执行。”

白崇禧的话语一出，蒋介石便被架在了火堆上烤，“逼宫”的局面立刻形成。蒋有些后悔，此前为了试探白崇禧曾对他说：“我之军队非不足以敌武汉，但我绝不愿意自相残杀……”谁知这话现在被这位小诸葛借机说出，此人从未当面拒绝过蒋介石，想到此，蒋介石争辩道：“北面孙传芳想趁机南下收复失地，东面汉方大军压境，都是想置我等于死地，冯焕章提出宁汉分别自治。在这样的情形下，如何谈和？”

白崇禧冷静地说：“武汉方面提出的讲和条件，是否可以考虑？”

蒋介石彻底明白了，桂系也是有备而来，因为汉方的条件就是要追究他的责任，逼他下野。他转头看何应钦，希望他能反驳白崇禧，这样多少能扳回点面子。但何应钦呆坐着，沉默不语，这让他伤心至极，只得直接问李宗仁：“德邻的意见呢？”

李宗仁操着乡音答道：“请总司令自决出处，宗仁无个人成见。”

一切都白热化了，蒋介石脑子全乱了，他不得不顺着自己公开表态的路子往下走，说道：“好好，为党之团结，政府前途之计，我走开……离开大家出国去游学。至于去何处，尚没决定，以后大家的一切行动听中央的……”

李宗仁、白崇禧、何应钦——三位举足轻重的军人从未结拜过，但无形中，三人结成为了反蒋联盟。当时谁也没有料到，过了二十二年（1949 年），这三人再次联手逼宫，导致蒋介石再一次下野，李宗仁成了代总统。

在座的一班文官胡汉民、吴稚晖、张继等慌了，他们清楚在南京政府中蒋介石的分量，也懂得一荣俱荣的生存之道，纷纷提出挽留，但蒋介石站起身来留了一句“活话”：“中正先走一步，但我服从监察委员会的意见”。

据吴稚晖在当年底的回忆，他与黄郛、张群等人通过政治会议调解蒋与桂系的关系，无奈掌握着军权的人都指出：“蒋先生且歇一歇也好”、“武汉既已分共，应该欢迎汪主席来南京”……

善于操作全局且生性多疑的蒋介石，从来都不会把希望寄托在他人身上，回到丁家花园官邸后，立刻布置下野后的诸事。

最重要的有三项：一是现有军事机构安排——军队与军事机构能够交给的人只有何应钦，无论从职务到亲密程度，他都是不二人选，不能让李德邻接军权的阴谋得逞。

二是黄埔系的掌控——因为何应钦在摇摆，黄埔同学会的工作不能交给他。第一军所有师团长几乎都出自黄埔，由黄埔同学会负责勾连，只要何应钦不掌握黄埔同学会，则不可能完全掌握这支嫡系部队。蒋介石决定由他在日本振武学堂的师弟、现任国民革命军总司令部参谋长的朱绍良掌控黄埔同学会，同时命自己的秘书、黄埔一期的曾扩情出任黄埔同学会秘书长。他下令，把黄埔同学会从南京成贤街 157 号迁往杭州办公。

三是南京政府的经济命脉——南京政府的财政，原本就仰赖于蒋介石对江浙富商的名望，由“赤脚财神”虞洽卿运作，必须给他们暗示，要卡紧铜钿。没有了我蒋中正的南京政府日子不会好过。

在蒋介石看来，这三项可以化繁为简，即“枪与钱”的问题。他相信，缺少苏俄支持的党内各方都已不是对手了。

一切布置妥当，蒋于八月十二日与老兄弟黄郛、张群以及邵力子、陈果夫等人登上了东去的宁沪特快列车，离开南京赴上海。让蒋介石觉得耻辱的是去车站送行的人寥寥无几，同行的一干人也深感世态炎凉。

谈起下野，蒋介石对黄郛说：“时下的政治局势、军事局势，甚至经济局势，都可以讲是导致我下台的原因，但并非主要原因。”

黄郛对这位义弟了解很深，见他提到局势，便分析道：“依我看，现下局势混乱，已成一团乱麻。张作霖南伐，孙传芳想东山再起，汪兆铭借唐生智之力呼风唤雨，李白二人以为自己羽翼已丰，冯焕章骑在墙头等果子，再加上你的黄埔骄子们内部频起纷争。你歇一歇也好。”

蒋介石点点头："奈，我不仅是政治、军事、经济的中心，而且还是矛盾的中心，现在好了，我这个障碍没有了。但他们能够精诚团结吗？李白二人会全力支持汪兆铭吗？宁汉可以顺利统一吗？四中全会召开了吗？"

黄郛摇摇头："依我看，宁汉方面，包括冯焕章，甚至张作霖现在都已经没有了目标，所以我想，既然你决定下野，就不要草率再出。"

蒋介石点头道："我准备出国五年，上海的一切就交给你了。这里是政府的命脉所在，不可掉以轻心啊。"他又对一边的张群说："我请布雷先生起草的下野宣言，明天交报馆发表。政府里其他人对我下野有何反应？"

张群说："据说中央五委员胡展堂（汉民）、张人杰（静江）、蔡孑民（元培）、李煜瀛（石曾）、吴敬恒（稚晖）也在商量辞职，他们对冯焕章的作为很是反感，说让他一柱擎天好了。"

蒋介石点点头。他知道，请来的这批文官不可能在没有他的情况下还能玩转政府。想到这儿，说道："他们离不开我。我可以去为革命战死，却不能容忍有人对我的侮辱。现在，如果我不下台，即非党所任命之总司令，而会成为武力之傀儡。你们明白吗？"

说完这番话，蒋介石沉默了，他在思考，离开了他的国民党能团结吗？在当天的日记中他写道："时局纷扰，内部复杂，南北皆同。只有静镇谨守，持之以定，则待机而动，无不得最后之胜利也。"

此刻，蒋介石的思绪还集中在家事上。此番下野必须要解决一件重大的家事：完成与宋美龄的婚姻，蒋介石坚信这件家事将影响国事。他要在继承孙中山的政治遗产问题上，为自已增加独一无二的砝码，同时在蒋宋联姻的基础上，解决重大财政问题。宋子文、孔祥熙的理财经验，放眼民国，无人能望其项背。

而要达到蒋宋联姻的目的，无法回避另外三个女人：元配夫人毛福梅、二夫人陈洁如、妾姚冶诚，该如何处置？既要做到光明正大，又不可使政敌抓住把柄。

八月八日写好的《辞职下野宣言》十五日发布。这篇四千一百多字的宣言，阐述了蒋介石的苦衷和他的希望。宣言中大量使用了第一人称"中正"，平均八十字便出现一次，显然陈布雷对蒋介石的要求理解很深，即无时无刻不突出个人。从这一点上看，汪精卫攻击蒋介石使民众"只知蒋中正，而不知国民党"的话语，并不过分。

《宣言》共分七个部分，从孙中山逝世后，他“首平东江，次削杨刘，继清南路，统一百粤”，到“三二0之变”后他统领北伐；从他“冒难奋斗”，建都南京，到“吾党吾军，形成分裂”；从他“对联俄容共，即主审慎分别”，到鲍罗廷“貌似温亲，胸怀险狠，处心积虑”。《宣言》一步一步将造成宁汉分裂的责任全部推到共产党身上，而“本党本军之一部同志，不悟其奸，竟被所惑，浸润肤受，莫诉萋菲”，指责蒋中正“有企图为军阀及个人独裁之倾向”。

陈布雷非常巧妙地把蒋介石描绘成了以“党的利益高于一切”的人，并在这个意志的指导下，蒋所做的一切都是合情合理的，同时，《宣言》丝毫没涉及逼蒋下野的党内同仁，最多讲他们是被共党蒙骗而未觉悟。这显然是给精于政治的蒋介石做东山再起的铺垫。

《宣言》中陈布雷回避了两个问题：一是在描述蒋介石的功绩时，回避了共产党的帮助。从东征到北伐前期，在蒋介石的讲话通告中多次出现对共产党员的表扬，而各军的政治系统也确为蒋介石的发迹提供了有力思想保障。二是回避了“四一二政变”。口口声声要剪除共党的蒋介石，却让陈布雷对“四一二政变”这样写道：“乃有忠实不渝之同志，起为‘清党’之图，以尽卫党之职”。既然把驱逐鲍罗廷的功劳揽在自己身上，又为什么不将真是由他发动的“清党”作为自己的功劳呢?

在《宣言》中，还讲到他早想辞职，但又说，如果他辞职了，北伐则不可能取得现在的成功，前线同志也会“陷于孤危”，而且“一切党国军政财务外交，将陷于如何之景象”。而现在他可以辞职，是因为全国的陆续“清党”证明了“中正之主张，确为党国生存之必要”。为了“吾党统一，吾军团结，完成北伐与建国”，他愿意“自劾而归去”。

《宣言》的主体部分是蒋介石的三个愿望：一、宁汉双方同志“尽捐意气猜防之念，武汉同志克期联袂迁移来宁”；二、分驻湘赣的军队，与在津浦线作战的军队合力，完成北伐，“扫尽残余之军阀”；三、鄂赣湘彻底“清党”，“俾一误不复再误”。

《宣言》最后为以后的运作留下了伏笔，说解除职权后“仍以党员之资格，努力于党务；以国民之资格，贡献于建国；更以袍泽相从之旧谊，对国民革命军事，贡其一得而辅助成功”。并声明：“一息尚存，此志不懈。”

陈布雷不愧是大写手，通篇《宣言》用词看似质朴，实则华丽。流畅地把蒋介石所想表达的意志，明明白白地宣告天下，而在《宣言》的起承转合上，更是巧妙又隐蔽，如开篇写道：“中正受命党国，统师北伐，忽已逾岁，直捣幽燕，愿犹未遂；而环顾周围，党国则呈分崩离析之表象，人民则陷忧惶困惑之深渊……”这种开宗明义，由表及里的叙述，极容易抓住读者的阅读愿望。

蒋介石的突然下野，震惊中外，当时的他在外界看来已然是新的“救世主”。有记者写道：“他的引退是一个神话。”作为一个“征服者”，在横扫半个中国之后，突然下台，实在是让记者们发狂。但坊间的传闻仅仅是：“蒋总司令因汉方驱鲍反共之目的已达，翩然下野……”八月二十二日的《时代》杂志，以“英雄下台”为标题，报道了蒋介石下台的消息，有趣的是，在这一期杂志上，同时报道了斯大林将托洛茨基赶下台的消息。

托派不看好斯大林的指导“中国革命政策”，反对中国共产党与国民党组成联合阵线。斯大林指责托洛茨基想用自己的主义代替列宁主义，从而反对列宁领导下建立的党内制度。正是借列宁之名，斯大林成功地将托洛茨基——这个强有力的党内竞争对手剔除。

蒋介石则为了自己的权力，不仅反对国共合作，且对中国共产党大开杀戒，而汪精卫们在相当一段时间里，则借孙中山容共决策对蒋介石反复打压。

蒋、托二人的同时下台，似乎是异曲同工。但《时代》在报道这两条新闻时作出这样的预言：“托洛茨基的离开，是永远的。等待他的是流放和暗杀；蒋介石的离开则是暂时，他以退为进，还将复出。”

多年后，白崇禧的第八个儿子、作家白先勇告诉媒体，桂系在一九二七年“逼宫”的缘由：“如果宁汉分裂，北伐就受阻了，我的父亲可能关心的是这一点……”

但从此，蒋介石恨桂系，比恨共产党更甚。

蒋介石下野带来的直接后果是：从偏远乡村发端的桂系到达了政治上的巅峰。李宗仁就任国民革民军副总司令。但南京的米价应声而涨，每石由十五元涨至十六元以上。

与此同时，南京国民党中央人事在变动，中央“清党”委员会及所属各地“清党”委员会多半自行销解；黄郛的上海市长被撤；在李白二人的要求下，何应钦下令撤销了蒋介石成立的七个补充团，同时，还下令将驻京沪一带由黄埔同学带领的军队一律开往江北。幸好有胡宗南等团以上军官，在朱绍良的策动下，拒绝执行换防命令。

下野还给蒋介石带来一个小小遗憾：黄埔军校本部第五期学生的毕业典礼他没能来得及参加。

军校前五期学生的一切都是蒋介石亲力亲为地安排，他将这些学生兵视为己出，不允许其他人染指。第五期学生刚经历“清党”不久，他不希望学生们在思想上有任何动摇，而黄埔五期将是在黄埔校本部的最后一期学生马虎不得，他作出决定：黄埔五期在南京毕业。

七月二十日，第五期一千四百多名学生从广东开赴南京（剩下一千余名在武汉），在蒋介石下野后的第三天（八月十五日），在南京中央军事政治学校大操场举行毕业典礼。何应钦代表蒋介石发了毕业证书。蒋介石并未忘记要毕业生宣誓时加上一句：“铲除共产党余孽。”

蒋介石用猝然下野来表明自己的权威。他要让黄埔同学明白，只有紧跟校长，才会有光明的前途，他坚持认为，没有了蒋中正的国民党将陷入一片混乱，这个后果更大、更严重。

自信的他认为一切都在预料之中，他现在要抓紧时间，用联姻的方式进一步巩固自己的身份。

蒋介石在上海只待了一天多时间，解决了一个重大问题，说服半年多未见的陈洁如出国留学。

他先与不遗余力地支持他的二兄张静江商量，张静江问：“侬准备怎么安排伊？”

关于陈洁如，蒋介石在张静江面前无所保留：“二兄，奈，我的意思是让伊去美国留学五年。”

张静江再问：“五年后呢？”

蒋介石坚定地答道：“五年后，我必定恢复与洁如的夫妻关系。”

张静江是精于算计的商人，有“当代吕不韦”之称，他对蒋介石的处境了如指掌，而支持蒋介石是必须做下去的事，否则，他的政治地位很可能丧失，继而其经济地位也可能出大问题，时至今日，已是骑“猪”（蒋介石属猪）难下了。

陈洁如嫁给蒋介石是张静江与夫人朱逸民从中努力的结果，现在蒋介石要他这个媒人帮着休妻，作为一言九鼎的民国奇人不得不有所顾忌。但蒋介石答应只分手五年的承诺，让他找到了说服自己的理由，他决定帮助这位盟弟渡过眼前难关。

张静江当然不知道，在蒋介石的日记中已反复出现："终日想念梅林（美龄）不止也。"他也不知道，蒋宋已发展到会在深夜的沪上乘车兜风。

如此兜风在五年前也在同一地方发生过。民国十一年（1922 年）六月，孙中山被陈炯明驱逐逃上永丰舰，蒋介石前去解救路过上海，向虞洽卿筹款。在拿到钱的前一天晚上，便与陈洁如坐汽车，游览申城夜景。蒋在日记中写道："以粤难无法解救，聊以写我忧耳。"

蒋介石对张静江所讲的与宋美龄乃政治婚姻，张深信不疑，因为蒋介石在去年七月三十日就曾致函张静江，要他"嘱其（陈洁如）不管闲事，安心学习五年，或出洋留学，将来为我之助……"

两人商定，送陈洁如去美国学习政治学和公共行政，理由是今后可为南京政府工作。同时派张静江的大小姐张蕊英（英文名：黛瑞莎）、二小姐张菁英（英文名：海伦）陪同陈洁如去美国读书。

订好了万吨豪华邮轮杰克逊总统号的船票后，蒋介石来到陈洁如的娘家。

可能陈洁如在有关回忆录中记录的时间有误（她把蒋介石到她娘家的时间记录为八月一日），但她记录的蒋介石在她娘家佛像前的起誓，像是蒋的语言：

"我发誓：自今起五年之内，必定恢复与洁如的婚姻关系，如果违反誓言，没有将她接回，祈求我佛将我殛毙，将我的南京政府打成粉碎。如十年、二十年之内，我不对她履行我的责任，祈求我佛推翻我的政府，将我放逐于中国之外，永不许回来。"

人们无法知道蒋介石后来笃信天主教是否与他曾欺骗佛有关？他并没有按在佛前的承诺五年后接回陈洁如。

蒋介石委托陈洁如在美国办一件极为重要的事，要她带五十万元（折合银元一百万块），给美国一家公司，用以购买军火。这是一件公事，充满了蒋介石对陈洁如的信任。

年轻的陈洁如从来就愿意为蒋介石赴汤蹈火，从他办军校，再到北伐，无不在一线陪侍，她被人尊为"母仪军校"、"北伐夫人"。如今为革命需要而离开蒋介石五年，又被心爱的人委以重任，加之有张家二女的陪同，哪有不应之理。

蒋介石很怕陈洁如反悔，这一步棋涉及全局是不可以反悔的。回到家乡溪口的蒋介石于十五日分别给张静江夫人朱逸民、陈果夫，还有宋美龄、宋子文写信，要下好蒋宋联姻这盘棋，非将各路的进退同时进行才可以。朱逸民是陈洁如的好朋友，也是当年蒋陈联姻的保媒人，必须让她紧盯陈洁如，直到陈上船为止。

也有文献记载，蒋介石八月十二日离开南京后，并未在上海停留，只在上海真如火车站与虞洽卿、黄金荣、杜月笙、杨虎及上海警察厅厅长吴忠信等交谈了半小时，于当晚八时左右，火车改换车头后，向杭州驶去，然后从杭州坐新江天轮船经杭州湾于十四日凌晨四时到达镇海，有当地警卫队到码头保护。直到下午四时才动身回奉化。所安排陈洁如等事，他均未出面。

《申报》在报道他回溪口新闻中突出了四点：一、蒋很低调，在船舱门口亦未设卫兵。二百五十人的奉藉卫兵秩序井然；二、蒋没有穿军装，而是一身多罗蔴中山装，并携幼子纬国。途中坐的广式藤轿也破旧不堪；三、“闻蒋之夫人均尚在沪”；四、所到之处，都受到鸣炮、军乐的致敬，及民众团体的迎送。

一九二七年八月十九日，一百多名清华出洋留学的男女离开上海赴美，陈洁如便是借此名义出国的，在送行的人群中有蒋介石的秘书陈舜耕。这位机要秘书也有来头，他的姐姐陈志坚是蒋介石元配毛福梅的同学、结拜姐妹。当时陈志坚就在溪口，是纬国的家庭老师。

那天，陈洁如穿一件灰色细长马甲，下面有白红蓝的间色，里面衬着半截式的背心，脚上穿白皮鞋和粉红的长筒丝袜，蓬松的短发，自然的态度，给人极为朴素的感觉。在一群年轻人中，丝毫也看不出她是大名鼎鼎蒋总司令的夫人。只是当海伦向别人介绍她时，陈洁如才被注意，记者们的镜头纷纷对准她。

多年后陈洁如这样回忆离别时的情景：“轮船正在向大海行进，我依然远眺上海，海岸线上可以看见外滩那些著名的高楼大厦。但是它们怎么好像为一团迷雾所包围，那团迷雾竟是我布满眼中的泪水……”

关于陈洁如出国，媒体有大量报道，美联社在当天电讯中报道说：“前南京国民革命军总司令之妻、蒋介石夫人，今日搭乘杰克逊总统号轮启程前往美国……”

陈洁如在护照申请表上签名是“蒋洁如”，她此行也受到各地高规格接待。过檀香山时，当地国民党同志打出的欢迎标语是：“中国国民党檀山忠实同志欢迎蒋夫人大会”，檀香山总督在欢迎国宾专用的总督府大厅会见陈洁如。

陈洁如几乎每天都在欢迎会和宴会度过。才二十出头的她忘记了蒋介石要她低调的嘱咐，谁也未料到，一场风暴正向她袭来，甚至有理由相信，这场风暴是蒋介石与陈洁如真正翻脸的源头。加上她不低调，让蒋介石在宋美龄那里尴尬不已，更加窝火，到了再也不屑于理睬她的地步。

引起风暴的是在船上发生的一个意外，起因是陈洁如身上那五十万美元巨款。初次出国，且无任何经验的陈洁如，因为行李中有张五十万元的支票而惴惴不安。上船初，船上的账房（服务员）照例通知旅客，贵重物品可送账房保管，否则遗失轮船公司概不负责，陈洁如便与张家二女商量，为了保险，她将支票交账房保管。

谁知船靠岸后，有记者从账房处挖料，一名账房说："别的我不知道，只是有一张五十万美元的支票，她们曾交账房保管。"马蜂窝就此捅开。

接下来的媒体报道是："蒋介石夫人随身带五十万美元来美"、"蒋介石何来如许美金"……

侨民们开始怀疑是蒋介石的赃款，纷纷表示不再为国民党捐款。

面对这样的风波，要扫除与宋美龄联姻障碍的蒋介石，不得不通过一次与记者的谈话，表明他与陈洁如无任何关系，并宣称搭乘杰克逊号赴美的妇人并非他妻子，乃是政敌捏造的谣传。

从此，陈洁如在大众面前销声匿迹了，后她独自带着养女陈瑶光生活。二十世纪六十年代，她与蒋介石有过一次通信，年过七旬的蒋介石在信中说道："往昔风雨同舟的日子里，所受照佛，未尝须臾离怀。"已是天命之年的陈洁如在回信中哀婉写道："三十年来，我的委屈惟君知之。"

蒋介石是十四日午夜偕陈果夫、邵力子、张群、刘文岛等人，回到生他养他的故乡——奉化溪口的。有人讲他是因为下野丢脸，才在深夜悄悄回来。

溪口是宁波奉化县的一个镇，沿一条名为剡溪的河流而建。剡溪是奉化的母亲河，在它周围有会稽、四明、天台三大名山环绕。

关于溪口，有许多不解之谜。

一八八七年蒋介石生于溪口的一个商人家庭，属猪，按命相学说法，这孩子是水命。他六岁的时候，在溪口西南方向，有一个叫韶山的地方诞生了一个男孩，属蛇，按命相学说法，是土命，这个男孩后来的名字叫毛泽东。生在山边的毛泽东最终战胜生在水边的蒋介石，是应了"水来土掩"的成语吗？古人云：

“近山者仁，近水者智。”事实是，大权在握后，蒋介石更喜山，而毛泽东更好水。

几千年前，周文王建都丰邑，为夺取江山做好了充分准备；周武王建都镐京，巩固了西周二百八十年的江山。蒋介石家的房号为“丰镐房”，这是当年他母亲请族人起的房号，因蒋氏兄弟属“周”字辈，便大胆地将西周的首都“丰邑”和“镐京”各取一字为房号。

在“溪口十景”中，有一处景观名为“文昌阁”，它坐落于武山南端高处，建于一七三一年，原是溪口文人学士聚会之地，谁也没想到，过了近二百年，真的有一位海南文昌女子住进了文昌阁，她便是民国“皇后”宋美龄。

蒋介石十九岁离开奉化走出宁波，二十多年过去，算得上是飞黄腾达了。但每当遭遇困坎，他都会回到故乡潜伏一阵，修身养性，以静制动。而能说得上名字的国民党大员，几乎都来过这里。此次回乡，公开的理由是等待办理出国手续。

在家乡四十天的时间里，他没有住丰镐房，而是住在溪口西北面白岩山上母亲陵墓边上的坟庄（又名慈庵）。并让人接来十一岁的纬国，父子俩在这龙脉之地看书、爬山，享受天伦。

回到家乡的蒋介石要面对的第一个人便是元配夫人毛福梅。两人的婚姻已不是问题，早在六年前，蒋介石与陈洁如相遇时，便动了离婚念头，通过许多人，包括大舅子毛懋卿，终于可以“从终身的痛苦中解脱出来”，达成的协议是离婚不离家，毛福梅以义姐身份住在丰镐房，操持家务，人称“大师母”。

当毛福梅见到蒋介石与纬国的亲情状态，心中翻起波浪。五年前，儿子经国被他阿爸送去苏俄，至今竟无了音讯。所以甫一见前夫，便嚷了起来：“你把我的儿子弄到哪里去了，你要还我儿子。”

蒋经国自“四一二”之后即被苏俄控制，这是蒋介石无能为力的事。面对毛福梅的质问，他无言以答，心生愧疚，只能用手扶着大自己四岁的前妻，安抚说：“阿姐莫急，你的痛苦我都明白。经国之事我何尝不急，但是，要慢慢来。你放心，经国无恙。”

小脚毛福梅面对自己的男人如此劝慰只能含泪点头。

对于儿子滞留苏俄，蒋介石一直痛心疾首，他在当年十二月二十七日的日记中写道：“如果经国未被苏俄敌人杀害，即使我可能再也见不到他，我深信他在我告别人世之后还是会回来。如果我死，他才能回国，我真希望早早谢世，以告慰双亲之灵。”写这段话时，他刚如愿以偿做新郎不久，且重掌大权，不知为何有这种心态？

蒋毛二人虽解除婚约，却一直未履行法律手续，这可是过不了崇尚西方法律宗教的宋家这一关的。趁着下野的蒋介石正式起草了一份“协议离婚书”，由蒋毛二人共同署名后送奉化县政府备案。

时任县长叫徐之圭。当他拿到“协议离婚书”时，不禁暗叫：“本老爷三生有幸，办此千古大案。”当即签字准其离婚。

解决另一侧室姚冶诚的问题似乎更加简单，她人就在宁波，只是稍有麻烦的是她与蒋介石的舅母蒋妙缘关系很好，听说蒋要公开与她分手，便去蒋妙缘家哭诉。

蒋介石与蒋妙缘的关系很密切，她既是蒋介石娘舅孙琴风的续弦，又是蒋介石的族姑。一九一三年下半年，蒋介石被袁世凯悬赏三千银元通缉，躲在离溪口十余里的萧王庙娘舅孙琴风家阁楼上，是蒋妙缘救他于危难之中。

因为姚冶诚不曾生育，正巧才一岁多的小纬国从日本来到上海，便交由姚冶诚抚养，正是因为这个原故，蒋介石无法下决心将姚踢出家门，而是只要求她不要沾蒋家的名分。

经过谈判，最终蒋介石以纬国继续由姚抚养，并按月支付姚和纬国的生活费为条件，解决了姚冶诚的问题，她将由宁波迁往苏州居住。

终于，下野的蒋介石“一身干净”了，他明白这种“干净”意味着什么，中国人关心领袖的家事往往如同关心国事。当年孙中山要娶宋庆龄，遭到党内同志强烈反对，请求孙中山悬崖勒马的呼声很高。在孙宋婚礼上，基本见不到党内同志，大家都拒绝参加。这次放出要与宋美龄结为秦晋的消息后，又有一批党内同志以蒋有一妻二妾为由，表示反对，甚至有人提出要求党组织采取阻拦行动，而蒋介石尚不具备孙中山的威望，他不能因家事而坏了他的国家大事。

他起草了一份《蒋中正家事启事》，以便向党内外同志解释清楚，证明他娶宋美龄光明正大：

“各同志对于中正家事，多有来书质疑者。因未及遍复，特奉告如下：民国十年，元配毛氏与中正正式离婚。其他二氏，本无婚约，现已与中正脱离关系。现在除家有二子外，并无妻女。惟恐传闻失实，易资淆惑，耑此奉覆。”

他慎重考虑这份启事的发布时机，因为尚在等待宋家的消息，只有宋家那边基本底定，这份启事才有发布的意义。

他给上海的宋美龄写了一封信。这封信后被人们称为蒋介石向宋美龄求婚的情书，在蒋宋婚礼前四十二天由天津《益世报》发表。

“余今无意政治活动，惟念生平倾慕之人，厥惟女士。前在粤时，曾使人向令兄姊处示意，均未得要领。当时或因政治关系，顾余今退而为山野之人矣。据实所弃，万念灰绝。曩日之百对战疆，叱咤自喜，迄今思之，所谓功业宛如幻梦。独对于女士才华容德，恋恋终不能忘。但不知此举世所弃之下野武人，女士视之，谓如何耳！”

情书中所写之言，看似多余，实则饱含深意。按理蒋宋二人已心相许，何必再如此求婚？虽然有宋霭龄忙前忙后，有谭延闿等德高望重之人的保媒，加之宋子文已“缴械投降”，正在起穿针引线作用，但蒋介石从不真正相信别人，未成之事不敢丝毫马虎。这场婚姻必须取得主角——宋美龄死心塌地同意才行。这封信要激发的就是宋美龄同情弱者的母性。

果然，集修养、风度、才智、家庭背景等无不优秀的条件于一身的宋美龄，爱上了“下野武人”。她一面讲：向我求婚没有用，要我姆妈同意才行；另一面又说：我是能够被人包办婚姻的人吗？

关于宋美龄的风花雪月，至今依然扑朔迷离。但她在成为蒋介石夫人前给友人的信中所表示的，或许可以成为她有过恋爱经历的证据和答应嫁给“下野武人”的注解。她说：“我既无法忠于自己内心嫁给最爱的人，如果结婚，将不会是为爱而结。或为名或为利吧！”

在家乡四十天里，蒋介石先在坟庄的三间平房大约住了二十五天，因为天气热，便搬到离溪口十五里的雪窦寺住了半个月。

他把带来的警卫安顿在宁波、奉化，只有少量人员跟他回溪口，秘书长邵力子等一干贴身人员住他长兄毛介卿家。

蒋介石带着纬国在雪窦山中畅游，不时背着纬国，口中“团团”叫个不停。妙高台、观瀑亭、千丈岩等地都留下父子俩的足迹。他还邀请故友一起游玩，并请人设计修筑从雪窦寺通往各景点的山路，改变现在狭窄难行的羊肠小道之现状。

他邀请正在雪窦寺的江浙名僧太虚法师讲解《心经》，并为之倾倒，他对外讲话从不离："鄙人下野，当可促成宁汉合作"这个中心，其他则不愿多讲。

清光绪三十四年（1908 年）摄政王载沣解除了袁世凯所有差事，袁称疾返回河南隐居，韬光养晦等待时机复出。从表面看，蒋介石与袁氏一般，似乎成了闲云野鹤，心如止水，实则内心充满愤怒。才回溪口没几天，便尝到被人逼迫的滋味。在"四一二"中屠杀共产党人的二十六军军长周凤歧派秘书给蒋介石送来五万元，并请蒋离开浙江，周凤歧的这一招与当年蒋介石赶走老上级许崇智的手法异曲同工。此举动深深戳痛蒋介石的要害，倔强固执的他暴跳如雷，立刻命令浙江省防指挥官蒋伯诚调集军队，并给他三百黄埔学生，要以武力对付周凤歧。

蒋伯诚当年是许崇智辖下第四师参谋长，正是他在民国十四年（1925 年）九月十九日晚，携带蒋介石的亲笔信与许崇智见面，请许辞职赴申休养。当周凤歧重演蒋的故伎时，蒋伯诚糊涂了，他不知是周凤歧自己的主意，还是周背后有强大势力，于是赶快向何应钦报告。何应钦一听就知是周凤歧在讨好白崇禧，当即给白崇禧打电话。

面对下野的蒋介石，桂系依旧不敢小觑，反而在想办法修补裂隙越来越大的关系。白崇禧立即下令撤销周凤歧的所有职务，包括浙江省政府委员及二十六军军长，但给了一个台阶，对外称是周凤歧自己辞职，并由何应钦任浙江省主席，并改组省政府。

此事到九月三十日才全部结束，但蒋介石从此对"周凤岐"咬牙切齿。过了十一年（1938 年），他命令军统头目黄埔六期的戴笠，以汉奸罪暗杀了周凤岐。而戴笠曾经在周凤岐手下当过兵。

处在下野之中的蒋介石时时对炎凉世态唏嘘不已，也引发了他急躁的脾气。有一小例：他很喜欢吃家乡的芋艿。这天，厨师上了一盘鸡汁芋艿，蒋吃得津津有味，伸手要副官再添饭时，忽觉已饱，就问副官："添过几次?"副官答已添过两次。回到卧室的他觉得肚饱难受，不觉发起火来，把副官喊到卧室骂到："侬是个饭桶，我叫添饭侬就去添？难道没看见我已吃饱了吗?"

幸好，还有两件事让他看到政治上的希望，一是回家乡的第五天，奉化各界举行欢迎蒋介石"锦旋"大会，这让他感动，在会上激动地说："中正为国奔走，对于桑梓事情，无甚顾及，殊觉抱歉万分……中正别无他愿，望桑梓升平，诸父老兄弟皆得安居乐业……"

二是在雪窦寺抽到一支好签："飞龙升天，腾骧在望。"对下野之人来说，这是支上上签。雪窦寺方丈郎清和尚连连向蒋介石道贺，说："先生灾难已过，将青云直上。"

虔诚礼佛、求签问卦是蒋介石从母亲王采玉那里继承下来的。回家乡，他心中惟一的真实念头就是与母亲住一起。

他曾为母亲写过大量纪念文章，其中以王采玉去世后第二天写就的《哭母文》最为动人。这篇七百字的诔文，深情回忆了母亲的一生，句句含情，充满怀念：

开篇写道："悲莫悲于死别，痛莫痛于家难，哀莫哀于亲丧，苦莫苦于孤子。"在写到母亡后的自己时，他这样自问："且复谁能容我狂愚，恕我暴戾，抚慰我激愤，曲谅我苦衷，为我代苦代忧，至死不怨……"

在文中，他还回忆了母亲弥留之际的情景："犹记当时吾母呼吸迫促，儿乃趋抚母背，以冀挽危亡于倾刻。然竟因是不获睹最后慈容之悲戚！呜呼恫矣！从此抱恨终身，不知生存于人世，复更有何意趣耶……"

当时认识蒋介石的人，无不为他的孝心所感动。孙中山不仅亲撰祭文，还题写了墓碑。在蒋母坟头，除了蒋介石自己的手书外，还有张静江、汪精卫、胡汉民、谭延闿等大人物的墨迹。

蒋介石的老师毛思诚曾这样描写四年前蒋介石回溪口住坟庄的情形："入夜，闲躅山门外，岭上寒风，松间明月，清景耐人寻思，与次公子（纬国）相伴守穆如也。"

回乡后，蒋介石拒绝了外界的拜访探望，均由张群代为挡驾，声明对政治已无主张，今后也不愿意多务政治，而愿意多研究学问。但当二十一日美国《环球日报》与《纽约日报》的记者持宋子文介绍函到溪口时，蒋破例在雪窦寺接受了采访，继续表示自己下野是为了促成宁汉合一。但显然他是为了给足宋子文的面子才会见记者的。

与雪窦山的平静相比，南京、武汉却要热闹许多。尽管桂系联手何应钦无比惊险地打败了孙传芳六万大军的偷袭，于八月三十日取得龙潭大捷，孙传芳此役后再也没能力翻身。但国民党内的政治、经济形势却因蒋介石下野乱成一团。

政治上：党争进一步加剧。蒋介石下野的第三天，胡汉民的政府就已无声无息了。李宗仁即致电汪精卫，提议将国民政府从武汉迁往南京。经过几轮商洽，宁汉达成合作协议。九月五日，汪精卫携一众人士在发表了《迁都南京宣言》后，到达南京。

可情况就在几天内发生了变化。经过龙潭之战后，强悍的桂系忽然觉得没有汪精卫也能坐天下。李宗仁等联络了盘踞上海多年的西山会议派，结果一批国民党长老级的人物谢持、邹鲁、林森、张继、居正等步胡汉民的后尘，纷纷显身，导致“宁汉合流”变成了宁、汉、沪合作。

李宗仁向汪精卫提出必须要有胡汉民、张静江、吴稚晖等参加有关会议，方能体现合作精神，可这却是桂系给汪精卫摆出的第一道难以越过的障碍。

明知已辞职的这帮人不会合作，可没有兵权的汪精卫也只得亲赴上海劝驾，遭拒绝。胡汉民、吴稚晖甚至给了他闭门羹。

汪精卫情急之下使出另一计：在上海召开国民党二届四中全会。可这又引起西山会议派反感，这帮人大多早已被排除在二大以外，汪精卫摆明了要使他们参加不了会议。西山会议派坚决不承认在武汉召开的三中全会，指出要开全会也是开三中全会，作为广州召开的二中全会的衔接。

最后，无奈的汪精卫只得答应在上海召开宁、汉、沪三方谈话会，共商统一改组办法。经过三天激烈争论，即将成立的国民党中央特别委员会完全被桂系与西山会议派操纵。作为特委会的主要发起人汪精卫，原以为可利用蒋介石下台重操中央大权，谁知却竹篮打水，落入了桂系的圈套，只得到个排名第五的常务委员头衔。他被迫于九月十三日通电下野，悄然西去，到庐山与唐生智商量在武汉成立政治分会事宜。

经济上：南京政府自四月十八日成立，到九月中旬，军政支出达四千万元，这笔钱，大多来自蒋介石的面子。

江浙籍资本家在上海工商界中所占总数达百分之七十八，他们与蒋介石有同乡之谊，有共同的利益，随着蒋下野，利益链条消失了，南京政府的财源也同时断了。

为筹款，白崇禧赶赴上海招待上海各界，反复强调是蒋主动下野，与他人无关。他恳请道：“南京危在旦夕，孙传芳已扬言要到上海过中秋节，请各位在财政方面帮忙一个月，就一个月。”但他的款待还是徒劳无功。南京政府的经济命脉几乎被切断，不得不缩减军政费用。而在战争中，金钱往往是决定胜败的重要因素，可谓有钱能使鬼推磨。

蒋介石这时已得知，在湘赣边境爆发了一次共产党领导的暴动，但很快被镇压了，参加暴动的农民没了踪影。他此刻怎么也不会想到，就是这支没了踪影的哀兵日后夺了他的江山。

在收到宋子文、宋美龄确认婚姻问题的电报后，蒋介石开始行动。

首先，在中央特别委员会召开第一次会议的九月十六日，蒋宋联姻的主要策划者宋霭龄在上海宋宅召开记者招待会，把蒋介石和宋美龄的照片分发记者，并宣布："将军即将与我小妹结为伉俪。"

因为宋美龄放出风声："结婚需要经母亲倪桂珍同意。"蒋介石找到了他急需去日本一趟的理由，他对《字林西报》记者说：

"此种婚姻，并非政治结婚。诸人皆从事于政治生涯，乃属偶然巧合，并非同派。且宋家尚未允许，宋女士之母病在神户。余拟即前往问候，并向乞婚，以外并无其他任务。"

然后，在动身离开溪口前，他发表了七千五百字的《告别黄埔军校同学书》，这篇分了九个方面的长文，苦口婆心地告诫黄埔同学：要想取得胜利，必须从自身做起，要将一切耻辱忍受下去，中国革命必将在黄埔军人的手上获得彻底成功。

如何驾驭已经毕业的五期共七千多名军校学生，这是蒋介石一刻也没有放下过的问题。由于北伐，军校学生打出了威名，又因为校长是总司令，这批军人开始骄奢狂傲起来。二期、三期的不屑做营长，四期的不屑做排长，刚毕业的五期学生没工作可做。蒋介石想充分利用这次下野，让他的学生失去保护伞，懂得做人做事的道理。

事实是这短短一个多月，黄埔军人便开始被人讥讽、毁谤。现在要做的是摆出事实，鼓舞士气。同时，要让所有黄埔军人明白，我蒋中正不会倒下，也不会抛弃大家。

他在《告别书》中写道："我在这一年中，几次要想辞职不干，都因为顾虑你们而迟疑隐忍……但到了现在，我实在是不能再维持了，我不去职……终不能激发你们独立的志气，将使你们的依赖心愈久愈深。"他还真诚地写道："我笃爱你们，出于至诚，我深信你们必能接受我的荩言……我此次出洋，决非抛弃你们……我一刻也不会忘记你们……黄埔万岁……"

这篇充满情感的《告别书》，不仅处处洋溢着谆谆教诲，而且读来让人荡气回肠，在黄埔系中引起强烈反响，学生们开始翘首以待盼望校长归来。

在发表《告别书》的同时，蒋介石把早起草好的《蒋中正家事启事》交由《申报》，要求他们从二十八日起，连登三天。

所有的事都准备妥当后，他于九月二十三日坐船抵达上海。但他没想到，一直在被做工作并受到监视的宋家二小姐——“国母”宋庆龄，竟在他到达上海的当天凌晨乔装成普通妇女，悄悄离开了莫里哀路寓所，被苏俄接往莫斯科，并发表《赴莫斯科前的声明》。

宋庆龄在上海期间常与家人在一起，对蒋宋联姻之事应该了如指掌，为什么她要在此关键时刻离沪赴苏？

对于宋庆龄的离开，蒋介石无可奈何，想要的十全十美婚礼泡汤了，虽有些许沮丧，但当下最重要的是使日本之行尽量完美。出发的时间定在二十八日，利用在上海的五天时间，做赴日准备。

此时，日本对中国扩张已是事实。有数据称：仅在山东境内就有一万七千日本侨民，投资额已达一亿五千万日元。而在中国近邻中，有此实力者仅俄日两国。如今与苏俄关系已呈决裂之势，有必要与日本正面沟通。蒋介石明白，就目前中国的政治军事态势，谁有外援，谁将身价倍增，而跳出群雄争霸，去争取外援，不失为一着好棋。

此番赴日，就是要让日本政府对南京政府有充分认识。蒋介石已准备好一份一千五百字的《告日本国民书》，重点阐述国民党与日本的渊源，称：“中日两国为兄弟之邦，无论在任何方面观察，均有唇齿相依之关系……”文稿通篇使用了谦逊的词语，期待“中日亲善之实现”，“并切望日本七千万同文同种之民族，对于我中国革命运动，彻底了解，而予以道德及精神上之援助。”蒋介石想告诉日本人，只有这样，中国才能“与贵国同负保障东亚和平之重任”。

在起草这份文稿的同时，他并没有忘记，宋家与美、英等西方国家亦有千丝万缕的渊源，此次东渡日本也是接续这些渊源之旅，他要在东洋与西方列强接触商谈。

在上海等待去日本的五天里，蒋介石会晤了胡汉民、吴稚晖等，感谢他们对自己下野的支持，还召见何应钦了解军情，他没有责怪何应钦下令撤销了那七个补充团，而是嘱咐何应钦一定要保存好实力。但没有见尚在上海筹款的白崇禧。

短短五天，蒋介石与宋美龄的关系急速升温，两人常叙谈至深夜。在蒋介石日记中有如此记载：“与三弟（美龄）叙谈，情绪绵绵，何忍舍诸！不惟外人不知三弟之性情，即中亦于此方知。”

两人商定好二十六日订婚，并初步决定去日本完婚，蒋介石为此忙着找婚姻介绍人。二兄张人杰是不能做了，他因陈洁如之事心中过不去。思考再三，决定邀请正在上海的奉化老乡王正廷做介绍人，对这个人，蒋介石有重用想法。

王正廷是民国名人，他当过黎元洪的代理国务总理兼外长，是出色的外交家，现任欧美同学会理事长、陇海铁路督办。他欣然同意作伐。

第二位介绍人的理想人选是廖仲恺夫人何香凝。可她与陈洁如关系也不错，且对宋家无好感，蒋介石只得改请在上海的冯玉祥夫人李德全做介绍人。

李德全曾是北京基督教女青年会学生部干事，符合宋家宗教信仰的要求。她在嫁给冯玉祥时有句名言：“是上帝怕你不为民办事，派我来监督你。”更重要的是蒋介石虽下野，却没有放弃与冯玉祥联手的想法。当李德全知蒋介石请她做大媒时，笑着说：“就让宋小姐来监督你吧。”

八月二十六日，蒋介石与宋美龄订婚，两人在法租界宋霭龄家拍了正式合影。蒋介石心中的一块大大的石头落了地，往下的日本求婚之旅，不过是个浮在面上的形式而已了。

宋子文已先期前往日本向母亲报告此事，并安排行程，而蒋介石则按大姐宋霭龄的吩咐，派秘书陈舜耕等采买礼品。有杭州丝绣、宜兴茶具、长白山野山参，还有珍珠项链、翡翠手镯以及最重要的结婚物品——钻戒。这枚戒指一定要由宋母收下，再交宋美龄。

出发前，蒋介石没有忘记与二兄张静江商量下一步的计划，两人甚至商量如果统一无望，则将中国分为几大块，由群雄分而治之。

他担心到日本会临时有文件要起草，便要张群邀请陈布雷一起东渡，但陈布雷以“不谙日语”为由婉拒邀请。

九月二十八日六时，习惯早起的蒋介石起床整装后，去西摩路一三九号与宋美龄告别。他们才刚分别四个多小时，头天夜里两人谈话至凌晨一时。告别时，四十岁的蒋介石与三十岁的宋美龄似热恋中的少男少女，难舍难分。

七时前，蒋介石登上东渡的“上海丸”豪华邮轮。同行有老兄弟张群、副官孟超然、秘书陈舜耕，以及刘文纪等，日本驻上海领事清水前往送行。

已退出武汉政府的宋子文在日本等候。这位很快将掌握民国财政大权的中年人，三个月前刚刚娶了毕业于南京金陵大学、英文极好的江西九江一位建筑商的女儿——张乐怡。

往后四十四天的日本之旅是蒋介石此生最后一次踏上日本国土。在船上对他张群说："这次访问，最重要的是同田中见面会谈，你要抓紧联络。"

"上海丸"经过约三十小时航行，到达日本国最西南边的城市——长崎。

下船伊始，蒋介石面对闻讯赶来采访的记者，居然回避了与宋母见面的话题，只是表示："余此次来日，乃欲观察及研究十三年以来进步足以惊人之日本，以定将来之计划。且余之友人居日者甚多，欲乘此闲暇之机会，重温旧好……"

十月三日，蒋介石一行人乘火车到达神户。宋母倪桂珍就带着一对外甥——十二岁的孔令仪与十一岁的孔令侃在日本最古老、规模最大的温泉之一——神户有马温泉度假，这里的温泉冬暖夏凉。

宋子文安排蒋介石下榻宋母同一酒店——有马大旅社，以方便彼此见面。

刚入住，蒋介石就给了旅社老板娘千代子三百日元小费，面对出手如此大方的中国客人，千代子很是兴奋，服侍起来加倍热情。

当一身笔挺西服的蒋介石出现在宋母倪桂珍面前时，这位已近花甲有着很深西方观念的老妇人正在看《圣经》，她是位虔诚的基督徒。宋母很有风度地操着上海话问："侬多大?"

蒋介石恭敬回答："四十。"

倪桂珍没有考虑便说："侬出生的年份是我与美龄爹爹结婚的年份。"

一听这话，蒋介石立刻感到了一股暖流流进身体里，忙说："晚辈恭请太夫人安。"

倪桂珍并未多客气，而是直奔主题："侬出身佛教家庭，我家则是基督教家庭，两家头的宗教信仰不一样，侬要好好考虑。"

极善于察言观色的蒋介石，立刻回答道："我知道这样的婚姻会出现困难，但是，我个人并非佛教徒，我也可以信基督教。"

倪桂珍马上反问："侬愿意成为基督徒?"

蒋介石听了这话，脑子在快速运转，他知道他的回答意味着什么，但他心里坚定着一个信念，尽管蒋宋联姻有着迫切的政治需要，但求婚的底线是：绝不能因为婚姻而不要人格，所以他不能为讨好倪桂珍而撒谎。想到这，边观察倪桂珍的脸色，边说："假如我为了要娶三小姐，而成为基督徒，大概你也不同意，可是我答应你，从今天开始我要好好地读《圣经》，实际上，自与三小姐交流开始，我已经开始阅读《圣经》，只是战事紧，没有时间研究。”

倪桂珍盯着他看，见其态度决非敷衍，脸色明显温和许多，再问：“侬不是有三个太太吗?”

早有准备的蒋介石马上拿出与毛福梅离婚证书给倪桂珍过目，解释说：“此三女与我已无任何关系……”

倪桂珍对蒋介石的婚姻状况很是清楚，从内心讲，她不愿意把女儿嫁给这位口碑并不好的军人，无奈美龄已铁了心，加上霭龄、子文反复讲联姻的重要性，只好抱着“女大不由娘”的心态来决定此事。见蒋介石表示愿意读《圣经》，这让她多少有些宽心，便从一只手提箱里取出一本《圣经》，看了看，递给蒋介石，说：“这部《圣经》是美龄父亲的遗物，伊临终嘱咐我讲，把它送给未来的三女婿，我相信侬会喜欢它。”

听了这话，蒋介石知道与宋家联姻的所有关卡至此全部通过，他按捺住心中的兴奋，小心翼翼地接过《圣经》并稳稳抱在怀里，用激动得有些颤抖的声音说：“谢谢太夫人，晚辈一定谨遵教诲，认真研读。”不知此时的蒋介石是否知道，宋家的发家便是从印刷《圣经》开始的。

从倪桂珍房里出来，正好遇到送下午茶的千代子，他用少有的兴奋神情大声说：“老板娘，成功了，婚约成功了。来来来，我给你写字，马上替我磨墨。”

那天，蒋介石在兴奋之中一口气写了：“革命”、“宁静致远”、“天下为公”、“千客万来”等条幅送给旅社。

后来，有媒体对求婚过程这样报道：“相晤时，太夫人正在室中研究新约圣经……既见蒋，勉蒋为使徒保罗。蒋告太夫人，谓对基督之道，近日亦有信仰，并乞婚焉。时太夫人以蒋对于联姻之手续，既一一办妥，毫无其他问题杂处其间，遂允其请，许以女美龄妻之。”

第二天，双方便开始商量婚事。蒋介石每日早起，去倪桂珍的十八号房，路过令仪、令侃房间时，总要拍门，赶他们起床。

他请求倪桂珍让宋美龄来日本完婚，然后两人结伴赴美国，可倪桂珍拒绝了。她说：“我丈夫希望儿女的婚礼都在上海景灵堂举行，那里是伊二十三岁回国传教工作的地方，可是霭龄、庆龄都是在日本结婚的，我不能让最后一个女儿也在日本结婚。”

对倪桂珍的态度，蒋介石虽然觉得遗憾，但也可以理解，只是当下国内局势尚未达到他想要的混乱局面。他马上给宋美龄发电，详叙了一时不能回国的原因：国内局势、尚未见到日本首相、也未与美国方面的人见面等。他希望宋美龄能来日本，一起说服倪桂珍。

四日下午，蒋介石收到宋美龄不来日本的回电，这让他心中产生不快。在此之前，没有哪个女人会拒绝他的决定，但小不忍则乱大谋，他还是在五日把婚戒面交倪桂珍。

收下戒指的倪桂珍目不转睛地盯着蒋介石看，把年过不惑的蒋介石看的好不好意思，在日记中写道："未免令新婿为难"。

十月八日，倪桂珍带着小外甥先行回国。送走倪后，蒋介石一边等候与田中首相见面，一边会见友人与日本政要，同时与宋子文商谈如何应付国内局势以及畅想南京政府今后的走向。

眼前的这位大舅子，对中国现代经济的看法以及设想都让蒋介石刮目。他关于成立中央银行的打算以及统一国家币制、统一国家金库、调剂国内金融的思想，让蒋介石大开眼界。他知道，要想偿还清政府和北洋政府的所有外债，重塑债务信用，非懂得西方规矩的银行家来操作不可。此时，在蒋的心目中，未来的舅哥是南京政府财政部长的不二人选。为了让这位人才倒戈，真是软硬兼施，甚至动用特务扬言暗杀绑架。现在他总算是归顺了。

两人商定，由宋子文先期回国，直接去广州与张发奎等商议，迎蒋赴粤，再次以广州为基地，以应付全局。这是蒋介石以防万一的一步棋。

十月十日（农历九月十五），蒋介石度过了自己四十周岁生日。踌躇满志的他，向往着完成孙中山遗愿——统一中国。现在看，自己离这个目标似乎并不遥远，但他清楚，要挽回混乱局面，必须解决党争与军队问题，要下决心把党的核心工作牢牢掌握在自己手中，而可以操作此事的人又非陈果夫兄弟不可。在他的脑海里，一个可以顺利实施军政、训政、宪政的路线图开始形成：自己掌握军队，陈家兄弟掌握党务，宋孔家掌握财政……

蒋介石在日本的旅行一路向东，慢慢接近东京。

这期间，他毕恭毕敬地会见了十七年前当过他长官的长冈外史，并为老师书写了"不忘师恩"的条幅，让那位日本老军人受宠若惊，说："我对于不忘恩义的蒋君，怀有无限的尊敬。"长冈外史后来回忆时认为，正是忠心耿耿和知恩必报才是蒋介石成功的秘密。

蒋介石到离东京仅九十公里的日本另一个温泉之乡——箱根访友。此地到处有公园，给他留下深刻印象，还为住宿的饭店写了“天下为公”的字迹。过了二十二年，当他在大陆被共产党打的行将全面溃败时，曾想流亡海外，地点定为日本，具体居住地便是箱根，为此，还特意安排人在箱根花一万五千美元买了一座有二十多个房间的豪宅。

蒋介石是十月十三日到达东京入住帝国饭店后，又立刻带着张群一行人去箱根的，因为张群在会见了陆军省铃木贞一和参谋本部松井石根后，得到一个重要约会：外务省政务次官森恪将安排田中义一首相与蒋介石在箱根见面。

此刻的蒋介石没有任何身份，与田中见面纯属“民间对官方”，但他们都明白彼此的分量。

箱根见面是秘密的，只有四人参加：蒋介石、张群、田中义一和森恪。这次见面双方快速达成了协议：日本承认蒋介石的政权，承认中国的统一；中国承认日本在满洲的特殊地位与权益。

有了箱根会谈，蒋介石兴致高涨，认为访日目的大致达成。接着他又进行了一系列密集拜会、宴请，从政界到军界，再到商界。还特意拜访了孙中山的老朋友梅屋庄吉。

蒋介石对梅屋庄吉说：“总理曾有吩咐，将来如有困难，可与先生商量。”

当庄吉听到蒋介石有远游美国的想法时，生气地说：“孙文先生信赖你，把后事托付给你。你却陷于困境，就想远走，怎么可以？你和宋女士结婚，一定会在各方面得到很大帮助的。”

蒋介石于十月二十三日下午四时十三分正式在东京亮相。在车站受到中日两国国民欢迎，同时到达的还有刘文纪等人，依旧住帝国饭店。他选择这一天发表了《告日本国民书》，然后开始高调与有关人士广泛接触。

在东京要拜会的一个重要人物是日本右翼首领头山满。经过铃木贞一的安排，蒋介石见到了这位已七十二岁、与日本当局关系密切的黑龙会老大，他曾资助过孙中山，是位中国通。

头山满热情接待了来自中国的下野领袖，不仅安排蒋介石住在他邻居川野长城家，还表示可以安排蒋介石公开会见田中。

黑龙会以中国东北的黑龙江而起名，这个组织在相当一个历史阶段体现的都是日本国家意志，他们不仅想吞并中国东三省和蒙古，更想扩张到西伯利亚。

民国十六年（1927 年）十一月五日下午一时半，蒋介石带着张群与年过花甲的日本首相田中义一在首相青山官邸正式见面，田中只安排一名翻译佐藤参加会见。也有文献指出，陆军大臣向川一则、参谋总长金井范三、参谋次长南次郎也参加了当天的会见。

会谈进行了两个小时，因田中有事而结束，田中希望再谈一次，被心中愤怒的蒋介石拒绝，说："你们可以同张群再议。"

这次见面，双方都有详细记录。蒋介石的愤怒是因为他发现田中在青山会谈中对箱根会谈的约定反悔了。从存放在日本外务省的会谈记录原件看，青山会谈双方没有达成任何协议。

刚落座，田中就问蒋介石今后有何打算。蒋老练地把问题踢回去，道："过去许多计划都失败了，将来怎么办？希望听首相先生的教诲。"

田中显然有备而谈。他抛出三条意见：一、建议蒋介石统一长江以南即可，注意防范那里的"共产党再度萌芽生叶"；二、不要插手北方张、阎、冯之争斗，此类争斗自己便会有结果；三、日本不会帮助张作霖，只会安心于满洲之治安维持。

蒋介石显然不满意田中的建议，强调不北伐，祸乱必染及南方。他一方面表示："总理曾有言，不得牺牲日本利益。"一方面挑唆道："俄国已在中国干涉颇多。"他还指出：中国的排日风潮是因为国民误以为张作霖是依赖于日本的，所以，日本要想消除中国国民的误解，就应该支持北伐统一中国。蒋介石畅想，到那时："满蒙问题应容易解决，排日亦能绝迹。"

显然，蒋介石想以俄国在华争利益来挑起日本的不满，他又聪明地使用了一个"误"字，让对方进退不得。

田中没有正面回答，而是说："听过阁下毫无隐藏之心底之声，我也想畅谈一番……今日也谈不完，还是改日再议，千万在滞留期间再有一次甚于今之恳谈。"

面对田中左右而言他的态度蒋介石十分不满，在当天的日记中写道："综核今日与田中会谈之结果，可断言其毫无诚意，中日亦绝无合作之可能，且知其必不许我革命成功，而其后必将妨碍我革命军北伐之行动，以阻中国之统一，更灼然可见矣。"

蒋介石并不知道，田中此番态度，才是五月召开的日本内阁"东方会议"

中对华政策的精神体现。在那次会上，森恪曾出言不逊道：“蒋中正竟敢与大日本帝国作对，搞什么北伐，战争波及山东仅是时间问题。”阻止蒋介石北伐已是日本军政两界的共识。

与田中会谈后，蒋介石按计划又与美国驻日本特使见面，双方在债务方面达成一致后，美方承诺“美利坚合众国愿意全力支持蒋介石将军在中国建立政府，统一中国”。

在见了满铁总裁山本条太郎、立宪民政党总裁滨口雄幸后，蒋介石决定立刻回国。他对张群等人说：“当前国内局势，已经不容袖手旁观。”

十一月七日晚八时，蒋介石一行从东京乘车到横滨，连夜转东海道线夜快车赴神户。八日，由神户港登船离开日本返回上海，已成为朋友的头山满赶到码头为蒋介石送行。十日，既兴奋又失望的蒋介石回到了让他思念的上海。

四十四天的旅行，花了二万六千日元，却未从日本政府那里取得实质成果。有文献说他此次在日本借到了四千万日元，可以肯定，这笔钱不是日本政府给的。

历史的变化常常让人琢磨不透。蒋介石怎么也没想到，在他下野不到三个月的时间，竟会从四面楚歌、孤立无援的境地，变得身价百倍人人想与他联手。他则双掌当八拳在忙碌的筹备婚礼中，腾出手来指点江山运筹帷幄；在温柔的蜜月里，痛下杀手重掌大权。

在没有蒋介石的日子里，中国从北到南打成了一锅粥。

张作霖原本拉阎锡山打冯玉祥。一见北伐军自己混乱起来，立刻改变策略，兵分两路打击阎、冯，同时分化阎、冯内部，把晋军名将傅作义围困在涿州，晋军几乎全线处于被动挨打。

冯玉祥的国民联军，从未有过固定根据地，且杂牌军多，无甚战斗力，其中收编的吴佩孚旧将靳云鄂还发动了叛乱，惊出冯玉祥一身冷汗，加之蒋介石下野后，宁汉双方答应粮饷都没了着落。阎冯都清楚，凭实力，即使二人联手，恐也打不过奉军。眼见郑州危险，冯玉祥连连向宁汉两方求援。

掌控宁方的桂系李宗仁、白崇禧在彻底击败孙传芳后雄心勃勃想拿下武汉，扩大战果，跟一直反对蒋介石的唐生智打起来，根本无暇顾及阎、冯。

最后急得阎、冯联名给蒋介石发出如此电报：“自兄下野，党事、军事日益纠纷……惟盼吾兄东山即起，主持一切。”“公留党在，公去国危，个人之去留事小，党国之存亡事大，爰用春秋责贤之义，再挽浪中已去之舟……”

这期间，汪精卫先与唐生智合作，后又入粤与张发奎合作。他们使诡计夺了与桂系关系密切的李济深兵权，险些抓住桂系镇守两广的重要人物黄绍竑。

在李唐之战中，广西狼兵干掉了彪悍的十几万湘军，逼走唐生智眼见整个江南都已收入桂系囊中，如何能容忍张发奎霸占广东。桂系已看穿汪精卫、张发奎等的目标是想统一两广，而广西是桂系的基石，无论如何也丢失不得，必须回军救援。可如果分兵南下，又如何控制已经到手的长江沿线？因此，桂系口口声声要灭了张发奎，却又没有十足把握南下，正处于矛盾中。

党内也乱成一堆，各方一直想召开的四中全会，怎么商量怎么开不成。各自有各自的理由，各派都有想要的利益。由中央特别委员会控制的南京政府捉襟见肘，丝毫没有蒋介石在时的稳定。

更要命的是新政府的财政部长孙科直到十月只筹到八百万银元，政府运转陷入瘫痪，军队因军饷严重滞后而拒不领命。孙科也搞了集资活动：发行国库券，他比蒋介石更狠，发行额度达到四千万银元。遗憾的是没人愿意买他的国库券。

几乎没有一派从蒋介石下野中得到大好处，相反，各派的运转均遇到了不可解的大问题，这时，蒋介石重新出现在众人的视野中。

他精神焕发地出现在十六日上午举行的“全沪党员欢迎蒋介石同志大会”上，站在天后宫总商会大会堂的主席台中央，面对五千多党员，他感慨万分地发表万言演讲。首先他对国内局势表示很痛心，党国纷乱，国民痛苦，国际地位不保，这一切皆由党内不团结而起。接着讲自己原本打算五年内不回国，但在日本老同志头山满、犬养毅等的劝说下幡然醒悟。他说“中正是一个中国人，是一个革命者。听到这样的忠告，哪能不发生感想呢？哪能敢一时一刻忘记我们的党，我们的中国呢？”他表示，汪精卫等许多同志时常来电要他回国，他所以决定回国。演讲中，他举孙中山与黄兴分歧的例子说明团结的重要性，说“只要我们前辈委员团结起来，我个人没有不唯党的命令是从的”。在演讲中他还暗示将要召开的四中全会是团结的象征，暗示仅汪蒋合作是不够的，需要各方真正合作。

大会主席团表示，渴望蒋介石先生领导大家走上国民革民的大路。而这正是蒋介石所要的舆论环境。

宋子文在广东的活动没成功，张发奎既恨又怕蒋介石，根本不敢接纳他，但这时，蒋已不需要广东支持了，他将要实施的计划涉及全党全军。

回到上海的第一件事便是开始联汪扳倒特委会。现在到了彻底拔除西山会议派这颗钉子的时候，同时隔山震虎，给桂系一个警告。蒋料定如丧家犬般的汪精卫是乐于做这件事的。

他先是鼓动汪精卫、宋子文在广州通电取消特委会；然后派陈果夫在南京游行闹事，要求打倒特委会和西山会议派，闹得越大越好。果然特委会中了套，十一月二十二日，南京举行庆祝西征胜利大会，然后游行请愿，要求召开四中全会，请蒋复职，结果被军警制止，开枪打死三人，伤数十人，这件事被炒作成“惨案”。蒋介石立刻借机大势炒作，要惩治有关人员，使西山会议派忙着应付解释此事。实际上西山会议派在入主特委会后就自动消失了。

蒋介石做的第二件事是：在利用完汪精卫后，再扳倒他。结果天赐良机，十二月十日，汪精卫在国民党第四次中央全体会议第四次预备会上提议蒋介石全面复职。可就在获通过的第二天，共产党在广州举行暴动（这次暴动是处于弱势的中国共产党在二十世纪领导的最后一次大规模的城市暴动）。被张发奎夺走了军权的李济深揭发说：广州共产党暴动成立了苏维埃，推选汪精卫为主席（实际情况是推举苏兆征为主席，他不在广州，由张太雷代理）。

共产党广州暴动的发动时间极为巧，是张发奎在广州夺权的第二十五天。张提兵企图戡平广西，实现两广统一，导致广州城防空虚，在共产国际代表纽曼策动下，在苏俄提供的二百余万美金的支持下，共产党领导人张太雷、叶剑英、叶挺等趁虚而入，他们要求市民必须红巾系领，否则格杀。在暴动部队与张发奎的部队交战中，广州受到很大破坏，有九百座建筑物被烧光。

面对共产党无意中送来的良机，蒋介石紧紧抓住并有意放大。先是促成国民政府对苏俄绝交，撤销对各地苏俄领事馆的承认等。然后利用桂系李宗仁对汪精卫的强烈不满，对汪说：“因为广州的问题，有人要逮捕枪毙你。”而桂系也真的下令查办汪精卫，并策动杜月笙要绑架他。

而狂人吴稚晖更火上浇油，发表文章，弹劾汪精卫通共，说他：“口是心非，反复无常，排甲倒乙，排乙倒甲，私德荡然，自怀人格。”汪精卫反驳说吴稚晖不过是一条老狗。

失去同仁信任、失去广州——这个权力的基础、又受到生命威胁的汪精卫不得不在十二月十六日、十七日发表了题为《两件大事》的文字和引退通电，与妻子再次海外避难，去了法国。

接着，在宋子文的统筹安排下，孙科那四千万卖不动的国库券被江浙财阀很快认购一空。据有关统计，自1927年4月到1928年6月，短短十四个月内南京国民政府共发行了国库券和公债一亿三千六百万元，从而维持了政府的开支。

这一切都是蒋介石很高兴看到的，四中全会预备会议就是在他家开的，解决了错综复杂的政治问题。成立了一百零四天的中央特别委员会宣告结束，同时，得到冯玉祥、阎锡山、李济深、朱培德等军人集团的拥戴。

蒋介石下野事件中的重要人物——何应钦，这时也在黄埔将士的催促下，于二十日率十八位将领通电拥蒋，但蒋介石已在心中做好了撤销何应钦一切职务的准备。他暗中与唐生智的残部何健等联络，到最后，桂系不得不通电赞成蒋介石复职。

如今，对蒋介石来说一切皆有可能了，他将稳稳地主持召开国民党第二届中央执行委员会第四次全体会议。他知道，文官问题解决了，连胡汉民都失去了利用的价值，而武官问题只要摆平桂系、冯系、阎系即可。他想好了政治分赃的办法：设立广州、武汉、开封、太原政治分会，分别由李济深、李宗仁、冯玉祥、阎锡山担任分会席。只要权力分配达到暂时平衡，他便可轻松在这次全会上出任中央执行委员会主席、中央军委主席，同时担任国民革命军总司令，还有可能在不久出任国民政府主席，从而牢牢控制党政军三位一体的国家体系。

而这一切，还都跟他将要举办的这场世纪婚礼有关。

在蒋介石回国之前，有关他将与宋美龄结为伉俪的新闻已铺天盖地。宋家上下也都在为此事忙碌。宋子文还给妹妹买了一栋洋房作为陪嫁，这栋位于贾尔业爱路9号（现东平路）的法式花园洋房被蒋介石命名为“爱庐”。它与后来庐山的“美庐”、杭州的“澄庐”相得益彰。

从回到上海的第二天起，蒋介石也投入到婚前的准备之中。出席孔家的宴会、陪岳母与未婚妻等给老丈人宋耀如扫墓、看新房、请婚礼主持、请证婚人、选婚礼地址、试婚礼服装等，还进行了婚礼预演。同时，他开始蓄胡子，这一忙使蒋介石脑袋发晕头痛病终于发作，幸好有能干的宋美龄反复抚慰。

十一月二十七日，蒋介石在《申报》上发表了一份别出心裁的代请柬：《撙节婚礼费用，建设废兵院（伤兵院）启事》。启事中说：“兹定十二月一日在上海与宋女士结婚，爰拟撙节婚礼费用及宴请朋友筵资，发起废兵院，以完中正昔日在军之私愿……婚仪简单，不再柬请……”意思是将所收财礼用于建伤兵院等公益事业。

在婚礼的头一天上午，蒋介石还忙里偷闲完成了一篇题为《我们的今日》结婚感想：“余今日得与余最敬最爱之宋美龄女士结婚，实为余有生以来最光荣之一日，自亦为余有生以来最愉快之一日……家庭为社会之基础，欲改造中国之社会，应先改造中国之家庭。余与宋女士讨论中国革命问题，对于此点实有同一之信心……余第一次遇见宋女士时，即发生此为余理想中之佳偶之感想，而宋女士亦尝矢言，非得蒋某为夫，宁终身不嫁……”蒋介石在这篇五百多字的文章中，反复提到革命，他要告诉大家，他的家庭将与他个人使命一样，是个革命的家庭。这篇文章被称为“我国婚姻史上极有价值之文字也”。

结果，两篇文稿一发，各方送礼之人络绎不绝，有记录称：“收款员竟无片刻暇晷。”张静江送了四百元，在上海的银行家们多为送二百元不等。

在十一月三十日出版的《良友》杂志第一页上，就已经刊发了蒋宋在中华照相馆拍的婚纱照。

民国十六年（1927 年）十二月一日下午，蒋宋的世纪婚礼就要开始，这场婚礼将分上半场与下半场举行。

下午一点，蒋介石按预定计划先到宋霭龄家换好礼服，然后去西摩路 139 号（现陕西北路 369 号）宋宅参加上半场基督教婚礼。这是宋母的要求。

这个婚礼按倪桂珍的理想应该在景林堂举行，宋家与这座教堂渊源颇深。可当时景林堂的牧师江长川拒绝主持，理由是蒋介石的离婚是片面的，有违教会精神。不得已，只好把婚礼安排在自家，并改请基督教青年协会总干事余日章主持。但三年后，蒋介石的受洗仪式是江长川主持的。

家庭婚礼只有五十余人参加。下午三时，家庭婚礼开始，在宋嘉树的画像下，先有一歌手唱圣歌，然后在音乐声中蒋介石偕男傧相刘纪文登场。余日章作为祝婚人首先致词，然后新人宣誓、交换戒指。余日章宣告二人结为正式夫妻后，又领诵祷告。婚人致词，各项议程都在肃穆的耶稣像前一一完成，二十分钟后，婚礼结束。

一对新人赶快上牌号为 7392 的花车，下半场中国式婚礼正在等待他们，那才是婚礼的重场戏。因路途围观者太多，花车悄悄从静安寺旁门穿过，无人见到新人风采。

婚礼地点选在外滩戈登路大华饭店舞厅，这个饭店以豪华高档而著名，当时上海的大米是三元一担，但在大华饭店吃一客牛排要四元。

一千多位各界来宾（也有人说是两千余人）正在敬候这场显赫的婚礼开始。在他们中有国民党政军两界的头面人物汪精卫、吴稚晖、谭延闿、蔡元培、褚民谊、戴季陶、王正廷、杨树庄、陈铭枢、陈果夫兄弟等，更重要的是有强大的外交使团，来自日本、美国、法国、比利时、挪威、英国的领事们及夫人在人群中显得突出，而美国太平洋舰队司令布里斯托尔上将与华北方面军司令官邓肯少将也出现在人群中。风度翩翩的汪精卫没有料到十七天后他将再次流亡海外。

所有来宾均持有蒋宋两家的主婚人蒋介卿、宋子文共同署名的大红色“观礼”请柬。蒋介石在《申报》发表的代请柬，是个宣传形式，持有主婚人签署的请柬，才是真正被邀请的来宾。

关于这场婚礼，已有无数描述，据悉有十项程序。根据已披露的影像资料，可以对蒋宋这场盛大婚礼做一个梳理：

婚礼时间：民国十六年（1927 年）十二月一日（丁卯年十一月初八），星期四下午四时十分。五时许，蒋宋二人新人未与来宾打招呼，从后门离开去了宋宅。

婚礼地点：上海外滩戈登路大华饭店跳舞厅。从下午一时起，饭店周围实行临时管制。有蒋介石的便衣卫队和法租界黄金荣的手下以及几位外国巡捕分头把守。

参加人数：约一千三百名中外嘉宾。

婚礼司仪：邵力子。

主婚人：蔡元培。他在证婚时宣读了婚书：“两姓联欢，一堂结约。兹者蒋中正先生与宋美龄女士举行结婚礼于春江大华礼堂……元培等忝作证人，乐观嘉礼，爰缀吉语，籍贡欢枕，是为证。”

婚礼程序：来宾入场——主婚人和证婚人入场——新郎入场——新娘入场——向党旗国旗、孙中山肖像鞠躬——宣读结婚证书——在证书上盖章——夫妻对拜——向主婚人和证婚人鞠躬——新人向来宾鞠躬后音乐声中离场，婚礼用时四十分——然后是舞会与用茶点。

现场布置：临时用红布与鲜花搭起一亭子，中间高悬孙中山肖像，两边是青天白日满地红的国旗和青天白日党旗。现场还有用彩带和白色鲜花组成的巨大婚礼之钟以及大大的“囍”字。亭前是一张长方形红木桌用做主席台，证婚人李德全、谭延闿、王正廷、何香凝等分站两边。

婚礼服装：新郎一身三件套深色燕尾服，裤子上有暗条纹。白色的立领衬衣扎着银色领带，左胸前是一朵橙黄色碎点鲜花，手拿白色手套。细心的人可以发现，蒋介石在上嘴唇处蓄起了胡子，这撇胡子从此伴随着他走完一生。

新娘华贵许多。银色的旗袍外是一层白色柔纱，头上戴着由橙黄色花蕾与柔纱编成的花冠，与花冠连在一起的是一条长长的白色软缎，从她肩上垂下，脚下一双白色皮鞋，手上捧着一束被银色缎带系着的鲜花，那捧花由淡红色麝香石竹花与棕榈叶组成，麝香石竹又名康乃馨，象征温馨和真挚。据报道，新娘的礼服是由上海云裳公司专门设计制作并赠送给宋美龄的。

两位主婚人的服装相映成趣：男方主婚人曰乾宅，是蒋介石同父异母的长兄蒋介卿，他穿一套长袍马褂；女方主婚人曰坤宅，是宋美龄长兄宋子文，着一套雪白的西服。宋子文即将成为新任财政部长。蒋介卿则因为主婚有功，多次被宋美龄提携。

婚礼曲目：由西洋乐师现场演奏。主要曲目为门德尔松《婚礼进行曲》。有史料称，婚礼上还出现了《新娘来了》和美国男歌手的现场演唱《答应我》。

新人出场：先由一对小姐沿甬道撒花，然后四个女傧相出场，她们是郭宝仪、王正廷女儿、倪吉贞、孔令仪。接着宋美龄挽着哥哥宋子文的手随音乐出场，长长的婚纱由孔令慧、孔令杰牵着。

婚礼最忙碌的人是宋霭龄全家，孔祥熙忙前忙后，子女们也担任各种角色。两天前，宋霭龄还与孔祥熙亲自去中华书局订购了一套千余册的《四部备要》作为给蒋宋的新婚礼物。

媒体报道：《申报》、《民国日报》、《大公报》、《上海时报》、《字林西报》等重要媒体都报道了这场婚礼，标题分别是：《蒋宋完婚记》、《蒋宋今日举行婚礼》、《中美姻缘小志》、《蒋介石宋美龄昨日结婚盛况》等。

国府全体职员、李烈钧、王正廷、陈树人等纷纷发来贺函。

随后，十二月十二日出版的美国《时代》杂志报道了这场婚礼。宋美龄的名字第一次在这本重要杂志上出现，而蒋介石则被称为“元帅”。《时代》周刊这样评价这桩婚姻：“仅仅一个家族的触须就分别伸向了中国伟大的首任大总统、今世的征服者、位高权重的财政部长以及中国先哲的75代孙。”

关于这场婚礼，也有唱反调的声音出现，曾任孙中山秘书的《大公报》主笔张季鸾，对蒋介石的《我们的今日》一文进行了炮轰，指出：“一己之恋爱如何，与‘革命’有何关联哉？兵士殉生，将帅谈爱；人生不平，至此极矣。”

在十二月三日的《申报》一版上有这样的广告：中央大剧院公映“蒋宋结婚盛会”影片。从已能看到的影像资料中，没有发现这对新人脸上洋溢幸福，相反，两人都显得紧张严肃。在婚书上盖章后，宋美龄右手挽着蒋介石，蒋介石则将被挽着的左手有些僵硬地放在肚子上，右手拿着手套，笔直地站着，等待下一个程序进行。两个人的脸上都没有笑容，婚礼上也没看见新郎官亲吻新娘。

但有理由相信，当蒋介石向孙中山肖像三鞠躬时，尽管二姐“国母”宋庆龄没在现场，他也会窃喜：总理终于成了我的二姐夫。

婚礼后两人接受国际媒体采访，宋美龄发挥了她在美国长大的优势，用流利的英语发表谈话：“我坚信在不久的将来，中国妇女所做的犹如她们安定家庭的角色，来显现对强壮的与统一的中国是有很大帮助的。”这时的宋美龄脸上充满新娘的羞涩，异常动人。

一身戎装坐在新娘身边的蒋介石，虽然一句也听不懂妻子讲什么，但他的样子洋溢着幸福与得意。

过了十六年（1943 年），宋美龄再次发挥她的留美优势，以中国“第一夫人”的身份访美，并在美国国会发表演说。她以流利的英文、感人的语言，向美国国会议员和美国人民介绍了中国人民奋力抗战的艰苦历程。引发巨大轰动，唤起了美国朝野对中国的同情与更进一步的支持，提升了当时中国的国际地位。

和事佬谭延闿在当天的日记中这样记录蒋宋婚礼：“礼甚简单，鞠躬，读证书后盖印，即礼成矣，尚不如宗教式之严重也。”

而蒋介石在当天的日记说：“见余爱姗姗而出，如云霞飘落。平生未有之爱情，于此一时间并现，不知余身置何处矣！”

婚礼完成后，二人乘坐新买的汽车在夜晚的外滩兜风。可忙晕了的蒋介石却又“头痛”起来，第二天整整一天，这对新人都没有出新房一步。蒋在日记中写道：“乃知新婚之甜蜜，是没有任何事情可以比拟的。”

有文献称，蒋介石在晚上睡觉前，常常给宋美龄讲些鬼的故事，以此排遣白天运筹军国、党国大事的无聊，宋美龄则往往吓得钻进他怀里不敢动弹。

新婚不到一个月，世界观与生活习惯完全不同的两人便彼此都发觉了对方的缺点。蒋觉得新娘“骄矜”，宋认为新郎“强硬无理”。但再往后，蒋宋二人的情感渐入佳境，至“西安事变”宋美龄奋力救夫后，他们的婚姻更加牢固，并维持了四十八年，直到蒋介石逝世。遗憾的是，他们离金婚只差一步，也没有自己的孩子。

至今人们也不知蒋介石究竟是何时决定举行婚礼时间的？如同日后他在统一中国的道路上没有人知道他下一步要做什么。

婚礼虽然结束了，但蒋家统治的时代随之开始。这个时代由蒋介石全面操纵，并在宋、孔、陈三大家族的拱卫下，历经两代（蒋介石、蒋经国），在大陆和台湾存在了整整六十年，即：从民国十七年（1928 年）至 1988 年。

这一统治时代的名字史称：“蒋家王朝”。

第十二章

遁入井冈
壮志凌云

公元1965年5月27日下午，毛泽东端坐在江西井冈山茨坪宾馆一层的房间里，抽着雪茄烟静静地看着刚写好的诗《水调歌头·重上井冈山》。

这首诗开篇是："久有凌云志，重上井冈山。"落笔为："世上无难事，只要肯登攀。"毛泽东不写日记，但喜欢通过写诗来吐露心中的感想。

38年前的10月，心怀凌云志的毛泽东在极端危险的情况下，带着600余名被敌人追击的残兵避实就虚遁入井冈山，开始了他武装割据、"农村包围城市"的壮烈试验。那是他平生第一次带兵。

已赢得江山16年，并在朝鲜以弱胜强，战胜了美军及联合国军的毛泽东，此刻心情无法平静，今天所有的一切都源于那次充满冒险的"非法"暴动。正因为有了他，暴动失败后，大家没像往常一样作鸟兽散，而是被他果断地整理队伍进山蛰伏。没有被当时强大的军阀斩草除根是因为有许多复杂原因，其中，最最重要的原因是时局动荡。现在看，真乃乱世出英雄。

1927年的8月以后，反共先锋蒋介石突然被迫下野，国民党内部各派都在你死我活地争夺空出的位子。军事上，长江以北奉系与冯玉祥、阎锡山打得硝烟四起；长江一线，先是桂系与要夺回江南的孙传芳大打出手，接着又拉开了李宗仁、唐生智的地盘争夺战；共产党的南昌暴动，使得张发奎丝毫不敢松懈，一路向广东追击；江西的首脑朱培德在宁汉两方摇摆不定，同时也在追击南昌暴动的部队；张发奎边打边对留守南粤的李济深虎视眈眈，最后也火拼起来……

而在政治上，更是形成了被割据的湘、鄂、赣、粤、豫、晋独立王国，加之宁汉与北京政府的抗衡。

这如同春秋战国般的时局，正是拉队伍夺地盘、建立割据政权的绝佳时机，也是实行暴力革命的绝佳时机，这个时机终于被刚过而立之年、34 岁的毛泽东抓住了。

那一年，在中国大地上，共产党组织了南昌暴动、广州暴动，还有海陆丰、鄂豫边、赣东北、湘鄂西、闽西、陕西、琼崖等暴动，但全部失败了。只有毛泽东领导的湘赣边秋收暴动，置死而后生闯下一片天地，建立了日后中共中央能顺利从上海撤到农村的根据地。其根本原因是毛泽东在抓住时机的同时，将自己正在形成的用枪杆子实行“农村包围城市”的战略理论以及“群众路线”的观点加以逐步实践，创造性地等待“革命高潮”的到来。

那么，毛泽东领导的那场暴动究竟发生了什么？让人奇怪的是，参与暴动的两位重要人物——余洒度、苏先骏在撰写有关这次暴动的报告时，使用的题目却是《警卫团及平浏自卫军合并原委，参加此次两湖战役报告略书》和《关于浏阳、平江、岳阳作战经过报告书》。报告形成的时间分别是 1927 年 10 月 19 日和 9 月 17 日，均离暴动举行时间很近。余苏二人虽然对毛泽东有意见，但不至于不把“暴动”这个重要的名词写进题目中，至少可以把题目缩短很多，为什么他们没写？

1927 年 9 月 1 日，意志坚定、赤手空拳的毛泽东终于到达了他此行的第一个目的地——安源。他要从这个熟悉的地方开始，运作将决定他命运的暴动。只是这时，他还不知道这次暴动的影响会那么深远、那么不可思议，而自己在离开长沙后会一直在中国各地的农村辗转，过了 22 年，才重新回到城市。

这是毛泽东第 10 次来到安源，此次的身份与前 9 次不同，是中共中央特派员、中共湖南省委秋收暴动前敌委员会书记。

从 9 月初到 10 月 27 日首次登上井冈山（茨坪），毛泽东经历了七个重要场景，这些场景个个都命悬一线，每个场景对他来讲似乎都是一道过不去的坎，并且都没有给他太多思考决策的时间，必须灵机一动当机立断地做出几分钟前连他自己都不知道的决定。他明白，面对复杂危险的局面，只有做出正确的决策，方能躲过灭顶之灾，而正确的决定是意志、智慧、勇气的综合体。

《论语》开篇写道：“学而时习之，不亦说乎？”如果将其中的“时”看作是“时机”、“时势”的话，毛泽东在而立之前的全部所学，都在这一个月里得到了超水平的运用，因此，他才会在得知可去井冈山藏身时高呼：“天助我也，吾事成矣。”那种高兴溢于言表。

在历史长河中，那些具有突出的、不可估量的力量往往来自某个个人，正因为毛泽东在这一个月的举动，中国共产党得以积聚与国民党抗衡的武装力量，这股力量被毛泽东称为“星星之火”。

让我们按时间顺序，看看毛泽东在经历七个重要场景时是如何处理的：

场景一：安源张家湾军事会议

开会从来就是毛泽东的强项，会议是最快捷分出主次权威的手段。到达安源镇的第一天，他立刻召开了第一次关于秋暴工作的预备会议。

参加会议的有安源市委书记蔡以忱，浏阳县委书记潘心源，安源市委委员宁迪卿、杨俊，赣西农民自卫军总指挥王兴亚等，开会地点选择在安源镇张家湾工人补习学校。这是座独立的院子，校舍是一栋南北向的砖木结构大房子，北端有二层楼，南端是平房，共一千多平方米，还有一个大操场。矿警队的党团员担任了会议的警卫。

毛泽东一如既往，用他那富有吸引力、且自信十足的语言向大家传达了三个会议的精神：八七会议和8月18、30日湖南省委的两次常委会精神。但没有将两件涉及他本人的事在会上传达：一是原定叶贺部队参加秋暴的事；二是湖南省委任命他为师长的事。

叶贺部队参加秋暴已不可能，不能因此而影响士气，所以不能讲。毛泽东说：“现在的时机对我们搞暴动很有利，除了长沙有北伐军第八军的部队外，剩下的不过是保安团、清乡队、靖卫团之流，打败他们应该不成问题。”他没想到，即将参加秋暴的队伍其实也是拼凑的人马。

没有告诉大家他被任命为师长，是他对有多少人参加秋暴并不十分清楚。而且对军事指挥员们也不熟悉。王兴亚、潘心源等是第一次见到，他们会服自己吗？需要留个心眼，以防万一。

事实证明，他有所保留是正确的，因为在此时的江西修水，余洒度已经是工农革命军第一师师长了，那支队伍将要成为秋暴主力，如果他们知道了毛泽东是师长的话，后果不知会怎样。

当参加会议的潘心源告诉毛泽东，在江西修水蜇伏着苏先骏的队伍时，他大吃一惊，忙问：“有多少人？”

潘心源说：“我和他们在江西奉新分手时，有1400多人，还有平江一个叫余贲民的带了500多人，也是去南昌参加暴动没赶上的。”

刹那间，毛泽东的脑海里巨浪翻腾。他非常清楚，单靠安源这1000多人的杂牌军要想搞大湘中秋暴，并拿下长沙几乎不可能，但如果能集中几支队伍去围攻长沙，不管胜败都能对长沙形成威胁。可自己仅是湖南秋暴的前委书记，如何能调动江西的队伍呢？

他迅速分析情况作出判断：江西省委因八一南昌暴动的缘故不可能再组织秋暴，而湘鄂赣秋暴乃中央的决定，如果顺势以秋暴前委书记的名头发出指示，而忽略“湖南”二字，不是没有可能调动苏先骏，而对苏先骏没有赶上南昌暴动的焦躁心态，毛泽东通过潘心源的介绍可以洞察到，22岁的浏阳人苏先骏手上有兵又有建功的机会，他不会不动心，况且他原本就是从湖南带队去的江西。

后来证明，毛泽东对苏先骏的分析完全正确。在接到毛泽东的指示后，这个年轻人不假思索就通知了余洒度，并不等余师长的命令便独自开始行动。

毛泽东为了确保苏先骏会参加他领导的秋暴，临时决定带着潘心源去铜鼓找苏先骏，恰巧，潘心源在街上遇上了苏先骏派到安源来侦察敌情的刘建中和周克民。见到苏先骏派来的人，毛泽东越发高兴起来，安源这边完全可以放心，现在的迫切任务是赶紧联络上苏先骏的队伍。

在张家湾会议上，毛泽东还有个不经意的收获。当谈到万一暴动失败该怎么办时，毛泽东说：“这两年也有些暴动，可失败了呢？就一哄而散无影无踪。我不是要泄大家的气，古人说的好，要以不变应万变。不变，就是要找一个安身之地武装割据，搞土地革命，这也是中央八七会议的精神。”

有人提议退回安源这个“小莫斯科”来。毛泽东笑着说：“这次秋暴计划的重要一条，就是不能放弃安源，乃至萍乡，但此地显然搞不成土地革命哦，也无险可据。”

又有人提出既然苏先骏可以在铜鼓落脚，那里也是山高林密，为何不选作退路。对这个提议，毛泽东觉得可以考虑，这也是他急于赶去铜鼓的原因之一。

但接着王兴亚的提议让毛泽东眼睛一亮。王兴亚说：“铜鼓再好，也没有井冈山好，要是我们打输了，就退到我的两个老庚那里去，我和他们一起参加永新暴动，败后他们进了井冈山，那里山高岭大，险要得很，安得下千军万马。”

王兴亚的话，让毛泽东一下想起年初他在衡山考察时，县妇女干部张琼也对他提到过江西有座金刚山，山高皇帝远。不知两座山是否有关联。

在毛泽东的心里还有一条退路，那就是他设想好的去湘南搞土地革命，那是他在写《湘南运动大纲》时的设想，所以他要求：如果兵败，不能放弃萍乡、安源，从这里可以退往湘南。

张家湾会议的成果是制定了攻击长沙的计划。如果不出意外，将分两路攻击长沙：第一路由安源出发，进攻萍乡与醴陵，然后向长沙取包围势态；第二路，由铜鼓出发，向浏阳进攻，逼近长沙。

这时的毛泽东还不知道修水警卫团存在，也不知道湖北省委已命令警卫团参加秋暴，并任命卢德铭为总指挥。

在张家湾会议上毛泽东正式就任秋暴前敌委员会书记。他立刻给湖南省委写信，要求省委马上组织长沙周边的小暴动，以配合安源、铜鼓两路队伍趁乱攻击长沙，并相约11日安源发动，18日进攻长沙。

接到毛泽东的来信，省委立刻召开常委会讨论，并作出决议，发出了《关于夺取长沙的命令》："各地赶紧动员，限于阳历本月16日会师长沙。建立中国革命委员会湖南分会……安源决于11日发动，自岳至长沙至株铁道9日起破坏。"

毛泽东6日得知省委决议，便以前委书记的名义给苏先骏下达了秋暴计划与部署，要求他们做好准备。到这个时候，苏先骏都不知毛泽东是何许人也。

就在毛泽东认为一切可按部就班时，意外还是出现了。第一个意外其实在毛泽东意料之中，湖南省委书记彭公达去武汉向中央报告8月30日湖南省委的决议，结果，"中央训令湖南省委，绝对执行中央的决议，丝毫不许犹豫"。中央的决议是：放弃湘中暴动，坚持湘南计划，同时，政权、土地等问题也必须按中央决议办。这就意味着毛泽东的计划全盘落空。

好在毛泽东根本没有时间等待彭公达的传达了，箭在弦，不得不发。三个月后，毛泽东为这个"意外"付出的代价是：因违背中央训令，他的湖南省委委员被撤销，并开除中央临时政治局候补委员职务。幸好，因天高路远，当人们知道这事时是第二年的3月了。那时的井冈山已有了苏维埃的雏形，"毛委员"的威望绝非远在上海的中央能控制，而"毛委员"这个称谓亦没有受到丝毫影响，直到他被人喊“毛主席”后，“毛委员”才慢慢淡出。

第二个意外，便是毛泽东平生第一次遭逮捕。这也是秋暴中他要经历的第二个场景。

场景二：死里逃生

从安源到铜鼓大约有360里路。毛泽东发出给苏先骏的信息后，立刻启程赶往铜鼓，陪同的有潘心源，刘建中、周克民二人负责带路。

四人分为两组。沿着铜鼓通往湖南浏阳的古道而行。刘、周化装成小贩前行，毛、潘则化装成汉冶萍矿的采购员走在后面，为了安全，两组人拉开了一段距离。

9月8日，当刘周二人过了浏阳与江西万载交界的黄坳后，发现毛潘没了踪影。刘周二人慌忙跑回铜鼓，报告情况。

苏先骏先是为有中央大员莅临而高兴，可现在人没了，也不知该怎么办，只能赶快派人四处寻找。此时，毛泽东已被张家坊的挨户团团丁抓住了。

关于这次被抓。目击者不少，但连抓他们的团丁也根本不知两位教书先生模样的人是谁。知道此行秘密的人只有潘心源与毛泽东自己，而潘心源四年后被国民党逮捕杀害，他留下了“秋收暴动之始末”等文字，却并未详述毛泽东被抓的情形。今天人们看到的有关毛泽东这次遇险，都是他本人在1936年与美国记者斯诺谈话时的记录，这个简单的记录，给后人留下无尽想象。

根据毛泽东自述，以及后来史家的考证推断，这次毛泽东遇险有几个逼近事实的元素：

1. 他与潘心源同时在黄坳遭遇挨户团，但他被抓，潘心源跑了。

当挨户团将毛泽东押回张家坊准备处死时，潘心源正在潜往他的老巢——浏阳城途中。他身上带着此次去铜鼓的大部分经费。八天后，安源的王兴亚率队进攻浏阳时，居然碰上了潘心源，并向他了解浏阳城内的兵力情况。王兴亚攻下浏阳后，党代表蔡以忱返回安源，潘心源接任了这支队伍的党代表职务，本来有机会与毛泽东重逢，可他只当了三天的党代表，王兴亚的队伍被突如其来的打击肢解了，他只得再次逃命……

2. 毛泽东被抓时口袋里是有钱的。他花钱贿赂了押送的团丁，脱险后，身上还有几块钱。他用这些钱买鞋、雨伞、住店、吃饭，直到到达铜鼓。

毛泽东究竟花了多少钱贿赂？有文献说是几十块，急中生智的毛泽东把银元撒在地上，趁团丁抢时而逃走。也有文献说毛泽东只给了他身边的一位黄姓团丁几块银元，在团丁暗示下，他逃了……

毛泽东最后得以脱身，多亏身怀良好水性，游泳也是他毕生钟爱的运动。他敏捷地跳进一个长着茂盛蒿草的水塘，并将整个身子泡在水里。万幸的是，此时已近日落，地处山林边的水塘暗淡起来，尽管团丁在四处搜寻，彼此的距离小到毛泽东一伸手就能接触到团丁。毛泽东在告诉斯诺时说：“可是不知怎么的，我没有被他们发现。最后，天近黄昏了，他们放弃了搜寻……”

3. 因为毛泽东在逃命时，跑没了鞋，一直是赤脚，双脚被树枝等划破受伤。团丁离开后，光着脚的毛泽东看看四周，都是山，且天色已晚，他迷路了。幸运的他竟然碰到了正在打柴的铜鼓纸工会会员陈九兴，才知道此地叫月形湾，前有形似卧虎的虎啸山，左有蛇形山，远处是狮背山，翻过山不远就是排埠镇，再走20 里路，便到了铜鼓县城。陈九兴见毛泽东脚烂了，热心地把他安排在吴家祠堂住了一夜。

多年后，中华人民共和国领袖仍然没有忘记铜鼓的这位打柴人，多次给陈九兴写信，并提到排埠月形湾，称他为“救命恩人”。过了 78 年（2005 年），月形湾被人们称为毛泽东的化险福地，有人投资千万元，建起一个占地 400 亩的福地景区，竖立了一座 4. 9 米高的毛泽东铜像。

当又黑又瘦、夹着伞、拄着棍、头发老长、衣衫不整的毛泽东出现在铜鼓时，颇为狼狈，一点儿也没有“中央领导”的感觉，他口袋里只剩下两个铜板。

苏先骏的人把他当成流浪的跛子。巧的是在队伍中有一名叫张子清的营长认识毛泽东，此人是广州农讲所第六期学员，恰与毛泽东有段师生情。他不仅把毛老师介绍给苏先骏，在后来的行军中，也给了毛泽东很大帮助，一直派人护卫，让因为没有药导致脚发炎脓肿几乎无法行走的毛泽东坐滑竿随队伍行军。

脚伤，并没有影响到毛泽东坚强的意志和智慧，反而使他更加冷静地处理稍纵即逝的军情。一个多月后，他到达井冈山，有一位被人称为“永新一枝花”的 18 岁少女，用中药给他清洗化脓的脚，这个少女叫贺子珍，她后来成为毛泽东的第三位夫人。而治脚是两个人最初的交流。

在毛泽东一生中，据称还有一次被国民党抓捕。1933 年，国民党对闽赣苏区进行第五次“围剿”，当时毛泽东处在人生低潮，仅为有名无权的苏维埃主席。他被参与“围剿”的军队抓捕后，押送到北路军第三纵队指挥官、第79师师长樊嵩甫处，可被认为是证据确凿的他，却被当做老百姓发给路费放了。

新中国成立后，樊嵩甫没去台湾，而是留在上海。上海市市长陈毅罕见地对这位多次“围剿”苏区的国民党军官，给予特殊保护。

在毛泽东被抓的那一天，他小弟弟毛泽覃的儿子毛楚雄在长沙出生。这个只在妈妈肚子里见过毛氏三兄弟的毛家第二代，长到19岁时，被胡宗南的部队在宁陕县东江口镇扣留并活埋，英勇牺牲。

场景三：文家市会师

直到9月10日见到苏先骏时，毛泽东才知道在修水有警卫团这回事，才知道早已成立了工农革命军第一军第一师，而且有正规的建制和军旗。面对这锅煮熟的饭，他没有过多考虑，直接把已成立的一师全部纳入前委管辖。

在与苏先骏交流后得知余洒度已率一团、二团离开永修进攻平江时，毛泽东问：“是谁给他们下的命令?”

苏先骏笑笑说：“是我给余师长写了一封信，告之省委和前委你的指示。”

毛泽东立刻反驳道：“前委是要求攻打浏阳，然后进攻长沙，怎么冒出来一个平江?”

苏先骏说：“这个主张是符合省委精神的，也符合军事行动规律。”

从未打过仗的毛泽东缄默了。他感觉，此次秋暴的组织工作已经乱了，先是只知道安源有队伍，后又知道铜鼓有队伍，现在又冒出修水的余洒度，而且是真正的正规军。

毛泽东知道，目前最重要的不是追究谁的主张，而是要在最短时间内实现统一的指挥。他考虑，既然有了一至三团，安源王兴亚的队伍该是第几团？这时他还不知道，秋暴又多了一名总指挥，即：从武汉赶回的卢德铭。

不管许多，先把眼前这支1400人的队伍抓好再说。照例，马上召开排以上干部军事会议。10日是一年一度的中秋节，毛泽东在肖家祠堂召开的会议上面对大多数是老乡的士兵用乡音说：“各位，我想早一点来铜鼓同大家一起闹革命，可是，我这只脚不革命，我冒得办法，耽误了一点时间。今天是中秋节，我没有给各位带来月饼，但我带来了比月饼更好的东西，这就是中央临时政治局会议的精神……”

演讲术在政治生活中举足轻重，用说话的力量打动多数人是演讲的主要功能，这种动员对革命的进行影响深刻。有着非凡演讲天才的毛泽东侃侃而谈，除了给大家介绍安源张家湾会议情况，还给大家描绘了攻进长沙的美好前景。他高兴喜悦由衷大笑的面容，感染着全体战士。而在同一天，一样具备超级演讲术的陈独秀化装成病人，与秘书黄文容等坐船逃离了白色恐怖中的武汉，从此漂泊过着漫长的地下生活。

此时，秋暴实际已经不可控制地发动了。因萍乡、铜鼓、修水之间彼此几乎没有联络，三支队伍各打各的。

在长沙城的国民党政府截获了共产党要于中秋之夜起事的情报，并做了相应的防范布置，主事人便是省政府代主席、毛泽东的老朋友周斓，现在他已不是朋友而是敌人了。很快他将发现秋暴的总领导人是毛泽东，并悬赏3000大洋捉毛。

在叙述三支队伍从成功到失败的过程前，先看看当时媒体对秋暴的报道：

《申报》9月12日长沙通讯：“共党定于阴历八月十五中秋节在长沙举行大暴动计划，已经破获。自8月13日起，直至今日，省垣形势异常严重，顷又因9号湘鄂车在湖北蒲成一段，被共党勾结土匪，实行暴动，毁路劫车。10号，湘境内赵李桥、羊楼司两站与距长沙15里捞刀河之路轨，均被暴徒拆毁，劫去公款、子弹……11号晚，株萍铁路易家湾与大托铺之间，电线亦被砍断，路桥拆毁，株萍路交通亦于12号起断绝……”

已非共产党控制的汉口《民国日报》20日报道：“醴陵至安源一带，因萍乡共党军队大肆猖獗，除攻克萍乡以为根据外，并于前日有全副武装共党军队一千余人，侵入湘境醴陵阳三石车站，扑攻醴陵、攸县，系打第三军第一师旗帜。”

《民国日报》21日以“湘省当局计划扑灭浏平共党”为题，报道了秋暴：“长沙对河普迹市方面，忽聚类似农人匪众数百，持有快枪数支，梭镖数百，围攻该市挨户团……幸团勇动作敏捷，放枪一排，冲锋逃出……”

《民国日报》24日报道：“兹因赣省修水、万福、萍乡一带，已经朱培德调派第三军两团堵住，不得窜入。余贲民乃由平江边界，又窜入浏阳南乡……欲意取道湘赣边境，实行其集中湘南之共产党决议案。浏阳防军周营长芝泉业已电告来省。略谓：顷据探报，余（贲民）逆集赤军千余人，枪有半数，大炮五六门，窜抵浏阳南乡文家市，尚未进驻牌楼……共产党去而复来，且尤为人注意者，系全国著名共产党首领毛泽东在内主持。故周斓得报，立即加派第八军一团于24日全部赴浏协剿。”

从以上报道看，当时知道的秋暴领导人只有余贲民和毛泽东，还有个“第一师”，其他也都是大海捞针。

而《申报》在9月30日7版“湘东共军已完全肃清”的报道中，只提到“余贲民、胡承焯、苏光俊”我共军领导人，而没有提及“毛泽东”。

事实情况是，在19日文家市（湘赣边小镇）会师前，几支秋暴队伍都失败了：

余洒度的队伍（研究者多称其为一团）由师部和一团组成，加上收编的邱国轩（有人称其为二团，也有人称其为四团）。

9月8日余洒度接到苏先骏的信，信中转述了安源张家湾会议的决议，并说：“第三团决即响应萍乡，望兄率部由平江直攻长沙，两团应相互联络。”苏先骏还告诉余洒度：“此系同志决议未便拒绝。”意思明确，一师管不了我苏先骏。

关于秋暴，余洒度是知道的。他的想法是修水、铜鼓应该兵合一起，再攻击浏阳、平江，但时间紧迫，容不得再商议，便决定于9月9日誓师出发。这支正规军讲究战术，部队分为两个梯队，第一梯队以二营、三营作为前锋，9日出发，在修水外围的邱国轩团也随前锋梯队行动；第二梯队为一营，加上师部10出发。

10日，师部到达渣津镇时遇到了从武汉赶回的卢德铭。师部和一团在渣津举行千人誓师大会，卢德铭在会上讲话，传达了中央精神，并高呼要把工农革命军的军旗插上长沙城头。

由师参谋长兼一团团长的钟文璋率领的第二、三营没有参加誓师大会。这支部队担任前锋，他们9日也宿营在渣津，还当众枪毙了几个地主，将没收的财物分给当地农民。离开渣津后，10号顺利打下龙门镇。

钟文璋在与余洒度分手时，余洒度提醒他：“10号是中秋节，给士兵们发月饼时，千万别忘了给邱国轩的部队发月饼，你要与邱部好好配合，才能拿下长寿镇，继而拿下平江。”

23岁的钟文璋是黄埔二期步兵科学生，血气方刚的他根本未将涣散无序的邱国轩部放在眼里。在与邱草草商量了进攻长寿镇计划后，两支部队同时向长寿镇开拔。

谁也未料到，老兵油子邱国轩已悄悄看中了随队的辎重，决定反水。当队伍行进到长寿街附近的金坪时，邱国轩使出一个小小的诡计，谎称有敌情。钟文璋黄埔出身的骄傲这时显现出来，他竟下令邱部闪开掩护侧翼，自己率二、三营正面进攻。

军情是谎报的，等钟文璋集中精力对付正面“敌人”时，狡猾的邱国轩行动了，向毫无防备的二、三营发起攻击。号称秋暴最有战斗力的一团，竟然在被人偷袭时溃不成军。银元、粮食、子弹等被劫掠一空，邱国轩报了余洒度把他赶出修水的一箭之仇。

当卢德铭、余洒度得知消息后，再搜集残部，两个营只剩下200多人。钟文璋不见了踪影，而且物资全没了。最有战斗力的一团就此退出攻打平江的计划，他们甚至不知道下一步怎么办。直到接到毛泽东以前委书记的名义命令他们去浏阳南部的文家市会合。

面对“前委”这个陌生命令，卢德铭与余洒度有些糊涂，怎么出来一个“毛泽东”？之前，他们一点也不知道毛泽东是前委书记。余洒度坚持要整顿部队，按预定计划再进攻长寿街。卢德铭则冷静地分析了形势，主张向苏先骏的队伍靠拢。

商量了几天，最后决定去文家市会会没见过面的前委书记毛泽东。

王兴亚的队伍（研究者多称其为二团）是杂牌军，有矿工、有农民，理论上讲是秋暴中战斗力最弱的队伍。但出乎人们意料，在这次秋暴中真正对国民党形成威胁的，恰恰是乱打乱撞的二团。

他们9日开始行动，先炸铁路，这是矿工的强项，然后打萍乡县城。可打了两天也没拿下，王兴亚与大家一商量，便把张家湾会议的决议抛在脑后，一拍脑袋去打湖南醴陵，只要拿下醴陵，再去围攻长沙也来得及。说打就打，他带领二团立刻上火车，先奔醴陵东边的老关镇而来。

谁也没想到，二团顺风顺水不仅拿下了老关镇，还与正在醴陵的黄埔五期学生周不论联手，一举拿下醴陵，并于13日在这里成立了县革命委员会。这是秋暴中攻占的第一座县城。

很快，传来长沙派出两个团来收复醴陵消息。王兴亚决定，北上浏阳与暴动主力苏先骏部汇合，因为他们已得知浏阳的守军开去打苏先骏了。结果，当王兴亚派出的侦察人员潜入浏阳时，意外撞见正在这里躲藏的潘心源。

16日，掌握了浏阳城防情报的王兴亚，只用十几分钟便攻进只有一个排守军的浏阳城，这是王兴亚占领的第二座县城。潘心源顶替安源的蔡以忱成了二团党代表，他主张往东去东门市，这样可以与苏先骏的队伍一起夹击浏阳城守军周倬带领的一个营。

被胜利冲昏头脑的王兴亚拒绝了潘心源的建议，以队伍吵着要关饷为由停留在浏阳。他一边找当地商会筹饷2000大洋，一边思量着如何才能在这里等来苏先骏。

这时的二团，三五成群地散落在整个浏阳城内，吃香喝辣，连外围的警戒哨都没派。到第三天，9月19凌晨，苏先骏的队伍没等来，却等来了国民党从省里派出的第八军两个营。

遭遇突然袭击的二团，原本就没有章法的队伍立刻乱了阵脚，王兴亚与潘心源等带着百余人冲出西门，往江西方向撤退，在文家市附近又遭遇民团，已无战斗力的二团残部根本不敢恋战，被冲散打死一部分人后，再往东跑。

王兴亚不知道，前委已要求所有队伍都向文家市汇拢，而且毛泽东与苏先骏已经到了东门市，可恐慌不已的王兴亚，从离文家市只有几里路的山冲子经过，与前委擦肩而过，从此失去踪影。

潘心源在后来向中央写的报告中说："王兴亚退出浏阳时，还剩下三四百枪，但因他甚怕，不愿收集。走到剑南文市，只剩得30多枝枪。在文市与团防局打了一仗，打死我们3人，如是他更恐慌。于是日晚便开了小差，第二天起来便无人指挥。我对士兵没信仰，士兵要缴枪，我只好离开他们独自逃命……"

苏先骏的队伍（研究者多称其为第三团）是9月11日从铜鼓开始秋暴的。毛泽东随队行动，但他并没有参与军事指挥。

能够亲手组织武装暴动，能够亲眼看到胜利，虽然还不够完美，但已让毛泽东兴奋不已。这次秋暴能成功发动，多么不容易，它可是没有一个俄国人参与，是中国共产党自己独立发动的。如果不是安源来报，就不会知道苏先骏在铜鼓；如果不到铜鼓，也就不会知道还有一批黄埔军人参与秋暴。这确是很令人鼓舞的事。

毛泽东诗兴大发，随即写下《西江月·秋收起义》："军叫工农革命，旗号镰刀斧头。修铜一带不停留，便向平浏直进。地主重重压迫，农民个个同仇。秋收时节暮云沉，霹雳一声暴动。"

多年以后他把"修铜"二字改为"匡庐"，"平浏"二字改为"潇湘"，秋暴所影响的范围因此扩大了许多。

三团当日打下了白沙，接着又拿下一个叫东门市的小镇。毛泽东很高兴，他在思考，要赶快把王兴亚的队伍调来与苏先骏汇合，这样打浏阳就更有胜算。他派人在所到之处均刷“暴动胜利万岁”、“打到长沙去”之类的标语来制造气氛。

让毛泽东没想到的是苏先骏打仗并不在行，他在占领东门市后也疏于防范，竟不知被击溃的敌人还可能会偷袭反攻。

头天晚上刚刚开完群众大会，处决了8个土豪劣绅，第二天早晨就遭到从浏阳赶来的周倬营的进攻。

仗从早上打到下午，三团损失很大，苏先骏还不下令撤。毛泽东一看形势不妙，再打下去队伍就全打光了。缺乏军事经验的他当机介入指挥，以前委书记的名义，本能地命令队伍立刻向排埠镇方向撤退。

三团成了失败最快的秋暴队伍。

14日，脚上化脓、疼痛不止的毛泽东跟随队伍到达一个叫上坪的小村。在这里，他得到雪上加霜的消息，秋暴精锐一团溃败了。带来消息的是一团军需官陈毅安。这时，毛泽东尚不知道安源的王兴亚已拿下醴陵，并很快要拿下浏阳，他头脑中首先想到的是：连黄埔学生组成的正规军都溃败了，看来国民党早有防范，已不可能通过秋暴取胜了，必须要考虑后路。

当晚在一个叫陈锡虞的人家里召开会议。按照以往暴动经验，秋暴可以结束了，大家一拍两散，各自隐蔽逃命。但毛泽东决不甘心，他的性格、意志以及信念在支持着他挽救这支队伍。他十分清醒地知道，拥兵者，人之主也，一定要按自己的理想，带领队伍实现土地革命。会议决定放弃攻打长沙，兵退萍乡。毛泽东用五倍子水给省委书记彭公达写密信，信中只有一句话：“我们不准备包围长沙了，长沙的暴动也不必要了，停止吧。”毛泽东清楚，如果长沙继续暴动，将血流成河。

彭公达在接到毛泽东的密信后，果断下令停止长沙暴动，后他被中央撤职。而毛泽东则被长沙的俄国代表马耶尔说成是“背叛”、“临阵逃脱”。

15日，三团到达排埠镇，这里离铜鼓县城只有36里。毛泽东已让陈毅安给一团带信，让他们来排埠会合。一周前，他就是经这里去铜鼓找到苏先骏的。

但在排埠万寿宫等了两天，不见余洒度、卢德铭的影子，毛泽东着急了。两天来他一直忍着脚痛在思索，下一步究竟该向何处？一团金坪失利，三团东门受挫，二团下落不明，这都是军事问题，而对军事并不在行的毛泽东很是苦恼。他想到了8月撰写的《湘南运动大纲》，在那份大纲中描绘了以湘南汝城为中心，实行土地革命的蓝图。他豁然开朗，军事问题也是政治问题，必须用政治方法来解决。

这时，他已不相信苏先骏的军事才能，转而把重要的事交一营长张子清。按常理，从东门市退往上坪，再到排埠，这条向东的路线应该再延伸，前面便是苏先骏先前的老巢铜鼓，然而，在上坪毛泽东就下决心回萍乡。为什么毛泽东会决定由往东而折向南呢？唯一可能是他把希望寄托在二团王兴亚身上，而到了萍乡再往南，便是湘南汝城……

毛泽东当机立断，再给余洒度写药水信："余师长，为何久久不来，真是误事不少。务于明日上午前，赶到排埠。前敌书记毛令。"可是，送出那封措词强硬的药水信后，毛泽东没有在排埠等候，而是突发奇想带着队伍往西南行进，目标是浏阳东南部的另一个小镇，号称"吴楚咽喉、东南锁钥"的文家市。

毛泽东离开排埠不久，余卢二人带着一团赶到了。扑空的他们打听到毛泽东行进的方向，跟着追赶。这时，三团已到达离文家市40余里的一个小村——孙家塅，这天是17日。

在这里，毛泽东终于见到了赶来的余卢二人。他握着卢德铭的手由衷地说："这支队伍的总指挥，非君莫属啊。"

当天夜里，毛泽东以秋暴前敌委员会书记的身份召开了会议，讨论队伍开向何方。

余洒度坚持取浏阳攻长沙的计划，他的理由很充分：按中央精神办。况且从组织上看，他的部队并不归毛泽东管，而且即使是败了的一团也比三团强许多。

毛泽东心平气和地分析眼前形势，告诉大家自己就是《湘南运动大纲》的起草人，从目前情况看，还没与强敌遭遇就已如此损兵折将，如果不顾一切攻长沙，后果很可能是彻底失败，明知会失败，还要硬碰，绝不是好的指挥员应该做的，这时必须做的唯一工作是保存实力避实就虚，等待机会。

毛泽东既通俗又实事求是的分析赢得了参加会议的人赞成，最重要的赞成票来自卢德铭，他是总指挥，又曾是余洒度的上级。于是会议议决：队伍退往湘南。

18日，毛泽东一边布置派张子清带队去打掉文家市的团防队，等待大队到来；一边抓紧与一团官兵接触。卢德铭的支持让他感动，而他也预感到，在这支队伍中，能节制全军的恐怕只有卢德铭了。他不断找卢德铭倾心交谈，争取他更大的支持。另外，毛泽东与一团的湖南老乡何长工一见如故，尤其是听说他设计了军旗时，更是对他器重起来。

何长工给毛泽东介绍了一师成立经过，对余洒度等黄埔军官骑在马上目中无人的作风表示担忧。毛泽东笑着对他说："莫担心啰。个人的意见和作风总是要服从大局的。你留过洋，当过教书先生，还当过团总，不简单。今后，我还要仰仗你呀。"何长工忙说："不敢当啰，不敢当啰。"

19日上午，一、三团抵达文家市。毛泽东拍着打下文家市的张子清肩膀说："你会办事，立了头功。"

没等毛泽东多高兴一会儿，便传来二团王兴亚的消息。被打散了的二团第二营营长吴杰等人，追着王兴亚足迹，误打误撞到了文家市，他带来了几十个人。

听到二团已被打光了的消息，毛泽东沉痛而愤怒。近5000人的秋暴队伍，锐减到了现在1500人不到，而剩下的人里，一团占了多数。原指望与王兴亚会合后，至少在军事力量上可以与余洒度等人平衡一下，现在看来落空了。孙家墈会议显然没有真正统一思想，还需要开会才行。这将是更严峻的考验。

当晚，在文家市里仁学校，毛泽东召开了第二次前委会议。果不其然，得知二团已溃散消息后的余洒度等人与毛泽东的争论越发急烈起来。

毛泽东指着里仁学校说："我们把师部放在里仁学校很好哇。你们注意到门口的对联冒有啊？上联是'以文会友'，下联是'为国储才'。我们今天在这里开会，不是以文会友，而是以武会友，但也是为革命储才呀，这就是我为什么提出要避实就虚保存实力原因。"

在余洒度后来的报告中是这样记录这次会议的："19日抵文家市，距浏阳城九十里，度仍主张取浏阳直攻长沙（当时取浏阳有把握）。后以前委会决议，以保存实力，应退萍乡。次日，部队即向萍乡退却。"

至此，毛泽东已赢得两个回合的胜利，部队终于沿着他规划的线路前进了。毛泽东知道，如果没有卢德铭的支持，他不可能会如此顺利。

在开会前，毛泽东并无把握统一大家的思想，他甚至担心这帮黄埔军人在会上会拔枪动武，于是悄悄嘱咐何长工，要他带人不间断地进会场倒水等，以防万一。

第二天上午，全师在里仁学校外的草坪上集会。当余洒度在队前宣布："请前委毛泽东委员讲话"时，一团的人都愣住了，他们不知道还有"毛泽东"

一说。

好在在场的大多数人都能听懂毛泽东的湘潭国语。

第一次在全军面前发表讲话的毛泽东依旧从容不迫，他微笑着告诉大家："目前长沙那样的大城市我们还进不去，我们要去敌人管不着的农村，到山区去寻找落脚点。"接着，他讲了那段著名的"小石头与大水缸"的论断："蒋介石像个大水缸，我们就像是小石头。但是，只要我们团结紧，打仗勇，就总有一天，我们这颗小石头，可以打烂蒋介石这口大缸……"毛泽东的讲话依旧通俗易懂，他告诉大家别灰心，现在还有一千多人有枪。

当毛泽东在队伍前信心十足地演讲时，周围有不少小孩在好奇地围观，据称他们当中有12岁的胡耀邦和14岁的杨勇。前者后来官至与毛泽东平级：中共中央委员会主席、总书记；后者成了新中国开国上将。

当天，一师离开文家市向南前进。他们计划从上栗到萍乡……

场景四：卢德铭牺牲

理论上的秋收暴动实际到文家市转兵时就已结束，剩下的工作是保存力量。所以一师在离开文家市后，一路隐蔽南行，甚至晚上都不准点火。

经过桐木、小枧后，一师接近萍乡上栗。毛泽东指望一路上能收集在浏阳被打散的二团士兵，可他得到却是派出侦察的参谋罗荣桓的情报：萍乡有驻军。毛泽东知道，湘赣两省的军阀们一定在寻找他们，要歼灭他们，需要更加小心。与卢德铭商量后，全师折回小枧，再绕道萍乡以东的芦溪，从这里去莲花。

当队伍到达芦溪镇时，师部下令在街上宿营，毛泽东认为不安全，要求在镇外大山下宿营，这让骑在高头大马上的指挥官余洒度等人越发恼火，叫道：我们连宿营的指挥权也没有了。

然而第二天，悲剧还是发生了。当25日拂晓队伍离开芦溪往莲花方向行进时，担任后卫的第三团突然遭到敌人进攻，地点是芦溪山口岩附近。

毛泽东坐在滑竿上随一团和师部在前面已经进山，卢德铭发现后面的队伍被打乱，策马折回掩护后续队伍通过。

苏先骏还认为是发生了误会，高喊："师长啊，打死的都是自己人啊。"

后来才知道是被江西朱培德第三军的一个营和一个保安大队袭击，三团基本打散，到清点队伍时，只剩700多人了。

卢德铭不幸被打死在山凹处的一座民居附近，"芦溪"——果然让卢德铭牺牲在这里。

总指挥的阵亡，毛泽东失去了重要臂膀，他愤怒悲哀地对苏先骏喊道：“还我卢德铭。”但军情不容大家争论，赶快收集人马向莲花撤退，万幸的是由陈毅安负责运输的20担大洋安然无恙。

如果卢德铭不战死，并顺利地活到了1955年，他该授什么军衔？

场景五：三湾改编

26日，秋暴队伍趁着大雨，打下只有百余人守卫的罗霄山脉中段的莲花县，它已属井冈山北麓。这是文家市转兵以来的第一次胜利，俘虏了县保安队长。

打莲花前为了鼓士气，在莲花县甘家村枪毙了从萍乡带来的6名土豪劣绅。

这天下午，在县城外围警戒的张宗逊（黄埔五期，后成为中华人民共和国上将）将一个叫宋任穷（当时的名字叫宋韵琴）的浏阳人带到毛泽东在莲花县城驻扎地“宾兴馆”。

宋任穷就是苏先骏在铜鼓时派往南昌找江西省委请示的人。他在南昌找到了省委书记汪泽楷，得到一封药水信。汪泽楷对宋任穷说：“你们在莲花一带行动。宁冈县有我们党的武装，有几十支枪，其他的事信上都写了。”

拿到信的毛泽东既兴奋又紧张，急忙用清水显字的方法看信，看完后立刻问在场的中共莲花县委负责人朱亦岳：“宁冈是个什么地方？”

朱亦岳说：“是一个小县，多为山地。那里有一支农民自卫军，领头的叫袁文才。”

毛泽东一听“袁文才”三个字，脑海里立刻想起在安源时王兴亚说起的那个袁文才，急忙问：“宁冈是不是有座井冈山？”

朱亦岳：“宁冈就是井冈山了，我们这里也算是井冈山的北麓。”

毛泽东大喜，他激动地猛吸几口烟。就在这一瞬间，他的智慧再次喷发，再次突发奇想，作出一个惊人的决定：先引兵井冈山，再作打算。

但这个决定遭到余洒度、苏先骏等人强烈反对。余洒度原本就没把毛泽东放在眼里，他叫道：“退往湘南的墨迹未干，又要去宁冈。”苏先骏也认为：“要进山当土匪，那还革什么命，在家就可上山了。”

余洒度埋怨毛泽东，认为如果不是文家市转兵，现在一师该在长沙城庆祝了，卢总指挥也不一定会牺牲。

毛泽东没有直接反驳而是突然问到：“听说抓到的保安队长贺国安跑了，你们知不知道暴露了目标会招来杀身之祸?”

余洒度一愣后反唇相讥:“你怕死吗?我可以担保,你若死了,我抵你的命。”

经过激烈争论,更重要的是毛泽东已介入军事管理,加之有张子清、宛希先、罗荣桓等的支持,队伍最终以为防止被追击的国民党军队包围为由,撤出了莲花,一直往南,于29日到了永新县三湾村。莲花的几位党员干部也随队行动。

三湾是个只有20多户人家的小村庄,四面山环岭抱,毛泽东决定队伍在这里休整,而实际上不休整也不行。

从莲花到三湾的路上,队伍已不成形了。逃跑变成了公开的事,士兵们在彼此询问:你走不走?你准备到哪里去?加上不少人打摆子,病员伤员一多,缺医少药,不少人倒在了路边。

更让毛泽东气愤的是,把队伍指挥得一塌糊涂乱七八糟的军官们,骑着马吃着小灶,还在打骂士兵,动不动就训斥士兵说:“我们要打进大城市,建立第二个彼德堡,不是去山里当土匪的。”不时有开小差的士兵被枪毙。

在弥漫着绝望的氛围里,毛泽东知道再不采取措施,这支好不容易才掌握住的队伍很可能作鸟兽散,他决定一不做二不休,来一次彻底的改编。

毛泽东将几天来的思考以及这些年来的政治经验汇拢后,形成了一套草案,这套草案将彻底打破旧军队的体制、作风、规则。他不担心人会跑光,因为他的方案是站在士兵立场上的,况且有这20多天的接触,心中有数了。虽然此时不具备强留任何人的条件,但他调查后知道,队伍中的大多数人根本没有其他出路。

草案主要由四个部分组成:

1. 将四个团改为一个团,称工农革命军第一军第一师第一团。实际这时全师只剩下两个营,六七百人。他精心挑选了团长、副团长,以及一、三营的营长。张子清、宛希先、罗荣桓、伍中豪等占据了重要位子。如此一来,余洒度、苏先骏、余贲民等的职务实际被剥夺,只任前委委员。

2. 公开宣布去留问题。凡不愿意留者每人发五块大洋,自由回家。但规定,人可走,枪必须留,结果到最后,这支队伍出现了奇特的现象:枪比人多。

3. 在队伍的各级组织中建立党组织,把“共产党”这个抽象的概念转化一个每天都在战士们身边的实体,让所有的人都能清楚地感觉到触摸到“党”是什么。他要求做到:班有党员,连有支部,营有党委。连以上设党代表。必须让这支队伍处于党的政治领导之下。

他甚至想好了在队伍中发展党员时要进行入党宣誓。并基本拟定了24个字的誓词："严守秘密，服从组织，牺牲个人，阶级斗争，努力革命，永不叛党。"

三湾改编半个月后，毛泽东在酃县水口圩的叶家祠堂，为赖毅等6名战士如此这般地主持了入党宣誓。

4. 实行官兵一致，饭菜一样，衣服一样。经过核算，官兵每人每天的伙食费是3至5分钱。废除雇佣制的军队体制，让士兵感觉是在为自己打仗。在物质生活极端艰苦情况下，战士们的精神得到大解放。

当毛泽东把四点方案告诉大家时，立刻得到大多数人拥护，第一个举手拥护的宛希先给毛留下深刻印象。

悲观失望、灰心丧气的余洒度等，在挑选团长问题上极力要任命黄埔四期的陈浩为团长，而毛泽东心里是希望张子清出任团长。余洒度坚持认为张子清只是在农讲所学习过，没有正规的军事血统。善于妥协的毛泽东放弃了自己的主张。

尽管如此，还是不能制止住余洒度私下里与留下的黄埔军人发牢骚，他们说中央或省委一定不会同意老毛这么搞，希望快点来指示。而苏先骏在改编后自行离开了队伍，理由是去湖北省委报告。

30日，队伍被召集到三湾枫树坪集合。新任团长陈浩主持大会，请毛泽东讲话。

此时的毛泽东已胸有成竹了，他对革命的动员问题所进行的思考在短短十几天时间里成熟起来了，预感到一支纯洁的队伍即将诞生，这是他领兵打仗的基础，也是他实现革命理想的基础。此前已派人联系宁冈县委负责人龙超清和驻扎茅坪的袁文才，相信会有成果。

关于三湾改编时毛泽东的讲话，今天能看到的原始文献有当时的书记官谭政整理的一份142个字的记录，这份记录中夹着六处省略号。

毛泽东操着湘潭国语说："莫要悲观，贺龙两把菜刀起家，现在当军长。我们现在有两营人，七百多条枪，还怕起不了家……"他的"没有挫折和失败，就不会有成功"的论述以及他平易近人的表情语调使在场的人都很振奋。

在三湾，毛泽东借住在一家叫"协盛和"（亦有文献称是住在"泰和祥"）的杂货铺里，居然在货架顶上找到一套线装本的《三国演义》。他如获至宝，连夜通读起来。东汉末年的混战场景不断在他脑海里呈现：以小打大的赤壁战、虚虚实实的空城计、攻守进退的走麦城等战争计谋，让刚刚带兵的毛泽东惊喜不已。一连四夜，他都是伴着“久分必合、久合必分”的箴言进入梦乡的。

充满自信的毛泽东不顾脚上的疼痛，带领队伍离开三湾，朝东南方向行进，于10月3号到达离茅坪二十余里的古城。从这里往东南方向眺望，巍峨井冈山已在眼前，毛泽东冷静思索，这里可以给革命带来什么？

与队伍一起到达古城的有两个重要人物，一是龙超清，另一个是袁文才的代表陈慕平。他们是2号下山到三湾与毛泽东见面的。陈慕平一见毛泽东就喊“先生”，原来，他是武汉农讲所的学员，多次听过毛泽东的课。到这时，毛泽东才确认袁文才是党内同志。通过龙超清和陈慕平，毛泽东对井冈山有了更全面的了解。

井冈山位于湘赣边界罗霄山脉中段，东起永新拿山，西到湖南酃县水口，北起宁冈茅坪，南到遂川黄坳，方圆500多里。这里地势险要，森林茂密，交通极不便，只有几条狭窄的山洪冲成的小路通往山顶，常有不知情的人把此地称为“金刚山”。

更为重要的是这里的日常生活费用很低，一块银元可买五十斤红米，每银元买十斤茶油，盐每元七斤。一个普通人，一块银元可以度过一个月。

袁文才驻在山腰茅坪，有五六十枝枪。在山上的茨坪还有一个“山大王”，叫王佐，是个裁缝，也有五六十支枪。这两股绿林农民武装互相配合、互相照应。

该如何对付两位“山大王”呢？毛泽东决定在古城文宣宫召开前委扩大会议，请龙超清、陈慕平还有永新县的刘真参加。他又一次传达了八七会议精神，同时对自九月初开始的秋暴做初步总结，研究如何摆正与袁王二人的关系。

会前，毛泽东收到了袁文才用毛笔写在两张白宣纸上的信，全文是：“毛委员：敝地民贫山瘠，犹汪池难容巨鲸，片林不栖大鹏，贵军驰骋革命，应另择坦途。敬礼，袁文才叩首。”

面对袁文才的拒绝，黄埔军人认为摆正与袁、王关系的最好方法是消灭他们。此时的一团，虽然人少，但要打败袁王还是绰绰有余，而当地党组织也反映说袁王二人虽参加过永新暴动，但他们不听党组织的招呼，打家劫舍，土匪习气严重，主张吃掉他们。

高超的智慧和政治经验又一次使毛泽东做出正确结论，他坚持认为：中国革命离不开农民，武装斗争一定要与农民运动相结合，把农民武装起来。况且中央在研究此次秋暴时，就提出在军事上可以联络和组织土匪农军。袁文才在信中要他们“另择坦途”，实际是一种害怕的表现，更不应该激怒他。毛泽东认为，对袁文才应该是“收编”而不是消灭，他的这一主张，在两天后的10月6日得到印证。

古城会议期间，毛泽东与余洒度再次发生观念上的冲突。余洒度认为毛泽东在会上批评的指挥失利、军官吃小灶等事是揭他的伤疤，愤然退场，但毛泽东没理睬，继续侃侃而谈。这种固执和气度，在武汉时连老毛子都佩服得很。

离开会场的余洒度惊喜地收到湖南省委书记彭公达给毛泽东的信，说中央要追究放弃进攻长沙的责任，望毛泽东速去汇报，部队暂留湘赣边待命。余洒度想，只要毛泽东离开，自己就可顺理成章地接管部队。

可毛泽东看完信后，却淡淡地说：“我早已做好了准备，总不至于坐班房杀头吧，你是一师师长，又是前委委员。我就派你去省委汇报，怎么样？”

面对毛泽东的将计就计，余洒度呆了，他愣愣地看着毛泽东，半天说：“部队在这里待命是中央和共产国际的意思，这总要执行吧？”

毛泽东心道，幸好这次秋暴没有老毛子插一脚。但嘴上还是淡淡地说：“部队下一步行动前委还要研究，就这么决定，你去汇报。”

绝望的余洒度离开了古城往西，到长沙寻找省委去了。至此，参加秋暴的三位重要的军事指挥员余洒度、苏先骏、王兴亚都已不在了，加上牺牲的卢德铭。现在，这支队伍的指挥权完全掌握在毛泽东领导的秋暴前委的手中。

也有文献称，余洒度、苏先骏是在10月13日队伍到达水口圩后才不辞而别的，因为在余洒度后来的报告中提到了毛泽东给“土匪”送枪的情节。

无论他们是何时走的，留在部队中的黄埔军人包括团长陈浩在内，都认为是毛泽东逼走了余洒度，这些人在等待拉队伍离开毛泽东的时机。

场景六：与袁文才见面

茅坪是袁文才的家乡。他虽是土生土长的农民，却具有初中文化，从土匪变为中共党员是1926年的事。三个月前与王佐与王兴亚等人参加永新暴动，失败后退回宁冈。

毛泽东的到来让袁文才如惊弓之鸟。他很清楚自己的家底，虽然也是共产党，但却真的是在干绿林勾当。毛泽东带来的队伍要处理他，易如捏死只蚂蚁，所以才给毛泽东写信要他们离开。但毛泽东给他回了封信：“袁文才总指挥拜鉴：久闻大名，难得幸会。今我工农革命军路过贵地，为工农革命，打土豪劣绅，奉上标语数条，为我党主张宗旨，择日拜访，愿同贵军结为友好，联合一致，共同反对军阀。中国工农革命军毛泽东。”

经过商量，两人决定10月6日见面，由袁文才选择见面地点。在反复衡量后，袁文才选择了很容易脱身的大仓村林家祠堂，这里正好是古城至茅坪中间。同时，他先一步到达林家祠堂，并在周围埋伏下20多个枪手，还在沿路安排接应的人，以防不测。

当毛泽东一行人出现在他视野中时，这位初中生惊呆了，心道：怎么只来了7个人。袁文才放下心来，胆子也大了起来，大步走向毛泽东，陈慕平忙给他们介绍。

袁文才说：“毛委员的大札早已拜读，从你的字迹看就非等闲之辈呀。”

毛泽东握着袁文才的手说：“是江西省委介绍来找你们的，你的杀富济贫是具有革命性的呀。我们也不是什么巨鲸大鹏，但只要坚持革命，前途就是光明的。”

看到毛泽东如此抬举，袁文才很高兴，忙介绍起7月的永新暴动来。

毛泽东问：“当敌人来‘追剿’你，你怎么办的？”

袁文才狡猾地笑笑说：“井冈山是什么地方？山高林密，羊肠小道，进可攻，退可守。别人在这里要转一个礼拜的地方，我们一天就可以转完。我们的生存之道是‘不要会打仗，只要会打圈’。国民党在这里‘追剿’了我一个多月，我毫发未伤。”

毛泽东听完这话，心中暗自庆幸，如果古城会议决定消灭袁、王，实际绝非轻易能办到，搞不好两败俱伤。他向袁文才抛出了橄榄枝，说：“听说你人多枪少，我给你带了100支快枪，略表工农革命军的一份心意，希望贵军发展壮大，我们共同为工农打天下。”

简单几句话，把29岁的袁文才弄得热血沸腾。他做梦都想壮大，都想搞到一批快枪，没想到得来全不费工夫，当即派管家李筱甫飞马回茅坪取来600块银元送给毛泽东，并表示愿意为工农革命军两肋插刀，他去找王佐，让王裁缝也跟工农革命军交朋友。

很快，双方达成口头协议：一团可以在茅坪设立留守处和医院，但袁文才话里有话地说："伤员和部队的粮油我可以管，但宁冈缺钱，还需要到酃县、茶陵、遂川一带去吊羊（指打土豪）。"

毛泽东笑了："袁总指挥，看了你的信，知道你心存疑惑。我明确告诉你，我们不是来占你的地盘，不过是借道而已，请你放心啰。"

有了这样的结果，毛泽东很兴奋，看来把"枪、农民武装和马克思主义"这三者结合在一起的设想就要实现了。去年在广州写的《中国社会各阶级的分析》中提到的"谁是我们的敌人？谁是我们的朋友？"真的是革命的首要问题。他知道，要和农民交朋友，最佳办法就是把自己变为农民，共产党人就好比种子，只有在农民中间才能够生根、开花、结果。

10 月 7 日至 10 日一团进驻茅坪。袁文才杀猪宰羊，鸣炮结彩，如过节般迎接工农革命军。

毛泽东被安排在茅坪村中央一栋二层小楼的阁楼上，这是老中医谢池香家。因阁楼上的天窗呈八角形，所以村里人把这里称作"八角楼"。

住在一位中医家，显然是袁文才的精心安排。毛泽东的脚伤还没好，不时化脓引起发烧，需要医治，这里原是一位叫贺敏学的永新人住，贺也是永新暴动的组织者，失败后，他与 18 岁的妹妹贺子珍一起随袁文才遁入井冈山，而贺子珍是当时山上唯一的女战士。

人称"永新一枝花"的贺子珍被人描述成：既有魅力又有涵养，说话清晰快速且有分寸，常会给你甜如蜜的感觉。

当穿着褪了色的灰布中山装、身体消瘦、头发长而蓬乱、颧骨突出的毛泽东在袁文才家第一次见到贺子珍时，还以为她是袁的女儿。经过袁的解释，才知道贺子珍当过国民党永新县党部妇女部长、县党部驻吉安办事处联络员，与哥哥贺敏学一起，参与发动了 7 月永新暴动。她是共产党员，会打枪，现在以袁文才义妹身份与袁的老婆谢梅香住在一起，算得上是井冈山的头面人物之一，是位巾帼英雄。

热情健谈的毛泽东立刻握着贺子珍的手说："很好，很好，今后我们共同战斗吧。"这次见面，是秋暴 40 天来毛泽东第一次与女性握手。

热心肠的贺子珍看到毛泽东那只化脓的脚，马上找老中医配了草药给毛泽东擦洗换药。

在深山老林的一座八角楼上 18 岁的贺子珍给既是出生入死的革命者、又是浪漫潇洒诗人的毛泽东洗脚治疗。烟不离手的毛泽东让贺子珍喊他“老毛”，自己叫她“子珍”，有时会叫她“石灰佬”，这是宁冈人跟永新人开玩笑的称呼。

场景七：登上井冈山

毛泽东遵守对袁文才的“借道”承诺，此时，在他内心深处还存有一丝与叶贺部队会合的想法。他决定先从茅坪往井冈山西南方向的酃县运动，边筹款，边熟悉环境，同时打探叶贺进入广东后的情况。

队伍离开茅坪后，先到了酃县东面的十都镇，这已在湖南境内。毛泽东派出具有丰富交际经验的何长工去长沙找省委汇报秋暴情况，再南下打听叶贺部队下落。

酃县是块宝地，相传炎帝——神农氏长眠于此，中华人民共和国成立后45年后，这里被改名为“炎陵县”。

毛泽东得到消息，酃县的民团已有准备。十几天前才真正掌握了这支600多人队伍的毛泽东，丝毫不敢马虎，在他本能的下意识中形成的早期军事思想，便是游击思想，以偷袭为主，打得赢就打，打不赢就走，而井冈山地形地貌完美地符合他的想法。正如袁文才所说：不要会打仗，只要会打圈（后与朱德的部队会师后，他们总结出了著名的游击战十六字诀：“敌进我退，敌驻我扰，敌疲我打，敌退我追”）。既然酃县有准备，那就避开它继续向南，于10月13日到达酃县南面的水口圩。

在水口毛泽东与中共酃县县委负责人周礼见了面，了解当地情况，开玩笑地对周礼说：“周礼周礼，就是孔夫子要‘克己复礼’的礼呀。”他请周礼帮忙找一张酃县地图，再找一个可靠向导。

这时毛泽东得到两个消息：一是袁文才派交通员来说茶陵等地的民团已知道工农革命军的情况，正往东边来寻找他们；二是终于得到了叶贺部队的消息。

每到一地，毛泽东都专门派人去弄报纸和烟，在写封信往往需要几个月才能往返一次的情况下，报纸成了他与外界的唯一联系。9年后毛泽东对斯诺说：“从1911年到1927年我上井冈山为止，我从没有中断过阅读北京、上海和湖南的日报。”报章刊物是他的千里眼顺风耳。

从报纸上，他得知叶贺部队已不复成军了，这是他无论如何也不敢相信的事，两万多人的正规部队呀。蒋介石起兵北伐，八个军才十万人，蒋介石本人控制的部队也就一万多人。

毛泽东不得不考虑今后的出路，他一支接着一支抽烟，思考着眼前与未来。要军事割据，要搞深入的土地革命，要充分利用农民群众，都注定要在农村进行，如果去城市割据，显然是不可能成功的。此时他甚至认为自己制定的《湘南运动大纲》都是纸上谈兵。

自三湾改编后，毛泽东已开始考虑如何才能在白色政权包围的中间产生一小块红色政权的问题。这便是割据问题。他认为，只要白色政权内部有激烈斗争的局面存在，红色政权割据的可能性就存在，这是辩证的关系。他进一步想，割据应该具备什么条件？最少应有五个：纯朴的群众、很好的党、恰当的军事力量、便于作战的地势、能找到给养。

他想起了1919年李大钊的一段话："我们应当到田间去工作。这样，文化的空气才能与山林里村落里的树影炊烟联成一气……"此刻，放眼这五百里井冈山，不正提供了李守常所说的田间环境，不正符合自己思索中的五个条件吗？仅目前手上掌握的一团，要做到"占山为王"绰绰有余，而改编袁文才和王佐的队伍也应该不成问题。

井冈山的猎猎山风，让毛泽东下定了决心：就在这罗霄山脉中段，搞军事割据，打土豪分田地，实行土地革命。这个决心化为了一年后他在《中国的红色政权为什么能够存在》文章中的一段值得夸耀的话："一国之内，在四周白色政权的包围中，有一小块或若干小块红色政权的区域长期地存在，这是世界各国从来没有的事。"

他立刻做出两个决定：

1. 派最会打仗的团长陈浩（黄埔一期）、一营长黄子吉（黄埔四期）和一营党代表宛希先带一营的两个连，奔袭百里，扑向茶陵县。袁文才的情报说茶陵民团正往东边来寻找他们，说明茶陵是空城。

结果证明，毛泽东的决策正确。一营到达茶陵时，为迷惑敌人特意打着国民党的旗帜，县城的哨兵还举枪敬礼。这是毛泽东第一次真正从战术上指挥作战，且一着中的，21日拂晓陈浩打下了茶陵，并将查没的一批银元送到茅坪。

2. 应袁文才的要求，派出陈伯钧等三人去袁部帮助训练队伍。对这件事毛泽东很认真，尤其是他决定在此地割据并要改编袁王的队伍后。他语重心长地对陈伯钧等人说："记住，团结他们、争取他们、改造他们是最高目标，务必要做到哇。"

同时，他亲自主持了6名新党员的入党仪式。这时的他顾不得农民意识可能在党内弥漫，他想到的是，农民——从目前情况看，可能是处于共产党影响下的唯一群众了。

1925年6月毛泽东曾在韶山冲自己家卧室的楼上，主持过党员入党仪式。那个时候，共产党是地下组织，党员之间很少见面，即使见面，也彼此不知底细。如今，决定要在井冈山进行军事割据开展土地革命，首先就要大张旗鼓地宣传党的组织，要让群众知道，入党是件神圣的事、光荣的事、有益的事，只有靠这样公开建立起的党组织，才能顺利而有力地开展党组织的活动。

兵分两路的毛泽东带着张子清的三营和一营一连、特务连等，于22日突然折身向东，离开湖南地界，向一百六十里外的江西遂川进击，那里是井冈山南麓，当晚宿营在离遂川七十多里的大汾村。毛泽东考虑，围着井冈山转一圈，再反复考察在这里割据的条件，或许会把问题考虑得更周全。

谁也没有料到，遂川的地主武装肖家壁的靖卫团三四百人发现了他们，并埋伏在村外。23日凌晨，战斗突然打响，面对靖卫团四面都是枪声的偷袭，队伍竟一下被打散了。

借着朦胧天光，毛泽东在特务连长曾士峨等人的掩护下朝西北面突围。而张子清、伍中豪带领的三营却往相反方向——南面退去，双方越离越远。

毛泽东因脚伤跑不快，又坚持不让战士抬，而是拄着一根竹棍跟着大家一起跑，天放亮后，遇到了特务连的罗荣桓等人，再继续跑，直到退进一个叫黄坳的地方才停下。收集队伍算了算，只剩下40几个人了。

后来被授予中华人民共和国元帅的罗荣桓这样回忆当时的情况：“大家又饥又饿，无精打采，稀稀落落散坐在地上。几个战士带着钱从老百姓家里找来一点剩饭和泡菜辣椒。没有碗筷，毛泽东和大家一起用手抓饭吃。饭后，毛泽东站起来，朝中间空地迈几步，双脚并拢，身体笔直，对大家说：现在来站队，我站第一名，请曾连长喊口令。”

毛泽东十分清楚，这个时候能拼的只有意志了。幸运的是，他们找到了正在乱窜的一连，带领这个连突围的副团长徐恕（黄埔五期）和参谋长韩壮剑见到毛泽东后竟怒气不断，抱怨他不该把队伍往深山里带。但毛泽东坚持自己的主张，大汾村的溃败让他下决心提前上山，他要开始在这块人迹罕至的风水宝地闯出一片新天地。

当天，100 多人的队伍到达荆竹山，这是王佐的地界了。天色已晚，见到一栋独立在路边的房子后，决定在这里宿营。

这时，一个衣衫褴褛、精瘦枯槁的人出现了，他自称叫朱诗柳，一交谈，才知他是王佐派出来搞侦察的人。毛泽东仔细询问山上的村落、出产、人口等情况。又问了附近的地主武装情况，知道了在大汾偷袭他们的是遂川靖卫团团长肖家壁（此人到 1949 年才被解放军活捉枪毙，毛泽东专门对此下过指示："一定要活捉肖家壁，不要死的"）。

当天晚上，毛泽东要朱诗柳与他一起在床上睡，地上则睡满了其他战士。两人一直在轻轻交谈，毛又仔细询问了关于"山大王"王佐的详细情况。

王佐是遂川人，与袁文才同年，但身世比袁文才惨很多。幼年丧父，常被人看作是野种，16 岁那年拜师学裁缝，几年后，成了当地闻名的裁缝。一把剪刀、一把戒尺伴随他走遍井冈山的山山水水，后用做裁缝赚的钱买了一把枪，发展到现在。他曾冷酷地用仇人的头来祭奠弟弟，而那个仇人是他老婆罗夏英的亲哥哥……

听完王佐的故事，毛泽东长叹一声："古来英雄，哪一个不是杀完人逼上梁山。"他对朱诗柳说："你去告诉王总指挥，就说我毛泽东愿意和他这个杀富济贫的英雄交朋友。想必你们也缺少枪支吧，我送他 70 支。"

朱诗柳听了这话，眼珠子都快蹦出来了，山上缺的就是枪啊。第二天一早，他迅速返回山上报告，信息很快传回，已经与袁文才沟通过的王佐欢迎毛泽东进山，亲自在大井迎接。

得到消息后的毛泽东马上布置，不能在土匪面前露出败军之相，只有让王佐感觉到工农革命军不倒的军威，才能往下谈其他的。他集合了 100 多人的队伍，宣布三条纪律："行动听指挥；不拿老百姓一个红薯；打土豪要归公。"后据考证，这三条纪律便是解放军《三大纪律八项注意》的发端。

三条纪律的出台与当时发生的情况有关，也有可能是毛泽东想到了他佩服的一个老乡——曾国藩的治军谋略。毛曾在 1917 年 8 月致黎锦熙的信中写道："愚于近人，独服曾文正，观其收拾洪杨一役，完满无缺。"而曾国藩作的湘军《爱民歌》，正是湘军所向披靡的重要因素："第一扎营不要懒，莫走人家取门板，莫拆民房搬砖石，莫踹禾苗坏田产。第二行路要端详，夜夜总要支帐房，莫进城市占铺店，莫向乡间借乡店。第三号令要严明，兵勇不许乱出营，走出营门就学坏，总是百姓来受苦……”

24日，在离井冈山中心区——茨坪十多里路的大井，毛泽东见到了传说中的王佐。

而在王佐心中，当兵的抢劫和强奸是常态，况且是一群残兵败将，可他亲眼看到的却是一支虽然衣衫褴褛，但目光坚定行动有序，看不出败相的队伍。

当毛泽东要罗荣桓等把用红布条捆好的70支枪送给王佐时，这位山大王连声说：“消受不起，消受不起。”毛泽东笑着道：“一点薄礼，不成敬意呀。我们共产党要反败为胜，就要结交王总指挥这样的朋友哦。”

一番话，让目不识丁的王佐佩服至极，忙让部下挑了几十担谷子送给毛泽东。

终于，在1927年10月27日毛泽东登上了井冈山，到达茨坪，他已围着这座不高的山峦转了大半圈，山峰险峻，树密林深，交通不便，进退自如，更坚定了他以这里为起点的军事割据思想。

毛泽东在茨坪待了一周左右，高度紧张后的突然放松，脚伤引起全身发冷发烧，热心的王佐坚持派轿子抬他去茅坪袁文才处治病，毛泽东留下一连驻守大井，他自己回到已让他心里产生思念的茅坪。

毛泽东知道，在井冈山算是站住了脚，他在思考往后该如何办？怎么才能把自己与井冈山联为一体？他思念茅坪，那里有一个顶喜欢同别人讲话的少女——贺子珍。

在1927年的最后两个月，强烈感觉到革命处于低潮且孤独的毛泽东大部分时间生活在幸福之中。他恋爱了。

当毛泽东在11月初回到离开20多天的茅坪时，袁文才热心地把贺子珍放在了前委当秘书，也就是给毛泽东当秘书。

有人认为，袁文才这么做的目的是这位山大王的狡诈行为，他就是想把毛泽东变为井冈山的女婿，以此来巩固自己的地位。智慧过人的毛泽东肯定能看穿这种伎俩，但默认了，这两个年龄相差16岁的男女开始了朝夕相处。帮毛泽东清洗伤脚并敷药是贺子珍的必须工作。毛泽东喜欢做调查，却很难听懂井冈山人的话，贺子珍便又成了他的翻译。

后来回忆那段难忘的日子时，贺子珍说：“老毛肚子里墨水多。夜深人静，他写累了，就给我讲故事，和他写的诗文，一个讲，一个听，常常是不知不觉，就迎来了新的一天。”毛泽东的“秧好一半谷，妻好一半福”的言论给贺子珍留下深刻印象。

在贺子珍的陪同下，毛泽东在茅坪的洋桥湖、坝上一带搞调查，他想论证并回答在这里进行武装割据是否可行。调查中贺子珍的翻译使他省去不少“不同音”而带来的麻烦，最终，写出了《宁冈调查》。这是他独立操作革命暴动后，探索正确的革命道路的开篇之作。

关于毛泽东为什么娶贺子珍？坊间有两种说法：一是袁文才的狡诈及毛泽东需要与井冈山联姻；二是生活在绿林汉中的贺子珍需要有人保护。

不管何种说法，毛贺姻缘都有个结论性表述：他们结合十年（1927—1937年），贺子珍怀孕10次生下6个，但只有一个女儿在身边长大，其余的要么下落不明，要么在很小的时候就夭折了。

毛泽东并没有忘记杨开慧与三个孩子，他给远在上海的李立三写信，要他找毛泽民把杨开慧的通讯处告诉他。他也确实给杨开慧写过信：“开始生意不好，亏了本。但后来又捞回了一些本钱。”但这对相爱的夫妻再也没有见过面。

杨开慧在牺牲前的三年时间里，无时不在思念自己的丈夫——毛泽东。在她牺牲50多年后，人们从她板仓故居的墙壁中，意外找到她留下的一批文字。其中一首《偶感》，虽然有错字漏字，但依旧让人顿生感慨：“天阴起溯（朔）风，浓寒入肌骨。念兹远行人，平波突起伏。足疾可否痊？寒衣是否备？孤眠（谁）爱护，是否亦津苦？书信不可通，欲问无（人语），恨无双飞翮，飞去见兹人。兹人不得见，（惆）怅无已时。”从中可以发现，杨开慧甚至知道毛泽东脚上有伤。

1928年12月26日是毛泽东35岁生日。27岁的杨开慧留下了这样的文字：“今天是他的生日，我格外的不能忘记他。我暗中行事，使家人买了一点菜，晚上又下了几碗面……”不能确切知道杨开慧是如何与三个儿子一块儿吃寿面的，她又是如何向儿子们讲述他们父亲的。但可以肯定，那一天，毛泽东是与已经怀孕的贺子珍一起过的生日。而他对杨开慧的爱也伴随终生，年迈时还要身边的女秘书张玉凤、孟锦云等将发型剪成开慧型。

在1927年的最后两个月里，还有两件让毛泽东感到幸福的事，一是在11月份见到了分别4个月的小弟弟毛泽覃，他受朱德指派来井冈山寻找毛泽东。通过毛泽覃的介绍，才知道朱德、陈毅、王尔琢等，带领叶贺部队残部辗转到了湘南地区，那里正是毛泽东曾经想去的地方。

更让毛泽东高兴的是毛泽覃还带来了在大汾村走失的三营张子清消息。原来他们误打误撞碰到了朱德，如今已换了全新军服，在桂东一代游击。毛泽东兴奋地对边上的人说："我就说过，张子清不会叛到国民党那边去的。三国时关云长被曹操围住，又是封官赐爵，又是赠送金银、美女，三天一小宴，五天一大宴，结果呢，关云长还是刘备的人。我看这个张子清，就比得上关老爷。"

第二件让毛泽东幸福的事是二打茶陵。他命令陈浩、宛希先等人带主力700多人11月18日攻入县城，在那里成立了工农兵政府。这是毛泽东要用枪杆子把井冈山变为赤色的第一次倾巢出击，也是他建立政权的思想、学说开始萌芽后的一次重要实践。

而在攻打茶陵进入激烈状况时，张子清率领的第三营从桂东赶来，这400多人无意中成了二打茶陵的援军。

这次行动也给毛泽东造成极大危机，险些让他失去整个队伍。

打下茶陵后，带队的几个黄埔军人陈浩、徐恕、黄子吉、韩壮剑等认为脱离毛泽东的机会来了，秘密联络上黄埔老上司第十三军军长方鼎英，准备向他"借路"，把队伍拉走。

当危机发生时，毛泽东"支部建在连上"的机制起了作用，先是团政治部主任兼一营党代表宛希先向毛泽东报告陈浩等人的情况，然后在陈浩带队向酃县运动时，宛希先、张子清等人奋起反对，使闻讯的毛泽东得以与毛泽覃等人有时间及时追上已经离开茶陵的队伍，并于12月28日当众以叛投罪枪毙了陈浩、徐恕、黄子吉、韩壮剑四人。在这次抓捕与枪毙的行动中，毛泽东亲自训练的特务连起了很大作用。

在临近1928年到来的时间里，毛泽东似乎看到了未来，他划定的"第一次国内革命战争"结束，"第二次国内革命战争"即将开始。

几个月来的变化，可谓惊心动魄。毛泽东赤手空拳，甚至不认识王兴亚、潘心源、苏先骏、余洒度、卢德铭等人，凭着他的胆识、机智、本能和意志，在错综复杂的军阀混战中，终于将这支如星星之火般的队伍牢牢抓在手上，并不断纯洁净化，使之成为完全不同于旧军队体制的部队。

在这支队伍里，已经有罗荣桓——这位未来的共和国元帅。在往后的四个多月里，毛泽东不仅成功地把袁文才、王佐的部队改编成了工农革命军第一军第一师第二团，还接纳了朱德、陈毅、林彪等未来的共和国元帅。到 1928 年底，井冈山又多了一位未来的元帅——彭德怀。部队也变成了红四、红五两个军。而毛泽东与朱德一见如故的强有力的团结，使得武装割据得以真正实现，最终夺取了伟大胜利。

毛泽东在政治上依然不断用召开“万人大会”的形式杀土豪劣绅，他的威严在快速形成，井冈山地区的军民也开始习惯把他当做革命的精神之源。

为了实现心中共产主义目标，毛泽东反复地使用近于机会主义的灵活和机智。这是当时的党中央所不能容忍的，但因为通讯不畅，所有中央的震怒，毛泽东压根儿就不知道。

他不知道 11 月 9 日、11 日两天，在瞿秋白、罗明纳兹的指导下，中共中央临时政治局在上海召开了扩大会议。这次会议的第十一项是“整饬政治纪律”，处罚不坚决执行布尔塞维克的策略，甚至故意违背中央命令的人，毛泽东因此被撤销了政治局候补委员和湖南省委委员职务。

他还不知道，到了 12 月底，中共中央致信湖南省委，再次指责毛泽东不听指挥、军事投机、没有发动群众等，并决定派人前去井冈山替代他。

20 世纪 20 年代末的中国，信件从发出到收阅往往需要几个月，甚至半年的时间，而在这几个月里，前面的指示尚未执行，推翻这个指示的文件又发出。

从这点看毛泽东是幸运的，他的“不知道”为他赢得了自作主张的时间，而在中共中央被莫斯科控制的 1927 年，能有这样一段时间尤为宝贵。期间，有一件事毛泽东与莫斯科意见很一致，那就是领导权的问题。9 月 27 日，斯大林对共产国际宣布：由中共领导中国苏维埃，不再与国民党联合。这个观点是毛泽东在八七会议以来一直坚持的。

让毛泽东赢得宝贵时间的还有蒋介石。他居然到 1930 年底才开始认识到朱毛红军与被共产党武装割据的井冈山才是他的真正大患，马上组织军队对井冈山进行“围剿”。但为时已晚，那时毛泽东身边已将帅云集，有惊有险度地过多次被“围剿”的难关。

据统计，毛泽东在中央苏区与蒋介石有三次直接通过战争进行的对话：

第一次“围剿”：国共双方兵力对比是 10 万对 3 万；

第二次“围剿”：20万对3万；

第三次“围剿”：30万对3万多。

毛泽东的军队好像没多，可他控制的苏区，地盘却越打越大。他用充满创新的革命学说，带领着追随者，创立了革命军队和革命根据地，踏上了摧毁旧中国的征程。他用很通俗语言来解释他的武装割据思想：“我们闹革命，光是跑来跑去是不行的，一定要有一个家……有了这个家，就可以作为同敌人进行革命斗争的根据地。敌人不来，我们就在这里练兵发动群众。敌人来了，我们就靠这个家好敌人作战，我们以家为依托，不断向外发展……我们的日子慢慢就好过起来了。”

毛泽东所说的“家”，正是他脚下的巍巍井冈山。

那一年，在井冈山流传着这样的民歌：“一九二七年，三湾来了毛泽东，带来工农革命军，红旗飘飘闹革命。”

过了20多年，另一首民歌成为毛泽东的音乐形象，即著名的《东方红》：“东方红，太阳升，中国出了个毛泽东。他为人民谋幸福，他是人民大救星……”

从毛泽东登上井冈山算起，他用了22年时间，打败了强于他几十倍的蒋介石，建立了中华人民共和国，为他的人民谋得幸福。

而他左下巴上的那颗大痣，便是在1927年后的几年里慢慢长大的……

尾　声
光照人间

无论是谁，只要来到这个世界，就别想活着回去！

公元一九七八年四月四日晚上十一点五十分，八十九岁的蒋介石在台北阳明山脚下的士林官邸离开人世，他死在了山边。走的时候，一年一度的清明节还有几分钟就要到来。原本好好的天气，突然电闪雷鸣，接着倾盆大雨，气势令人惊悸。

大家希望他能多活一天，便将他的死期宣布为五日凌晨（亦有人坚持说蒋介石就是五日去世的）。三小时后，台湾各电视台插入了一个黑色插播卡，上面是一排赫然醒目的白字：国民党中央委员会讣告：

“国民党中央委员会沉痛宣布：中国国民党中央委员会总裁蒋公介石先生，因心脏病猝发，于一九七五年四月五日，经抢救无效，不幸崩殂。终寿八十九岁……”

蒋介石死后的一个月为“中华民国国丧期”。他的遗体经防腐处理，安放在一只铜棺中，然后用黑色大理石棺椁罩着，棺前竖着十字架。

两年前他曾对家人有交待：“我死后，将灵柩暂厝慈湖，那里风景好，很像我们奉化老家。”他也曾伤感地对部下说：我把你们从大陆带出来，一个心愿就是想再把你们带回去。如今这个心愿，他永远也无法实现了，因为他自己至今也没能回到他魂牵梦绕的故乡。

蒋介石的遗嘱只有不到300字，这与他动辄几千字的长文相比，微不足道。与孙中山一样，遗嘱也是别人起草后他同意的：

“余自束发以来，即追随总理革命，无时不以耶稣基督与总理信徒自居，无日不为扫除三民主义之障碍、建设民主宪政之国家艰苦奋斗。近二十余年来，自由基地日益精实壮大，并不断对大陆共产邪恶势力展开政治作战。反共复国大业，方期日新月盛，全国军民、全党同志绝不可因余之不起而怀忧丧志。务望一致精诚团结，服膺本党与政府领导，奉主义为无形之总理，以复国为共同之目标，而中正之精神，自必与我同志同胞长相左右。实践三民主义，光复大陆国土，复兴民族文化，坚守民主阵容，为余毕生之志事。实亦即海内外军民同胞一致的革命职志与战斗决心，惟愿愈益坚此百忍、奋励自强，非达成国民革命之责任，绝不中止！矢勤矢勇，毋怠毋忽。”

在公开发表的遗嘱中，有“中华民国六十四年三月二十九日秦孝仪承命受记”字样，但后据考证，包括当时在现场的侍从副官翁元回忆，遗嘱是蒋介石逝世后几小时内由“总统府”秘书秦孝仪写的，按宋美龄要求加上了“耶稣基督”的内容。而宋家三小姐得以善终，活了一百零六岁，直到公元2003年才在美国逝世。

据蒋介石的御医熊丸回忆，老先生去世前几天，反复让一位罗姓女护士读北宋名人黄庭坚的《清明》诗：

“佳节清明桃李笑，野田荒芜自生愁。雷惊天地龙蛇蛰，雨足郊原草木柔。人乞祭余骄妾妇，士甘焚死不公候。贤愚千载知谁是，满眼蓬篙共一丘。”

这是他在捉摸人生的价值，还是他终于明白了人生？

两天后，大陆的党报《人民日报》发了一条新闻，题目只有五个字：“蒋介石死了”。

据有人回忆，四月五日，身处杭州的毛泽东在床上听了一天的哀乐，那一天，他失去了一个彼此惺惺相惜的对手。他们斗了半个世纪，并在晚年有久分必合和好的迹象……

蒋介石是幸运的，生前做了三件大事，都做成了：完成北伐；领导抗日；子继父业。他去世后，台湾举行为期一个月的“国丧”，全体公职人员一律素服黑纱。移灵时，全台降旗鸣炮，并禁屠三天，有两百多万人沿途跪拜迎送。

顺利接班的儿子蒋经国却有自己的主张。虽为孝子的他在并不长的执政时间里，走了与他老子不同的“治国”之路，把党军变成了真正的“国军”，由此开创台湾的民主政治格局，台湾经济也变成亚洲四小龙之一。

公元1988年元月十三日，小蒋口吐鲜血而亡。这一次，大陆表现出隆重的高姿态，发出了被称为国共两党“四十年来第一电”的文章。这便是由中共中央向国民党中委会发出的唁电，虽然只有五十一个字，但表现出了中共的诚意，接着时任中共总书记的赵紫阳发表谈话，高度评价蒋经国。

蒋介石去世后第17个月，毛泽东因病去世了。那一天是1976年9月9日0时10分，他在水边（中南海）逝世。终年83岁。

据称，他在9月8日20点10分进入昏迷状态之前，一直在断断续续地看书看文件，而没有吟诵他珍爱的诗。去世前的最后一句话是："我很难受，叫医生。"

15个小时后，中共中央、全国人大、国务院、中央军委，以《告全党全军全国各族人民书》的形式，发布了毛泽东去世的讣告。这篇2500字的讣告充满颂扬之词，对他半个多世纪以来所做的事均被称作丰功伟绩，只是在最后，把"伟大的领袖和导师毛泽东主席万岁"，改成了"伟大的领袖和导师毛泽东主席永垂不朽"。

这是毛泽东的第二份讣告。第一份讣告是1929年从莫斯科发出的，原因是俄国人看到一份号外，称"匪首毛泽东被击毙于山中"。那份1000多字的讣告认为："作为中国共产党的坚强战士，毛泽东同志完成了他的使命。"等到毛泽东真的去世了，正与中国交恶的莫斯科仅在《消息报》倒数第二版底部发了一条小小的新闻。

49年前的9月9日（1927年），毛泽东躲过了一场必死的灾难。而49年后的这个9月9日，他走了。

毛泽东去世后，整个大陆，为他哀悼一周，停止任何娱乐活动。虽然国丧时间比蒋介石短，但为他默哀的人却超过了蒋几十倍，据悉，约有9亿中国人为毛泽东默哀。

在毛泽东去世前，他的两位一起工作了半个世纪的最重要助手已相继去世。当年的1月8日，国务院总理周恩来去世；7月6日全国人大常委会委员长朱德去世。而在他去世前44天，中华人民共和国发生了一场建国以来最大的突发性灾难：离北京不远的唐山发生里氏7.8级大地震（7月28日），24万多人在天翻地覆的顷刻之间死亡了。据毛泽东的护士孟锦云回忆，天摇地动时，毛泽东很是平静，他同意天人之间是有感应的。

有相当一段时间，人们在讨论毛泽东到底有没有遗嘱？当时媒体上只有一句六个字的话被称为是他的政治遗嘱，这六个字是："按既定方针办"。后由当时的国家领导人华国锋指出“按既定方针办”是错误的，毛泽东亲自写在纸上给他的六个字是“你办事，我放心”。

果然，在毛泽东追悼会开过后整一个月，他的第四任妻子江青与另外三个人：中央副主席王洪文、国务院副总理张春桥、中央政治局委员姚文元被中央宣布拘禁审查（实际上这四人在10月6日晚至7日凌晨就已被抓捕），史称“粉碎四人帮”。

毫无疑问，毛泽东也是幸运的，他做的三件大事完成了两件半：建都北京；在朝鲜与越南两度击败世界最强国——美国；发动“文化大革命”。事实上毛泽东也知道第三件事“拥护的人不多，反对的人不少”。这件事后来被新的党中央定性为“毛泽东晚年的错误”。

蒋介石与毛泽东去世后都没有下葬。一个在台湾桃园县大溪镇的慈湖宾馆，这里风光旖旎美不胜收；一个在北京古老中轴线上的毛泽东纪念堂，四周车水马龙，透着浓厚政治气息。

去世后两人同时遭遇了冷落期。蒋介石在台湾的铜像据说有四万五千座，平均零点八平方公里就有一座。结果这些铜像在他去世二十多年后，成了台湾人的烫手山芋，各种姿式的铜像被人纷纷抛弃，有的面临回炉炼铜，有的不得不在慈湖安家。

在大陆，毛泽东的雕像以及像章的数量远远超过蒋介石。最后，虽有一些保留，但大多数失踪了……

有一位东洋人在20世纪30年代说过：全中国只有两个半人懂得中国，一个是蒋介石、一个是鲁迅，那半个是毛泽东。说这话时，距离毛泽东的秋收暴动过去了7年。显然，这位日本人的说法是正确的，只是他把两个半人的顺序搞颠倒了。事实已经告诉我们，在20世纪，最了解中国的人排名第一位非毛泽东莫属，蒋介石可以排在第二，鲁迅最多能算得上半个。

毛泽东创造了一种古今罕见的学说：农村包围城市——中国式的社会主义。即把马克思发明的科学社会主义作为基础，动员农民与其他社会分子相结合，建立起一个以共产党为主多党合作的庞大国家。从这一点看，毛泽东超过了秦以后中国的所有执政者。

而蒋介石却没有做到。虽然他把中国带进了统一，使国家的版图基本定型，但他至死都仅仅是在坚持“一个政党，一个主义，一个领袖”的抽象概念，在此前提下，其他均可睁一只眼闭一只眼。如果把他的战略观与战术观相比较，显然战术要强于战略，而毛泽东正好相反。虽然两人都将自己的命运与国家的命运结合在一起，但毛泽东善于把握全局，当然最终赢得天下。

如果梳理蒋介石与毛泽东的家庭生活，或许有不少东西值得关注。

毛泽东显然把革命看成是一种生活方式，而且死亡不可避免。他的第二位夫人杨开慧，他的两个弟弟毛泽民、毛泽覃，他的堂妹毛泽建，他的侄子毛楚雄和他的大儿子毛岸英，先后为革命而牺牲了。如果算上杨开慧的第三个儿子毛岸龙，与贺子珍生的几个孩子，毛家人为他的“革命”付出的代价太大太大，以致于在他去世时，身边只有工作人员，而无亲人。去世后，毛家的故事虽有些许余晖，但基本结束了。

蒋介石也强调革命，可他只把革命看成是一种责任。讲究细微末节的他，虽然败在了毛泽东手下，但却家庭美满。只有一个患心脏病的哥哥蒋介卿，在听说他被张学良兵谏时吓死了，其余都安然无恙。他去世时，周围儿孙满堂，符合中国人给亲人送终的传统。蒋家的故事远未完结，甚至具备迎向朝阳的潜力。

从已经公开的史料看，两个人各自拥有四个正式配偶。

蒋介石的配偶分别是：毛福梅、姚冶诚、陈洁如、宋美龄。

毛泽东的配偶分别是：罗一秀、杨开慧、贺子珍、江青。

还有一个相同点：两人的元配夫人都是家长作主，而且他们都不喜欢。不同的是，蒋介石的四位配偶大多相互见过面，而毛泽东的四位配偶从未彼此谋面（也有史料称：贺子珍与江青在延安的时间有交叉，她们可能见过面）。

蒋介石骨子里全是倔犟，他的忠孝观和宗教观，使他十分自律，连风纪扣也从来是扣得一丝不苟。坚持写日记的习惯居然维持了半个多世纪。

毛泽东骨子里充满浪漫，他既有与生俱来的反抗精神和怀疑，还能做到随心所欲。他只在重大转折或欣喜或悲伤或彷徨时，才以写诗词来抒怀。

毛泽东善于团结人，但一生中几乎没有至真朋友。他单打独斗，靠的是智慧和灵活不拘一格的行动，这从他的书法演变上便能探知一二，他把自己变成了神。至今，他的巨幅画像依然挂在新中国的象征——天安门的正中央，供每日数以万计的人瞻仰，并日益国际化。

蒋介石却似乎一切都是从交朋友开始的，他结拜兄弟，拜师授徒。可与他结拜的兄弟结局都不甚理想，最终连追随他二十年，号称“总统文胆”、“领袖智囊”的陈布雷也以自杀方式与他长别。这就难怪美国人布赖恩·克罗泽在其撰写的《蒋介石传》最后一句话会这样写：“他的悲剧是他个人造成的。”

可笑的是在1945年10月毛泽东离开重庆的第三天，蒋介石居然在日记中对他的对手做了这样的结论：“断定其人决无成事之可能，而亦不足妨碍我统一之事业，任期变动，终不能跳出此掌一握之中。仍以政治方法制之，使之不得不就范也。”

而毛泽东在掌握了与蒋介石谈判的资本后，依然在重庆喊出“蒋委员长万岁”。但这并不妨碍他写下“俱往矣，数风流人物，还看今朝”弘大诗篇。

蒋介石向来是军事第一、政治次之、经济再次之。事实上他把三者的关系运用得不错。只是当他遇到毛泽东灵活应用的战略战术时，他的军事政治经济理论全瞎了。

而毛泽东在喊出“枪杆子里面出政权”后，便悄悄地把军事当做工具了，继而着重经营自己的政治经济学，针对他的人民提出“打土豪（政治问题），分田地（经济问题）”，言简意赅掷地有声。

今天，无论人们站在什么角度来讨论有关毛蒋二人的史实，都几乎可以达成一个共识：蒋介石与毛泽东把“革命”真正运用到中国大地、运用到中国人民，并创造出中国历史上史无前例的政治神话是从公元1927年开始的。那一年，这两位相差六岁的男人，几乎是同时成为串起“中国革命”的经线。而那一年与他们交织在一起的一根根纬线，便是本书中出现过的各色人物……

那一年，蒋介石有起有落且乱中取胜；
那一年，毛泽东审时度势并死而复生；
那一年，蒋中正迎娶三十岁的宋美龄；
那一年，毛润之邂逅十八岁的贺子珍；
那一年，汪精卫为重掌大权殚精竭虑；
那一年，国共反目俄国顾问黯然退场；
那一年，宋孔陈三家在官场崭露头角；

那一年，南陈北李一个出局一个倒下；
那一年，中华大地铁血搏杀尸横遍地；
那一年，大潮涌动社会精英转变轨迹；
那一年，世界列强选定了各自代理人；
那一年，无数契机使中国经济露曙光；
那一年，又被称为“公元 1927 年”。

2008 年 10 月 12 日—2010 年 8 月 12 日

一稿于东莞塘厦　亚视学院—塘山　江纺家中

2010 年 10 月 24 日

二稿于东莞塘厦亚视学院

近两年来的折磨，终可告一段落。

要离开书中的人物真舍不得。

好在毛泽东与蒋介石都成了历史中的领袖人物。

华祥又记

2011 年 1 月 5 日 –3 月 5 日

三稿于南昌塘山　江纺家中

2011 年 8 月 2 日

修改完出版社的二审稿

2012 年 4 月 11 日

再校改于北京海淀区城华园

附　录

关于1927年，人们应该知道一些史料。

比如：那一年，都有哪些人参与了那些重大事件？他们多大年纪？

再比如，那一年，中国有多少钱？国人生活能够支撑旷日持久的战争吗？

再再比如，战争总是会造成民不聊生。但奇怪的是，1927年的中国教育竟然有了前所未有的发展，那一年，究竟发展了哪些大学？

1927年有关人物年龄

毛泽东34岁（字：润之　身高175厘米）　贺子珍18岁　杨开慧26岁
蒋中正40岁（字：介石　身高169厘米）　宋美龄30岁　陈洁如22岁

陈独秀48岁（字：仲甫）　李大钊38岁（字：守常）
蔡和森32岁（字：润寰）　张国焘30岁（字：恺荫）
毛泽民31岁（字：润莲）　毛泽覃22岁（字：润菊）
谢觉哉43岁（字：焕南）　朱　德41岁（字：玉阶）
周恩来29岁（曾用名：伍豪）
李维汉31岁（又名：罗迈）　李立三28岁（原名：隆郅）
刘少奇29岁　彭公达24岁　卢德铭22岁　王尔琢24岁
瞿秋白28岁　余洒度29岁　苏先骏22岁　贺　龙31岁
叶　挺31岁　张太雷29岁　刘伯承35岁　陈　毅26岁
林　彪20岁　袁文才29岁　易礼容29岁　王　佐29岁

汪兆铭44岁（号：精卫）　胡汉民48岁（字：展堂）
张人杰50岁（字：静江）　吴敬恒62岁（字：稚晖）
蔡元培59岁（字：孑民）　李宗仁36岁（字：德邻）

白崇禧 34 岁（字：健生）　何应钦 37 岁（字：敬之）
唐生智 38 岁（字：孟潇）　谭延闿 47 岁（字：祖庵）
孔祥熙 47 岁（字：庸之）　冯玉祥 45 岁（字：焕章）
陈祖燕 27 岁（号：立夫）　陈祖焘 35 岁（号：果夫）
吴佩孚 53 岁（字：子玉）　许崇智 41 岁（字：汝为）
宋庆龄 34 岁　宋霭龄 38 岁　宋子文 33 岁　黄　郛 47 岁
张发奎 31 岁　杜月笙 39 岁　张作霖 52 岁　张学良 26 岁
孙传芳 42 岁　阎锡山 44 岁

斯大林 48 岁　鲍罗廷 43 岁　罗　易 40 岁　罗明纳兹 29 岁
托洛茨基 48 岁　田中义一 63 岁

1927 年有关经济状况

1927 年中国人：48500 万（比过去四年增加了 5000 万）。

1927 年世界各国财富排行榜（单位：美元）：
第一，美国（3500 亿美元）
第二，英国（1200 亿美元）
第三，中国（600 亿美元）
第四，德国（580 亿美元）
第五，日本（532 亿美元）

1927 年中国人的一般收入（月薪/大洋）
上海：
巡警：10 至 13 元；巡长：16 至 18 元；科长：30 元；见习医生 8 元。
汉口：
纺纱女工 30 多块；营业员：最高 40 元（部分店每年带薪休假 72 天）。

1927 年前后的消费品价格

上海：

猪肉：1 斤 0.28 元；棉花：1 斤 0.48 元；粳米：一担 4 元；

煤炭：1 担 0.14 元；煤油：1 斤 0.06 元；肥皂：1 块 0.05 元；

活鸡：1 斤 0.37 元；豆油：1 斤 0.19 元；香烟：1 盒 0.036 元；

食盐：1 斤 0.043 元；白糖：1 斤 0.096 元；细布：1 尺 0.107 元。

汉口：

麻油：1 斤 0.2 元，；蛋：1 斤 0.2 元；棉花：1 斤 0.3 元；
猪肉：1 斤 0.3 元；煤油：1 斤 0.10 元；鲤鱼：1 斤 0.05 元。

北京：

猪肉：1 斤 0.16 元；租一间房：1 元/月；一日饭菜金：1 元（可吃得很好）。

40 个猪肉饺子 + 两碗小米粥 + 一盘白糖 = 两毛二分钱。

金价：

汉口每两约 65 元；上海每两约 37 元。

地价：

上海近郊每亩地约 150 - 100 元；汉口最低地价约每亩 84 元。

1927 年大学教授的工资（月薪/大洋）

据 1927 年 6 月公布的《大学教员资格条例》20 条及《大学教员薪俸表》规定，教授一级月俸 500 元，约合今天人民币 17000 元；副教授一级月俸 340 元，约合今天人民币 12000 元；讲师一级月俸 260 元，约合今天人民币 9000 元；助教一级月俸 180 元，约合今天人民币 6000 多元。

1927 年—1936 年中国的经济增长

工业增长率达 8% 以上。其中，电力工业年平均增长 9.4%；煤炭工业为 7%；水泥工业为 9.6%；钢为 40%，被一些学者称为“黄金十年”。

不幸的是，1937 年 7 月爆发了卢沟桥事变，日本发动的全面侵华战争，打断了中华民国的现代化进程，几乎将中华民族推进万劫不复的深渊。据统计，8 年抗战，直接损失至少在 6000 亿美元以上，致使中国现代化的进程至少延误了 20 年。

1927 年中国教育权状况

以下大学的教育权多从 1927 年开始，从外国人手中拿回，交由中国人管理。

广州：国立中山大学、私立岭南大学

武汉：国立第二中山大学（1928 年改为国立武汉大学）

杭州：国立第三中山大学（1928 年改为浙江大学）

南京：国立第四中山大学（1928 年改为国立中央大学）

北京：国立京师大学校（1929 年改为国立北京大学）

上海：国立同济大学、国立暨南大学

1927 年—1936 年是 20 世纪学术和文学上的十年黄金时期。诞生了一批耀眼的教育家、知识分子：蔡元培、张伯苓、鲁 迅、胡 适、梁启超、陈寅恪、冯友兰、赵元任、林语堂、徐志摩、梁漱溟、朱自清、郭沫若……

1927 年中国报纸状况

全国报社 682 家。

参考文献

毛泽东：《毛泽东选集》1卷，人民出版社，1991年6月第二版。

金冲及：《毛泽东传1893—1949》（上、下），中央文献出版社，1996年8月第一版。

中共中央文献研究室：《毛泽东年谱1893—1949》（上、中、下），中央文献出版社，2002年8月第一版。

斯图尔特·R·施拉姆（美）：《毛泽东的思想》，中国人民大学出版社，2005年1月第一版。

罗斯·特里尔（美）：《毛泽东传》，中国人民大学出版社，2006年1月第一版。

郭宏军：《巨星闪耀——毛泽东周恩来朱德在一起的日子》，中央文献出版社，2006年8月第一版。

刘阳光：《不落的太阳毛泽东》（上、下），中国三峡出版社，1996年11月第一版。

荣晨、铁缨、杨柳：《评说毛泽东》，湖南人民出版社，1999年10月第一版。

王华、李林：《毛泽东与杨开慧》，中央文献出版社，2007年1月第一版。

雷国珍、吴珏：《毛泽东大成智慧》，当代中国出版社，2001年4月第一版。

李蓉：《人民民主：毛泽东的思想与实践》，中央民族大学出版社，1997年10月第一版。

郭思敏、华一民：《我眼中的毛泽东》（续集），河北人民出版社，1955年5月第一版。

赵大义、高永芬、邵永贵：《险难中的毛泽东》，中央文献出版社，2000年7月第一版。

王兴国：《毛泽东与佛教》，中国书籍出版社，1996年1月第一版。

朱仲丽：《毛泽东王稼祥在我的生活中》，中共中央党校出版社，1995年10月第一版。

陈冠任：《毛泽东的斗争艺术》，中央文献出版社，2003年9月第一版。

权延赤：《领袖泪》，中共中央党校出版社，1996年7月第一版。

王华、李林：《毛泽东与杨开慧》，中央文献出版社，2007年1月第一版。

田树德：《真相：毛泽东史实80问》，中国青年出版社，2007年05月第二版。

万仁元、方庆秋：《蒋介石年谱初稿》，中国档案出版社，1992年12月第一版。

杨天石：《蒋介石日记解读》，三联书店（香港）有限公司，2008年3月第一版。

杨奎松：《1927年南京国民党清党运动之研究》，《历史研究》，2005年第六期。

师永刚、杨素：《蒋介石图传》，长江文艺出版社，2005年10月第一版。

何虎生：《蒋介石大传》(1887—1975)，华文出版社，2007年1月第二版。

布赖恩·克罗泽：《蒋介石传》，国际文化出版公司，2010年1月第一版。

广东历史博物馆：《黄埔军校史料》(1924—1927)，广东人民出版社，1985年5月第二版。

宋连生：《蒋介石的黄埔岁月》，中国文联出版社，2007年1月第一版。

李明：《黄埔军校》，广东人民出版社，2005年4月第一版。

王天苍：《溪口风光》，宁波出版社，2003年2月第一版。

陈洁如：《我与蒋介石的七年之痒》，团结出版社，2006年1月第一版。

佟静：《宋美龄大传》（上、下)，团结出版社，2006年1月第一版。

程广、叶思：《宋氏家族全传》（上、下)，中国文史出版社，1998年10月第一版。

王志玉：《蒋介石弄权秘录》，华文出版社，1994年10月第一版。

熊丸：《我做蒋介石御医四十年》，团结出版社，2006年1月第一版。

解力夫、张光勤：《蒋氏家族》，社会科学文献出版社，1996年5月第一版。

吴金良、朱小平：《蒋氏家族全传》（上、下)，中国文史出版社，1997年2月第一版。

唐人：《金陵春梦》，上海文化出版社，1958年第一版。

王舜祁：《蒋介石三次下野》，团结出版社，2008年02月第一版。

郑超麟：《郑超麟回忆录》（上、下)，东方出版社，2004年3月第一版。

费正清、费维恺（美）：《剑桥中华民国史》（上、下），中国社会科学出版社，1994 年 1 月第一版。

中央档案馆：《中共中央文件选集》（一九二七），中共中央党校出版社，1983 年 6 月第一版。

韦慕庭（美）：《孙中山——壮志未酬的爱国者》，新星出版社，2006 年 8 月第一版。

郭廷以：《中华民国史事日志》，台北中央研究院近代史研究所。

王维礼：《中国现代史》，辽宁人民出版社，1984 年 7 月第一版。

中共中央文献研究室：《周恩来年谱 1898—1949》，中央文献出版社，1998 年 2 月第一版。

路海江：《张国焘传记和年谱》，中共党史出版社，2003 年 8 月第一版。

黄少群：《周恩来在 1927 年至 1937 年》，中央文献出版社，2006 年 5 月第一版。

中共中央文献研究室：《朱德年谱 1886—1976》（上），中央文献出版社，2006 年 11 月第一版。

张南琛、宋路霞：《张静江、张石铭家族》，重庆出版社，2006 年 12 月第一版。

王焰：《彭德怀年谱》，人民出版社，1998 年 3 月第一版。

张福兴：《中国 1927》，中共党史出版社，2007 年 7 月第一版。

陈争平、龙登高：《中国近代经济史教程》，清华大学出版社，2002 年 9 月第一版。

李宗一：《袁世凯传》，国际文化出版公司，2006 年 8 月第一版。

胡晓：《段祺瑞年谱》，安徽大学出版社，2007 年 1 月第一版。

蒋铁生：《冯玉祥年谱》，齐鲁出版社，2003 年 9 月第一版。

谷丽娟：《冯玉祥传》，哈尔滨出版社，1997 年 12 月第一版。

李洁：《文武北洋》（增订本），广西师范大学出版社，2003 年 6 月第二版。

谭天河：《汪精卫生平》，广东人民出版社，1996 年 11 月第一版。

林思云：《中国近代对外关系史资料选辑》，上海人民出版社，1977 年版。

刘彦章、项国兰、高晓惠：《斯大林年谱》，人民出版社，2003 年 7 月第一版。

陈廷一：《世纪伟人孙中山》，团结出版社，1998 年 1 月第一版。

汪东兴：《汪东兴日记》，中国社会科学出版社，1993年9月第一版。

李淑娱、肖学信：《国共合作简史》，江西人民出版社。

陶菊隐：《记者生活30年》，中华书局，2005年9月第一版。

戴晨京：《学者的悲哀》，华文出版社，2006年2月第一版。

马嘶：《百年冷暖——20世纪中国知识分子生活状况》，北京图书馆出版社，2003年6月第一版。

许国良：《伟人与过客》（1900—1949），文汇出版社，1996年12月第一版。

溥仪：《我的前半生》，群众出版社，1964年3月第一版。

陈存仁：《银元时代生活史》，广西师范大学出版社，2007年5月。

李英铨：《夹袋中人——政治漩涡中的民国幕僚》，广西人民出版社，2002年7月第一版。

丁惠永主编：《中国百年大写真》，吉林人民出版社，1996年6月第一版。

沈志华主编：《中苏关系史纲》，新华出版社，2007年1月第一版。

陈布雷：《陈布雷回忆录》，东方出版社，2009年9月第一版。

曹剑浪：《中国国民党军简史》，解放军出版社，2010年1月第二版。

宋鸿兵：《货币战争3：金融高边疆》，中华工商联合出版社，2011年1月第一版。

史量才：《申报》（1927年）。

徐列主编：《南方人物周刊》。

周颂伦：《1927年蒋介石与田中义一密约述实》（论文）。

司马戡：《秋收暴动人物的登场和谢幕》。

罗章龙：《罗章龙回忆录》。

刘慧激：《毛泽东引兵井冈莲花决策考》（论文）。

丁仁祥：《从秋收起义、莲花引路到茅坪、茨坪安家》（论文）。

《霹雳星火——湘赣边秋暴动及进军井冈山》。

中国共产党新闻网、凤凰网、星岛环球网、新浪网、百度网、新华网、维基百科等网站，以及所涉地区的网站上的大量论文、文章……

后 记

关于毛泽东与蒋介石的研究卷帙浩繁，充满了恭维与攻讦。一生戎马倥偬的他们，先是武斗（发动战争），然后是文斗（政治斗争）……

无数人都在追问：他们到底是什么样的人？

人们虽然无法认识绝对的“毛蒋”，但无论是大胆假设，还是小心求证，都可以这么表述：他们面对艰难（尤其是内讧），总是凭着坚强的意志和智慧，处惊不变当机立断，有时还城府深厚地豁然大度。今天海峡两岸所享受到的政治文明、军事文明，一直延伸到经济文明，可以说都是毛泽东与蒋介石的遗产。是他们率领近现代中国的政治家、军事家们，创造出了一个不同于自秦以来的社会制度。

但以上种种在“历史从我开始”的浮躁历史观控制下，依旧无法给出结论。学者朱学勤说“这个民族之所以思维弱化，与我们不断简化历史、曲折历史有关”让人感慨。我想，如果另辟蹊径呢？把对他们的怀疑放到同一个特定的历史情境中去平行考察求证，或许可以进入到这个问题的本质，亦或许能够更加接近真相。

我是毛泽东与蒋介石的拥趸，我爱他们。在零星看到他们做丈夫、做父亲的文字时，常会泪流满面，于是有意收集有关他们的材料。当阅读了百万字的东西后，一个切入点显现出来：公元 1927 年——民国十六年。

那一年，毛泽东与蒋介石平行地进入到各自想进入的人生转折点，也是两人的权力转折元年。毛泽东成功地将一支失败的队伍，变成了忠于他的军队，从一名书生，变成了他自己创造的理论的践行者；蒋介石则成功地摆脱苏俄，战胜其他军阀及党内对手，实现了孙中山的部分遗愿——建都南京……

那一年，是决定毛泽东、蒋介石命运成败的关键性一年，也是他们思想开始形成的重要一年。那一年里，中国出现了人才爆发，这些人才在各自的领域都做了翻天覆地的事，却最终只有毛蒋二人脱颖而出……

那一年，毛泽东与蒋介石的家庭都发生了重大变化。人们以为不存在的东西，其实可能是存在的。例如：根据广泛宣传的毛蒋性格思想，不可想象蒋介石居然会在大战间隙用深夜坐汽车兜风的形式，追求他心仪的女性；而毛泽东会在连自己都前途叵测的状态下，浪漫地与一位井冈山的女战士谈起了恋爱……

选择1927年作为对毛蒋二人的考察，尝试将史实与释史同时变成另一种文字，也许能够达到了解所谓真相的目的，我开始进行专题性材料收集。经过两年多收集整理，掌握的材料文献已达近千万字了。

2008奥运结束后不久（有湖南人高喊，没有当年的毛泽东，就没有今天的北京奥运会），开始动手写作这部著作。

当写完“引子”后，却发现自己是在拼命踮起脚看1927年了。众多材料文献的相互印证，让我没有看得更清晰，反而感觉造成了更大的漏洞，甚至一些被公认的史实都露出了破绽。在我的眼前，尽管飞扬着一个个鲜活的面容，但要把他们变成严谨、客观、详细、好读的文字，却往往无从下笔。哀叹：“秋风下落叶，衰草抖斜阳。”

这时，有位出版界的朋友告诉我，如今写史的方法，要用现代人的阅读习惯，顺着历史的主线，删繁就简，浩浩荡荡，摧枯拉朽，直捣黄龙。这番跟“释史”有关的话醍醐灌顶。

20多年的记者生涯，练就了能做出符合读者需求的记录本领。在对1927年前后毛蒋这两个中年人的生存状态，甚至生活习惯以及他们的性格有一定了解后，对一些无法下笔的（可能是不存在）事件，根据自己的判断，终于可以往下解释了。

历史总是在惊人地重复。不敢说本书中的文字是完全严谨、客观、详细的文字，但可以说，这些文字没有被“工具论”束缚，其中事件亦可能是最新研究成果。只是遗憾，还无法亲手触摸到最前沿的一手文献，以及各类未解密的档案。但我想，档案难道就是真实的吗？本书里涉及的大多数人物都是一本史书，要真正立体地探寻记录他们几乎没有可能。而这又正是隐藏在历史深处的真相的魅力，吸引着几代甚至几十代人如愚公移山般的不断挖掘。我所做的，仅仅是一毛而已。

在历时22个月的写作中，有时会忽然很羡慕那些太史令，不管是春秋笔法，还是秉笔直书，至少他们记录的大多是真相。可在信息爆炸的今天要掌握真相反而太难！

在正文中，引用了许多已公开的材料，向这些材料、文献的作者致敬致谢。对他们在考证历史时出现的焦躁我有切身体会，因为想把此书写弄成一部介于历史与纪实之间的书稿，所以没有做注释。要真挚地向“参考文献”的作者们道一声：各位老少爷们，谢了！真谢了！

另外，民国年间的姓名都由姓、名、字、号，甚至笔名组成。为了方便读者对上号我挑选了最为人们熟知的，或名，或字，或笔名。可能不够严谨，但易懂。如汪精卫可叫汪兆铭、汪季新；毛泽东可叫毛润之、毛咏芝；蒋介石可叫蒋中正、蒋瑞元、蒋志清等。

当然还要谢谢我的家人。这部书稿与我以前的写作习惯一样，先手写，再录入修改。妻还是担任录入工作，34多万字的书稿有8公分厚。她虽然对我的字熟悉，但对这段历史不熟悉，众多的人物和事件让她晕菜，不时要查文献核实，难为她了。儿子朱一村对这部著作也有贡献，对书稿进行校对，凡是觉得有疑问的地方都一一标出，使我得以反复斟酌。

好朋友陈文定先生看了书稿后，出于对图书市场的敏感，指出此书很可能会引起读者重视，热心向出版社推荐，并担纲出版策划。还要向曾经编辑过此书的王菊芳女士表示谢意。也向本书的责任编辑钟卫芳、宋军占致敬，谢谢他们看好这本书。

期待各位老少爷们的阅读与指正。

2011年3月5日于南昌塘山

2011年11月30日于北京海淀城华园

图书在版编目(CIP)数据

公元一九二七：毛泽东蒋介石之权力转折元年 / 朱华祥著. —北京：华文出版社，2012. 8

ISBN 978 - 7 - 5075 - 3815 - 1

Ⅰ. ①公… Ⅱ. ①朱… Ⅲ. ①长篇历史小说—中国—当代 Ⅳ. ①I247. 5

中国版本图书馆 CIP 数据核字（2012）第 173079 号

书　　名：公元一九二七：毛泽东蒋介石之权力转折元年
标准书号：ISBN 978 - 7 - 5075 - 3815 - 1
著　　者：朱华祥
责任编辑：钟卫芳　宋军占
出版发行：华文出版社
社　　址：北京市西城区广外大街 305 号 8 区 2 号楼
邮政编码：100055
网　　址：http://www. hwcbs. com. cn
投稿信箱：zhong58336279@163. com
电　　话：编辑部 010 - 58336279　发行 010 - 58336267　邮购 010 - 58336253
经　　销：新华书店
印　　刷：北京科彩印业有限公司
开　　本：787 ×1092　1/16
印　　张：26. 75
字　　数：464 千字
版　　次：2012 年 8 月第 1 版
印　　次：2012 年 8 月第 1 次印刷
定　　价：49. 80 元
